MARGUERITE KAYE

SEIGNEURS DES HIGHLANDS

Traduction française de

JACQUES CEZANNE

HARLEQUIN

Titres originaux :
PARTIE 1 : THE HIGHLANDER'S REDEMPTION
PARTIE 2 : THE HIGHLANDER'S RETURN

Ces romans ont déjà été publiés en 2017 et 2018

HARPERCOLLINS FRANCE
83-85, boulevard Vincent-Auriol, 75646 PARIS CEDEX 13
Service Lectrices — Tél. : 01 45 82 47 47

www.harlequin.fr

ISBN 978-2-2804-1861-4

DANS LES BRAS D'UN HIGHLANDER

Prologue

Le vent s'abattait en rafales impitoyables sur la lande désolée, projetant avec une violence inouïe des lames de neige fondue sur les forces jacobites massées en ordre de bataille en face d'eux. Calumn tentait désespérément de percer le voile de fumée qui masquait les lignes dégarnies des Highlanders dans l'espoir d'y distinguer les couleurs du clan McLeod, mais sans succès. Il n'avait aucun doute sur la présence de Rory, quelque part de l'autre côté. Mieux valait ne pas savoir où exactement.

Les gros canons de trois pouces pilonnaient l'espace étroit qui séparait les deux camps ennemis. L'odeur âcre de la poudre à canon emplissait l'air de sa puanteur. Les oreilles de Calumn vibraient du bruit de la bataille : partout, les canons tonnaient, les tambours roulaient, les chevaux des dragons stationnés sur le flanc gauche hennissaient et soufflaient. Et par-dessus tout cela résonnaient, comme poussés par une horde de sorcières de malheur, les hurlements lugubres du vent.

Calumn fit ranger sa compagnie de fusiliers en ordre de bataille, exhortant les hommes, faisant rectifier l'alignement en aboyant des ordres de dernière minute. Son cœur battait à tout rompre, si fort qu'il pouvait l'entendre par-dessus le fracas sourd des canons. Il avait peur, une terreur viscérale, mais il ne craignait pas de mourir. Non, ce qu'il redoutait par-dessus tout n'était pas la mort. Il était pétrifié à l'idée de lever la tête au plus fort du combat et de se retrouver face à face avec son frère…

Un rugissement effrayant, qu'on aurait dit émaner d'un millier de lions furieux, leur parvint à travers la lande depuis le camp des jacobites. Et soudain, une ligne terrifiante et chaotique de Highlanders lança la charge, bannières au vent. Comme un automate, Calumn vérifia que sa baïonnette était bien en place. Il se tourna ensuite vers Cumberland qui donnait le signal, hocha la tête en direction de ses hommes et lentement, inexorablement, commença à s'avancer vers l'infernale mêlée.

Les balles sifflaient tout près de ses oreilles. *Traître, traître*, répétait la voix qui résonnait dans sa tête. Et pourtant, il continuait d'avancer, pas après pas, comme un soldat discipliné, vers la masse palpitante de Highlanders aux yeux fous arborant leurs plaids des grands jours. Ses pieds s'enfonçaient dans l'eau saumâtre d'un ru. Les blessés hurlaient autour de lui. Le parfum métallique du sang frais flottait dans l'air, mêlé à l'odeur douloureusement familière de la laine mouillée des *filleadh beg* que portaient les Highlanders. Les bras plus lourds que des barres de plomb, il souleva son mousquet, visa et tira. Très haut. Trop pour un soldat loyal. Loin au-dessus des hommes de sa race.

Un cheval sans cavalier passa devant lui en trombe en poussant des hennissements qui rappelaient les cris d'un enfant affolé. Tout à coup, juste devant lui, il vit surgir de la brume les couleurs des McLeod. Frénétiquement, il chercha des yeux la crinière blonde de son frère Rory dont la teinte dorée ne pouvait se confondre avec aucune autre.

Excepté la sienne.

Un sifflement soudain, qu'il confondit d'abord avec le bruit du vent, lui fit lever la tête juste assez tôt pour lui permettre de distinguer l'éclat métallique de l'épée qui fendait l'air dans sa direction. Assez pour ne pas être coupé en deux, mais pas pour éviter le coup. La lourde épée à deux tranchants tailla un sillon profond dans la chair de son ventre, le frappant si violemment qu'il en fut projeté en arrière vers ses propres lignes. Enfin, il aperçut Rory, mais au moment où il ouvrait la bouche pour crier le nom de son frère, ses jambes se dérobèrent sous lui et il se sentit tomber, tomber, tomber…

Calumn se réveilla en sursaut, comme toujours, couvert de sueur glacée. Sa bouche était sèche et il en déduisit qu'il avait dû crier dans son sommeil. Tremblant comme un homme atteint d'un accès de fièvre, il saisit la carafe de whisky qu'il avait pris l'habitude de placer sur sa table de nuit avant de se coucher et avala une généreuse rasade de feu liquide aux reflets ambrés. Du bout des doigts, il tâta la longue balafre qui étendait son sillon inégal en travers des muscles fermes de son ventre. La blessure de sa chair était depuis longtemps guérie, mais certaines nuits la cicatrice était brûlante et douloureusement enflammée, comme si l'on venait de le marquer au fer rouge.

Au bout d'un long moment, le souvenir vivace de son cauchemar commença à s'estomper et il se tassa de nouveau contre les oreillers trempés en serrant la carafe d'alcool entre ses doigts. Les battements de son cœur commençaient à se calmer et le voile de sueur avait séché sur son torse.

Mais d'autres cicatrices, moins visibles, brûlaient encore dans les profondeurs de son âme engourdie par un sentiment de culpabilité qui ensevelissait tout sous son linceul tragique.

Chapitre 1

Edimbourg, juillet 1747

Madeleine Lafayette était blottie, désemparée, sous le porche marquant l'entrée d'une de ces venelles étroites menant aux taudis sordides dans lesquels une partie de la population d'Edimbourg survivait tant bien que mal. Même à la lueur ténue d'un braisier servant d'éclairage municipal, il eût été évident pour quiconque passait par là que la jeune femme n'était pas écossaise. Sa mince silhouette était serrée dans des vêtements d'une coupe résolument étrangère et l'écharpe d'un bleu sombre qu'elle tenait plaquée autour de son cou arborait un dessin compliqué qui n'était ni du tartan ni des rayures. Ses cheveux d'un blond pâle semblaient presque blancs dans la lumière spectrale, mais sa peau n'avait ni la blancheur livide de celle des habitants de la ville, ni le hâle des Celtes. Elle était quasiment translucide, comme une perle que le soleil aurait traversée en lui donnant sa couleur. Avec sa bouche d'un rose délicat évoquant le corail et ses yeux verts ombrés de sourcils blonds, elle avait l'air, sur le fond gris du grès et du granit de la cité, d'une créature marine exotique échouée là, loin de son élément naturel.

En tremblant, Madeleine serra autour d'elle son écharpe. Au sommet de Castlehill, elle distinguait la silhouette massive, intimidante et, comme elle l'avait constaté à son grand désarroi, parfaitement imprenable du château. Peut-être avait-ce été une erreur de faire tout ce chemin toute seule, sans contact ni plan, sans rien d'autre en fait que sa seule et unique idée fixe : trouver Guillaume.

L'émotion de sa fuite, décidée sur un coup de tête, et sa traversée sur une mer démontée en compagnie de pêcheurs bretons l'avaient momentanément empêchée de réfléchir sereinement aux risques qu'elle prenait en venant seule à Edimbourg, au peu de chances qu'elle avait de voir son entreprise couronnée de succès, ou même à la possibilité terrifiante que, malgré toutes ses certitudes, Guillaume soit, effectivement, bel et bien mort.

Non! Il était vivant. Le contraire était impossible.

Au-dessus d'elle, depuis les remparts du château, quelqu'un aboya un ordre sec. Des pas résonnèrent sur les pavés aussitôt. Celui auquel s'adressaient les cris devait s'être précipité vers son chef et, bientôt, le silence revint.

Chez elle, en Bretagne, son père devait déjà dormir. Durant les mois d'été, ils se levaient tous les deux dès l'aube et avaient pour habitude de se coucher tôt. Elle adorait chevaucher avec lui de bon matin, faire le tour du domaine pour surveiller l'état des plantations. L'odeur de l'herbe trempée de rosée écrasée par les sabots des chevaux se mêlait alors à celle du sel flottant dans l'air et au parfum des céréales qui montait des champs alentour. Quand ils rentraient pour prendre leur collation du matin, la brume marine qui s'étendait au-dessus de la campagne comme un manteau diaphane s'était déjà évanouie, laissant place au clair azur du ciel breton.

Ici, à Edimbourg, l'air avait une odeur si différente! Un parfum de pierre, de poussière, de sueur, de crasse... Madeleine avait beau savoir que la mer du Nord couleur d'ardoise ne se trouvait qu'à quelques milles vers l'est, elle ne décelait aucune trace de sa présence. Elle avait le mal du pays, tout d'un coup, et le cœur diablement serré.

Guillaume était passé par ici, par Edimbourg. Elle le savait grâce à ses lettres. En débarquant sur le port de Leith — juste au nord de la cité — le matin même, elle avait tout de suite pensé au château car elle savait que c'était là qu'étaient enfermés les prisonniers jacobites. Elle s'y était donc rendue immédiatement. Apprendre qu'elle ne pouvait avoir accès à cette forteresse avait constitué pour elle un choc terrible. A ce moment-là, la raison aurait commandé qu'elle cherche un logement, mais elle s'était sentie incapable de s'arracher à cet endroit, torturée par l'idée que Guillaume se trouvait peut-être à quelques pas, juste de l'autre côté de l'épaisse muraille. Un flot constant de visiteurs entrait et sortait du château, mais les gardes étaient d'une vigilance extrême et vérifiaient tout un chacun sous toutes les coutures. Quand elle était arrivée à la conclusion qu'il lui faudrait s'assurer l'aide de quelqu'un disposant d'un laissez-passer, il faisait déjà nuit et les portes de la ville étaient fermées. Elle n'avait nulle part où aller et ce simple constat lui fit monter les larmes aux yeux. Elle dut lutter contre une envie soudaine de pleurer sur son sort.

Elle se recroquevilla un peu plus. Comment son père avait-il réagi à sa fuite ? En cet instant, il regrettait peut-être amèrement les mots durs qu'il avait eus, et qui avaient provoqué le départ précipité de Madeleine. Il avait tellement changé depuis la mort de maman ! Il s'était plongé dans l'administration du domaine comme s'il lui fallait à tout prix combler le vide de sa vie au point de n'avoir plus ni le temps ni l'occasion de se confronter à son deuil. Chez lui, il s'était recroquevillé dans sa coquille.

Sans doute son père serait-il furieux de la trouver partie. Il saurait très bien où elle comptait se rendre, quand bien même elle n'avait laissé aucun mot d'explication.

Elle frissonna en songeant à quel point elle s'était montrée entêtée.

Alors qu'elle était perdue dans ses pensées, un éclat de rire la fit sursauter. Un groupe de soldats montait en titubant la pente raide qui menait à leur caserne. Instinctivement, elle se réfugia dans l'ombre de la venelle, mais trop tard. Ils étaient trois, vêtus des Tuniques rouges et des guêtres blanches propres à l'armée britannique.

— Tiens donc, qu'avons-nous là, mes amis ? lança le plus grand avec un sourire égrillard.

Il siffla entre ses dents lorsqu'il se fut approché suffisamment près.

— Par Dieu, c'est une beauté, éructa-t-il en saisissant le menton de Madeleine entre ses doigts crasseux pour la forcer à lever la tête et à le regarder. Comment t'appelles-tu, ma mignonne ?

— Lâchez-moi, ordonna Madeleine en français, d'un ton hautain.

Elle avait peur, mais pas tant que ça, finalement. Ils la prenaient à l'évidence pour une belle de nuit et la laisseraient tranquille dès qu'ils prendraient conscience de leur méprise. Elle remua pour se dégager.

L'homme partit d'un grand rire et essaya de glisser son bras autour de sa taille.

— Allons, donne-nous un baiser, lança-t-il en la maîtrisant de telle sorte qu'elle se retrouve dos au mur.

Les deux autres soudards se joignirent à leur compère en souriant et en l'encourageant de la voix. Leur haleine puait la bière et leurs corps la crasse et la sueur. Madeleine commençait vraiment à avoir très peur, et pour de bon cette fois. Elle sentit des mains se poser sur elle, sur son visage, ses cheveux, ses seins tandis qu'elle luttait désespérément.

— Lâchez-moi, répéta-t-elle d'une voix qui trahissait sa terreur.

Le soldat se contenta de resserrer son étreinte.

Alors elle donna un coup de pied au jugé, et son pied

solidement botté atteignit l'homme en plein sur l'arête du tibia.

— Petite garce ! glapit-il. Tu vas me le payer.

De l'autre côté de la rue, Calumn Munro rentrait d'une soirée passée dans sa taverne favorite, située au cœur de Cowgate, l'un des quartiers les plus mal famés d'Edimbourg. Là-bas, le whisky, que le propriétaire concoctait lui-même dans son alambic, était suave et la compagnie agréable.

Comme il avançait d'un pas mal assuré vers son logis, un cri de femme appelant au secours déchira la douceur de l'air de la nuit, le figeant sur place.

De l'autre côté de la rue, juste au pied de la colline sur laquelle se dressait le château, un groupe d'hommes poussait quelque chose, ou quelqu'un, dans une venelle sombre. Malgré l'effet puissant et ravageur du whisky sur ses facultés mentales, son corps de guerrier, lui, se mit aussitôt en alerte. D'un pas décidé, il s'avança vers le petit groupe, couvrant la courte distance qui le séparait d'eux en quelques enjambées comme si de rien n'était, ses cheveux blonds et les pans de sa veste flottant au vent. Quand il arriva sur les autres, il avait déjà les poings serrés, prêts à frapper. Trois hommes — des soldats en uniforme, remarqua-t-il avec dégoût — entouraient leur victime terrifiée. Il aperçut des yeux suppliants, des cheveux blonds, et nota que la femme était jeune et fort jolie.

Et aussi qu'elle se débattait désespérément.

L'inquiétude qu'il éprouvait pour le sort de l'inconnue, de même que la haine qu'il ressentait envers ses tourmenteurs, le remplissaient de rage et lui donnaient vigueur et force. Avec un hurlement semblable à un cri de guerre, Calumn se jeta sur les soldats, sans penser un instant à se protéger lui-même. Il prit le plus grand des trois assaillants en premier, l'arrachant à sa victime avant de lui asséner un coup d'une violence inouïe en plein visage. Le bruit de l'os se brisant sous son poing lui procura une immense satisfaction. Il frappa derechef, et par deux fois, visant l'estomac. L'homme poussa un soupir sonore et s'effondra en gémissant, laissant Calumn libre de reporter son attention sur les deux autres. Il ne se battait pas comme un petit marquis, mais frappait du pied comme du poing sans se soucier de respecter les règles.

Le cœur affolé, les jambes en coton, Madeleine profita de l'agitation pour s'appuyer au mur et reprendre son souffle à grandes goulées d'air. Devant elle, son sauveur affrontait les soldats avec la furie d'un diable.

Il était grand et semblait, sous ses vêtements de soirée coûteux, remarquablement bien bâti, avec de larges épaules et des cuisses musclées. Ses cheveux avaient la couleur du blé mûr, mais malgré sa tenue soignée, ils n'étaient ni poudrés ni noués sur sa nuque. Ils formaient derrière sa tête comme une auréole qui se soulevait chaque fois qu'il portait un coup.

Elle ne pouvait distinguer grand-chose de son visage, mais elle avait l'impression qu'une froide menace émanait de lui.

Un uppercut cruel placé à la pointe du menton eut raison de son deuxième adversaire, quant au troisième, il n'eut besoin que de lui donner un coup de pied vicieux et de lui tordre un peu le bras pour le soumettre à sa merci.

Sur l'escalier qui serpentait depuis la venelle jusqu'aux premiers taudis, un homme apparut, en bonnet de nuit, brandissant dans sa main ce qui semblait être un tisonnier. L'inconnu leva les yeux sur lui, lui intima sèchement de retourner se coucher tout en entraînant le troisième soldat hors de la venelle pour le jeter dans le caniveau.

Madeleine se força à se déplacer de l'endroit où elle se tenait. D'un geste rapide, elle récupéra son petit baluchon d'affaires personnelles de dessous l'escalier, enjamba comme elle pouvait les corps assommés de ses agresseurs pour rejoindre son sauveur dans la rue.

— Comment vous sentez-vous ? demanda-t-il d'une voix inquiète et étonnamment douce, en tout cas bien différente de celle, graillonneuse et dure, des soldats. Etes-vous blessée ?

Madeleine secoua la tête.

— Je me sens bien, parvint-elle à affirmer malgré l'enflure de ses lèvres.

Face à l'air peu convaincu de l'homme, elle ajouta :

— Je vais bien, je vous assure. Je ne suis pas blessée.

L'inconnu sembla se détendre et un sourire ourla ses lèvres. Ses traits durs s'adoucirent immédiatement, révélant à Madeleine un visage jeune — vingt-six ans tout au plus — et diablement beau. Il avait les yeux d'un bleu très sombre, un sourire engageant. Malgré l'épreuve qu'elle venait de subir, elle ne put que le lui rendre.

— Calumn Munro, annonça-t-il en s'inclinant devant Madeleine. Je suis heureux d'avoir pu vous rendre service.

— Je suis très heureuse de vous avoir rencontré, monsieur Munro, répondit elle en faisant une révérence impeccable.

— Vous êtes française ? s'exclama Calumn, surpris.

— Mais oui.

Calumn dévisagea la jeune femme. Avec ses grands yeux verts, ses cheveux soyeux et sa bouche faite pour être embrassée, elle était délicieuse. En la voyant seule, à une heure aussi tardive et postée près du château, il l'avait prise pour une courtisane, mais à y regarder de plus près, il commençait à avoir des doutes. En tout état de cause, ce n'était pas une prostituée ordinaire.

— Puis-je vous demander votre nom, mademoiselle ?

— Je suis Madeleine Lafayette.

— Enchanté.

Calumn commençait sérieusement à ressentir les effets

de la fatigue, sans parler de ceux du whisky. Il fallait qu'il rentre dormir, mais il ne pouvait tout simplement pas abandonner cette pauvre fille à la merci du prochain groupe de soldats qui gravissait déjà le pied de la colline en parlant bruyamment.

— Permettez que je vous raccompagne, mademoiselle, offrit-il en tendant le bras à la manière d'un gentleman. Il n'est pas prudent pour une femme d'être encore par les rues à cette heure-ci.

Madeleine baissa les yeux sur le bras qu'il lui offrait avant d'observer son visage. Il avait les mains en sang et une ecchymose bleuissait sur sa joue. Elle remarquait à présent ce qui lui avait échappé jusque-là : son sauveur avait beau être charmant, il était totalement ivre.

— M'est avis que vous devriez être au lit, monsieur, affirma-t-elle. Vous semblez avoir bu trop de vin.

— Pas du vin, corrigea l'Ecossais d'un ton grave, du whisky ! Allons, je vous raccompagne. Où logez-vous ?

C'était dit d'une voix légèrement pâteuse, de sorte que Madeleine craignit qu'il ne s'effondre s'ils restaient plus longtemps immobiles.

— Dans quelle direction allez-vous ? demanda-t-elle.

Il fit un geste vague vers le bas de la colline, à quoi elle répondit qu'elle allait par là elle aussi, comptant l'accompagner jusque devant chez lui et, une fois là, prétendre qu'elle habitait tout près.

— Venez, monsieur.

— Calumn. Je m'appelle Calumn, déclara-t-il en prenant le baluchon et en le jetant nonchalamment sur son épaule avant de glisser la main de Madeleine sous son autre bras. En avant !

Il semblait aller mieux tout à coup et s'engagea dans la pente d'un pas tranquille et plein d'élégance. Pendue à son bras, Madeleine n'avait d'autre choix que de trottiner vivement pour rester à sa hauteur.

Ils traversèrent le Lawnmarket — le nom utilisé par les habitants d'Edimbourg pour désigner leur foirail — qui, dans la journée, grouillait de marchands de beurre et de fromage ainsi que de laine et de lin, articles pour lesquels l'endroit avait une réputation qui dépassait largement les frontières de la ville. A cette heure de la nuit, toutefois, il y régnait un calme un peu effrayant. Il semblait difficile d'imaginer qu'à peine quelques heures plus tard il faudrait se frayer un chemin au milieu des servantes, des marchands et des voleurs pour traverser la rue.

Quand ils atteignirent le côté le plus éloigné de la place, Calumn s'arrêta devant Riddell's Court.

— Et maintenant, où allons-nous ?

Madeleine haussa les épaules.

— Pas très loin. Je peux faire le reste du chemin toute seule, affirma-t-elle, finalement bien moins rassurée qu'elle ne voulait le faire croire.

Elle commençait à peine à prendre conscience qu'elle allait pour de bon devoir passer la nuit seule et à la belle étoile.

Elle fit mine de prendre son baluchon, mais Calumn refusa de lâcher celui-ci, semblant se rendre compte pour la première fois de la nature de l'objet qu'il portait.

— Vous venez juste d'arriver à Edimbourg, n'est-ce pas ?

Madeleine hocha la tête avec réticence.

— Et vous n'avez nulle part où aller ?

— En effet, mais il n'est pas nécessaire de…

— En ce cas, vous feriez mieux de monter avec moi.

Madeleine secoua la tête.

— Je vous comprends, après ce qui vient de vous arriver, mais vous n'avez pas à vous inquiéter. A part dormir, je ne suis vraiment bon à rien ce soir. Et puis, j'ai une deuxième chambre qui se ferme au loquet. Vous y êtes la bienvenue. Je vous promets de ne pas essayer de profiter de la situation. Parole de Munro.

Une ombre sembla passer sur le visage de Calumn lorsqu'il prononça ce mot, comme lorsqu'un nuage masque un instant le soleil. Si elle comparait les avantages d'un lit dans une maison fermée à clé à ceux d'une cage d'escalier ouverte à tous les courants d'air et aux maraudeurs, elle se sentait extrêmement tentée d'accepter cette offre généreuse. Instinctivement, elle sentait que Calumn Munro était digne de confiance. Ne venait-il pas de se comporter comme un vrai chevalier défenseur de la veuve et de l'orphelin ? Prudemment, elle hocha la tête pour lui signifier son accord.

— Vous êtes très aimable, monsieur.

Calumn lui fit franchir les grilles de fer forgé qui protégeaient la cour de l'immeuble. Ils prirent ensuite un escalier de bois aux marches hautes qui montait sur quatre étages. Au deuxième, il eut un peu de mal à faire entrer sa clé dans la serrure, mais y parvint tout de même et ouvrit la porte à la volée en s'exclamant fièrement :

— Nous y voici !

Il entraîna Madeleine dans une petite entrée fort étroite et ferma la porte derrière eux.

A l'intérieur il faisait chaud et les effets de l'alcool se firent sentir immédiatement. A la lueur de la lampe qui brûlait dans l'entrée, elle le vit changer de couleur brutalement, comme si le sang se retirait d'un coup de son visage.

— Mettez-vous à l'aise, suggéra-t-il en désignant d'un geste vague une porte qui se trouvait juste en face de lui.

— Je vais juste m'arrêter ici quelques instants... annonça-t-il en commençant à glisser contre le mur contre lequel il s'appuyait.

Quoique prise au dépourvu par la rapidité avec laquelle il perdait ses facultés, Madeleine tenta vaillamment de le retenir avant qu'il ne s'effondre, inconscient, sur les lames du parquet.

— Vous ne pouvez pas dormir ici, affirma-t-elle en

passant le bras de Calumn autour de son cou et en titubant sous le poids de ce dernier en tentant de le relever. Laquelle est votre chambre ?

Quand il eut répondu en désignant une porte d'un geste à peine esquissé, elle le tira jusque vers celle-ci.

— Non, non. Je serai très bien ici même, protesta-t-il d'une voix pâteuse, ce qui n'empêcha nullement Madeleine de continuer à le traîner vers le lit, qu'ils atteignirent juste avant que le poids de Calumn ne les fasse s'effondrer tous les deux sur le matelas.

— Vous êtes une chic fille, balbutia-t-il d'un ton approbateur en tombant à la renverse sur sa couche sans relâcher son étreinte sur elle.

Madeleine trébucha en avant, incapable de se retenir à quoi que ce soit, et se retrouva allongée de tout son long sur son hôte.

— Voilà qui est parfait, murmura-t-il d'une voix joyeuse en l'attirant contre lui, un bras autour de la taille de Madeleine, l'autre main posée sur son derrière comme celle d'un mari, avant de plonger instantanément dans un sommeil profond.

Serrée contre le corps de Calumn, Madeleine ne savait plus si elle devait être choquée, ulcérée ou amusée par ce qui lui arrivait. Elle ne pouvait plus faire le moindre geste, car elle avait la tête prise dans le creux de l'épaule de son sauveur et le visage pressé contre le col de sa chemise.

Mélangé à celui du linge propre, un parfum mâle et chaud s'exhalait de lui, très différent de celui des soldats de tout à l'heure. Ni repoussant ni étrange. Presque rassurant, en fait. Cela devait tenir à sa taille et à sa corpulence, car il était non seulement grand, mais tout en muscles. Les contours de son corps semblaient complémenter ceux de Madeleine, comme s'ils avaient été deux moitiés de quelque chose destinées à s'imbriquer l'une dans l'autre. Chaque courbe de son corps correspondait exactement à chaque creux du sien. C'était une sensation tout à fait inattendue, mais délicieusement agréable. Elle avait beau savoir qu'il y avait quelque imprudence à rester immobile dans cette posture, elle n'arrivait pas à se résoudre à bouger. Guillaume ne l'avait jamais tenue comme ça. Le dernier jour, juste avant qu'il ne mette la voile cap au nord pour voler au secours de son prince écossais, il ne l'avait même pas serrée dans ses bras.

Les boutons de la veste de Calumn Munro s'enfonçaient dans sa poitrine. Elle sentait la main de l'Ecossais crispée sur sa robe. A travers le tissu épais de sa veste, elle pouvait entendre les battements lents et réguliers de son cœur. Elle l'entendait aussi respirer, et sentait son souffle sur ses cheveux. Une vague de chaleur l'envahit tout à coup, et elle sentit sa peau se couvrir d'une fiche couche de sueur. Là, au niveau de ses jupons, elle pouvait deviner le sexe de cet homme qu'elle ne connaissait même pas ! Un frisson la parcourut tandis qu'elle restait immobile, comme pétrifié à l'idée de réveiller son sauveur.

Les minutes passèrent. Madeleine resta docilement allongée sur lui à l'écouter respirer dans l'obscurité de la chambre. Graduellement, son esprit s'assoupissait à mesure que la fatigue la submergeait comme une marée inexorable. La tentation de fermer les yeux et de s'abandonner au sommeil devenait presque irrésistible. Il avait fallu deux jours au petit bateau de pêche pour effectuer la traversée entre Roscoff et le port de Leith. Une fois sur la terre ferme, elle avait senti le sol tanguer sous ses pas pendant des heures.

Le vacarme et l'agitation des marins et des débardeurs l'avaient beaucoup perturbée. Edimbourg même était plus petite qu'elle ne l'avait imaginé, mais également très exotique, très différente, au point qu'elle s'était demandé sincèrement si elle ne commettait pas une lourde erreur en débarquant ici.

Soudain, la respiration de Calumn se fit plus profonde, et elle sentit sa main se relâcher sur elle. Avec mille précautions, millimètre par millimètre, elle se dégagea et s'éloigna du lit en direction du couloir de l'entrée. Là, elle prit la lampe sur la petite table et se dirigea vers la porte du fond. Elle pénétra dans une vaste pièce dotée d'une immense cheminée, et dont le sol en plancher ciré était couvert de tapis. Deux énormes fauteuils de bois sombre sculpté étaient disposés devant l'âtre l'un à côté de l'autre. Sous la fenêtre se trouvait un coffre du même bois, aux serrures de laiton poli. Dans un autre coin se dressaient une table et quatre chaises. De lourds chevrons soutenaient le plafond, leur masse noire contrastant avec les murs clairs, sur lesquels étaient accrochés deux portraits. Celui d'un homme à l'air farouche en tenue de Highlander, qui avait les mêmes yeux d'un bleu profond que ceux de Calumn, et une femme aux cheveux d'or, très belle, et tout aussi sévère. Ce devaient être les parents de son sauveur, à n'en pas douter. Des gens riches, forcément.

Un grognement étouffé la fit revenir dans la chambre à coucher où Calumn gisait affalé sur les couvertures. Il fallait qu'elle l'installe plus confortablement. Après avoir soigneusement replacé la lampe sur la table de nuit à côté d'une carafe contenant un liquide ambré, elle commença à délacer les chaussures de son sauveur. Comme il ne bougeait toujours pas, elle lui retira ses bas, remarquant au passage qu'il avait des mollets musclés et bien dessinés. Ses jambes, ombrées d'un voile doré, étaient fermes et chaudes sous la main, ses pieds longs et étroits. Sans ses chausses et ses bottes, il avait l'air vulnérable.

L'eau de la cruche de porcelaine était froide, mais Madeleine en versa tout de même un peu dans la bassine. A l'aide d'un linge propre, elle nettoya ensuite les phalanges ensanglantées de Calumn. Elle n'avait rien pour les bander, mais c'était sans importance ! Ses blessures guériraient plus rapidement si elles restaient exposées à l'air libre. L'ecchymose qu'il avait sur la joue avait viré au pourpre. En Bretagne, elle aurait appliqué sur celle-ci un onguent à l'arnica pour réduire l'enflure.

Tout absorbée dans sa tâche, Madeleine entreprit d'ôter sa veste à Calumn, ce qui s'avéra une opération plus difficile encore, car le vêtement de velours vert était bien serré sur les larges épaules de l'Ecossais. Quand elle en eut terminé, elle avait le souffle court. Heureusement, le gilet de soie présentait moins de difficultés. Elle dénoua la cravate de son sauveur avec précaution et la plaça au pied du lit à côté de sa veste. Sa chemise ouverte lui permit d'entrevoir le torse de Calumn, qu'elle ne put s'empêcher d'effleurer du bout des doigts. Sa peau était fraîche, couverte d'un duvet de poils soyeux. Et pas la moindre trace de graisse. Rien que du muscle…

Au prix d'un énorme effort, elle fit rouler l'Ecossais sur le côté, dégagea le couvre-lit épais et les draps, puis le laissa reprendre sa position, ce qu'il fit, en soupirant et en blottissant sa tête dans le traversin de plumes. Il avait un profil si parfait qu'on l'aurait dit sculpté par un artiste grec, si l'on oubliait la petite cicatrice qui lui barrait le menton. Une longue mèche de cheveux d'un blond resplendissant était prise dans ses cils. Madeleine la repoussa doucement et la trouva étonnamment douce.

— Bonne nuit, Calumn Munro, souffla-t-elle en lui donnant un petit baiser sur le front.

Sur la pointe des pieds, elle reprit son baluchon et poussa la seconde porte qui donnait sur l'entrée. Elle s'ouvrait sur une petite chambre sans fenêtre, visiblement prévue pour accueillir une servante et simplement meublée d'un lit en fer, d'une chaise de bois et d'une table de toilette. Comme promis par Calumn, la porte disposait d'une serrure, et celle-ci d'une clé. Madeleine hésita un instant puis tourna cette dernière. Elle se déshabilla rapidement, posant son châle, sa robe et ses bas sur la table avant de s'effondrer en remerciant le ciel sur le matelas passablement défoncé, et de tirer la couverture sur elle.

Quelques minutes plus tard, elle dormait déjà…

Le lendemain matin, après avoir longtemps hésité, Madeleine sortit discrètement de sa chambre pour aller se servir un verre d'eau dans la cuisine. Son châle soigneusement serré autour de ses épaules, elle repartait vers sa chambre quand elle tomba nez à nez avec Calumn. Surprise, elle sursauta, renversant un peu d'eau sur sa chemise tandis qu'il grommelait sur un ton peu amène dans une langue qu'elle ne connaissait pas. Il avait enfilé une robe de chambre lâchement attachée à la taille et la dévisageait comme si elle avait été un insecte indésirable. Dans la lumière crue du jour, ses yeux étaient d'un bleu sombre, magnifiques, en dépit de ses paupières lourdes. La barbe naissante sur son menton semblait taillée dans le bronze, en tout cas plus foncée que ses cheveux en bataille, ce qui lui donnait l'air d'un mauvais garçon.

— Qui diable êtes-vous ? aboya-t-il.

— Madeleine Lafayette, répondit-elle, désemparée. Vous ne vous souvenez pas… ?

— Vous êtes française ?

Elle sourit nerveusement, puis :

— Je n'ai pas changé depuis hier, en effet, répondit-elle.

A son grand soulagement, il lui sembla que la mauvaise humeur de Calumn disparaissait rapidement. Il se passa la main dans les cheveux et, avec un sourire chagrin :

— Française, hein ? Et apparemment pas une voleuse. J'ai besoin de café !

Là-dessus, il ouvrit la porte qui menait à la cage d'escalier.

— Jamie ! hurla-t-il à pleins poumons. Où es-tu ?

On entendit des pas avant qu'apparaisse un gamin

d'environ neuf ou dix ans arborant une tignasse blonde et crasseuse, et un visage auquel une bonne toilette n'aurait pas fait de mal.

— Pas besoin de vous demander comment vous allez ce matin, m'sieur Munro, lança le garçon avec un sourire culotté en tendant à son maître un plateau sur lequel se trouvait une cafetière en émail blanc ainsi qu'une grande chope de bière. On dirait un ours qui a mal à la tête.

Calumn prit la cafetière sans répondre, puis, comme il jetait au gamin une pièce, il remarqua le regard curieux que celui-ci lançait à Madeleine.

— Si je t'attrape à raconter des bêtises, ce n'est pas moi qui aurai mal à la tête, je te le promets. Me suis-je bien fait comprendre ?

— On ne peut mieux, monsieur Munro. Je n'ai vu personne.

Sur ces mots, Jamie adressa un sourire insolent à Madeleine et sortit de la pièce en claquant la porte derrière lui.

Calumn leur versa à tous les deux une tasse de café avant d'avaler une longue gorgée de bière pour se revigorer.

— Jamie et sa famille habitent au rez-de-chaussée, crut-il bon d'expliquer en se laissant tomber dans l'un des fauteuils qui faisaient face à Madeleine. Andrew McFarlane, son père, est mort. Sa mère héberge quelques locataires et prend soin de moi.

Sous sa robe de chambre, il portait toujours sa chemise, mais pas son haut-de-chausse.

Consciente de l'indécence de sa propre tenue, Madeleine serra son châle sur ses épaules et essaya de rajuster sa chemise, ce qui nc fit qu'attirer l'attention de Munro sur ses chevilles nues. Elle cacha ses jambes aussi loin qu'elle le put sous le canapé et secoua la tête dans une manœuvre désespérée pour dissimuler le rouge qui lui montait aux joues.

— Ne vous rappelez-vous rien de la nuit passée, monsieur ?

Calumn regarda ses phalanges d'un air grincheux.

— Ça me revient à présent, affirma-t-il.

Ses lèvres pincées étaient comme un écho de sa mine menaçante de la nuit.

— Ce sont des hommes comme ceux-là qui donnent mauvaise réputation aux soldats. Ils ne vous ont pas fait de mal, au moins ?

Madeleine trembla en repensant aux visages de ses agresseurs qui surgissaient dans sa mémoire comme autant d'esprits malfaisants.

— Non, pas du tout, grâce à vous. Vous avez été très courageux de les défier tous les trois à vous tout seul. Vous auriez pu être tué.

Calumn esquissa un sourire plein d'ironie amère.

— Peut-être était-ce mon but, qui sait ? Parfois, je pense que je gagnerais à être mort.

Ses yeux brillaient comme le granit sur les sommets des Highlands.

Madeleine frissonna, effrayée par la sévérité de son expression.

— Vous ne devriez pas parler de la sorte.

— Vraiment ? grommela-t-il. Et en quoi cela vous concerne-t-il, je vous prie, mademoiselle ?

Il avait posé la question d'un ton si sec et avec l'air si furibond que Madeleine n'osa pas répondre.

Fort heureusement, il ne semblait pas attendre qu'elle le fasse. Son air renfrogné disparut peu à peu. Visiblement, il était homme à changer facilement d'humeur.

Calumn reporta son attention sur la visiteuse. Après tout, elle ne lui avait rien fait, elle ne méritait pas de supporter ses grognements. En tout cas, elle semblait fichtrement gênée de se trouver ainsi à peine vêtue devant lui. Et bien trop embarrassée pour être le genre de femme qu'il avait cru. Elle était plus jeune, aussi. Dans quel guêpier s'était-il donc fourré ?

— Ça n'a pas été la meilleure façon de découvrir l'Ecosse, mais si vous permettez, vous cherchiez vraiment les ennuis à baguenauder autour du château de la sorte. Ces hommes se sont mépris sur les raisons de votre présence en ces lieux, sans aucun doute. J'en ai fait de même, d'ailleurs. Je suppose que je me suis trompé, n'est-ce pas ?

Madeleine le regarda d'un air consterné.

— Absolument ! répondit-elle, indignée, en serrant de plus belle son châle autour d'elle.

— C'est ce que je viens de dire, riposta-t-il, pas du tout impressionné par la gêne qu'il sentait en elle. Mais j'ai dit aussi que vous ne pouvez me reprocher de l'avoir pensé, car n'importe qui serait arrivé à la même conclusion à ma place.

Elle demeura muette. Bien sûr ! qu'avait-elle à répondre à cela ? Il avait raison !

— Que diable faisiez-vous dans un pareil endroit ? N'aviez-vous pas d'argent pour vous payer un logement ?

Dans la clarté crue du jour, après une nuit de sommeil réparateur, Madeleine peina à trouver une réponse à cette question parfaitement raisonnable. En fait, elle jugeait elle-même très sévèrement son comportement de la veille.

— Je ne sais pas, concéda-t-elle.

Elle se trouvait franchement stupide, tout d'un coup.

— Je veux dire… oui, j'avais de l'argent, mais je ne sais pas pourquoi je n'ai pas trouvé où dormir.

— Savez-vous au moins pourquoi vous êtes ici ? A Edimbourg, je veux dire.

— Bien sûr, rétorqua-t-elle en se redressant d'un air hautain. Je voulais entrer dans le château, mais ils n'ont rien voulu savoir.

— Que diable… ?

— Je voulais parler aux prisonniers. Je suis à la recherche de quelqu'un.

— Un homme, je présume.

Madeleine hocha la tête.

— Et cet homme, qu'a-t-il fait ?

— Rien, s'exclama Madeleine, indignée. Ce n'est pas un criminel.

— En ce cas, pourquoi... Ah ! Je vois. Votre homme est un jacobite.

Calumn attendit qu'elle acquiesce pour poursuivre :

— Et qu'est-ce qui vous fait penser qu'il est au château ?

La question avait beau être courtoise, le ton était dur et sans aménité.

— Rien. En fait, je ne sais pas où il se trouve.

Elle se tut un instant, la gorge nouée et l'esprit troublé par tout ce qu'elle ignorait à propos de Guillaume et de ce qui lui était arrivé.

— Le château est un bon endroit pour commencer mes recherches. J'ai pensé que quelqu'un — un autre jacobite, j'imagine — pourrait l'avoir connu, ou savoir ce qu'il est advenu de lui, ou encore m'aider à retrouver sa trace.

— C'est un peu comme chercher une aiguille dans une meule de foin, si vous voulez mon avis, affirma Calumn en se passant la main sur le front.

Il commençait à avoir mal à la tête et, malgré les efforts qu'il faisait pour réfléchir, ses pensées le fuyaient comme un lièvre devant un chien de chasse.

— Comment se fait-il que vous parliez si bien l'anglais ?

— Une dame de notre village, Mme Le Brun, la femme du maître d'école, vient d'une ville nommée Douvres, expliqua Madeleine, quelque peu surprise par ce brusque changement de sujet. Elle m'enseigne la broderie — du moins, elle essaye — en même temps que l'anglais, ajouta-t-elle en observant son hôte d'un œil circonspect. Elle serait fière de votre compliment, car elle désespère de me voir jamais broder convenablement.

C'était une tentative pour alléger l'atmosphère avec un peu d'humour. Une vaine tentative, visiblement…

Calumn se frotta les yeux en secouant la tête pour essayer de chasser le brouillard qui lui embrumait l'esprit. Un rayon de soleil entra dans la pièce à travers les vitres plombées de la fenêtre si brusquement qu'il plissa les yeux en grimaçant. Il avait bu trop de whisky, mais au moins cela lui évitait-il de trop rêver. Il reporta toute son attention sur sa visiteuse inattendue.

Elle était menue, avec de longs cheveux d'un blond très pâle qui lui tombaient dans le dos. Splendide, en fait, dans le genre éthérée, un rien étrange.

— Vous avez l'air d'une sirène, affirma-t-il en souriant.

Madeleine dut aussitôt réprimer un frisson. Le sourire de Calumn était fascinant. Sa voix avait des accents envoûtants, mélodieux, sensuels, qui excitaient ses sens de jeune fille d'une manière extrêmement primaire, instinctive. En le regardant à la dérobée alors que la lumière du soleil dessinait une auréole mordorée autour de sa tête, elle se rendit compte que Calumn Munro était vraiment un très bel homme, et terriblement attirant. Peut-être sa mauvaise humeur n'était-elle qu'un petit défaut matinal vite dissipé.

— Ma mère le disait aussi, à l'occasion, commenta-t-elle.

Le sourire de Calumn s'accentua et ses yeux se mirent à pétiller.

— M'avez-vous mis au lit hier soir ?

— Je n'ai fait que vous installer aussi confortablement que possible, rectifia-t-elle.

Le souvenir de leurs corps pressés l'un contre l'autre était si vif qu'elle eut l'impression que ses joues la brûlaient tant elle était gênée.

— Me suis-je bien tenu au moins ?

Elle se demanda s'il savait que c'était elle, et non lui, qui avait pris des libertés.

— Vous vous êtes parfaitement bien comporté. Vous l'aviez promis, d'ailleurs. Parole de Munro, avez-vous dit.

Le sourire de Calumn s'évanouit aussitôt. Ses yeux s'assombrirent, comme si une lumière, soudain, venait de s'éteindre.

— Parole de Munro ? répéta-t-il d'une voix pleine d'amertume. Je devais être totalement ivre.

Calumn se leva et s'étira, faisant rouler ses épaules raidies par la tension. Il avait besoin de manger et de respirer un peu d'air frais.

— Je ne peux pas réfléchir l'estomac vide, déclara-t-il. D'abord, nous allons manger un peu, ensuite, vous me raconterez votre histoire comme il faut.

— Vous en avez déjà trop fait pour moi, protesta Madeleine sans y mettre beaucoup de cœur.

Elle aussi avait une faim de loup et Calumn Munro semblait être un homme assez influent. Il avait amplement prouvé, au cours de la nuit, qu'il était également un homme d'action. Sans compter qu'il se trouvait être aussi le seul ami qu'elle ait dans ce pays inconnu. Il aurait fallu qu'elle soit folle pour refuser l'occasion qui s'offrait à elle d'obtenir son aide.

Folle, ou peut-être sage ?

Elle ne savait rien de lui, après tout, et, outre son humeur quelque peu imprévisible, elle trouvait sa présence dangereusement troublante. Mais malgré tout, elle avait confiance en lui. Et il l'intriguait, autant le dire.

— Oui, je vous remercie, finit-elle par dire en souriant timidement. Je vais aller m'habiller.

— Je vais demander à Jamie de vous monter de l'eau chaude, déclara-t-il en appelant le gamin d'une voix à réveiller un mort.

En même temps que l'eau chaude, Jamie apporta une lettre qui venait d'arriver. Quand il se fut lavé et habillé, Calumn en brisa le sceau avec une réticence visible. Son front se plissait à mesure qu'il parcourait les feuillets remplis de l'écriture élégante de sa mère :

« Ton père est au plus mal… la fin est proche… l'intendant doit être surveillé en permanence… ton retour est de plus en plus indispensable. »

Les mêmes phrases, encore et toujours, quoique le passage concernant les attaques portées contre les terres de l'ouest semblait nouveau :

« … vengeance d'un clan jacobite… il fallait s'y attendre vu la position des Munro dans ce conflit… »

Il sentit la colère lui nouer l'estomac lorsqu'il relut ce dernier passage avec plus d'attention. L'état dans lequel la rébellion avait laissé l'Ecosse était une tragédie en soi, mais voilà qu'à présent les alliés d'hier se battaient entre eux ! S'ils voulaient survivre, les clans écossais devaient s'unir, bon sang ! Comment pouvaient-ils ne pas le comprendre ?

« Te supplie de rentrer… Ton père… pas certain qu'il vive encore bien longtemps… »

Si son père mourait, Calumn hériterait des terres. Il pourrait en changer l'organisation, en rénover l'administration, en prendre soin comme il fallait et les faire produire de quoi satisfaire les besoins du domaine sans l'épuiser. Il pourrait enfin y réaliser tous les projets qu'il nourrissait depuis des années. Mais elles ne lui appartenaient pas pour le moment, et cela risquait de durer encore longtemps. Son père était peut-être affaibli, mais il s'accrochait à la vie avec plus de vigueur que sa mère ne le pensait, sans doute.

Et de toute façon, à quoi bon rêver quand il ne pouvait

tout bonnement pas rentrer chez lui ? Pas maintenant en tout cas. Peut-être même jamais.

L'habituel mélange de frustration et de rage qu'il ressentait chaque fois qu'il se prenait à en vouloir au destin s'empara de lui, lui donnant la nausée. D'un geste furieux, il chiffonna les feuillets et les jeta dans la cheminée vide au moment même où Madeleine le rejoignait.

Elle fronça les sourcils devant ce manège, inquiète de savoir ce qui pouvait lui avoir causé une telle fureur. Toutefois, quand elle remarqua l'expression renfrognée de son visage, elle prit la sage décision de ne rien dire. Il portait des hauts-de-chausses et des bottes montantes sous son grand manteau sombre. Tout cela était fort bien coupé et visiblement coûteux. Il s'était rasé et coiffé, bien qu'il n'ait pas noué ses cheveux sur sa nuque. Ils flottaient librement, presque jusqu'à ses épaules. C'était inhabituel pour un homme de sa condition de se présenter ainsi sans perruque ou sans au moins s'être poudré, mais Madeleine trouvait que cela lui allait bien.

Il s'ébroua en se passant le pouce sur le front comme pour effacer la ride profonde que ses sombres pensées y avaient creusé.

— Allons, lança-t-il en ouvrant la porte devant la jeune femme. Mon ventre crie famine.

Ils descendirent l'escalier, traversèrent la venelle sombre pour finalement atteindre le Lawnmarket, qui à cette heure grouillait de colporteurs et de marchands. Chacun rivalisait pour se faire entendre des clients éventuels en vantant plus fort que son voisin les mérites de sa marchandise. Les sabots des chevaux comme les roues cerclées de fer des charrettes et des voitures claquaient sur les pavés de granit. Des porteurs de chaise se frayaient tant bien que mal un chemin au milieu des hordes de clients et de badauds qui encombraient les flancs de Castlehill et la Grand-Rue qui en descendait, jusqu'au Parlement et, plus loin, la masse sombre de la prison de Tollgate. Un parfum appétissant de pain frais et de fromage fort flottait dans l'air, par-dessus celui qu'exhalaient les innombrables balles des tissus, mais rien ne pouvait faire oublier l'odeur pestilentielle qui montait des profonds caniveaux qui couraient de chaque côté de la rue.

Madeleine s'arrêta, pétrifiée face au flot incessant de la foule. Calumn lui prit le bras.

— Agrippez-vous à moi.

Elle devait faire deux pas chaque fois qu'il en faisait un seul, mais la foule s'ouvrait devant lui comme par magie. Il marchait sans effort, à longues enjambées, comme si de rien n'était. Madeleine s'accrochait à son bras désespérément, sa main libre protégeant son petit pécule caché dans une poche discrète quoique brodée, solidement amarrée autour de sa taille.

Remarquant certainement l'agitation qui se lisait sur le visage de Madeleine, Calumn l'attira contre lui.

— Je devine que vous n'êtes pas une citadine.

— Je suis bretonne et je viens d'un endroit situé près de Roscoff, sur la côte.

— Je ne suis jamais allé en Bretagne, mais j'ai déjà traversé la France. Ainsi, vous êtes une campagnarde ?

— Absolument.

Il n'avait pas ralenti l'allure. Ils prirent la route pentue qui descendait West Bow, Calumn ouvrant la voie sans faiblir à travers un dédale de venelles et de ruelles étroites jusqu'à un estaminet situé sur le marché aux herbes, dont il salua le propriétaire en l'appelant par son nom et en lui commandant de leur servir un petit déjeuner sur-le-champ.

On les fit entrer dans une alcôve poussiéreuse, au fond de la salle, à l'abri de la curiosité d'un groupe hétéroclite de garçons d'écurie, cochers et passagers attendant l'arrivée des diligences, et on leur servit rapidement d'épaisses tranches de jambon, des œufs et du boudin. Si Calumn mangea de bon appétit, Madeleine se montra plus circonspecte et décida de se passer de boudin après l'avoir reniflé d'un air suspicieux.

— Parlez-moi de ce jacobite que vous cherchez, s'enquit Calumn en repoussant son assiette vide.

— Il est venu en Ecosse avec un bataillon appelé les Ecossais royaux.

— Les Royal Scots, traduisit Calumn. Un mélange d'Ecossais et de Français, en fait. Plus un bon nombre de mercenaires. Ils étaient commandés par Drummond, si ma mémoire est bonne ?

— Oui. Comment savez-vous tout ça ?

— Tous les Français ont été graciés, vous savez, affirma-t-il, ignorant la question. Ils ont été rassemblés et renvoyés chez eux il y a déjà un bon moment. Comment pouvez-vous être certaine que cet homme est encore vivant ?

Madeleine dessina machinalement sur la table de bois du bout de sa fourchette.

— Je le suis, voilà tout. Je ne peux pas expliquer pourquoi, mais s'il était mort, je… je le saurais. Je le sentirais au fond de moi.

Calumn observa attentivement la jeune femme, ses paroles faisant écho aux siennes lorsqu'il s'accrochait à l'espoir que son frère était toujours en vie.

« Rory est mort, Calumn, lui avait rappelé sa mère. Cela fait déjà six mois. Il faut l'accepter, tous tant que nous sommes. Heronsay est à toi, désormais. »

Il lui fallut fermer les yeux pour essayer de repousser les souvenirs douloureux qui remontaient à sa mémoire. Lui aussi avait été convaincu que son frère n'était pas mort, qu'il ne pouvait pas être mort… tout simplement parce qu'il le sentait.

Il battit des paupières comme un homme qui se réveille d'un songe, et les rouvrit sur Madeleine qui le regardait d'un air inquiet.

— Quelque chose ne va pas ? s'enquit-elle en tendant instinctivement la main vers lui.

Elle avait de longs doigts, des ongles soignés, bien taillés et soigneusement limés. Il posa son autre main sur celle de la jeune femme, remarquant au passage le contraste frappant entre la peau douce et laiteuse de celle-ci et la sienne, rugueuse et hâlée. Il trouvait agréable de sentir sa petite main, fragile et souple à la fois, blottie dans la sienne. Il mêla ses doigts à ceux de Madeleine, émerveillé de les sentir s'effleurer et de les voir s'imbriquer si parfaitement malgré leur différence de taille. Il avait l'impression de la connaître, et depuis longtemps. Ce qui était parfaitement ridicule.

Il lâcha sa main précipitamment et se rencogna dans son siège en secouant la tête.

— Non, tout va bien. Je sais ce que vous voulez dire quand vous affirmez être sûre qu'il est vivant, voilà tout.

Il s'en voulait de s'être montré vulnérable pendant une fraction de seconde.

— Visiblement, vous avez éprouvé la même chose à propos de quelqu'un, risqua Madeleine prudemment.

Une porte claqua quelque part, rappelant Calumn à la réalité.

— Alors, qui est-ce, ce jacobite que vous cherchez ? demanda-t-il brusquement.

— Il s'appelle Guillaume. Il est comte de Guise.

— Un noble, donc. Cela devrait nous rendre la tâche un peu plus aisée.

— Oui, c'est ce que je me suis dit également. C'est pour cela que je voulais parler aux autres jacobites de la prison. Je sais qu'il y a peu de chances que cela donne grand-chose, mais il faut un début à tout.

— C'est grandement improbable en effet, surtout après tout ce temps. Pourquoi avoir tant attendu ? Cela fait plus d'un an depuis la bataille de Culloden.

— Croyez-vous que je l'ignore ? s'exclama Madeleine, la lèvre tremblante. J'ai passé toute cette année à faire tout ce qui était en mon pouvoir pour essayer de découvrir ce qu'il était advenu de lui, mais personne n'a voulu me dire quoi que ce soit. J'ai écrit un nombre incalculable de lettres aux autorités civiles comme militaires, mais la seule chose qui m'a été répondue, c'est que Guillaume ne figure sur aucune liste, pas plus sur celle des hommes qui ont été renvoyés dans leurs foyers que sur celles de ceux qui sont… tombés sur le champ de bataille ou ont été exécutés. Cela lui ressemble tellement peu de ne pas donner de nouvelles. Je ne comprends pas. Où peut-il être ?

Madeleine tourna ses grands yeux embués de larmes vers Calumn, un air suppliant sur le visage. Visiblement, la jeune femme était à bout de nerfs après avoir cherché son Guillaume pendant plus d'un an.

— Ne pensez-vous pas, mademoiselle, que le temps est venu de vous faire à l'idée qu'il est…

— Non ! cria Madeleine en le fusillant du regard, une expression de déni absolu sur le visage, avant de répéter, plus doucement cette fois, mais d'un ton tout aussi résolu :

— Non. Je ne veux pas vous écouter. Vous parlez comme tous les autres.

L'accusation faisait mal. Une fois encore, Calumn se sentait renvoyé six mois en arrière, dans une situation absolument semblable, si ce n'est qu'il était à la place de Madeleine. Il serra les poings. Il avait attendu, avait tenu bon contre vents et marées, mais il ne pouvait oublier les doutes qui l'avaient assailli à l'époque. Il ne pouvait pas se vanter d'avoir été aussi ferme dans ses convictions que cette fille. Il avait tenu tête à tous les appels à la raison en public, certes, mais en privé, il s'était posé maintes fois la question. Ne s'agissait-il pas en fait du fameux sentiment de culpabilité du survivant ? Ou bien d'un refus obstiné d'affronter la vérité en face ? Il avait survécu à sa blessure uniquement parce que le destin, la fatalité, l'avaient placé du côté des vainqueurs. Rory, lui, avait choisi de se battre aux côtés des siens, et n'avait vraisemblablement pas eu autant de chance. Et pourtant, contre toute raison, Calumn avait décidé d'attendre, parce que ne pas le faire aurait équivalu à accepter l'inacceptable. Le prix qu'il avait payé, et qu'il continuerait à payer encore longtemps pour son choix était déjà bien assez lourd ainsi.

— Je vous prie de me pardonner. Je n'aurais pas dû me montrer aussi impolie.

La voix de Madeleine émergea brusquement au milieu de ses pensées. Elle scrutait son visage avec intensité. Bien trop à son goût.

— Inutile de vous excuser, répondit-il d'un ton bourru. Je n'ai pas à mettre en doute vos convictions.

Elle esquissa un sourire timide.

— Je sais que Guillaume est probablement mort. Je sais que c'est un peu irrationnel de ma part de penser le contraire vu les circonstances, mais je trouve toujours impossible d'accepter cette chose-là. Vous me comprenez, je pense. C'est le doute qui…

Calumn répondit d'un hochement de tête.

— Qu'est-il pour vous, ce Guillaume ?

— Je… eh bien, nous sommes… amis.

— Des amis ! Vous avez fait tout ce chemin pour retrouver un ami ? Ce doit être une amitié bien particulière qui vous lie tous les deux.

Madeleine baissa les yeux, troublée par les grands yeux bleus étonnamment pénétrants de Calumn. Elle se remit à jouer nerveusement avec ses couverts. Elle éprouvait une réticence étrange à lui dire la vérité. Au bout de quelques secondes, elle finit pourtant par poser sa fourchette sur la table avant de soutenir le regard de l'Ecossais.

— Nous nous connaissons depuis notre enfance. Guillaume est mon meilleur ami.

Pour une fois, c'était la vérité.

Calumn haussa les sourcils d'un air sceptique.

— Et comment vous êtes-vous retrouvée seule à Edimbourg ?

— Tout le monde à part moi est convaincu que Guillaume est mort. Personne ne veut m'écouter. Je n'avais d'autre choix que de venir ici moi-même.

En fait, elle s'était enfuie, mais elle doutait qu'il accepte de l'aider si elle lui disait la vérité. Plus vraisemblablement, il insisterait pour la renvoyer chez son père, et c'était un risque qu'elle ne pouvait pas prendre, surtout après en avoir pris tant pour arriver jusqu'ici.

— Ne va-t-on pas s'inquiéter de votre absence ?

Elle haussa les épaules d'un air délibérément désinvolte.

— Ils devineront sans peine où je suis.

— Je vois, se contenta de répondre Calumn.

Il comprenait effectivement de quoi il retournait. A l'évidence, cette fille était amoureuse du comte disparu, et elle avait été abandonnée purement et simplement par ce dernier. S'il n'était pas mort, Guillaume de Guise s'était sûrement entiché d'une autre femme. Calumn avait souvent vu la chose advenir parmi ses hommes. Postés loin de chez eux pendant des mois, ils succombaient aux beaux yeux d'une jolie fille du cru et oubliaient vite celle qui les attendait chez eux. Que son galant soit mort ou dans d'autres bras, Madeleine Lafayette allait être déçue, inévitablement.

Ce lâche aurait dû assumer et avouer à Madeleine la vérité ! songea Calumn en secouant la tête.

— Vous courez sans doute après une chimère, vous savez, asséna-t-il d'une voix douce.

De grosses larmes perlèrent aux yeux de Madeleine, mais elle haussa les épaules d'un air fataliste. Ce petit geste de défense toucha le cœur de l'Ecossais plus que ses larmes, car il se souvenait avoir été exactement comme elle pendant tout le temps où ils avaient cru avoir perdu Rory. Il fouilla la poche de son gilet en quête d'un mouchoir et le lui tendit. Chimère ou pas, elle avait fait preuve d'un sacré courage en venant jusqu'ici toute seule, et d'une détermination confondante, par-dessus le marché. Il ne pouvait s'empêcher — surtout lui — de l'admirer pour cela. Elle méritait de découvrir la vérité, même si elle allait au-devant d'une grande désillusion. Pourquoi refuser de l'aider ?

Il reprit sa main dans la sienne et savoura de nouveau l'étrange sensation qui s'empara de lui.

— Je vais voir ce que je peux faire, déclara-t-il. Je ne vous promets rien, mais je pense pouvoir vous faire pénétrer dans le château, si c'est toujours ce que vous voulez. Et j'ai un ami, ici à Edimbourg, qui peut compulser les archives pour vérifier que de Guise n'est pas sur la liste de ceux qui ont été renvoyés en France, ou celle de… ou une autre.

— Je savais que vous me comprendriez, commenta doucement Madeleine.

Elle le regardait si intensément qu'il en était presque gêné. Il jeta quelques pièces sur la table avant de lancer :

— Venez ! Allons voir ce que nous pouvons faire pour retrouver votre cher Guillaume !

Chapitre 2

Calumn sortit d'un pas rapide, Madeleine trottinant à son côté, hors d'haleine, mais tout excitée à l'idée que les choses allaient peut-être enfin avancer.

Le marché aux herbes était le point d'arrivée et de départ de la plupart des diligences qui entraient ou sortaient d'Edimbourg. Tout au fond de la place se dressait le gibet, et au-dessus de celui-ci, perché sur son aiguille de basalte, le château lui-même.

— Tout est si grand ici ! commenta la jeune femme en levant des yeux émerveillés vers les bâtiments élancés qui comportaient jusqu'à quatre, cinq, parfois même six étages.

Pour quelqu'un qui ne connaissait en fait de métropole que la petite ville bretonne de Quimper, la capitale de l'Ecosse, avec ses avenues bondées et sa populace affairée, semblait appartenir à un autre monde. Les maisons étaient si serrées les unes contre les autres qu'on aurait juré que, comme les gens dans les rues, elles luttaient férocement pour obtenir un peu d'espace et de lumière. Les auberges et les relais de poste occupaient le premier niveau de la quasi-totalité des bâtiments et n'étaient séparés que par des ruelles incroyablement étroites. L'horizon n'était qu'une accumulation de pignons et de toits, de cheminées fumantes et de cordes à linge tendues sur des poulies et sortant des fenêtres des taudis, sur lesquelles le linge flottait comme les voiles innombrables d'une flottille invisible.

— Tant de gens entassés les uns sur les autres…, observa

Madeleine. Je ne sais pas comment ils peuvent supporter de vivre ainsi. On dirait un labyrinthe.

— En effet, et fichtrement mal construit avec ça, dans cette partie de la ville, répondit Calumn. Certains de ces escaliers sont terriblement traîtres. Le problème, c'est qu'il y a beaucoup trop de gens et qu'il n'y a nulle part où construire, excepté en hauteur, à cause des remparts qui ceignent la ville.

D'un geste adroit et précis, il tira Madeleine hors du chemin d'une charrette chargée de barils de bière dangereusement empilés.

— Où allons-nous ?

— Voir une amie à moi.

Il la guida à travers une de ces traverses typiques d'Edimbourg qui montait en pente raide entre les deux rues qu'elle reliait l'une à l'autre, puis prit à gauche et pénétra dans une petite cour dans laquelle des cordes à linge occupaient presque tout l'espace disponible et dansaient un étrange ballet entre les poteaux auxquels elles étaient accrochées.

— Attention aux marches.

L'escalier montait en colimaçon sur l'extérieur du bâtiment, presque comme un échafaudage de bois précairement attaché au taudis de pierre. Madeleine releva ses jupons et se mit à grimper d'un pas nerveux. Elle fut grandement soulagée quand Calumn s'arrêta au premier étage.

— Jeannie ! appela-t-il en frappant à la porte quelques coups bien sentis.

Une jeune femme vint ouvrir, dont le visage s'illumina quand elle reconnut son visiteur.

— Calumn, quelle surprise !

Ses cheveux roux flamboyants étaient retenus en un chignon précaire sur le sommet de sa tête. Elle avait l'air très aimable, et le décolleté de sa chemise négligemment déboutonnée montrait plus de sa poitrine laiteuse qu'il n'eût été convenable, du moins d'après les critères de Madeleine.

— Je vous amène une jeune personne qui, je crois, gagnerait à vous rencontrer : Mlle Lafayette. Madeleine, je vous présente Jeannie.

— Bonjour, mademoiselle, salua cette dernière avec une révérence approximative. Entrez, tous les deux, avant que toute la venelle ne se demande ce qui me vaut cette visite.

En dépit du fait qu'elle n'était pas, de toute évidence, une femme respectable, Madeleine trouva Jeannie sympathique. Celle-ci les fit entrer dans une pièce qui semblait servir de chambre à coucher, de salle à manger et de salon tout à la fois. Une énorme marmite noire était suspendue au-dessus de la cheminée, grâce à un système de poulies compliqué installé dans l'âtre. Une grande table ainsi qu'un assortiment de chaises occupaient l'essentiel de l'espace, ces dernières toutes couvertes de piles de linge soigneusement plié. Au fond, une sorte d'alcôve s'ouvrait directement dans le mur, comme un placard dépourvu de porte. C'était là que se trouvait le lit. Jeannie s'affaira à dégager quelques chaises et invita ses hôtes à s'asseoir.

— Excusez le désordre, plaida-t-elle auprès de Madeleine.

— Jeannie est lingère, expliqua Calumn en s'installant tranquillement sur une chaise de bois un peu branlante, visiblement très à l'aise dans la pièce encombrée. Elle lave mes chemises et je donne des leçons d'escrime à son frère, en contrepartie. Elle s'occupe également du linge de certains prisonniers du château.

— Celui de ceux qui peuvent s'offrir mes services, évidemment, précisa Jeannie. J'y vais tous les jours ou presque et je peux vous dire que ça fait de la peine. Certains de ces malheureux sont enfermés là-dedans depuis des années.

Madeleine comprit soudain ce que tout cela impliquait.

— Vous voulez dire que vous pouvez parler aux prisonniers ? s'exclama-t-elle.

— Bien sûr.

— Mlle Lafayette cherche quelqu'un qui pourrait être prisonnier au château, intervint Calumn pour répondre au regard inquisiteur de Jeannie. Un Français nommé Guillaume de Guise.

— De quoi a-t-il l'air ?

Si seulement elle avait eu une miniature de lui ! songea Madeleine en fermant les yeux pour essayer de se remémorer le visage de Guillaume. Mais après tant de temps sans le voir, l'image qu'elle avait de lui s'évanouissait peu à peu. Elle se souvenait de certaines choses — son visage, sa façon de monter à cheval quand ils chevauchaient dans les champs tous les deux, sa voix quand il appelait ses chiens — mais elle n'arrivait plus à se souvenir clairement de ses traits. Au lieu de cela, elle fit une description d'un portrait qu'on avait fait de lui pour ses vingt et un ans et qu'elle trouvait assez ressemblant :

— Il est grand, quoique pas autant que M. Munro. Il est un peu plus mince, aussi, avec des cheveux noirs qu'il fait couper très court, car il porte d'ordinaire une perruque. Ses yeux sont bleus, mais plus pâles que ceux de monsieur. Et il est plus jeune. Il doit avoir vingt-trois ans.

Elle regarda Calumn, affalé sur sa chaise à côté d'elle. Il émanait de lui une sorte de grâce nonchalante, une présence, une telle impression de force et de… virilité, qu'elle ne pouvait imaginer qu'elle oublierait un jour à quoi il ressemblait. En comparaison, le souvenir de Guillaume lui semblait passablement juvénile, et elle se sentait confusément désappointée qu'il soit aussi éphémère.

Jeannie secoua la tête.

— Désolée, je ne me souviens pas d'avoir vu quelqu'un qui ressemblait à ça.

— Attendez, intervint Calumn. Ne m'avez-vous pas dit que lady Drummond était détenue dans le Trou noir ?

— Exact. Avec ses deux filles. C'est vraiment une honte de voir une dame de qualité obligée de vivre dans de telles conditions. Je dois leur rendre quelques chemises aujourd'hui. Des splendeurs ! La qualité de la façon !

— Lord Drummond était le commandant des Ecossais royaux, le régiment dans lequel combattait de Guise, expliqua Calumn. Il a été exécuté il y a quelques mois, mais ils n'ont pas le droit de disposer de sa femme de la même façon. Ce sera sûrement intéressant de vous entretenir avec elle.

— Vous ne pouvez pas me demander de l'emmener là-bas, Calumn. C'est un endroit affreux.

— Je n'ai pas peur, déclara Madeleine d'un ton plein de détermination. Et je vous serais vraiment très reconnaissante si vous acceptiez de m'aider. S'il vous plaît ?

Jeannie fit une moue clairement désapprobatrice.

— Il va falloir que nous nous occupions de vos vêtements. Ils sont bien trop beaux pour une lingère. Je vous donnerai un tablier pour les cacher un peu et vous pourrez mettre une coiffe, mais vous devrez garder vos mains hors de vue. Avec un tout petit brin de jugeote, n'importe quel imbécile peut voir que vous n'avez jamais lavé une chemise de votre vie.

— Oh merci ! s'exclama Madeleine en se levant d'un bond pour aller poser un baiser sur la joue de Jeannie. Vous n'avez pas idée de ce que cela représente pour moi.

— Ne dites pas de bêtises. J'espère simplement que vous savez pourquoi vous faites ça. Maintenant, filez. Retrouvez-moi au pied de Castlehill à 2 heures.

— Elle est gentille. Je l'aime bien, commenta Madeleine à l'adresse de Calumn quand elle se retrouva à trottiner dans la rue au côté de celui-ci pour essayer de rester à sa hauteur. C'est votre bonne amie, n'est-ce pas ?

Calumn éclata de rire.

— Seigneur, non ! Jeannie est une chouette fille, mais c'est seulement une amie, rien de plus.

— Une chouette fille ? Qu'est-ce que ça veut dire ? s'enquit Madeleine en répétant l'expression pour elle-même, comme si cela pouvait l'aider à en comprendre le sens. En suis-je une moi aussi ?

Ils venaient d'atteindre la venelle qui donnait sur le logis de Calumn. En souriant de voir la jeune femme s'exercer à prononcer convenablement ces mots typiquement écossais, il poussa la grille et s'effaça devant elle pour lui permettre d'entrer dans la cour. Comme elle passait devant lui, sa hanche effleura la cuisse de Calumn, ce qui rappela immédiatement à ce dernier les sensations de la nuit passée. Il se rappelait la souplesse et la douceur du corps de Madeleine effondré sur le sien et se remémora à quel point sa main dans la sienne lui avait semblé étonnamment à sa place, au point qu'il ne put s'empêcher de se demander si ses lèvres s'accorderaient aux siennes aussi magnifiquement.

Elle s'était arrêtée pour l'attendre pendant qu'il fermait la grille et, au moment où elle faisait mine de se lancer dans l'escalier, il lui prit le bras et l'attira contre lui, se surprenant lui-même.

— Vous êtes bien trop jolie pour ça, Madeleine Lafayette, affirma-t-il. Vous êtes plutôt une petite sorcière, comme on dit ici. Et fascinante avec ça.

— Je ne suis pas une sorcière, protesta la jeune Française, outrée.

Ils avaient beau ne pas se toucher, il sentait quand même la chaleur de son corps.

— Non ? Alors une fée ? répliqua Calumn en se demandant avec un brin d'ironie si elle lui avait jeté un sort.

C'était ridicule, évidemment, mais il n'arrivait pas à s'empêcher d'éprouver un besoin aussi impérieux que soudain de la prendre dans ses bras et de l'embrasser. Pourtant, il n'aurait pas dû, il le savait. Il se pencha sur elle et inspira l'odeur de son parfum, qui à son tour fit surgir de sa mémoire le souvenir voluptueux des senteurs de la nuit passée.

— Que faites-vous ? Lâchez-moi ! s'écria-t-elle, le souffle coupé.

Madeleine le repoussa de toutes ses forces. Ses poumons semblaient s'être arrêtés de fonctionner. Son cœur, lui, cognait bien trop fort dans sa poitrine. Les yeux de Calumn luisaient comme l'océan sous un soleil d'été. On aurait dit qu'il allait l'embrasser. Il n'allait pas oser, tout de même ? Et elle n'allait pas…

Calumn lui donna un baiser — le plus doux des baisers. Leurs lèvres s'effleurèrent à peine. Elle sentit un contact brûlant, un goût étrange et un frisson de plaisir, et puis plus rien. C'était fini.

— Oh… il ne faut pas…

Un rire résonna dans la cour, rompant le charme d'un coup. C'était Jamie, assis sur les marches, un chien mâtiné de terrier pour l'essentiel sur les genoux.

— Ma mère m'a dit de vous rappeler que c'est une maison respectable, ici.

— Ah ça ! Elle ne risque pas de me laisser l'oublier un jour, marmonna Calumn en se redressant. Tenez, allez passer votre tablier de lingère. J'ai quelque chose à faire. Je serai de retour à temps pour vous escorter jusqu'au château.

Il tendit la clé de son logement à Madeleine, qui la prit tout en s'efforçant de ne pas imaginer quel genre de femme la mère de Jamie devait croire qu'elle était pour s'être laissé embrasser en public, quand bien même c'était lui, Calumn, qui lui avait donné un baiser sans qu'elle le sollicite. Sans doute la prenait-on déjà pour une… Exactement comme Calumn lui-même l'avait pensé en la découvrant dans la rue la veille ! Pour la première fois depuis qu'elle était arrivée en Ecosse, elle était contente d'avoir toute la mer du Nord entre elle et sa Bretagne natale. Si son père avait su ! Mais non, il n'avait rien vu, et il ne saurait jamais rien, elle y veillerait, tout comme elle ferait en sorte que cela n'arrive plus jamais. Inutile de s'inquiéter.

— Ce n'est pas la peine de revenir pour moi, affirma-t-elle à l'adresse de Calumn, pensant que moins elle serait en sa compagnie, mieux ce serait. Je connais le chemin à présent.

L'Ecossais pinça les lèvres.

— Vous ferez ce que je vous dis, ordonna-t-il d'un ton sans réplique.

Cela aurait été perdre son temps et sa salive que d'essayer de discuter. Elle avait des choses plus importantes à faire à présent, aussi acquiesça-t-elle en hochant la tête avant de s'éloigner.

Une heure plus tard, la transformation de Madeleine en lingère était complète. Elle avait remonté son jupon et sa chemise en les serrant à la taille, dénudant ainsi ses chevilles comme elle avait remarqué que le faisaient les femmes ici, pour la bonne et simple raison que cela leur évitait de laisser leurs vêtements traîner dans les caniveaux puants qui s'ouvraient au bord des rues. La robe fermée qu'elle portait — la seule de ce type en fait qu'elle eût prise avec elle — était d'un bleu profond rehaussé de rayures plus sombres, et, bien que le tissu, un mélange de laine et de soie, soit d'excellente qualité, le long tablier de coton que Jeannie lui avait donné le couvrait presque entièrement. Elle avait ôté son pet-en-l'air et pris soin de faire en sorte que les volants de sa chemise soient bien visibles sur l'encolure de sa robe et les manchettes de ses manches serrées qu'elle venait de remonter jusqu'aux coudes.

— Eh bien, ai-je l'air d'une lingère ? s'enquit-elle auprès de Calumn lorsqu'il pénétra chez lui.

Elle se pencha pour faire une révérence, offrant à celui-ci une vue plongeante sur son décolleté. Il l'avait crue maigre de prime abord, mais ses formes étaient désormais bien en vue et elle avait un corps parfaitement délicieux. Ses bras minces émergeant au coude de leur friselis de dentelle étaient blancs, ses poignets et ses chevilles d'une finesse exquise, et les changements qu'elle avait apportés à sa tenue renforçaient l'élégance de ses doigts fuselés et de son cou gracile. Les globes délicats de ses seins avaient la couleur des perles contre le blanc éclatant de son corsage. Quant à ses lèvres pleines, elles lui faisaient la bouche superbement rose et pulpeuse.

— Vous ressemblez plutôt à une princesse qui jouerait à se déguiser, observa Calumn. Permettez que je…

Il repoussa soigneusement les cheveux de Madeleine sous son bonnet, ce qui lui donnait l'air de quelqu'un qui venait de se réveiller. De près, elle sentait aussi bon qu'elle était jolie. Un parfum de lavande et de soleil s'exhalait de sa peau satinée.

— Je ne suis pas certain que ce soit une si bonne idée que cela de vous laisser aller au château, finalement, remarqua-t-il. Ne pouvez-vous pas faire en sorte de hausser un peu le décolleté de cette robe ? Toute la garnison va vous reluquer avec concupiscence.

— Je serai avec Jeannie.

— Précisément. Je n'aurais jamais dû vous présenter à elle. Je ne sais pas ce qui m'a pris…

Madeleine eut un petit rire.

— Vous n'avez pas beaucoup réfléchi, voilà tout. Vous aviez mal à la tête d'avoir bu trop de vin… ou plutôt de whisky. Vous ne devriez pas boire autant.

— Si vous étiez à ma place, vous sauriez que je ne

saurais jamais boire trop, rétorqua Calumn d'une voix pleine de colère.

Cette soudaine acrimonie surprit Madeleine et la fit tressaillir.

— Et cela vous fait du bien ?

— Que voulez-vous dire ?

Elle soutint son regard sans flancher.

— La plupart des gens boivent pour oublier quelque chose.

— Je ne suis pas la plupart des gens.

Madeleine pinça ses lèvres. C'était bien vrai, assurément, mais il essayait quand même de trouver l'oubli dans l'alcool. Elle décida toutefois qu'il valait probablement mieux ne pas le lui dire.

Quand ils arrivèrent au pied de Castlehill, ils trouvèrent Jeannie qui les attendait, deux grandes panières de linge posées à ses pieds. Elle examina Madeleine soigneusement, puis secoua la tête d'un air dubitatif.

— Ils vont vous croquer toute crue si nous n'y prenons garde, affirma-t-elle.

— C'est ce que je me tue à lui dire, approuva Calumn en prenant les deux panières et en installant soigneusement la seconde sur la première.

— Ne parlez à personne à moins que je ne vous y invite, prévint Jeannie en s'élançant dans la pente qui menait au château d'un pas aussi rapide que celui de Calumn. Et ne regardez personne en face. Surtout pas Willie MacLeish, le geôlier principal. C'est un vieux saligaud.

Madeleine avait bien du mal à suivre, à plus d'un titre, car Jeannie parlait aussi vite qu'elle marchait, et dans une version de la langue anglaise fortement mâtinée du dialecte des Lowlands qu'elle trouvait particulièrement difficile à comprendre. Elle s'en trouvait réduite à hocher la tête en souriant tout en faisant ce qu'elle pouvait pour rester à la hauteur de ses deux comparses, tandis que Jeannie continuait à lui donner des consignes et des conseils. Quand ils atteignirent l'entrée du château, elle se sentait hors d'haleine et prise de panique à la fois.

— Je vais vous attendre ici, annonça Calumn. Faites exactement ce que vous dira Jeannie et tout se passera bien. Bonne chance.

Madeleine sourit bravement, mais elle aurait donné cher pour qu'il vienne avec elles. Il possédait une sorte d'autorité naturelle dont elle avait conscience de manquer cruellement. Sans lui, elle se sentait seule comme jamais et terriblement nerveuse.

— Ne me lâchez pas d'une semelle et tout ira bien, la rassura Jeannie en se dirigeant vers l'entrée.

Les gardes en faction devant la herse leur firent signe de passer d'un hochement de tête. Ils lancèrent bien un regard curieux à Madeleine, mais sans faire mine le moins du monde de l'empêcher de passer. Les deux femmes se hâtèrent de gravir la rampe semi-circulaire qui menait à la seconde porte et pénétrèrent enfin au cœur du château. Une compagnie de soldats faisait l'exercice au milieu de la cour. Le fracas caractéristique du métal frappant le métal leur parvenait depuis l'armurerie située un peu plus loin. Un groupe de Tuniques rouges flemmardait au soleil de l'après-midi. A son grand soulagement, Madeleine ne reconnut aucun de ses agresseurs de la veille. Cela semblait si loin, déjà !

L'odeur familière des chevaux se fit plus forte. Aussitôt, elle pensa à Perdita, sa jument blanche, qu'elle avait l'habitude de monter tous les jours en Bretagne. Comme cela lui manquait ! Cette pensée en amena une autre… Calumn… En partant de chez elle, jamais elle n'aurait cru avoir la chance de rencontrer un homme comme lui… il était devenu son ami en quelque sorte, alors qu'elle le connaissait à peine. Que faisait-il en ce moment ? C'était un drôle de garçon, tout de même. Il était évident qu'il buvait pour chasser ses démons. Le whisky fort et brûlant qu'il buvait devait être comme l'eau-de-vie des Highlands : terriblement plaisant. Certains plaisirs se payaient cher, mal de tête, mal de cœur, peut-être.

— Ce vieux Willie MacLeish !

La voix de Jeannie la tira de sa rêverie. Un homme entre deux âges, aux oreilles remplies de poils hirsutes, qui donnaient l'impression d'avoir été ridiculement collées sur sa trogne, et au teint grisâtre évoquant le porridge, les attendait à la porte des geôles.

— Restez bien derrière moi, siffla Jeannie.

Elle laissa tomber sa panière de linge aux pieds de l'homme — ce qui constituait un moyen à la fois sûr et discret de l'empêcher de s'approcher de trop près — et fit signe à Madeleine d'en faire de même.

— Voilà pour toi, Willie. J'espère que tu as les mains propres.

Le sourire édenté du geôlier ressemblait à une caverne obscure. L'homme fouilla le linge nettement plié, ce qui énerva passablement la lingère, surtout lorsqu'il déplia une chemise et la secoua avant de la jeter d'un geste nonchalant dans la panière.

— Ça a l'air régulier, finit-il par bougonner. Je vois que tu as de l'aide aujourd'hui, Jeannie. Qui est cette petite ?

— Une amie. Elle me donne un coup de main, rien de plus.

— Et comment tu t'appelles, ma jolie ?

Madeleine eut un mouvement de recul instinctif quand l'odeur que dégageait Willie MacLeish lui frappa les narines.

— Tu crois que nous avons toute la journée ? demanda Jeannie d'un ton sec en plantant un doigt dans les côtes du geôlier. J'ai toute une charretée de clients à voir après ceux-ci, figure-toi.

Willie répondit d'une voix désagréablement haut perchée.

— J'en suis sûr, Jeannie Marshall, grinça-t-il en jetant aux deux femmes un regard lubrique.

Au grand soulagement de Madeleine, il les guida néanmoins vers une lourde porte cloutée et commença à fourrager dans la serrure avec ses clés.

Bien qu'elle ait été prévenue de ce qui l'attendait, Madeleine fut choquée par les conditions dans lesquelles vivaient les prisonniers, car rien n'aurait pu la préparer à être le témoin d'une si grande souffrance. Son admiration pour Jeannie augmenta grandement quand elle la vit saluer chaleureusement quelques-uns des malheureux qui vivaient là avant de tirer des poches ménagées dans ses jupons quelques trésors à l'attention de ceux-ci, y compris du tabac et même quelques flasques de whisky. Nombre des prisonniers étaient des jacobites, mais certains étaient de simples criminels de droit commun attendant de monter au gibet. Avec l'aide de Jeannie, Madeleine engagea la conversation avec tous ceux qui voulaient bien l'écouter, mais elle n'en trouva aucun qui pût lui dire quoi que ce soit à propos des Ecossais royaux ou du comte Guillaume de Guise.

Plus on descendait dans les profondeurs du château, plus les cellules étaient petites, plus on trouvait de prisonniers enchaînés et moins les besoins en linge propre de ceux-ci étaient grands. Ce fut avec soulagement que Madeleine suivit sa comparse sur le chemin de retour vers la porte principale.

— Connaissez-vous Calumn depuis longtemps ? s'enquit Madeleine alors qu'elles attendaient que le geôlier vienne leur ouvrir.

Jeannie lui lança un regard entendu.

— Je l'ai rencontré quand il est revenu à Edimbourg après avoir quitté l'armée. A ce qu'il dit, il a fait partie des Tuniques rouges et a même été stationné ici, au château, pendant quelque temps. Mon frère Iain aimerait bien devenir militaire lui aussi, et j'ai donc demandé à Calumn de lui donner un coup de main. Il m'a proposé de lui apprendre à manier le sabre. C'est un bon gars. Nous blaguons un peu de temps en temps, lui et moi, mais c'est tout ce qu'il y a entre nous.

— Il a été soldat ?

— Capitaine, oui, excusez du peu. Remarquez, il n'en parle jamais, je ne sais pas pourquoi. En tout cas, c'est un sujet plutôt sensible chez lui.

— A-t-il pris part à la rébellion ?

— Je n'en sais rien. Comme je vous l'ai dit, il ne parle pas de ces choses-là. A votre place, je n'essaierais pas d'en savoir plus. Calumn Munro n'est pas le genre à apprécier qu'on vienne fourrer son nez dans ses affaires.

— Et sa famille ?

Jeannie haussa les épaules.

— Ils possèdent des terres quelque part dans les Highlands. Ça non plus, il n'en parle pas. Calumn s'est montré très généreux envers moi et mon frère, mais je vous déconseille de vous faire des idées à son sujet. C'est un charmeur, comme on dit ici.

La lingère prit la panière sous son bras quand elle entendit les clés grincer dans la serrure.

— Voilà Willie. Il va nous mener à lady Drummond.

Le Trou noir se trouvait situé au-dessus de la herse, de sorte que les prisonniers qui y vivaient soient sous la surveillance constante de la garde. Si les conditions étaient dures et insalubres dans les autres sections de la prison, celles du Trou noir étaient proprement inhumaines.

Lady Drummond, une grande femme au nez aquilin et aux yeux gris et perçants, y partageait l'espace avec ses deux filles. Elle accueillit Jeannie chaleureusement, mais se tint sur ses gardes dès l'instant où elle décela la présence de Madeleine.

— Qui êtes-vous ? demanda-t-elle à celle-ci d'une voix aristocratique teintée d'une pointe d'accent gaélique.

La jeune Bretonne se fendit d'une révérence et répondit :

— Madeleine Lafayette, madame. Je suis à la recherche de quelqu'un qui a combattu sous les ordres de votre mari.

— Un français ? Ils ont tous été renvoyés chez eux, à ce qu'on m'a dit.

— C'est exact, mais Guillaume, lui, n'est pas rentré.

— Guillaume ?

— Guillaume de Guise, milady. C'est l'homme que je cherche. Vous souvenez-vous de lui ?

— Le comte ? Mais certainement, que je m'en souviens ! admit lady Drummond. Puis-je vous demander quels liens vous avez avec lui ?

— Si vous savez ce qu'il est advenu de lui, je vous supplie de me le dire, ajouta-t-elle.

Le visage de la prisonnière s'adoucit un peu.

— Vous devez comprendre, mademoiselle, que je ne puis être certaine du peu que j'entends dire. Certaines rumeurs me parviennent, c'est vrai, et j'ai mes propres moyens de communiquer avec l'extérieur, mais en ces temps troublés, savoir quelque chose peut se révéler très dangereux. Si l'on découvre que…

La porte grinça au bas des marches et la voix de Willie MacLeish résonna dans ceux-ci, les priant de se hâter d'en finir avant qu'il ne s'attire des ennuis. A contrecœur, Madeleine ramassa sa panière.

— Vous avez tout perdu parce que votre époux a choisi le camp du prince, lança-t-elle d'une voix désespérée. Si je suis ici, c'est pour essayer d'éviter le même sort à Guillaume.

Lady Drummond pinça les lèvres.

— Il y a quelque chose… J'en ai été surprise, car cela ne ressemblait pas au de Guise que je connaissais — mais qui sait à quel point la guerre peut transformer un homme ? Et puis, il semble impossible que deux personnes partagent exactement le même nom. Je ne peux rien vous promettre, mademoiselle, mais si vous me donnez un peu de temps, je pense pouvoir vous renseigner. Je vous ferai parvenir un message par l'entremise de Jeannie, d'une façon ou d'une autre. Demain, ou après-demain au plus tard.

— Oh merci, madame, du fond du cœur, merci, s'exclama Madeleine avec ferveur en embrassant les mains de lady Drummond et en s'inclinant profondément devant elle avant de s'élancer dans l'escalier sur les talons de Jeannie. La tentation de lever les yeux vers la forteresse fut grande quand elles franchirent la herse, mais elle y résista du mieux qu'elle put.

Calumn les attendait presque au sommet de Castlehill. Les deux femmes formaient un tableau délicieux, assez en tout cas pour que la plupart des hommes qui cheminaient sur la route encombrée se retournent sur elles. Jeannie se pavanait, sûre d'elle-même, à travers la foule, lançant çà et là des œillades enjôleuses, sa crinière rousse rutilant au soleil comme une invite. A côté d'elle, Madeleine, avec son air éthéré et ses cheveux pâles, marchait d'un pas gracieux comme celui d'une danseuse.

— Je devine que votre visite a été un succès, lança-t-il dès qu'elles furent à portée de voix.

— Je le saurai bientôt, répondit la jeune Française. Lady Drummond a promis de me faire passer un message par l'entremise de Jeannie.

Ils se trouvaient à l'intersection de West Bow lorsque Jeannie marqua le pas pour prendre les panières des bras de Calumn.

— C'est ici que je vous abandonne. Je vous ferai savoir quand j'aurai reçu le message de lady Drummond.

— Rappelez à votre frère de m'attendre mercredi, lança Calumn.

Jeannie jeta un regard discret en direction de Madeleine par-dessus son épaule.

— Entendu, à condition bien sûr que vous ne soyez pas distrait par quelque chose... ou quelqu'un, dit-elle en s'engageant dans la pente avec un sourire mutin.

Une fois de retour chez lui, Calumn invita Madeleine à s'installer sur le canapé du salon.

— J'ai demandé à la mère de Jamie de nous servir à dîner, expliqua-t-il. Je lui ai raconté que vous étiez une parente éloignée en route pour Londres où vous devez prendre un poste de gouvernante.

— Je vous demande pardon ?

— Il a fallu que je pense à quelque chose qui soit susceptible de ne pas la choquer, se justifia-t-il. Dieu sait que vous avez plus l'air d'une gouvernante que d'une lingère. Vous pouvez dormir dans la même chambre ce soir. Cela vous évitera d'avoir à chercher un logement.

— Vous êtes très aimable, mais je ne pense pas que cela serait convenable.

En fait, c'était même tout à fait inconvenant. Une fois encore, Madeleine remercia les étoiles pour la mer grise et glacée qui — elle le croyait sincèrement — protégerait sa réputation jusque-là sans tache. On lui poserait des questions à son retour en Bretagne, mais elle s'en remettait à la présence de Guillaume et au soulagement de son père de la voir rentrer saine et sauve pour combler les vides que son imagination laisserait béants. Cela lui faisait de la peine d'avoir menti à son père, mais c'était à cause de lui qu'elle l'avait fait, après tout.

— Je pourrais demander à Mme Marshall de me recommander un endroit, suggéra-t-elle avec une réticence qui la surprit elle-même.

Elle devait certainement être fatiguée. Comment

expliquer autrement son peu d'enthousiasme à l'idée de quitter la maison de Calumn ?

— En effet, mais vous avez vu à quel point cette ville est surpeuplée. Il vous faudra vraisemblablement partager une pièce avec quelqu'un.

— Je n'avais pas pensé à cela. Mais ce ne serait pas bien que je reste ici. Les gens penseraient que… ils diraient que… Non, décidément, ce ne serait pas bien.

Calumn éclata de rire.

— Je viens de vous dire qu'ils croient que vous êtes une parente éloignée. De toute façon, il est un peu tard pour se préoccuper de ce que les gens vont penser après hier soir, ne croyez-vous pas ?

Elle fixa les yeux parfaitement bleus de son sauveur, perplexe. La mémoire lui était-elle revenue, soudain ? Croisant nerveusement les bras sur sa poitrine, elle se rendit vite compte que cette attitude pouvait être interprétée comme un geste de défense et reposa ses mains sur ses genoux presque dans le même mouvement.

— Vous avez raison. J'aurais dû y penser plus tôt et ne pas rester ici hier soir.

— Pourquoi pas ? demanda Calumn en se laissant aller dans son siège, mais en la regardant si intensément que c'en était gênant.

Elle se tordit les mains et alla s'asseoir dans le grand fauteuil en face de lui.

— J'aurais dû vous le dire plus tôt. Je ne suis pas ce que vous croyez. En fait, Guillaume est mon fiancé.

C'était dit avec assurance.

Calumn resta totalement impavide.

— J'avais deviné que ce devait être quelque chose dans ce genre, même si vous avez fait de votre mieux pour essayer de me convaincre que vous n'étiez que sa maîtresse.

— Vous aviez deviné, vraiment ?

— Vous ne mentez pas très bien. Vous êtes restée très

vague à propos de votre famille, mais quand je vous ai vue avec Jeannie, il m'a semblé évident que vos origines étaient nobles, expliqua Calumn, l'air de rien. Et puis, si vous aviez été la maîtresse éconduite de de Guise, vous n'auriez eu aucun intérêt à venir jusqu'ici le chercher, tandis que si vous étiez sa fiancée officielle, eh bien, cela vous faisait un bon motif pour vous enfuir de chez vous et vous lancer à sa recherche. Car c'est ce que je suppose que vous avez fait, n'est-ce pas ?

Madeleine le regarda d'un air abasourdi.

— Oui, mais je…

— Et au nom de quoi devriez-vous me dire la vérité, après tout ? poursuivit-il d'un ton badin. Vous êtes dans un pays étranger, vous avez été attaquée par trois soldats avinés et nous nous connaissons depuis à peine vingt-quatre heures. Franchement, je suis très impressionné de constater que vous avez eu le cran de survivre à tout ça sans avoir des vapeurs !

Madeleine eut un pâle sourire.

— Je vous remercie, soupira-t-elle en froissant machinalement le tablier amidonné que Jeannie lui avait prêté. Je ne veux pas rentrer chez moi. Vous n'allez pas m'y renvoyer, n'est-ce pas ? Je devine que vous me comprenez. Je veux absolument savoir ce qui est arrivé à Guillaume. Je n'en peux plus d'attendre, attendre et attendre encore, et d'entendre dire que j'ai tort cent fois par jour.

Elle avait des larmes au coin de ses grands yeux.

— Vous comprenez, Calumn, n'est-ce pas ?

Pour la deuxième fois, les paroles de Madeleine évoquaient en lui des souvenirs qu'il passait le plus clair de son temps à chasser la journée et qui revenaient le hanter chaque nuit. Les mois passés à attendre, le sentiment de culpabilité du survivant qui lui dévorait les entrailles, ajouté à la honte de la trahison qu'il avait été forcé de commettre, sans parler de la douleur lancinante de sa blessure qui tardait à guérir.

— Nous parlons de vous, pas de moi, répondit-il sèchement en se passant la main dans les cheveux. Avez-vous de la famille en France ?

— Il n'y a plus que mon père et moi. Je suis fille unique et ma mère est morte l'an passé.

— Votre père, et voilà tout ? Il doit être absolument fou d'angoisse, évidemment. Vous m'avez dit ne pas avoir laissé le moindre mot pour expliquer votre fugue et indiquer où vous alliez, c'est bien ça ?

— Oui, répondit Madeleine en se tassant sur elle-même, écrasée de honte et de chagrin à l'idée du désespoir que sa disparition avait dû faire naître chez son père. Mais il aura deviné où je suis.

— Vous vous êtes enfuie de chez lui, et seule par-dessus le marché. Il va s'imaginer toute sorte de choses, comme n'importe quel père le ferait à sa place, affirma Calumn d'un ton sévère. Dès que vous aurez reçu un message du château, vous lui écrirez pour le rassurer. Qu'est-ce qui vous a pris de vous enfuir ainsi après tant de temps ?

— Le cousin de Guillaume a entrepris des démarches légales pour qu'il soit déclaré mort. S'il parvient à ses fins, toutes les terres de ce dernier lui seront données, à lui, un homme qui a passé toute sa vie en Bourgogne !

Elle disait cela avec du mépris dans la voix.

— Guillaume adore son domaine de La Roche. Le perdre lui briserait le cœur. Mon père refuse de m'écouter depuis un an et me conseille de l'oublier. Il pensait que venir ici serait trop douloureux pour moi, mais rester à ne rien faire en Bretagne était au-dessus de mes forces. Je n'ai pas pu supporter l'idée de laisser La Roche tomber entre les mains d'un inconnu.

— Ah ! Il s'agit donc d'une affaire de terres.

Devant ce soudain changement de ton, Madeleine fut immédiatement sur ses gardes.

— Et de Guillaume.

— Un mariage arrangé, je suppose ?

— Nous avons été fiancés lorsque nous avions cinq ans, et c'est certainement le vœu le plus cher de mon père de me voir m'installer si près de lui. Nos domaines sont mitoyens et mon fils pourrait hériter de ce dont je ne peux hériter moi-même, mais…

— C'est tout à fait touchant, mais ça n'en est pas moins un mariage arrangé.

— Guillaume est mon meilleur ami. Je le connais aussi bien que je me connais moi-même. Il est comme le fils que mon père n'a jamais eu et… Au nom de quoi devrais-je justifier mon mariage ? Oui, c'est un mariage arrangé, en effet, mais j'en suis très heureuse. Et il suffira à mon bonheur.

— Comment ça ?

— Que voulez-vous dire ?

— De Guise vous aura, vous, et par votre fils, il obtiendra également les terres de votre père. Ce dernier, lui, gardera son bien dans la famille et sa fille près de lui. Mais vous, qu'est-ce que cela vous apportera ?

Il n'avait pas l'air en colère, mais elle percevait une tension dans sa voix qu'elle ne parvenait pas à comprendre.

— A vous entendre, on jurerait qu'il s'agit d'une transaction commerciale. C'est ce que je veux, vous comprenez ?

— Vraiment ? D'après mon expérience, ce n'est pas en exauçant les vœux des autres qu'on trouve le bonheur soi-même. Vous auriez mieux fait de rester chez vous. Cela vous aurait au moins évité de vous retrouver enchaînée à un homme que vous n'épousez que pour faire plaisir à votre père.

— Vous ne connaissez rien à la situation, s'indigna Madeleine. Je veux faire cela pour papa, bien sûr, mais pas seulement, et personne ne m'y force. Et puis, quel mal y a-t-il à faire plaisir aux siens ?

— Aucun, sauf si cela vous rend malheureuse.

— Pourquoi accomplir le vœu le plus cher de ceux qui me sont proches me rendrait-il malheureuse ?

— Vous pensez que remplir son devoir constitue sa propre récompense, n'est-ce pas ? Vous avez raison. D'après mon expérience, les gens vertueux sont toujours récompensés, et avec intérêt… par une vie de malheur. Vous vous mentez à vous-même, Madeleine. Vous n'êtes pas amoureuse de Guillaume de Guise.

— C'est la personne qui m'est la plus chère au monde depuis la mort de ma mère.

— Comme un frère, sûrement, mais êtes-vous amoureuse de lui ?

— Je le connais depuis ma plus tendre enfance. Bien sûr que je l'aime !

— J'ai parlé d'être amoureuse, pas de l'aimer comme un frère.

Elle le regarda bouche bée. Elle se sentait un peu perdue, tout d'un coup. Calumn n'avait pas l'air en colère, mais il y avait quelque chose dans son regard qui ne lui inspirait pas confiance, et sa bouche s'était déformée en un rictus qui ne lui plaisait pas non plus. Il la regardait avec une intensité qui la mettait mal à son aise, et qui détonnait avec le détachement qu'il affichait. Les jambes croisées négligemment, le vêtement largement ouvert, il avait l'air tout à fait décontracté. Pourtant, Madeleine était convaincue qu'il lui tendait un piège. Si seulement elle pouvait savoir lequel !

— Répondez à ma question, Madeleine.

Déstabilisée par le tour que la conversation venait de prendre, soudain, Madeleine se remit nerveusement sur ses pieds et ôta le bonnet prêté par Jeannie dans le même mouvement. Plusieurs mèches de ses cheveux glissèrent sur ses joues et son cou.

— Aimer, être amoureuse, quelle différence ? répondit-elle avec une assurance qu'elle était loin de ressentir. J'aime Guillaume comme un ami, et quand nous serons mariés, je l'aimerai comme un mari. Je l'aimerai parce qu'il sera mon mari, et parce qu'en faisant de lui mon époux, je sais que je ferai aussi son bonheur et celui de ma famille.

Elle disait cela comme on récite son catéchisme, comme si en prononçant ces paroles elles allaient comme par magie devenir la vérité. Ses doigts trituraient si nerveusement le nœud de son tablier qu'elle finit par le rendre presque inextricable.

— Venez ici, intervint Calumn. Laissez-moi faire.

Comme elle restait immobile, le dos tourné, il se leva pour venir se planter derrière elle.

— Approchez-vous, c'est tout emmêlé, ordonna-t-il en l'attirant vers lui.

Quand il pencha la tête, elle la sentit frôler son dos.

— Voilà, lança-t-il quand les deux pans de l'attache se séparèrent.

Il la fit pivoter sur elle-même en lui posant les mains sur les hanches, puis lui lança un regard étrange. Frémissante, Madeleine repensa au baiser qu'ils avaient échangé quelques heures plus tôt. Elle était à sa merci. S'il voulait l'embrasser de nouveau, il n'avait qu'à se pencher légèrement pour prendre ses lèvres. Non pas qu'elle soit disposée à lui permettre d'essayer, mais... A quoi pensait-elle, bonté divine ?

La voix de Calumn, plus douce à présent, vint interrompre ses pensées qu'elle avait laissées errer bien trop longtemps, et bien trop loin. Au-delà de ce qui était convenable, en tout cas.

— Etre amoureux est une chose bien différente de la simple affection qu'on peut porter à quelqu'un, et le fait que vous ne sentiez pas la différence me dit que vous ne l'êtes pas. Pour vous le prouver, mademoiselle Lafayette, je vais vous embrasser de nouveau.

Joignant le geste à la parole, il lui souleva le menton.

— Non, murmura Madeleine.

Il lui passa les bras autour de la taille.

— Non, répéta-t-elle, le cœur battant comme si elle avait couru.

Calumn se pencha vers elle et une longue mèche aussi brillante qu'une pièce d'or neuve tomba sur la joue de Madeleine. Elle le regarda au fond des yeux tandis qu'il approchait ses lèvres, parfaitement consciente qu'elle aurait dû se dégager, mais rendue incapable de le faire par quelque chose de plus fort que la raison. Elle avait envie de savoir ce qu'elle ressentirait s'il l'embrassait encore. Et pour de bon. Pour qu'elle comprenne enfin ce qu'il voulait dire.

Elle était pétrifiée. Elle le regardait, fascinée, les lèvres à peine entrouvertes, si peu qu'elle n'en avait même pas conscience.

Calumn hésita. Elle n'aurait pas dû être là. Il n'aurait pas dû faire ça. Pas même pour lui prouver qu'elle avait tort.

Mais elle avait une bouche faite pour embrasser. Il n'avait pensé à rien d'autre depuis qu'il y avait goûté. Il avait l'impression qu'elle était faite pour lui, quand bien même personne n'aurait pu l'imaginer en la voyant si menue, si fragile par comparaison avec lui. Non, il n'aurait pas dû, mais comment résister quand elle le regardait ainsi, sans sourciller, avec ses grands yeux ensorceleurs, comme si elle pouvait voir au fond de son âme ? Comme si, telle une sirène face à un marin, elle l'attirait irrésistiblement ? Elle avait envie qu'il l'embrasse. Et c'était pour son bien, de toute façon, non ? Il ne pouvait pas résister. C'était impossible. Aussi l'embrassa-t-il sans autre forme de procès.

Elle soupira quand il prit sa bouche. On aurait dit le vent jouant dans une voile au coucher du soleil. C'était un baiser aussi brûlant, aussi doux que la première fois. Ses lèvres s'ajustaient parfaitement aux siennes et se délectaient de celles-ci comme s'il en éprouvait le goût pour le ranger dans ses souvenirs, l'encourageant à faire de même.

Madeleine s'abandonna alors au désir qu'elle ressentait pour cet homme. Elle glissa ses doigts fins dans les cheveux de Calumn, savourant leur souplesse soyeuse tout en lui rendant son baiser avec la même fougue caressante. Elle sentait son sang s'échauffer vertigineusement et lui rendait tout ce qu'il lui donnait avec ferveur, troublée d'entendre le souffle de Calumn se faire plus rapide contre son oreille, et de le sentir crisper un peu les mains sur ses hanches à mesure que l'excitation montait en lui, ce qui ne manquait pas de la troubler encore plus. Quand la langue de l'Ecossais toucha la sienne, une vague brûlante passa sur elle. Pressant son corps contre lui, il renouvela sa caresse affolante, encore et encore. Chaque fois, elle était balayée par une vague d'excitation qui ne refluait pas, intensifiée par la sensation du sexe dur de Calumn contre sa cuisse.

Son prochain soupir avait tout d'un gémissement, cette fois. Elle en voulait encore. Son baiser se faisait moins doux, tout à coup, et elle aimait cela aussi. Bouche contre bouche, corps contre corps, chair contre chair. La main de Calumn glissa, abandonnant la taille de Madeleine pour se blottir sur son sein.

Personne ne l'avait embrassée comme ça, jamais. Ni touchée si intimement. Personne. Pas même…

Qu'était-elle en train de faire ?

— Non, cria-t-elle en repoussant l'Ecossais pour échapper à son étreinte enivrante.

La chaleur se dissipa d'un coup, laissant la place à un froid intense qui la saisit brutalement, comme si son sang s'était soudain changé en glace, quoique ses lèvres soient encore brûlantes. Elle passa le bout de ses doigts sur sa bouche, troublée de les sentir gonflées par leurs baisers. Puis elle se força à faire face à Calumn.

Il avait les yeux vitreux, les cheveux en désordre, les joues teintées d'un rouge sombre, et avait le souffle court. La honte la submergea quand elle prit conscience qu'elle devait offrir à peu près le même spectacle.

Calumn secoua la tête pour repousser les mèches qui tombaient sur son front.

— Non, vous avez raison, acquiesça-t-il. C'était plus qu'il n'en fallait pour prouver que j'ai raison.

— Raison ? A quel sujet, je vous prie ?

— Vous ne m'auriez pas embrassé comme ça si vous étiez réellement amoureuse de votre Guillaume.

Madeleine rougit violemment.

— La façon dont j'embrasse Guillaume ne vous concerne en rien, rétorqua-t-elle, furieuse. Et vous n'auriez pas dû m'embrasser. Je vous ai dit non, plusieurs fois, je...

— Vous vous mentez à vous-même, mademoiselle, riposta-t-il avec un calme exaspérant. Vous aviez envie que je le fasse, tout autant que moi de le faire.

Madeleine le regarda consternée, cherchant désespérément à le contredire, mais consciente que cela serait parfaitement ridicule.

— Je...

A cet instant, quelques coups furent frappés à la porte.

— Voici votre dîner, monsieur Munro, lança une voix de femme.

— Vous voilà sauvée, commenta Calumn en décochant à Madeleine un sourire qui l'agaça prodigieusement tout en allant débarrasser Mme MacFarlane du plateau qu'elle tenait à bout de bras.

Chapitre 3

Le repas simple mais délicieux de Mme MacFarlane apaisa un peu la tension entre Calumn et Madeleine. Tandis qu'ils mangeaient tranquillement le ragoût de poulet servi avec des petits pois et des épinards, Calumn fit glisser la conversation sur des sujets un peu moins personnels.

Peut-être pensait-il avoir prouvé ses dires, peut-être voulait-il simplement profiter de son repas sans crispations, toujours était-il que Madeleine fut heureuse d'en faire autant. Remisant tout l'épisode du baiser au fond de sa mémoire, elle régala Calumn du récit coloré de ses deux journées passées en mer sur un bateau breton. Cela fit beaucoup rire l'Ecossais et l'encouragea à raconter lui-même quelques anecdotes glanées au cours de ses voyages. Sa description d'un repas de pieds de cochon dégusté à Paris dans un estaminet incita Madeleine à se remémorer l'assiette de rillettes de porc fraîches qu'on lui avait présentée dans son enfance, après qu'elle eut assisté au cérémonial de l'abattage dudit animal par l'un des fermiers de son père.

— C'était un honneur, vous savez, affirma-t-elle avec un demi-sourire, mais je n'avais que cinq ans et j'ai dit à mon père que je n'aimais pas les vers de terre. Ça y ressemblait à s'y méprendre.

— Les avez-vous mangées, finalement ?

— Absolument. Papa ne voulait pas que j'insulte l'un de ses fermiers. Ça n'avait pas tellement de goût, en fait.

La pendule de la cheminée sonna l'heure, les surprenant tous les deux.

— Je n'avais pas pris conscience qu'il était si tard, affirma Madeleine, consternée.

— Allez-vous rester ici, finalement ? L'heure est bien trop avancée pour que vous vous mettiez à la recherche d'un logement. Et puis, si vous restez, je n'aurai pas à m'inquiéter pour votre sécurité.

Il avait beau tourner sa phrase sous forme de question, le ton sur lequel il l'avait dite n'admettait pas de réplique. Madeleine avait bien envie d'objecter qu'il n'était pas chargé de veiller sur elle, mais le bon sens, ainsi qu'un vif désir de passer plus de temps en son agréable compagnie l'incitèrent à garder le silence.

— Je vous remercie. J'aimerais rester, si vous êtes sûr que cela ne vous dérange pas.

— J'en suis certain, répondit Calumn en repoussant sa chaise. Je dois sortir un moment. Avez-vous tout ce qu'il vous faut ?

Elle était déçue de le voir partir, mais elle comprit vite qu'il cherchait à faire preuve de tact.

— Oui. Merci. Vous avez été très bon.

— En ce cas, à demain.

La porte se referma derrière lui, plongeant la pièce dans un profond silence. Madeleine se sentit très seule soudain. Pour chasser cette impression fâcheuse, elle pensa à ce qu'elle ferait quand elle recevrait le message de lady Drummond — si cette dernière tenait sa promesse — à propos de Guillaume. Au lieu de l'apaiser, cette pensée lui causa un accès de panique. Comment diable ferait-elle pour retrouver Guillaume dans ce vaste pays alors qu'elle était seule ? Effrayée, et totalement désemparée, elle se mit au lit en songeant qu'elle ne parviendrait jamais à trouver le sommeil. Mais une fois couchée, elle s'endormit profondément en moins de temps qu'il n'en fallait pour le dire.

*
* *

Il n'y avait pas beaucoup de monde au Cheval Blanc et, de toute façon, Calumn n'était pas d'humeur à jouer. Il rentra donc plus tôt qu'à son habitude et resta allongé sur son lit les yeux grands ouverts, furieusement troublé par la présence de Madeleine assoupie dans la pièce d'à côté.

Elle se trouvait dans une situation abominable. Il ne savait que trop bien ce qu'on ressentait quand on voulait de toutes ses forces savoir. Si ce maraud de de Guise était encore vivant, il méritait cent coups de fouet pour le punir de n'avoir pas eu le courage de dire la vérité à Madeleine. Il ne la méritait pas, pas plus qu'il ne méritait de conserver ses terres, car il devait savoir que son cousin les réclamerait s'il restait absent trop longtemps. En fait, cet homme-là semblait traiter sa propriété avec beaucoup trop de nonchalance pour être digne de la posséder. A moins bien sûr qu'il ne soit mort, ce qui, en y pensant, paraissait l'hypothèse la plus vraisemblable.

Sauf que Madeleine semblait tellement certaine d'avoir raison. Exactement comme lui quelques mois plus tôt, contre toute logique. Que serait-il advenu s'il avait abandonné, comme sa mère l'avait supplié de le faire ? De quoi aurait-ce eu l'air, en plus de tout le reste ? Rageusement, il chassa ces pensées amères. Trahir, c'était trahir. Un peu, beaucoup, cela ne faisait pas de différence.

Penser à Madeleine lui sembla une diversion aussi envoûtante que bienvenue. Quel gâchis ce serait de voir une fille aussi adorable gaspiller sa vie en épousant un homme qui ne la méritait pas ! La façon qu'elle avait eue de répondre à ses baisers le surprenait encore. Elle y avait mis presque autant de fougue que lui. Il n'était pas dans ses habitudes de perdre le contrôle de lui-même, mais il y avait une sensualité chez elle qui ne demandait à l'évidence qu'à sortir au grand jour.

Il ne lui appartenait bien évidemment pas de la faire éclore. Ce n'était pas son affaire, bien que la chose puisse paraître attrayante. Madeleine se fourvoyait peut-être en choisissant de se marier pour faire plaisir à sa famille, mais au bout du compte, c'était sa décision. Et quant à la séduire dans le simple but de prouver qu'il avait raison, non ! C'était sans doute très tentant, mais cela contrevenait à toutes les règles de bonne conduite que Calumn se faisait un devoir de respecter. Néanmoins, ça ne l'empêchait pas d'y penser.

Madeleine se réveilla le lendemain matin en entendant des coups insistants frappés à la porte de sa chambre. Encore ensommeillée, elle sauta hors de son lit et ouvrit le battant, seulement vêtue de sa chemise de nuit. C'était Calumn, tout habillé, et dont la silhouette massive tenait toute l'embrasure.

— Que se passe-t-il ? s'enquit-elle en le dévisageant d'un air abasourdi.

Il avança la main pour dégager une boucle aux reflets platine de son visage.

— Vous avez encore plus l'air d'une sirène que d'habitude avec vos cheveux défaits.

Calumn sentit l'excitation s'emparer de lui à mesure qu'il découvrait la légèreté de sa tenue. Le col de sa chemise ouvert dévoilait deux seins parfaits, délicieusement satinés.

Madeleine rougit dès qu'elle remarqua la direction de son regard, plaçant instinctivement un bras sur sa poitrine pour se protéger tout en essayant de repousser la main qui jouait avec ses cheveux.

— C'est une belle journée, annonça Calumn. Je me suis dit que je pourrais vous faire découvrir Edimbourg pendant que vous attendez que lady Drummond vous fasse signe.

— Ce serait très gentil, mais je suis sûre que vous avez beaucoup de choses à faire.

— Rien qui ne puisse attendre, en tout cas. Tant que vous êtes avec moi, je peux m'assurer que vous ne vous attirez pas d'ennuis, affirma-t-il en baissant les yeux sur elle. Allons, ne faites pas cette tête-là. Vous savez parfaitement que vous ne devriez pas baguenauder toute seule dans une ville inconnue, et vous savez également très bien que vous n'en avez pas vraiment envie. Permettez que je vous serve de guide. Ça me fait plaisir.

Un grincement métallique annonça l'arrivée de Jamie portant un seau d'eau chaude.

Madeleine profita de cette distraction pour peser le pour et le contre de la proposition de Calumn. C'était une offre très engageante et joliment faite, et après qu'ils aient un peu éclairci la situation la veille au soir et partagé un si bon dîner, elle ne voyait pas ce qui pouvait motiver un refus de sa part.

— Je vous remercie. J'apprécierais vraiment, répondit-elle en s'efforçant de retenir le sourire qui lui venait sur les lèvres.

— Nous commencerons par le Bow Port, annonça Calumn en lui prenant le bras à la porte de Riddell's Court une demi-heure plus tard, ensuite nous pourrons passer par le parc royal. Je vous montrerai l'endroit où le prince Charles Edouard se vautrait dans le luxe quand il était à Edimbourg, et aussi celui où les hommes qui combattaient pour lui étaient contraints de vivre dans des conditions beaucoup moins agréables.

Ils arpentèrent les rues de la ville sans difficulté, Calumn se frayant avec dextérité un chemin à travers les avenues encombrées et les venelles semblables à un labyrinthe.

— Merci de prendre le temps de me faire visiter cette

ville. Malgré ce que vous en dites, je suis sûre que vous avez d'autres choses à faire, déclara Madeleine en s'accrochant au bras de son guide.

— Seriez-vous en train d'essayer de me tirer les vers du nez, par hasard ?

Deux fossettes se creusèrent sur les joues de la jeune femme.

— Un peu. Je n'ai pas l'impression que vous soyez homme à rester sans rien faire. Jeannie m'a dit que vous appreniez à son frère à se battre avec une épée.

— Vraiment ? Et elle vous aura aussi raconté que j'ai été militaire, sans doute ?

Se souvenant soudain de la mise en garde de la lingère concernant les réticences de Calumn à évoquer le sujet, Madeleine hocha la tête d'un air inquiet.

A son grand soulagement, l'Ecossais ne sembla pas prendre ombrage de cette conversation.

— Je me suis enrôlé à seize ans. C'était la volonté de mon père. J'avais besoin de discipline, d'après lui, et pour être tout à fait honnête, j'étais soulagé d'être débarrassé de la présence paternelle. Je commençais à peine à comprendre que les bonnes vieilles méthodes, comme il les appelait, n'étaient en fait que de la tyrannie. Nous étions constamment en conflit, lui et moi. Il n'envisageait pas que je serve plus de deux ans, le temps pour moi d'apprendre à faire ce que l'on me disait, après quoi je serais rentré chez moi pour obéir à ses ordres à lui.

Calumn eut un sourire amer.

— Mais l'armée a fait de moi ce que je suis aujourd'hui. Mon régiment est devenu ma vraie famille, bien plus que ceux de mon sang. Au bout de deux ans, bien que mon père m'ait ordonné de rentrer, je suis resté. Quatre années ont passé, le fossé entre nous est devenu un abîme, mais plus il pestait et moins j'avais envie d'obéir. De son côté, même aujourd'hui, alors qu'il vit ses derniers jours, il n'a aucune intention de céder sur quoi que ce soit.

Le visage de Calumn s'assombrit, puis il haussa les épaules avant de poursuivre :

— J'étais un bon officier et j'ai travaillé dur pour gagner le respect de mes hommes. Il y a beaucoup de petits gars par ici, comme le frère de Jeannie, qui ne rêvent que de s'enfuir comme je l'ai fait, quoiqu'ils cherchent plus à fuir la misère que la tyrannie d'un père. Je passe une bonne partie de mon temps à leur enseigner les bases du métier d'officier. Non que l'un d'eux ait la moindre chance de jamais pouvoir s'offrir une charge, notez bien, mais s'ils savent se servir d'un sabre et d'une épée, s'ils ont quelques rudiments d'éducation et comprennent les règles élémentaires de la guerre et du commandement, cela leur procurera un avantage pour monter en grade.

— J'imagine que vous êtes un excellent professeur, quoique, avec votre caractère, je n'envie pas le malheureux qui s'avisera de se tromper.

Calumn éclata de rire.

— C'est vrai, cela me plaît de pouvoir décharger ma bile devant une pièce pleine de gamins en rupture de ban. Croyez-moi, ils ne rechignent pas à la tâche.

— Et cela donne des résultats ?

— Comme je l'ai dit, cela leur met le pied à l'étrier. Mon idée a eu tant de succès que les cours sont devenus réguliers. C'est devenu une école, en quelque sorte. Deux hommes qui ont servi sous mes ordres pendant des années s'occupent de gérer le quotidien et notre ancien régiment est très heureux d'engager des recrues formées par eux, et aussi de leur donner un peu d'argent pour soutenir notre entreprise.

— J'aimerais voir ça. Passez-vous beaucoup de temps dans cette... école ?

— Pas autant que je ne le faisais au début. Ils n'ont plus tellement besoin de moi, à vrai dire.

— Et vous cherchez autre chose à quoi consacrer votre énergie ?

Ils approchaient de l'une des portes imposantes qui s'ouvraient dans les remparts de la cité.

— Je suis censé vous faire visiter, je n'ai pas dit que je parlerais de moi, observa Calumn, indiquant par là qu'il avait répondu à suffisamment de questions comme cela.

Il désigna une grande maison du doigt avant d'expliquer :

— Cette bâtisse appartient à Archie Stewart, qui était maire d'Edimbourg en quarante-cinq, quand Charles Edouard résidait ici. On dit qu'il a donné une fête en l'honneur du prince, et que là-haut, au château, on a eu vent de l'affaire. Comme la maison est pleine de passages secrets et d'escaliers dérobés, Charlie a réussi à s'enfuir, mais ce ne fut pas le cas de ce pauvre Archie. Il a été fait prisonnier et emmené vers le sud, pour y être jugé. Heureusement pour lui, on l'a finalement renvoyé à Edimbourg, et les bonnes gens de la ville ont décidé qu'il n'était pas coupable.

— Vous n'aimez pas beaucoup le prince, n'est-ce pas ?

— Non, répondit-il en fronçant les sourcils, et sur un ton qui la dissuada d'insister.

Comme c'était effectivement une très belle journée et que Madeleine n'avait pas du tout envie de gâcher la bonne entente qui régnait entre eux, elle ne fit aucun autre commentaire, se contentant de hausser les épaules. Elle adressa un sourire radieux à Calumn, soulagée de voir son visage retrouver une expression normale. Ils franchirent la grande porte et s'éloignèrent des remparts, en direction des limites du parc royal qui entourait le palais de Holyrood.

Un flot continu de charrettes et de voitures appartenant à des gens aisés encombrait la route et luttait férocement pour passer devant les diligences maculées de boue et tirées par des attelages aux naseaux fumants. Des mules chargées de lourds fardeaux, des portefaix également écrasés par leur charge, des fermiers portant le produit de leur labeur formaient une file interminable attendant de passer les portes de la ville. Calumn veilla à ce que Madeleine ne le quitte pas d'un pouce jusqu'à ce qu'ils puissent quitter la route pour prendre l'un des chemins qui menaient à l'immense étendue verte du parc.

L'Ecossais était un compagnon agréable, très disert, et possédait un sens de l'humour qui s'accordait fort bien à celui de Madeleine. Comme elle, il aimait imaginer la vie des gens qu'il croisait et leur inventer des histoires, au contraire de Guillaume, qui restait souvent perplexe devant sa propension à exagérer et à broder sans limites, juste pour le plaisir d'amuser son entourage. Calumn s'amusait de son esprit et ne lui demanda pas une fois d'expliquer ce qu'elle disait. Quand ils arrivèrent dans le parc, elle se sentait aussi détendue en sa compagnie que s'ils avaient été amis depuis toujours.

En regardant autour d'elle, elle fut étonnée de se retrouver dans un endroit qu'on aurait dit situé en plein cœur de la campagne alors qu'ils ne venaient de faire que quelques pas hors des limites de la ville. Le palais de Holyrood se dressait au creux d'une petite vallée, entouré de jardins très dessinés au milieu desquels on remarquait une petite chapelle. Sur la droite de celle-ci s'élevait un petit groupe de collines étonnamment hautes, comme si un cyclope avait arraché un morceau des Highlands pour le laisser tomber au hasard en plein cœur des basses terres.

— C'est très beau, commenta Madeleine.

— Nous allons contourner le palais. Vous pourrez ainsi voir l'endroit depuis lequel le prince a salué le peuple d'Edimbourg quand il est arrivé.

— J'ai lu dans les journaux de l'époque que lui et son armée avaient été bien reçus.

— C'est certainement vrai, car tout le monde ici le soutenait. Enfin, disons plutôt que tout le monde détestait l'occupation anglaise. Les temps étaient durs avant la rébellion, vous savez. Les gens mouraient de faim. Comme ils se cherchaient un champion, ils n'étaient pas très regardants.

Il y avait du cynisme dans cette remarque.

— Charles Edouard est bel homme. Cela lui a beaucoup servi. Les femmes l'adoraient.

— Moi pas, observa Madeleine avec conviction.

— Vous l'avez rencontré ? s'étonna Calumn.

— Quand il est revenu de France après Culloden, oui. Son bateau a accosté tout près de chez nous.

— Vous devez être l'une des très rares représentantes de votre sexe à ne pas l'aimer. D'après ce que j'ai entendu, les femmes se jetaient littéralement à sa tête.

— Comment dites-vous ?

— Elles le couvaient des yeux sans vergogne, si vous voulez.

— Eh bien moi, je ne me suis pas jetée à sa tête, comme vous dites. Je l'ai trouvé arrogant, vaniteux et mal élevé.

Ils avaient atteint un embranchement sur le chemin qu'ils suivaient. Devant eux se dressait le palais, mais Calumn guida Madeleine vers la droite, jusqu'à un endroit dérobé, à l'abri des collines. Il faisait chaud, aussi ôta-t-il sa veste avant de l'étendre sur l'herbe.

— Nous allons rester ici un moment. La vue est très belle.

Madeleine s'agenouilla sur la veste de Calumn. Celui-ci s'allongea à côté d'elle et s'installa tranquillement, en soutenant sa tête avec son poing, le coude dans l'herbe, sans se soucier de tacher sa manche immaculée. Une petite brise jouait dans ses cheveux parcourus de reflets rouges comme des flammes sous le soleil éclatant. Ils se trouvaient dans un petit creux, totalement à l'abri du regard des passants. Madeleine était très troublée par la présence de Calumn.

— C'est très beau en effet, remarqua-t-elle en luttant désespérément pour concentrer son attention sur le paysage et non sur l'homme allongé à son côté. On a du mal à croire que la ville soit si près.

Elle avait beau faire, elle était profondément bouleversée par Calumn, quand bien même elle gardait les yeux soigneusement fixés sur l'horizon.

— Je partage votre avis, répondit-il doucement.

A ces mots, Madeleine céda à la tentation et se retourna vers lui.

Erreur fatale.

— C'est très beau, insista-t-il en lui prenant le poignet sur lequel elle s'appuyait, ce qui eut pour conséquence de la faire glisser sur lui lorsqu'elle perdit l'équilibre.

Elle savait qu'elle aurait dû se dégager, mais elle n'arrivait tout bonnement pas à le faire. Elle se sentait comme sous l'effet d'une drogue. Hypnotisée. Ou tout simplement folle. Elle était allongée sur lui comme lors de cette fameuse première nuit hormis que, cette fois-ci, Calumn était parfaitement conscient et que ses mains s'agitaient sur elle de la plus délicieuse des façons. Il lui caressait le dos et suivait la courbe rebondie de ses fesses comme s'il cherchait à mémoriser les courbes de son corps en les palpant à travers ses vêtements. C'était parfaitement choquant d'être touchée de la sorte. Et terriblement excitant.

Elle prit rapidement conscience de son excitation lorsqu'elle sentit le sexe de Calumn durcir contre sa cuisse.

— Je ne devrais pas..., parvint-elle à dire, sans oser prononcer toutefois le nom de ce qu'elle ne devait pas faire.

Malgré ses paroles, Madeleine ne faisait aucun geste pour se dégager. Calumn restait dans l'expectative, bien conscient qu'il aurait dû ne pas la tenter.

— Madeleine ?

Elle baissa les yeux, comme si elle rendait les armes devant le dilemme qui l'accablait.

— Nous ne devrions pas faire ça, murmura-t-il.

— Non, acquiesça-t-elle.

— Non, soupira-t-il en écho.

Ensuite, les lèvres de l'Ecossais touchèrent les siennes et tout espoir de revenir en arrière s'évanouit avec ce geste, car ils furent entraînés dans une vague de désir irrésistible. Comme s'ils venaient juste de s'arracher l'un à l'autre. Comme s'ils avaient été mis au monde pour s'embrasser et que les règles… les règles ne s'appliquaient tout simplement pas à eux.

Le plaisir était dangereux, Madeleine le savait, mais elle n'en avait cure. Les baisers de l'Ecossais lui donnaient la fièvre, et soif d'autres étreintes et de rien d'autre. Calumn ouvrait la voie et elle le suivait, répondant à ses gestes comme en écho, mordillant sa lèvre inférieure quand il cajolait la sienne du bout des dents, ployant sous ses assauts, s'ouvrant à lui quand il poussait, prenant tout ce qu'il lui donnait et donnant plus encore. Elle lui permettait, l'encourageait même à l'agonir de baisers qui puisaient au fond d'elle de quoi lui faire bouillir le sang.

Elle sentait un désir qu'elle n'aurait su définir lui imposer sa loi. Il lui caressait le visage, ses doigts forts et rugueux effleurant le satin de ses joues, ses cils, ses oreilles, ôtant une à une les épingles de ses cheveux avant de les caresser avec une infinie douceur et de les déployer sur ses épaules, sa bouche abandonnant les lèvres de Madeleine un instant pour venir lutiner le lobe de son oreille et se blottir contre sa nuque veloutée. Il donnait une telle impression de force, de solidité.

Il murmura quelques mots incompréhensibles dans une langue qu'elle ne connaissait pas et dont les accents lyriques semblaient s'enrouler autour d'elle et la faire fondre, comme lorsqu'il lui souriait. La bouche douce et chaude de Calumn glissa sur la pente douce de ses seins, juste à l'orée de sa chemise, lui arrachant un petit cri de plaisir et d'effroi mêlés. Elle en sentait les pointes durcir fébrilement, suppliant qu'il s'intéresse à elles.

— Calumn, murmura-t-elle pour l'interpeller, mais sur un ton qu'il pouvait trop aisément prendre pour un encouragement.

Un sourire sur les lèvres, les paupières à moitié baissées, le regard lourd, il ne la quitta pas des yeux tout le temps qu'il lui fallut pour la faire changer de position afin de dénouer les lacets de sa robe, guettant le moindre signe de refus de la part de Madeleine, ou d'encouragement…

Elle devenait folle. Le plaisir. C'était cela qu'il voulait dire, sûrement. Le mot, déjà, était terriblement excitant. Plaisir. Et Calumn lui donnait un sens entièrement nouveau. Plaisir. Cela n'avait rien de léger, d'éthéré, mais plongeait ses racines au plus profond. Cela n'avait pas non plus la couleur du soleil, mais celle, sombre et palpitante, d'une créature qu'il aurait fait apparaître comme par magie.

Sa robe s'ouvrit d'un coup. Les rubans de sa chemise furent dénoués, la chemise glissa sur ses épaules, exposant l'étonnante blancheur de ses seins à la lumière du soleil. Un autre de ces frissons enivrants la secoua, lui donnant la chair de poule. Les pointes de ses seins frémissaient et s'assombrissaient à mesure que le sang y affluait.

Calumn humecta de sa langue l'un de ses doigts et passa celui-ci sur la première, puis l'autre. C'était exquis. Léger comme la caresse de la brise. Chaud, puis frais. Un plaisir à vous faire grincer les dents. Elle gémissait. Calumn mouilla son doigt de nouveau, les yeux rivés sur elle. Elle avait l'impression qu'ils lui parlaient et lui disaient des choses qui la déconcertaient et l'excitaient à la fois. Il la toucha derechef. C'était si nouveau, si étrange et, pour quelque chose d'interdit, si étonnamment délicieux.

Puis il prit le téton dans sa bouche. Sentir ses lèvres

la téter doucement la fit se tordre de plaisir, et elle se mit à gémir franchement quand il la mordilla du bout des dents. La langue de Calumn passant langoureusement sur la pointe de ses seins lui arracha un cri. Il suivait les contours de sa poitrine à présent, en petites touches légères comme celles d'une plume. Ses mains épousant les formes de son corps. Sa bouche caressante, brûlante… Le plaisir traçait des sillons fulgurants sur sa chair là où il la touchait, augmentant la chaleur qui s'accumulait au creux d'elle, plus bas… Elle se sentait vibrer comme les cordes d'une harpe qu'il aurait lentement accordées. Instinctivement, elle se préparait à résister à ce qui se préparait, quoiqu'elle ait l'impression que la chose, quelle qu'elle soit, se révélerait irrésistible. Elle se raidit.

Calumn remarqua ce changement subtil immédiatement. Etonné de l'ampleur de la réponse de Madeleine, surpris par la vitesse à laquelle les choses en étaient venues là où elles en étaient, il se redressa. Il s'était lui-même laissé emporter et en avait oublié toutes ses bonnes résolutions. C'était une chose de rêver de séduire une femme, mais c'en était une autre de le faire.

Il détourna les yeux du spectacle ravissant qui s'offrait à sa vue. Avec ses cheveux presque blancs sous le soleil, sa peau si parfaite et ses seins encore roses de ses caresses par endroits, la jeune Française était follement excitante. Il chercha une position confortable, car son érection pesait douloureusement sur l'étoffe de son haut-de-chausses. Jamais il n'avait été aussi dur. Franchement, il n'avait pas prévu que les choses iraient aussi loin, ni aussi vite. Il jura en gaélique, la langue à laquelle il revenait toujours lorsque l'émotion le secouait.

— Il n'était pas dans mes intentions que la situation nous échappe à ce point, affirma-t-il.

Il se força à s'écarter, à mettre de la distance entre eux,

malgré les protestations de son corps tout entier, et tira la chemise de Madeleine sur les épaules de celle-ci.

— Couvrez-vous, pour l'amour du ciel, supplia-t-il. Avant que je ne perde le peu de contrôle que j'ai encore sur moi-même.

Madeleine s'exécuta, ses doigts tremblants lui rendant la chose un peu malaisée. Elle se sentait affreusement tendue, comme un violon dont les cordes auraient menacé de rompre sous la tension de la musique qu'elles ne pouvaient plus produire. La vision fugace qu'elle avait eue de quelque chose — quelque chose de brûlant, de liquide, dans lequel il serait facile de se noyer — s'évanouissait lentement à mesure que son corps retrouvait sa température normale. Avait-elle suscité le dégoût de Calumn ? En tout cas, elle l'avait surpris, autant qu'elle s'était surprise elle-même. Que lui arrivait-il ? Elle se reconnaissait à peine dans la créature sauvage qu'elle était devenue sous l'égide experte de Calumn. Pourquoi Guillaume n'avait-il jamais... ?

Un violent sentiment de culpabilité la submergea d'un coup. Ce que Guillaume n'avait pas fait était sans importance. Ce qui importait en revanche, c'était précisément qu'elle l'avait fait, elle. Embrasser un homme qu'elle connaissait à peine ! En lui permettant de la toucher d'une manière aussi intime... et en désirant qu'il lui fasse des choses dont elle n'avait même jamais imaginé qu'il soit possible d'avoir envie ! En fait, si elle était vraiment honnête, elle devait même reconnaître qu'elle l'y avait encouragé.

Un sentiment de culpabilité atroce la submergea tout d'un coup, au point qu'elle ne put plus regarder Calumn en face et resta prostrée, jouant machinalement avec l'un des boutons de la veste de l'Ecossais sur laquelle elle était toujours assise.

— Que devez-vous penser de moi ? Je ne sais pas ce qui m'a pris. Je vous assure que jamais je n'ai...

Il lui posa un doigt sur les lèvres.

— Regardez-moi, Madeleine, ordonna-t-il en la forçant à s'exécuter. Vous n'avez rien fait qui doive vous faire honte. Vous êtes une créature adorable, remarquablement sensible, et je me suis un peu emballé. Ce que vous avez ressenti n'a rien de répréhensible ni de honteux. C'est parfaitement naturel, au contraire. En tout cas, ça l'est entre deux personnes qui éprouvent une forte attirance l'une envers l'autre, comme c'est le cas pour nous.

Madeleine réfléchit soigneusement à ce qu'il venait de dire.

— Vous voulez dire que je ne suis pas attirée par Guillaume de cette façon ?

Calumn haussa les épaules.

— Je n'ai pas dit ça.

— Ce n'était pas nécessaire. En tout cas, vous avez tort. Il se trouve simplement qu'il ne m'a jamais embrassée comme vous l'avez fait.

— Pourquoi ça ?

— Je ne... il n'a pas... parce que... cela ne vous regarde en rien.

— En effet.

Calumn observa la belle Française. Elle avait raison, jamais il n'aurait dû commencer à l'embrasser ! Mais à présent que le mal était fait, il ne pouvait laisser les choses en l'état.

— Et vous, Madeleine ? N'avez-vous jamais eu envie qu'on vous embrasse comme je viens de le faire ? N'avez-vous jamais rêvé de votre nuit de noces ? Du bonheur que procure l'union de la chair ? De faire l'amour ? Du plaisir pur, détaché de la procréation ? Du désir, et non du devoir ?

— Taisez-vous ! Bien sûr que non, je n'ai jamais pensé à tout ça.

— Bien sûr que non. Ecoutez-vous donc. Vous êtes fiancée à un homme que vous prétendez aimer et vous n'avez jamais rêvé de faire l'amour avec lui !

— Si je vous laisse faire, vous direz bientôt que je suis amoureuse de vous !

Calumn éclata de rire.

— Non. Ce qui existe entre nous est plus terre à terre. Désir, passion, luxure, appelez ça comme vous voudrez. Toutes choses en tout cas que vous n'éprouvez nullement pour votre futur mari. Et auxquelles nous ne devrions céder à aucun prix, aussi tentantes soient-elles.

— Le mariage n'est pas une affaire de passion et de… de désir, mais de sentiments autrement plus élevés, affirma Madeleine, sur la défensive.

— Plus élevés ! répéta Calumn en ajoutant une bordée de jurons en gaélique avant de soupirer avec un air résigné. Très bien. Comme vous voudrez. Si les sentiments élevés, comme vous dites, vous satisfont, qui suis-je pour vous faire part de mes objections ?

Il aida Madeleine à se remettre sur ses pieds.

— Il fait trop beau pour se disputer. Oublions tout ça. Cela n'arrivera plus.

Elle réussit à sourire un peu gauchement. Elle aurait dû se sentir soulagée par les paroles de Calumn et, pourtant il n'en était rien. Elle était parfaitement consciente qu'elle était tout aussi responsable que lui dans ce qui venait de se passer entre eux. Bien trop abasourdie par son propre comportement, elle marcha à son côté sans rien dire, en l'écoutant d'une oreille vague lui raconter que Mary, reine d'Ecosse, avait aussi été, pour quelques semaines seulement, reine de France. Il avait une manière bien à lui de faire le récit de cet épisode historique, et l'ironie qu'il déployait à le faire finit par la faire rire.

De nouveau à l'aise tous les deux, ils contournèrent le grand palais de Holyrood et prirent le chemin qui menait au village voisin de Duddingston.

— Vous ne m'avez pas raconté votre rencontre avec le prince, lui rappela finalement Calumn.

— C'était en septembre, l'an passé, quand il a débarqué en France après avoir échappé aux Anglais qui cherchaient à le capturer. Il passait la nuit dans un château des environs, chez des amis de mon père, et ceux-ci avaient décidé d'organiser une fête en son honneur. Je m'y suis rendue parce que voulais le connaître pour lui demander s'il savait quoi que ce soit sur le sort de Guillaume.

— Et qu'est-ce que le beau prince Charlie vous a répondu ?

— Il a prétendu se souvenir de lui, mais je suis sûre que ce n'était pas vrai. Il a dit que lui-même n'aurait jamais abandonné une aussi jolie fiancée et puis il a essayé de m'embrasser. Je ne vois vraiment pas ce que les gens lui trouvent. Je ne comprends pas non plus pourquoi ils ont défendu sa cause. C'est un porc arrogant et vaniteux, et je n'accepterais même pas de dîner avec lui, sans parler de me battre pour sa couronne.

— Bravo, mademoiselle Lafayette ! J'aimerais fort que d'autres partagent votre opinion, surtout ici. Cela aurait évité bien des désagréments à l'Ecosse, et à vous ce voyage.

Madeleine fut déconcertée par les paroles de Calumn. Si elle n'était pas venue en Ecosse, elle n'aurait jamais rencontré Calumn Munro. Quelle sotte ! Une telle idée n'aurait jamais dû lui venir à l'esprit.

Ils étaient arrivés à Duddingston. Le village s'étendait à côté d'un petit lac au-dessus duquel une église se dressait, bâtie sur un promontoire qui s'avançait dans l'eau. C'était une scène d'un charme fou, dans la quiétude de l'après-midi, avec les couleurs des arbres se reflétant sur l'eau tranquille.

— Les troupes fidèles au prince ont campé ici avant la bataille de Prestonpans, affirma Calumn.

— C'est tellement étrange de penser que Guillaume a peut-être été là. Et ce calme… Ce n'est pas du tout un endroit pour faire stationner une armée.

— Avez-vous faim ? Il y a une auberge ici, le Sheep Heid. Si vous en avez envie, ils courront vous chercher un peu de pain et de fromage.

— J'adorerais ça, répondit Madeleine avec un sourire. Je meurs de faim.

L'auberge consistait en un simple bâtiment de pierre auquel était adossé un jeu de quilles attenant. Il y régnait un grand silence car tous les habitants du village travaillaient ou s'activaient aux tâches ménagères. Madeleine et Calumn étaient les seuls clients.

— Dites-m'en plus sur votre vie en Bretagne, demanda Calumn une fois qu'ils furent assis et eurent commencé à manger.

Madeleine but une gorgée de bière revigorante pour faire glisser le pain un peu élastique qu'elle mâchait depuis un moment.

— C'est très différent d'ici. L'air est tout imprégné de l'océan, comme s'il était lourd du sel qu'il contient. Ma famille possède un domaine, non loin du village de Roscoff. Nous y cultivons du blé, et aussi des artichauts, mais notre activité principale est la culture des pommes, avec lesquelles nous produisons du cidre et aussi de l'hydromel. En plus de cela, nous avons des vaches, avec le lait desquelles nous fabriquons du beurre et des fromages d'une douceur et d'un crémeux inégalables, pas comme celui-ci, dont je suppose qu'il est fait avec du lait de brebis. Bien sûr, la plupart des fermiers de mon père son aussi des pêcheurs. Souvent, je fais le tour du domaine à cheval avec papa pour évaluer ce qui doit être fait. Je tiens aussi les livres de comptes et m'occupe de la laiterie.

— Vous être vraiment une fille de la campagne, commenta Calumn avec un sourire.

— Je ne peux pas imaginer que l'on puisse vivre toute une vie en ville, ou à se languir comme une femme du monde sans rien d'autre à faire que papoter ou broder. Ce sont d'ailleurs, maintenant que j'y pense, deux activités très semblables, puisque aussi bien l'une consiste à broder sur du tissu et l'autre sur la vérité.

Calumn éclata de rire.

— Vous avez de l'esprit, remarqua-t-il en prenant une longue gorgée de bière. Par bien des aspects, le portrait que vous faites de la Bretagne me rappelle mon pays.

— Parlez-m'en à votre tour. Vous savez tellement de choses de moi, et pourtant vous ne m'avez quasiment rien dit sur vous. Ce n'est pas vraiment équitable.

Elle disait ça d'un ton taquin en prenant soin de n'avoir pas l'air trop intéressée par ce qu'il pourrait dire. Mais elle avait bien l'intention de satisfaire sa curiosité.

— Je viens d'un endroit appelé Errin Mhor, dans les Highlands, au nord-ouest d'ici. Ma famille y possède également un vaste domaine sur lequel travaillent des fermiers. Nous sommes sur la côte, nous aussi, de sorte que la plupart des gens s'adonnent à la pêche autant qu'aux travaux des champs. Nous avons même un mot particulier pour désigner ce genre de chose.

— Et que cultivez-vous ?

— De l'avoine, de l'orge, des navets, des pommes de terre, des choux. Les hivers sont longs et rudes dans les Highlands, la terre n'est pas très profonde, bien moins fertile en tout cas que la vôtre. Mais le poisson, en revanche… je parierais qu'il est encore meilleur que celui auquel vous êtes habituée.

— Et ce Errin Voe… comment dites-vous, déjà ? Est-ce que c'est beau ?

— Errin Mhor. Oui, c'est très beau. Je ne crois pas qu'il y ait de plus bel endroit sur terre, mais bien sûr, je ne suis pas vraiment objectif. Le domaine est entouré de montagnes qui, en été, sont entièrement mauves à cause de la bruyère. Ensuite, quand vient l'automne et que le temps change, elles prennent toutes les teintes de brun que vous pouvez imaginer, dorées et couleur d'ambre au matin, roux flamboyant et brun profond à mesure que soleil plonge sur l'horizon. En hiver, leurs sommets blancs de neige et de glace scintillent comme des diamants. Nos terres s'étendent à l'abri des montagnes. Nos bêtes paissent sur leurs flancs, et nos cultures occupent la partie basse et plate qui continue jusqu'à la mer. Nous avons des plages de sable d'une blancheur incroyable et il y a de nombreux îlots tout près de la côte où la mer est très peu profonde à marée basse et où l'on peut attraper les plus gros crabes que vous ayez jamais vus.

Calumn se tut, le regard perdu vers l'horizon, un sourire sur les lèvres.

— Quand nous étions enfants, nous faisions la course avec eux sur le sable, dit doucement Madeleine.

L'Ecossais s'arracha au souvenir de son pays pour revenir à l'auberge enfumée et à la jeune femme envoûtante qui lui faisait face de l'autre côté de la table de bois.

— Nous le faisions aussi, avec mon ami Alashdair.

— Cela ne vous manque pas ?

Il allait hausser les épaules, comme toujours quand on lui posait la question, comme s'il voulait effacer Errin Mhor de sa mémoire, mais cette fois-ci, il n'en fit rien. Bien sûr, son pays lui manquait. Errin Mhor faisait partie de lui et il sentait comme un vide, à l'intérieur, que rien ne pouvait combler.

— Pas un jour ne passe sans que j'y pense.

De se voir ainsi offrir une telle confidence toucha Madeleine immensément, car elle savait à quel point l'occasion était rare.

— J'aimerais vraiment y aller.

— Cela vous plairait. Nous avons beaucoup de choses en commun, nous les Highlanders, avec vous les Bretons. Après tout, nous sommes des Celtes.

— Et vous et moi sommes des paysans dans l'âme.

— C'est ce que ma mère aimerait que je pense. D'après elle, personne d'autre que moi n'est taillé pour diriger Errin Mhor à présent que la santé de mon père commence à décliner. Elle a nommé un intendant, mais elle est persuadée que le domaine ira à vau-l'eau s'il n'est pas mené par un Munro.

— C'est vrai, Calumn, votre mère a raison, approuva Madeleine avec enthousiasme. Quand on est né propriétaire d'une terre, on a avec elle une affinité que personne d'autre ne peut avoir. Pourquoi restez-vous ici, à Edimbourg, quand on a besoin de vous là-bas ?

Son enthousiasme lui donnait de l'audace, au point qu'elle ajouta :

— Vous avez dit vous-même que rien ne vous retenait ici. Que fuyez-vous, Calumn Munro ?

— Fuir ? répéta-t-il en la regardant longuement d'un air dur, le visage traversé par des émotions changeantes, passant de la colère à la tristesse, puis de l'amertume à la résignation.

— Je ne fuis pas. Je ne peux pas rentrer chez moi, voilà tout. Je n'en ai plus le droit.

A voir l'angoisse qui ravageait son visage, Madeleine eut soudain envie de le prendre dans ses bras, mais elle savait instinctivement qu'il interpréterait un tel geste comme une marque de pitié. Ce n'était pas le genre d'homme à laisser voir ses blessures. Elle l'avait pris au début pour un riche coureur de jupons un peu trop oisif. C'était vrai, mais partiellement seulement, car en plus d'être coureur et parfaitement charmant, il n'était nullement dépourvu de convictions ou d'honneur. En fait, on l'avait dépouillé des unes et de l'autre.

Elle remarqua, sous son sourcil gauche, une petite cicatrice qu'elle n'avait jamais vue jusque-là.

— Comment vous êtes-vous fait ça ? demanda-t-elle

en suivant du bout du doigt le petit pli que cela lui faisait sur la peau.

Ce simple geste compensait un peu l'envie folle qu'elle avait de le consoler.

— C'est une blessure d'enfance. Je me suis retrouvé sur la trajectoire d'une flèche, au cours d'une partie de chasse, quand j'avais huit ou neuf ans. La douleur que m'a causée la coupure n'était rien en comparaison de la correction que m'a donnée mon père ensuite.

— Votre père vous a battu ?

Calumn haussa les épaules.

— Il m'avait dit de rester en arrière, mais je ne l'ai pas écouté. J'ai manqué prendre une flèche dans l'œil par stupidité et j'ai été corrigé de belle manière pour avoir désobéi. Mon père est laird, vous savez. Il attend de ses gens qu'ils l'obéissent en tout.

— Tout comme vous, remarqua Madeleine en lui adressant un sourire taquin pour atténuer ses paroles.

— Vous devriez vous en souvenir, répondit Calumn en se se levant de table.

Ils restèrent silencieux tout le long du chemin de retour, mais sans se sentir mal à l'aise pour autant. Alors qu'ils approchaient des remparts de la ville et que le flot des gens et des véhicules sortant des remparts augmentait considérablement, Madeleine se prit à se demander si lady Drummond lui avait fait passer un message. Quand ils arrivèrent chez Calumn, elle fut deux fois déçue. Lady Drummond n'avait pas donné signe de vie et Calumn lui annonça qu'il comptait dîner en ville.

Se sentant insultée par sa décision, elle se montra particulièrement distante avec lui, au point d'en être impolie quand il quitta l'appartement en tenue de soirée.

Elle passa quelques heures solitaires à dîner d'un

bouillon de mouton et d'un ragoût de lapin préparés par Mme MacFarlane et à parcourir un livre de poésie usé qu'elle avait trouvé à côté du fauteuil dans lequel Calumn s'asseyait habituellement. Certes, leur longue promenade aurait dû la mettre en appétit et la cuisine de Mme MacFarlane sentait délicieusement bon, mais elle ne put faire honneur à celle-ci. Elle se retira tôt dans sa chambre et demeura allongée sur son lit, dans le noir, pendant ce qui lui sembla des heures, à essayer de prévoir ce qu'elle allait faire ensuite, mais en réalité à attendre impatiemment, l'oreille aux aguets, d'entendre enfin le bruit d'une clé dans la serrure.

Que faisait-il ? Avec qui était-il ? L'absence de logique de ses sentiments la frappait. Quelle raison avait-elle d'être jalouse d'un homme qui n'était rien pour elle ? Aucune. Et aucun droit non plus. Mais elle se targuait d'être toujours honnête. Et elle était jalouse.

Elle n'arrivait pas à comprendre pourquoi. La jalousie allait-elle de pair avec les autres émotions qu'il avait éveillées en elle cet après-midi ? Avec ces désirs dont elle n'avait même pas conscience qu'elle pouvait les éprouver ? Et qui, une fois éveillés en elle, ne lui laisseraient plus de repos. Son corps semblait avoir acquis une certaine autonomie, qui s'exerçait pour l'essentiel en dehors de sa propre volonté. Il la perturbait à cet instant même, en l'obligeant à se remémorer leur après-midi et à se demander ce qui se serait passé si Calumn n'avait mis un terme à leur étreinte. Sachant que, quoi qu'elle puisse imaginer, cela resterait très, très en deçà de la réalité…

C'étaient des pensées diablement dérangeantes. Elle essaya de faire remonter à sa mémoire l'image de Guillaume, mais c'était comme de vouloir remplacer la chair et le sang par de la fumée et du verre. Les mains de son fiancé l'avaient étreinte un millier de fois, elle avait nagé avec lui, dansé avec lui, chevauché à son côté quasiment chaque matin de son existence, et pourtant, c'était comme si tous les souvenirs qu'elle avait de lui s'étaient effacés de sa mémoire.

Le visage de Calumn lui revenait à l'esprit sans difficulté, lui. Elle n'avait aucun mal à s'en rappeler les traits, ni à se remémorer le parfum si particulier qui émanait de sa personne, les contours de son corps, la douceur de sa peau contre la sienne. Le poids de son corps contre le sien. Cela ne voulait rien dire. Mais la frustration et le désir la tenaient éveillée tout de même. Elle tournait et virait dans son lit si constamment qu'elle avait l'impression d'être allongée sur des charbons ardents.

Finalement, elle entendit Calumn monter doucement les marches du perron et, l'oreille aux aguets, écouta la clé tourner dans la serrure et la porte se refermer avec précaution. Il s'arrêta dans l'entrée, juste devant la porte de sa chambre. Elle l'entendit pousser un soupir puis, très vitc, ouvrir et refermer celle de sa propre chambre. Tout doucement. Il n'était donc pas ivre. Les bruits étouffés qui parvenaient à Madeleine tandis qu'il se déshabillait de l'autre côté de la cloison, tout comme les images crues que cela faisait venir à son esprit, la convainquirent rapidement que tout espoir de trouver le sommeil était définitivement envolé. Elle resta immobile dans la quiétude obscure de la nuit, les oreilles pleines de ses propres soupirs, incapable de penser à autre chose qu'à l'homme qui dormait nu de l'autre côté du mur.

Allongé nu sur le ventre, un oreiller sous le menton, un rayon de lune jouant sur son dos, Calumn ne parvenait pas à trouver le sommeil.

Cherchant un moyen de s'occuper l'esprit, il s'était joint à un groupe d'amis pour jouer aux cartes, mais n'avait pu se concentrer sur la partie. En fait, il ne pouvait plus penser à rien d'autre qu'à Madeleine. Il l'entendait rire, la voyait allongée sous lui sur l'herbe du parc, l'entendait parler de son pays, les yeux perdus dans le vague. Il imaginait sa bouche, ses seins. Il aimait la façon qu'elle avait de blottir son bras au creux du sien. Et le plaisir qu'il éprouvait à la sentir à son côté, si parfaitement accordée à lui.

Incapable de se concentrer sur quoi que ce soit, il avait au moins eu le bon sens d'abandonner la partie avant que ses pertes ne deviennent considérables. Le whisky lui-même avait perdu son attrait. Mais quand il n'en buvait pas, il se mettait à rêver.

« Que fuyez-vous, Calumn Munro ? »

Cette fille était un peu trop perspicace. Et sa capacité à lire ses pensées le dérangeait profondément. En lui décrivant Errin Mhor, il avait mesuré à quel point son pays lui manquait, et désormais la nostalgie pesait sur ses épaules comme un lourd manteau noir. De quel droit se permettait-il de prêcher le bonheur aux autres, lui qui, ces derniers temps, semblait n'avoir pour seul but dans la vie que d'éviter de nouvelles blessures ? Lui à qui, désormais, le bonheur se refuserait éternellement ? Il n'y avait plus droit, définitivement, pas plus qu'il n'avait le droit de rentrer chez lui.

Calumn ferma les yeux en tirant le drap sur lui pour essayer de se calmer un peu et de s'endormir, persuadé néanmoins qu'il n'y parviendrait pas.

Calumn se réveilla le lendemain matin avec l'impression qu'on lui avait bourré le crâne de coton. Quand enfin il se fut habillé, il trouva, en pénétrant dans la salle à manger, Madeleine déjà assise à table, un pot de café devant elle, l'air très à son aise. Quand elle lui adressa le bonjour en lui tendant une tasse, il se demanda ce que cela lui ferait de la voir ainsi tous les matins.

Ulcéré par sa folie, il repoussa cette idée et s'assit en

face d'elle. Tudieu ! A cause de cette inconnue, il avait compris à quel point la solitude et la nostalgie de son pays lui pesaient, voilà la vérité !

— Je serai absent la plus grande partie de la matinée, annonça-t-il brusquement. J'ai à faire.

Il avait des cernes noirs sous les yeux. Elle l'avait entendu crier pendant la nuit. Un cauchemar, assurément. L'oreille collée à sa porte, elle s'était longuement demandé s'il fallait le réveiller, craignant qu'une telle intrusion ne soit pas du tout la bienvenue. A présent qu'elle lui voyait la mine sombre, elle se félicitait de n'en avoir rien fait, bien qu'elle eût donné cher pour savoir ce qui pouvait lui causer de telles émotions.

— Très bien, répondit-elle d'une voix claire. J'attends des nouvelles de lady Drummond, de toute façon. Je pensais aller attendre Jeannie au sortir du château.

— Jamais vous ne trouverez votre chemin toute seule. Jeannie viendra vous voir si elle a des nouvelles. Il vaut bien mieux que vous l'attendiez ici.

C'était dit d'un ton sans réplique, mais elle repondit quand même :

— Je crains d'avoir largement abusé de votre hospitalité. Je vous remercie infiniment, mais je vous ai déjà imposé ma présence beaucoup trop longtemps. Fort heureusement, cela ne durera pas.

— Vous ne m'avez rien imposé. Je suis fatigué, voilà tout.

— N'avez-vous pas bien dormi ?

Comme il lui arrivait souvent de le faire lorsqu'il ne voulait pas répondre, Calumn choisit d'ignorer la question.

— Je serai de retour à 2 heures. Nous pourrons discuter de vos projets.

Madeleine fit claquer sa tasse sur sa soucoupe.

— Ne vous inquiétez pas de moi, répliqua-t-elle, hautaine. Il ne va rien m'arriver.

— J'en suis certain, répondit Calumn. Tant que vous resterez ici et ferez ce qu'on vous dit.

Sur ces mots, il sortit en claquant la porte derrière lui.

— « Tant que vous resterez ici et ferez ce qu'on vous dit ! » répéta Madeleine, furieuse.

Quelle arrogance ! L'homme délicieux d'hier avait disparu, laissant la place à cet étranger intimidant et visiblement déterminé à garder ses distances avec elle. Fort bien ! Mais cela ne signifiait pas pour autant qu'elle devait lui obéir au doigt et à l'œil.

Il était insupportable !

Elle saisit ses bottines et les enfila, avant de nouer son châle autour de son cou. Elle ne pouvait rester là à se tourner les pouces bien gentiment en attendant que Jeannie vienne. Calumn Munro n'était pas son seigneur et maître.

En dépit de sa détermination, quand elle se retrouva toute seule aux abords du Lawnmarket, à regarder la cohue des marchands, il lui fallut bien des efforts pour ne pas tourner les talons et faire exactement ce que Calumn lui avait ordonné de faire. Mais elle était bien trop fière pour cela. Rassemblant son courage, elle releva nerveusement ses jupes pour éviter qu'elles ne traînent sur les pavés et se fraya un chemin au milieu de la foule.

Chapitre 4

Trois heures plus tard, quand elle rentra chez Calumn, Madeleine trouva le logement vide. Une fois dans sa chambre, elle commença à défaire ses paquets quand on frappa à la porte.

C'était Jeannie.

— Avez-vous des nouvelles ? s'enquit Madeleine en guidant la visiteuse dans le petit salon après l'avoir embrassée pour la saluer.

— Oui. Calumn n'est pas là ? répondit Jeannie en s'asseyant sur le bord de l'un des grands fauteuils installés près de la cheminée.

— Non. Mais il devrait être de retour bientôt. Ne vous occupez pas de lui. Racontez-moi ce que lady Drummond vous a dit, s'il vous plaît.

— Ce sont de bonnes nouvelles, affirma Jeannie avec un grand sourire.

Madeleine poussa un petit cri d'excitation et battit des mains.

— Elle sait où se trouve Guillaume ?

— Vous devez rejoindre un endroit appelé Rhubodach. Elle a dit qu'on vous y attendrait au château et qu'il vous y retrouverait.

— Le château de Rhubodach ? Où cela se trouve-t-il ?

— Ma foi, je n'en sais rien. Ce doit être quelque part dans les Highlands, car elle m'a affirmé que Calumn saurait où cela se trouve.

— Calumn ? Comment diable lady Drummond sait-elle que nous nous connaissons ?

— C'est ma faute, répondit Jeannie d'un air gêné. Elle m'a demandé de lui en dire un peu plus à votre propos, hier, et je lui ai raconté que vous étiez l'hôte de Calumn. Je suis vraiment désolée de l'avoir fait. J'ai cru que cela serait une bonne chose, vu qu'il est des Highlands lui-même et noble, par-dessus le marché. Mais c'était une terrible erreur.

— Pourquoi cela ?

— A ce qu'il paraît, lord Munro, le père de Calumn, est un fervent partisan du roi George. J'ai bien vu que lady Drummond répugnait à prononcer son nom lorsqu'elle a compris de qui je parlais. Il semble que leurs deux familles soient ennemies de longue date. J'ai été assez surprise de sa réaction, laissez-moi vous le dire. J'aurais pensé que Calumn m'aurait prévenue ! Elle a dit qu'elle ne se fierait jamais à un Munro, même si c'était le dernier homme sur Terre.

Madeleine bondit sur ses pieds en même temps que le rouge lui venait aux joues, furieuse.

— Comment ose-t-elle dire une chose pareille ? Elle ne connaît même pas Calumn !

— Non, bien sûr que non, mais les Highlanders sont réputés pour se vouer des haines terribles, entre clans.

— Que croit-elle que Calumn pourrait faire à Guillaume, bonté divine ? L'assassiner ?

— Elle pense sûrement que je le traînerai devant la justice, ce qui revient au même, lança une voix depuis le seuil du petit salon.

Les deux femmes sursautèrent quand l'homme dont elles parlaient entra dans la pièce.

— Vous ne devriez pas écouter aux portes, s'insurgea Madeleine, irritée par cette intrusion. C'est impoli.

— C'est ma porte, je vous le rappelle, et ce n'est pas

moins impoli de parler de son hôte dans son dos. Je n'aime pas être l'objet de commérages.

— Nous ne disions pas de mal de vous, nous… Jeannie me disait que…

— Que lady Drummond ne me fait pas confiance. J'ai entendu.

— Elle ne vous connaît pas, répondit Madeleine en lançant un regard noir à l'autre femme.

Jeannie secoua son tablier et remit sa coiffe en place en regardant Calumn d'un air contrit.

— Qui se soucie de ce que pense cette vieille pimbêche ? Je m'en vais à présent. J'ai étendu du linge et on dirait qu'il va pleuvoir.

— En ce cas, je vous dis adieu, Jeannie, répondit Madeleine. Je vous suis vraiment reconnaissante pour ce que vous avez fait. Merci.

— Allons donc. Ce n'est rien, protesta Jeannie, empochant tout de même rapidement la pièce que lui glissait Madeleine.

La porte se referma doucement derrière elle.

— Ce sont de bonnes nouvelles, j'imagine, lança Calumn.

Madeleine s'effondra sur le canapé, puis leva les yeux vers le Highlander. Il avait l'air fatigué et avait les cheveux en bataille. Une envie irrépressible de le soutenir en se glissant dans ses bras s'empara de Madeleine.

Il s'appuya contre le manteau de la cheminée.

— Eh bien ? Avez-vous perdu votre langue ?

— Calumn, ce que lady Drummond a dit de votre famille, je…

— Je ne veux pas en parler.

— Mais…

— Vous ne m'avez pas entendu ? tonna-t-il en se penchant sur elle avec un air menaçant, si violemment qu'elle se recroquevilla dans son fauteuil. Je ne veux plus parler de ça !

Elle avait beau avoir déjà eu un aperçu de ses accès de colère, c'était différent cette fois-ci. Elle le connaissait suffisamment bien toutefois pour ne pas poursuivre sur un sujet aussi délicat et attendit en silence qu'il se calme, ce qu'il fit étonnamment vite, arpentant la pièce pendant quelques instants avant de revenir s'appuyer au manteau de la cheminée.

— Alors, qu'a donc dit cette bonne lady Drummond ?

— Je dois me rendre dans un endroit appelé Rhubodach et y attendre que Guillaume prenne contact avec moi.

— Il est donc bien vivant ?

C'était ahurissant, mais la chose semblait ne pas avoir encore tout à fait pénétré son entendement. Le visage de Madeleine s'illumina lentement d'un sourire.

— Oui. Vous avez raison, Guillaume est vivant ! s'exclama-t-elle. Il doit l'être, n'est-ce pas ? Vous ne pensez pas qu'il puisse s'agir d'une farce cruelle ?

Elle hésita une fraction de seconde, puis :

— Ou d'un piège ? ajouta-t-elle d'une voix pleine d'inquiétude.

Calumn vint s'asseoir à côté d'elle sur le canapé et lui passa le bras autour des épaules.

— Quoi que lady Drummond pense de moi, je ne pense pas qu'elle soit du genre à mentir. Si elle dit qu'il prendra contact avec vous, c'est qu'elle a de bonnes raisons de le croire. Et donc, oui, en fin de compte, il y a de fortes chances que Guillaume de Guise soit vivant.

Madeleine se laissa aller contre lui de tout son poids.

— Je n'arrive pas à y croire, s'exclama-t-elle, les yeux mouillés de larmes brûlantes. Pardonnez-moi. C'est un tel choc.

— Je sais.

Calumn dut lutter contre les images qui envahissaient son esprit. Il se souvenait comme si c'était hier du jour où Rory était réapparu à Heronsay comme par enchantement. La nouvelle lui était venue aux oreilles sur l'île, une heure auparavant, mais il avait refusé d'accorder crédit à une rumeur. Tant qu'il ne l'aurait pas vu sur la plage devant lui, tant qu'il n'aurait pas entendu sa voix, tant qu'il n'aurait pu le toucher, il refuserait de croire que son frère était en vie pour de bon. Il ferma les yeux. Quelle belle journée cela avait été ! La dernière dont il se souvienne, en tout cas.

Madeleine blottit son visage contre la poitrine de Calumn. Le tissu de son gilet était un peu rêche, mais il lui donnait une telle impression de force et il sentait si bon qu'elle avait l'impression d'être tout à fait à sa place dans ses bras. C'était vraiment insensé de penser une telle chose, aussi s'écarta-t-elle doucement, submergée par un sentiment de culpabilité écrasant.

— Savez-vous où se trouve le château de Rhubodach ?

— C'est près d'Aberfoyle, à l'ouest d'ici, dans les Trossachs.

— Ah, souffla Madeleine d'une voix faible.

— Vous n'êtes pas plus avancée, n'est-ce pas ? ironisa Calumn. Vous aurez besoin de chevaux. Inutile de songer à vous y rendre en voiture. Il n'y a pas de route. Juste une piste.

— Ah, parvint-elle à dire encore, en luttant contre elle-même pour ne pas céder au découragement.

Comme elle ne connaissait pas du tout le terrain, elle n'avait tout bonnement pas envisagé les aspects pratiques du voyage.

— J'ai l'habitude de voyager à cheval. Je déteste être confinée dans une voiture, affirma-t-elle, bravache.

— C'est un pays sauvage. Les montagnes et les lochs vous sembleront des obstacles négligeables à côté du reste. Il est très vraisemblable que vous deviez passer quelques nuits à la belle étoile. Sans compter que vous aurez du mal à trouver quelqu'un qui parle anglais. Ils ne connaissent que le gaélique, là-haut. Sans un guide compétent, vous serez perdue.

— Un guide, bien sûr, c'est ce qu'il me faut.

— Quelqu'un qui connaisse le terrain. Un natif des Highlands, de préférence.

Elle commençait à se demander si elle n'était pas totalement folle d'envisager un tel voyage lorsqu'une idée lui vint à l'esprit, si audacieuse qu'elle douta d'avoir le courage de la suggérer à Calumn. Elle n'avait pas le droit de lui demander, et encore mois d'attendre de lui qu'il accepte, et pourtant, il se rendrait sûrement compte que c'était la solution parfaite.

Elle s'éclaircit la voix nerveusement.

— Calumn, je suppose que… non, rien, cela n'est pas important, balbutia-t-elle en croisant les mains sur ses genoux.

Elle essayait de rassembler tout son courage, mais n'était-elle pas en train de commettre une folie ?

— Qu'y a-t-il ? Cela ne vous ressemble pas de vous montrer réticente de la sorte.

Elle ne pouvait s'empêcher de trouver l'idée parfaite. Malgré tous ses efforts pour la contenir, l'excitation illuminait son visage.

— Oh ! Calumn, accepteriez-vous ? demanda-t-elle avec un grand sourire.

— Que je… vous voulez que je vous accompagne ? balbutia-t-il en la regardant d'un air incrédule.

Le sourire de Madeleine disparut instantanément de son visage.

— J'ai pensé que… Oui.

— C'est totalement hors de question, affirma-t-il en pinçant les lèvres. Je ne peux retourner dans les Highlands. Je vous l'ai déjà dit.

— Mais vous ne m'avez pas dit pourquoi.

— Quoi ? Vous croyez que j'ai à répondre de mes actes

devant vous à présent ? Comment osez-vous ? Qui êtes-vous, vous, une mijaurée décidée à attirer la ruine sur sa propre tête, pour me demander de me justifier ? J'ai mes raisons. D'excellentes raisons. Mais elles ne regardent que moi, et moi seul.

La colère de Calumn la bouleversait, mais elle trouvait la tâche qui l'attendait encore plus intimidante. De toute façon, elle en était de plus en plus persuadée, quelles que soient les raisons qui empêchaient Calumn de retourner dans les Highlands, il faudrait bien qu'on le force à les affronter. Cette pensée lui donna le courage de le défier :

— Vous êtes un hypocrite, Calumn Munro, lui lança-t-elle. Vous êtes absolument certain de savoir ce qui est bon pour moi, n'est-ce pas ? Mais lorsque cela vous concerne, ce n'est plus la même chose. Vous n'acceptez les conseils de personne ! Qui êtes-vous pour me parler de mon bonheur quand vous êtes à l'évidence malheureux comme les pierres ? Je vous ai demandé hier ce que vous fuyiez, mais vous vous êtes bien gardé de me répondre. Pourquoi ? Avez-vous peur, en plus d'être accablé de tristesse ?

Calumn devint blanc comme un linge, quoique Madeleine n'aurait su dire si c'était de colère ou d'autre chose. Elle retint son souffle. Elle l'avait blessé, évidemment, mais elle ne souhaitait pas revenir sur ses paroles. Elle voulait simplement le forcer à agir en le provoquant. Au moment même où elle le pensait, elle savait pourtant qu'elle se montrait injuste envers lui. Injuste et égoïste, de surcroît, car elle n'avait pas seulement envie qu'il l'accompagne, elle ne se sentait tout bonnement pas encore prête à lui dire adieu.

— Je suis désolée, balbutia-t-elle d'un air accablé, sa voix tremblante brisant le silence qui menaçait de lui faire perdre tous ses moyens. Vous avez parfaitement raison : cela ne me regarde pas. Je n'aurais pas dû vous demander un tel service, d'autant que vous aviez déjà exprimé sans ambiguïté vos sentiments sur la question.

Calumn braqua son regard sur Madeleine. Le ton qu'elle avait employé apaisa quelque peu la tension. Il desserra les poings, prenant conscience qu'une fois encore, elle avait touché juste. Décidément, cette demoiselle Lafayette était beaucoup trop perspicace, et il n'aimait pas cela.

— Pourquoi diable songez-vous à entreprendre un tel voyage ? Pourquoi chercher de Guise aussi frénétiquement alors qu'il n'a manifestement aucune envie qu'on le trouve ? demanda-t-il, d'autant plus dur dans ses questions qu'il cherchait un moyen de détourner l'attention de la jeune femme de lui-même.

— Vous le savez très bien. Il ne s'agit pas seulement de nos fiançailles, mais d'abord des terres de Guillaume. La Roche constitue son héritage et je ne supporte pas l'idée de l'en voir dépouillé.

La souffrance qui sourdait dans sa voix donna l'impression à Calumn de se comporter comme un monstre.

— Les Highlands peuvent être très inhospitaliers pour un étranger. Je ne voudrais pas qu'il vous arrive malheur, affirma-t-il d'un ton plus amène.

— En ce cas, je vais embaucher un guide, comme vous le suggériez.

— Vous seriez une proie facile. Comment saurez-vous à qui vous fier ?

— Je me suis fiée à vous, non ? Etes-vous en train de me dire que c'était une erreur ?

Ils se défièrent du regard en silence. Calumn tapotait le bras du fauteuil avec ses doigts.

— Nous allons envoyer un message au château de Rhubodach pour demander à Guillaume de venir ici.

— Non, il faut que j'y aille moi-même. Lady Drummond a dit que…

— Lady Drummond n'est pas ici. Vous êtes chez moi et vous ferez ce que je vous dis.

A la façon dont Calumn la regardait, Madeleine devina qu'il était sur le point de perdre patience. Pourtant, elle ne put s'empêcher de braver son autorité.

— Je ne reçois pas d'ordres de vous, capitaine Munro.

Il s'avança sur elle, mais s'arrêta à temps.

— Ne m'appelez pas comme ça ! Vous ferez ce que je vous dis.

Il prit une longue inspiration puis, sur un ton plus conciliant :

— Ce sera bien mieux, Madeleine. Vous serez plus en sécurité ici. Je pourrai veiller sur vous.

— Vous pourriez le faire tout aussi bien si vous veniez avec moi au château Rhubodach, lança-t-elle avec audace. Pourquoi refuser de m'accompagner ? Dites-le-moi. Vous êtes un homme d'honneur, j'en suis convaincue. Je ne puis croire que vous ayez fait quoi que ce soit d'impardonnable.

— Vous ne comprendriez pas, se contenta-t-il de répondre d'un air sombre.

— Eh bien, essayez quand même, pour voir.

— C'est une histoire trop triste pour en souiller vos oreilles, et de toute façon, nous nous égarons, répondit-il sur un ton las. Croyez-moi, il est préférable que vous fassiez ce que je suggère. Ecrivez une lettre à de Guise lui demandant de venir ici. J'ai promis au frère de Jeannie de croiser un peu le fer avec lui. Je trouverai quelqu'un pour emmener votre lettre dans le nord à mon retour.

Madeleine resta silencieuse. Calumn avait sur le visage cet air particulier qui indiquait que sa décision était prise. Il ne servait à rien de discuter, quand bien même elle était persuadée qu'il avait tort. Tant pis ! Il fallait qu'elle aille retrouver Guillaume elle-même, lady Drummond avait bien insisté sur ce point. Et, bien qu'elle soit réticente à l'idée de mettre prématurément un terme à leur relation, elle n'était pas loin de penser qu'il valait peut-être mieux ne plus voir Calumn Munro. Sa présence la perturbait et l'incitait à penser des choses qui n'auraient jamais dû lui venir à l'esprit. Elle n'avait pas envie d'en savoir plus sur les dangers qui la guettaient si elle poursuivait dans cette voie.

— Peut-être avez-vous raison, répondit-elle docilement.

Elle détestait lui mentir mais le soulagement qui se lut sur le visage de Calumn lui prouva qu'elle avait eu raison de le faire.

— Bien. Je suis heureux de constater que vous revenez à la raison. A tout à l'heure.

C'était plutôt un adieu, même s'il l'ignorait. Mieux valait en finir au plus vite. Et ne plus y penser. Madeleine déglutit avec peine avant de lancer :

— Calumn ?

Il marqua le pas sur le seuil de la pièce.

— Merci... merci pour tout. Je vous prie de m'excuser si j'ai un peu parlé à tort et à travers.

— Oublions ça. Je serai de retour bientôt, répondit-il avant de sortir.

Une fois seule, Madeleine lutta contre l'envie de se jeter sur le lit pour y pleurer. Au lieu de cela, elle s'activa, car si elle se donnait le temps de réfléchir, elle craignait de perdre courage. Elle écrivit non pas une lettre, mais deux. La première pour son père, que Calumn, espérait-elle, se chargerait d'envoyer en Bretagne, et dans laquelle elle expliquait où elle se trouvait et ce qu'elle comptait faire. La seconde pour Calumn lui-même, dans laquelle elle lui demandait de lui pardonner sa trahison après l'avoir remercié pour son hospitalité et lui enjoignait de retourner chez lui afin de redresser les torts qu'il croyait avoir causés. Elle n'avait aucune idée de ce dont il s'agissait mais était convaincue qu'il ne pouvait s'être rendu coupable d'un crime odieux. Une larme tomba sur le papier, dessinant une tache parfaitement éloquente, mais elle n'avait pas le temps de recopier la missive. Elle la plia et la posa bien en évidence contre la pendule qui trônait sur le manteau de la cheminée, là où Calumn ne manquerait pas de la trouver à son retour.

Le cœur gros, elle passa les vêtements qu'elle avait achetés sur les étals de Luckenbooth, près de l'église Saint Giles, un peu plus tôt dans la journée. La chemise de coton, que les femmes du marché appelaient un *sark*, ressemblait à la sienne, quoique taillée dans un tissu plus grossier. Elle portait par-dessus un jupon bleu pâle et une jupe plus courte à rayures bleu et or. Elle garda son corset, ses bottes et ses bas, mais abandonna son pet-en-l'air pour une tenue plus simple, soit un gilet de laine bleue à manches lacées, très masculin. Après avoir rangé ce qu'elle venait d'ôter dans son châle, elle prit le plaid, ou plutôt l'*arisaidh*, comme on nommait en Ecosse cette longue pièce de tartan épais réservée aux femmes, et s'appliqua à la nouer comme la marchande le lui avait montré. Elle commença par plaquer le long morceau de tissu par-dessus ses robes comme un tablier, le retint avec une ceinture de cuir étroite, puis passa le reste par-dessus ses épaules comme s'il s'agissait d'un manteau dont les pans retombant sur ses hanches formaient des poches profondes. Une broche d'étain tenait l'ensemble en place, serré sous la poitrine, laissant assez de tissu sur ses épaules pour qu'elle puisse le tirer sur sa tête comme un capuchon si elle devait se protéger des intempéries. L'opération lui prit un peu de temps, mais elle fut satisfaite du résultat. Avec le capuchon qui lui servirait à cacher sa blondeur, elle était persuadée que son père lui-même aurait eu du mal à la distinguer d'une fille des Highlands.

Il était temps de partir. Elle espérait sincèrement que

d'ici quelques mois elle pourrait songer à ces instants le cœur léger. Pour l'heure, une profonde tristesse l'envahissait au moment de fermer la porte. Jamais elle ne saurait si Calumn avait suivi les conseils qu'elle lui donnait dans sa lettre, pas plus qu'elle ne connaîtrait le plaisir sensuel que son corps lui avait promis. Jamais plus elle ne devrait s'autoriser à penser à l'un ou à l'autre, car le faire équivaudrait à leur accorder de l'importance. Elle devait se forcer à oublier l'Ecossais. Une fois libérée de sa présence, ce devrait être tâche facile.

Elle sortit dans le soleil de l'après-midi et s'élança d'un pas rapide en direction du marché aux herbes. Elle s'était informée tandis qu'elle faisait ses emplettes et savait que le coche de Falkirk partait de l'auberge du Cerf Blanc une demi-heure plus tard. Une fois à Falkirk, elle pourrait s'assurer les services d'un guide et louer des chevaux. C'était en tout cas ainsi qu'elle comptait procéder, quoiqu'elle n'ait pas vraiment prévu grand-chose à l'avance. Tête basse, son *arisaidh* couvrant ses cheveux, la main crispée sur son petit baluchon, elle se lança à vive allure à travers les rues d'Edimbourg.

Calumn arriva chez lui plus tard que prévu. Il sut qu'elle était partie dès qu'il eut fermé la porte d'entrée derrière lui. Ce fut le silence, la qualité particulière du silence, qui la trahit. Immédiatement, il sentit son absence. Puis la lettre attira son regard, avec son nom écrit en volutes élégantes.

Un accès de rage le saisit tandis qu'il en parcourait le contenu, à tel point qu'il jeta le feuillet dans le feu, arpenta la pièce d'un pas nerveux quelques instants, puis reprit la lettre au milieu des flammes et la lut de nouveau avant de la chiffonner rageusement et de la jeter contre la vitre de la fenêtre. Quelle idiote, quelle obstinée ! Le toupet de cette fille ! Elle n'avait aucune idée des dangers qu'elle allait rencontrer en chemin. Comment osait-elle lui désobéir ?

Le bruit d'un verre de cristal se brisant dans la cheminée tinta agréablement à ses oreilles. Elle ne savait même pas où elle allait, bon sang de bon sang ! Ni comment il fallait faire pour trouver un bon guide, et encore moins pour s'assurer qu'il était digne de confiance. Elle serait à la merci du premier brigand qui hantait les routes d'Ecosse en quête d'une proie facile. Elle aurait de la chance si elle parvenait jusqu'aux Highlands, sans parler de retrouver la trace de Guillaume. Qu'ils aillent au diable, tous les deux !

Calumn ramassa une nouvelle fois le feuillet froissé et lut encore les mots qu'elle y avait écrits.

« Votre cœur sait où est votre pays, et c'est là que vous devriez être. »

C'était comme du sel sur une plaie à vif, mais il ne pouvait nier qu'il y avait du vrai dans cette phrase. Il n'était pas chez lui à Edimbourg, il ne faisait que s'y cacher. Tout de même, ça ne l'empêchait pas de vouloir la punir de l'obliger ainsi à affronter une vérité aussi dérangeante. Cela faisait des mois qu'il parvenait à éviter de le faire, mais à présent qu'elle lui avait jeté la vérité au visage, il ne pouvait plus fuir. Que le diable emporte Madeleine Lafayette !

La lettre encore serrée dans sa main, il se laissa tomber sur l'un des fauteuils, mais au moment même où il tendait la main vers la carafe de whisky, il se figea. L'alcool était un compagnon agréable, mais dangereux. Il devait avoir les idées claires.

Quand le coche arriva à Falkirk, Madeleine était épuisée par le voyage. Dans la petite voiture extrêmement exiguë, elle s'était retrouvée coincée sur la banquette graisseuse à côté d'un pasteur à l'air sévère, qui avait marmonné d'une voix monotone et sans une seconde de répit des passages de sa bible aux pages usées par d'innombrables lectures jusqu'à ce que le manque de lumière finisse par le contraindre à cesser.

De l'autre côté, un fermier gigantesque, qui répandait autour de lui un fumet de cochon particulièrement prononcé, occupait largement plus que sa part de banquette. Comme le pasteur entonnait son dernier amen, le fermier éructa un grognement concurrent que n'aurait certainement pas renié l'un de ses porcs, avant de s'assoupir d'un seul coup. Les oreilles de l'infortunée Madeleine subirent alors un nouvel assaut, l'intéressé produisant dans son sommeil toute une panoplie de sifflements et de ronflements qui variaient en intensité autant qu'en durée.

Les routes entre Edimbourg et Falkirk étaient creusées de profondes ornières suite à la récente sécheresse et le cocher semblait n'avoir aucune notion de l'horaire qu'il était censé respecter, s'arrêtant pour engager la conversation avec l'équipage d'à peu près tous les véhicules qui croisaient leur route. Madeleine avait mal à la tête à force d'être secouée dans tous les sens, et aussi à cause du bruit et de l'incessant marmonnement du pasteur, sans compter que son ventre protestait en gargouillant depuis une dizaine de miles contre la famine que lui imposait le voyage.

Elle avait eu amplement le temps de regretter son départ précipité et de se ronger les sangs en pensant à la façon dont Calumn allait accueillir sa lettre. Elle avait également passé le voyage à chasser l'idée que Calumn pouvait avoir raison quand il avait insinué qu'elle n'était pas amoureuse de Guillaume. Beaucoup de temps également pour se rappeler — mais avec un peu moins de conviction à mesure que les miles défilaient derrière la fenêtre du coche — que jusqu'à ce que Calumn ne sème le doute dans son esprit à ce propos, elle avait été parfaitement satisfaite de son sort.

Finalement, épuisée de ressasser sempiternellement les mêmes arguments sans avancer d'un pouce, et ulcérée de son incapacité totale à dessiner les contours d'un avenir à peu près acceptable, elle décida de cesser de réfléchir.

Quand elle descendit le marchepied sur ses jambes flageolantes en arrivant enfin à l'étape, elle n'avait plus qu'une seule idée en tête. Ou plutôt deux : manger et dormir.

— Mademoiselle Lafayette ! Comme on se retrouve, dit une voix qui lui sembla familière.

Elle devait avoir des hallucinations. Un homme en tenue de Highlander, et qui ressemblait étonnamment à Calumn, se tenait devant elle, terriblement imposant, et plus furieusement beau encore que dans son souvenir. Elle tangua un peu sur ses jambes et le sol se précipita vers elle. Pour la première fois en vingt et un ans, elle venait de s'évanouir.

Madeleine revint à elle dans l'un des petits salons privés de l'auberge. Ouvrant les yeux, elle regarda autour d'elle, totalement désorientée pendant quelques secondes. Elle était assise dans un fauteuil. Un feu craquait dans la cheminée. Deux jambes longues et musclées se dressaient devant celle-ci. Elle battit des paupières, leva les yeux, et battit des paupières derechef.

— Calumn ?

Il n'y avait que lui pour rire comme ça.

— Vous ne m'avez pas reconnu, tout à l'heure ?

Elle s'assit sur le lit. C'était lui. C'était bien lui, Calumn Munro, mais un Calumn qu'elle connaissait à peine tant il semblait différent. On aurait dit que sa qualité de fils de laird écossais était imprimée sur lui. Une autorité naturelle l'habitait désormais, et le pouvoir de sa noble lignée émanait de tout son être, depuis son profil d'aristocrate jusqu'aux boucles de sa chevelure incandescente. La tenue des Highlanders semblait avoir été conçue pour mettre en valeur sa haute taille et sa musculature impressionnante. Pour sa part, Madeleine aurait même juré qu'elle devait avoir été fabriquée spécifiquement pour lui, Calumn Munro.

Il portait deux plaids distincts taillés dans le même tartan de laine rouge croisée de lignes d'un bleu très sombre et dorées. Le *filleadh beg*, qu'on appelait aussi plaid de ceinture, était retenu à la taille par une large lanière de cuir dont la boucle d'argent portait les armes des Munro. La devise de la famille, « Craignez Dieu », était gravée en gaélique sur le pommeau de son *dirk*, la longue épée meurtrière qu'il portait bien serrée dans son fourreau accroché à sa ceinture. Son *filleadh beg* s'arrêtait au genou, laissant apparaître dans toute leur perfection ses longues jambes dans leur fuseau de laine. Le duvet de poils dorés qui scintilla sur ses cuisses et le haut de ses mollets quand il se retourna — Madeleine remarqua le balancement sensuel des plis de son plaid sur le bas de son dos — faisait écho à l'or plus sombre de ses cheveux. Il devait être nu en dessous, elle le devinait, aussi prit-elle garde de lever les yeux, pour éviter que son visage ne trahisse le bouillonnement de son sang.

Une veste de laine épaisse, aux pans plus courts que les canons de la mode ne l'admettaient, recouvrait sa chemise blanche. Par-dessus la première, il portait un second plaid, qu'on désignait habituellement sous le nom de *filleadh mòr*, et qui servait à se protéger du froid la nuit, mais était, durant la journée, retenu sur l'épaule gauche par une longue épingle gravée de symboles celtes et surmontée d'une grosse émeraude. Il ne portait pas le bonnet traditionnel. Ses cheveux aux reflets d'ambre et d'or, qui tombaient librement sur ses épaules, évoquaient la crinière d'un animal sauvage, leur luxuriance exubérante symbolisant le courage de l'homme qui les portait. Ses yeux semblaient d'un bleu plus profond, comme celui des rayures sombres de son tartan. Tout son être paraissait plus grand, plus solide, plus brut. Elle n'aurait pas su expliquer comment, mais c'était ainsi.

— Vous êtes magnifique, mais aussi... je ne sais pas... on dirait que vous avez changé de peau.

Il n'aurait pas dû s'étonner de cette sagacité, mais il sourit, flatté et un peu déconcerté quand même, car il avait remarqué le changement lui aussi. Le tartan était l'œuvre de sa mère, de même que ses bas. En dépit de ses origines aristocratiques, celle-ci était une couturière très experte. Il avait reçu l'épée en cadeau de la part de son père pour son seizième anniversaire, et l'épingle de sa grand-mère maternelle pour son baptême. Il avait l'impression de porter son lignage sur le corps. Cela lui laissait un sentiment doux-amer, comme lorsqu'on rentre chez soi après une très longue absence.

— Vous croyez que j'ai cessé de me cacher ?

— Je n'ai pas dit ça, objecta Madeleine d'un air gêné.

Il sentait la laine et le cuir. C'était un parfum brut, sans afféterie, tout comme son allure générale. Une sorte de bourse en cuir était attachée à sa ceinture, bordée de fourrure noire et blanche.

— Que pensez-vous de ma tenue ? lança-t-elle pour essayer de se distraire de sa surprise. Suis-je assez écossaise pour passer pour une fille du pays ?

— C'est très seyant. Cela vous va étonnamment bien. J'imagine que vous avez acheté tout ça pendant que j'avais le dos tourné ?

Elle décida de faire comme il faisait si souvent et ignora la question.

— Que faites-vous ici, Calumn ?

Il posa un regard pensif sur elle, comme s'il était plongé dans une profonde réflexion. Contraint et forcé, il avait fini par admettre que Madeleine avait raison. L'idée que le nord du pays était désormais zone interdite pour lui semblait bien ancrée dans son esprit, mais ces jours derniers, elle avait ouvert la porte de la prison dans laquelle il confinait sa fierté et son âme. En fuyant, elle lui avait forcé la main, certes, mais une fois calmé, il ne s'était plus senti le désir de les y enfermer de nouveau.

Le temps était venu de commencer à affronter ses démons.

Et puis, il y avait Madeleine elle-même, si charmante dans ses atours écossais. S'il devait affronter la réalité, elle ferait bien de s'y forcer également elle aussi. En prenant les choses en main elle-même, et surtout en lui désobéissant, elle s'était vraiment comportée stupidement. Elle avait le sang chaud, mais il allait falloir qu'elle apprenne que cela avait un prix. Avant qu'elle ne retrouve de Guise, il s'assurerait qu'elle ne songe plus du tout à se marier avec lui. Et qu'elle mesure la différence qui existait entre l'affection et la passion. Il en souriait d'avance.

— Qu'y a-t-il de si amusant ?

La voix de Madeleine résonna dans la pièce, mettant un terme abrupt à sa rêverie.

— Vous n'avez pas répondu à ma question. Je vous ai demandé ce que vous faisiez ici. Et maintenant que j'y pense, j'ajouterai : comment avez-vous eu l'idée de me chercher ici ?

— Pour ce qui est de vous trouver, les choses ont été un jeu d'enfant. J'ai envoyé Jamie au marché aux herbes pour y glaner quelques informations à votre sujet. Je ne m'attendais pas à ce que vous soyez en tenue de fille des Highlands, mais les étrangères blondes et jolies ne sont pas légion ici. On vous a vue monter dans le coche de Falkirk. A cheval, et seul, il ne m'a pas fallu beaucoup de temps pour arriver ici le premier. Quant à savoir pourquoi je suis ici, je pense que ce devrait être à moi de vous poser la question. Avez-vous idée de la stupidité de votre conduite ?

— Ma conduite ne vous regarde en rien.

— Vous avez peut-être presque vingt-deux ans, mais

vous n'en êtes pas moins une jeune femme d'une grande naïveté, totalement seule dans ce pays que vous ignorez et qui se trouve être le mien, et étrangère par-dessus le marché. Comment avez-vous pu croire que je vous laisserai fuir ainsi ? S'il vous arrivait malheur, je me sentirais responsable. Honnêtement, vous pensiez que j'allais vous laisser partir ?

— Je savais que vous seriez en colère contre moi, mais jamais je n'ai pensé que vous partiriez à ma recherche. Je ne me suis pas enfuie délibérément pour vous forcer à me suivre. J'espère que ce n'est pas ce que vous avez pensé.

— Non, concéda Calumn. Vous êtes têtue comme une mule, mais je ne crois pas que vous soyez du genre à manipuler les gens.

— Je suis désolée d'être partie sans vous le dire, mais si vous avez fait tout ce chemin pour me persuader de retourner à Edimbourg, vous avez perdu votre temps. Je ne rentrerai pas.

Calumn eut un sourire narquois.

— Nous avons un dicton en Ecosse qui dit à peu près ceci : « Garde ton souffle pour refroidir ton porridge. » Cela veut dire ne perds pas ton temps à défendre des arguments indéfendables. Je ne suis pas venu pour vous persuader de rentrer, mais pour vous mener là-bas moi-même.

— Vous venez avec moi ? s'écria Madeleine en poussant un petit glapissement ravi et en se jetant à son cou.

Mais son soulagement et sa gratitude cédèrent vite devant son embarras. Quelque chose la mettait mal à l'aise.

— Etes-vous sûr d'en avoir envie ? demanda-t-elle. Je vous suis reconnaissante, très reconnaissante même, mais je ne veux pas que vous m'accompagniez uniquement parce que vous craignez pour ma sécurité.

— Vous ne me forcez à rien. Je viens de mon propre gré. Je vous mènerai jusqu'au château de Rhubodach, mais pas plus loin. Après cela, que Dieu le garde, de Guise sera responsable de vous. Sommes-nous bien d'accord là-dessus ?

Elle hocha la tête, trop contente d'accepter n'importe quelles conditions pourvu qu'il l'accompagne.

— Une dernière chose, Madeleine, ajouta-t-il doucement, en la prenant par le menton pour la forcer à lever les yeux vers lui et à le regarder en face.

Le cœur de Madeleine se mit à cogner dans sa poitrine tandis qu'elle se sentait fondre sous son regard intense. Elle y lisait comme une menace et une promesse mêlées.

— Je ne laisserai personne m'accuser d'être un lâche. Ni vous ni personne d'autre. Je n'ai pas à vous prouver ma bravoure, mais je vais le faire quand même. Et ce n'est pas la seule chose que je vous prouverai.

Elle avait la bouche sèche. Elle savait confusément qu'il allait bouleverser son monde, et définitivement.

— Quoi d'autre ? souffla-t-elle d'une voix rauque.

— Je vous montrerai le chemin du bonheur et vous prouverai que vous ne le trouverez pas en vous montrant obéissante.

— Vous comptez me faire tomber amoureuse de vous, souffla Madeleine, incrédule.

— Oh ! je n'irai pas aussi loin, tempéra-t-il. Mais je peux faire en sorte que vous me désiriez assez pour vous donner à moi.

— Pourquoi considérez-vous le fait que je sois fiancée comme un défi personnel ? Vous ne ferez rien de tout ça, et je sais que ces paroles représentent un défi pour vous. Pourtant, il n'en est rien. Je suis promise à Guillaume. Si je ne suis pas amoureuse de lui à présent, du moins dans le sens où vous l'entendez vous-même, je ne doute pas un instant que l'amour viendra une fois que nous serons mariés.

Pour dire la vérité, elle commençait en fait à douter sérieusement de la validité de cette assertion, mais l'heure n'était pas à dire la vérité. Et il ne fallait surtout pas que Calumn découvre ses failles.

— Nous verrons, répondit-il en riant doucement.

Elle essaya de formuler une réponse qui entamerait un peu l'insupportable arrogance de l'Ecossais, mais en vain. Finalement, elle se dégagea et, en haussant les épaules, lança :

— C'est cela. Nous verrons.

— Je brûle d'impatience, ajouta Calumn pour avoir le dernier mot, comme toujours.

Puis, il passa à des sujets plus terre à terre :

— Ce ne sera pas pour ce soir en tout cas. J'ai pris la liberté de réserver des chambres — séparées, rassurez-vous — pour tous les deux. Je suggère que nous discutions de notre itinéraire en soupant, puis que nous nous retirions assez tôt, car nous devrons partir de bonne heure demain matin. Nous devrons également nous assurer d'avoir des provisions en quantité suffisante pour le voyage.

— On croirait vous entendre préparer des manœuvres militaires.

— En tant qu'officier, j'aimerais vous rappeler que je suis habitué à donner des ordres et, j'ose ajouter, à les voir exécuter à la lettre. Le dîner sera servi dans quinze minutes.

Il avait dit tout cela en essayant de ne pas sourire.

Elle ne put s'empêcher de répondre au défi qu'elle décelait clairement dans sa voix, aussi se dressa-t-elle devant lui de toute sa hauteur et, en se mettant au garde-à-vous, lui adressa un salut appuyé.

— Oui, mon capitaine, parvint-elle à lancer avant de s'enfuir hors de la pièce.

En montant l'escalier, elle fut heureuse d'entendre son rire masculin résonner dans l'auberge.

Le lendemain, ils se mirent en route un peu après le lever du jour en direction de Stirling. C'était comme s'ils avaient refait en sens inverse le chemin suivi par les rebelles, car c'était devant Stirling que l'armée jacobite de Charles Edouard avait mis le siège une nouvelle fois en vain avant la bataille de Falkirk.

Madeleine fut frappée par la ressemblance entre les forteresses d'Edimbourg et celle de Stirling, bâties toutes deux sur un piton rocheux imprenable, comme si la terre les avait soulevées toutes faites dans les airs sur une protubérance sortie de ses entrailles.

Le château, perché sur son escarpement lourdement palissé, semblait encore plus impressionnant, entouré qu'il était d'une vaste étendue de terres cultivées parfaitement plates. Ils décidèrent d'éviter la ville encombrée, s'arrêtant seulement pour acheter de la nourriture avant de poursuivre leur chemin en direction des Trossachs et du pied des Highlands.

Le paysage changeait rapidement sous les yeux étonnés de Madeleine. Les routes s'étrécissaient, cédant la place à des pistes sommaires, le relief se faisait ondoyant à mesure qu'ils traversaient de petites vallées bordées de collines et qu'apparaissait au loin la silhouette massive des premières montagnes des Highlands.

Le vert tendre de l'herbe des plaines était peu à peu remplacé par celui, plus sombre, des fougères, le jaune intense des derniers ajoncs en fleur et le mauve des bruyères. Au creux des vallons, des ruisseaux couraient, abondants, leurs eaux glacées scintillant sur le flanc des montagnes, sinuant dans le sol imbibé et spongieux, parfois, sous le sabot des chevaux. Vers le soir, Madeleine aperçut quelques petits chevreuils qui observaient les voyageurs à l'abri des fougères.

— Nous allons nous arrêter ici pour la nuit, décréta Calumn quand ils atteignirent une petite clairière à l'entrée d'un vallon. Il fait largement assez doux pour dormir à la belle étoile et la pluie ne menace pas.

Madeleine leva la tête vers le ciel. Il était sans nuages, et très pâle sous les derniers rayons du soleil.

Elle se laissa glisser de sa selle avec soulagement, laissant à Calumn le soin de s'occuper des chevaux, de leur ôter leur harnais et de les attacher pour la nuit pendant qu'elle s'activait à disposer leurs provisions pour le repas.

Ils mangèrent de bon appétit, le grand air les ayant creusés tous les deux, puis, comme ils se reposaient, repus, allongés dans l'herbe, Madeleine prit soudain conscience du bruissement d'un ruisseau. Elle ôta son *arisaidh*, ses bottes et ses bas et partit à sa découverte. Il serait sans doute agréable de se débarrasser de la poussière des chemins.

Le petit ru bouillonnait sur le fond du vallon parsemé de pierres et de galets, formant de petits bassins dans la roche. Elle se dirigea droit sur l'un d'eux en relevant sa robe qu'elle coinça sous sa ceinture.

L'eau était d'une clarté de cristal. Prenant une longue inspiration, elle releva ses manches et, s'aidant de ses mains rassemblées en forme de coupe, s'aspergea le visage voluptueusement. Elle recommença plusieurs fois, poussant de petits cris étouffés chaque fois que le liquide glacé inondait sa peau. Comme elle se penchait une nouvelle fois, son pied glissa sur la pierre lisse sur laquelle elle s'appuyait et elle tangua dangereusement avant de retrouver l'équilibre, n'évitant la chute qu'à la dernière seconde.

Levant les yeux en riant pour elle-même de sa propre maladresse, elle trouva Calumn sur la berge, qui la regardait. Lui aussi s'était débarrassé d'une partie de ses vêtements pour se laver et ne portait plus que sa chemise et son *filleadh beg*. Ses jambes et ses pieds étaient nus, sa chemise ouverte sur sa gorge. Elle n'avait pas oublié, non, mais absorbée par le voyage, le paysage, la nouveauté de tout ce qu'elle vivait depuis des jours, elle fut frappée de nouveau, comme si elle le voyait pour la première fois, par l'incroyable beauté de cet homme.

L'eau était sans doute son élément. Elle assombrissait ses cheveux, scintillait sur sa peau en même temps qu'elle faisait coller les manches de sa chemise sur sa peau d'une manière furieusement excitante. Elle ne pouvait s'empêcher d'imaginer l'effet que cela lui ferait de lécher chacune des gouttes qui perlaient sur son corps humide.

Gênée par l'intimité de cette scène, et par le regard évocateur que Calumn posait sur elle, Madeleine baissa les yeux.

— La place est à vous, lança-t-elle en sortant de l'eau pour monter sur la berge.

Elle résista à l'envie de regarder par-dessus son épaule et regagna en musardant l'endroit où ils avaient abandonné leurs affaires, dans un petit recoin caché de la route par une grande haie naturelle d'ajoncs et de fougères.

Calumn se débarrassa de sa chemise et s'avança dans l'eau, puis se lava rapidement et efficacement. Jetant sa chemise sur son torse encore ruisselant, il rejoignit Madeleine. Elle avait déployé leurs deux plaids sur le sol et, assise sur l'un d'eux, peignait doucement ses cheveux qu'elle avait défaits et qui retombaient à présent sur ses épaules. Les pointes encore humides frisaient légèrement. Ses orteils nus dépassaient de sous ses jupons. Elle avait ôté les manches de son gilet et les avait mises à sécher sur un bouquet d'ajoncs. Le gilet lui-même était un peu ouvert et révélait la peau blanche de son cou et la rondeur charmante de sa poitrine.

Prenant conscience de la présence de Calumn, Madeleine leva les yeux vers lui. L'expression de désir qu'elle lut sur son visage ne pouvait lui échapper tant elle était élémentaire. Elle laissa retomber son peigne, le cœur battant. Elle craignait… non point ce qu'il pourrait faire, mais sa propre faiblesse à lui résister. C'était mal, mais elle savait que cela lui semblerait la seule chose à faire si Calumn venait à la tenter. Pis encore ! elle en avait envie.

Le corps splendide de Calumn était humide sous sa chemise, et les plis du tissu mouillé en révélaient les contours avec une netteté époustouflante. Il la regardait avec l'insistance d'un prédateur affamé. Elle savait qu'elle était sa proie, car elle se sentait à la fois hypnotisée et impuissante.

— Non, murmura-t-elle quand il vint s'agenouiller près d'elle. Je ne peux pas.

— Si, vous le pouvez, et vous le voulez. Personne n'en saura jamais rien.

Elle était intriguée, comme il l'avait sans doute voulu.

— Mais... comment cela ?

Le petit rire étouffé de Calumn était celui d'un expert sûr de lui.

— Il existe de nombreuses façons de prendre du plaisir sans risque. Je peux vous montrer.

— Vous voulez dire que nous ne... que vous ne...

— Vous serez toujours vierge, mais assouvie.

Ses yeux étaient d'un bleu profond, hypnotique, aussi attirants que la mer par un beau matin d'été. Des yeux à se noyer. Et qui demandaient qu'elle le fasse.

— Assouvie, répéta Madeleine, ce mot glissant dans sa gorge comme une liqueur enivrante.

— Oui, assouvie, répéta-t-il à son tour d'une voix rauque dans son oreille.

Son souffle semblait une chaude caresse. Il glissa ses doigts dans les boucles blondes de Madeleine comme pour y tracer des formules magiques.

— Faites-moi confiance, souffla-t-il.

Il déposa une pluie de baisers sur ses paupières. Lui faire confiance ? C'était le cas, mais elle ne se fiait pas à elle-même, en revanche. Soudain, Calumn lui mordilla le lobe de l'oreille et un frisson violent la fit se mordre la lèvre.

— Ne voulez-vous pas savoir l'effet que ça fait de s'abandonner, Madeleine Lafayette ?

Il lui mordillait les lèvres à présent, en suivant de sa langue la ligne de sa bouche.

— S'abandonner ?

En prononçant ce mot, d'une voix étrangement faible, elle se souvint du sentiment qu'elle avait ressenti la dernière fois qu'il l'avait embrassée. Elle avait eu l'impression d'être comme une corde trop tendue puis elle avait été envahie par une sensation d'inachevé. Son souffle se fit plus rapide au souvenir de la promesse de Calumn. Le rouge lui monta aux joues et elle sentit son sang affluer en un point très précis de son corps.

Elle plongea alors son regard dans celui de Calumn, et il sembla comprendre qu'elle avait pris sa décision.

— Abandonnez-vous, souffla-t-il, mais c'était un ordre cette fois dont il savait qu'il serait obéi.

Il lui décocha un sourire séducteur, sûr de lui, en contemplant son propre reflet dans ses yeux, le désir se lovant au creux de son ventre comme un serpent prêt à mordre. Sous son plaid, son sexe durcissait, ferme, brûlant, au point qu'il pria le ciel de lui permettre de se contrôler. Il souhaitait qu'elle s'abandonne, mais il était hors de question qu'il fasse de même. Toutefois, son désir d'être nu contre elle était presque irrésistible, et il y céda partiellement en arrachant presque sa propre chemise.

Madeleine contempla avec délices ce torse qu'elle connaissait aussi peu que les paysages des Highlands, mais qu'elle trouva tout aussi superbe. Sa peau encore humide recouverte d'un voile de poils dorés avait l'odeur de l'eau des montagnes mêlée à celle, musquée, du mâle. Des yeux, elle suivit la ligne de ses épaules, descendant le long de ses bras aux muscles tendus et fermes, suivant la vallée qui s'ouvrait au milieu de son torse, plongeant depuis le bord des côtes pour glisser sur son ventre concave où une cicatrice en forme de croissant disparaissait sous la boucle de sa ceinture. Où finissait-elle ? Que lui était-il arrivé ? Elle aurait aimé en suivre la trace avec ses doigts. Elle mourait d'envie de le toucher, mais elle avait peur de s'y risquer.

Quand il ôta son corsage, elle ne le repoussa ni ne l'aida à le faire. Il délaça son corset, puis défit les liens de sa chemise, de sorte que ses seins étaient désormais offerts aux caresses. L'envie de protéger sa chair des regards lui vint instinctivement, mais il repoussa doucement ses mains pour les remplacer par les siennes. Leur contact était bien différent de celui de ses propres mains. Elles se moulaient autour des globes veloutés et leur peau rugueuse caressant la sienne, si douce, en faisait gonfler et se dresser les pointes brunes. Sa bouche à présent cajolait, embrassait, tétait délicieusement leurs bouts durcis. Son souffle s'accélérait puis ralentissait subitement, se faisait profond, puis superficiel, au rythme des frissons voluptueux qui la secouaient comme autant de myriades d'aiguilles imbibées de plaisir. Son corps se tendait comme l'arc de l'archer préparant son arme.

Elle brûlait, mais c'était d'un feu jailli de l'intérieur, comme si on avait allumé un brasier au fond de son être, un brasier dardant ses flammes dans son sang aux points où palpitait son pouls. Et encore plus là où Calumn la touchait, la caressait, la léchait, comme s'il allumait des mèches séparées, mais toutes reliées entre elles et qui toutes convergeaient vers l'endroit où la chaleur s'accumulait, entre ses jambes. Il avait posé la main sur sa hanche à présent, sous son jupon, sur la chair tendre du haut de ses cuisses.

Quand les doigts de Calumn frôlèrent la moiteur de son sexe, elle se raidit instinctivement. Il se fit alors plus doux, la caressant lentement jusqu'à ce qu'elle finisse par se détendre sous ses doigts. Le visage crispé, Calumn fit glisser sa main entre ses jambes, encore et encore, la conduisant jusqu'au bord de l'abîme avant de l'entraîner de nouveau en arrière.

Madeleine gémissait, ses longs doigts fuselés griffant le sol sur lequel elle gisait. Elle sentait ses muscles se contracter et cette sensation inconnue lui donnait le vertige. Elle luttait pour garder le contrôle d'elle-même, mais les caresses de Calumn l'en empêchaient inexorablement. Chaque caresse augmentait la chaleur qu'elle ressentait au fond de son ventre. C'était trop chaud, trop intense, trop bouleversant, tout simplement trop… ou presque. Elle ondulait comme si elle voulait échapper à ses doigts, mais elle n'avait qu'une envie : que cela dure encore et encore.

— Laissez-vous aller, murmura Calumn avec insistance.

Pendant une fraction de seconde, elle se vit, nue, échevelée, allongée sur le sol et se laissant caresser de la façon la plus intime qui soit par un homme à demi dévêtu qu'elle connaissait à peine.

— Cessez de penser, Madeleine, souffla-t-il en lui donnant un baiser comme s'il avait deviné ses pensées.

Elle ferma son esprit aux messages contradictoires que celui-ci essayait de formuler et cessa effectivement de penser. Elle posa ses mains sur la peau brûlante de son amant et savoura la texture de celle-ci sous ses doigts. Puis elle lui rendit son baiser. Et l'embrassa encore. Lorsque leurs langues se rencontrèrent, la chaleur de son corps augmenta encore tandis qu'il accomplissait des merveilles avec ses doigts experts.

C'était comme si une tempête se préparait au fond d'elle. C'était clair comme un rayon de foudre, et elle savait ce que cela signifiait. Elle lâcha prise. Une houle. Une force qui allait s'amplifiant, qui gonflait et gonflait, comme une avalanche de feu, irrésistible. Madeleine poussa un cri quand elle la submergea, planant un instant avant de retomber aussitôt en chute libre, son souffle s'échappant de sa gorge en une série de petits cris pantelants.

Assouvie…

Allongée sur le dos, les yeux clos, elle flottait langoureusement dans un bien-être totalement nouveau pour elle. Etait-ce là ce à quoi Calumn avait fait allusion en utilisant ce mot ? Elle se força à ouvrir les yeux, car elle avait l'impression que ses paupières étaient en plomb. Calumn était étendu à côté d'elle, appuyé sur un coude. Ses yeux étaient rivés sur elle. Dans son sourire, elle lisait clairement une fierté triomphante qu'elle aurait été bien injuste de lui reprocher. Le sourire qu'elle lui adressa en retour équivalait à une reddition. Temporaire certes, mais totale quand même.

Calumn aussi était heureux. Non point parce qu'il venait de marquer un nouveau point dans sa démonstration — d'ailleurs, étrangement, cette notion ne lui était même pas venue à l'esprit — mais parce qu'il éprouvait un sentiment très primitif : la satisfaction de l'homme certain d'avoir donné du plaisir à une femme.

Chapitre 5

Madeleine se réveilla dans la douce lumière du matin. Un cerf majestueux broutait l'herbe tendre de la clairière à quelques pas de là. Quand elle s'étira, il leva les yeux, le nez frémissant, et la regarda impavide pendant de longues secondes. Ses bois immenses semblaient trop lourds pour sa tête. Elle cligna des yeux et quand elle les rouvrit, il avait disparu. Elle n'eut que le temps de voir le toupet blanc de sa queue disparaître sur l'épaule de la colline.

Elle soupira. Après la nuit dernière, il n'était plus possible de se leurrer. Sa relation avec Calumn Munro n'avait plus rien d'innocent. Quels que soient ses sentiments pour Guillaume — et elle n'était plus sûre du tout de ceux-ci — ceux qu'elle éprouvait pour l'Ecossais étaient en train de devenir irrésistibles. L'idée qu'elle puisse entretenir les deux en parallèle semblait — il fallait bien l'admettre — non seulement naïve, mais peut-être bien intenable. Le moment approchait où elle devrait mettre un terme à tout ça si elle ne voulait pas exposer son avenir à un péril certain. L'ennui, c'était qu'elle n'était plus du tout sûre que l'avenir qu'elle avait imaginé jusque-là soit celui dont elle avait envie désormais.

Par de nombreux côtés, rien n'avait changé. Elle aimait toujours Guillaume et ne doutait pas que le fait de l'épouser n'était pas une folie, bien au contraire. Seulement… Quelque part en chemin, entre les quais de Leith et la clairière où elle venait de passer la nuit avec Calumn, elle s'était mise à se demander si cette union la rendrait heureuse.

Qu'est-ce qui la rendait heureuse, au juste ? C'était une question qu'elle ne s'était jamais posée. La réponse venait d'elle-même sans qu'elle la cherche : tout ça. La fraîcheur de l'air des Highlands au petit matin sur son visage et, par contraste, la chaleur douillette du reste de son corps à l'abri sous le plaid de Calumn. Etre blottie contre sa poitrine, sentir son bras autour d'elle et son menton appuyé sur le sommet de sa tête, entendre son souffle… Oui, tout ça la comblait.

Mais elle voulait plus encore. Elle savait que c'était justement ce à quoi aspirait Calumn. Il voulait lui faire comprendre son point de vue. D'ailleurs, elle commençait à le partager en partie. C'était tentant. Illogique, mais tentant. Et potentiellement dangereux, mortel, même. Pourtant, elle le voulait. Assez pour être capable de croire quelques heures, quelques jours, qu'il était encore possible de faire marche arrière.

Elle sentit Calumn bouger à côté d'elle.

— Debout, lança-t-il, interrompant brusquement sa rêverie en roulant sur lui-même et en entraînant avec lui son plaid dans le même mouvement. La route sera longue aujourd'hui.

Quand ils eurent déjeuné et sellé les chevaux, la fraîcheur vive du petit matin s'était dissipée. Le ciel pur promettait une belle journée d'été. Ils avancèrent vite, atteignant Aberfoyle un peu après midi.

La petite bourgade s'étendait juste à la limite d'une rupture abrupte dans le paysage tout à fait saisissante, comme si le sud et le nord avaient appartenu à deux mondes totalement différents l'un de l'autre.

Derrière Madeleine et Calumn se déployaient les

collines ondoyantes des Campsie Fells, et on discernait encore la silhouette du château de Stirling, très loin vers l'horizon. Devant eux, les Highlands offraient au regard leur splendeur sauvage.

Ils s'arrêtèrent pour se reposer et faire boire les chevaux, partageant un repas très simple dans une auberge située sur la Grand-Rue. Puis, une fois convenablement restaurés, ils reprirent la route en direction du nord.

Le terrain devenait de plus en plus difficile à mesure qu'ils progressaient. Les montagnes se dressaient à présent devant eux, le pied de leurs flancs couvert de forêts anciennes. Au-dessus de la ligne des arbres, les bruyères et les fougères ajoutaient leurs mauves, leurs violets, leurs ocres profonds et leurs bruns chatoyants à la palette rutilante des Highlands. Plus haut encore, les cimes étaient chapeautées d'éboulis gris ou blancs de neige. Les montagnes s'étageaient en lignes successives, à perte de vue, comme peintes sur le fond bleu pâle du ciel.

Ils longèrent une rivière qui descendait en bouillonnant vers Aberfoyle, en suivant les contours des collines jusqu'au loch Awe. Les montagnes alentour se reflétaient sur sa surface d'un bleu profond parsemée de petits îlets. L'air ici était plus vif, car l'été arrivait bien plus tard dans le nord.

Sur les rives du loch, Madeleine arrêta sa monture et resta un instant immobile, à contempler le paysage, bouleversée par la majesté du spectacle qui s'offrait à ses yeux.

— Je n'ai jamais rien vu de tel, murmura-t-elle en suivant des yeux le vol silencieux d'un immense oiseau de proie profitant des courants ascendants au-dessus des eaux sombres.

— C'est un aigle royal, affirma Calumn en suivant son regard.

Ils restèrent un moment en silence à regarder l'aigle chercher des yeux un poisson à arracher au loch. Bien que Madeleine fasse semblant de continuer à s'intéresser au rapace, toute son attention était désormais portée sur l'homme qui se trouvait à son côté. Elle se souvint du cerf, le matin même. Majestueux semblait un mot tout à fait adapté à Calumn lorsqu'il chevauchait ainsi sa monture, ses cheveux luisant comme une auréole autour de sa tête, comme s'il était le maître de ces lieux.

Une ombre passa sur son visage, et une tristesse sourde se refléta dans toute son attitude. Il resta ainsi, immobile, les yeux rivés sur l'horizon lointain, perdu dans ses souvenirs d'un monde qu'elle ne pouvait imaginer et qu'il ne pouvait plus rejoindre.

Comme s'il percevait le changement d'humeur de son cavalier, le cheval de Calumn souffla nerveusement, rappelant ce dernier à la réalité. Avec succès. Calumn reprit ses esprits tandis que Madeleine levait les yeux vers le ciel, pour s'apercevoir que l'aigle n'était plus nulle part. Le rapace devait avoir plongé vers la surface pour y arracher sa proie.

— Où se trouve le château de Rhubodach ? s'enquit-elle. Est-il très loin d'ici ?

— Il est dans cette direction, répondit Calumn en pointant vers le fond du loch Awe. Au-delà de ce pic que vous voyez, là. Cette montagne s'appelle Ben Venue. La route serpente autour de son pied, mais c'est encore loin. Nous ne l'atteindrons pas avant la tombée de la nuit.

— C'est tellement beau, ici. Ne pourrions-nous pas passer la nuit sur les rives de ce lac et terminer notre voyage demain ?

— C'est un loch.

— L… ock ?

— Loch.

— Lochchchch, répéta Madeleine en riant de son incapacité à prononcer ce son chuinté caractéristique de la langue écossaise.

— C'est un bel endroit, pour sûr, approuva Calumn. Venez, cherchons-nous un endroit pour installer le camp.

Les rives du loch offraient plusieurs petites plages de sable. Les arbres poussaient presque jusqu'à la limite de l'eau et sur certains des îlets minuscules poussaient aussi quelques spécimens de ce pin particulier des Highlands, dont on aurait dit qu'ils sortaient directement hors des eaux noires. Calumn trouva une grotte peu profonde qui les abriterait des éléments en cas de pluie et y rangea le harnachement des chevaux, leurs sacoches et leurs provisions.

L'eau était calme, le soleil à son zénith et on ne voyait pas âme qui vive. Ils restèrent un moment assis devant l'entrée de la grotte à savourer le silence qui les entourait.

Madeleine ôta ses bottes et ses bas. Elle aimait sentir le sable entre ses orteils. L'eau immobile était incroyablement tentante.

— Est-il dangereux de se baigner dans le…

Elle hésita, s'efforçant consciencieusement de forcer sa bouche à prendre la bonne position pour prononcer le mot, ce qui fit rire Calumn.

— Loch…, finit-elle par dire, ravie du résultat de ses efforts.

— Savez-vous nager ?

— Je nage dans l'océan depuis toute petite. C'est ma mère qui m'a appris à nager.

— Votre mère ?

— Mais oui, bien sûr. Elle n'est pas… bien née, comme on dit. Elle était la fille unique d'un pêcheur et avait deux frères, pêcheurs eux aussi, évidemment. Croyez-le ou non, mais les Bretons pensent qu'apprendre à nager porte malheur, car cela, croient-ils, s'apparente à tenter le destin. Mais maman croyait, elle, que c'était plutôt le contraire.

— Les pêcheurs sont des gens superstitieux, affirma Calumn. C'est la même chose par ici.

Madeleine lui adressa un grand sourire.

— Mais vous n'êtes pas pêcheur vous-même, n'est-ce pas ? Venez nager avec moi, Calumn.

Il secoua la tête.

— Ce n'est pas une bonne idée. L'eau est sûrement glacée.

— J'ai l'habitude de me baigner dans l'Atlantique. Ce ne peut pas être plus froid que ça.

— Je pense que vous serez surprise, mais faites, répondit-il. Jugez vous-même.

Incapable de résister au défi qu'elle décelait dans ces paroles, Madeleine se mit sur ses pieds, souleva ses jupes, et s'avança vers l'eau. Quand elle y mit prudemment un pied, elle poussa un petit cri de surprise, car l'eau était glaciale, plus encore que celle du petit torrent de montagne dans lequel ils s'étaient baignés la veille au soir. Derrière elle, Calumn riait de bon cœur.

Résolument, elle remit son pied dans l'eau, pensant qu'elle s'habituerait à la température de celle-ci, mais eut l'impression qu'elle était encore plus glaciale qu'avant. Elle releva la tête fièrement et rebroussa chemin jusqu'à Calumn.

— Je vous avais prévenue, grinça-t-il avec un sourire amusé.

Il avait des dents très blanches et régulières. Ses yeux moqueurs étaient bleus à s'y noyer. Profonds, attirants, comme l'eau du loch. Mais plus chauds. Beaucoup plus. Il était là, assis en bras de chemise, ses pieds chaussés des chaussures traditionnelles des Highlands fermement plantés sur le sable, les plis de son *filleadh beg* enroulés autour de ses jambes. Ses bas étaient noués en dessous du genou. Il avait de beaux mollets, songea Madeleine, très musclés mais pourtant bien faits, et bien dessinés malgré l'épaisseur du tissu.

— Vous aviez raison, je l'admets. Je gèlerais sur place.

Soudain, Calumn prit un air grave.

— Oubliez votre bain, lança-t-il. Je connais un bien meilleur moyen de nous amuser tous les deux.

Elle n'eut pas le temps de l'arrêter que déjà il lui saisissait le poignet et la forçait à s'agenouiller près de lui, comme un pécheur réclamant l'absolution. Il la regardait avec de tels yeux qu'elle ne pouvait se méprendre sur ses intentions. C'était l'heure de faire preuve de prudence, comme elle s'y était exhortée le matin même. Et de mettre un terme définitif au piège que Calumn avait mis devant son âme et ses sens.

Maintenant ou jamais !

En repoussant nerveusement une mèche de devant ses yeux, elle perdit l'équilibre. Elle lança la main en quête de quelque chose sur quoi s'appuyer et rencontra la jambe de Calumn. Elle se figea.

Il la regardait comme le fait un chasseur à l'affût d'une proie. Immobile. Les yeux rivés sur elle, fixes. Troublée, elle dégagea sa main.

— Lâche, souffla Calumn.

Elle se passa la langue sur les lèvres. Elle aurait dû avoir peur, et pourtant il n'en était rien, car elle savait sans l'ombre d'un doute qu'elle se trouvait à un moment décisif, et que ce qui allait se passer serait irrévocable. Elle hésitait, cependant. Que choisir ? Frénétiquement, elle suppliait le ciel pour qu'il prenne la décision lui-même. Au moins n'aurait-elle pas à le faire.

— De quoi avez-vous peur, Madeleine ? demanda-t-il.

Il était vraiment fort pour poser des questions auxquelles elle n'avait pas envie de répondre.

— Redoutez-vous d'admettre votre défaite ?

— Ma défaite..., répéta-t-elle, perplexe devant ce mot inattendu.

Où était la défaite ? Dans la reddition ou la retraite ?

Elle ne doutait pas de ce qu'elle voulait. Se rendre devait-il immanquablement s'assimiler à une déroute ? N'était-il pas possible que cela aille de pair avec une victoire ? Pourquoi fallait-il que l'une, mais pas l'autre, lui échoie ? Pourquoi pas les deux à la fois ? Elle savait qu'il n'y fallait pas songer, et pourtant, c'était ce qu'elle voulait. Pour l'heure, plus que tout c'était Calumn qu'elle voulait. Elle se sentait tellement bizarre. Nerveuse. Agitée. Excitée.

Les yeux rivés sur le visage de l'Ecossais, elle glissa les doigts sous le plaid de Calumn, du genou jusqu'au haut des cuisses, lui administrant la plus légère des caresses. Une caresse qui pouvait signifier tout ou son contraire. Qui pouvait se poursuivre ou s'arrêter net tout aussi facilement. Les paupières de Calumn papillonnèrent brièvement avant de se fermer. Ses mains passèrent sur l'arrière des cuisses de ce dernier et de là redescendirent lentement vers le pli du genou. Il ne faisait rien pour la dissuader de continuer, mais elle voyait, à la façon dont il tremblait, que le désir l'avait déjà pris dans ses serres.

Elle pouvait encore s'arrêter là. C'était le moment.

— C'est de moi que vous avez envie, Madeleine, murmura Calumn, comme en un écho troublant de ses propres pensées. Vous le savez. Admettez-le.

— J'ai envie de vous.

C'était la vérité. Une vérité, du moins. Elle n'arrivait plus à penser sainement quand il était si près. Et elle s'en moquait. Cet homme était la tentation personnifiée. Qui était-elle pour lui résister ?

— J'ai envie de vous, Calumn, répéta-t-elle.

Elle prononçait ces mots comme si, en les formant, elle pouvait en éprouver la véracité. Elle les trouva irréfutables.

Une lueur de triomphe jaillit dans le regard de Calumn devant cet aveu. Avec un grondement sourd, il l'attira contre lui.

Elle serait tombée sur lui si elle n'avait pas eu les mains

posées sur ses cuisses. Son plaid avait glissé, découvrant le haut des jambes de Calumn. Une bouffée de chaleur monta en elle comme un signal d'alarme, mais elle avait déjà dépassé le point où elle aurait encore pu en tenir compte.

Calumn l'enlaça alors et l'embrassa fougueusement. Elle était si adorable ! Il avait envie d'elle, plus qu'il n'avait jamais eu envie d'une femme auparavant. Elle avait des lèvres absolument faites pour être embrassées. Et ses baisers étaient plus enivrants que le plus fort des whiskys. Il n'eut pas besoin qu'elle l'incite à approfondir son baiser. Sans s'écarter d'elle, il lui ôta son corsage et desserra son corset, libérant ses seins pour les offrir à sa caresse. Elle répondit en tirant sur sa chemise et il s'arrêta un instant de l'embrasser pour la passer par-dessus sa tête. Les mains de Madeleine incendiaient sa peau.

— Doucement, murmura-t-il d'une voix rauque, autant pour lui-même que pour elle.

Il l'embrassa plus lentement et l'attira contre lui, de sorte que les pointes de ses seins lui caressaient le torse quand il se penchait pour l'embrasser. Il les sentait pointer contre sa peau. C'était délicieux. Il bougea lentement, pour sentir ses tétons frôler les poils de son torse. Le moindre mouvement lançait des flèches de plaisir dans tout son corps. Il sut, à entendre les petits cris qu'elle poussait et à la façon dont elle s'agrippait à lui, que cela produisait exactement le même effet sur elle.

Il cessa alors de se repaître de sa bouche pour la regarder réagir à ses caresses. Ses doigts suivirent la ligne de son cou, de ses épaules, s'attardant sur la chair tendre au pli de son bras avant de poursuivre sur les rondeurs de sa poitrine, le creux de ses hanches, et pendant tout ce temps il ne la quitta pas des yeux une seule seconde, admirant le changement de teinte de ses yeux, le frémissement de sa peau là où il la touchait. Il la couvait du regard et l'encourageait en silence. Il vit le moment où son instinct prit le pas, à la façon dont elle passa sa langue furtivement sur ses lèvres pourpres, et le regard qu'elle lui lança pour se rassurer quand elle commença à imiter ses gestes.

Il pria le ciel de lui permettre de garder le contrôle de lui-même. Serait-il capable de s'interrompre au moment critique ? Il en était de moins en moins sûr. Jamais il n'avait eu de raison de douter de lui-même auparavant, mais c'était différent cette fois-ci. En fait, il réalisait confusément que tout était différent avec Madeleine. Ce constat fait, il remisa ces pensées intempestives pour se concentrer sur le présent.

Madeleine scruta le visage de Calumn tandis qu'elle suivait du bout des doigts la ligne de son menton ombré d'une très fine barbe naissante, le galbe de son cou jusqu'au petit creux qui s'ouvrait à la base de celui-ci. Elle sentait son regard peser sur elle. Il ne suivait pas des yeux ses mains qui la caressaient, non, mais fixait son visage pour épier la façon dont elle réagissait à ses caresses. Aussi fit-elle de même.

Il avait les épaules larges et ses muscles formaient sous la peau un réseau complexe qui jouait souplement à chaque mouvement. Elle fit glisser ses doigts sur ses bras puissants. Malgré sa virilité, Calumn avait la peau douce. Elle sentit bientôt une petite cicatrice, dont elle suivit la trace du bout du doigt.

Son torse était tout de vallées et de collines ondoyantes. Elle y passa la paume de la main, s'attardant sur son téton, et resta le souffle coupé un instant quand il caressa en retour la pointe de son sein gauche. Sans réfléchir, elle se pencha sur lui et lui donna un petit coup de langue, se permettant même de le mordiller, savourant le goût légèrement salé de sa peau, puis, levant les yeux, sentit une vague de plaisir la submerger quand elle se rendit compte de l'effet qu'avaient ses caresses sur lui.

Le regard toujours fixé dans le sien, il se pencha vers

elle et prit un téton entre ses lèvres, avant de se mettre à le lécher et à le sucer de plus en plus vite, répandant l'incendie en elle à une vitesse foudroyante.

Rendue plus audacieuse par l'excitation qui la gagnait, Madeleine le repoussa pour suivre de ses mains le dessin de ses pectoraux avant de descendre sur son ventre sans le quitter des yeux. Elle suivit la ligne de sa cicatrice qui disparaissait sous son plaid, puis le poussa afin qu'il s'étende sur le dos. Là, elle posa ses lèvres sur son ventre ferme, comme pour le soigner.

Car il avait besoin d'être soigné. De cela au moins elle était sûre.

La boucle ouvragée de la ceinture de Calumn lui caressait le menton. Elle lutta un moment avec le fermoir jusqu'à ce que, finalement, il décide de lui venir en aide et se libère, jetant l'épaisse lanière de cuir à côté de lui.

Quand elle se lova tout contre lui, il lui releva les jupes autour des cuisses, et l'installa sur lui.

Tout à coup, Madeleine se sentit frémir. La panique menaçait de l'envahir. Cela devait se voir dans ses yeux, car il se redressa pour l'embrasser doucement tout en lui caressant les cheveux d'une main.

Il y eut quelques secondes de silence total. Une éternité de calme. Puis il l'embrassa de nouveau, repoussa ses jupes aussi loin que possible autour de sa taille, de sorte qu'elle était désormais offerte devant lui.

Il tira sur son plaid pour l'ouvrir et, prenant la main de Madeleine, la plaça sur son membre érigé, en guidant ses doigts autour de lui. C'était dur et doux. Etonnamment doux. Lentement, il lui fit remonter la main jusqu'à l'extrémité, puis redescendre. Finalement, elle baissa les yeux et s'autorisa à regarder. Un flot de sensations semblable à un filet d'eau courant sur des pierres contracta ses muscles quand elle le contempla, fascinée. Ses doigts semblaient blancs en regard de la teinte sombre de son sexe dont la taille la surprenait. Savoir qu'elle était à la fois la cause et l'objet de son érection, et qu'elle tenait dans sa main le cœur même de son être lui semblait d'une sensualité inouïe. Il l'encouragea à le caresser de nouveau et elle remarqua, à la façon dont son ventre se contractait, qu'il aimait ce qu'elle faisait. L'excitation la balaya d'un coup.

— Nous n'avons pas le même corps, mais nous éprouvons les mêmes sensations, murmura Calumn. Quand vous me faites ça, voilà ce que je ressens.

Ses doigts glissèrent en elle facilement. Quand il recommença, elle s'agrippa à lui instinctivement. Une fois encore, et cette fois, elle l'imita, le souffle de plus en plus court à mesure que la sensation se faisait plus intense, et qu'elle voyait qu'il ressentait la même chose qu'elle.

Calumn arrêta son geste pour placer la main de Madeleine sur l'extrémité de son sexe, là où la chair était plus sombre.

— Et ici, quand vous me touchez, souffla-t-il par à-coups, comme s'il cherchait son souffle, voilà ce que je ressens.

Quand il la toucha entre les jambes, son corps se souvint de la caresse de la veille; il l'effleurait à peine là où elle était brûlante et gonflée, où chaque contact lançait des étincelles aussi brillantes qu'un éclair. Avec le bout de ses doigts, elle l'effleura, à la pointe, en petites touches papillonnantes, décrivant des cercles quand il le faisait en elle, ajustant ses gestes sur les siens.

Les premières caresses avaient ravivé les braises du feu qui dormait, mais à présent, c'était comme si des soufflets s'activaient, car les flammes jaillissaient haut et la consumaient comme elles l'avaient fait la nuit d'avant, mais plus intensément encore, parce que son corps accueillait ce à quoi il était désormais préparé au lieu de résister, et parce qu'elle pouvait voir que Calumn éprouvait la même chose qu'elle.

Elle le sentait grandir dans sa main. Sa respiration

devenait plus rapide, plus saccadée. Elle aussi gémissait sous sa caresse ; elle avait l'impression de glisser, de trébucher, de tomber quand il la touchait exactement à l'endroit où elle avait besoin d'être touchée, et quand elle sentit ses doigts glisser en elle de nouveau, et s'immiscer dans la chair qui le réclamait ardemment, elle sut qu'elle devait reprendre son mouvement de va-et-vient sur son sexe.

Incapable de garder les yeux ouverts plus longtemps, elle les ferma tandis que l'orgasme la balayait. Elle se crispa, soupirant bruyamment tout en continuant son mouvement de va-et-vient sur le sexe de Calumn. Elle le sentit durcir entre ses doigts, et bientôt l'Ecossais laissa échapper un cri rauque avant d'éjaculer sur sa main.

Elle s'effondra dans ses bras et se pressa contre son torse agité de mouvements amples et profonds. Elle avait beau savoir que ce qu'elle venait de faire constituait une trahison, elle n'arrivait pas à le voir ainsi. Calumn avait éveillé ce goût du plaisir en elle. Oui, Calumn, dont l'odeur était sur elle, dont le corps était collé au sien à cet instant même. Calumn dont le souffle s'accordait au sien, dont les lèvres semblaient avoir été faites pour les siennes.

Ce fut alors que la culpabilité la frappa. Non point de ce qu'elle venait de faire, mais de ce qu'elle avait essayé d'éviter. La vérité la regardait en face à présent. Elle soutint son regard un instant, puis détourna les yeux en même temps que vacillaient les fondations de son monde. Pas tout de suite. Pas encore.

Le lendemain matin, ils s'attardèrent sur les rives du loch Awe, et quand Calumn suggéra qu'ils reportent leur voyage d'un jour supplémentaire, Madeleine accepta avec enthousiasme. Elle était heureuse avec lui, ici. Elle ne voulait pas que cela s'arrête. Elle ne se sentait pas prête à affronter ce que cela impliquerait.

Ils gravirent les pentes du Ben Ann, l'un des monts les plus petits de ceux qui les entouraient et qui, se découpant comme un œuf sur l'horizon, offrait cependant une ascension facile mais gratifiante. Les vues qu'on avait depuis ses flancs sur les sommets alentour s'étendaient de tous côtés, jusqu'aux basses terres vers le sud, et au nord-ouest, jusqu'aux cimes imposantes et enneigées des Highlands proprement dits.

— Des montagnes, des lacs, euh… lochs, observa Madeleine en se corrigeant elle-même, une main devant les yeux pour se protéger du soleil. Il n'y a pas de villes, je ne vois pas âme qui vive, ni cultures. Il n'y a que nous et quelques moutons. En Bretagne, on voit soit l'océan, soit des vergers ou des champs. C'est tellement différent.

— Seul le fond des vallons — nous disons *glen* — près des lochs, ou bien les rives de ceux-ci, pourvu qu'elles soient planes, peuvent être cultivés ici, répondit Calumn. C'est pour ça que les moutons sont si importants. Et le bétail de manière général. Toutes ces pistes que vous voyez, ce sont surtout les fermiers qui les creusent à force d'y pousser leurs troupeaux, même si la viande de bœuf est trop chère pour que les gens des Highlands en mangent eux-mêmes.

Il regardait en direction de sa terre, Errin Mhor, qui se trouvait tout près de la côte. Ici, sur le sommet du Ben Ann, le paysage qui s'étendait sous ses yeux faisait vibrer en lui une corde qu'il ne pouvait ignorer. La nostalgie qu'il éprouvait pour Errin Mhor était primitive, instinctive, une souffrance dans ses os mêmes, et qu'il avait appris à étouffer depuis longtemps. Aujourd'hui, elle revenait à la vie comme une créature qui aurait hiberné en lui et s'infiltrerait dans son sang, de sorte que, le visage tourné vers l'ouest, il avait l'impression qu'Errin Mhor l'appelait et qu'il devait lui répondre.

— Dans quelle direction se trouve votre pays ? s'enquit

Madeleine, comme si elle pouvait lire dans son esprit à livre ouvert.

Il guida son regard vers une plaine qui s'étendait à l'horizon.

— De ce côté, vers l'ouest, entre ces terres et la mer.

— Est-ce loin d'ici ?

— A deux ou trois jours d'ici.

Madeleine laissa son regard se perdre au loin. Calumn parlait d'un ton maussade, au point qu'elle ne savait quoi dire. Son instinct lui disait qu'il devait aller là-bas. Tout ce qu'elle avait vu de lui ici, sa cohésion avec la nature, la convainquaient de la justesse de son intuition. Mais elle savait que le presser à y aller ne ferait que l'inciter à résister.

— Et par là, ajouta-t-il en changeant délibérément de sujet, de l'autre côté de ce *glen*, se trouve le château de Rhubodach où vous attend votre destin.

Il demeura silencieux pendant toute la descente, marchant devant elle là où le chemin se faisait trop étroit et trop pentu, prêt à la rattraper si d'aventure elle était tombée dans l'un des nombreux torrents qui traversaient les flancs de la montagne et rendaient le sentier boueux par endroits, malgré l'abondance des bruyères. Elle aimait cette sollicitude, et le fait qu'elle lui donnait l'impression d'être précieuse, délicate, féminine. C'était une sensation nouvelle pour elle, qui d'ordinaire cherchait toujours à affirmer son indépendance.

— C'était toujours moi qui décidais de ce que nous faisions, affirma-t-elle en agrippant la main de Calumn pour enjamber un tronc d'arbre abattu qui lui barrait le chemin. Quand nous étions enfants, je veux dire, Guillaume et moi.

— Ça ne m'étonne pas.

— Cela ne le gênait pas. Il a toujours été d'un naturel affable.

— Mais pas aussi docile il y a un an, si je ne m'abuse, lui rappela Calumn, caustique.

— C'est vrai.

Elle en avait conçu de la rage, à l'époque, mais elle était contente qu'il l'ait fait à présent, car sans cela, jamais elle n'aurait rencontré Calumn, songea-t-elle, quoiqu'en gardant prudemment cette pensée pour elle-même.

— Vous est-il jamais venu à l'esprit de vous demander pourquoi il n'est pas rentré en France ?

— Bien sûr que si. Il est évident que quelque chose doit l'en avoir empêché. Il a été malade, ou jeté en prison, ou... ou quelque chose de cette nature.

— Le plus vraisemblable, s'il n'est pas mort, est qu'il a trouvé quelqu'un d'autre, remarqua durement Calumn.

— Mais nous sommes fiancés, répondit-elle sèchement.

— Voyons, Madeleine, j'ai vu cela arriver souvent, quand j'étais dans l'armée, affirma-t-il en la prenant par la main.

Le chemin qui serpentait sur le pied de la montagne à travers les forêts en direction du loch était assez large pour qu'ils y marchent côte à côte.

— Les jeunes hommes tombent amoureux très facilement.

— Mais même si c'était le cas, il ne m'oublierait pas complètement.

Elle avait beau n'y avoir jamais pensé auparavant, cette idée lui semblait coupablement séduisante. Malheureusement, connaissant Guillaume comme elle le connaissait, la chose lui semblait peu vraisemblable.

— Ainsi, même s'il a pris une autre femme, vous vous en moquez ? insista Calumn.

Elle chercha à l'intérieur d'elle-même une émotion, quelque chose, mais ne trouva rien.

— Je n'y ai jamais pensé, avoua-t-elle, déroutée par sa propre indifférence.

— Si vous l'aimiez, vous seriez capable de répondre à cette question sans vous interroger.

— Vous voulez dire que je devrais être jalouse ?

Elle chercha encore, mais ne trouva rien. Comme elle se demandait si elle était incapable d'éprouver ce sentiment, elle essaya d'imaginer Calumn avec une autre et le résultat fut immédiat. Une colère sourde s'empara aussitôt d'elle et elle dut lutter pour se calmer.

Furieuse contre elle-même, elle se tourna vers Calumn.

— C'est absurde. Comment pourrais-je éprouver de la jalousie alors que je ne sais même pas s'il a rencontré quelqu'un d'autre ?

— Il est encore plus absurde de penser qu'il n'en est rien, depuis le temps.

— Eh bien, si Guillaume a… acquis une expérience dans ce domaine, il ne lui importera pas que j'en aie fait autant, affirma Madeleine.

Calumn la regarda, un air sidéré sur le visage.

— Pensez-vous vraiment que de Guise acceptera que sa femme ait été initiée par un autre homme ?

— Non, dit comme cela, évidemment, mais… je veux dire… eh bien, vous, par exemple, cela ne vous gênerait nullement, n'est-ce pas ?

— Vous vous trompez grandement. Si je songeais vraiment à prendre femme, ce qui ne m'est jamais arrivé, mais supposons, eh bien, je voudrais être sûr que je suis le premier homme, et le dernier, à lui faire l'amour.

— Et donc vous attendriez d'elle qu'elle vous soit fidèle alors que vous ne le seriez pas vous-même ? Ce n'est pas juste !

— Au contraire. Si j'étais amoureux, je serais on ne peut plus fidèle. Je n'aurais pas envie d'une autre, absolument pas. C'est cela, être amoureux, Madeleine. Il me semble vous l'avoir déjà dit.

— Ainsi, à vos yeux, je suis une femme perdue.

— Ah, mais j'ai pris grand soin de faire en sorte qu'il n'en soit rien. De Guise ne saura jamais rien, à condition bien sûr que vous soyez prête à lui mentir, ce qui semble évident.

— Que voulez-vous dire ?

— Si vous l'épousez, vous vivrez dans le mensonge, et vous le savez.

En effet, elle le savait même très bien, mais pourquoi éprouvait-il le besoin de lui lancer cette vérité au visage avec si peu de ménagement et de pitié ? Elle le fusilla du regard, luttant en vain pour trouver une réponse qui le laisserait muet, mais rien ne vint.

— Ne nous disputons pas, Calumn, finit-elle par dire. Quelles que soient les raisons qui ont retenu Guillaume ici, je sais qu'il ne s'agit pas d'une autre femme. Jamais il n'oublierait la promesse qu'il m'a faite. Et surtout, jamais il n'abandonnerait La Roche.

— Surtout ? Vous pensez que ses terres sont plus importantes que vous à ses yeux ?

— Je… oui. La Roche sera encore là bien longtemps après ma mort. Ne pensez-vous pas de même à propos d'Errin Mhor ?

Calumn fronça les sourcils.

— C'est ce que pense mon père, ce qu'on m'a appris à penser, certes. On m'a toujours dit que je devrais me marier pour le bien de nos terres. J'imagine que je le pensais aussi, autrefois.

— Et maintenant ? insista Madeleine.

Ils avaient atteint la limite des arbres au bord du loch. Ils s'approchèrent de l'eau et s'assirent l'un à côté de l'autre sur le sable. Une petite brise s'était levée et soufflait des vagues courtes et écumantes.

— Maintenant ? Non, j'ai perdu le droit d'aimer Errin Mhor. Et quand bien même ce ne serait pas le cas, je ne me marierais pas pour le bien de nos terres. Les mariages comme celui que vous envisagez procurent un confort glacé et les enfants qui en sont issus ne valent que par leur capacité à devenir héritiers. Si je me mariais, je chercherais une femme qui m'aime pour moi-même et non pour mes terres. La terre, si bien qu'on la cultive, ne vous tient pas chaud la nuit. Et les enfants devraient être une bénédiction dans une famille, et non des éléments pour une négociation ou pire, des armes.

Il parlait d'un ton si sombre qu'elle en avait le cœur brisé.

— On dirait que vous parlez d'expérience, dit-elle, pleine de compassion, en posant la main sur son bras.

A sa grande surprise, il la repoussa d'un geste plein de colère.

— C'est le cas, mais au moins ai-je tiré des leçons de celle-ci, et j'aimerais vous apprendre la même leçon. Vous avez envie de moi, je le sais, et pourtant vous continuez à envisager d'épouser un autre homme comme si de rien n'était.

— Calumn, je ne..., s'exclama Madeleine, atterrée.

Il lui retira son bras brusquement.

— Avez-vous réellement pensé à ce que cela signifiera, ma douce Madeleine ? Quel effet cela vous fera-t-il quand vous serez étendue là, sous lui, immobile et froide, et subirez ses assauts sans plaisir afin de lui donner un héritier ? Vous souviendrez-vous alors de ce que vous ressentiez avec moi ? Du plaisir que j'ai su vous donner ? Regretterez-vous que nous n'ayons pas fait par désir ce que votre mari devra vous faire par devoir ?

Elle le regarda en silence, les yeux lourds de larmes retenues. Il disait tout cela pour lui faire du mal, elle le savait, mais elle ne comprenait pas qu'il l'attaque aussi méchamment. Elle avait cru qu'il avait des sentiments pour elle, mais à voir la façon dont il la regardait, elle commençait à en douter. Et ce n'était pas la seule chose dont elle doutait, d'ailleurs. L'envie qu'elle avait eue de se confier à lui s'évanouit d'un coup.

— Eh bien, vous n'avez pas de réponse à me donner ? insista-t-il avec une brutalité qui la fit frémir. Non, vous n'en avez pas, parce que, bien que vous vous mentiez à vous-même du matin au soir, vous hésitez à en faire autant avec moi. En vérité, Madeleine, chaque fois que vous coucherez avec votre mari, vous regretterez que je ne sois pas à sa place, et cela quand bien même nous n'avons pas encore fait l'amour pour de bon. Imbécile que je suis, j'ai cru faire ce que l'honneur commandait. Peut-être me suis-je trompé, après tout…

Elle retrouva sa voix, d'un seul coup.

— Que voulez-vous dire ?

— Vous en avez envie, et moi aussi. Pourquoi devrais-je me comporter honorablement quand vous entretenez des pensées aussi peu honorables ? Cela semble vraiment dommage de vous refuser d'aussi beaux souvenirs. Qu'en dites-vous, ma chérie ?

Elle était abasourdie, perdue, blessée. Et affreusement excitée. Le désir la saisissait si furieusement qu'elle en avait le souffle court. Elle s'accrochait au peu de certitudes qu'il lui restait comme un naufragé à son morceau d'épave. Oui, elle avait envie de lui. Et cela semblait tellement juste, tellement naturel.

— Oui, souffla-t-elle d'une voix rauque.

Pendant quelques secondes, il la regarda sans vouloir comprendre ce qu'il venait d'entendre, puis, soudain, il l'embrassa passionnément, violemment, furieusement, comme si sa colère si longtemps contenue se donnait libre cours d'un seul coup, et quand il essaya de s'arracher à elle, elle lui planta ses ongles dans les bras pour le punir de s'être montré si cruel.

La posséder, il ne pensait plus qu'à ça. Imaginer Madeleine avec un autre homme lui faisait venir la bile à la bouche. Au moins de cette façon pourrait-il laisser sa marque sur elle. Elle serait sienne en premier, avant tout autre. Et il serait celui auquel elle penserait, toujours. Le besoin impérieux de la prendre le saisit comme un accès de fièvre. Il l'attira à lui soudainement et la serra contre lui très fort, en l'emprisonnant de ses mains impatientes.

La passion augmentait, plus intense, plus fébrile, plus impétueuse que jamais. Mains et lèvres impatientes, corps plus fiévreux de se connaître déjà, rendus plus exigeants par un désir non encore assouvi. C'était une passion née du besoin, d'un besoin qui devait être satisfait, et non flatté. Une faim, si grande qu'on les aurait crus au sortir d'un jeûne interminable, les tenait entre ses serres.

Il y avait de la punition dans ce besoin-là, pour avoir dit l'indicible, pour avoir forcé l'autre à voir l'invisible.

Leurs vêtements tirés, déchirés, repoussés hâtivement sur le côté. Leurs baisers, des baisers affamés, leurs mains comme des griffes, des caresses au bord de la douleur et pourtant pas encore assez fortes. Rien ne pourrait suffire hormis cette caresse-là, si profonde, si intime. Cet assaut intime, ce pillage, cette possession. Rien ne pourrait suffire tant qu'ils ne seraient pas fondus, soudés ensemble, brûlés et consumés ensemble, épuisés, vidés.

Ses lèvres étaient blessées de leurs baisers, mais elle s'accrochait à lui, prête à tout pour qu'il l'embrasse encore. Elle gisait sous lui à présent, sur le sable, les jupes relevées sur la taille, la main de Calumn plaquée entre ses jambes, poussant contre lui sans honte aucune en gémissant et en répétant son nom sans fin.

Sa main le chercha à tâtons et le trouva brûlant, dur, palpitant sous son étreinte, et elle l'entendit gémir à son tour, et murmurer son nom. Lentement, tout doucement, il lui fit écarter les jambes de sorte qu'elle le tint bientôt entre ses genoux. Elle s'arc-bouta contre lui. Elle le sentait avancer pouce par pouce entre ses cuisses, si près, presque à la toucher. Elle planta les ongles dans son dos. Et quand il la prit par les fesses pour la soulever et la préparer à lui, elle retint son souffle, car il lui semblait tout à coup qu'elle avait attendu ce moment depuis toujours.

Elle attendit, mais rien ne vint.

— Non ! s'écria soudain Calumn avant de s'asseoir et de remettre ses jupes autour de ses jambes, les yeux clos comme s'il souffrait le martyre.

D'ailleurs, c'était le cas. Il se releva et aida Madeleine à se lever elle aussi.

— Pas comme ça. Je refuse de vous prendre comme ça.

Elle secoua la tête comme si ce geste avait pu faire cesser l'étourdissement que lui causait le désir.

— Pourquoi pas ? demanda-t-elle sans ambages, le cœur à vif déjà d'avoir été rejetée de la sorte.

Il avait l'air d'un diable, debout devant elle, le corps luisant de sueur, une lueur sombre et violente dans les yeux, qui la fit se tasser sur elle-même de peur. Le regard qu'il lui lança alors avait tout d'un coup de fouet.

— Mon honneur est tout ce qu'il me reste. Je ne vous permettrai pas de m'en dépouiller, ni de vous servir de moi pour excuser votre comportement. Vous êtes une femme très, très désirable, Madeleine Lafayette, mais je ne vous prendrai pas. Pas comme ça.

Elle ne se sentait pas seulement rejetée, mais écorchée vive. Et non point par Calumn, mais par la vérité. Le fait qu'elle ait pu aller aussi loin dans son inconduite la laissait pantoise. Elle resta un moment clouée au sol, les yeux rivés sur lui, puis, au lieu de remettre de l'ordre dans ses vêtements, elle les ôta un par un jusqu'au dernier avec frénésie, les laissant retomber en un petit tas à ses pieds sur le sable humide. Nue et folle de rage, elle plongea dans les eaux glaciales du loch.

Elle ne l'entendit pas appeler son nom, ne le vit pas entrer dans l'eau, ni s'arrêter, de l'eau jusqu'aux cuisses, juste devant l'à-pic, pour la chercher des yeux avec inquiétude. Elle nagea sous l'eau, émergeant à quelque distance de la rive, les cheveux dans son sillage, battant des bras et des jambes pour mieux s'éloigner, et se mettre hors d'atteinte, de lui comme de ses propres pensées, laissant le froid, le courant, les vagues et l'action apaisante de chaque brasse et de chaque battement de jambes épuiser toute son énergie.

Ce fut seulement quand elle sentit son souffle se faire court et ses membres s'alourdir qu'elle fit demi-tour, escaladant les rochers pour atteindre la plage de sable où Calumn l'attendait anxieusement pour l'envelopper dans son *filleadh mòr*, la sécher, souffler sur ses doigts et ses pieds pour la réchauffer, l'asseoir, silencieuse et tremblante, à l'entrée de la grotte pendant qu'il allumait le feu et préparait leur repas.

Elle mangea en silence, les larmes aux yeux, quoique convaincue qu'elle ne méritait pas de pleurer sur son sort, mais certaine cependant que si elle commençait à le faire, elle ne s'arrêterait plus.

Quand la lune monta dans le velours noir de la nuit, ils s'allongèrent près du feu, enroulés dans leurs plaids respectifs, à écouter le clapotis des vagues, les hennissements satisfaits des chevaux et le bruissement, dans les bois alentour, des animaux nocturnes. Choqués tous les deux par la violence de leurs émotions, ils n'avaient pas échangé un mot hormis les formules de politesse habituelles depuis qu'elle était revenue de sa baignade.

Madeleine gisait immobile. Elle souffrait affreusement d'être privée de l'étreinte des bras de Calumn, bien qu'elle sache parfaitement qu'elle n'avait aucun droit de la réclamer, parce que les termes de leurs relations avaient changé du tout au tout. Si seulement elle avait pu remonter le temps ! Mais ce faisant, elle aurait effacé le meilleur moment. C'était le passé qu'elle voulait annihiler, tout bonnement. Comme elle aurait voulu être arrivée sur la terre d'Ecosse sans liens d'aucune sorte. Avoir fait table rase de sa vie d'avant et pouvoir la reprendre comme neuve. Si seulement ! Au lieu de cela, elle devait affronter un avenir maussade. Elle pleurait en silence à présent, et chaque larme faisait aussi mal qu'une piqûre d'épingle.

— Venez ici.

Un bras consolateur la prit aux épaules et l'attira contre lui. Ses doigts brûlants caressèrent ses cheveux. Des mots, étranges et prononcés dans une langue à la fois belle et totalement inconnue résonnèrent à son oreille. Elle lui demanda ce qu'ils voulaient dire, mais Calumn lui intima doucement de garder le silence et de s'endormir.

— Je ne peux pas.

Elle avait l'impression qu'elle ne pourrait plus jamais trouver le sommeil. Comme s'il ne fallait pas. Car dormir, c'était rêver, et elle ne voulait pas rêver.

— Quand j'étais enfant, dit Calumn, j'avais à peine deux ou trois ans, ma mère me disait que les fées m'emporteraient si je ne m'endormais pas. Ce sont de drôles de personnages, les fées. Vous seriez surprise d'apprendre tout ce qu'il faut faire pour simplement éviter qu'elles ne s'occupent de vous.

Il parlait d'une voix chaude, apaisante et mêlée d'une pointe d'ironie. Comme s'il s'adressait à un enfant, et comme un enfant sa présence et le ton de sa voix la rassuraient.

— Par exemple ? s'enquit-elle.

— Quand un petit naît dans une maison, il faut couvrir tous les miroirs de peur que les fées ne lui volent son reflet. Elles ont un appétit terrible pour les nouveau-nés, ces créatures que nous appelons *kelpies*. On croit, par ici, que si on ne les éloigne pas du lit des femmes enceintes avec une croix de sorbier, elles viendront voler l'enfant et lui substituer l'un des leurs. Un peu de sel ou de terre dans la bouche du tout-petit après qu'il a poussé son premier cri, et la dague du père bien en vue dans le berceau les tiennent à distance.

Madeleine se blottit contre lui.

— Pauvres fées ! Dans les légendes bretonnes, elles sont aussi vilipendées. Les pires, ce sont les Belles Dames Blanches. L'une d'entre elles, Mélusine, se déguise en femme ordinaire, mais chaque semaine, le samedi, elle doit prendre sa vraie apparence et se transforme alors en serpent de mer.

— Nous avons la même légende, nous aussi. Un *selkie* est un phoque qui prend l'apparence d'une femme. Shona MacBrayne, la *fey wife* d'Errin Mhor, raconte toujours des histoires de *selkies*.

— La fée… comme vous dites. Qu'est-ce que c'est ?

— La *fey wife*, c'est une sorte de rebouteuse. Un peu sorcière aussi, comme disent les gens du village, et ma mère aussi, je suis navré de l'admettre. Quelqu'un qui sait soigner et connaît les herbes, les potions. Comme autrefois. C'est aussi quelqu'un qui peut parler aux fées et peut-être même jeter des sorts. Quand j'étais mioche, nous nous amusions à frapper à sa porte et à nous enfuir avant qu'elle n'ouvre.

Madeleine eut un rire cristallin.

— Plus nous montons vers le nord et plus votre accent écossais vous revient. C'est très agréable, mais j'ai bien du mal à comprendre les mots que vous utilisez. J'aimerais bien parler le gaélique. Cela sonne un peu comme le breton. Voulez-vous en entendre quelques mots ?

— Allez-y, ma belle, répondit Calumn.

Elle pouvait presque sentir son sourire dans sa voix, réconfortant comme un vin chaud.

Elle réfléchit un moment, puis récita quelques phrases.

— Cela signifie : « Attends qu'il fasse nuit pour dire que la journée a été belle. »

— Il fait nuit à présent…

— C'est vrai.

Elle se rendit compte qu'il attendait une réponse.

— J'aimerais que la journée n'ait pas été aussi belle.

C'était une réponse si émouvante qu'elle en était douloureuse.

— Endormez-vous, Madeleine.

— Je ne peux pas, répondit-elle en bâillant.

— Chut. Essayez, lui intima Calumn en lui posant un baiser sur le front et en lui caressant les cheveux. Taisez-vous et essayez.

Finalement, elle s'endormit.

Tandis que le ciel se faisait de plus en plus opaque et que la lune le traversait d'un bord à l'autre tel un fantôme, Calumn resta éveillé, Madeleine blottie dans ses bras.

Demain, ils atteindraient le château de Rhubodach, et il devrait l'abandonner à son destin. Il n'avait pas du tout envie de la laisser partir. Et encore moins de la confier à de Guise. Ni à personne d'autre.

Elle était sienne. Il le sentait comme il avait senti l'appel d'Errin Mhor sur le sommet de la montagne, plus tôt dans la journée. C'était de la folie, car qu'avait-il à offrir à quiconque, désormais ? Ces derniers jours, il avait goûté un bonheur que jamais il n'aurait cru possible. Quand elle serait partie, il se retrouverait de nouveau seul. Elle avait éveillé en lui d'immenses aspirations, et l'avait poussé à retourner chez lui. Cette Bretonne pourrait très bien s'avérer l'instrument de sa perte également, s'il n'y prenait garde. Ou bien lui ouvrir la voie du salut ?

Comme elle s'agitait dans son sommeil, il la serra plus fort contre lui, remontant tendrement le plaid sous son menton. De la frustration, voilà ce que c'était, ce désir qu'elle soit sienne exclusivement, et rien de plus. De la frustration, et causée par lui-même de surcroît, car elle s'était montrée tout aussi disposée à donner qu'il l'était à prendre. Il y avait de la noblesse là-dedans, finalement, songea-t-il en se moquant de lui-même.

Puis il sombra dans un profond sommeil.

Chapitre 6

— Traître !

Madeleine ouvrit les yeux brusquement.

— Traître, marmonna Calumn.

Il rêvait. Un cauchemar, sans doute. Il avait repoussé la jeune femme et, en nage, il secouait la tête d'un côté et de l'autre.

— Calumn, appela-t-elle doucement en le prenant par l'épaule, avant de répéter, mais plus fermement cette fois : Calumn !

Il sursauta, se releva et la regarda sans la voir.

— Rory ?

— C'est Madeleine.

— Madeleine, répéta-t-il mécaniquement, les yeux vides. J'ai très soif.

Elle chercha leur coupe d'étain et la remplit dans l'un des nombreux rus qui alimentaient le loch. Il but longuement, puis ouvrit les yeux pour de bon cette fois et la regarda enfin.

— Je vous ai réveillée, pardonnez-moi.

— Vous rêviez, Calumn ? Voulez-vous que nous parlions de ce rêve ? offrit-elle en tirant le plaid sur eux deux tout en caressant ses cheveux trempés de sueur.

Il la regardait fixement dans la demi-pénombre, toujours secoué par les horreurs de son rêve.

— Non, refusa-t-il instinctivement.

Madeleine ignora cette rebuffade.

— Est-ce que cela a un rapport avec votre cicatrice ? demanda-t-elle en posant la main tranquillement sur le ventre de Calumn. Je sais que vous avez été militaire. Avez-vous été blessé au combat ?

— A Culloden, répondit-il, et ce mot sonna clair et dur dans l'air froid de la nuit.

Il réprima un frisson. Madeleine avait le droit de savoir. Il voulait qu'elle sache, il le mesurait à présent, la violence de son rêve avait aboli ses défenses. Il voulait que leur relation soit sincère, et pour cela il devait être franc avec elle.

Madeleine eut le souffle coupé.

— Culloden ? répéta-t-elle. Contre les jacobites ? Mon Dieu !

— J'ai pris un coup d'épée à deux faces. J'ai eu de la chance de ne pas mourir, à ce qu'on m'a dit. Parfois, je regrette que ce n'ait pas été le cas.

— Ne dites pas ça !

Elle l'entoura de ses bras en le serrant très fort et posa sa joue contre l'endroit où se trouvait sa cicatrice. La chaleur de sa peau filtrait à travers l'étoffe de sa chemise. Elle le tint ainsi longuement embrassé, à le réconforter comme un enfant, l'esprit battant la campagne. Cela lui apparut presque immédiatement. Elle se laissa aller un peu en arrière pour pouvoir le voir.

— Vous avez combattu dans le camp opposé à celui de Guillaume. Voilà pourquoi vous ne m'avez rien dit. Vous avez cru que je vous haïrais pour ça.

— N'est-ce pas le cas ? demanda-t-il d'une voix vierge de toute émotion, comme s'il parlait depuis un lieu très lointain, protégé par une barrière qu'elle ne pourrait jamais franchir.

— Bien sûr que non ! s'exclama-t-elle en le secouant par l'épaule comme pour briser le mur qu'il semblait avoir érigé autour de lui. Jamais je ne pourrais vous haïr,

Calumn, ne pensez pas de telles choses. Même si par quelque monstrueuse coïncidence Guillaume était mort par votre main, ce ne serait pas de votre faute. Il avait choisi d'être à Culloden.

Elle ne faisait aucun effort pour masquer l'amertume de sa voix, ni sa colère longtemps retenue envers Guillaume. C'était un sentiment qu'elle n'avait jamais vraiment admis jusque-là.

— C'était son choix et sa décision de nous abandonner, moi et La Roche, afin d'aller combattre pour ce prince ridicule et fat.

Calumn ne put s'empêcher de sourire.

— Ne vous avisez pas de parler du prince Charlie sur ce ton quand nous arriverons à Rhubodach. Ce ne serait pas bien vu.

— De toute façon, il ne s'agit pas de Guillaume, n'est-ce pas ?

Le sourire de Calumn s'effaça d'un seul coup.

— C'est parce que vous avez combattu contre les vôtres que vous vous terrez à Edimbourg, et c'est aussi pour ça que vous avez abandonné ce que vous appelez le droit de vous considérer comme un Highlander, n'est-ce pas ?

— Oui, en partie, répondit Calumn en se prenant la tête entre les mains. Vous ne pouvez pas comprendre…

— Eh bien, parlez-m'en, faites-moi comprendre, Calumn, plaida Madeleine avec sincérité. Je vous en prie, confiez-moi ce noir secret que vous gardez au plus profond de votre âme…

Elle venait de poser la main doucement sur sa cicatrice.

— J'ai vraiment envie de savoir.

L'habitude de garder le silence n'était pas facile à briser, certes, mais la tentation de se délivrer de son fardeau semblait plus forte encore. Il avait envie qu'elle sache. Qu'elle soit à la fois son confesseur et son juge. Sans trop savoir pourquoi, il se fiait à elle — à elle et à personne d'autre — pour remplir avec sagesse les deux offices.

— Parlez-moi de votre rêve, Calumn, insista-t-elle. Le faites-vous souvent ?

— Trop souvent, oui.

— Et le whisky vous aide à le tenir à distance ?

— Oui, si je bois suffisamment, admit-il en fronçant les sourcils. Etes-vous certaine d'avoir envie d'entendre tout ça ?

Madeleine hocha la tête. Elle avait un teint d'une pâleur d'albâtre dans le clair de lune, la bouche pincée en une moue pleine de détermination, les yeux rivés sur lui. Quand elle lui prit la main et la serra très fort, il lui raconta tout depuis le début, comme on laisse sortir le poison d'une blessure profonde. La bataille. Le bruit. Les odeurs. La pluie battante, la grêle. La lande boueuse. L'horrible peur de ne pas pouvoir avancer quand on lui en donnerait l'ordre, et de passer pour un pleutre aux yeux de ses hommes. Et, pire encore, quand finalement il donna l'ordre d'avancer, la crainte de tuer l'un des siens.

— Je me suis senti comme coupé en deux, expliqua-t-il d'une voix tremblante. Mes hommes me faisaient confiance. Sur le champ de bataille, surtout quand on se trouve au milieu de la mêlée, il faut être sûr de pouvoir compter sur ses camarades. Jusque-là, j'avais toujours eu cette confiance, mais jamais on ne m'avait demandé de combattre les miens au milieu des miens. C'était comme de partir au combat contre moi-même.

Il se tut un instant pour regarder au loin. A côté de lui, Madeleine l'écoutait intensément, émue par les émotions brutes qu'elle pouvait voir passer comme autant de fantômes sur le visage buriné de Calumn.

— Je n'avais pas le choix, poursuivit-il d'une voix sombre, mais il fallait pourtant que je choisisse. Rejoindre les jacobites ? Je ne croyais pas en leur cause. Déserter ?

J'y ai pensé, mais c'était refuser de choisir. J'ai décidé de me battre, avec le régiment qui était toute ma vie, pour préserver les Highlands de l'avidité d'un prince qui ne cherchait qu'à servir ses propres intérêts. Il se moquait de l'Ecosse comme d'une guigne et ne songeait qu'à la couronne. Il se moquait tout autant de déchirer son pays en essayant d'en prendre la tête. Voilà comment je me suis retrouvé face à face avec les gens de chez moi, et au milieu de mes hommes. Je n'aurais pas dû avoir à choisir. Sans ce maraud de Charles Edouard, je n'aurais pas été confronté à ce dilemme. Sans lui, personne n'aurait dû affronter cette épreuve innommable. Comprenez-vous pourquoi je le hais à présent ?

Madeleine lui serra la main.

— Oui, je comprends. Et Rory ? Qui est-ce ?

— Mon frère.

— Votre frère ? Mon Dieu, voulez-vous dire qu'il était là lui aussi, mais du côté des jacobites ?

Elle réalisait enfin pleinement l'horreur de la situation dans laquelle il s'était trouvé.

— Vous avez dû faire face à votre propre frère sur le champ de bataille ?

— Mon demi-frère pour être exact, oui, et avec lui nombre de ses parents, qui sont aussi les miens, en partie.

— Je n'arrive pas à imaginer… Pas étonnant que cela vous hante depuis.

— Je l'ai vu, ou j'ai cru le voir du moins, juste avant d'être blessé. Dans mon rêve, c'est le moment où je me réveille toujours.

— Est-il… a-t-il été tué ?

— Je l'ai cru mort. Pendant six longs mois, j'ai été persuadé que c'en était fait de lui, et ma mère en aurait juré. Mais non, Dieu merci, Rory est bien vivant.

— C'est pour ça que vous avez compris tout de suite

ce que je ressentais pour Guillaume. J'en étais sûre. Je l'ai senti.

— Quand Rory n'est pas rentré, tout le monde a pensé qu'il était mort sur le champ de bataille. Parmi le peu de ses hommes qui avaient survécu, certains ont raconté l'avoir vu blessé, d'autre qu'il était prisonnier. Il faut que vous compreniez qu'une bataille comme ça, c'est un chaos indescriptible, et une déroute, car les jacobites étaient nettement inférieurs en nombre.

— Mais quand cela a été fini, si votre frère avait fait partie des morts, on aurait sûrement identifié son corps, non ?

— Il ne s'agissait pas d'une bataille ordinaire. Le duc de Cumberland, notre commandant en chef, est un homme d'une brutalité terrible. Il voulait punir les Highlanders pour l'avoir obligé à se battre.

Il y avait de l'amertume dans la voix de Calumn.

— Militairement, c'est un stratège hors pair, mais c'est aussi un homme arrogant et cruel, un vrai monstre. Après la bataille, il a ordonné qu'on ne fasse aucun quartier aux jacobites.

Madeleine osait à peine demander des explications, mais elle s'y résolut tout de même.

— Qu'est-ce que cela veut dire ?

— Il a ordonné à ses hommes — à mes hommes — de... de s'assurer que personne ne survivrait. Il a fait assassiner les blessés et les agonisants. A la baïonnette. Et pas seulement les jacobites, mais leurs femmes et même quelques enfants venus porter secours aux premiers. Tout le monde a été massacré. Pouvez vous imaginer une telle chose ?

» Et moi, je gisais face contre terre et je me tenais le ventre pour éviter que mes tripes ne se répandent dans la tourbe. J'ai tout entendu. Les cris, les hurlements, les supplications. Tout. Et je les ai vus, aussi, quand on m'a finalement emmené sur un brancard, les femmes qui se jetaient sur leur mari pour leur faire un rempart de leur corps, le goût du sang sur les visages des Tuniques rouges, et le dégoût sur celui de certains. Trop peu. Comme vous le voyez, il était très, très possible que Rory ait été tué.

— Mais tel n'était pas le cas.

— Non, et bien que ma mère fût absolument certaine qu'il était mort, je me refusais à le croire. Il est très grand, autant que moi, ce qui fait qu'on nous remarque, l'un comme l'autre, au moins par la taille. En plus de ça, il est laird. Ses vêtements, ses armes et sa ceinture portaient sa marque et auraient indiqué qui il était, ou au moins son statut. Dès que j'ai pu quitter mon lit, je suis allé sur l'île de Heronsay — c'est là que sont ses terres — et j'ai commencé à l'attendre.

— Que s'est-il passé ?

— Il a été fait prisonnier par les Campbell. Rory est un McLeod, pas un Munro. Son père est mort quand il était enfant et ma mère s'est remariée six mois plus tard. Comme il ne voulait pas d'un coucou McLeod dans son nid, mon père l'a contrainte à abandonner Rory sur Heronsay. J'ai ignoré son existence jusqu'à l'âge de dix ans. En tout cas, après Culloden, les Campbell ont saisi l'occasion de le punir pour lui faire payer une vieille querelle qu'ils avaient avec un McLeod. Rory s'est échappé de leur donjon et est rentré chez lui. Mais pas seul. Il avait pris une fille des basses terres en otage. Enfin, à ce qu'ils disent tous les deux. Jessica — c'est son nom — est une très belle femme. Et le beau Rory n'a pas voulu la rendre. Ils sont mariés à présent. C'est romanesque, vous ne trouvez pas ?

— Et vous vous trouviez à… comment dites-vous… à Heronsay quand il est rentré ?

— Oui. Je n'en croyais pas mes yeux. Lui non plus, d'ailleurs. Il croyait que j'étais mort.

Il disait ça d'un ton léger, mais elle savait, à sentir la façon dont il lui serrait la main, qu'il était très ému.

— Tout est bien qui finit bien, finalement. C'est ce que vous avez dû penser, non ?

Calumn secoua la tête d'un air abattu.

— Nous sommes frères, mais nous avons combattu dans des camps opposés. Rory a perdu nombre d'hommes de valeur durant la rébellion, et beaucoup des clans qui sont mes voisins en ont perdu encore plus. J'ai survécu parce que mes blessures ont été soignées, mais si j'avais été dans l'autre camp, on m'aurait percé le ventre là où j'étais sur le champ de bataille. Ne voyez-vous pas que j'ai ce sang sur les mains, le sang des Highlanders, mes semblables, autant que si j'avais exécuté moi-même les ordres de Cumberland ? D'ailleurs, je l'aurais peut-être fait, si je n'avais pas été blessé.

— Je ne crois pas que vous auriez obéi, protesta Madeleine avec véhémence. Vous dites que vous avez tiré en l'air. Jamais vous n'auriez commis des actes aussi barbares, même si on vous l'avait ordonné.

— Peut-être pas, mais l'obéissance devient une habitude, dans l'armée, et ce n'est pas si facile de s'en défaire.

— L'habitude de distinguer le bien du mal est plus forte encore. Vous ne l'auriez pas fait, Calumn.

Elle prit de longues inspirations pour se calmer, avec succès, quoique la colère qu'elle éprouvait vis-à-vis des responsables de ces atrocités, et de la douleur de Calumn par la même occasion, continue à bouillonner furieusement en elle.

— Vous n'étiez pas le seul Highlander sous les ordres de Cumberland, tout de même ? Il y avait bien d'autres Ecossais qui se battaient contre les jacobites.

— Un nombre conséquent, oui. C'est la presse anglaise qui a choisi de décrire ce conflit comme une guerre entre eux et nous, mais c'est une crapulerie. En vérité, il y avait pas mal de clans pour refuser les Stuart.

— Y compris les Munro ?

— Oui. Les raisons de mon père ont plus à voir sans doute avec la protection de ses biens qu'avec celle de la couronne. Les lairds des Highlands étaient une caste au pouvoir presque total, et il voulait voir les choses demeurer en l'état. Et donc il craignait que les prétentions de Charlie ne causent des bouleversements.

Calumn eut un rire amer, puis :

— Finalement, comme les Anglais cherchent à se venger de la rébellion, l'ordre ancien est en passe d'être anéanti quand même. Ses hommes et les miens ont beau avoir combattu du même côté, il ne voit pas les choses de cette façon. D'après lui, je lui ai préféré mon régiment, et c'est un motif supplémentaire pour m'en vouloir.

— Et Rory ? Vous en veut-il toujours ?

— Il dit que non, mais en fait, je ne l'ai pas vu depuis son retour à Heronsay. J'ai quitté les Highlands ce jour-là. Vous comprenez, à présent, Madeleine ? J'ai trahi mon régiment en ne combattant pas. Et j'ai trahi les miens en essayant de le faire. Peut-être même ai-je trahi mon père, qui a fait de moi une Tunique rouge en me chassant voici bien des années… je ne sais pas vraiment. Il voulait que je dirige le clan, voyez-vous, mais j'ai choisi de diriger mes hommes à la place. J'ai essayé de faire mon devoir, mais ce faisant, j'étais déchiré. Je n'ai pas le droit d'être ici, ni de me dire capitaine, ou Highlander, et encore moins celui d'hériter des terres dont j'ai toujours pensé qu'elles seraient miennes un jour. Je ne devrais pas être ici, ne le voyez-vous pas ?

— Je vois surtout comment vous en êtes venu à penser toutes ces choses, répondit Madeleine. Je ne crois pas que vous ayez raison, cependant.

Calumn eut un sourire las.

— C'est un progrès.

— Vous devriez essayer de dormir.

Elle se sentait le cœur meurtri par l'histoire qu'elle

venait de l'entendre lui raconter, mais elle savait aussi confusément qu'elle commençait à le comprendre.

— Merci de m'avoir dit tout ça, souffla-t-elle en l'embrassant sur la joue. Je ne peux pas imaginer les horreurs que vous avez vécues, mais je sais tout de même que vous êtes un homme d'honneur d'une bravoure exemplaire. Je crois que je l'ai su dès notre première rencontre, et ce que vous m'avez raconté ce soir n'a fait que le confirmer. Car si vous n'étiez pas tout cela…

Il s'apprêtait à protester, mais elle le fit taire en posant doucement un doigt sur ses lèvres, puis reprit :

— Si vous n'étiez pas homme d'honneur, vous n'éprouveriez aucune culpabilité et vous ne feriez pas tant de cauchemars. Pensez-vous que les véritables responsables de ce cataclysme, ce duc de Cumberland et ce Charles Edouard Stuart, fassent des cauchemars la nuit ? Non. Je pense que je peux parier sans risque qu'ils dorment sur leurs deux oreilles. Ne voyez-vous pas que c'est précisément parce que vous êtes un homme de bien que vous souffrez à ce point ?

La culpabilité qu'il portait depuis le jour de cette affreuse bataille sembla diminuer légèrement. Elle était toujours là, bien sûr, mais comme sur le point de prendre son envol. Les dents de Calumn luisirent dans la lumière grise de la nuit lorsqu'il sourit.

— Vous avez bien plaidé, demoiselle. Je vais y réfléchir.

— « Demoiselle », répéta Madeleine un peu timidement. J'aime quand vous dites ça.

— Blottissez-vous contre moi, alors, répondit Calumn d'un ton ensommeillé qui rendait l'expression encore plus touchante. Nous avons beaucoup de chemin à faire demain.

Quand il se réveilla quelques heures plus tard, Madeleine était déjà debout et avait attrapé une truite pour leur déjeuner à l'aide d'une ligne de fortune munie d'un hameçon confectionné à partir d'une épingle. L'odeur appétissante du poisson en train de cuire au-dessus du feu, à côté de leurs derniers biscuits d'orge, vint flatter ses narines dans l'air vif du matin. Répondant à son regard franchement incrédule, elle haussa les épaules.

— Je vous ai dit que j'étais issue d'une longue lignée de pêcheurs. Je ne sais pas vous, mais moi je meurs de faim.

Calumn ne se fit pas prier.

Comme ils se mettaient en chemin, après avoir déjeuné, sur le sentier pentu qui débouchait au bout du loch Awe et les mènerait au prochain vallon, une petite bruine très fine se mit à tomber. Le temps était maussade, tout comme l'humeur de Madeleine, le ciel d'un gris de plomb uniforme, les eaux du lac moutonneuses et agitées.

Dans la douce lumière de l'aube, accroupie sur la rive du loch, sa ligne à la main, elle avait contemplé l'avenir sans se mentir. Elle ne pouvait épouser Guillaume. Elle savait maintenant sans l'ombre d'un doute qu'elle ne l'aimait pas et qu'elle ne l'aimerait jamais plus que comme un ami. L'épouser signifierait les priver tous les deux de leurs chances de trouver le bonheur un jour, car même s'il l'aimait, lui, un mariage qui ne se fonderait pas sur une affection mutuelle les mènerait inévitablement au malheur.

Calumn avait raison. Bien que le chagrin que causerait sa décision lui serre le cœur, Madeleine savait qu'elle devait trouver le courage de la prendre. Elle ne pouvait vivre une vie de mensonge et aurait dû être reconnaissante au ciel de lui avoir permis de comprendre à temps que c'était exactement ce à quoi elle se préparait. Toutefois, la peur de causer de la peine aux autres la faisait hésiter devant l'ampleur de la tâche, et c'est pourquoi elle garda le silence tout au long de cette partie du voyage.

Elle tira son *arisaidh* sur sa tête et en drapa les pans autour de son visage pour le cacher. A mesure qu'ils grimpaient, la brume commençait à les envelopper par nappes. Plus haut, les sommets émergeaient de la grisaille comme les pics enneigés des légendes. Devant eux, la forêt qui s'étendait sur le pied des collines disparaissait dans les volutes fantomatiques. On n'entendait aucun bruit hormis le souffle des chevaux, le claquement léger de leurs sabots sur la pierraille du sentier, le chuchotement d'un petit torrent, sur la droite, et le flic floc des gouttes d'eau tombant des ajoncs sur les fougères.

Elle allait le dire à Calumn, mais seulement après qu'elle aurait vu Guillaume. C'était envers ce dernier que la liait son devoir, aussi serait-il le premier à l'entendre. Ensuite, Calumn. Et puis… Mais là, son esprit se refusait à aller plus loin. Elle avait peur de l'inévitable confrontation avec son père, sans doute, mais aussi et surtout de fouiller plus avant dans ses sentiments. Elle ne voulait pas espérer quand, selon toute vraisemblance, ses espoirs étaient vains.

Pour l'heure, elle avait bien assez de soucis.

L'humidité faisait perler des gouttes d'eau au bout de ses cils et des mèches de cheveux échappées de son plaid. Le paysage, ou du moins ce qu'elle pouvait en voir, semblait sorti d'un rêve. Il apparaissait par endroits entre deux nappes de brume, pour disparaître aussitôt sous la suivante, de sorte qu'elle n'eut bientôt plus aucune notion de temps ou de la distance et se serait sentie totalement perdue sans la présence rassurante de Calumn juste devant elle.

— Est-ce souvent ainsi ? s'enquit-elle quand il s'arrêta pour l'attendre devant un embranchement.

— Ici en haut plus qu'ailleurs. Ça peut vous tomber dessus sans prévenir, comme un aigle sur sa proie, et c'est à peu près aussi dangereux. Etes-vous trempée jusqu'aux os ?

— Cela ne me gêne pas. En Bretagne, il pleut sans

discontinuer en hiver, et pas de la bruine comme ici, mais des cordes.

— Ça arrive ici aussi, et pas seulement en hiver.

— C'est extraordinaire cette impression d'être seuls au monde…

L'altitude avait réduit la température significativement et, quand elle parlait, de petites bouffées de vapeur sortaient de sa bouche.

— Nous ne sommes plus très loin de Rhubodach, en fait, annonça Calumn. Si la brume se lève, vous pourrez le voir depuis le sommet de la prochaine colline.

Effectivement, quand ils parvinrent à l'endroit annoncé, ils virent le château émerger du brouillard qui se dissipait. C'était un bâtiment de pierre grise, carré, haut et sévère, de trois étages, au toit pentu et dont une tourelle protégeait un côté. Quatre petits lochs l'entouraient, formant une défense naturelle.

— On les appelle les quatre sœurs, expliqua Calumn. Aileen, Catriona, Johanna et Fiona. Des ancêtres de McAngus, dont la légende prétend qu'elles se querellaient si souvent qu'à leur mort elles furent enterrées chacune dans son petit loch, pour être sûr qu'elles ne se disputeraient plus.

— J'aimerais tant avoir une sœur. Une seule aurait été un cadeau du ciel.

— Ailsa, ma cadette, est bien plus jeune que moi. J'imagine qu'elle est un peu arrivée par surprise…

— Ce doit être merveilleux d'avoir une fille.

— Pour mes parents, ce sont les garçons qui comptent.

— Certaines choses ne changent jamais, où qu'on aille, apparemment, conclut-elle.

Sur les rives planes du plus grand des lochs, Catriona, Madeleine remarqua des signes de culture : champs labourés ou fraîchement coupés, quoique la taille de ceux-ci soit largement inférieure à ce dont elle avait l'habitude en Bretagne. C'étaient plutôt des bandes de terre qui formaient une sorte de mosaïque. Le pourtour du château était marqué par un mur bas et un groupe de maisons s'étendait à partir des portes le long des berges du loch.

Madeleine pouvait distinguer les villageois qui formaient de petits points noirs en contrebas. Ce devaient être les premiers depuis qu'ils avaient quitté Aberfoyle. De la fumée s'échappait paresseusement des cheminées du château et des toits des maisons.

Soudain, un meuglement lugubre leur parvint à travers la brume, faisant sursauter Madeleine.

— Ce n'est qu'une vache, lui dit Calumn en désignant le chemin du doigt.

Une dizaine de bestiaux montaient dans leur direction, menés par un bouvier. Les vaches ne ressemblaient à rien de ce que connaissait Madeleine avec leur petite taille, leur robe brune à poils très longs et leurs cornes extravagantes. Elle les regarda, abasourdie.

— Elles ont de la fourrure, remarqua-t-elle en se demandant si Calumn se moquait d'elle et s'il s'agissait en fait de tout autre chose que de vaches.

— Elles ont besoin de passer l'hiver ici, affirma Calumn en hochant la tête à l'adresse du bouvier avant d'échanger quelques mots en gaélique avec lui.

Madeleine prêta l'oreille à la cadence harmonieuse de leurs voix, émerveillée de la beauté de cette langue qui faisait une chanson de la moindre conversation.

Le bouvier était un homme assez petit et maigre, que la stature de Calumn faisait paraître encore plus gringalet par comparaison. Il portait un *filleadh mòr* et un *filleadh beg* passablement élimés, aux couleurs fanées, et pas de veste. Sur sa tête il arborait un bonnet de laine brune assez semblable à celui des pêcheurs bretons. Quand Madeleine lui sourit, il toucha le bord de son couvre-chef, mais ne lui adressa pas la parole.

— Vous êtes attendue, apparemment, observa Calumn. Lady Drummond semble avoir encore la possibilité de maintenir en activité un réseau d'espions et ce, même depuis sa cellule du château d'Edimbourg.

Pendant leur descente vers le château, les chevaux ne cessèrent pas un instant de glisser et de trébucher sur les pierres dangereusement humides du sentier.

— Angus McAngus est un jacobite forcené. Il a perdu un fils à Prestonpans. Lui et lord Drummond sont des alliés de longue date.

Elle voyait les gens plus nettement à présent, occupés aux travaux des champs, femmes et hommes ensemble, ces derniers en plaid, certains en pantalons serrés de tartan et bras de chemise, les femmes portant de longues robes noires et des tabliers, la tête couverte d'une sorte de mouchoir.

— Ça s'appelle un *kertch*, expliqua Calumn sans attendre sa question. Cela veut dire qu'elles sont mariées.

Un peu avant le hameau, Madeleine arrêta son cheval. Quelque chose clochait dans cette image de simplicité rustique, mais elle ne parvenait pas à trouver quoi. Peu à peu cependant, elle remarqua que certaines maisons n'avaient pas de toit et que sous leurs chevrons noircis elles étaient livrées à tous les vents.

— Regardez, Calumn. Il y a eu le feu ici.

Dans un champ, au loin, un homme en sueur tirait son soc dans le sol pierreux.

— Pourquoi fait-il cela lui-même ? demanda Madeleine à Calumn. N'ont-ils pas des mules ou des chevaux ? Et les hommes, ce sont tous des vieillards. Où sont passés les jeunes ?

Le visage de Calumn était aussi dur que le sol dans lequel l'homme allait jeter son grain.

— Ce sont les représailles, laissa-t-il tomber d'une voix sombre. Encore une idée de Cumberland. Il a ordonné que les terres des jacobites soient confisquées ou rasées pour punir les Ecossais de s'être rebellés. Après Culloden, il a envoyé son armée violer et piller dans tous les Highlands. Ç'a été des massacres et des destructions sans nom, et perpétrés par des hommes avec qui j'ai servi. Ce village a à l'évidence été brûlé. Voyez le chaume sur ces maisons, il est neuf. Il n'y a plus d'hommes jeunes parce qu'ils ont tous été emmenés. Certains ont été déportés. Ceux-là ont eu de la chance, car un grand nombre — jusqu'à un sur dix à ce qu'on m'a dit — ont été exécutés. Il va y avoir une génération de femmes sans hommes dans les Highlands. Et une génération d'enfants sans père.

— J'ignorais…

— Ils l'ont félicité dans les journaux, pour avoir soumis ces sauvages de *Gaels*, comme ils disent. Dans les basses terres, Cumberland est un héros, mais ici, on l'appelle le Boucher, et vous pouvez voir pourquoi. Voici son legs à l'Histoire et à l'Ecosse. Et le mien aussi, car ceux qui ont obéi à ses ordres faisaient partie de la même armée que moi.

— Mais vous n'avez pris aucune part à tout ça, objecta Madeleine, inquiète de lui voir un visage si sombre.

Il semblait se recroqueviller dans un territoire lointain où elle ne pourrait bientôt plus l'atteindre.

— Vous n'êtes pas responsable de cela, Calumn, pas plus que vous ne l'êtes de la rébellion.

— Et je ne peux plus l'être de vous non plus.

— Que voulez-vous dire ?

Il avait un air à la fois sinistre et résolu.

— C'est ici que je dois vous dire adieu. N'ayez pas cet air surpris, nous en étions convenus.

Elle sentait la panique lui monter dans la gorge. C'était trop tôt, trop soudain. Et pas du tout comme elle l'avait imaginé.

— Je pensais que vous viendriez avec moi, je croyais que… nous avons trop… vous ne pouvez pas partir maintenant, s'exclama-t-elle en faisant avancer son cheval à sa hauteur pour l'agripper par la manche. Nous sommes venus jusqu'ici ensemble et il nous reste encore beaucoup de choses à nous dire. Calumn, je vous en prie.

— Voyons, Madeleine, vous ne pouvez pas gagner sur tous les tableaux, répliqua-t-il brutalement.

Il détourna un instant le regard. Il ne pouvait plus s'immiscer ainsi dans la vie de la jeune femme. Il éprouvait une envie incroyable, et totalement contradictoire, de rester, de la forcer à se soumettre et de s'enfuir d'ici en la jetant en travers de sa selle. D'agir et de ne plus penser.

— Vous devez sûrement attendre avec impatience ce qui va se passer maintenant. La réunion touchante avec le saint, l'exemplaire Guillaume, votre réconciliation non moins émouvante avec votre papa chéri, le mariage et la vie heureuse pour toujours. Que diable pourrais-je ajouter à tout ça ?

— Ce n'est pas… cela ne va pas se passer comme ça, vous le savez très bien. Calumn, je… je ne peux pas… je vous en conjure. Ne partez pas. Pas encore.

— Madeleine, Angus McAngus refuse d'accueillir les gens comme moi dans sa demeure, et je ne l'en blâme pas.

Madeleine se sentit immédiatement assaillie par le remords.

— Je suis désolée, je n'ai pas réfléchi. Je ne veux surtout pas vous faire courir le risque d'être… Pardonnez-moi. J'ai eu tort de vous demander ça.

Sa réaction le blessa bien plus que si elle s'était emportée. A présent, la voir se confondre ainsi en excuses le mettait au supplice, comme s'il avait frotté du sel sur les blessures qu'il s'était infligées lui-même. Il ne voulait pas la quitter. Et de toute façon, en venant ici, il savait parfaitement qu'il devrait se retrouver face à face avec des gens comme Angus McAngus. C'était même pour ça qu'il était venu.

Sa fierté, qu'il maintenait depuis trop longtemps en cage

comme un animal pestiféré, remua dans les profondeurs. Il était un Munro, après tout.

— Je viens avec vous, lança-t-il abruptement. Mais attention, c'est à McAngus de dire s'il m'acceptera sous son toit ou non.

L'immensité de son soulagement se reflétait sans fard sur le visage de Madeleine.

— Etes-vous sûr ? Je ne voudrais pas vous forcer à faire quelque chose contre votre gré.

Calumn éclata de rire.

— Quand avez-vous jamais fait une telle chose ? Oui, je suis sûr. Venez.

Il poussa son cheval du talon. Côte à côte, ils traversèrent le village à moitié rétabli des exactions de Cumberland, puis franchirent les portes sur lesquelles les armes du clan McAngus étaient forgées avant de s'avancer jusqu'à la lourde porte cloutée du château de Rhubodach. Il ne semblait pas être venu à l'esprit de Madeleine que de Guise ait pu se tenir derrière celle-ci à l'attendre. A présent, c'était à Calumn que la chose paraissait plausible, et il aurait bien aimé se tromper.

Madeleine jeta un regard en coin à Calumn lorsqu'elle aperçut le propriétaire des lieux. Angus McAngus les attendait pour les saluer, seul.

C'était un *Gael* râblé et mince lui aussi, aux cheveux clairsemés, mais qui devaient avoir été d'un roux flamboyant, autrefois. Les Ecossais étaient à l'évidence une race compacte, un peu comme les Bretons, songea Madeleine.

McAngus était vêtu d'un plaid et d'une veste tissés dans ces tons de bleu. Ses yeux semblaient un écho un peu fané de ceux-ci, même s'ils brillaient en la regardant. Son sourire, quoique caché en partie par une barbe hirsute, semblait engageant.

— Bienvenue, mademoiselle Lafayette, salua-t-il dans

un français légèrement teinté d'accent écossais, en s'inclinant devant elle et en lui prenant la main.

— Lady Drummond m'a prévenu de vous attendre.

— Monsieur McAngus, répondit Madeleine avec une révérence, je suis très honorée. Vous parlez un français remarquable.

McAngus gloussa devant ce compliment.

— Mieux vaut le français que l'anglais, ma chère. La vieille alliance, c'est ainsi que nous nommons l'amitié entre nos deux pays, remonte à bien avant la rébellion de ces dernières années.

Il reporta son attention sur Calumn.

— Et qui donc est votre escorte ? Vous n'avez pas l'air d'un de ces guides que l'on loue pour venir ici, si vous me pardonnez mon franc-parler, *sir.*

— Je vous présente…

— Calumn Munro d'Errin Mhor, l'interrompit Calumn en s'inclinant respectueusement devant leur hôte.

Un large sourire se dessina sur le visage de McAngus.

— Ah ! Tu dois être le frère de Rory McLeod. En tout cas, tu es le portrait craché de ta mère, mon garçon, je le vois bien à présent que je te regarde. On ne peut pas se tromper, avec des cheveux pareils. Oui, je me rappelle qui tu es. Je ne t'ai pas vu depuis que tu étais gamin, mais je connais bien ton frère. Et j'ai rencontré son Anglaise de femme. Sais-tu qu'elle a eu un enfant récemment ?

Calumn eut l'air surpris.

— Non, je l'ignorais.

— Une petite fille, d'après ce que j'ai entendu. Te voilà oncle désormais. Allons, venez tous les deux, vous devez avoir diablement faim.

— *Sir*, lança Calumn sans quitter le seuil, vous devez savoir que je… avant d'accepter votre hospitalité, je dois vous dire que j'ai servi sous Cumberland pendant la rébellion.

Il avait dit ça tout d'un trait, mais Madeleine voyait bien, à la façon dont il se tenait, à celle dont il soutenait le regard de leur hôte, ce que lui coûtaient ces mots. Il ne s'était pas excusé, et elle en était contente, car elle ne pouvait l'imaginer se montrer faible. Elle n'avait pas eu beaucoup de preuves de sa fierté, mais elle était frappée de voir à présent que l'orgueil qu'il tirait de son lignage faisait — ou avait fait — partie intégrante de sa personnalité.

Comme il devait souffrir de le sentir terni !

Elle retint son souffle lorsqu'elle vit le sourire de McAngus s'effacer sur le visage de celui-ci, prête à défendre Calumn si nécessaire, quand bien même elle savait qu'il n'apprécierait pas la chose, car il tenait à livrer ses propres batailles lui-même.

— Je m'en souviens à présent. Ton père t'a envoyé chez les Tuniques rouges.

— Les fusiliers. J'étais capitaine.

— C'est ça. Ainsi, tu as combattu contre nous, c'est bien ça ? Tu ne vas pas me dire que tu as prêté la main aux atrocités d'après la défaite, si ?

Un dégoût sincère se peignit sur le visage de Calumn.

— J'ai été gravement blessé au combat et ai quitté l'armée dès que j'ai été sur pied.

— Inutile de t'échauffer, je ne faisais que demander, c'est bien le moins. Où as-tu pris part aux combats mon garçon ?

— Culloden.

— J'ai perdu un fils à Prestonpans. Andrew, mon cadet.

— Je l'ai appris.

— Tu dois avoir perdu bon nombre de tes camarades toi-même. Et maintenant que j'y pense, ton frère, n'a-t-on pas cru qu'il était mort lui aussi ?

— En effet.

McAngus se tourna vers Madeleine.

— Cela me revient. On n'a parlé que de ça dans le coin

quand c'est arrivé. D'abord on a cru que vous aviez été occis sur le champ de bataille et puis vous êtes réapparu comme un mort-vivant, et puis ça a été le tour de Rory. Vous a-t-il dit, demoiselle, comme il a attendu son frère pendant des mois ? demanda McAngus en se tournant vers Madeleine. Et comment il a sauvé Heronsay du Boucher et de ses hommes ? N'est-ce pas, mon garçon ?

— Non, il n'a pas pensé à m'en parler, répondit Madeleine en regardant Calumn avec de grands yeux pleins d'admiration.

— Tu es du genre modeste, hein, mon gars ?

Calumn eut l'air gêné et haussa les épaules pour changer de sujet.

— Je vois que vous n'avez pas eu autant de chance, lança-t-il en désignant les ruines des maisons brûlées.

Le visage de McAngus s'assombrit soudain.

— Oui. Ils étaient résolus à nous faire payer d'une façon ou d'une autre. Le prince est responsable de beaucoup de choses, si tu veux mon avis. J'ai beau l'avoir soutenu personnellement, je ne peux m'empêcher de regretter qu'il ne soit pas resté en France. Cela nous aurait épargné bien des malheurs.

Le vieil homme secoua la tête d'un air accablé.

— Allons, c'est du passé à présent, pour ce qui me concerne, affirma-t-il après un moment de silence. L'important, c'est que nous les Highlanders nous restions unis, hein ? Les Angliches ont décidé de nous détruire, et cela fait un bon moment qu'ils attendaient de pouvoir réduire à néant le pouvoir des clans. Nous leur avons fait un cadeau inespéré en nous soulevant pour le prince, et leur avons donné l'occasion qu'ils attendaient pour venir jusqu'ici semer la mort et la désolation. Entrez, maintenant. Je me demande bien ce que nous faisons, à parler ainsi sur le seuil de ma porte. *Fàilte*, Calumn Munro, sois le bienvenu, et vous aussi, mademoiselle.

McAngus tendit la main et Calumn s'en saisit chaleureusement, mettant même les deux siennes dans son salut.

— C'est un honneur, dit-il d'un ton bourru. Un grand honneur.

Quand Calumn regarda Madeleine, il fut surpris par le grand sourire qui se dessinait sur son visage. Il l'avait sentie tendue et silencieuse à son côté tandis qu'il parlait à McAngus, et la voir se réjouir avec une telle évidence du chaleureux accueil du vieux laird le touchait droit au cœur. Il lui rendit son sourire discrètement. C'était étrange, de se sentir soutenu sans réserves, et il aimait ça. Le bonheur le submergea comme la lumière du soleil inonde la terre quand l'astre se lève. Cela ne dura qu'un moment, toutefois. Jusqu'à ce qu'il se souvienne pourquoi il était ici. Et ce qui l'attendait.

La grande salle, qui s'étendait sur la quasi-totalité du rez-de-chaussée du château, était immense et offrait au regard ses voûtes imposantes. Sa cheminée gigantesque, dans laquelle brûlait un petit feu de bois qui projetait force fumée mais peu de chaleur, tenait tout un mur.

Un escalier de pierre incurvé décoré de gargouilles menait aux étages supérieurs et une petite porte cloutée, sur la droite, s'ouvrait sur la tourelle. Les meubles de chêne noir lourdement ouvragé étaient tous disproportionnés. Des tapis élimés couvraient un peu au hasard les dalles inégales du sol et un étendard déchiré pendait au-dessus de la cheminée.

Deux grands lévriers au poil dur et gris quittèrent leur place près de l'âtre pour venir saluer les visiteurs en secouant leur queue hirsute. Les chiens se mirent à renifler de leur truffe soyeuse les mains de Madeleine quand elle les caressa. Ils étaient si grands que leur tête atteignait sa taille.

— Nous avons des chiens semblables en Bretagne,

affirma-t-elle à l'intention de McAngus. Nous nous en servons pour la chasse.

— Ici aussi, répondit le vieux laird. Nous avons prévu une chasse au cerf demain, aussi aurez-vous l'occasion de les voir en action, s'il vous plaît de vous joindre à nous.

— Et de Guise ? s'enquit Calumn.

McAngus était en train de tirer une sonnette sur le bord de la cheminée.

— Nous l'attendons d'un jour à l'autre. Personne ne sait quand exactement, car c'est un homme qui aime à rester discret sur ses allées et venues, et à juste titre.

— Que voulez-vous dire ? demanda Madeleine, rendue curieuse par cette phrase énigmatique.

— Eh bien, disons que son comportement ne le fait pas nécessairement passer pour un bon élément aux yeux des autorités, répondit le vieux laird avec un gloussement amusé. Cela l'a rendu populaire auprès de certains, notez bien.

— Son comportement ? Qu'a-t-il fait ?

— L'ignorez-vous vraiment ? Que Dieu nous garde, demoiselle, je croyais que lady Drummond vous avait informée de tout ça. De Guise est un peu devenu un héros dans cette contrée, voyez-vous. Un peu comme Robin des Bois pour les Anglais, en un peu plus sanguinaire...

— Sanguinaire ? Etes-vous sûr que nous parlons de la même personne ?

— Oh oui, il ne risque pas d'y en avoir deux comme lui. Avec une bande de jacobites, il a décidé de se venger du Boucher. La plupart des troupes anglaises sont reparties chez elles à présent, bien sûr, mais pendant qu'elles restaient stationnées ici, ce de Guise leur a mené la vie dure, croyez-moi, et il en a tué un bon paquet. Aujourd'hui, ils s'en prennent aux terres de ceux qui se sont opposés au prince. Les terres de ton père y sont passées, Calumn, entre autres. Les récoltes ont été brûlées, les maisons incendiées.

Calumn poussa un juron épouvantable en gaélique.

— Ma mère a mentionné la chose dans l'une de ses lettres. Elle savait qu'il s'agissait d'une vengeance, car mon père n'a pas fait mystère de ses idées sur la question, mais elle n'a fait nulle part mention d'un de Guise. Ce gueux ne réalise-t-il pas que ce sont les pauvres qui subissent le froid et la faim à cause de ce qu'il fait ? Les gens comme mon père sont peu affectés par ce genre d'exactions.

— *Aye*, tu as raison là-dessus, approuva McAngus. Il en est encore pour croire qu'il fait œuvre utile, mais beaucoup plus encore, comme moi-même, pensent que le temps est venu d'en finir avec toute cette misère.

Madeleine s'assit lourdement sur un énorme fauteuil de bois ouvragé — si grand que ses pieds ne touchaient même pas le sol —, atterrée.

— Je n'arrive pas à en croire mes oreilles. Guillaume doit avoir changé du tout au tout s'il est capable de commettre ces crimes. Peut-être les combats lui ont-ils dérangé le cerveau.

— Il semble dangereux, Madeleine, prévint Calumn avant d'ajouter, sur un ton qui ne souffrait pas d'objection : il est hors de question que vous l'approchiez sans moi, vous m'entendez ?

— Jamais Guillaume ne lèverait la main sur moi.

— Vous l'avez dit vous-même, il a changé.

— Sans doute, mais pas à ce point, c'est impossible. Quand il me verra…

— Vous ne le verrez pas seule, c'est bien compris ?

— Je vous ai déjà dit que je ne prenais pas d'ordres de vous, répliqua-t-elle sèchement.

Entre ces nouvelles incroyables et la fatigue, elle avait les nerfs à vif.

— Au contraire. Souvenez-vous, c'est exactement ce à quoi vous avez souscrit quand je vous ai offert de vous escorter jusqu'ici. Vous ferez ce que je vous dirai de faire.

— Ce sera mieux, intervint McAngus précipitamment.

Je ne veux pas qu'il arrive quoi que ce soit à une jolie fille comme vous tant que vous serez sous mon toit.

Madeleine répondit, un pâle sourire sur les lèvres :

— C'est très aimable à vous de vous inquiéter de moi, mais ce n'est pas nécessaire.

L'arrivée opportune d'un serviteur vint mettre un terme à la discussion. L'homme leur montra le chemin de leurs chambres. Calumn ne semblait même pas avoir remarqué qu'elle ne lui avait pas donné sa parole.

Les chambres du château étaient glaciales. Madeleine frissonna en faisant sa toilette avec l'eau glacée d'une jolie cruche de porcelaine posée sur sa table de nuit. McAngus avait à l'évidence connu des jours meilleurs. Et à voir le nombre de toiles d'araignées qui pendaient des solives jusqu'au baldaquin du lit, la femme de ce dernier devait avoir quitté ce monde et personne n'était venu la remplacer.

Elle se pencha à la fenêtre à petits carreaux de sa chambre. Depuis le premier étage où elle se trouvait, la vue s'étendait de la surface immobile du loch Catriona jusqu'aux montagnes en direction du nord. A l'ouest de là, se trouvait l'île de Heronsay. Et près de celle-ci, à un jour de marche, les terres d'Errin Mhor. Le pays de Calumn.

Quelque part devant elle, peut-être occupé à surveiller le château à cet instant même, se trouvait Guillaume. Depuis les révélations de leur hôte, elle avait encore plus de mal que d'habitude à se souvenir de son visage. Il semblait avoir tant changé ! Le portrait qu'en traçait McAngus n'avait rien à voir avec celui de l'homme doux et — pourquoi ne pas l'admettre ? — finalement plutôt docile et soumis qu'elle connaissait. Mais la guerre avait des effets épouvantables sur les hommes. Il suffisait de voir à quel point elle avait affecté Calumn.

Calumn… De quelque côté qu'elle se tourne, Madeleine

en revenait toujours à lui. C'était lui qui avait bouleversé toutes ses certitudes et tous ses plans. Jusqu'à leur rencontre, elle n'avait jamais remis en cause les prémisses simples sur lesquelles se fondait sa vie, à savoir qu'en rendant ses proches heureux, elle trouverait la félicité elle-même. Elle savait à présent que ce n'était pas vrai. Et aussi qu'elle n'avait jamais connu le vrai bonheur, celui qui ne trouvait son origine que dans une totale fidélité à soi-même. Calumn lui en avait fait prendre conscience et c'était là quelque chose qu'elle ne pourrait jamais regretter d'avoir compris, quelles que puissent en être les conséquences par la suite.

L'amour…

Oui, l'amour. Elle était amoureuse de Calumn, et ce fait à la fois simple, merveilleux, étonnant et bouleversant faisait de l'ombre à tout le reste. Elle l'aimait. A ses côtés, elle avait appris ce qu'était le bonheur. A travers lui, elle avait changé. Elle était devenue plus forte, capable d'affronter la vérité, aussi horrible qu'elle soit. En tout cas, elle y aspirait.

Elle s'écarta de la fenêtre et se mit à arpenter la pièce. Capable d'affronter la vérité, certes, mais pas autrement que dans la plus extrême agitation. Pourquoi fallait-il qu'elle prenne conscience précisément ici, alors qu'elle était sur le point de retrouver Guillaume, des tenants et des aboutissants du problème ? Guillaume était devenu une habitude, et son amour pour lui n'était qu'une petite chose triste et pâle en comparaison de celui, irrésistible et passionnel, qu'elle éprouvait pour Calumn.

Elle fit une nouvelle fois le tour de la pièce. Les répercussions de tout cela étaient comme un bourbier. Guillaume, son père, son entourage, son avenir… il semblait qu'elle n'avait plus aucune fondation solide sur quoi s'appuyer et à chaque nouvelle question qu'elle se posait, elle s'enfonçait un peu plus dans la boue qu'elle avait elle-même stupidement suscitée. Car la question essentielle, celle qui pouvait tout changer, était précisément celle dont elle était le moins sûre de connaître la réponse : Calumn éprouvait-il la même chose qu'elle ?

Elle se jeta sur son lit, submergée par la tristesse. Par moments, elle était remplie d'espoir. A d'autres, elle se prenait à rêver. Elle avait beau penser connaître Calumn, voire même le comprendre, après l'autre nuit, elle ignorait s'il la considérait comme une passade agréable ou s'il éprouvait de véritables sentiments à son égard. Comment pouvait-on avoir été si proche de quelqu'un et en même temps le connaître si peu ?

Elle ne doutait pas une seconde qu'il puisse la rendre heureuse, et qu'elle puisse en faire autant pour lui. Mais en revanche, elle était moins sûre qu'il le lui permette. Car Calumn semblait se juger indigne de trouver le bonheur.

Il y avait une chose dont elle était absolument certaine, cependant : sans lui, l'avenir serait aussi morne et gris que le ciel des Highlands qu'elle apercevait à travers les vitres sales de sa fenêtre.

Courage, Madeleine, se morigéna-t-elle. D'abord Guillaume. Ensuite, Calumn. Fier, droit, fort et désirable comme il l'était, il méritait une femme qui essaierait au moins d'être à sa hauteur. Elle allait le lui dire en face. Mieux valait aimer au risque de perdre que gagner sans avoir aimé. Le vieux proverbe avait raison.

Bientôt, des pas s'arrêtèrent devant sa porte et elle entendit la voix de Calumn à travers le panneau de bois. Elle plaqua rapidement un sourire sur ses lèvres et, quand elle ouvrit la porte, le trouva devant elle, prêt à l'accompagner à la salle à manger pour le dîner.

Il s'était rasé, ses cheveux d'or brillaient dans la pénombre du couloir seulement éclairé par une lampe à huile, un peu plus loin. Il avait ôté son *filleadh mòr*, mais gardé sa veste, dont la coupe serrée mettait en valeur sa carrure impressionnante et la minceur de sa taille. Chaque fois qu'elle le voyait, elle en avait le souffle coupé et, dans son cœur, l'amour qu'elle avait pour lui semblait augmenter encore.

Elle prit son bras, savourant au passage le frisson familier qu'elle ressentait lorsque ses doigts se posaient sur ses muscles fermes.

Calumn Munro, l'homme qui avait transformé Madeleine Lafayette en une femme nouvelle. Calumn Munro, l'homme qu'elle aimait. Qu'elle aimerait toujours. Elle marcha comme dans un rêve à son côté sur les grandes dalles de pierre du couloir, puis descendit l'escalier qui menait à la grande salle où les attendait le laird de Rhubodach.

Chapitre 7

— *Feasgar math*, lança Madeleine à l'adresse de son hôte, reprenant pour saluer celui-ci la phrase longuement répétée qu'elle avait demandé à Calumn de lui enseigner.

— Bonsoir, mademoiselle, répondit McAngus en retour en la faisant asseoir à sa droite à la table autour de laquelle un clan tout entier aurait pu prendre place.

La soupe, en fait un bouillon de mouton épaissi avec des pommes de terre, de l'orge et des navets, leur fut servie par le serviteur à l'air morose qui leur avait montré leurs chambres. Madeleine commençait à soupçonner qu'il faisait également la cuisine. Il y eut encore du mouton pour suivre, puis un rôti avec des pois frais accompagné d'un vin de Bordeaux étonnamment bon.

— C'est le fluide vital de la vieille alliance, déclara leur hôte en gloussant. Cela fait des années qu'on importe du vin de Bordeaux en Ecosse. Nos nouveaux maîtres les Angliches voudraient nous faire siroter du porto, mais bah ! que savent-ils de l'art de boire ?

Ce que Madeleine avait supputé à propos de la famille du laird fut confirmé bientôt :

— Mon épouse, Morag, est morte voici cinq ans et je n'ai jamais eu de fille, dit-il avec un air d'excuse à l'attention de Madeleine. Il manque vraiment une présence féminine dans ce château, je le sais.

Il laissa tomber le morceau de mouton sur lequel il

mordait depuis un moment sur les dalles où l'un des lévriers vint le ramasser immédiatement.

— Vous trouverez sûrement que lady Munro dirige sa maison avec un peu plus de talent que moi quand vous irez à Errin Mhor. N'est-ce pas, Calumn ? poursuivit-il. Un vrai tyran, cette Christina. Je me souviens qu'elle était diablement casse-cou, étant jeune, et même après son mariage avec Finlay McLeod. Elle n'avait guère plus de seize ans, mais elle pouvait me faire trembler les guibolles d'un seul regard, crénom. Tu es son portrait craché, Calumn.

— Cela veut dire que je lui ressemble beaucoup, expliqua Calumn d'un air gêné, car l'expression écossaise était un peu plus imagée.

— Et quelle beauté, sa mère ! Elle l'est encore, d'ailleurs, insista McAngus, rêveur. Ça oui, aussi belle qu'on peut l'être. J'aurais demandé sa main moi-même si j'avais pensé qu'elle m'accepterait, mais je n'avais pas l'argent de Finlay McLeod pour plaider ma cause et quand elle est devenue veuve, j'avais déjà épousé Morag. De toute façon, Christina avait décidé de viser encore plus haut. Lord Munro est l'un des hommes les plus riches des Highlands, vous savez. Son fils ici présent est un sacré bon parti.

Il avait dit ça en aparté, en hochant discrètement la tête en direction de Calumn.

Madeleine rougit devant cette allusion transparente, mais ne trouva rien à dire. Fort heureusement, McAngus ne semblait pas attendre de réponse.

— Elle va être drôlement contente de te voir, ta mère, affirma le vieil homme à l'adresse de Calumn en se servant une nouvelle coupe de vin.

Il avait trouvé son rythme de croisière et buvait comme un trou. Le vin semblait être l'une des seules choses dont le château ne manquait pas.

— J'ai entendu dire que ton père, ce vieux saligaud, était de nouveau mal en point. Je t'ai dit qu'on avait attaqué vos terres, n'est-ce pas ? En tout cas, lady Munro a embauché un intendant, mais ce n'est pas la même chose, hein ? Tu vas avoir besoin de prendre les choses en main toi-même, parce que, si tu permets, ton père ne sera plus très longtemps de ce monde. La question demeure de savoir vers lequel il ira ensuite, hein ?

McAngus rit de sa propre saillie avant d'être secoué par une toux qui faisait craindre le pire pour lui-même. Vas-tu aller voir ton frère en premier ? Si c'est le cas, tu lui transmettras mes amitiés, entendu ? Je n'assisterai pas au *ceilidh*. Mes vieux os ne sont plus assez forts pour danser.

Il se tourna vers Madeleine de nouveau.

— Il est de tradition d'organiser un *ceilidh* pour la naissance d'un petit par chez nous, une fois que la mère a été menée à l'église pour une action de grâces. Vous allez vous amuser, car c'est toujours quelque chose de grandiose de célébrer la naissance du premier-né d'un laird, même si c'est une fille.

— Je ne crois pas… c'est-à-dire…

— Et vous, ma petite, qu'allez-vous faire de ce beau gars que voici, une fois que vous aurez réglé vos affaires avec de Guise, quelles qu'elles soient ? Vous êtes menue, mais vous avez une allure qui suffirait à attacher un homme plus costaud que Calumn aux pans de votre tablier. Il n'ira pas chercher l'aventure hors de chez lui s'il a une fille comme vous pour l'y attendre.

Il disait ça avec un sourire égrillard si évident qu'il en était comique.

L'accent de McAngus se faisait de plus en plus épais à mesure que le vin, qu'il consommait dans des quantités effrayantes, faisait son effet. Madeleine chercha désespérément une explication dans le regard de Calumn, mais celui-ci se contenta de hausser les épaules, visiblement ravi de sa gêne.

— Un mariage à Errin Mhor, cela remettrait les choses

d'aplomb, mon gars, affirma McAngus avec un regard de chouette, en levant son verre une nouvelle fois. Penses-y, mais pas trop longtemps, note bien, car la vie de ton père ne tient qu'à un fil.

— Nous ne sommes pas… Calumn et moi ne sommes… vous vous trompez, *monsieur* McAngus, finit par dire Madeleine quand elle comprit l'idée que le vieil homme se faisait de leurs relations. Calumn… M. Munro a très gentiment accepté de me servir d'escorte, rien de plus.

— Je bois à votre santé à tous les deux, lança McAngus en ignorant totalement les dénégations de Madeleine.

Il vida son verre d'un seul trait et se leva, refusant superbement l'offre de Calumn de le raccompagner dans sa chambre.

— Je le ferai tout seul, répondit-il d'une voix pâteuse en claquant des doigts à l'adresse de ses chiens qui se levèrent à contrecœur pour le suivre. Ils formaient une étrange procession tous les trois, le laird tanguant dangereusement en chantonnant pour lui-même, suivi des deux lévriers hirsutes qui le poussaient du museau quand il marquait le pas, exactement comme s'il s'était agi d'un mouton.

Madeleine étouffa un petit rire.

— Quel homme étrange. M'est avis qu'il est bien seul. Je l'ai trouvé charmant.

— C'est une brute aimable, en effet, admit Calumn. Et il vous aime bien, c'est sûr.

— Croyez-vous qu'il autorise ces deux chiens qui sentent si fort à monter sur son lit ?

— Peut-être lui rappellent-ils sa femme ? répondit Calumn malicieusement.

— Voulez-vous bien vous taire ! Au moins lui tiennent-ils chaud. Il fait un froid glacial dans ce château.

— Je pourrais vous tenir chaud moi-même cette nuit.

Elle lutta furieusement, sa conscience et son désir se livrant une bataille terrible en elle. Mais elle voulait pouvoir regarder Guillaume en face. Elle avait déjà été infidèle en pensées et en action, aussi lui importait-il d'avoir mis un terme à la chose avant le dernier acte.

— Pas ce soir, Calumn.

Il pinça les lèvres.

— En ce cas, quand ? Non, ne répondez pas. J'ai changé d'avis. Je n'ai pas envie de faire l'amour à une femme qui se donne à moi en sachant parfaitement qu'elle est promise à un autre. Demain ou un jour prochain, votre hors-la-loi de fiancé viendra vous chercher. Il n'est pas question que je vole sa propriété à un autre homme, et c'est ce que vous êtes.

— Non !

— Vous n'aimez pas entendre la vérité toute nue, n'est-ce pas, Madeleine ? Pas plus que vous n'aimez admettre que vous avez tort.

— C'est tellement injuste !

Le tourbillon d'émotions dans lequel elle se débattait depuis vingt-quatre heures avait fini par affecter gravement son humeur.

— Depuis que je vous connais, vous n'avez pas cessé une seule seconde de mener campagne pour me séparer de Guillaume. J'emploie délibérément cette expression militaire, car vous avez porté attaque sur attaque, méticuleusement. Vous croyez que j'ignore que nos… nos ébats ont constitué une arme de choix pour vous ? Vous oubliez que vous m'aviez avertie vous-même que vous pouviez me donner envie de vous. Finalement, il ne s'est agi que de cela pour vous, en fait : un jeu, un simple jeu. Vous n'aviez rien à perdre. Mais moi, moi j'ai tout à perdre. Avez-vous songé à cela, Calumn, ne serait-ce qu'une seconde ?

— Vous perdrez un mari que vous n'aimez pas. Pour moi, c'est plutôt une bonne chose.

— C'est bien plus que cela. Vous et moi, nous avons une expérience bien différente du monde. Pour vous, votre sens du devoir a rongé tout ce en quoi vous croyez. Votre loyauté envers ceux que vous aimiez et respectiez vous a mené à entrer en conflit avec ceux qui vous étaient les plus proches, y compris votre propre frère. Il n'en va pas de même pour moi. En fait, jusqu'à présent, ça a été exactement le contraire. Ce n'est pas seulement que je vais rendre Guillaume malheureux, il va aussi être profondément humilié. Tout le monde sait que nous sommes fiancés,dans la région où nous vivons. Il ne s'agit pas d'un simple morceau de papier signé par nos parents quand nous étions enfants, mais de l'essence même de nos existences. Mon père sera anéanti, tous ses espoirs et ses rêves également. Notre maison sera perdue et reviendra à un lointain cousin quand il mourra, si je n'ai pas de fils. Ne voyez-vous pas que, toute ma vie, j'ai cru, vraiment cru, qu'en faisant mon devoir je serais comblée ? Renoncer à ça, c'est comme m'arracher une partie de moi-même.

Elle marqua une pause pour reprendre son souffle, laissant ses yeux fixer l'horizon sans le voir pour s'aider à clarifier ses idées, et pour donner à Calumn le temps de comprendre.

— Vous avez toujours vu les choses en noir ou blanc. Je n'aime pas Guillaume, donc je ne devrais pas faire ce que j'ai publiquement promis de faire. Mais les choses ne sont pas ainsi, Calumn. Il y a une multitude de nuances de gris.

— Ah ! Finalement, vous admettez que vous n'aimez pas Guillaume.

— Oui, concéda-t-elle, épuisée par cet accès de frustration. Je ne l'aime pas. Vous avez raison depuis le début, vous voyez.

— Et vous n'allez pas l'épouser ?

— Non, répondit-elle tristement. Vous aviez raison là-dessus aussi. Ce serait mal de ma part. Même si cela risque d'être très douloureux au début, je le sais. Mais cela ne signifie pas que je suis impatiente de le lui dire et que je ne crains pas terriblement de le faire.

Calumn s'assit brusquement à l'une des places d'honneur.

— Pourquoi ne me l'avez-vous pas dit plus tôt ?

— Parce que je fuyais la vérité. Parce que je viens seulement de comprendre. Parce que je voulais le dire d'abord à Guillaume, avec la conscience aussi tranquille que possible.

— Ce qui explique que vous refusiez de partager mon lit.

— Oui, répondit-elle avec un pâle sourire. Vous m'avez donné beaucoup de leçons et dans l'une d'entre elles, vous m'avez appris l'honneur. Je ne suis pas très douée pour ça, mais je fais de mon mieux.

— Je pense que vous vous en tirez remarquablement bien, au contraire, corrigea Calumn en tendant la main vers elle avant d'ajouter : vu les tentations auxquelles vous êtes exposée.

Elle ne put s'empêcher de sourire et lui permit de l'attirer dans ses bras et de l'y serrer, de lui caresser les cheveux.

— Je crois vous avoir déjà dit que vous aviez une très haute opinion de vous-même.

— J'en ai aussi une très haute de vous, remarqua-t-il. Mais vous avez raison, je n'avais pas réfléchi aux choses en ces termes. Vous êtes très courageuse.

— Je ne trouve pas. Je veux simplement en finir.

— Et ensuite ?

Elle fut tentée de lui renvoyer sa question tout de go, mais l'heure semblait mal choisie.

— J'y penserai plus tard. Après.

— Après… Vous avez peut-être raison.

Calumn se leva et prit les meilleures bougies qui brûlaient sur leur chandelier d'étain.

— Allez vous coucher. Tâchez de dormir un peu.

Il la précéda dans l'escalier et lui donna un baiser sur la joue en arrivant devant sa porte.

Dans sa chambre humide et froide, Calumn ouvrit la fenêtre pour contempler la nuit. Une chouette hulula. L'air sentait bon. A Edimbourg, les saisons se fondaient l'une dans l'autre de sorte qu'on pouvait aisément ne pas en percevoir le changement, mais tel n'était pas le cas dans ces montagnes où l'été explosait comme une fanfare. Il l'avait presque oublié.

Non, pas vraiment, en fait. Les festins de moules bouillies dans un seau, sur la plage à marée basse. Les parties de pêche interminables sur son bateau, l'*An Sulaire*. Les heures passées à apprendre à manier la *claymore* avec le champion de son père, Hamish Sinclair, un homme à la barbe si rousse qu'on aurait cru qu'il y avait bouté le feu. Le chuintement de l'océan qui lui parvenait de la plage à travers la fenêtre de sa chambre et qui le berçait doucement chaque soir. Les yeux perdus sur les eaux noires du loch, il se souvenait.

Bien que les lettres de lady Munro l'aient tenu informé de l'état de santé de son père et de celui, pitoyable, du domaine, il ne s'était pas vraiment rendu compte de la gravité de la situation jusqu'à ce que le vieux laird n'aborde le sujet en termes crus, supposant naturellement que Calumn était en route pour Errin Mhor pour y reprendre les choses en main. Jusqu'à quelques jours en arrière, la chose aurait semblé impensable, mais maintenant ?

L'espoir, ce visiteur si longtemps absent, commençait à pointer le bout de son nez dans l'esprit de Calumn. Errin Mhor l'attirait comme une sirène, et il savait que le temps était venu.

Et Madeleine ? Il avait gagné son pari avec elle, mais, il s'en rendait compte seulement maintenant, elle n'avait pas précisé comment. Pourtant la chose était d'importance. Il n'était pas indifférent au fait qu'elle ait été persuadée par le besoin qu'elle éprouvait de lui, et non par l'absence de de Guise.

Il fallait qu'il la possède. De toute façon, il ne pensait quasiment à rien d'autre. Il n'était pas prêt à la laisser partir. Qu'elle commence par voir de Guise. Ensuite… Il s'endormit en pensant aux délices qui l'attendaient.

Madeleine se réveilla le lendemain matin déprimée à l'idée de la tâche qui l'attendait, mais déterminée à l'accomplir. Elle regrettait de ne pas savoir quand Guillaume allait arriver, car à présent qu'elle s'était préparée à le rencontrer, elle pensait vraiment que le plus tôt serait le mieux.

Une lumière pâle filtrait à travers les vitres sales de la fenêtre par laquelle on apercevait le ciel pur et les sommets des montagnes perdus, auréolés de brume. Des voix résonnaient au-dehors, des hommes s'interpellant en gaélique. La chasse. Elle avait oublié ! Elle fit sa toilette rapidement et s'habilla, sortit dans le couloir et prit l'escalier, s'arrêtant sur le seuil pour jeter un coup d'œil dans la grande salle en contrebas.

On aurait dit une ruche. La grande table était couverte de chopes en étain, de pain et de fromage et d'un quartier de viande, sans doute du mouton, comme de bien entendu.

Les hommes étaient tous vêtus de plaids de différentes couleurs : cela allait du rouge sang au vert bouteille en passant par le vieil or et le bleu roi. Certains portaient des pantalons de tartan au lieu de leur *filleadh beg*. La plupart étaient barbus. Les rares femmes présentes s'affairaient à préparer la nourriture, à remplir de bière les chopes d'étain, à couper du pain, à rire et à papoter dans leur langue chantante et mélodieuse. Elles étaient vêtues comme Madeleine elle-même, en jupe et en *arisaidhs*, à la différence notable toutefois que toutes portaient le *kertch*. Les chiens de McAngus aussi avaient trouvé de la compagnie. Huit ou neuf autres chiens allaient et venaient à leur suite entre la grande salle et la cour où étaient attachés les chevaux, en aboyant frénétiquement.

Calumn franchit la porte d'entrée, en grande conversation avec un autre homme du même âge que lui et vêtu d'un plaid couleur de vieil or. Ils s'arrêtèrent sur le seuil, se serrèrent la main, puis l'inconnu rejoignit la petite foule massée près de la cheminée. Calumn resta seul un moment. A côté de lui, tous les autres semblaient petits et ses cheveux flamboyaient comme un fanal dans l'air enfumé de la grande salle.

Il leva les yeux brusquement et la vit qui le regardait. D'un geste de la main, il lui fit signe d'approcher, mais au même moment, un autre homme le héla.

— Calumn ! cria-t-il en agitant la main, ajoutant à l'adresse de ceux qui l'entouraient : C'est Calumn Munro, le frère de Rory McLeod.

— Celui qui a combattu avec les Tuniques rouges ?

Les mots résonnèrent dans la grande salle, hauts et clairs, et lancés en anglais par un chasseur dont le tartan proclamait l'appartenance au clan des Cameron. Un lourd silence tomba sur l'assistance et tous les yeux se tournèrent vers Calumn, dont le sourire disparut. Il s'avança vers Cameron en soutenant le regard de celui-ci puis se mit à lui parler en gaélique.

Madeleine regardait la scène en retenant son souffle et en se maudissant de ne pas comprendre leur langue. Elle sentit soudain une présence à son côté. Angus McAngus l'avait rejointe.

— C'est Donald Cameron, murmura-t-il. Ce clan-là était férocement jacobite. Attendez un peu, je vais vous traduire ce qu'il dit.

Calumn se tenait en face de Donald Cameron, le visage dur comme du granit.

— Avez-vous quelque chose à me dire ? lança-t-il d'une

voix si pleine de défi que Madeleine n'eut pas besoin de la traduction de son hôte pour le sentir.

— Je n'ai rien à dire aux gens comme toi, rétorqua Cameron. Tu es un traître.

Un chuintement étouffé traversa la foule, comme lorsqu'on jette une bûche humide dans le feu. Certains hommes se mirent à murmurer, visiblement en colère. Calumn avança encore d'un pas.

Madeleine parvint de justesse à réprimer la protestation écœurée que lui inspirait cette accusation. C'était le mot que Calumn avait employé en sa présence pour se fustiger. Elle sentit la main de McAngus peser sur son épaule. Quand elle réalisa qu'il craignait qu'elle n'intervienne, elle lui fit un petit signe de tête pour le rassurer.

— J'étais une Tunique rouge bien avant que le prétendant ne mette le pied en Ecosse, répondit Calumn en serrant les dents. Qu'auriez-vous voulu que je fasse quand on m'a ordonné de combattre ? Que je me retourne contre eux ? Que je désobéisse ? Eh bien non, je ne l'ai pas fait.

Il dressait fièrement la tête.

— J'ai fait mon devoir, quand bien même cela m'a coûté très cher. Un coup de l'une de vos *claymores* m'a quasiment coupé en deux à Culloden, et j'en porterai la marque sur mon ventre pour le restant de mes jours.

Calumn secoua la tête d'un air navré.

— Comme si j'avais besoin qu'on ravive ces souvenirs. Comme si n'importe lequel d'entre nous avait besoin qu'on les lui rappelle.

Son émotion n'échappait à personne et nombreux furent ceux qui grommelèrent leur assentiment. Certains même s'avancèrent vers lui pour se ranger à ses côtés.

— Facile à dire, riposta Cameron d'un ton brutal. Le Boucher n'a pas ravagé tes terres.

— Et il n'aurait pas rasé les vôtres si vous ne vous étiez pas soulevés pour aider les Stuart, répliqua Calumn, furieux. Où est-il, votre prince Charlie à présent, hein ? Croyez-vous qu'il se soucie de ce qui est arrivé à n'importe lequel d'entre nous à cause de lui ?

Il avait les poings serrés, et deux taches rouges sur les joues qui marquaient sa colère.

— Du calme, lança l'un des hommes qui soutenaient Calumn en lui posant une main sur l'épaule. Nous avons eu assez de querelles entre nous pour les cent ans à venir.

Calumn s'ébroua pour se dégager, mais ces paroles firent leur effet tout de même.

— Vous avez raison, admit-il d'une voix blanche. Nous avons suffisamment perdu comme ça…

Il marqua une pause, puis, en regardant Cameron au fond des yeux, ajouta :

— Tous autant que nous sommes.

Un lourd silence s'abattit sur la grande salle tandis que Cameron regardait sans bouger la main tendue de Calumn. Madeleine remarqua à peine que McAngus l'avait quittée pour rejoindre les hommes. Lentement, avec une réticence visible, Cameron leva le bras et serra la main de l'homme qu'il venait d'insulter. Un murmure soulagé parcourut la petite foule et McAngus souleva sa chope de bière.

— Je bois au pardon et à l'oubli, s'exclama-t-il. *Slange var !*

— *Slange var !* répondirent les hommes en écho tandis que quelqu'un forçait une chope dans la main de Calumn.

Il fut rapidement entouré. Madeleine entendit prononcer le nom de Rory McLeod plusieurs fois. Le frère de Calumn semblait à l'évidence un homme respecté.

Calumn avait retrouvé son teint habituel et ses épaules se relâchaient peu à peu. Depuis son poste d'observation, elle regarda les hommes parler bruyamment et s'échanger des anecdotes en riant, sans comprendre un mot de ce qu'ils se disaient. Elle prenait à peine conscience qu'elle venait d'être le témoin d'un événement extraordinaire. Calumn était rentré chez lui. Et bien qu'elle sache que c'était une bonne chose pour lui, elle avait l'impression de le regarder s'éloigner vers le large toutes voiles dehors tandis qu'elle demeurait sur la côte, seule. Bientôt, cependant, très bientôt même, ce serait elle qui prendrait le bateau pour regagner son lointain pays.

Finalement, elle descendit l'escalier et vint se placer à côté de lui.

— J'ai assisté à la scène. McAngus m'a expliqué l'essentiel de ce qui se disait. Vous avez eu raison de ne pas frapper cet homme. Je suis… fière de vous. Vous devez être soulagé.

— C'est un début, mais le chemin est encore long.

— Et ce chemin… mène-t-il jusqu'à Errin Mhor ?

Calumn eut un sourire énigmatique.

— Au bout du compte, tous les chemins y mènent, vous devez le savoir maintenant. Pour l'heure, j'ai d'autres choses en tête. Comme notre affaire avec de Guise.

Ainsi, il était toujours déterminé à l'accompagner. Elle n'en était pas vraiment surprise, car il aurait été plus facile de déplacer les montagnes des Highlands que de faire changer Calumn Munro d'avis.

— Ce n'est pas votre affaire, mais la mienne, et il vaudrait beaucoup mieux que je le voie seule, corrigea-t-elle d'un air las.

— Il n'est plus l'homme que vous avez connu, Madeleine. Il est devenu dangereux. Je m'inquiète beaucoup plus de ce qu'il pourrait vous blesser que du contraire. Prenez ce que je dis en compte. Il n'est pas question que vous le voyiez seule à seul, vous m'entendez.

— Oui, répondit-elle.

— Alors faites en sorte de m'écouter, insista-t-il. A présent, venez, que je vous présente au reste de cette assemblée.

Il lui prit la main et la guida vers le groupe d'hommes,

de femmes et de chevaux qui s'agitaient dans la cour du château.

— *Maidann mhath*, murmura Madeleine timidement, ravie de constater que malgré sa prononciation déficiente, son salut en gaélique lui était rendu avec le sourire et même quelques « bonjour » amicaux.

Quand Calumn la jeta sur son cheval et ajusta la bride de celui-ci, elle murmura d'un air étonné :

— Ils savent que je suis française.

— Ils savent tout de vous. Les nouvelles vont vite, par ici.

Le son d'une corne annonça le début de la chasse et tous s'avancèrent en direction de la lisière de la forêt. Les lévriers, qui se tenaient à l'avant du groupe des chasseurs, reniflaient l'air ambiant, leur nez aristocratique pointé en l'air. Les mors des chevaux tintaient. Ces derniers soufflaient et battaient du sabot sur le sol, impatients de s'élancer. L'un des chiens se figea soudain, la truffe frémissante, la queue droite, une patte levée, tout le corps tendu dans la direction de la forêt, de l'autre côté du lac.

McAngus poussa un cri, de ralliement vraisemblablement, et la troupe tout entière s'ébranla.

Les chiens les guidèrent directement dans la forêt qui couvrait les pentes douces s'étendant sur les rives du loch Catriona, là où celui-ci rejoignait le loch Johanna, son jumeau.

De près, on pouvait voir que les deux étendues d'eau étaient en fait reliées par un petit ruisseau. Le sol était mou sous le pied, à cause des aiguilles innombrables — tombées des pins qui formaient un écran sombre au-dessus de leurs têtes. L'air était lourd, les sons étouffés. Un réseau serré de petits chemins s'étendait dans la forêt traversée de nombreux ruisseaux et de fossés bordés de rochers recouverts de mousse d'un vert très sombre et de lichens. Des bouquets de fougères, plus courtes et d'un vert plus clair et plus frais que celui de celles qui croissaient en pleine lumière, fournissaient l'unique autre source de couvert pour le sol. De vieux chênes tendaient vers le ciel leurs branches tordues comme autant de doigts déformés cherchant à agripper les cavaliers qui passaient. Des bouleaux argentés et des sorbiers — l'arbre aux sorcières — poussaient sur les berges des plus gros ruisseaux.

Malgré la densité des troncs d'arbres et les nombreux terriers de lapins à cause desquels il aurait été fou d'avancer plus vite qu'au trot, et encore, la plupart des chasseurs forçaient leurs montures pour tâcher de ne pas perdre les chiens de vue. Madeleine traînait en arrière, savourant l'odeur agréable de la résine des pins qui embaumait l'air de la forêt et lui rappelait celles de son pays. Elle s'arrêta près d'une petite chute d'eau et remarqua immédiatement les signes de la présence d'une compagnie de castors. Tant de choses lui étaient familières en ces lieux qu'elle se croyait presque en Bretagne.

Elle était occupée à comparer les deux pays lorsqu'un énorme oiseau prit son envol, surprenant son cheval. Ses grandes plumes de poitrine vertes semblaient luire comme du métal vieilli et sa queue évoquait un grand éventail. Elle n'avait jamais rien vu de semblable.

— C'est une *capercaillie*, un mâle, expliqua Calumn, revenu la chercher. Regardez comme il déploie ses plumes pour vous impressionner. Les chiens ont flairé un cerf. Si nous ne nous hâtons pas, nous allons être distancés, reprit-il finalement.

Il fit avancer son cheval à la hauteur de celui de Madeleine, de sorte que son genou nu frôla la jupe de celle-ci. Tenant ses rênes dans une main et plaçant l'autre sur sa selle pour se donner de l'équilibre, il se pencha sur la jeune femme et lui donna un petit baiser très léger et très tendre, qui s'acheva avant même qu'elle ait le temps d'y répondre, mais assez long cependant pour lui faire battre follement le cœur.

— Venez, lança-t-il en donnant un coup du plat de la main sur la croupe de la monture de Madeleine. Il ne faudrait pas que nous manquions l'hallali.

Quand ils rejoignirent le groupe des chasseurs, elle aperçut le cerf qui sautait gracieusement par-dessus les bruyères juste devant eux, les chiens sur ses talons. C'était une créature magnifique aux bois énormes, comme celui qu'elle avait vu ce fameux matin, quelques jours plus tôt.

Les bois étaient un signe de sa virilité autant que de son âge, car il s'en servait pour repousser les importuns qui venaient défier son autorité sur la harde, et, de ce fait, protéger sa descendance — et les femelles par la même occasion — en maintenant sa suprématie. Il marqua le pas un moment, ses jambes fines et puissantes lui ayant permis de distancer un peu les chiens, et chercha des yeux frénétiquement une échappatoire. Madeleine adressa une prière muette au ciel pour le salut de l'animal. Cela semblait un péché de chasser une si belle créature. A sa façon, l'animal était le laird majestueux de son propre domaine, comme elle voyait bien que Calumn serait un jour celui d'Errin Mhor.

Les chiens donnèrent de la voix. Le cerf bondit en avant sur ses pattes musclées, franchissant avec une élégance et une aisance confondantes l'obstacle d'un arbre déraciné, comme s'il volait. Les chasseurs s'élancèrent à sa poursuite en criant, en soufflant dans leurs cornes et en lançant des ordres aux chiens. Tous se ruèrent aux trousses du cerf, quittant la forêt pour gravir les pentes du pied des collines à travers les buissons de fougères et d'ajoncs, franchissant les ruisseaux ou courant dans le lit sablonneux de ceux-ci.

Madeleine sentait l'odeur de laine humide qui s'exhalait des plaids des Highlanders, le parfum brut de l'herbe et des fougères fraîchement écrasées, celui, musqué et âcre, de la sueur des chevaux.

La poursuite sembla durer des heures, jusqu'à ce qu'enfin

le cerf ralentisse l'allure, les flancs agités de soubresauts frénétiques, cherchant l'air, visiblement hors d'haleine. Les chiens aboyaient follement. Les cris des chasseurs se firent plus aigus quand l'animal fut acculé à l'ombre d'un grand rocher. La pauvre bête écumait, les yeux blancs de terreur.

Bien que Madeleine ait pris part à de nombreuses chasses au sanglier en Bretagne, elle trouvait celle-ci manifestement injuste, sans trop savoir pourquoi. Il y avait tant d'hommes, tant de chiens, tous ligués contre cette créature solitaire et d'une majesté émouvante, qu'elle ne pouvait supporter d'assister au dénouement. Cela aurait été comme de regarder un roi mourir sur l'échafaud, de voir ses yeux devenir vitreux et son corps basculer lentement. Elle ne pouvait tout simplement pas.

A mi-chemin du château, Madeleine eut soudain la désagréable impression d'être épiée. Après avoir fait s'arrêter son cheval, elle regarda alentour, mais ne vit personne. Sur sa gauche s'étendait la masse sombre de la forêt, apparemment impénétrable à cause d'un enchevêtrement d'arbres tombés. Sur sa droite, le loch Fiona, qui se prolongeait plus loin en s'abouchant au loch Aileen. Derrière elle… personne. Et pourtant, l'impression persistait. Elle en avait la chair de poule, les mains moites sur ses rênes.

Elle reprit sa progression lentement, en se disant qu'elle était idiote. Il s'agissait d'un animal, sans doute. Un autre cerf, peut-être. Elle avait l'ouïe fine et entendit distinctement un froissement de feuilles, du côté de la forêt. Elle arrêta son cheval derechef et, plissant les yeux pour mieux scruter le couvert, aperçut furtivement une silhouette.

— Qui va là ? cria-t-elle en anglais.

Elle avait beau se dire qu'elle ne courait aucun danger, elle avait peur. C'était sans doute l'un des chasseurs qui venait de s'égarer. Quand son cheval se mit à battre du sabot, son instinct lui cria de s'enfuir. Aussitôt, elle serra ses rênes pour le faire.

Trop tard.

Un homme apparut, directement en face d'elle et pointa un pistolet droit sur sa poitrine. Un autre émergea du sous-bois, tenant à la main le long couteau effilé et mortel dont elle savait à présent, grâce à Calumn, qu'il s'appelait un *dirk*. Il s'approcha et en posa la pointe sur le sein de la jeune femme.

— Descends de là, grommela-t-il en anglais.

Madeleine n'hésita pas à obéir. Un seul regard avait suffi pour voir que ces gens-là ne plaisantaient pas. Ils avaient l'air aux abois. Vêtus de pantalons de tartan et de gilets de cuir, ils avaient le visage hâlé et l'air féroce sous leur barbe hirsute.

Elle supposa qu'ils en voulaient à son cheval. Quand elle dégagea son pied de l'étrier pour mettre pied à terre, l'homme qui tenait le couteau la serra lascivement contre lui. Elle en trembla irrépressiblement et une peur plus terrible encore l'assaillit quand elle croisa le regard de ce dernier, car une lueur lubrique brûlait dans ses yeux en même temps que sa main se pressait autour de sa taille. Elle savait qu'il ne fallait pas montrer son épouvante, mais celle-ci inondait sa voix lorsqu'elle cria, en se débattant :

— Bas les pattes !

A son grand étonnement, l'homme s'exécuta en éclatant d'un rire vulgaire tandis que son compagnon s'emparait des rênes du cheval de Madeleine. Elle crut un instant, soulagée, que c'en était fini et qu'ils allaient partir. Elle essayait même mentalement de calculer combien de temps il lui faudrait pour retourner à pied jusqu'au château lorsque le vaurien reprit la parole :

— Tu es la Française, pas ?

Elle fut surprise tout d'abord, puis se rappela ce que Calumn avait dit un peu plus tôt, à savoir qu'il n'y avait pas de secrets dans les Highlands, aussi hocha-t-elle simplement la tête.

— Celle qui cherche Guillaume de Guise.

Nouveau hochement de tête.

— Nous sommes chargés de te mener à lui.

Elle en resta bouche bée, abasourdie. Que diable Guillaume faisait-il à s'acoquiner avec de telles gens ?

— Vous ? Je ne vous crois pas. Où est Guillaume ? Pourquoi n'est-il pas venu me chercher lui-même ?

L'homme lui jeta un regard plein de mépris.

— Tu crois qu'il est fou, hein ? Sa tête est mise à prix. Il nous a chargés de vérifier qu'il ne s'agissait pas d'un piège.

— Sa tête... mise à prix ? Voulez-vous dire qu'il est devenu un hors-la-loi ? Non, non, non ! Vous devez vous tromper...

— Tu veux le voir ou pas ?

Elle lança un regard plein d'espoir derrière elle, mais le chemin qui suivait la rive du loch était vide. Calumn, entraîné par l'élan de la chasse, n'avait pas remarqué son absence. Il avait beaucoup insisté sur le fait qu'elle ne devait pas rencontrer Guillaume seule. Elle avait jugé qu'il faisait preuve là d'un excès de prudence, mais à voir la tête des deux hommes envoyés pour la chercher, elle pensait à présent qu'il avait eu raison de s'inquiéter. Mais Guillaume ne lui ferait pas de mal, c'était impossible. Il avait changé, et même beaucoup, sans doute, mais pas à ce point tout de même.

L'homme au pistolet grommela impatiemment et dit quelque chose en gaélique à son camarade, qui hocha la tête et prit les rênes du cheval en encourageant Madeleine à s'engager dans la forêt en lui pointant la lame de son *dirk* dans le dos. Elle n'avait d'autre choix que d'obéir, aussi, rassemblant ce qu'il lui restait de courage, fit-elle ce qu'il lui ordonnait.

Une fois sous le couvert des arbres, les hommes lui

attachèrent les poignets et la jetèrent sur sa selle. Ensuite, ils détachèrent leurs propres chevaux, qui les attendaient tranquillement dans une petite clairière, mirent le pied à l'étrier et une fois juchés sur leur monture, l'un devant la prisonnière, l'autre derrière, s'engagèrent sur un chemin pentu qui serpentait dans la forêt profonde, là où la lumière parvenait à peine. La facilité avec laquelle ils progressaient disait à quel point le terrain leur était familier.

La forêt se faisait moins dense à mesure qu'ils prenaient de l'altitude. Bientôt, une petite clairière apparut, au fond de laquelle s'ouvrait ce qui semblait être une grande caverne. Un feu de camp fumait à l'entrée de celle-ci, au-dessus duquel pendait un chaudron retenu par un enchevêtrement compliqué de morceaux de bois. Divers objets empilés près du feu — selles, vêtements, assiettes et coupes d'étain — trahissaient la présence d'autres membres de la bande, qui devaient être partis en quête de quelque mauvaise action à commettre. Pour l'heure, le campement semblait désert.

Les hommes qui escortaient Madeleine s'arrêtèrent et mirent pied à terre, puis attachèrent les chevaux à un arbre. L'un d'eux l'arracha à sa selle et elle retrouva brutalement le sol, un peu flageolante sur ses jambes.

— Détachez-moi, s'écria-t-elle en regardant autour d'elle d'un œil inquiet.

Les deux complices ne firent nullement mine d'obtempérer, l'un s'occupant des chevaux tandis que l'autre se dirigeait en sifflotant vers un abri de fortune fait de toile et de branchages.

— Guillaume ! appela Madeleine. Guillaume, c'est moi, c'est Madeleine !

L'homme au couteau s'assit sous l'une des toiles et se mit à tailler un morceau de bois.

Essayant désespérément de lutter contre la panique

qu'elle sentait monter en elle, Madeleine fit un pas vers la caverne.

— Guillaume ?

Une haute silhouette émergea de la pénombre.

— Eh bien ? Que veux-tu ? grommela l'inconnu dans un français guttural au fort accent du Sud-Ouest.

— Qui êtes-vous ? répliqua Madeleine.

Il avait beau être français à l'évidence, grand et brun, la ressemblance avec Guillaume s'arrêtait là. Vêtu de pantalons de tartan et d'une chemise de batiste sous sa courte veste de laine, l'homme était plus âgé que son fiancé — trente ans, peut-être — et son visage buriné montrait qu'il ne devait pas avoir eu la vie facile. Sous ses sourcils noirs qui se rejoignaient presque au-dessus de son nez, ses yeux étaient froids comme la glace.

— Je suis Guillaume de Guise.

— Non, vous n'êtes pas Guillaume. Où est-il ? Qu'avez-vous fait de lui ?

— Je suis Guillaume de Guise, répéta l'homme d'un ton menaçant.

Il empestait la sueur et le whisky.

— Qui es-tu et que veux-tu ?

Madeleine recula en tirant tant qu'elle pouvait sur le lacet de cuir qui lui liait les poignets.

— Je suis Madeleine Lafayette, comme vous le sauriez si vous étiez vraiment Guillaume, répliqua-t-elle en fusillant l'inconnu du regard. Où est-il ?

— Si tu tiens à ta peau, tu ferais bien de ne plus me poser cette question, siffla l'homme en saisissant Madeleine par le cou.

— Pourquoi m'avez-vous fait amener ici si vous n'êtes pas Guillaume ?

Les doigts du Français se serrèrent sur la gorge de la jeune femme.

— On m'a dit que tu avais des nouvelles pour moi. De bonnes nouvelles à ce qu'il paraît. De quoi s'agit-il ?

— Cela concerne Guillaume, répondit Madeleine en essayant de se dégager de l'étreinte de son ravisseur. Le vrai.

— Dis-moi de quoi il s'agit.

— Pas question. Cela ne vous regarde pas. Où est Guillaume ? Je veux lui parler.

Sa voix avait monté de plusieurs octaves. Les deux sbires cessèrent de feindre de s'affairer et regardèrent avec intérêt leur chef essayer de maîtriser la Française, qui s'était subitement transformée en un véritable chat sauvage. Elle mordait, frappait et se débattait comme une anguille pour se dégager. Bien qu'elle ait toujours les mains liées, elle parvint tout de même à griffer profondément les joues de son tourmenteur, ce qui eut pour effet de le forcer à lâcher prise en poussant un jappement de douleur. Le sang jaillit des éraflures, suscitant un sourire narquois de la part des deux autres. Le souffle court, Madeleine recula, ne pensant qu'à s'enfuir. Si elle pouvait les distancer, se perdre dans la forêt…

Elle regarda furtivement l'homme qui prétendait être Guillaume. Il était occupé à essuyer le sang de son visage. Les deux autres l'observaient, mais comme ils étaient assis, cela lui donnait un léger avantage. Elle prit une longue inspiration et s'élança aussi vite qu'elle le pouvait jusqu'à la lisière de la clairière, se jetant dans la forêt sans se soucier le moins du monde des branches qui lui griffaient le visage et déchiraient ses vêtements, les mains tendues devant elle comme une aveugle, uniquement préoccupée de ne pas perdre l'équilibre et de mettre le plus de distance possible entre elle et ses poursuivants.

Elle ne fit que quelques dizaines de mètres avant que l'un des hommes ne se saisisse d'elle. Ils la traînèrent jusqu'au campement et la jetèrent à terre au milieu de celui-ci. Quand elle ouvrit les yeux, la première chose qu'elle vit fut l'éclat effrayant de la grande épée qui reposait sur son ventre.

— Et maintenant, mademoiselle, peut-être es-tu décidée à parler, lança le Français.

Son sourire avait le même éclat que son épée.

Angus McAngus insista pour que l'honneur de saigner le cerf revienne à Calumn. Celui-ci avait beau ne pas beaucoup apprécier ce genre d'exercice, il n'en savait pas moins que refuser constituerait une grave offense, aussi s'acquitta-t-il de sa tâche avec toute la diligence nécessaire pour éviter de faire souffrir l'animal épuisé, en faisant glisser son *dirk* d'un geste rapide et propre sur la gorge de celui-ci. Cette mise à mort fut saluée par une clameur jaillie de la poitrine de tous les chasseurs et aussitôt les hommes s'affairèrent à lier la carcasse afin de la ramener au château. Il y aurait du gibier à manger ce soir. Cela changerait du mouton. Heureusement.

Comme il lavait le sang qui maculait ses mains, Calumn remarqua l'absence de Madeleine et devina qu'elle n'avait pas voulu assister à l'agonie du cerf. Elle devait avoir pris le chemin qui suivait la rive du loch, mais quand il jeta un coup d'œil de ce côté-là depuis un rocher, il ne la vit nulle part. En l'espace d'un instant, il fut sur le pied de guerre.

De Guise.

Il cria pour s'excuser auprès de son hôte et, sautant sur son cheval harassé, s'élança dans la pente, l'œil aux aguets, craignant une embuscade.

En se forçant à aller doucement pour ne pas risquer de manquer un indice, il suivit le chemin qu'avait pris Madeleine, se guidant sur les traces des sabots de sa monture imprimées dans la boue meuble du bord du chemin. Sa prudence fut récompensée. Trois chevaux étaient passés par là, les marques de leurs sabots et une branche cassée indiquaient qu'ils étaient entrés dans la forêt. Ils ne devaient pas s'être attendus à être suivis et n'avaient par conséquent pris aucune précaution pour couvrir leurs traces. Avec la circonspection du chasseur à l'affût, tous les sens en alerte, Calumn suivit les traces jusqu'à ce qu'il aperçoive la clairière au loin.

Trois hommes. Et Madeleine, une *claymore* pointée sur le ventre. La discipline du soldat bien entraîné et l'instinct guerrier du Highlander prirent possession de lui. Il attacha son cheval en prenant soin de rester suffisamment loin du campement pour n'être ni vu ni entendu. Son *dirk*, encore taché du sang du cerf, était bien calé sous sa ceinture. La lame en avait été taillée dans l'une des vieilles *claymores* de son père. La poignée s'ornait de symboles celtes gravés par le forgeron des Munro d'après un parchemin conservé à Errin Mhor. Il le tira de son fourreau de cuir et tâta son *sgian dubh*, la dague qu'il tenait cachée sous sa veste, puis, ainsi armé jusqu'aux dents, se glissa sans bruit sous le couvert épais des arbres.

Quand il fut à portée de voix, il se força à marquer une pause pour, en se cachant derrière un bouleau, observer la scène qui s'offrait à ses yeux.

Madeleine gisait sur le sol, les mains attachées, les cheveux et les vêtements en désordre. Pendant l'espace d'une seconde, il pensa qu'elle avait été violentée. Elle s'était débattue, à l'évidence. Une fierté sauvage lui échauffa le sang. Il aurait dû se douter qu'elle ne rendrait pas les armes sans combattre.

L'homme qui devait être de Guise se tenait au-dessus d'elle, l'épée à la main. Il avait l'air plus mûr que Calumn ne l'aurait pensé. Blanchi sous le harnais, visiblement. Ce qui expliquait bien des choses. L'âme de tous les soldats se patinait très vite dans la fournaise du combat. Il avait l'air d'un homme qui vivait dans les bois depuis un moment, à cause de ses cheveux longs et sales, quoiqu'il soit étonnamment bien rasé. Le rictus torve qui déformait sa bouche montrait bien quel genre d'homme il était.

Les deux autres ne faisaient pas le poids, décréta Calumn. Efflanqués, en haillons, les joues creuses, ils avaient l'air affamé de charognards rentrés bredouilles après des heures passées à chercher en vain une carcasse. Ils regardaient la scène comme s'ils étaient au spectacle, totalement inconscients du fait que leur intervention allait bientôt être requise.

Tant mieux.

— Eh bien, de quoi s'agit-il ? demanda de Guise. Quelles sont ces nouvelles dont on me dit qu'elles seraient à mon avantage ?

Calumn étouffa un juron et serra les doigts sur son *dirk* quand il vit le regard terrorisé de Madeleine. Avoir découvert que de Guise était responsable du pillage d'Errin Mhor avait suscité en lui une légitime rancœur, mais à présent, il le haïssait de toute son âme. Une rage froide le saisit. La mort semblait presque trop douce pour cet homme-là.

Chapitre 8

Calumn bondit hors de sa cachette en poussant un cri à glacer le sang, surprenant de Guise au point que celui-ci leva sa *claymore*. L'Ecossais fut sur lui en une fraction de seconde, comme une tornade de muscles et de tartan, lui brisant le bras avec lequel il tenait son épée d'un violent coup de pied. L'arme tomba sur le sol dans un grand fracas de métal avant que son propriétaire ne l'y rejoigne en poussant un hurlement de douleur.

A genoux, en soutenant son bras brisé, de Guise cria à ses hommes de lui venir en aide, mais il était trop tard. Calumn se tenait déjà derrière lui, le *dirk* sur sa gorge, si près qu'un petit flot de sang coulait sur la lame.

Madeleine s'était déjà remise sur pieds, repoussant du pied la *claymore* par la même occasion.

— Venez ici, lança Calumn en se déplaçant de telle sorte que les deux sbires soient dans son champ de vision, de Guise devant lui et Madeleine derrière, en sécurité. Elle lui tendit ses poignets pour qu'il coupe ses liens et, une fois délivrée, ramassa sans qu'il soit besoin de l'encourager la lourde épée qu'elle dut prendre à deux mains pour pouvoir simplement la tenir à hauteur de sa taille, et qui semblait ainsi plus dangereuse encore dans ses mains inexpérimentées que si un guerrier rompu au combat l'avait brandie.

— Bien, commenta Calumn en tenant à l'œil les deux hommes de main, les yeux réduits à une simple fente noire et la bouche fermée sur un rictus cruel. Un geste, et il est mort, c'est compris.

Les sbires hochèrent la tête.

— Couards ! éructa de Guise, incitant immédiatement Calumn à appuyer plus fort la lame du *dirk* sur sa gorge.

Le sang coulait de plus en plus fort.

— A quoi joues-tu, de Guise ?

— Calumn ! Cet homme n'est pas Guillaume, prévint Madeleine en s'avançant.

— Restez derrière moi, ordonna sèchement l'Ecossais, l'œil rivé sur les deux autres.

L'un des deux avait un *dirk*.

— Tenez cette *claymore* bien haute. Si l'un de ces deux-là fait le moindre geste, taillez-le en pièces.

— Comme ceci ? demanda Madeleine en tentant une démonstration.

Calumn put constater, à voir la réaction des deux hommes, que le geste de Madeleine était suffisamment lourd de menace. Il salua la chose d'un petit rire.

— Très bien, commenta-t-il avant de reporter son attention sur le prétendu de Guise : qui diable es-tu, maraud ?

— Guillaume de Guise, répondit l'autre, mais avec un peu moins de conviction cette fois.

— C'est faux ! cracha Madeleine avec mépris. Cet homme est un imposteur.

— C'est ta dernière chance, prévint Calumn. Qui es-tu ?

— Droissard, murmura l'homme à terre.

— Parle plus fort. Tes complices seront certainement très intéressés par ce que tu as à dire.

— Je m'appelle Marc Droissard, répondit l'autre en serrant les dents.

— Vous voyez ! s'exclama Madeleine d'une voix triomphante à l'adresse de ceux qui l'avaient amenée jusque-là. Je vous avais dit qu'il ne s'agissait pas de Guillaume.

Les intéressés eurent l'air étonnés.

— Que se passe-t-il ? Qui es-tu, bon sang ? Pourquoi as-tu prétendu t'appeler de Guise ?

— Alors, que réponds-tu à cela ? demanda Calumn. Calumn avait beau les croire à l'abri d'une attaque, il gardait la main ferme, car il savait qu'avec un membre brisé, l'animal pris au piège n'en était que plus dangereux.

— Parle. Ma patience est à bout.

— J'ai combattu avec de Guise. Nous étions dans les Ecossais royaux tous les deux.

— Vous étiez amis ? s'étonna Madeleine, incrédule. Je veux dire... camarades ?

Droissard éclata de rire.

— Camarades, oui, mais pas amis, ça non. Il n'était pas de mon monde. J'étais un humble tanneur avant de devenir soldat. Je suis tout juste bon à mourir pour les gens comme lui et son prince adoré, mais rien de plus.

— Oui, et je parierai que tu as mangé à tous les râteliers depuis le début, hein ? laissa tomber Calumn. Je connais les gens dans ton genre. Tu as le mot « mercenaire » écrit sur le front.

— Comment peux-tu en être sûr ?

— J'ai été soldat moi-même. Laisse-moi deviner : tu as rejoint l'armée française, mais ils t'ont jeté dehors pour mauvaise conduite, ou pire encore, à moins que tu n'aies déserté. Mais tu aimes le goût du sang et tu aimes être payé pour tuer. Et à présent, voilà ta tête mise à prix, et tu ne peux plus rentrer chez toi. Je me trompe ?

Droissard fit mine de se débattre, mais Calumn lui tira la tête en arrière en le saisissant par les cheveux si fort que le Français aboya de douleur.

— Ainsi tu as usurpé le nom de de Guise pour échapper au gibet, hein ? Où est-il ?

— Il est mort.

— Non !

La *claymore* venait de tomber des mains de Madeleine.

— Quand ? demanda Calumn en jetant un coup d'œil inquiet par-dessus son épaule.

Elle était d'une pâleur de spectre. Calumn avait beau avoir deviné que Guillaume était mort depuis que Madeleine lui avait dit que l'homme n'était pas son promis, il aurait aimé qu'elle n'apprenne pas aussi brutalement la vérité.

Droissard semblait à l'évidence décidé à coopérer.

— A Culloden. Je l'ai vu tomber. Une balle de mousquet en pleine tête. Comme je savais qu'il n'avait pas de famille, j'ai pensé que personne ne s'en soucierait. Quand j'ai appris qu'elle le cherchait, je n'ai pas pu résister. Ils m'ont dit qu'elle avait quelque chose pour moi, quelque chose qui pourrait être à mon avantage. De l'argent, peut-être.

— Evidemment, tu pensais t'en emparer et la tuer ensuite, c'est bien ça ?

— Non, non, protesta Droissard. Je l'aurais relâchée.

— Tu l'aurais remise en liberté pour qu'elle aille dire dans tout le pays que l'homme qui se faisait appeler de Guise était un imposteur ? Allons, ne mens pas. Tu pointais ta *claymore* sur elle quand je suis arrivé. Je sais très bien quel genre de blessure cette arme peut infliger à quelqu'un.

Le Français tremblait comme une feuille à présent. C'en était fini de ses bravades.

— Qu'allez-vous faire de moi ? Je ne vous ai fait aucun mal. Mes hommes seront bientôt de retour, mais si vous me laissez partir, je m'assurerai de ce que vous et la fille puissiez rentrer sans encombres au château. Je…

— Toi et tes hommes avez pillé et brûlé mes terres, siffla Calumn entre ses dents. Les terres des Munro.

— Ah ! Vous êtes un renégat, j'aurais dû m'en douter, lança Droissard.

— J'ai été loyal envers mes hommes et l'armée dont je faisais partie, rétorqua Calumn, furieux. Mais tu ne sais pas ce que ça veut dire, évidemment. Non, toi tu combats pour qui t'offre la meilleure solde. Tes hommes le savent-ils ? Savent-ils que tu es aussi jacobite que Cumberland ? Tu es ici pour l'argent, et rien de plus. Crois-tu qu'ils vont se ruer pour te défendre quand je le leur dirai ?

Il avait envie de trancher la gorge de cet homme, de plonger son *dirk* dans son ignoble cœur et de l'arracher de sa poitrine encore tout palpitant, de l'écorcher vif, de...

— Mort ?

Madeleine se tenait à côté de Calumn et parlait d'une voix à peine audible :

— Demandez-lui s'il en est sûr.

La pitié et la tendresse mêlées le submergèrent, balayant le goût du sang qui montait dans sa gorge.

— Il a pris une balle en pleine tête, Madeleine, il ne peut pas y avoir de doute.

Inutile de lui rappeler que, même si de Guise avait survécu à sa blessure, il aurait été massacré dans les heures suivant la bataille.

— Allez chercher votre cheval et apportez-en un autre, reprit-il. Allez, faites ce que je vous dis. Vous deux, filez, et vite, si vous tenez à votre peau.

Les deux sbires ne se firent pas prier et disparurent aussitôt dans la forêt.

— Allez-vous le tuer ? demanda Madeleine d'une voix pleine d'appréhension.

— La mort est un sort trop doux pour lui.

— Mais alors, que...

— Il vient avec nous. Il y a des représentants de presque tous les clans à Rhubodach en ce moment. Qu'ils décident eux-mêmes.

— Une justice sommaire, commenta Madeleine avec une moue méprisante. C'est plus qu'il ne mérite.

— Oui, cela me reste en travers de la gorge, mais j'ai assez de sang sur les mains comme ça.

Du fait de la présence de Droissard, attaché par les poignets et tenant son bras cassé comme il pouvait, le voyage de retour au château de Rhubodach se fit dans un silence pesant.

Le contraste les saisit quand ils pénétrèrent dans la grande salle, où l'ambiance était passablement festive. Le bordeaux de McAngus coulait à flots, l'appétissant fumet du gibier en train de rôtir embaumait l'air, et le puits de braises au-dessus duquel il tournait était surveillé de près par les chiens qui bavaient d'impatience.

Quand ils aperçurent le trio, les convives les accueillirent avec des clameurs, mais les cris amusés se muèrent vite en questions inquiètes puis en vociférations vengeresses quand Calumn expliqua ce qui s'était passé. Les appels à un châtiment exemplaire se mêlèrent aux exhortations à la clémence — moins nombreuses, somme toute — et un tribunal fut constitué impromptu.

Malgré son hostilité envers Droissard, Calumn refusa d'y participer et conduisit Madeleine à sa chambre, dans laquelle il parvint tant bien que mal à ranimer le feu et même à faire chauffer un peu d'eau pour qu'elle puisse se laver un peu. Elle frissonnait, le visage gris, visiblement désemparée au-delà de toute expression. Il aurait dû être furieux contre elle pour lui avoir désobéi, mais sa punition excédait déjà de beaucoup son crime.

Les frissons de Madeleine s'étaient mués en tremblements. Elle essayait en vain de délacer ses bottes. Calumn se pencha pour l'aider, puis défit la ceinture et la broche qui retenaient l'*arisaidh* en place et l'aida à s'asseoir sur le lit. Il prit ensuite un linge et nettoya l'essentiel de la boue qui maculait son visage et ses mains en lui murmurant des mots de réconfort dans sa langue si mélodieuse. Elle avait les cheveux terriblement emmêlés. Il en retira les dernières épingles et, prenant la brosse de Madeleine, la peigna doucement en appliquant de longs coups de brosse jusqu'à ce qu'ils soient bien lisses. Il délaça les manches de son gilet, lui ôta ses bas, lui frotta les pieds pour les réchauffer, parvint à y faire revenir le sang, puis appliqua le même traitement à ses mains.

— Vous devriez essayer de dormir. Je vais vous chercher un *toddy*, ça vous aidera.

— Un… *toddy* ? Qu'est-ce que c'est ?

— Une boisson. Du whisky mélangé à du miel, de l'eau chaude et du clou de girofle. Ça vous calmera.

— Non, refusa-t-elle en le regardant comme si elle s'était trouvée de l'autre côté de l'océan. Non, je ne veux rien. Juste être seule.

— Je ne pense pas que ce soit une bonne idée.

Elle n'avait pas pleuré, pas une larme, rien. Ce qui n'était pas bon signe, selon lui.

— Non !

Elle venait de sauter hors du lit et serrait les poings si fort que la peau de ses phalanges était toute blanche.

— Je vous en prie, Calumn. Je… j'ai besoin d'être seule.

En tant qu'ancien soldat, Calumn avait l'habitude de côtoyer le désarroi des hommes devant la mort, mais il n'avait encore jamais vu une réaction aussi extrême. Il en était arrivé à croire que les sentiments de Madeleine pour de Guise s'étaient grandement atténués, mais il se trompait, à l'évidence. Ce constat lui était particulièrement douloureux, ce qui ne laissait pas de le surprendre.

— Je reviendrai voir comment vous vous sentez un peu plus tard.

— Demain, répondit-elle en ouvrant la porte. Venez demain. Bonne nuit, Calumn.

Il attendit dans le couloir, en tendant l'oreille pour déceler un cri de désespoir, des pleurs. Mais il n'entendit que le silence.

Dans la chambre, Madeleine se laissa glisser sur le sol devant la cheminée en serrant désespérément les bras autour de sa poitrine, car elle avait l'impression qu'elle s'éparpillerait en morceaux si elle les ouvrait.

Guillaume était mort. Depuis la veille au soir, après avoir entendu le récit de McAngus à propos des renégats, elle s'était à demi attendue à une telle nouvelle, car l'homme décrit par le vieux laird n'avait rien à voir avec Guillaume. Mais l'entendre confirmé par un témoin oculaire constituait un choc. Et d'autant plus horrible qu'elle avait jusque-là cru dur comme fer que son fiancé était vivant.

Mais il y avait pire, bien pire : pendant quelques secondes, juste après que Droissard avait confirmé la mort de Guillaume, elle s'était sentie soulagée. Honteusement, atrocement soulagée. Sans aucun doute possible.

— J'ai peur qu'ils aient décidé de le laisser partir, mon gars, annonça McAngus à Calumn. Au bout du compte, le fait qu'il a quand même combattu pour Charlie a fait pencher la balance en sa faveur.

— Cet homme est un mercenaire.

— Tout comme la moitié de l'armée jacobite, même si je doute qu'ils aient été effectivement payés, répondit McAngus avec un sourire las. Ne prends pas la chose trop à cœur, Calumn. Tu as bien fait de le ramener ici. C'est un geste qui sera mis à ton crédit, je te le promets. Ton père n'aurait pas eu le courage de se montrer clément envers ce Droissard.

— De la clémence ? J'aurais dû lui trancher la gorge quand j'en avais l'occasion.

— Non, tu ne parles pas sérieusement. Tu as fait ce qu'il fallait faire.

— Il aurait tué Madeleine.

— Mais il ne l'a pas fait, n'est-ce pas ? Tu étais là pour la sauver, comme de juste. Ne la laisse pas repartir. Et puis d'abord, que fais-tu ici ? Ne devrais-tu pas être là-haut à la consoler ? Porte-lui un peu de gibier et une coupe de bon vin de Bordeaux. Je vois toujours les choses d'un meilleur œil quand j'en ai bu quelques-unes moi-même.

Calumn ne put s'empêcher de sourire, mais il répondit en secouant la tête :

— Non. Elle veut rester seule.

— Et moi qui te croyais un homme habitué aux femmes ! Ne sais-tu pas que quand l'une d'entre elles demande qu'on la laisse tranquille, c'est parce qu'elle veut exactement le contraire ? Attends un peu que je raconte ça aux autres !

Là-dessus, McAngus donna une grande tape sur la cuisse de Calumn et s'en fut rejoindre le reste des convives autour de la grande table sur laquelle la pièce de gibier diminuait rapidement de volume.

Quand Calumn s'engagea dans l'escalier, un grand éclat de rire général retentit. McAngus venait sûrement de partager son anecdote avec ses invités.

Sur le palier, Calumn resta un moment à contempler les jardins du château à travers une fenêtre à petits carreaux passablement sales. Il pleuvait sans discontinuer à présent. La décision des chefs de clan l'affectait étrangement peu, finalement. Il se demandait si Droissard avait déjà été relâché. Il lui semblait difficile de se souvenir que quelques heures plus tôt à peine, il avait été sur le point de tuer cet homme.

« Tu étais là pour la sauver, comme de juste… »

C'était vrai, cette fois-ci en tout cas. Il avait joué le rôle du champion de Madeleine, un rôle qu'il en était venu à considérer comme le sien. Mais cela n'allait plus durer très longtemps. Elle allait rentrer chez elle, maintenant qu'elle n'avait plus de raison de rester. Et qui serait son champion désormais ? Il n'avait pas envie d'y penser.

Des éclats de voix montaient de la grande salle. On entendait quelqu'un accorder un violon. Bientôt, tous se mettraient à chanter et ils ajouteraient à leur répertoire de vieilles chansons les nouvelles composées en l'honneur de leur prince Charlie qui feraient de ce prétendant sans mérite une légende pour les générations à venir.

Calumn s'éloigna de la fenêtre ruisselante de pluie et se dirigea vers l'étage. Il n'y avait rien de mal à ce qu'apparaisse une nouvelle légende. C'était sans doute le meilleur moyen de soigner une blessure.

Pour ce qui le concernait, il en avait une autre à apaiser.

Quand il ne reçut aucune réponse aux petits coups qu'il frappa à la porte, il entra avec précaution, car il supposait que Madeleine devait être endormie. En fait, elle était aussi réveillée qu'on pouvait l'être, à même le sol, tassée sur elle-même devant les braises mourantes de la cheminée. Elle ne bougea pas quand il s'approcha, fixant sur lui sans le voir ses yeux immenses pleins d'une douleur qui déchira le cœur de Calumn.

— Je suis venu voir comment vous vous sentiez, dit-il, totalement désemparé devant un tel chagrin.

Rien. Pas de réponse. Et toujours pas de larmes non plus. Il se laissa glisser près d'elle. Elle avait les bras serrés autour de sa poitrine. Ses pieds étaient comme de la glace.

— Vous êtes gelée. Vous devriez être au lit.

Toujours pas de réponse.

— Vous allez attraper la mort, Madeleine.

Il la souleva dans ses bras et la trouva aussi légère qu'une plume. Ses cheveux avaient la douceur de la soie. Elle s'agrippa aussitôt à lui comme un animal blessé. Un violent frisson la secoua des pieds à la tête. Quand il essaya de la poser sur le lit, elle refusa de le lâcher.

— Restez avec moi, murmura-t-elle.

Elle n'avait plus qu'un filet de voix.

— Je n'ai pas l'intention de bouger d'ici.

Rapidement, il lui ôta le reste de ses vêtements, en

prenant soin de ne pas l'inquiéter, comme il l'aurait fait avec un enfant. Quand il en eut terminé, il se débarrassa des siens, gardant seulement sa chemise, tira les couvertures, cala Madeleine contre sa poitrine et borda sur elle le drap jusqu'au menton, lui réchauffa les pieds avec les siens, serra ses mains dans les siennes en les frottant pour y faire revenir le sang tout en lui murmurant des mots doux pour la réconforter.

Madeleine resta lovée contre lui, parcourue de frissons atroces tout d'abord, puis moins violents au fil des minutes, jusqu'à disparaître. Elle blottit son visage contre lui, savourant sur sa joue par l'échancrure de sa chemise la caresse du duvet qui couvrait son torse. Elle était en sécurité. Et bien au chaud. Sa place était ici, dans les bras de Calumn, elle n'en doutait plus maintenant.

Une larme brûlante coula sur sa joue, laissant derrière elle une trace salée et amère. Une autre suivit, puis une autre encore. Elle serra les lèvres, retint son souffle, mais elle ne put arrêter les sanglots. Les larmes coulaient maintenant en rigoles sur ses joues glacées, puis son menton, et gouttaient sur la poitrine de Calumn, mouillant sa chemise. Ses doigts s'agrippaient désespérément à lui, comme une ancre dans la tempête pour résister à la force des flots et du vent, comme si elle risquait d'être emportée, brisée et sans vie, comme elle méritait sans doute de l'être. Et les larmes ne cessaient pas de couler, plus doucement à présent, mais plus chargées de tristesse. Des larmes de chagrin. Enfin.

Quand elle se fut vidée de toute sa peine, elle relâcha son étreinte et se rendit compte que Calumn la tenait dans ses bras et lui caressait doucement la tête, les cheveux, la nuque. Elle reconnut sa voix dans son oreille qui lui soufflait de ne pas crier, qu'elle était en sécurité, et qu'il veillerait à ce qu'elle le reste. Elle prit conscience de la façon dont son corps était lové contre le sien, en une proximité à la fois totale et pas du tout inquiétante. Elle renifla, frotta sa joue contre sa chemise. Elle était trempée.

— Pardonnez-moi, murmura-t-elle, la gorge à vif, la voix rauque.

Elle le sentit rire doucement plutôt qu'elle ne l'entendit, comme un grondement profond, très loin dans sa poitrine.

— Tout le plaisir est pour moi, répondit-il, ce qui la fit sourire faiblement dans la pénombre de la chambre.

Il lui caressa encore les cheveux et elle sentit ses muscles se relâcher graduellement. Elle commençait à avoir chaud, mais elle ne méritait pas de ressentir ce genre de choses quand Guillaume gisait dans la terre glacée. Mort. Quand elle s'assit à grand-peine sur le lit, Calumn la ramena contre lui sans le moindre effort.

— Où donc allez-vous comme ça ?

— Je ne mérite pas tout ceci.

— Je sais que ce n'est pas facile à accepter, surtout quand vous étiez si sûre de vous, mais…

— Non, ce n'est pas ce que je voulais dire. Je ne mérite pas… tout ça. Vous, ce lit douillet, d'être au chaud et… et en sécurité.

— Ce que vous éprouvez est parfaitement naturel. Il est normal de se sentir coupable quand quelqu'un de proche meurt, je vous l'assure. Ce que vous devez garder à l'esprit, c'est que Guillaume était un homme libre. Il a choisi de combattre, de prendre des risques, comme le fait tout soldat qui part à la bataille. Il est mort en combattant pour une cause en laquelle il croyait. C'était son choix. Vous n'avez aucune raison de vous sentir responsable de sa mort.

— Je ne comprends pas, Calumn. J'ai toutes les raisons du monde, au contraire. Je suis mauvaise, méprisable.

Elle se tordait les mains, son souffle agité faisait monter et descendre sa poitrine rapidement sous l'étoffe fragile de son corsage. Calumn eut honte de lui quand il se sentit ému devant ce spectacle et détourna les yeux précipitamment.

— Vous avez subi un choc terrible, Madeleine, mais cela s'arrête là. Bien sûr, vous êtes bouleversée, néanmoins vous n'avez aucune raison de vous juger aussi durement. Ni de vous couvrir de cendres parce que vous êtes vivante et que Guillaume ne l'est pas.

— Vous ne comprenez pas. Ce n'est pas pour cela que je me sens coupable. C'est parce que… parce que, quand j'ai appris que Guillaume était mort, je me suis sentie soulagée.

Elle attendit de voir le dégoût se peindre sur le visage de Calumn, mais celui-ci se contenta de lui rendre son regard.

— Cela voulait dire que je n'avais pas à lui faire face. Comprenez-vous ce que je veux dire à présent ? J'ai souhaité sa mort !

Au lieu de la repousser, Calumn l'attira contre lui plus près encore.

— Il y a une grande différence entre être soulagé d'une chose et désirer qu'elle advienne. Vous n'avez pas souhaité la mort de Guillaume, mais il est mort, et désormais vous n'avez pas à affronter une situation que vous redoutiez. Cela ne fait pas de vous quelqu'un de méprisable, mais simplement d'humain.

Madeleine changea de position pour scruter le visage de Calumn à la lumière vacillante de la lampe, car le feu s'était éteint depuis déjà un bon moment.

— Vous ne me détestez pas ?

— Jamais ! Allons, venez, cette journée a été affreuse. Croyez-vous pouvoir dormir ?

Elle hocha la tête d'un air las.

— Allez-vous rester avec moi pendant un petit moment et me serrer dans vos bras ? Juste un peu ? S'il vous plaît.

— Vous m'en demandez beaucoup. Ce serait bien la première fois, vous savez.

— Pardonnez-moi, je…

— Je plaisante, Madeleine. Enfin, la deuxième partie de ma phrase était vraie.

Il l'attira contre lui de sorte qu'elle puisse reposer sa tête sur son épaule et borda le drap autour d'elle.

— Calumn ? murmura-t-elle d'une voix presque inaudible.

— Quoi donc, ma jolie ?

— Vous m'avez sauvé la vie aujourd'hui. Je ne l'oublierai jamais. Merci. Et merci d'être ici maintenant.

— Dormez…

Il la serra entre ses bras jusqu'à ce que le rythme de sa respiration devenu régulier lui indique qu'elle venait de s'endormir. Epuisé, il ne tarda pas à en faire de même à son tour.

Madeleine s'éveilla le cœur battant, complètement désorientée. Il faisait toujours nuit. Au-dehors, la pluie avait cessé, laissant le ciel clair et constellé d'étoiles. La lune était presque pleine. Elle avait chaud, aussi voulut-elle repousser les couvertures, mais elle les trouva fermement amarrées à elle par un bras musclé. Calumn.

Ce fut alors que la mémoire lui revint.

Le sentiment de culpabilité qui l'avait bouleversée semblait s'être dissipé. Calumn savait l'aider à mettre les choses en perspective. Il soupira dans son sommeil et elle se blottit contre lui, épousant la forme de son corps avec le sien, ce qui lui révéla sans doute possible qu'il était quasiment nu. Il n'avait que sa chemise sur lui, comment pouvait-elle ne pas l'avoir remarqué pendant la nuit ? Elle se blottit encore plus, en savourant la sensation d'être collée à lui.

Depuis quelques jours, les fondations de son existence s'étaient effondrées et devaient à présent être reconstruites, mais différemment. Plus rien ne lui semblait réel. Rien du tout, hormis l'homme endormi à son côté. Cet homme chaud, solide, vivant, qui l'avait d'abord tirée d'un très mauvais pas, puis prise sous son aile et enfin sauvée d'une mort certaine, et d'un sort atroce.

La réalité la frappa d'un seul coup. Si Calumn n'était pas arrivé à temps la veille, elle aurait, selon toute vraisemblance, été aussi morte que Guillaume à cette heure. L'Ecossais n'avait montré aucune peur. C'était seulement maintenant, rétrospectivement, qu'elle réalisait à quel point il s'était montré incroyablement courageux. Seul contre trois. Exactement comme lors de la nuit de leur première rencontre, mais dans des circonstances autrement dangereuses.

Le désir montait en elle comme une faim dévorante. Elle se sentait vide comme un gouffre sans fond. Comme une enveloppe attendant la chair et le sang dont elle avait besoin pour redevenir humaine. Et se sentir vivante de nouveau. Elle avait soif de vivre. Et à côté d'elle se trouvait l'homme parfait, le seul qui soit capable d'étancher cette soif. Quelque chose de primitif bouillonnait dans ses veines. Elle avait besoin de lui, surtout maintenant que toutes les barrières avaient sauté.

Elle se dégagea doucement de l'étreinte de Calumn puis tira sa fine chemise par-dessus sa tête. Une fois nue, elle se tourna vers lui. Les poils drus de ses jambes caressaient les siennes. Sa peau. Sa chaleur.

Etait-il éveillé ? Il avait les paupières closes, les lèvres légèrement entrouvertes. Elle repoussa ses cheveux de son front et embrassa la petite cicatrice qui ornait celui-ci. Puis la petite fossette qu'il avait sur le menton, en savourant le chatouillement de la barbe naissante sur le bout de sa langue. Et il ne bougeait toujours pas.

Elle s'approcha encore, passant un bras autour de lui et palpant doucement, en ouvrant la main, l'incurvation de ses hanches, le galbe de ses fesses, la balafre sur son ventre. Elle en suivit la ligne jusqu'au bout, palpant du bout des doigts les poils plus drus à cet endroit-là, son souffle se faisant plus court à mesure que son corps envoyait, en réponse à cette exploration intime, des ondes d'excitation qui lui mettaient le sang en ébullition.

Elle sentit son érection contre sa cuisse et autorisa ses doigts à s'aventurer autour de son sexe et à en caresser l'extrémité, en changeant un peu de position pour pouvoir mieux le caresser. Plus près. Elle haletait presque. Plus près encore.

— Que faites-vous, Madeleine ?

— Faut-il vraiment que vous me posiez la question ?

— Ce n'est pas une bonne idée.

— Si. Je pense que si.

— Moi pas.

— Une partie de vous le pense.

Elle avait approché la main de l'endroit en question en disant cela. Calumn inspira très fort en même temps qu'il serrait les doigts sur la cuisse de Madeleine.

— Mais… vous êtes nue.

— Oui.

— Ce n'est vraiment pas une bonne idée, insista-t-il en s'efforçant de mettre un peu de conviction dans sa phrase.

— C'est ce dont j'ai envie, Calumn, répondit-elle en l'embrassant fiévreusement sur la poitrine. Il n'y a pas de raison que nous ne le fassions pas, à présent.

Quand elle leva les yeux, elle vit l'indécision qui le disputait au désir dans les yeux lourds de sommeil de l'Ecossais.

— Ce ne serait pas bien, affirma-t-il d'une voix incertaine en la regardant dans les yeux.

— Vous avez tort. C'est la seule chose qui semble parfaitement juste, au contraire.

Calumn poussa un grognement. La tentation était insoutenable et il priait le ciel de pouvoir se comporter comme sa raison le lui commandait.

— C'est le chagrin qui vous fait parler ainsi. Vous êtes bouleversée après le choc que vous avez subi hier.

— Cela ne ressemble pas à du chagrin, insista-t-elle, un peu à bout d'arguments.

Malgré l'évidence de son excitation, elle voyait bien qu'il avait pris sa décision et elle savait que, dans ce cas, elle aurait autant de chances de le faire changer d'avis que de percer une brèche dans les remparts du château d'Edimbourg.

— J'ai toute ma tête, Calumn. J'ai envie de vous et je vois bien que vous avez envie de moi.

— Non, lâcha-t-il d'un ton parfaitement résolu en se dégageant de l'étreinte de Madeleine, le visage fermé. Pas question.

Il ramassa sa chemise, la lui passa par-dessus la tête en prenant grand soin de n'appliquer ses mains qu'à la tâche exclusive de la rhabiller, refusant de laisser son esprit s'échauffer de la voir si magnifiquement nue devant lui. Certaines parties de lui-même s'agrippaient encore à cette image, mais il se força à rester sourd à leurs exhortations en dépit de ce que cela lui coûtait.

— Vous n'êtes pas en état, moralement, de savoir ce que vous voulez, Madeleine, et il n'est pas question que je vous laisse faire quelque chose que vous risqueriez de regretter à votre réveil.

— Je ne le regretterai pas.

— Vous n'en aurez pas l'occasion, riposta-t-il en repoussant les couvertures et en se levant d'un bond. Quand nous ferons l'amour, ce sera parce que vous aurez envie de moi, et seulement pour ça. A présent, je m'en vais. Tâchez de vous reposer.

Là-dessus, il se saisit rapidement de son plaid et, rassemblant le reste de ses affaires, s'enfuit de la chambre sans un mot de plus.

Madeleine fut secouée d'un violent tremblement, toute

trace de désir envolée, si complètement qu'elle se demanda comment il lui était venu. Elle se pelotonna sous le drap, des larmes brûlantes au bord des yeux. Le départ abrupt de Calumn la laissait plus seule et plus désemparée que jamais, de toute son existence.

Toutefois, il avait affirmé qu'ils feraient l'amour. Il avait dit « quand nous ferons l'amour » et cela changeait tout, lui procurant un réconfort immense, auquel elle se raccrochait et qu'elle gardait en elle comme un talisman.

Elle finit par s'endormir, épuisée. Elle rêva que le bateau sur lequel elle voyageait faisait naufrage, et qu'elle se noyait presque juste avant que les flots la rejettent sur la plage d'une terre inconnue. Comme Viola, l'héroïne de *La Nuit des rois*, songea-t-elle en se réveillant en sursaut le lendemain matin. Si seulement, comme dans la pièce de Shakespeare, elle avait pu trouver l'amour à la fin des fins !

Le lendemain matin, Madeleine trouva Calumn assis dans la grande salle. Les autres invités devaient sans doute être occupés à dormir pour calmer les effets de leurs libations de la nuit passée. L'Ecossais avait l'air préoccupé et se mit debout précipitamment quand elle le salua, visiblement surpris de son arrivée.

— J'espère que vous avez pu trouver le sommeil, Madeleine.

— J'ai dormi un peu, en effet. Et vous ?

C'était demandé d'un ton poli, mais elle n'arrivait pas à le regarder en face.

— Moi de même. J'ai peur de ne pouvoir vous offrir que des viandes froides et les reliefs d'hier soir pour le déjeuner. Tout le monde est encore au lit, y compris les domestiques. Enfin..., les quelques domestiques que McAngus peut se payer.

— Je n'ai pas vraiment faim.

Il lui fit signe de s'asseoir en face de lui.

— Il faut que vous mangiez quelque chose. Vous n'avez pas dîné hier. Tenez, je vous ai préparé une assiette.

Elle s'assit à sa place avec une réticence visible.

— Merci, souffla-t-elle en prenant un couteau.

Elle regarda la nourriture placée en face d'elle, sentit la nausée monter en elle, et replaça le couteau sur la table.

— Calumn… pour cette nuit… je ne sais pas ce qui m'a pris. Il est possible que je perde la raison. Jamais je n'aurais dû…

Il tendit le bras à travers la table pour lui prendre la main.

— Inutile de vous excuser. Personnellement, je trouve que vous gardez admirablement la tête froide, au contraire, vu les circonstances. N'importe quelle autre femme serait devenue hystérique sinon pire, à votre place.

Madeleine répondit en risquant un sourire.

— Au moins ne vous ai-je pas infligé ça.

Calumn lui serra la main pour la rassurer.

— Vous avez subi assez d'épreuves depuis quelques jours pour vous durer toute une vie. Vous êtes venue, seule, dans un pays inconnu. Vous avez voyagé pendant des jours à travers une nature sauvage et sans merci, vous avez été enlevée et manqué d'être tuée, et pour couronner le tout, vous avez appris la mort de l'homme que vous deviez épouser. Ce que vous avez éprouvé hier soir était un besoin désespéré de réconfort et de consolation. Il n'y a aucune honte à ça. C'est une réaction parfaitement naturelle et totalement humaine.

— Merci.

Résolue à ne pas lui montrer à quel point ses paroles la touchaient, elle s'efforça de parler d'un ton plus léger.

— Vous prenez vraiment très bien la chose, mais vous devez penser que je suis une pauvre fille.

— Je pense que vous être un être plein de courage, voilà la vérité, répondit-il en la regardant d'un air inquiet.

Elle avait de grands cernes noirs sous les yeux. Sa peau d'une pâleur extrême avait perdu sa transparence.

— Il fait très beau, dehors, annonça-t-il d'une voix qui se voulait enthousiaste. Nous devrions partir le plus tôt possible pour en profiter autant que nous pouvons.

Elle sentit son cœur s'arrêter de battre un instant et une nouvelle nausée monter en elle. L'odeur de la nourriture la rendait malade. Elle repoussa son assiette sur le côté.

— Partir ? Oui… oui bien sûr. J'imagine que je devrais me préoccuper de rentrer chez moi.

Chez elle. L'image que ces mots évoquaient ressemblait plus à un tableau qu'à un lieu réel.

— Vous ne rentrez pas chez vous, du moins pas tout de suite. Je vais pousser jusqu'à Heronsay, de toute façon, et vous venez avec moi.

— Comment ? Qu'avez-vous dit ?

— Que nous allions à Heronsay, répondit Calumn avec un demi-sourire. Rendre visite à Rory. Il est grand temps que j'assainisse mes relations avec mon frère.

Elle le regarda bouche bée, puis un sourire vint éclairer son visage baigné de soleil et elle se mit à battre des mains avec enthousiasme.

— C'est une excellente nouvelle. Je suis si heureuse pour vous. Et je sais que cela va vous rendre heureux vous aussi.

Sa réponse venue droit du cœur le toucha. Elle ne lui avait pas lancé l'habituel « Je vous l'avais bien dit », et semblait se réjouir sincèrement de son bonheur en dépit de tous les soucis qu'elle avait. Cette fille était un être rare, décidément. Et c'était agréable de l'avoir à ses côtés.

— Et Errin Mhor ?

Calumn éclata de rire.

— Vous alors ! Une vraie meneuse d'esclaves ! Oui, tous les chemins mènent à Errin Mhor, je vous l'ai déjà dit. Mais je ne crois pas que vous m'ayez bien entendu : je vous emmène avec moi à Heronsay pour commencer.

— M'emmener avec vous..., répéta-t-elle stupidement.

— A Heronsay, oui, répondit-il en tendant le bras pour lui prendre la main. Nous n'en avons pas fini tous les deux.

Le cœur de Madeleine se mit à battre follement cette fois. « *Quand* nous ferons l'amour », pas *si*... Elle se rappela son rêve et se demanda s'il était prémonitoire. Elle voulait partir avec lui. Quoi que l'avenir lui réserve, quelles que soient les conséquences. Si elle ne le faisait pas aujourd'hui, elle le regretterait pour le restant de ses jours.

— Madeleine ?

Elle sourit, avec une petite moue qu'elle avait apprise de lui, et dont elle savait qu'elle lui plaisait.

— Oui, j'aimerais beaucoup cela.

— Quand vous serez prête à rentrer en France, ce sera bien plus simple depuis là-bas. Rory pourra vous arranger un passage pour la France sur l'un des bateaux qui font du commerce entre la côte ouest et les ports français.

Le sourire de Madeleine s'effaça sur ses lèvres. Il ne faisait aucune promesse, mais elle avait déjà décidé de tenter sa chance. Si elle échouait, ce ne serait pas faute d'avoir essayé.

— Oui, cela semble raisonnable. Je vous remercie.

Malgré l'incertitude qui pesait sur son avenir, et la certitude de la mort du pauvre Guillaume, elle ressentait une légèreté d'esprit qui semblait être le prélude à une nouvelle forme de bonheur. Elle était amoureuse et avait décidé de prendre son destin en main. Quel chemin parcouru depuis le port de Leith, où elle avait débarqué quelques semaines plus tôt, satisfaite de confier son bonheur à d'autres qu'elle-même !

Elle prit une longue inspiration.

— Calumn, pour la nuit dernière... Je ne cherchais pas seulement la consolation.

Elle l'avait pris par surprise, mais elle se convainquit

vite, à voir la façon dont il souriait, qu'elle avait bien fait. Une lueur pleine de promesse scintillait dans ses yeux.

— La prochaine fois, il ne s'agira plus de ça, mais de vous et moi, et rien d'autre.

Elle rougit violemment, et la chaleur se répandit rapidement dans tout son corps. Elle en avait le souffle coupé.

Satisfait pour l'instant, Calumn eut un rire rauque.

— Allons, mangez. Je veux partir d'ici. Le château de Rhubodach ne fait pas partie des lieux dans lesquels j'ai envie de vous faire l'amour, croyez-moi.

Rougissante, Madeleine leva sa fourchette et prit un peu de viande de mouton, incapable de se faire à l'idée de manger du gibier.

— Croyez-vous que je vais aimer Rory ? s'enquit-elle dans une tentative délibérée de reporter ses pensées sur autre chose.

— Il me ressemble beaucoup.

— Alors, dans ce cas, il ne pourra que me plaire.

— Et s'il lui reste un peu de bon sens, vous lui plairez aussi. A présent, mangez. Plus tôt nous partirons, mieux cela vaudra.

Là-dessus, il prit son couteau et s'occupa de sa propre assiette avec un appétit tout neuf.

— Je serai triste de vous voir partir tous les deux, nous n'avons pas eu beaucoup l'occasion de nous divertir ces derniers temps, déclara McAngus avec un sourire étrange quand Calumn vint lui annoncer son départ imminent.

Le vieux laird avait l'air passablement fatigué.

Avec ses cheveux et sa barbe en bataille, on aurait dit un buisson d'ajoncs sur pattes.

— Tu as l'air étonnamment heureux ce matin, mon gars, si tu permets que je te le dise. C'est la perspective de rentrer chez toi qui te met de si belle humeur, j'imagine ?

— Quoi d'autre ?

McAngus le fixa de ses yeux perçants et lui fit un clin d'œil appuyé.

— Quoi d'autre, en effet, on se le demande ? Allons, bon voyage, Calumn Munro, à toi et à ta charmante compagne. Souviens-toi de ce qu'on dit : un matin brumeux pour annoncer un jour radieux. A présent, tu excuseras ma grossièreté, mais je ne viendrai pas te saluer quand tu franchiras nos portes. Il faut que j'aille boire un bon verre de whisky.

— A cette heure ? répondit Calumn avec un sourire.

Le vieux laird haussa les épaules et pencha la tête de côté, puis :

— Tu as raison, acquiesça-t-il. J'aurais dû commencer plus tôt. J'ai une de ces migraines !

En s'approchant de Heronsay, on rencontrait quelques villages, en fait de petits groupes de maisons que Calumn appelait des hameaux dans sa langue, entourés d'une mosaïque de champs plantés principalement de pommes de terre, d'orge et d'avoine. D'innombrables moutons paissaient librement sur le flanc des collines, comme de petites boules de coton cousues sur les bruyères, mais très peu de vaches en revanche. Bien que les villages soient jolis avec leurs murs blanchis à la chaux et leurs toits de chaume, Madeleine trouva les habitants plutôt austères, pour ne pas dire renfrognés. Quelques-uns adressèrent un vague sourire à Calumn, mais aucun ne croisa son regard ni ne lui rendit son salut amical.

— Ils se méfient des étrangers, surtout après ce qui s'est passé, expliqua l'Ecossais.

— Je croyais avoir entendu McAngus dire que vous aviez protégé les terres de Rory. Je ne vois aucune trace de pillage.

— Mon influence ne s'étendait pas jusqu'aux domaines de ses voisins. Il faut que vous vous rappeliez que nous sommes un peuple très soudé et très imbriqué. Chacun ici a au moins un parent qui a perdu quelque chose ou quelqu'un dans cette guerre. Ce qui est arrivé ici après Culloden… c'est indescriptible, Madeleine. Les mots ne peuvent en rendre compte.

— Mais vous avez sauvé tout ça — elle fit un grand geste pour balayer tout le paysage qui s'étendait devant eux — et vous avez permis à ces gens de s'en tirer sains et saufs.

— C'était une réparation bien insignifiante.

— Je parie que ce n'est pas ce que pense votre frère.

— Nous le saurons bientôt, répondit Calumn en haussant les épaules. Heronsay n'est plus très loin. J'espère que l'endroit sera conforme à vos attentes.

Et aux siennes, songea Madeleine avec un peu d'inquiétude.

C'était la fin de l'après-midi. De gros nuages traversaient le ciel rapidement. Madeleine et Calumn chevauchaient vers l'ouest en se guidant sur le soleil depuis quelques miles, suivant le chemin qui serpentait de village en village. L'odeur de la mer se faisait de plus en plus forte à chaque pas de leurs montures épuisées.

Madeleine se sentait nerveuse et excitée à la fois, mais aussi inquiète de ce que la confiance en lui toute neuve qu'éprouvait Calumn ne se dégonfle devant un accueil tiède de la part de son frère.

Soudain, au détour d'une courbe, Heronsay apparut devant eux. Sans se concerter, ils arrêtèrent leurs montures au même moment. Un groupe de maisons de pêcheurs étonnamment semblables à celle qu'avait occupée la famille de la mère de Madeleine avaient été construites si près de l'eau qu'elles semblaient devoir être emportées par la prochaine marée. Une plage en pente douce couverte de galets blancs et gris s'étendait jusqu'à la mer. Une flottille de bateaux de pêche dansait sur l'eau à quelques mètres de la rive, un peu plus ventrus que leurs équivalents bretons.

— Voilà Heronsay, là, l'île de l'autre côté de ce bras de mer, dit Calumn en pointant du doigt en direction de l'étroit chenal qui séparait le château de son frère du continent. Mais tout est à Rory, en fait. On voit son étendard qui flotte au-dessus de la tourelle.

— Cela veut-il dire qu'il vous attend ?

— Je n'en serais pas surpris. Et il doit nous attendre tous les deux, pas seulement moi. Je vous l'ai dit, les nouvelles vont vite par ici. Elles se propagent comme un feu de broussailles.

L'île était presque plate et très verte, ce qui contrastait avec la côte pelée du continent. Le château de Heronsay était construit selon le même plan que celui de Rhubodach, mais il avait deux tours au lieu d'une seule, et malgré la distance, Madeleine pouvait voir qu'il était bien entretenu. Tout autour de lui, en fait, les terres, les villages, les bateaux et l'île elle-même portaient la marque des soins attentifs de la population et de la richesse du laird qui les rendait possibles.

— La dernière fois que je suis venu ici, Rory venait juste de s'échapper du donjon des Campbell. Je vous ai conté comment il a ramené Jessica avec lui. Ils se sont mariés dès qu'il a pu publier les bans, mais je ne suis pas resté.

— Sera-t-il content de vous voir aujourd'hui ?

Le sourire de Calumn se figea un peu.

— Il n'y a qu'un seul moyen de le savoir.

Ils se dirigèrent vers l'auberge située au bout du village. Là, le propriétaire salua Calumn comme un vieil ami et mit leurs chevaux à l'écurie. Comme il l'avait prédit, ils étaient attendus. Un bateau sur lequel flottait l'étendard de Rory, traversait le chenal. Et, avec sa crinière blonde, l'homme qui en tenait la barre ne laissait aucun doute sur son identité.

Tout à coup, Madeleine se sentit nerveuse au point d'en être malade. Elle s'agrippait compulsivement à la main de Calumn et regardait le visage de celui-ci, puis celui de l'homme sur le bateau et ainsi de suite.

— Cessez, vous me rendez nerveux moi-même, lui dit-il sans détourner les yeux de la silhouette à la poupe de l'esquif, qui avait déjà atteint le haut-fond.

Rory McLeod sauta souplement dans l'eau, tirant derrière lui sans effort apparent la solide chaloupe. Il se releva une fois sur les galets, balayant le village du regard, le visage noyé dans l'éclat aveuglant du soleil qui se couchait juste derrière lui. Il semblait à peu près de la même taille et de la même corpulence que Calumn.

Il portait des pantalons de tartan, une chemise et un gilet. Il était rasé de frais. A présent qu'il les avait repérés, il leur faisait signe en agitant le bras, et un demi-sourire barrait son visage hâlé. Madeleine libéra sa main de l'étreinte de celle de Calumn.

— Allez-y, je vous attends ici.

Il semblait rivé au sol.

— Allez, insista-t-elle en le poussant doucement.

Calumn marcha jusqu'à la plage. Rory poussa un cri de bienvenue qui résonna sur la surface de l'eau et, quand il fut à sa hauteur, enveloppa son frère dans ses bras pour le serrer contre lui. Madeleine sentit ses genoux se dérober sous elle tant elle était soulagée et elle s'effondra sur le sol, toute dignité oubliée, les yeux mouillés de larmes.

Chapitre 9

— Ainsi, voilà ta compagne française ?

Madeleine leva les yeux sur les deux parfaits spécimens de Highlanders penchés au-dessus d'elle. Deux paires d'yeux, l'une marron et l'autre bleue, la dévisageaient, serties au milieu de deux visages extrêmement avenants.

Rory McLeod était aussi beau qu'elle s'y attendait, mais pas aussi attirant que son frère, à ses yeux du moins. Ce dernier lui tendit la main et la tira sans peine sur ses pieds.

— Madeleine, je vous présente Rory.

— Enchanté, mademoiselle, la salua l'intéressé en se penchant avec grâce sur sa main exactement de la même façon que Calumn l'avait fait le soir de leur première rencontre.

Madeleine lui répondit avec une révérence.

— Tout le plaisir est pour moi, monsieur. J'ai tellement entendu parler de vous.

Rory éclata de rire et, en frappant l'épaule de son frère :

— En mal, j'imagine, si c'est celui-ci qui l'a fait.

— Au contraire, il n'a pas eu une mauvaise parole envers vous, je vous le promets.

Rory sourit, mais n'eut pas l'air convaincu.

— Je n'arrive pas à croire que tu es ici, lança-t-il en se tournant vers son frère. J'ai tant de choses à te raconter. Sais-tu que je suis père ? Une petite fille. Elle s'appelle Christina.

Calumn haussa les sourcils pour marquer son étonnement.

— Tu lui as donné le nom de notre mère ? Tu suis donc la tradition ?

— En effet, mais, entre nous, nous l'appelons Kirsty.

— Vous avez dû vous inquiéter de ce qu'elle arrive si tôt.

— Tôt ? releva Rory en plissant le front. Pas du tout. Elle a eu ses neuf mois complets. Qu'est-ce qui t'a donné une telle idée ?

— Le fait que tu ne sois marié que depuis sept mois, répondit Calumn en riant devant l'air soudain gêné de son frère. En tout cas, félicitations. Comment se porte Jessica ?

— Elle est radieuse, affirma Rory tendrement. J'ai vraiment de la chance. Parfois, je la regarde et je n'arrive pas à croire qu'elle est encore ici. C'est une fille des basses terres. Quand je l'ai rencontrée, elle n'avait jamais mis le pied au nord de Glasgow.

— Dis plutôt quand tu l'as enlevée, rectifia Calumn, avant d'ajouter à l'adresse de Madeleine : elle rendait visite à son cousin à Inverary et Rory ici présent l'a faite prisonnière.

— Vous plaisantez ?

Rory éclata de rire de nouveau.

— Pas du tout. Je l'ai attachée et me suis enfui au galop. Et d'otage, elle est devenue ma femme. Je l'ai épousée en vitesse, en outre, car ses parents l'ont déshéritée. On croirait qu'elle vit sur la Lune plutôt qu'à quelques jours de cheval de Glasgow.

— Comme c'est romantique, commenta Madeleine, les yeux embués.

Rory rit de nouveau.

— Ne dites pas ça s'il peut vous entendre, vous allez lui donner des idées, prévint-il en désignant son frère de la tête. Surtout qu'il n'a pas besoin d'encouragements pour faire des bêtises.

— Oh ! je ne sais pas…, balbutia Madeleine, quelque

peu émoustillée d'imaginer Calumn l'emportant sur son cheval, prisonnière.

Elle fut gratifiée d'un de ces sourires dont il avait le secret et le savoura avec délices, de sorte qu'elle ne remarqua pas l'expression étonnée sur le visage de Rory quand celui-ci regarda d'abord son frère puis la ravissante jeune femme qui se tenait à son côté.

— Allons, au bateau, tous les deux.

Rory les conduisit jusqu'à la plage. Il était impatient de voir ce que Jessica penserait de tout ça.

Calumn aida Madeleine à monter à bord et les deux frères poussèrent l'esquif dans l'eau, avec une harmonie de gestes qui aurait pu faire penser qu'ils avaient fait ça ensemble toute leur vie.

— La dernière fois que je me suis assis dans un bateau, c'était le jour où tu as ramené Jessica ici, dit Calumn d'un air songeur en déployant la voile tandis que Rory prenait la barre.

— Tu nous as manqué, déclara ce dernier d'un ton bourru. Tu as été absent assez longtemps à présent.

— Bah, nous verrons, répondit Calumn sur le même ton.

— Non, je le dis vraiment comme je le pense. Tu nous as manqué. Je suis content, vraiment content que tu sois de retour chez nous.

Calumn s'assit sur le banc étroit à côté de Madeleine et passa son bras autour d'elle. Bien que la journée ait été fort belle, un vent frais soufflait en travers du bras de mer. Peut-être était-ce cela qui lui donnait les larmes aux yeux ? Elle se blottit contre lui en appuyant la tête contre son épaule.

Ou peut-être pas…

Ils débarquèrent comme le soleil se couchait derrière Heronsay. C'était spectaculaire, l'astre lançait des rayons mordorés frangés d'un rouge profond depuis l'horizon derrière lequel il plongeait. Jessica McLeod les attendait sur la jetée pour les saluer. Son époux l'enveloppa de ses bras pour la serrer contre lui, la soulevant et l'embrassant avidement comme s'ils avaient été séparés depuis des semaines. Elle était menue, bien qu'un peu plus ronde depuis sa grossesse, et possédait des cheveux d'ébène coiffés haut sur sa tête et un visage d'une beauté classique. La robe verte toute simple qu'elle portait était de bonne coupe et elle arborait un air élégant qui la faisait paraître un peu exotique sur cette île écossaise rugueuse, un peu comme une fleur de serre.

— Reposez-moi, Rory, nous avons des invités, lança-t-elle en riant à l'adresse de son époux.

Il était évident cependant qu'elle était tout aussi folle de lui que lui d'elle. Le regard langoureux qu'ils échangèrent était lourd de promesses muettes.

Une fois les présentations faites, Calumn et Madeleine suivirent les McLeod sur le chemin qui menait au château depuis la plage. Madeleine regardait le couple d'un œil à la fois honteux et envieux.

Elle sursauta quand Calumn lui passa le bras autour de l'épaule.

— La vie de famille semble convenir fort bien à Rory, observa-t-il. Vous ne le croirez peut-être pas, mais avant de rencontrer Jessica, il était pire que moi avec les femmes.

— Vous avez raison, je n'en crois pas un mot, mais ils ont effectivement l'air très heureux. Ils sont faits l'un pour l'autre, à l'évidence, et ils le savent. Et à présent, ils ont un enfant. Quelle chance !

— Vous aimez les enfants ?

Madeleine eut un sourire nostalgique. Elle imaginait toute une fratrie de petits Ecossais aux yeux bleus et aux cheveux d'or comme ceux de Calumn.

— Beaucoup. C'est parce que j'étais fille unique.

Son sourire s'évanouit comme il était venu.

— Et vous ? C'est drôle, je ne vous ai jamais posé la question.

— Je n'y ai jamais pensé, répondit-il en balayant la question d'un revers de main.

Quand il essaya de chasser de son esprit l'image ensorceleuse de Madeleine portant son enfant, il se demanda pourquoi cela lui causait une telle douleur.

Durant le dîner, ils abordèrent une multitude de sujets différents, mais parlèrent surtout des changements intervenus dans les Highlands depuis la rébellion. Rory se plaignait de l'interdiction du plaid, qui devait entrer en vigueur d'ici quelques semaines, et vantait la qualité des moutons à face noire que certains propriétaires aux vues les plus modernes commençaient à introduire dans le pays.

Jessica quitta la table assez tôt, pour aller s'occuper de sa petite fille, souhaitant à Calumn et Madeleine la bonne nuit avec grâce avant de décocher à son mari un regard plein de sous-entendus.

En jouant avec son verre de vin, Madeleine réprima un bâillement. La nourriture avait été excellente — du bœuf en sauce, pour changer, et pas un seul navet de tout le repas. Le château lui aussi était merveilleusement aménagé, et étonnamment confortable comparé à celui de Rhubodach. Il y faisait chaud, car les vitres étaient toutes en bon état. En plus de toutes ses autres qualités, Jessica était une maîtresse de maison hors pair.

A voir l'expression du visage de Rory chaque fois que son regard tombait sur sa charmante femme, il semblait évident que les talents de celle-ci ne se limitaient pas aux tâches domestiques. Jessica avait bien de la chance.

Madeleine vida son verre et se leva de table.

— Si vous voulez bien m'excuser, je crois que je vais

aller me mettre au lit. La journée a été longue et vous devez avoir beaucoup de choses à vous dire.

Quand Calumn et Rory firent mine de se lever, elle secoua la tête.

— Je vous en prie, ne vous dérangez pas pour moi.

Là-dessus, elle leur fit une révérence et quitta la pièce sans leur donner le temps d'émettre une objection.

Une grande cruche d'eau chaude l'attendait dans sa chambre, et des fleurs fraîchement coupées avaient été disposées sur l'écritoire installée à côté de la fenêtre. On avait même placé une bassinoire entre les draps de son lit qui sentaient la bruyère et le soleil. Les oreillers étaient doux, le matelas ferme.

Quand elle se glissa voluptueusement dans le lit, vêtue de la chemise de nuit propre que Jessica avait eu la délicate attention de disposer sur le couvre-pieds, elle tâcha de rester éveillée pour le cas où Calumn déciderait de lui rendre visite, mais le confort de Heronsay prit le dessus et elle sombra rapidement dans un sommeil profond et sans rêves.

Dans la grande salle, Rory versa une mesure de whisky dans deux grands verres de cristal.

— Pur malt, quinze ans d'âge. Tu n'as jamais rien bu de pareil.

Calumn fit rouler l'alcool au goût de tourbe sur sa langue.

— Tu as raison, il est excellent.

Le silence s'installa. Rory attendit patiemment en sirotant son whisky. Son soulagement de voir Calumn presque redevenu lui-même était palpable. Pendant les longs mois d'exil que s'était imposés son frère à Edimbourg, la tentation d'aller l'y chercher avait été grande, étouffante même. Mais Jessica l'avait convaincu d'attendre.

— Il a besoin de temps pour que ses blessures guérissent, l'entendait-il encore lui dire.

Elle avait eu raison, apparemment. Cela allait contre sa nature, mais il avait laissé Calumn régler la chose lui-même, et à présent son frère était devant lui, et guéri, à ce qu'il semblait.

Rory décida qu'il était temps de rompre le silence, car Calumn semblait résolu à ne jamais le faire lui-même. Quand bien même il avait grandement envie de discuter avec lui, il avait une femme qui l'avait informé l'après-midi même, et avec un sourire plein de promesses, qu'elle s'était enfin pleinement remise de la naissance de leur fille.

— Tu as l'air en forme, affirma-t-il à l'adresse de son frère. Tu semblais bien fatigué la dernière fois que je t'ai vu.

— Ce n'est pas très étonnant. La *claymore* est une arme redoutable.

Rory avait manqué de tact, et décida de ne pas perdre plus de temps à tourner autour du pot.

— C'est vrai, mais il n'y avait pas que ça. Nous n'avons pas vraiment eu l'occasion de parler, à l'époque. Je t'ai dit que la seule chose qui comptait, c'était de te voir sain et sauf, mais tu ne m'as pas cru, n'est-ce pas ?

Calumn baissa la tête d'un air gêné. Il avait beau savoir qu'il était venu à Heronsay précisément pour avoir cette discussion, lui et son frère avaient toujours été du genre réservé. Il détectait l'influence de sa belle-sœur sur Rory dans ce flot de paroles et songea à celle que Madeleine avait sur lui. Il l'entendait presque l'exhorter à parler à son tour et à dire ce qu'il avait sur le cœur.

Calumn se laissa aller contre le dossier de sa chaise pour mieux distinguer le visage de son frère dans la lumière du candélabre placé sur la table.

— Oui, tu as raison, je ne t'ai pas cru. Je sais que tu étais sincère en le disant, mais je pensais que quand tu aurais eu du temps pour réfléchir à tout ça… tu me détesterais pour avoir choisi le mauvais camp.

— Mais tu n'as pas choisi, n'est-ce pas ? Si tu avais eu le choix, tu n'aurais peut-être pas suivi le prince. Je sais bien que tu n'aurais pas pris les armes contre moi de ton propre chef.

Rory passa la main dans ses cheveux épais en un geste qui était familier à Calumn.

— Ne penses-tu pas que j'ai été fou d'inquiétude à ton propos, Calumn ? Tu as beau avoir vingt-six ans et être aussi grand et costaud que moi, tu n'en restes pas moins mon petit frère, et tu le resteras toujours. Il y a eu des moments où Jessica a dû me retenir à deux mains, littéralement, tellement j'étais résolu à partir te chercher à Edimbourg.

Calumn sourit.

— A deux mains ? Elle n'a qu'à te faire les gros yeux pour que tu te jettes à ses pieds.

— Tu sais ce que je veux dire. Pourquoi as-tu tant tardé à rentrer chez nous ?

Calumn fixa son regard sur son frère. Les conseils de Madeleine résonnaient dans sa tête. Il devait dire à son frère ce qu'il avait sur le cœur. Lentement, d'une voix hésitante au début, il commença à parler, puis les mots se mirent à couler comme un torrent furieux à mesure que le barrage cédait et qu'il se défaisait enfin de son fardeau.

La flamme des bougies vacillait faiblement quand il s'interrompit. Rory l'avait écouté, contredit ou rassuré avec des mots si semblables à ceux de Madeleine que Calumn se demandait si elle n'avait pas trouvé un moyen de le conseiller avant le dîner. C'était idiot. Plus vraisemblablement, Jessica s'était chargée de la chose, mais finalement, il n'y avait pas de raison de douter de la sincérité des paroles inspirées par celle-ci. Calumn sentait le poids du passé se soulever enfin de ses épaules.

— Et Errin Mhor ? demanda Rory.

Son frère n'était vraiment pas du genre à éviter d'aborder les sujets sensibles.

— Notre mère me harcèle depuis des mois pour que je te « ramène ici », comme elle dit. Le fait qu'elle exige ça de moi a d'ailleurs été une des choses qui m'ont fait rester à Heronsay. Je savais instinctivement qu'il valait sans doute mieux faire l'exact opposé de ce qu'elle me demandait.

— Tu n'as pas tort là-dessus. Ainsi, elle est venue ici ? A-t-elle vu sa petite-fille ?

Le visage de Rory s'assombrit.

— Non. J'ai été submergé de lettres, néanmoins. Il ne sert à rien d'espérer qu'elle change aujourd'hui. Ton père est mal en point, d'après ce que j'entends. Et pas seulement à cause de notre mère. Ailsa m'en a averti elle aussi.

— Ailsa ! Je ne l'ai pas vue depuis six ans. Les choses ont dû diablement changer si elle est autorisée à te rendre visite.

— C'est entièrement de son fait. Elle est têtue comme une mule, encore pire que toi. Elle a bien grandi et est devenue une sacrée belle fille. Elle a tous les garçons à ses pieds et prend grand plaisir à les piétiner. Tu la verras demain. Elle vient pour le *ceilidh* de Kirsty. Au fait, tu n'as pas répondu à ma question. Comptes-tu te rendre à Errin Mhor ?

— Oui, oui, absolument, affirma Calumn d'un ton décidé.

Et pas seulement parce qu'il le fallait, mais parce qu'il en avait envie. Il le réalisait seulement maintenant.

— Parfait. Je ne peux te dire à quel point je suis heureux d'entendre ça. Ton père est mourant, mais si tu crois que sa tête est aussi atteinte que son corps, tu te trompes. Il est parfaitement capable de défendre ses prérogatives. Il va falloir que tu te prépares à prendre les rênes contre son gré. Si tu le fais, laisse-moi te dire que ses fermiers t'accueilleront à bras ouverts. Cet intendant qu'a embauché notre mère n'a pas les compétences pour mener cette tâche à bien, et franchement, Calumn, tes terres sont en piteux état. Des fermiers ont commencé à partir, certains pour l'Amérique. Il ne m'étonnerait pas que le vieux les néglige délibérément.

— Pour ruiner mon héritage ? Ou bien pour me forcer à lui obéir et à rentrer à Errin Mhor ?

— Oui, je sais que ça peut sembler n'être que des conjectures, mais c'est le genre de choses que ce vieux saligaud est capable de faire. Il ne l'admettra jamais, mais il a besoin de toi. Assez parlé de Munro, dis-m'en un peu plus sur cette Madeleine. Elle est drôlement jolie.

— Jolie ? Elle est bien plus que ça.

— Oui, bon, moi je préfère les brunes…

— Une brune en particulier, j'espère…

— Oh ! là-dessus, il n'y a rien à craindre. Comme je te l'ai déjà dit, le mariage me convient parfaitement. Tu devrais essayer.

— Moi ?

— Ne me dis pas que tu n'y as pas pensé, Calumn, s'exclama Rory, surpris. Tu es fou amoureux de cette fille, ça se voit comme le nez au milieu de la figure. J'en ai fait l'expérience en me regardant dans la glace. Tu es un autre homme, Calumn. Tu as l'air… comment dire ?… heureux.

— Soulagé, plutôt. J'ai mis longtemps à revenir ici.

Rory secoua la tête.

— Il n'y a pas que ça. A mon avis, ça a plus à voir avec la présence de cette petite aux yeux verts. Et si tu ne l'as pas encore remarqué, elle est tout aussi entichée de toi que tu l'es d'elle.

Là-dessus, Rory se remit sur ses pieds et pinça les chandelles avant d'allumer deux lampes avec les braises de la cheminée.

— Je vais me coucher. Ma charmante femme m'attend. J'espère qu'elle ne se sera pas endormie.

— Tu aurais dû me le dire, s'excusa Calumn en repoussant son fauteuil.

Rory lui tendit l'une des lampes.

— J'avais l'ordre impérieux de ne pas monter là-haut tant que nous n'aurions pas réglé les choses entre nous, toi et moi. L'un des merveilleux avantages du mariage, c'est qu'on n'est pas pressé. Nous allons passer le reste de notre vie ensemble, tu comprends ?

— Je pensais jusqu'à maintenant que c'était précisément le pire du mariage.

— Jusqu'à maintenant ? releva Rory en tapant sur l'épaule de Calumn, avant de sortir de la pièce en riant pour lui-même.

Toutes les énergies étaient requises pour la préparation du *ceilidh*, qui devait commencer exactement le jour d'après, et cela ne laissait aucune place à l'intimité. Madeleine avait très envie d'aider et Jessica était plus qu'heureuse d'accepter.

— Que Dieu vous bénisse, remercia cette dernière en guidant Madeleine dans l'escalier qui menait au laboratoire. Pourriez-vous m'aider à préparer les fleurs ? J'ai peur que nous n'ayons pas grand-chose pour la décoration.

Une fois qu'elles se furent accordées sur l'emplacement des bouquets et les couleurs, les deux femmes se mirent au travail dans une entente parfaite.

— Rory a emmené Calumn avec lui sur le continent pour lui montrer des moutons noirs, figurez-vous, annonça Jessica en fronçant les sourcils devant le bouquet qui trônait au milieu de la grande table. Il est obsédé par cette nouvelle race. Il paraît que la laine que ces bêtes produisent a quelque chose de particulier, mais j'avoue, chaque fois qu'il m'en parle, je n'écoute que d'une oreille. J'espère cependant qu'il s'associera avec mon père pour gérer le côté commercial de la chose. Mon père est marchand, établi à Glasgow. S'ils parviennent à faire affaire ensemble, cela permettra peut-être de panser quelques plaies.

— Si je comprends bien, vos parents n'ont toujours pas accepté que vous vous soyez mariée, s'enquit Madeleine. Cela ne vous chagrine-t-il pas ?

Jessica haussa les épaules.

— Pas autant que Rory. Cela me fait de la peine pour Kirsty de penser qu'elle ne verra jamais ses grands-parents, des deux côtés, d'ailleurs, car lady Munro ne veut rien savoir non plus. Tant pis pour eux. Voilà ma façon de voir les choses.

Elle resta silencieuse quelques minutes, qu'elle passa à nouer une longue guirlande de bruyère destinée à orner la grande salle, puis :

— Non, en fait ce n'est pas vrai, reprit-elle. Bien sûr que ça me chagrine. Mes sœurs me manquent et je n'aime pas être en conflit avec mes parents, mais… en fait, c'est simple : je peux me débrouiller sans ma famille, mais je ne pourrais pas vivre sans Rory. Mes parents finiront par se faire une raison, j'en suis sûre. Ils croient que je vis dans une sorte de taudis au milieu des Highlands et n'ont aucune idée de la fortune de mon mari. D'ailleurs, je ne leur en ai pas parlé. Je veux qu'ils approuvent notre union pour nous-mêmes, ou au moins pour leur petite-fille.

— Kirsty est adorable. Je n'avais jamais tenu un bébé aussi jeune dans mes bras auparavant.

— Attendez seulement d'en avoir un à vous. C'est la chose… je n'arrive pas à décrire ce qu'on ressent… c'est proprement miraculeux. Vous auriez dû voir Rory la première fois qu'il l'a prise dans ses bras.

Jessica battit des paupières pour chasser une larme.

— Attendez seulement.

— Oh ! je ne crois pas que…

— J'ai remarqué la façon dont vous regardiez Calumn. C'est comme cela que je regarde son frère moi aussi, coupa Jessica en plaçant une dernière rose dans l'immense vase d'argent plat qu'elle venait de remplir de fleurs. Voilà, c'est fini. Et si je ne m'abuse, j'entends ces messieurs arriver. Juste à l'heure.

En attendant le début du *ceilidh*, Calumn eut largement le temps d'observer les changements que le mariage avait entraînés chez son frère. Non seulement sa nouvelle vie lui convenait, mais elle l'avait transformé radicalement. Ses sautes d'humeur n'étaient plus qu'un souvenir, de même que son impatience légendaire ou son indifférence à tout ce qui avait trait à la marche quotidienne du château.

Calumn le regarda d'un œil amusé prendre un grand vase sur un coffre de bois pour le poser sur une petite commode en teck installée dans une alcôve. Jessica battit des mains, admirative. Rory lui choisit une fleur dans le vase et la lui présenta en s'inclinant devant elle, à quoi elle répondit en se dressant sur la pointe des pieds pour lui donner un baiser. Et non pas un petit, sur la joue, mais un vrai, à pleine bouche. Calumn se glissa discrètement hors de la pièce.

Madeleine se tenait sur le palier et dirigeait l'aménagement des tables dans la grande salle. Elle sourit furtivement à Calumn lorsqu'elle l'aperçut, puis retourna à sa tâche, en plissant le front devant la feuille de papier qu'elle tenait à la main — le plan établi par Jessica, sans doute. Ensuite, elle se mit à donner ses directives, par gestes, aux domestiques qui déplaçaient les tables en contrebas. Le fait qu'elle ne parle pas le gaélique compliquait les choses, bien sûr. D'autant plus que quand elle était dans tous ses états, comme maintenant, elle revenait au français, ce qui ajoutait encore à la confusion.

Calumn montait l'escalier pour venir à son aide, mais les paroles de son frère le firent s'arrêter à mi-chemin. L'intérêt du mariage était que rien ne pressait. Rory avait raison. Calumn avait toujours vu le mariage comme une sorte de condamnation à perpétuité, mais celui de Rory était à l'évidence une chose très positive. Son frère en était transformé et semblait parfaitement heureux.

Madeleine se penchait dangereusement par-dessus la balustrade et agitait les bras en criant :

« A gauche, à gauche, à gauche ! »

On aurait dit une perdrix fraîchement éclose essayant de prendre son envol. Calumn sentit son cœur se serrer. Il lui prit alors le plan de Jessica des mains et répéta ses instructions en gaélique.

Madeleine le faisait rire. Elle lui disait ses quatre vérités, et ce n'était pas toujours plaisant, parce qu'elle ne lui passait rien, mais il ne doutait jamais néanmoins qu'elle soit de son côté. Il aimait la façon dont elle le regardait. Elle le connaissait comme personne, et il trouvait agréable de savoir qu'elle le savait, car il lui faisait confiance. Il aimait la façon dont son corps s'accordait parfaitement au sien, comme s'il avait été conçu spécialement pour qu'elle vienne s'y lover. Et quant à la manière dont il la désirait, et réciproquement, il n'avait jamais rien éprouvé de tel.

Le rendait-elle heureux ? Il la regarda, admira son front plissé par la concentration, l'adorable moue de ses lèvres infiniment désirables, son corps menu et si sensuel en même temps. Oui, la réponse était oui. Sa compagnie lui était agréable, naturelle. Se pouvait-il que les choses soient aussi simples ? L'ironie de la situation lui sautait aux yeux. Lui qui, depuis sa rencontre avec Madeleine, avait passé le plus clair de son temps à lui asséner ses théories sur la nature de l'amour, il avait oublié de se poser à lui-même la question dont il l'avait si souvent accablée.

— Qu'y a-t-il, Calumn ?

— Comment ? s'exclama-t-il, surpris.

— Vous me regardiez fixement…

— Je réfléchissais, rien de plus.

Il continua de l'aider mécaniquement à diriger les opérations, mais il se sentait un peu abasourdi, désorienté. Il voyait bien qu'elle lui lançait de petits coups d'œil furtifs, de temps en temps, incapable qu'il était de s'empêcher de la regarder, exactement comme s'il la voyait pour la première fois.

Quand il se forçait à imaginer la vie sans elle, l'avenir, qui avait commencé à lui sembler engageant, devenait sombre tout à coup. Sans elle, il ne doutait pas un instant qu'il serait malheureux. Même Errin Mhor ne pourrait compenser son absence. Peut-être finalement les choses étaient-elles très simples.

— En avons-nous terminé ?

Calumn consulta en hâte le plan de Jessica.

— Oui, je crois.

Il savait qu'il la regardait fixement de nouveau, mais il ne pouvait s'en empêcher.

Pourquoi avait-elle accepté si facilement de venir à Heronsay avec lui ? Avait-elle découvert le bonheur elle aussi ?

Alors, le vagissement d'un nouveau-né leur parvint par l'escalier, très loin, suivi d'un autre, plus fort et plus déterminé. La porte de la salle à manger s'ouvrit à la volée sur Jessica.

— Kirsty n'a pas eu sa tétée, expliqua-t-elle en passant devant eux au pas de course, apparemment inconsciente de ce que les lacets de l'encolure de sa robe étaient dénoués. Un pétale de rose solitaire restait accroché à la peau blanche de son sein.

— Que pouvait-elle bien être en train de faire, à votre avis ? demanda Madeleine.

— Je crois que son mari lui montrait quelques techniques d'arrangement floral, répondit Calumn avec un sourire.

Un oh de surprise se forma sur la bouche de Madeleine et une rougeur délicieuse envahit ses joues, de la même teinte que le pétale de rose. N'y tenant plus, il embrassa sa bouche infiniment désirable. Ce fut un baiser rapide, en pleine vue de tous les domestiques et de Rory également, qui venait d'émerger de la salle à manger, l'air encore plus échevelé que sa femme.

Il avait à peine effleuré ses lèvres, mais l'effet de ce baiser fut des plus étranges, car au moment où il l'embrassait, Calumn crut entendre son propre cœur lui parler. Un murmure, un souffle, certes, mais les mots n'auraient pu être plus clairs.

Quand Madeleine descendit ce soir-là, après avoir trempé voluptueusement dans une grande baignoire qu'on avait apportée dans sa chambre, puis s'être habillée d'une chemise propre et de sa robe bretonne de laine bleue, elle trouva Heronsay entièrement transfiguré.

Des guirlandes de bruyère étaient accrochées à la balustrade qui menait à la grande salle, elle-même remplie de fleurs. Jessica trônait au milieu de la pièce comme une reine parmi sa cour, son bébé dans les bras. La mère et l'enfant étaient toutes deux vêtues de blanc, Kirsty en robe de satin et de dentelle délicatement brodée, celle de Jessica, plus simple mais pas moins ravissante, s'ornait d'une pièce du tartan des McLeod qu'elle portait comme une écharpe, pour donner du contraste. Madeleine se trouvait ordinaire par comparaison. Elle n'avait jamais beaucoup prêté attention à son apparence ou à ses vêtements, mais elle regrettait tout de même de ne pas avoir de robe plus appropriée pour l'occasion.

Les cadeaux pour Kirsty étaient exposés sur une grande table — cuillers de bois et de corne sculptés, crécelles d'argent et *quaichs* d'étain, les traditionnelles coupes écossaises à deux anses.

Madeleine contourna la foule et se dirigea vers le jardin, se sentant un peu étrangère à ce qui, somme toute, était une fête de famille. Elle se morigéna de se montrer si faible — ce n'étaient que des gens comme les autres, après tout — mais son habituelle confiance en elle semblait l'avoir abandonnée.

Sur la pelouse qui s'étendait devant le château, de longues rangées de tables montées sur tréteaux et tendues de nappes d'un blanc neigeux étaient alignées, décorées de fleurs et de bruyères. Un flot continu de personnes montait de la jetée, par-delà laquelle Madeleine pouvait voir quatre bateaux qui faisaient la navette à travers le bras de mer. Des hommes poussaient des charrettes de nourriture et de boissons. D'autres, plus bruyants, préparaient leurs violons et leurs cornemuses. On remarquait encore les fermiers de Rory en tenue du dimanche, des enfants que toute cette agitation excitait considérablement, des femmes qui faisaient de petites révérences polies en s'excusant nerveusement des cris de leur progéniture. Des hommes à l'air sévère et gêné, transpirant dans leurs vestes de laine sous le chaud soleil de la fin d'après-midi. Des voisins bien habillés et leurs femmes dont les costumes éployaient un assortiment coloré de plaids magnifiquement tissés.

Rory accueillait ses invités sur le seuil du château. Madeleine remarqua qu'il connaissait non seulement le nom de chacun de ses fermiers, mais également celui de leur femme et de leurs enfants. Il avait une façon bien à lui de mettre les gens à l'aise, de dire ce qu'il fallait pour dérider les plus sévères des hommes et faire rire les femmes les plus nerveuses.

Elle le regardait faire d'un œil plein d'admiration lorsque Calumn vint la rejoindre. Les deux hommes portaient la tenue traditionnelle, quoique leurs plaids fussent de couleurs différentes. La ceinture et la boucle de Calumn avaient été brossées et l'épingle qui retenait son *filleadh mòr* brillait de tous ses feux. Il avait lavé ses cheveux qu'il avait apprivoisés tant bien que mal à coups de peigne, et il était rasé de frais. Le léger bronzage acquis ces derniers jours semblait accentuer la définition de ses traits et les changements plus subtils qui avaient eu lieu depuis qu'ils étaient arrivés à Heronsay se remarquaient de manière évidente dans sa façon de se tenir, dans la fierté qu'il prenait à porter le plaid de son clan et dans la confiance dont il faisait preuve en se joignant à Rory pour accueillir chaque nouvel arrivant.

— C'est presque injuste qu'ils soient si beaux tous les deux, non ? Ça me donne l'impression de ne pas être à la hauteur, parfois.

Madeleine sursauta, car elle n'avait pas entendu Jessica approcher.

— Vous n'avez rien à craindre. Vous êtes époustouflante. C'est moi qui me sens ordinaire à côté de vous.

— Ordinaire ? Avec ces cheveux et ces yeux ? Ne dites pas de bêtises. Oh ! regardez, voilà Ailsa.

— Où çà ? Oh…

— Je sais. Pas la peine de se demander avec qui elle est apparentée ici, même si d'après ce qu'on m'a dit, elle ressemble surtout à sa mère.

La grande jeune femme aux cheveux d'or et aux yeux de la même teinte que ceux de Calumn venait d'apercevoir ses frères. En poussant un cri qui ne seyait pas vraiment à une dame, elle se jeta au cou de Calumn.

— C'est toi ? C'est vraiment toi ? Je ne peux pas le croire !

L'Ecossais regarda sa sœur d'un air éberlué.

— Ailsa ? Seigneur, tu es devenue une femme. La dernière fois que je t'ai vue, tu n'étais encore qu'une petite fille.

— Eh bien, tu n'avais qu'à revenir plus tôt…

Elle surprit une mise en garde dans le regard de Rory et sourit pour s'excuser.

— Tu es là maintenant, c'est tout ce qui compte. J'ai mille choses à te dire et plein de messages à te transmettre de la part de notre mère. Qu'est-ce que j'entends ? Il paraîtrait que tu as avec toi une mystérieuse beauté française ? Où est Jessica ? Et surtout, où est ma nièce ?

Rory regarda par-dessus son épaule.

— Kirsty est à l'intérieur. Pauvre petite, on se la passe de bras en bras comme un paquet, mais elle est gentille comme tout et n'a pas protesté une seule fois. Jessica était avec elle, mais…

— Là-bas ! avec Madeleine, dit Calumn et faisant un signe aux deux femmes, qui s'approchèrent bras dessus bras dessous. Venez, que je vous présente ma sœur Ailsa.

— Mon Dieu, vous êtes le portrait craché de votre mère ! s'exclama Madeleine sans pouvoir se contrôler.

— C'est ce qu'on dit, mais comment pouvez-vous le savoir ?

— J'ai vu son portrait sur l'un des murs de la maison d'Edimbourg.

— La maison d'Edimbourg ! s'exclama Ailsa. Comment… ?

— Ailsa, venez avec moi, nous allons voir Kirsty, lança Jessica précipitamment. Elle a besoin d'être changée. Vous pourrez reprendre la conversation avec vos frères quand ils auront fini de saluer tout le monde.

— Pas la peine de m'enlever, déclara Ailsa en riant comme elle emboîtait le pas de sa belle-sœur. Je suis ravie de profiter de votre compagnie. Vous pourrez ainsi me dire ce qui se passe entre mon frère et Mlle Lafayette. Elle ressemble exactement à l'une des fées qui se trouvaient dans un de mes livres, quand j'étais petite.

Jessica gloussa.

— Tout le monde a l'air d'une fée à vos yeux, parce que vous êtes très grande, mais je sais ce que vous voulez dire. Elle a quelque chose de singulier. Je pense néanmoins qu'elle ne sait pas du tout à quel point elle est belle.

— Mon frère le sait, lui. Il ne peut pas détacher ses yeux de son visage.

— Je sais. C'est tellement romanesque. Mais Rory dit que… oh, attendez ! Je vais chercher Kirsty et je reviens vous raconter toute l'histoire.

Quand les deux femmes redescendirent l'escalier, il était l'heure de dîner. Quelques invités choisis étaient assis dans la salle à manger proprement dite, mais la plupart avaient pris place devant les tables disposées dans la grande salle ou sur la pelouse devant le château. On trinqua à la santé de Kirsty, que l'on redescendit de la nursery pour l'occasion, et Rory parla fièrement au nom de sa fille. A son côté, Jessica s'essuyait les yeux avec un mouchoir de dentelle.

Une fois que les tables eurent été rangées, le grincement des violons que l'on accordait signala le début du bal. Rory mena Jessica vers le haut de la ligne sous les applaudissements et les vivats, puis, sur un signe de tête qu'il fit à l'adresse des violoneux, les premières notes de la première danse retentirent. Bientôt, la piste fut envahie par des couples qui se mirent à exécuter avec grâce les pas compliqués censés accompagner la musique entraînante que Madeleine trouvait étonnamment envoûtante.

Elle regardait les danseurs d'un œil envieux. On l'avait placée loin de Calumn durant le dîner et elle était épuisée d'essayer de tenir sa place dans une conversation quelque peu empruntée entre deux vieux lairds qui, quoi qu'ils parlent anglais et français en plus du gaélique, ne s'intéressaient qu'à un seul et unique sujet : la nouvelle race de moutons à face noire que Rory avait importée à Heronsay pour essayer de voir si les bêtes s'adapteraient au rude climat des Highlands. Le rendement en laine et la texture de celle-ci étaient sans doute des sujets fascinants, mais Madeleine avait bien du mal à se passionner pour la chose. Finalement, elle n'essaya même plus de feindre l'intérêt, se cala dans son fauteuil et laissa les deux lairds poursuivre leur conversation sans elle.

Son regard se posa sur Calumn. Il était en grande discussion avec un groupe d'hommes dans un des coins de la grande salle. La chaleur de la réception qu'on lui avait faite émouvait particulièrement Madeleine. Elle n'avait pas souvenir d'avoir remarqué le moindre regard de travers à son égard et la plupart des hommes l'avaient salué comme un ami perdu de vue de longue date. Cela avait été un spectacle extrêmement agréable à regarder.

Un joueur de cornemuse s'était joint aux violoneux. L'instrument dont il jouait ressemblait étonnamment à ceux qu'on utilisait en Bretagne, bien que le son soit assez différent. L'orchestre lança un quadrille et des groupes formés de six couples se mirent à danser, formant d'abord un cercle pour se séparer et tourner autour de la salle séparément. Les gens commençaient à se détendre. Les hommes commençaient à ôter leurs vestes et à délacer leurs cravates. La danse suivante était plus échevelée encore que la première.

Après s'être levée de table discrètement, Madeleine se tenait debout sur le seuil de l'entrée, observant les gens se lancer sur la piste avec enthousiasme, et danser et battre des mains en exécutant les pas les plus compliqués pour sauter en l'air l'instant d'après, ou bien tourner si vite sur eux-mêmes qu'on ne distinguait plus leurs visages.

Plusieurs couples étaient tombés de fatigue, et d'autres encore avaient préféré disparaître dans la nuit en riant et en se serrant fort dans les bras l'un de l'autre. Visiblement, chacun faisait comme s'il n'avait rien vu, par une sorte d'accord tacite. Madeleine se demanda s'il y aurait une flambée de naissances neuf mois plus tard et combien parmi les petites filles seraient nommées Christina en l'honneur de Kirsty.

— Voulez-vous danser, mademoiselle ?

Calumn se tenait devant elle, superbe. Elle lui sourit. Même au milieu de cette foule de Highlanders tous plus beaux les uns que les autres, il était pour elle le seul homme dans la pièce. Comme par magie, les violoneux attaquèrent une chanson plus lente.

— Je ne connais pas les pas, affirma-t-elle d'une voix hésitante en regardant les groupes qui se formaient déjà.

— Nous inventerons les nôtres.

Il ne la conduisit pas sur la piste, cependant, mais au-dehors, jusque après la pelouse et autour du pied de la tourelle, où Jessica avait commencé à faire aménager des jardins un peu plus élaborés. Les accents de la musique et la rumeur du *ceilidh* étaient un peu atténués ici. Les roses embaumaient l'air. Les étoiles basses scintillaient doucement dans le ciel d'encre. Calumn l'attira dans ses bras sans même essayer de faire semblant de danser et la tint simplement enlacée, la tête blottie contre ses cheveux, en se balançant doucement au rythme lointain de la musique.

— Je vous ai à peine vue.

— Vous étiez occupé. Tout le monde veut vous parler. C'est agréable.

— Pas tant que ça. Cela fait des heures que je pense à ça.

— A danser ?

— Non. A être avec vous, tout simplement. Seul.

Il parlait d'un ton étonnamment grave.

— C'est si bon de vous sentir dans mes bras, soupira-t-il en l'attirant plus près et en laissant sa main errer le long de son dos. Vous êtes parfaite.

Il sentait tellement bon. Le grand air, le linge propre et le savon. C'était son odeur. Mais il parlait sur un ton étrange. Pas de badinage, de sous-entendus, comme il en avait l'habitude. Là, on aurait dit qu'il pensait vraiment ce qu'il disait, qu'il lui parlait du fond de son cœur. Il l'avait regardée d'un œil bizarre toute la journée. Comme s'il ne la connaissait pas.

Puis la musique cessa, mais Calumn ne fit pas mine de relâcher son étreinte. Au contraire, il la serrait encore plus. Madeleine se blottit contre lui et glissa les mains sous sa veste, pour savourer la chaleur de son dos à travers la soie de son gilet.

— Vous ai je manqué ?

Comment devait-elle prendre cette question ?

— Eh bien, j'ai été très occupée, entre Jessica et tout le reste..., tergiversa-t-elle.

En levant les yeux, elle remarqua que sa réponse un peu désinvolte l'avait blessé.

— Bien sûr que vous m'avez manqué, corrigea-t-elle simplement.

— Madeleine...

Un couple tourna le coin, bras dessus bras dessous et heurta la jeune femme dans sa hâte de se trouver un coin sombre où se réfugier. Quand l'Ecossais se tourna vers eux en poussant un grondement sourd, le jeune homme s'inclina devant lui profondément en s'excusant tandis que sa compagne, un peu plus délurée, regardait Calumn avec un intérêt qu'elle ne cherchait même pas à dissimuler.

— Partons d'ici, lança-t-il enfin en prenant Madeleine par la main.

— Où cela ? Nous ne pouvons pas quitter le *ceilidh* ainsi. C'est mal élevé.

— Je me suis montré assez poli comme ça. J'ai envie d'être seul avec vous.

Elle ne trouva rien à objecter à ce sentiment qui faisait exactement écho au sien, aussi lui emboîta-t-elle le pas en s'agrippant à son bras. Il traversa le jardin à grandes enjambées, sortit par l'arrière du château et franchit une porte sans marquer la moindre hésitation puis suivit un petit sentier qui serpentait jusqu'à une crique tranquille qui s'étendait au pied d'un escalier très raide.

Le sable blanc formait une anse parfaite devant la mer. La plage était protégée par la grande dune sur laquelle étaient construites les marches. Les étoiles brillaient si fort dans le ciel d'été qu'elles semblaient avoir été accrochées plus près de la terre que nulle part ailleurs. La lune était pleine. L'océan chuintait doucement au rythme des vagues qui clapotaient sur le sable.

— C'est magique, murmura Madeleine en chuchotant.

— Oui, magique, lui répondit Calumn en écho.

Il se sentait nerveux. L'instant était si important. Plus que n'importe quel autre, de toute sa vie.

— Vous êtes si belle, souffla-t-il en la faisant se tourner vers lui et en lui caressant les bras avant de laisser ses mains glisser sur son décolleté.

Il avait envie de la mouler contre lui et de ne jamais plus la laisser s'éloigner.

— Je vous aime tant.

Chapitre 10

Madeleine frissonna au son de la voix rauque de Calumn. Elle devait rêver, forcément…

— Je vous aime, Madeleine, répéta-t-il.

Il la regardait en plissant le front comme s'il n'arrivait pas à croire qu'il venait de dire une telle chose, mais son visage sembla retrouver sa sérénité et sa bouche s'adoucit. Un sourire tendre étira ses lèvres.

— C'est aussi simple que ça. Je vous aime.

Elle avait l'impression que le cœur de Calumn lui parlait à travers ses yeux. Jamais il ne l'avait regardée de cette façon. Et elle ne voulait plus qu'il la regarde autrement. Jamais. Elle le fixa d'un air éberlué.

— Vous m'aimez…

— Oui, je vous aime, et si vous ne me dites pas très vite que vous m'aimez vous aussi, je crois que je vais en mourir. J'ai l'impression d'attendre le coup de hache du bourreau.

Elle se jeta à son cou.

— Je vous aime, je vous aime, je vous aime, Calumn Munro, je vous aime tant !

Elle était si heureuse qu'elle avait l'impression de voler. C'était une félicité grandiose, majestueuse.

— Dites-le encore. Je ne me lasse pas de l'entendre.

En riant, Calumn la souleva dans ses bras en la serrant contre lui.

— Je vous aime.

Il l'embrassa comme s'ils allaient se quitter le lendemain. Il avait besoin d'elle, envie d'elle et ses mains fiévreuses ne savaient plus où se placer.

— Je vous aime, répéta-t-il de nouveau, d'une voix rauque, en enfouissant son visage dans le creux de son épaule, contre son cou, respirant son parfum, s'emplissant les poumons de cette douceur qui était devenue l'essence qu'il lui fallait pour vivre.

Madeleine frissonna sous sa caresse, sentant sa peau éclore et fleurir. Tout était différent : sa voix, ce qu'il disait, ce qu'elle ressentait. Elle glissa ses mains sous la veste de Calumn et les laissa glisser sur son dos.

— Je vous aime, murmura-t-elle, étourdie du plaisir de prononcer ces mots. Et je suis amoureuse de vous. Je mesure à présent que vous aviez raison. Ce sont deux choses différentes.

— Très différentes. Je vais vous montrer à quel point elles le sont. Laissez-moi vous faire l'amour, Madeleine. Vous faire l'amour, pour de bon, pas seulement vous donner du plaisir, même si vous en aurez, bien sûr, je l'espère.

Il disait ça avec un sourire mutin.

Elle attira son visage en face d'elle, savourant au passage la ligne nette de son menton et la douceur de soie de ses cheveux.

— Faites-moi l'amour, Calumn Munro, répondit-elle simplement.

Ses lèvres étaient caressantes, comme s'il craignait de la blesser. Son goût sucré. Son haleine. Son odeur. Elle voulait tout de lui. Ses baisers ses caresses... Les mains de Calumn traçaient un sillon de feu sur sa peau. Il murmurait à présent des mots qu'elle ne comprenait pas quand bien même ils coulaient sur elle comme du miel.

Calumn l'allongea sur le sable et la couvrit de son corps en lui tenant les mains de chaque côté de la tête comme si elle était faite d'argile et qu'il pouvait lui donner la forme qu'il voulait. La chaleur émanait de lui comme du soleil et ses rayons la faisaient fondre et s'abandonner.

Il la déshabilla lentement, presque avec révérence, en traçant sur sa peau nue du bout des lèvres de petites lignes de baisers à mesure qu'il la découvrait. Quand il lui ôta ses bas, il embrassa les tendres plis situés derrière les genoux, l'os délicat de sa cheville, son cou-de-pied. Il délaça son corsage et passa sa langue sur l'autre pli délicat, puis la saignée du bras, le poignet palpitant, chacun de ses doigts tour à tour. Ensuite vint le tour des jupons qui, une fois ôtés, lui donnèrent libre accès aux contours du corps de Madeleine à travers sa chemise diaphane, depuis la courbe de ses seins jusqu'à l'isthme de ses hanches.

Couche après couche, il la dépouillait de ses atours, et c'était terriblement excitant. Elle tremblait de désir. Il la regardait de cette façon si particulière qui lui donnait l'impression d'être totalement nue devant lui.

Calumn dut faire preuve d'un grand contrôle pour rester doux et prévenant. Il adorait tout chez cette femme. La façon dont ses paupières s'alourdissaient quand il la caressait, la façon dont son pouls s'affolait à chacun de ses baisers. La façon dont son corps s'accordait au sien. Il scrutait chacune de ses réactions, si ténue qu'elle soit, avec la plus grande attention en se penchant sur elle comme si elle était la première femme qu'il ait jamais vue. D'ailleurs, c'était l'impression qu'il avait. La première. La seule.

Quand il souleva la chemise par-dessus la tête de Madeleine, elle se retrouva nue, et sa peau luisait doucement comme un rayon de lune.

— Vous êtes si belle, soupira-t-il en s'agenouillant devant elle pour la regarder, la contempler, s'abreuver de son image. Si belle...

Sa voix tremblait d'émotion. Ses mains ne trouvaient pas le repos. Il était son premier amant et il avait l'impression qu'elle était déjà sienne. Il se débarrassa rapidement de ses vêtements en les arrachant comme s'ils lui brûlaient la peau.

Il tira sa propre chemise par-dessus sa tête, sous le regard de Madeleine qui admirait le mouvement souple de ses muscles et savourait ce que cette vision suscitait dans sa propre chair. Quand elle le vit entièrement nu, elle en eut le souffle coupé. Il était si large d'épaules, si parfaitement, si merveilleusement viril. Et jamais elle ne s'était sentie aussi femme.

Elle tendit la main pour toucher l'arc de sa cicatrice, passa le doigt sur la boursouflure avant de poser la main à plat sur son ventre et savourer la chaleur de sa peau. Ce contact était si intime, si sensuel.

Calumn lui prit la main et la porta à ses lèvres pour poser un baiser là où elle venait de le toucher. Quand elle le regardait comme ça, il se sentait près de mourir de désir. L'envie qu'il avait de la posséder devenait douloureuse. Il voulait l'adorer, mais aussi la prendre sauvagement. Il en tremblait. La sueur perlait à son front, coulait sur le bas de son dos sous l'effort qu'il s'imposait.

— *Gràdh, mo chrìdh*, murmura-t-il, les lèvres presque collées au ventre de Madeleine. *Gràdh, mo chrìdh.*

Il traça une ligne de baisers et descendit le long du ventre de Madeleine. Lorsqu'il sentit ses mains se crisper dans ses cheveux, l'agrippant de toutes leurs forces, il ne put plus attendre de goûter à sa chair précieuse. Doucement, il lui écarta les jambes et, après un premier baiser, s'abandonna au plaisir de cette caresse.

Madeleine bascula instantanément. L'étonnante, l'incroyable, l'inconcevable sensualité du contact de sa bouche sur la partie la plus intime d'elle-même était bouleversante. Elle s'agrippait désespérément, mais d'une étreinte ténue, délicieusement ténue. Les mouvements des lèvres et de la langue de Calumn étaient semblables à ceux d'un baiser, et pourtant si différents, et si incroyablement excitants. Sa langue décrivait de lents cercles puis plongeait en elle brusquement pour reprendre aussitôt son manège affolant. Elle se sentait transportée dans une autre dimension d'émotions. Son corps vibrait comme une corde aux endroits où il la touchait, et cette vibration se diffusait jusqu'aux confins de son corps, de sorte qu'elle en épousait la période et que chaque nouvelle impulsion semblait une vague qu'elle devait absolument chevaucher. En sachant parfaitement que bientôt, très bientôt, elle s'abandonnerait et qu'elle serait submergée.

La chaleur devenait de plus en plus insupportable. Puis l'étreinte de Calumn sur ses cuisses se fit plus ferme et il la fit bouger légèrement de sorte que sa langue vint se poser et demeurer quelques instants à l'endroit même où elle l'attendait; une lame passa sur elle, si haute qu'elle crut qu'elle se noyait; elle entendit quelqu'un gémir, elle-même, peut-être, et s'accrocha à lui. A ses cheveux, ses épaules, en lançant sans la moindre pudeur son corps à la rencontre du sien quand l'extase la saisit, s'apaisa, puis la saisit derechef et se retira comme la mer, l'abandonnant, épuisée, sur le sable.

Elle entendit quelqu'un murmurer le nom de Calumn, encore et encore, d'une voix rauque et gutturale. Ce devait être la sienne, mais elle semblait si lointaine et si étrange.

Calumn attendit jusqu'à ce que les vagues achèvent de s'apaiser, lui embrassant les cuisses, le ventre, les seins, la couvrant de baisers qui l'excitaient et la bouleversaient encore incroyablement, de sorte que, juste comme elle croyait que le désir s'était enfui comme la mer descendante, il revint avec la puissance et la soudaineté d'un changement de marée. C'était une sensation nouvelle, à moins que ce ne fût la phase suivante de l'ancienne. Elle n'en avait cure.

Le besoin, primitif, irrésistible, la faisait s'agripper à lui pour l'attirer contre elle. Sa bouche à elle sur la sienne, brûlante, sa bouche à lui sur ses lèvres… Au milieu de leurs baisers, elle entendait son nom résonner de la même voix gémissante, suppliante, parce que, bien qu'elle se soit crue épuisée, elle savait désormais qu'il n'en était rien. Ce n'était pas la fin, mais seulement le début. Elle enroula ses jambes autour de lui et, cette fois-ci, ce fut lui qu'elle entendit gémir, lui qui répéta son nom encore et encore.

Il attisait les flammes du feu qui la consumait. Quand il l'embrassait, une chaleur intense montait en elle. Elle s'arc-boutait, extasiée, quand il faisait rouler entre ses doigts les pointes durcies de ses seins, tant était délicieuse la piqûre des milliards d'échardes de plaisir que suscitait cette caresse. Comme du verre fondu. Les baisers de Calumn se firent plus impatients. Les mains de Madeleine se mirent à fureter sur lui, ses épaules, son dos, ses fesses, ses cuisses, ses paumes, ses doigts, comme celles d'un sculpteur.

Il avait le visage tendu par le désir. Ses mains la tenaient par la taille. Quand il entra en elle, tout doucement, elle remarqua les précautions qu'il prenait pour ne pas aller trop vite et risquer de lui faire mal.

Elle prit une inspiration. Essaya, du moins. Il entra en elle lentement, doucement, poussant juste un peu plus fort quand il rencontra la résistance de sa virginité, prenant le temps d'attendre un peu, le souffle court, jusqu'à ce qu'elle l'enserre entièrement. Elle voyait bien, à la façon dont son torse se soulevait à chaque inspiration, à ses yeux vitreux, tous les efforts qu'il déployait pour se retenir, et le voir si attentionné et si tendre la faisait s'ouvrir encore davantage pour l'accueillir tout entier.

Il soufflait fort, comme s'il courait depuis des jours. La sueur perlait à son front. Elle avait envie qu'il reste ainsi enveloppé en elle pour toujours, qu'il ne bouge surtout pas. Elle le regarda fixement, les mains agrippées à lui.

— Comment vous sentez-vous, Madeleine ? demanda-t-il.

Elle eut un petit rire étrange face à son inquiétude, car elle avait l'impression de ne jamais pouvoir se sentir mieux de sa vie. Au moindre mouvement de ses hanches, elle le sentait gonfler en elle. Quand il se pencha pour l'embrasser, et que sa langue la pénétra en une sorte d'écho délicieux de ce qu'il venait de faire plus bas, elle gémit et sentit de nouveau ce gonflement incroyable.

Calumn se retira lentement avant de la pénétrer de nouveau, savourant de la sentir s'ouvrir à lui et l'enserrer de sa chair brûlante. Une fois encore, il dut lutter pour se retenir de plonger en elle plus vite et plus fort, comme l'y incitait l'incroyable chaleur de son ventre quand elle arquait ses hanches pour recevoir son coup de reins et gémissait quand il entrait en elle. Elle était comme un nouveau monde pour l'exploration duquel il avait été conçu, un monde fait pour lui tant ils s'accordaient parfaitement l'un à l'autre, tant elle était insupportablement et à la fois merveilleusement étroite et serrée autour de lui. Il poussait plus fort à chaque assaut, la serrait contre lui plus près. Ses mollets, ses chevilles, si doux autour de ses reins. Le choc de ses talons sur ses fesses quand il plongeait en elle, se retirait puis plongeait encore. Bientôt, il sentit les premières vagues de l'extase déferler sur lui. C'était délicieux. Douloureusement délicieux. Une impatience nouvelle s'empara de lui.

Tout arriva d'un coup. Le cri rauque de Madeleine, les mains de Calumn autour d'elle comme un étau, la chaleur quand il jouit, et les spasmes qui la saisirent en écho, ses soubresauts extasiés, ses cris. Quand il vint en elle, elle s'effondra avec un petit gémissement soumis, si fort serrée contre son corps qu'on les aurait crus soudés l'un à l'autre. Madeleine sut aussitôt qu'elle avait trouvé sa place pour l'éternité. Non plus satisfaite, mais exaucée. Un seul corps. Une seule peau. Sans rien pour les séparer. Un seul être, enfin.

Calumn se sentait à vif. Ecorché, dépouillé de son ancienne peau. Comme une nouvelle naissance. La tendresse le submergeait. Jamais personne ne lui avait été aussi précieux de toute sa vie. C'était terrifiant, bouleversant, merveilleux et... et si évident, si naturel.

Il prit Madeleine dans ses bras et la serra sur son cœur, comme s'il pouvait une fois pour toutes la river à lui et la protéger définitivement. C'était comme cela que les choses étaient censées être. Rien ne pouvait être plus important. Son monde venait de basculer sur son axe et de prendre sa nouvelle position.

Madeleine ouvrit les yeux et le regarda d'un air rêveur, encore prise dans le sillage ondoyant et étincelant de leurs ébats. Il semblait si différent. Elle l'embrassa doucement, d'un baiser dépouillé de tout hormis d'amour.

— Je ne savais pas. Jamais je n'aurais pensé que cela pouvait être ainsi.

Le sourire de Calumn s'insinua en elle.

— Moi non plus, souffla-t-il.

Le lendemain matin, la famille se rassembla pour le petit déjeuner, servi dans une petite pièce au fond du château qui donnait sur l'océan.

Comme il se servait une copieuse ration de la nourriture disposée sur le buffet, Calumn leva les yeux brusquement et croisa le regard de Madeleine. Une bouffée de chaleur le saisit au souvenir de leur folle nuit, qui se manifesta par les premiers symptômes d'une érection. Il adressa un sourire à la jeune femme, dont les joues se colorèrent à leur tour. A l'évidence, ils pensaient tous les deux à la même chose. Quand il prit place à côté d'elle, il lui donna furtivement un baiser sur la nuque, et ses lèvres étaient si accordées à ses réactions qu'il sentit sur elles le léger frémissement qui la parcourut.

Il allait l'emmener faire un tour en bateau. Il ne lui avait pas encore demandé sa main. Ils débarqueraient sur l'un des petits îlets qui pointaient à fleur d'eau, vers l'ouest. C'était là qu'il prononcerait les paroles solennelles. Ensuite, plus tard, ils partageraient la nouvelle avec sa famille. Sous le prétexte de secouer sa serviette, il caressa la cuisse de Madeleine sous la table. Quand il leva les yeux, il surprit le regard de sa belle-sœur, qui le fixait d'un air entendu.

Jessica plissa le front en pointant du menton le déjeuner copieux qu'il s'était servi.

— Dieu du ciel, Calumn, vous devez être mort de faim, lança-t-elle en mordillant elle-même une fine tranche de pain beurré.

Malgré tous ses efforts, elle n'avait toujours pas pu remplir la promesse faite à Rory d'apprendre à aimer le porridge.

Tous les yeux s'étaient tournés vers l'assiette de Calumn, qui débordait de harengs fumés, d'œufs, de *bannocks* — une sorte de galette ronde cuite sans levain, typique des Highlands — et de lard.

— Ce doit être l'air des Highlands qui me donne de l'appétit, marmonna-t-il.

— A moins que ce ne soit d'avoir dansé toute la nuit, suggéra Rory, une lueur malicieuse dans l'œil.

— Dansé ? Je n'ai pas vu Calumn danser, objecta Ailsa. En fait, je l'ai à peine vu de toute la soirée.

Jessica adressa à son homme un regard désapprobateur.

— Tu étais tellement occupée à encourager ce pauvre Cameron à te faire les yeux doux que je suis surpris d'apprendre que tu aies remarqué quoi que ce soit au cours de la soirée, répondit précipitamment Rory.

— Il sait très bien que c'est pour rire, répliqua Ailsa en haussant les épaules exactement de la même manière désinvolte que Calumn.

Elle reporta son attention sur Madeleine, qui semblait

furieusement concentrée sur son déjeuner. Elle la regarda, fascinée, ôter une à une les arêtes diaphanes de son poisson et les poser soigneusement sur le bord de son assiette avant de se risquer à prendre une bouchée.

— C'est seulement du hareng fumé, affirma-t-elle pour encourager Madeleine. La plupart des gens mangent les arêtes. Vous devez sûrement avoir des harengs en… au fait, de quel pays êtes-vous, exactement ?

— De Bretagne.

— Ah oui ! C'est dans le nord de la France, n'est-ce pas ? Je ne sais pas si vous le réalisez, mais il reste encore un bon nombre de vos compatriotes ici. Ils ont tous été graciés après la fin de la rébellion, et quelques-uns se sont établis dans les Highlands. Nous en avons un de Normandie qui a épousé une fille d'ici, la fille de l'un de tes fermiers, Calumn, et mon ami Isla m'a parlé récemment d'un autre qui habite Inverlochan. Je suis sûr qu'il vient de Bretagne.

— Ah oui, répondit vaguement Madeleine. J'aime ce poisson. Comment l'appelez-vous ?

— Un *kipper*, répondit Jessica en se versant une nouvelle tasse de thé.

— En tout cas, il semble avoir perdu la mémoire, affirma Ailsa. La seule chose dont il se souvienne, c'est son prénom.

— Qui ça ? demanda Rory.

— Voyons, Rory, suis un peu la conversation. Je parlais à Madeleine du jeune Français. Il a été blessé à la tête. N'empêche, il a de la chance d'être encore en vie. Pendant un bon moment, les médecins ont cru qu'il ne survivrait pas.

— Où a-t-il été blessé ? s'enquit Rory.

— Culloden.

— Il devait faire partie des Ecossais royaux, en ce cas, affirma le maître des lieux. Ils étaient de notre…

— Culloden, interrompit Madeleine en laissant tomber sa fourchette.

— Vous ne croyez tout de même pas que…, intervint Calumn en levant les yeux sur elle.

— Mais, Ailsa a dit qu'il avait été blessé à la tête, insista Madeleine. C'est bien ce que vous avez dit, miss, n'est-ce pas ?

La sœur des deux hommes sembla quelque peu perplexe devant l'intérêt soudain que suscitaient ses paroles.

— Oui, il a reçu une balle, c'est ce que m'a raconté Isla.

— Isla ? Qui est-ce ?

— Isla Morrison. Tu dois te souvenir d'elle, Calumn. C'est la fille d'Iain Morrison, celui qui possède les terres d'Inverlochan. J'oublie toujours que tu as été absent très longtemps. En tout cas, c'est son frère Hamish qui a ramené le Français après qu'il a été blessé. Personne n'avait demandé après lui. Il vit sur l'une des fermes des Morrison à présent.

— Au diable les Morrison ! A quoi ressemble-t-il, ce Français ? Quel âge a-t-il ? De quelle couleur sont ses cheveux ?

Madeleine posait les questions en rafale.

— Donnez-moi une minute, bonté divine ! protesta la sœur de Calumn. Isla a dit qu'il était jeune, environ vingt-cinq ans. Les cheveux noirs, et joli garçon, quoi que je ne sois pas sûre de ce qu'elle entend par là. Je l'adore, mais c'est une fille plutôt ordinaire, enfin… pas très jolie.

— Son prénom, vous dites qu'il se souvient de son prénom, lui rappela Madeleine d'une voix impatiente.

— Donnez-moi une minute, ça va me revenir.

— Pour l'amour du ciel, Ailsa, réfléchis, c'est important, intervint Calumn sèchement.

Madeleine avait pâli à côté de lui. Elle serrait les poings très fort sur ses genoux, ce qu'elle faisait toujours quand elle était nerveuse. Elle fixait sur Ailsa ses grands yeux vides, comme un animal pris au piège. Calumn tendit la main pour prendre la sienne et la trouva glacée.

— Droissard semblait vraiment sûr de lui lorsqu'il nous a dit que de Guise était mort, affirma-t-il doucement. Les hommes dans ce genre commettent peu d'erreurs. Il ne pouvait prendre le risque que de Guise soit vivant. Pas question de le voir ressusciter d'entre les morts, comme Lazare. Il s'agit vraisemblablement d'une coïncidence. Il ne faut pas nourrir de faux espoirs.

Nourrir de faux espoirs ? songea Madeleine. Calumn croyait-il qu'elle voulait que Guillaume soit vivant ? Dieu lui pardonne, il n'en était rien. Mais elle ne pouvait toutefois pas souhaiter qu'il soit mort non plus. Elle aurait dû être heureuse pour lui. Et pourtant elle ne ressentait qu'une peur écœurante. Ecœurante et égoïste.

— Guillaume ! s'exclama Ailsa soudain d'une voix triomphante. Guillaume, c'était ce nom-là. Je savais que je finirais par m'en souvenir. C'est bien lui ? Incroyable !

Madeleine hocha la tête, muette de stupeur. Elle avait la bouche sèche. Guillaume était vivant. Juste au moment où le monde s'était si magnifiquement installé sur sa nouvelle orbite, ce fantôme du passé surgissait du néant pour lui rappeler ses péchés. Elle regarda autour de la table, vaguement consciente que tous les yeux étaient désormais sur elle. Jessica avait l'air de s'inquiéter pour sa santé, Ailsa semblait abasourdie, quant à Rory, il plissait le front comme jamais.

Calumn, lui, la regardait d'un air sévère et d'un œil noir. Elle agrippa ses doigts aux siens comme on s'accroche à un rocher. Elle ne voulait pas lever l'ancre, mais elle sentait le passé tirer sur la corde comme une lame de fond avec assez de force pour lui faire se demander si elle devait lâcher prise. Si, au fond, elle avait le droit de sacrifier d'autres qu'elle-même sur l'autel de son propre bonheur.

Elle avait le vertige. L'envie de fuir était irrésistible. Elle se leva en hâte, si vite que son siège tomba en arrière sur le parquet de bois avec grand fracas. Elle était déjà sur le seuil de la pièce quand il la rattrapa. Sa main lui agrippa le bras comme une serre : il la dominait de toute sa hauteur. Il la tira hors de la pièce et ferma la porte derrière eux.

— Où allez-vous ?

— Je ne sais pas. Je m'en vais. Je…

Des larmes perlaient à ses yeux et elle tremblait comme une feuille.

— Vous vous enfuyez, c'est ça, Madeleine ?

— Oui, répondit-elle d'une voix de démente, en essayant frénétiquement de se dégager de son étreinte. Oui.

— Non, riposta-t-il sans élever la voix, quoique l'impression soit la même. Pas question. Je ne vous laisserai pas faire. Nous avons assez fui comme ça, vous et moi.

— Que voulez-vous dire ?

Elle sentait son ventre se contracter, ses jambes l'abandonner, comme si ses os avaient fondu.

— Il faut affronter la vérité, quelque amère qu'elle puisse être, vous le savez. Et nos démons également. Nous ne pouvons laisser le moindre doute s'insinuer en nous. Je vous aime, je sais que vous m'aimez, mais nous avons tous les deux besoin de savoir que rien d'autre n'est important. Nous avons fait un long chemin depuis que nous nous connaissons et nous sommes bien différents de qui nous étions au début de ce voyage. Je ne veux pas que nous soyons hantés par le passé, le mien comme le vôtre. Je ne veux pas que vous soyez mienne par défaut. Je ne serai pas un second choix.

— C'est impossible, répondit Madeleine d'une voix brisée, époustouflée par la résolution de Calumn devant la catastrophe qui menaçait d'anéantir leur avenir si durement gagné.

La force de son amour la stupéfiait et l'intimidait tout à la fois.

— Je vous aime.

— En ce cas, prouvez-le, la défia-t-il doucement. Je vais vous mener à lui. Allez chercher votre *arisaidh*.

Il la regarda s'éloigner lentement en direction de l'escalier, puis, le cœur lourd mais décidé, il retourna dans la salle à manger pour informer les invités de leur départ imminent pour Inverlochan.

Madeleine regarda en silence Calumn mettre le cap vers le bras de mer. Lorsque le vent gonfla les voiles, il tira les avirons dans le bateau et prit place à la barre. La brise marine jouait dans ses cheveux et fouettait son visage. Les yeux rivés sur la rive, de l'autre côté, il maintenait le cap sans difficulté, l'air aussi distant que les montagnes qui bouchaient l'horizon. Solide. Impassible. Inébranlable.

Que n'aurait-elle donné pour l'être elle aussi ! Elle l'aimait. Chaque fois qu'elle le regardait, l'amour montait en elle comme une vague inexorable. Elle ne pouvait imaginer la vie sans lui. Son amour ne flancherait pas, elle le savait, mais elle craignait qu'il n'en aille pas de même de sa résolution. Quand il faudrait dire à Guillaume qu'elle ne pouvait l'épouser, tout en sachant que ce faisant elle anéantirait tous les espoirs de son fiancé, pourrait-elle résister à la pression et se tenir à sa décision ? Elle ne pouvait que prier le ciel qu'il en soit ainsi. Calumn lui avait offert son cœur et elle ne voulait à aucun prix le trahir. Et pourtant, elle ne pouvait pas s'empêcher de craindre que cela soit finalement ce qu'elle ferait.

La côte recouverte de galets qui bordait le continent approchait rapidement. Calumn affala la voile et échoua le bateau, puis sauta dans l'eau pour le hâler sur la plage avant de tendre la main à Madeleine afin de l'aider à mettre pied à terre. Elle attendit au soleil, en regardant une femme qui réparait un casier à homards, pendant que Calumn allait à l'auberge pour demander qu'on leur prépare des chevaux. Quand il la jeta en selle, elle risqua un petit sourire, mais celui qu'il lui renvoya resta figé sur ses lèvres. Elle sentait son cœur battre lentement dans sa poitrine. Comme le roulement sinistre des tambours accompagnant le condamné vers l'échafaud.

Ils chevauchèrent vers Inverlochan en silence. Calumn n'eut aucune difficulté à trouver la ferme que leur indiqua l'un des villageois. Elle se dressait à un carrefour, au nord du village. C'était une maison bien entretenue, au toit de chaume au milieu duquel un trou laissait s'échapper de la fumée. Quelques poules grattaient d'un air satisfait la terre fraîchement retournée d'un petit champ préparé pour y planter des choux. Un tas de tourbe adossé à un mur répandait dans l'air son odeur de terre un peu acide.

A côté de Calumn, Madeleine était aussi blanche que sa chemise. Il luttait contre les envies de meurtre qu'il sentait monter en lui à l'égard de de Guise. Il avait envie de partir devant, d'entrer dans la ferme sans prévenir et d'étrangler le Français sur place. Mais heureusement, ses propres paroles parvenaient encore à calmer sa raison enfiévrée. Il ne serait pas un second choix, quelque chagrin que cette décision puisse lui causer. De Guise était un démon que sa bien aimée devait décider d'affronter — ou pas — elle-même.

Quand il la souleva de sa selle, il la serra fort dans ses bras comme s'il voulait imprimer sa marque en lui à jamais.

— Quelle que soit votre décision, je l'appuierai, affirma-t-il, en songeant, au moment même où il lui faisait cette promesse, qu'il n'était pas sûr de pouvoir la tenir.

Elle était sienne. Fasse le ciel qu'il ne devienne pas nécessaire d'en faire la preuve.

Madeleine s'agrippait à lui, à sa chemise, son plaid, l'attirant contre elle follement.

— Etes-vous prête ? s'enquit-il en se dégageant doucement.

Elle hocha la tête. Calumn frappa à la porte et, n'obtenant aucune réponse, poussa celle-ci sans plus de cérémonie. La pièce était sombre, la petite fenêtre sans vitre ne laissant passer qu'un mince filet de lumière. Une marmite était suspendue au-dessus du feu, de laquelle émanait le parfum d'un bouillon d'orge. Une cloison de planches mal équarries séparait le séjour des habitants de celui des animaux. Il n'y avait personne, ni homme ni bête. Quand il ressortit, la lumière du dehors l'éblouit.

— Allons voir les champs sur l'arrière de la maison. Le feu est allumé. Il ne doit pas être bien loin.

Ils contournèrent le bâtiment et découvrirent d'autres bandes de terre cultivées alignées les unes à côté des autres, un poulailler, une étable, un ruisseau qui alimentait une petite mare et, à côté de celle-ci, un homme penché au-dessus de l'eau, un seau à la main. Il se redressa quand il vit les visiteurs et, plissant les yeux, posa soigneusement le seau sur le sol avant de s'avancer lentement pour venir les saluer.

Il était grand, et avait cette maigreur qu'ont les invalides de longue date. Des yeux d'un bleu très pâle, des cheveux bruns qui poussaient en désordre autour d'une cicatrice livide qui courait du sommet de son crâne jusqu'à son oreille et lui donnait un air tout à fait particulier. En dépit de tout cela, Calumn pouvait voir qu'il était beau garçon, visiblement sympathique et un peu timide. Il ne devait pas avoir plus de vingt-trois, vingt-quatre ans et possédait autour des yeux et de la bouche un petit réseau de rides minuscules qui marquait plus un traumatisme que le passage du temps. Il portait de simples pantalons de tartan, une chemise et une veste, comme tous les fermiers de la région. Ses bottes étonnamment grandes pour un homme de cette taille étaient retenues par des lanières de cuir, et un trou dans celle de gauche laissait voir son gros orteil. Mais ses mains, quoique durcies par le labeur, étaient celles d'un aristocrate avec leurs doigts longs, fins.

L'étreinte de la main de Madeleine serrant follement la sienne commençait à être douloureuse. Inutile de demander s'il s'agissait de de Guise.

— Guillaume…, lança-t-elle d'une voix brisée.

— Oui ? répondit Guillaume de Guise en regardant alternativement les deux visiteurs d'un air perplexe. En quoi puis-je vous aider ?

Il parlait gaélique avec l'accent français.

— Guillaume, c'est moi. C'est Madeleine. Tu me reconnais ? demanda-t-elle encore en scrutant anxieusement le visage du malheureux. Tu ne te souviens pas de moi ? C'est Mado…

— Mado ? répéta Guillaume en la fixant du regard avant de fermer les yeux en secouant la tête comme sous l'effet d'une violente douleur. Mado ?

Il se prit la tête à deux mains et se mit à tanguer violemment sur ses pieds. Instinctivement, Madeleine tendit la main pour le soutenir et trébucha quand il s'effondra contre elle, les yeux soudain vitreux. Les genoux de Guillaume cédèrent d'un coup et Calumn le rattrapa juste avant qu'il ne tombe à terre.

— Prenez son autre bras, ordonna l'Ecossais. Aidez-moi à le transporter à l'intérieur.

Moitié en le traînant, moitié en le portant, ils rejoignirent la maison. Pâle comme un linge, à peine capable de se tenir sur ses jambes, Guillaume s'effondra dans un fauteuil. Madeleine prit un peu d'eau dans une cruche pour remplir un bol de bois qu'elle lui tendit.

De Guise but à petites gorgées et, après un moment, sembla retrouver un peu de ses forces. Il se redressa, ses grands yeux bleus fixés sur Madeleine, qui ne le quittait pas d'un pouce et le regardait d'un air inquiet.

— C'est toi, vraiment ? Je ne peux le croire. Comment

es-tu arrivée jusqu'ici ? demanda-t-il en tendant la main vers elle.

Madeleine la prit dans la sienne. C'était une sensation étrange. Cela manquait de force, et les doigts de Guillaume n'enveloppaient pas les siens comme le faisaient ceux de Calumn. Elle s'assit auprès de lui dans un fauteuil de bois inconfortable.

— Je suis venue en Ecosse pour te chercher. Je me suis enfuie.

Il était beaucoup plus mince que dans son souvenir, et plus vieux. Le garçon qu'elle connaissait n'existait plus. Les épreuves des dix-huit derniers mois étaient gravées sur son visage et lui conféraient une gravité qu'il ne possédait pas auparavant. Malgré l'horrible cicatrice, il était toujours beau garçon, elle le voyait bien. Mais elle ne se sentait absolument pas attirée par lui.

— Enfuie ? Tu veux dire que tu es seule ici ? Mais alors, qui est cette personne ?

Il regardait Calumn en disant cela.

— C'est une longue histoire. Es-tu sûr d'aller suffisamment bien pour l'entendre ? Tu es vraiment très pâle.

— C'est ma tête, mais je suis habitué maintenant. Raconte-moi tout, cela me fera du bien, je crois.

Il prit une nouvelle gorgée d'eau.

— C'est étrange. Tous ces mois, j'ai eu comme un voile noir dans la tête, qui m'empêchait de voir mon passé. Et rien que d'entendre le son de ta voix, le voilà qui a disparu. Comme s'il n'avait jamais été là.

Il lui serrait la main plus fort à présent.

— Je n'arrive pas à croire que tu es là. C'est tellement bon de te voir, Mado.

Les paroles de Guillaume harcelaient sa conscience. Le plaisir sincère qu'il avait de la voir entamait sa résolution. Son sourire se figea quand elle regarda furtivement Calumn, appuyé au chambranle de la porte, les bras croisés sur la poitrine, le visage fermé, la bouche pincée en un trait dur et amer. Une fois encore, l'envie de fuir monta en elle comme un raz de marée et elle ne parvint à s'en défaire qu'au prix d'un terrible effort. Pas question d'abandonner Calumn. Jamais.

Elle se tourna vers son fiancé.

— Moi aussi, Guillaume, je suis heureuse de te voir.

Elle ne mentait pas en disant cela, et cela lui redonna un peu de cœur. Elle était heureuse que Guillaume soit vivant, même si cela voulait dire qu'elle devait assumer ses choix.

D'une voix faible et un peu hésitante, mais sans s'arrêter, elle lui raconta ce qui s'était passé, depuis les prétentions du cousin de Guillaume sur La Roche, qui avait été en fait le vrai point de départ de son voyage, jusqu'au moment où elle avait appris qu'il vivait ici, à Inverlochan, au cours du déjeuner, le matin même à Heronsay. Durant tout son récit, elle ne le quitta pas des yeux. Dans ceux de Guillaume, elle vit passer la surprise, le dégoût — quand elle lui parla de Droissard l'usurpateur. L'admiration aussi, et, elle ne pouvait le nier, l'amour.

— Tu n'as jamais abandonné l'espoir, commenta de Guise quand elle en eut terminé. Je n'arrive pas à croire tout ce que tu as enduré pour moi. Je te revaudrai ça, je te le promets. Je ne me suis jamais montré très attentionné envers toi, mais cela n'arrivera plus. Tu es si courageuse, ma Mado.

Des larmes commençaient à perler aux yeux de Madeleine, mais elle refusa de les laisser couler. Elle prit une longue inspiration et se força à laisser sortir de la boîte où elle la tenait confinée l'affection qu'elle éprouvait pour Guillaume et à l'examiner froidement. En prenant son temps, parce que c'était maintenant ou jamais. Il fallait qu'elle sache. Avec certitude. Quoi qu'il en coûte.

Elle découvrit quelque chose de sincère, de bien réel,

mais de totalement différent de ce qu'elle ressentait pour Calumn. Une chose établie une fois pour toutes. Une affection qui ne grandirait plus, ni ne se transformerait jamais en un sentiment plus doux et plus fort. Et qui, si elle n'était pas alimentée, se fanerait avec le temps. Par contraste, son amour pour Calumn rayonnait, lui, comme un astre puissant. Au bout du compte, il n'y avait pas à choisir. La question ne se posait même pas.

Si seulement il n'avait pas été douloureux de faire ce qu'il fallait faire ! Son cœur cognait de nouveau dans sa poitrine comme s'il était sur le point de s'arrêter. Guillaume la regardait si tendrement à présent, comme il ne l'avait jamais fait. Et ne le ferait jamais plus. Car il la détesterait certainement quand elle lui aurait dit ce qu'elle comptait lui dire maintenant.

— Guillaume, il faut que…

— C'est comme dans un rêve, l'interrompit-il, un sourire heureux sur les lèvres. Ou comme si je venais de me réveiller brusquement. Je ne saurais dire.

— Guillaume, écoute-moi. J'ai quelque chose d'autre à te dire.

— Quoi donc ?

— Je ne peux pas. Je suis désolée, mais je ne peux pas.

— Tu ne peux pas… quoi, Mado ? Tu me fais peur. Qu'y a-t-il ?

Elle se leva, fit le tour de la pièce d'un pas nerveux, se rassit, croisant les doigts si fort qu'elle en avait les jointures toutes blanches.

— Je ne peux pas t'épouser. Je… je ne t'aime pas, enfin… pas comme ça, et je sais que ce ne sera jamais le cas. Je te demande pardon.

— Mais… je ne comprends pas. Qu'est-ce qui a changé ?

— Moi, j'ai changé, Guillaume, répondit-elle en lui prenant la main de nouveau et en le suppliant des yeux. Et tellement que je ne pourrai jamais retourner en arrière.

— Tu as rencontré quelqu'un d'autre ! s'exclama-t-il en dégageant sa main d'un geste brusque.

Madeleine ferma les yeux, incapable de supporter la douleur qu'elle lisait dans ceux de son fiancé.

— C'est exact. Mais quand bien même ce ne serait pas le cas, je… Ce n'est pas seulement que j'en aime un autre, Guillaume, mais je… pardonne-moi, mais je ne t'ai jamais aimé, pas de cette façon. Pas comme tu mérites d'être aimé. Je t'aime encore comme un ami, mais je sais que jamais je ne pourrai éprouver autre chose pour toi. Je suis désolée.

— Pourquoi es-tu venue jusqu'ici en sachant cela, alors ? Pourquoi n'es-tu pas restée en France ? Pourquoi n'as-tu pas accepté ma mort ?

— Elle ne l'a pas fait parce qu'elle était persuadée, en dépit de ce que croyaient tous les autres, que vous étiez encore en vie.

Calumn ne pouvait pas se taire plus longtemps. Il quitta le seuil en deux grandes enjambées et vint se placer, comme pour la protéger, à côté de la femme qu'il aimait. Sa femme. Il en avait assez entendu, plus qu'assez, pour savoir que Madeleine était sienne, irrévocablement, merveilleusement sienne.

Le soulagement, la joie, la fierté, et aussi cette chose nouvelle qu'il commençait à reconnaître comme du bonheur gonflaient en lui au point qu'il pouvait à peine se retenir de prendre Madeleine dans ses bras et de partir avec elle séance tenante.

— Elle est venue parce que votre cousin a réclamé votre propriété, expliqua-t-il à travers ses dents serrées. Si elle n'était pas venue, il est vraisemblable que vous auriez passé le reste de vos jours ici sans nom, sans fortune et sans passé.

Guillaume tressaillit devant la menace inattendue qui se profilait devant lui par-dessus l'épaule de Madeleine.

— Qui êtes-vous ? s'enquit-il.

— Calumn Munro.

— Oui, je connais votre nom, mais qui... oh... êtes-vous celui qui...

Guillaume se tourna vers Madeleine, abasourdi.

— Quand tu disais avoir rencontré quelqu'un d'autre, j'ai pensé qu'il s'agissait d'un autre Français. Cela veut-il dire que quand tu es venue... que quand tu es arrivée en Ecosse, nous étions... enfin, tu te considérais toujours comme ma fiancée ?

— Eh bien, oui, mais cela ne signifie pas que...

— Mais si tu connais cet homme depuis si peu de temps, alors sans doute... Voyons, Mado, il est impossible que tu le connaisses assez pour t'engager à quoi que ce soit.

— Elle l'a déjà fait, intervint Calumn d'un ton menaçant. Ne l'avez-vous pas écoutée ?

— Je sais tout ce que j'ai besoin de savoir sur lui, Guillaume, affirma Madeleine précipitamment. Je sais l'essentiel : je l'aime.

Elle essuya une larme au coin de son œil et regarda Calumn à la dérobée. Il avait toujours les poings serrés.

— Le seul effet qu'a le temps sur la chose c'est de me le faire aimer encore plus. Je suis navrée, Guillaume, vraiment, mais il faut que tu acceptes la réalité telle qu'elle est. Je ne peux pas revenir en arrière. Je ne suis plus la Mado que tu connaissais autrefois. Je suis désolée que les choses doivent se passer ainsi, et je ne veux pas te causer du chagrin, mais je ne regretterai jamais d'avoir rencontré Calumn.

Guillaume avec un peu de difficulté.

— C'est ma faute. Je ne connaissais pas ma chance jusqu'à ce que je parte et te quitte. Tu m'as manqué, tu sais. Plus que je ne l'aurais cru possible. J'aurais dû te le dire dans mes lettres.

Il donna un baiser à Madeleine, puis prit la main de celle-ci et la tendit à Calumn.

— Vous avez intérêt à la mériter, affirma-t-il. Si tel n'est pas le cas, vous aurez affaire à moi.

Calumn lui serra la main. Il parvint même à sourire, ce qui fit tiquer Guillaume.

— J'y consacrerai ma vie entière, vous n'avez pas de soucis à vous faire là-dessus.

Guillaume se laissa retomber lourdement sur son siège. Il était encore très pâle. Madeleine pensait qu'il n'avait pas encore pleinement ressenti les effets des chocs successifs qu'il venait de subir.

— Que comptes-tu faire à présent ? risqua-t-elle.

— Je n'en ai strictement aucune idée.

— Laissez-lui le temps de rassembler ses esprits, pour l'amour du ciel, Madeleine, plaida Calumn. Il retrouve à peine la mémoire. Ce dont il a besoin, c'est de se reposer, de réfléchir et de se refaire une santé.

— Oui, approuva Guillaume avec reconnaissance, plus pâle que jamais. J'ai besoin de temps pour réfléchir à tout ça, et m'habituer à ce que tu m'as dit.

— Mais nous ne pouvons pas juste t'abandonner ici, protesta Madeleine. Tu n'as pas l'air bien du tout.

— Elle a tout à fait raison. Ecoutez, mon frère est le laird de Heronsay. Nous demeurons chez lui en ce moment. Nous allons vous y emmener, pour quelque temps. Ensuite, nous pourrons décider de ce qui sera le mieux pour vous.

— Vous êtes très aimable, mais je ne veux pas vous imposer ma présence, répondit Guillaume, qui trouvait passablement effrayante la perspective de devoir être confronté à un second Calumn.

— Vous ne nous imposez rien du tout, répliqua ce dernier d'une voix un peu moins raide.

Madeleine était très enthousiaste.

— Accepte, Guillaume, je t'en prie. Tu ne peux pas rester ici.

Il avait l'air dépassé par les événements.

— Eh bien, je…

— Parfait. Nous reviendrons vous chercher dans… disons dans deux heures, déclara Calumn en serrant la main du Français.

A présent qu'il avait atteint son but, il se montrait magnanime.

— Où allons-nous ? demanda Madeleine.

Calumn ne répondit pas. Il hocha la tête à l'intention de de Guise et, prenant Madeleine par le bras, la guida fermement hors de la ferme.

— Mais je n'ai pas…, s'exclama Guillaume.

Il parlait dans le vide. Quand il regarda par la fenêtre, il vit l'impressionnant Highlander jeter Madeleine sur sa selle comme un fétu et s'étonna qu'elle ne proteste pas. En fait, elle avait l'air d'être habituée à ce geste. Il se souvenait qu'elle était toujours très fière de savoir monter sur Perdita sans l'aide de personne, autrefois. A bien y réfléchir, s'il s'était permis autrefois de l'entraîner hors de la pièce de la même façon que Munro venait de le faire, il se serait fait sérieusement rembarrer. Et pourtant, elle venait d'obtempérer devant le Highlander sans émettre la moindre protestation. Comme un petit agneau.

Il se détourna de la fenêtre et tendit la main pour aller prendre dans le buffet la carafe de whisky qu'il gardait précieusement pour les moments où la douleur devenait insupportable. Sa blessure ne lui faisait pas mal, et pourtant, il souffrait le martyre.

Calumn les guida hors d'Inverlochan en prenant un chemin qui menait directement à la mer. Ayant très vite réalisé qu'il était parfaitement inutile d'attendre de lui qu'il explique son comportement, Madeleine avait cessé de poser des questions. Bien que la rencontre avec Guillaume ait été affreusement douloureuse, cela avait été un soulagement immense. Elle n'avait pas renié Calumn, et elle savait sans l'ombre d'un doute qu'elle avait fait le bon choix.

Ils atteignirent une étroite bande de pins à partir de laquelle le chemin descendait vers une crique abritée. Calumn attacha les chevaux, puis s'assit sur le sable blanc en attirant Madeleine vers lui.

— Regardez par là, ordonna-t-il en pointant du doigt droit devant eux. Une bande de terre s'avançait dans la mer turquoise, vers l'horizon.

— Cela s'appelle les Têtes d'Errin. A marée haute, l'endroit est isolé de la côte, mais quand la mer s'en va, c'est l'endroit idéal pour ramasser des moules et des palourdes. Toutes les terres que vous voyez au-delà vers le nord appartiennent aux Munro.

— Chez vous, donc. Voulez-vous dire que c'est Errin Mhor que nous voyons là-bas ?

— C'est chez vous, corrigea Calumn. C'est là qu'est votre cœur. Ce sont vos propres paroles. C'est ce que vous avez écrit dans votre lettre. Ces mots ont provoqué un tournant dans ma vie, mais elle ne disait pas toute la vérité. Mon cœur est avec vous, Madeleine. Et chez moi, c'est partout où vous êtes.

— Oh ! Calumn, je vous aime tant !

— Je sais, dit-il. Mais pas plus que moi je vous aime.

Il lui donna un baiser long et langoureux. Le baiser d'un homme qui avait failli se noyer avant d'être sauvé à la dernière minute. Le baiser d'un amant. Le baiser d'un homme amoureux.

Le cœur de Madeleine arracha son ancre et vola sur les flots, enfin libre. Elle lui rendit son baiser sans retenue. L'amour pétillait dans son sang et la remplissait de lumière et d'un bonheur si pur qu'elle crut en mourir.

Ils s'embrassaient comme s'ils n'allaient jamais cesser de le faire. Comme s'il ne pouvait pas y avoir de fin à leur étreinte. Et en fait, ils avaient raison, car une vie entière d'amour commençait pour eux. Un amour qu'ils scellèrent quand leurs cœurs se promirent l'un à l'autre par l'union de leurs corps.

— J'ai l'impression de flotter, murmura Madeleine en laissant ses doigts suivre le dessin de la cicatrice sur la poitrine de Calumn.

Ils étaient encore enlacés dans les bras l'un de l'autre.

— Je suis désolé de devoir revenir à des choses plus terre à terre, mais il faut que je vous demande quelque chose.

Elle savait, au ton de sa voix, que Calumn avait dit ça avec le sourire, mais elle se releva un peu pour en avoir le cœur net. Bien sûr, elle ne se trompait pas, et bien évidemment, le fameux sourire lui fit le même effet que d'habitude.

— Quoi donc ?

— Voulez-vous m'épouser ? Quoi d'autre ?

Jamais elle n'avait pensé qu'une autre question puisse être plus délicieuse que celle-ci. La réponse à donner était simple, et pourtant, Madeleine resta sans voix quelques secondes. Au moment où elle essayait de former le mot qui allait la submerger de bonheur, Calumn la repoussa tout doucement et s'agenouilla devant elle sur le sable.

— Je ne vais faire ça qu'une seule fois dans ma vie, aussi vais-je m'acquitter de ce cérémonial comme il faut.

D'un air terriblement sérieux tout à coup, il lui prit la main.

— Madeleine, ma chérie, épousez-moi. Devenez ma femme. Soyez ma dernière amante. Mon cœur, ma conscience. Car je vous aime, et je ne puis concevoir plus grand honneur, ni plus grand bonheur que de pouvoir vous dire mienne. Pour toujours.

Les yeux de Madeleine s'emplirent de larmes qui semblaient venir directement du cœur.

— Oh Calumn ! parvint-elle à dire en se jetant dans ses bras, ce qui eut pour effet de les faire tomber tous les deux sur le sable.

— Dois-je prendre ça pour un oui ? s'exclama-t-il d'une voix qui balançait elle aussi entre le rire et les larmes.

— Oh, Calumn, mon amour, c'est le plus grand, le plus fort, le plus merveilleux et le plus irrévocable oui qu'il soit possible de vous répondre !

Épilogue

Une semaine plus tard

Madeleine et Guillaume étaient assis l'un à côté de l'autre sur le bord de la jetée de Heronsay et regardaient la côte du continent. Le bateau de pêche qui devait emmener Guillaume à Oban — où il monterait à bord d'un plus gros bateau qui partait vers le sud — était en train de traverser le bras de mer et voguait droit vers eux. C'était un jour maussade ; une fine couche de nuages menaçants cachait le soleil. Madeleine avait appris à les reconnaître. Typiques de l'été dans les Highlands, ils annonçaient toujours le crachin.

— Tu as la lettre de Calumn ? demanda Madeleine d'un air inquiet.

— Pour la centième fois, oui, répondit Guillaume avec un sourire amusé. Et la tienne aussi.

— Il va être tellement en colère contre moi ! Je continue de me dire que je devrais peut-être partir avec toi.

— Nous avons discuté de ça jusqu'à plus soif, Mado. Souviens-toi, ton père va être si content de me voir qu'il te pardonnera.

— C'est ce que tu dis, mais…

— Crois-moi. Juste pour une fois, tâche de te dire que j'ai raison.

Madeleine gloussa.

— Papa va être stupéfait de voir à quel point tu as changé. Je n'arrive pas à le croire moi-même.

— La guerre change les gens, Mado, affirma Guillaume d'une voix sombre.

Elle posa doucement la main sur son bras en le regardant tendrement.

— Je sais. As-tu des regrets ?

— Je ne crois pas, répondit de Guise, pensif. Quand je me suis enrôlé pour venir soutenir la cause des Stuart, franchement, je l'ai fait plus pour… comment dire ? Parce que je cherchais un peu de nouveauté, d'excitation, un défi. J'imagine que j'essayais surtout de me prouver quelque chose à moi-même. Je n'ai pas pensé à ce que j'allais laisser derrière moi. Ni à ce que ça allait me coûter. Et Dieu sait que ça m'a coûté ! Pas seulement toi, mais aussi ma santé, peut-être, et mon stupide orgueil, sûrement. Néanmoins, je n'ai pas de regrets. A défaut d'autre chose, ça m'a appris à apprécier ce que j'ai. J'ai grandi.

Madeleine chassa une larme en battant des paupières.

— Es-tu impatient de revoir La Roche ?

— Oh oui, s'exclama Guillaume. C'est très beau, ici, mais ce n'est pas chez nous. Et toi, au fait, la Bretagne ne va-t-elle pas te manquer ?

Elle secoua la tête d'un air décidé.

— Non, jamais. N'est-ce pas drôle de penser que, bien que je n'y aie encore jamais mis les pieds, je considère déjà Errin Mhor comme chez moi ?

— A condition que Calumn puisse régler son différend avec son père.

— Oh ! je n'en doute pas une seconde, affirma Madeleine, rayonnante. Calumn peut faire n'importe quoi.

Guillaume éclata d'un rire franc.

— Tu as vraiment beaucoup changé !

— Oui, c'est vrai. En mieux, j'espère.

— Absolument. A tel point même que je crains que tu aies raison : nous ne ferions pas un beau couple toi et moi.

— Le penses-tu vraiment ou bien le dis-tu pour me faire plaisir ?

— Un peu des deux, avoua-t-il en haussant les épaules gauchement. Tu vas être heureuse, Mado, hein ? Tu en es sûre ? Je ne pourrais pas supporter l'idée que tu ne le sois pas.

— J'en suis certaine. Je te le promets.

— Bien. Je préfère ça, car j'ai dit à ton gaillard de Highlander qu'il devrait en répondre devant moi si les choses tournaient mal, mais j'avoue que l'idée de l'affronter me terrifie.

Madeleine gloussa.

— Cela n'arrivera pas, sois sans crainte. Le voilà. Il vient te saluer, avec tous les autres.

Ils se levèrent. Calumn marchait en avant du petit groupe, courant presque comme à son habitude, ce qui faisait danser ses cheveux derrière sa tête et les plis de son plaid au rythme de son pas. Le cœur de Madeleine bondit dans sa poitrine comme chaque fois qu'elle le voyait et elle courut à sa rencontre pour le saluer, se jetant à son cou. Elle se retrouva soulevée en l'air par deux bras puissants. Lorsqu'il l'eut reposée au sol, il l'embrassa fougueusement.

— Vous m'avez manqué, souffla-t-elle.

— Seigneur ! Vous êtes insatiable, ma belle, murmura-t-il d'une voix mutine à son oreille. Cela fait deux heures seulement…

— Ce n'est pas ce que je voulais dire, rit-elle.

Il la serra contre lui, de sorte qu'elle n'eut aucun doute sur l'effet qu'elle lui faisait. Encore. Un délicieux frisson la parcourut.

— Vous n'êtes pas la seule à être insatiable, murmura-t-il avec un sourire entendu, après quoi il la prit par l'épaule et la fit se tourner vers Guillaume.

Sur la jetée, le bateau venait de jeter les amarres.

— Avez-vous fait vos adieux ?

— Oui. Ne vous inquiétez pas.

Calumn hocha la tête puis relâcha son étreinte et tendit la main à Guillaume.

— Bon voyage. Vous serez toujours le bienvenu ici.

— Merci. J'ai votre lettre sur moi, en sécurité. Je ferai tout ce qui sera en mon pouvoir pour persuader M. Lafayette de faire ce que vous suggérez. Je sais à quel point elle serait heureuse que son père assiste à son mariage.

— En effet. Cela dit, elle n'a pas besoin de sa permission. Elle va devenir ma femme, que son père le veuille ou non.

Guillaume éclata de rire.

— J'en suis bien conscient. Je le lui dirai aussi.

Rory, Jessica et Ailsa arrivaient sur la jetée à leur tour. Jessica tendit à Guillaume un grand panier d'osier.

— Pour le voyage, expliqua-t-elle.

— Elle croit qu'elle nourrit une armée entière, commenta Rory. Sans compter qu'il y a l'un de mes meilleurs whiskies là-dedans.

— Plus que ça, en fait, corrigea Calumn en tirant de ses poches deux autres bouteilles prises dans la cave de son frère, qu'il tendit à Guillaume.

— Celles-ci sont pour le père de Madeleine.

— Il faut partir, sans quoi vous risquez de manquer la marée, dit Ailsa à Guillaume. Bonne chance.

Elle l'embrassa sur la joue, tout comme Jessica, puis Rory et Calumn lui donnèrent une tape virile sur l'épaule et lui serrèrent la main.

Finalement, Madeleine le serra dans ses bras.

— Prends soin de toi.

— Et toi, sois heureuse.

Madeleine lui adressa un sourire ému au moment où il sautait dans le bateau. Ailsa lui tendit le panier. Rory dénoua l'amarre et Calumn poussa du pied sur la proue tandis que le pêcheur montait la voile. Guillaume les salua de la main une fois, puis se tourna vers le large, le regard fixé sur l'océan.

Madeleine s'essuya les yeux et se blottit contre le corps protecteur de Calumn.

— Tu me dois deux bouteilles de whisky, lança Rory à son frère quand ils repartirent en direction du château.

— Je te revaudrai ça, ne crains rien, répondit Calumn en riant. Tout le monde sait que nous produisons le meilleur malt à Errin Mhor.

— Je le note, répliqua Rory.

— Etes-vous sûr de vouloir que nous venions à votre mariage, Calumn ? demanda Jessica d'un ton préoccupé. Lord Munro ne cache pas ses sentiments vis-à-vis de Rory, et quant à lady Munro, elle n'a jamais fait montre du moindre désir de me connaître, ni Kirsty non plus. Nous ne serons pas les bienvenus.

— Vous viendrez à Errin Mhor pour mon mariage, un point c'est tout. Je vous garantis que l'on vous réservera l'accueil le plus chaleureux qu'il soit possible de vous offrir. A vous, à Rory et à Kirsty. Que mon père l'accepte ou non, vous faites partie de ma famille.

Il serra Madeleine contre lui et corrigea :

— De notre famille. N'est-ce pas, Ailsa ?

La sœur de Calumn rayonnait.

— Absolument. Ne vous inquiétez pas à cause de ma mère. C'est un tyran, mais elle sera folle de la petite quand elle la verra. Je le sais. Et elle sera heureuse que Calumn soit rentré chez nous. Il la mènera par le bout du nez.

Calumn et Rory échangèrent un regard entendu. Imaginer l'austère Christina Munro penchée au-dessus d'un berceau ou menée par le bout du nez par qui que ce soit leur semblait difficile. Ils éclatèrent de rire de concert, et Ailsa ne put s'empêcher d'en faire autant.

— Enfin, ça prendra tout de même un peu de temps, concéda-t-elle.

Ils avaient atteint le perron du château à présent et Madeleine regardait les deux frères et leur sœur en se disant qu'il était difficile d'imaginer plus belle famille. Il semblait difficile de croire que lady Munro — le dragon, comme ils l'appelaient tous les trois — puisse rester insensible devant eux.

— Je dois aller m'occuper de mes malles, déclara Ailsa en levant les yeux vers le ciel, où le soleil essayait tant bien que mal de se montrer. Quand partons-nous, Calumn ?

— Dans deux heures, environ.

— En ce cas, je vais prendre mes dispositions pour vous faire préparer à manger avant que vous ne partiez, commenta Jessica. Et vous, Madeleine, avez-vous besoin d'aide pour quoi que ce soit ?

— Madeleine et moi allons faire une promenade, annonça Calumn. Elle veut voir la plage encore une fois avant notre départ.

— Ah bon ? s'étonna l'intéressée.

— Oui, répondit Calumn en la gratifiant d'un regard qui lui fit battre le cœur.

Ils prirent le chemin main dans la main et rejoignirent la petite plage en forme de croissant où ils avaient fait l'amour la première fois. Après s'être agenouillés l'un en face de l'autre, ils sacrifièrent au délicieux rituel qui consistait à se déshabiller mutuellement.

— Madeleine, souffla Calumn d'une voix rauque tandis qu'il délaçait le corsage de celle-ci, vous êtes d'avis qu'il ne devrait pas y avoir de secret entre mari et femme, n'est-ce pas ?

— Oui.

— J'ai un aveu à vous faire, dans ce cas.

Elle se figea, les mains sur la boucle de la ceinture de Calumn.

— Dites…

— Je ne sais pas nager, avoua-t-il d'un air chagrin.

Madeleine essaya de réprimer un sourire, mais ses fossettes la trahirent.

— Eh bien, moi aussi j'ai un aveu à vous faire, répondit-elle, les yeux débordant de malice et de tendresse. J'avais deviné…

Elle l'embrassa, en prenant son temps. Ils n'étaient pas pressés. Ils avaient la vie devant eux…

LA PROMESSE DU HIGHLANDER

Prologue

Les Highlands, Ecosse, été 1742

Le soleil commençait à peine à descendre sur l'horizon quand ils mirent la voile pour rentrer à Errin Mhor. Ils venaient de passer une journée idyllique sur le plus grand des îlots constituant l'archipel que les gens du cru appelaient le Collier. De longues traînées roses et mordorées striaient le ciel des Highlands, s'assombrissant à mesure que le soleil plongeait derrière l'océan.

An Rionnag, leur frêle esquif, dansait sur les vagues aux crêtes argentées, filant droit vers la côte, sa voile unique gonflée de la petite brise qui s'était levée en même temps que tournait la marée.

Alasdhair se tenait à la proue, une main posée nonchalamment sur la barre du gouvernail, l'autre sur le bord du bateau. Ils avaient fait si souvent ce voyage qu'il aurait sans doute pu naviguer les yeux bandés. Pieds et jambes nus, il arborait une grâce naturelle, seulement vêtu de son *plaid* et d'une chemise au col ouvert.

Assise à la poupe en face de lui, Ailsa souriait, heureuse. C'était le jour de son seizième anniversaire, ce qui signifiait, comme Alasdhair le lui avait rappelé le matin même, que, selon la tradition des Highlands, elle était désormais adulte et donc libre de faire tout ce qu'elle désirait.

Ailsa n'avait jamais voulu qu'une seule chose : s'enfuir,

échapper à l'atmosphère oppressante du château, se libérer enfin de la main de fer de son autocrate de père et pouvoir oublier l'indifférence glaciale de sa mère. Elle savait cependant que les choses n'étaient pas aussi simples. En tant que fille d'un *laird*, sa vie ne lui appartenait pas vraiment et elle ne pouvait en faire ce qu'elle voulait. Son clan et son devoir prenaient le pas sur tout, et particulièrement sur ses désirs personnels.

Par un jour comme celui-ci, néanmoins, où aurait-elle pu trouver un meilleur endroit que cet îlot — leur îlot — pour échapper à son destin, ne fût-ce que quelques heures ?

Les embruns salés et la morsure du soleil tendaient sa peau juvénile. Ses nattes s'étaient défaites, comme d'habitude, et sa chevelure flottait désormais sur ses épaules en une cascade de boucles blondes indomptables qui lui tombaient presque jusqu'à la taille.

Elle se sentait agréablement fatiguée, tout envahie de cette sorte de plénitude léthargique que l'on ressent au soir d'une journée passée à rire et à ne rien faire que s'amuser sans se soucier de rien ni de personne.

Ça avait été une journée parfaite.

Comme toujours, ils s'étaient accordés sur tout avec Alasdhair. Malgré les cinq années qui les séparaient, ils avaient toujours été aussi proches que possible. Et plus encore depuis que le frère aîné d'Ailsa, Calumn, l'ami d'enfance d'Alasdhair, avait quitté Errin Mhor pour rejoindre l'armée des Vestes Rouges, les régiments protestants qui avaient combattu pour installer Guillaume d'Orange sur le trône.

Maintenant qu'ils étaient seuls au château, ils passaient encore plus de temps ensemble. Quel couple ils faisaient, elle, l'héritière du clan négligée par sa mère et lui, le pupille rebelle du *laird* ! Un sort commun les unissait, car ni l'un ni l'autre ne s'étaient jamais sentis aimés, ni bienvenus.

Ailsa connaissait Alasdhair depuis sa plus tendre

enfance, ce garçon assis en face d'elle, et qui fermait les yeux, le visage tourné vers le soleil pour en savourer les derniers rayons. Ses cheveux hirsutes, plus sombres que l'aile d'un corbeau, lui tombaient presque sur les épaules — des épaules qui tiraient dangereusement sur les coutures de sa chemise usée.

Elle avait remarqué un peu plus tôt, alors qu'ils pêchaient depuis les rochers, à quel point il semblait s'être étoffé ces derniers temps. Lui qui n'avait naguère que la peau sur les os paraissait désormais tout en muscles magnifiquement sculptés. Et son corps n'avait plus rien d'anguleux, au contraire. Un duvet noir et soyeux ombrait son torse, tout comme ses bras et ses jambes qui n'évoquaient plus du tout l'échassier d'autrefois. Alasdhair n'était décidément plus un adolescent, mais un homme. Et, elle le réalisait soudain comme si elle venait de poser les yeux sur lui pour la première fois, il était un homme très séduisant.

Elle sentit son cœur faire un drôle de petit soubresaut dans sa poitrine, et son ventre se contracter un peu.

C'était étrange.

Quand donc tous ces changements étaient-ils intervenus ? Et pourquoi n'avait-elle rien remarqué jusqu'à maintenant ?

Alasdhair ouvrit les yeux en même temps qu'il se passait la main dans les cheveux pour dégager son front et adressa à Ailsa un sourire nonchalant. Sa bouche avait une propension naturelle à se fendre d'un sourire. Elle était faite pour cela, même si la vie n'avait pas fourni à Alasdhair beaucoup d'occasions de rire.

Il observa le visage rayonnant d'Ailsa qui lui rendait son sourire. Elle avait quelque chose de particulier, une sorte d'exubérance naturelle qui lui donnait toujours le sentiment que les choses n'étaient finalement pas aussi graves qu'elles en avaient l'air. Malgré l'indifférence de sa mère et la tyrannie de son père, elle semblait douée d'un amour de la vie tout à fait communicatif.

— Viens t'asseoir près de moi pour regarder le soleil se coucher, lança-t-il en lui tendant la main et en se glissant d'un côté du banc étroit pour lui faire de la place.

Il la regarda s'approcher de lui gracieusement. Sa robe et son jupon étaient vieux, et d'un gris passé qui avait été autrefois aussi bleu que ses superbes yeux. Son *arisaidh* — l'immense *plaid* de tartan que portaient les femmes des Highlands en guise de manteau — gisait à ses pieds et elle ne portait ni veste ni gilet, simplement sa chemise à l'encolure dénouée. Les grandes manches de celle-ci bouffaient sur ses bras auxquels le soleil avait donné une teinte de biscuit à peine cuit. Il avait aussi blanchi par mèches entières ses cheveux qui cascadaient en un nuage clair sur son dos, leur fin réseau formant comme une auréole devant son front.

Alasdhair prit soudain conscience de la beauté sidérante de sa compagne. Comment ne s'en était-il pas rendu compte plus tôt ?

La voir assise en face de lui et sentir les pans de sa jupe frôler ses jambes étaient comme une révélation soudaine. Il sentait sa cuisse, chaude et ferme, à travers le tissu. Il regardait son avant-bras frôler le sien, mince et élégant, son poignet délicat, si fin qu'il pouvait en faire le tour entre le pouce et l'index. Elle sentait la mer, le sable, et l'air incroyablement pur de l'Ecosse.

Ailsa, la gamine pleine d'entrain à qui il avait appris à pêcher, à monter à cheval, à naviguer et même, sur sa demande insistante, à manier une dague… C'était avec elle qu'il venait de passer la journée, mais la fille qui se trouvait sur le bateau avec lui à présent était bien différente, et elle sentait si bon qu'il ne pouvait manquer de le remarquer.

Cette personne fascinante assise à côté de lui, cette fille dont le bras reposait sur le sien, dont les cheveux lui chatouillaient le visage, dont le vent dessinait les formes pleines quand il passait sur le tissu de sa chemise, cette femme en un mot, était bien différente de celle qui avait embarqué avec lui le matin même. C'était une créature sensuelle, à la silhouette affolante, et dont la présence l'envoûtait.

Le désir monta, aussi intense que fulgurant. Gêné, Alasdhair changea de position sur son siège. Sous le prétexte de carguer la voile, il regarda Ailsa une nouvelle fois en se demandant s'il avait été aveugle jusque-là. Ce cou interminable. Ce petit creux charmant à la base de celui-ci. Le renflement délicat de sa poitrine. Cette courbe qui se creusait sur sa taille au-dessus de ses hanches. Le galbe tendre de ses mollets.

Comment pouvait-il ne pas avoir remarqué cette transformation ?

Lorsque Alasdhair donna un coup de barre pour faire prendre le vent à *An Rionnag*, le gouvernail se cabra violemment comme la voile s'emplissait de vent et, instinctivement, Ailsa se précipita pour l'aider à le contrôler.

Sa main rencontra celle d'Alasdhair sur le bois usé et quelque chose se passa alors, comme si une étincelle avait jailli à ce contact. Leurs regards se croisèrent, et ce fut comme s'ils se regardaient pour la première fois de leur vie. Comme s'ils venaient de naître.

Le souffle d'Alasdhair lui resta dans la gorge et son ventre se crispa brusquement.

— Ailsa…

Ailsa eut l'impression qu'elle avait attendu ce moment toute sa vie. Et que tout l'univers, les étoiles, le soleil et la lune avaient attendu eux aussi cet instant, cet homme, ce lieu. Comme s'ils allaient abandonner enfin leurs oripeaux de chrysalides et sortir de leur cocon, transformés et prêts à accomplir leur véritable destin.

C'était l'instant. L'instant parfait.

— Alasdhair…

Son nom lui-même sonnait différemment.

Alasdhair retint son souffle. Il osait à peine la toucher, mais avait bien du mal à ne pas le faire. Tendrement, il repoussa les boucles diaphanes du front d'Ailsa, embrassa ses sourcils clairs. Quand elle ferma les yeux en tournant la tête vers lui, il posa un baiser sur le bout de son nez rougi par le soleil et parsemé de taches de rousseur discrètes. Elle soupira. Il lui passa le bras autour de la taille tandis qu'elle se blottissait contre lui. Ses pieds nus frôlèrent ceux d'Alasdhair. C'était la chose la plus érotique qu'il ait vécue de toute sa vie.

Sa bouche trouva celle d'Ailsa et, au moment même où il lui donnait ce premier baiser, ce moment où ses lèvres inexpérimentées se pressèrent sur celles d'Ailsa, que nulles autres n'avaient jamais ne fût-ce qu'effleurées, il sut. Et aux craquements de l'air autour d'eux, au calme des flots, à l'absence soudaine de mouvement du bateau, il sut qu'elle savait elle aussi — comment aurait-elle pu ne pas savoir ?

Leur baiser avait changé la face de l'univers. Pour toujours.

Le baiser d'Alasdhair était doux. Trop doux pour le satisfaire, mais déjà bien plus audacieux que dans ses rêves les plus fous. Il craignait que les torrents de passion que cette caresse presque innocente éveillait en lui n'effrayent Ailsa. Il avait une claire conscience de la différence d'âge et d'expérience — cinq ans ! — qui les séparait, et trouvait proprement sidérant que les caresses naïves d'une pucelle lui fassent bouillir le sang de la sorte.

C'était lui, toujours, qui l'avait protégée lorsqu'elle prenait des risques insensés, secourue quand elle se faisait mal, ce qui arrivait souvent, car elle était téméraire à l'excès. Lui encore qui l'avait rassérénée, avait chassé la poussière de ses vêtements et de son visage, séché ses larmes et promis de ne rien dire à personne. En toutes circonstances, il l'avait tenue à l'abri du danger.

Il le fit encore à cet instant, en se forçant à mettre fin

à leur étreinte, à la repousser malgré les protestations véhémentes de son corps et celle, à peine murmurée d'Ailsa, proférée d'une voix qu'il ne lui avait jamais entendue auparavant. Une voix qui faisait vibrer ses sens comme le chant d'une sirène. Jamais un tel maelstrom d'émotions n'avait secoué son être, mais il conservait pourtant un peu — très peu — d'empire sur lui-même. Il ne profiterait pas de la situation. Malgré la détestable opinion que la mère d'Ailsa avait de lui, Alasdhair Ross était un homme d'honneur.

Ailsa toucha ses lèvres du bout des doigts en cherchant l'air. *Ainsi, c'était cela, un baiser ?* Elle se sentait un peu étourdie, comme si elle avait bu trop de vin ou passé trop de temps en plein soleil. Cela ressemblait à la crête écumante des vagues, ou à une tempête inopinée en été. Bref, c'était incroyablement excitant. *Un baiser.*

— Ailsa, je ne voulais pas... je n'aurais pas dû... tu sais que jamais je ne profiterais de...

— Ne sois pas bête, bien sûr que je le sais ! répondit-elle en souriant et en lui prenant la main avec une audace juvénile pour la presser contre sa joue.

Il avait de belles mains, malgré les cals qu'y laissaient les innombrables corvées dont son père abreuvait Alasdhair pour tenter de mater son esprit rebelle et lui apprendre exactement où se trouvait sa place dans le grand ordre de l'univers.

Son père devrait attendre encore longtemps, songea-t-elle.

— Es-tu certaine que je ne t'ai pas fait peur ? s'enquit Alasdhair.

Elle secoua la tête.

— Je ne sais pas ce qui m'a pris. J'ai eu l'impression de te voir vraiment pour la première fois de ma vie.

— C'est exactement ce que j'ai ressenti moi aussi.

Ils éclatèrent de rire tous les deux, puis s'embrassèrent de nouveau et, cette fois-ci, leur baiser était plus assuré.

Il avait la douceur envoûtante d'une promesse non encore totalement éclose. Attirant comme toutes les choses nouvelles, et d'autant plus excitantes qu'elles sont illicites.

Le soubresaut du bateau au sommet d'une vague, et le bruit du fond raclant les premiers rochers qui bordaient la côte les ramenèrent enfin à la réalité. Ils éclatèrent de rire à l'unisson quand ils se rendirent compte qu'ils avaient laissé *An Rionnag* voguer sans s'en soucier. Avec la dextérité que confèrent l'habitude et une longue pratique, ils abordèrent la petite jetée privée du château à laquelle le bateau du *laird* était amarré, avec les armoiries seigneuriales gravées sur sa proue et ses bancs capables de recevoir seize rameurs.

Sautant sur la berge, Alasdhair regarda la nef avec un dédain teinté d'excitation. *Craignez Dieu,* disait la devise des Munro, mais il doutait que le *laird* ait jamais craint quiconque. En tout cas, il ne baissait la tête devant personne. Son monde et tous ceux qui l'habitaient n'appartenaient qu'à lui seul. C'était un *laird* dans tous les sens du terme et même sa femme et ses enfants devaient obéir à ses ordres.

Quand il leva les yeux vers le château, Alasdhair aperçut une longue silhouette à la fenêtre qui donnait sur le jardin.

— C'est ma mère, avertit Ailsa d'un ton craintif en suivant le regard de son bien-aimé. Je ne lui ai pas dit où j'allais.

— Crois-tu qu'elle aura prévu quelque chose ?

— Pour mon anniversaire ? répondit Ailsa avec un sourire plein d'ironie amère. Je doute qu'elle se soit souvenue que c'était aujourd'hui.

— Veux-tu que je t'accompagne ?

— Tu ne ferais qu'aggraver son humeur si elle est dans un mauvais jour.

La clarté diurne commençait à fuir avec le soleil qui finissait de se coucher.

— Je ferais bien d'aller la voir et de régler le problème, s'il y en a un.

— Ailsa ?

— Oui ?

— Ç'a été une journée très particulière, aujourd'hui.

— C'est vrai, répondit-elle avec un sourire. La plus belle chose qui me soit jamais arrivée, Alasdhair.

— Pour moi aussi.

Il avait envie de l'embrasser de nouveau et trouvait affreux qu'il faille que les choses s'arrêtent là, sous le regard dérangeant de Lady Munro. Le crépuscule ne devait laisser voir que des ombres, mais il soupçonnait qu'elle était capable de voir dans le noir, comme un chat sauvage diabolique.

— Un jour, affirma-t-il, en se contentant de serrer la main d'Ailsa dans la sienne, nous serons ensemble pour toujours, et chaque journée sera aussi particulière que celle-ci.

— Un jour, et pour toujours, approuva-t-elle.

C'était une promesse. Un vœu solennel qu'ils se juraient de tenir tous les deux.

Chapitre 1

Printemps 1748

Les tambours faisaient entendre leur lugubre message depuis déjà toute une semaine. Venus des confins du pays, les Highlanders étaient rassemblés en ce triste jour pour enterrer Lord Munro, *laird* d'Errin Mhor.

Dans la grande salle du château, le cercueil reposait sur son catafalque, tout drapé d'une grande pièce de tissu noir sur laquelle chatoyait la devise des Munro : *Craignez Dieu.* La même devise qui avait couvert la bière du père du défunt lord, et du père de celui-ci avant eux.

Ailsa Munro se pencha prudemment à la petite fenêtre de la tour dont elle avait fait son salon afin de mieux observer la foule endeuillée venue faire ses adieux à son père.

Malgré sa taille, elle devait se tenir sur la pointe des pieds pour y voir quelque chose tant la fenêtre était haute. Si les proches du défunt s'étaient avisés de lever la tête, ils auraient eu le plaisir d'apercevoir la fille du *laird*. Avec ses cheveux noués en un chignon précaire sur le sommet de sa tête et ses beaux yeux bleus luisant de curiosité, elle avait plus l'air d'une princesse tout droit sortie d'un conte de fées et attendant que son Prince vienne la sauver des griffes du Dragon plutôt que d'une fille éplorée s'apprêtant à se joindre au cortège funèbre.

Les hommes présents, toutefois, étaient trop occupés à

causer avec leurs pairs et à spéculer sur les changements que le trépas du *laird* risquait de susciter pour lever la tête.

Les ennemis jurés se mêlaient aux alliés immémoriaux dans la clarté pâle du soleil printanier. Ils étaient du même monde, souvent de la même lignée, mais bien peu parmi eux avaient été amis du défunt. Il fallait en effet avoir la peau bien dure et l'âme chevillée au corps pour ne pas un jour ou l'autre s'être brouillé avec un homme aussi dur et buté que Lord Munro.

Au rez-de-chaussée, là où Ailsa aurait dû se trouver à cette heure, les hommes de haut rang attendaient, prêts à assumer l'honneur de porter les couleurs du père de la jeune femme, ses étendards, sa grande épée, sa dague et son bouclier rond.

Les chefs de clan et les *lairds* des alentours, la crème de l'aristocratie des Highlands, étaient tous venus présenter leurs respects à la dépouille de leur pair. Même ceux qui avaient soutenu le Prétendant durant le récent conflit qu'on appelait à présent la Rébellion étaient venus renouer les liens d'antan avec Calumn, le frère d'Ailsa, en dépit du fait que leur père avait toujours été un ardent défenseur de la couronne.

Les funérailles d'un *laird* auraient dû être accompagnées de grandes démonstrations de tristesse et de pleurs, mais pour Ailsa, comme pour la majorité des présents, ce jour marquait bien plus la fin d'une époque et l'occasion de célébrer le début d'une ère nouvelle toute tournée vers l'avenir plutôt que le trépas d'un vieil homme.

En ces temps où tout changeait très vite, après la défaite des Jacobites et la fuite vers la France de Charles-Edouard Stuart, que tous les Ecossais appelaient affectueusement Bonnie Prince Charlie, à présent que le gouvernement semblait décidé à faire de la loi l'instrument de l'abolition des clans des Highlands toujours prêts à se révolter, Lord Munro était devenu une sorte d'anachronisme, un féodal symbolisant un passé révolu et pourtant décidé à maintenir coûte que coûte une tradition périmée.

Il avait joui de la loyauté de ses gens, sinon de leur respect, mais jamais il n'avait su gagner leur affection.

Ailsa ferma la fenêtre en soupirant. Sa propre relation avec son père avait beaucoup ressemblé aux hivers écossais, songeait-elle en prenant l'escalier pour rejoindre sa chambre : froide et maussade, et ponctuée de tempêtes occasionnelles, lorsque son caractère impétueux avait trouvé en l'obstination de son père l'occasion de confrontations explosives. Heureusement, comme Lord Munro s'était toujours montré passablement indifférent à l'égard de sa fille, leurs affrontements avaient été mémorables, mais somme toute peu fréquents.

Des images de leur dispute la plus violente lui revenaient à l'esprit comme autant de fantômes effrayants. Six années avaient passé depuis, assez pour que beaucoup d'eau ait coulé sous les ponts.

De l'eau noire et glacée…

Ailsa frissonna et essaya de chasser de son esprit ces affreux souvenirs. Il y avait bien assez de spectres pour hanter le présent sans qu'il soit besoin d'en faire remonter de nouveaux du passé.

Elle planta quelques épingles supplémentaires dans ses cheveux d'or, par précaution, quand bien même elle savait pertinemment qu'elle n'avait aucune chance de les empêcher de s'échapper de son chignon.

— C'était mon père quand même, se dit-elle à voix haute. Ce serait une bonne chose si le jour de ses funérailles pouvait me laisser au moins un bon souvenir.

Cela semblait impossible, toutefois, malgré la bonne volonté qu'elle déployait à cet effet. Lord Munro avait mis longtemps à mourir, s'accrochant à la vie comme un forcené bien après que son épouse, son médecin et ses enfants eurent abandonné tout espoir. Lord Munro avait décidé de ne pas quitter son enveloppe charnelle avant d'être parfaitement prêt.

— On ne peut pas vraiment nous blâmer de ressentir plus de soulagement que de tristesse, affirma Ailsa toujours à voix haute et pour elle-même, selon une habitude qu'elle avait acquise au fil des ans depuis son enfance, s'inventant des amis imaginaires pour se tenir compagnie.

En tant que fille du *laird*, on ne lui avait jamais permis de se mélanger aux enfants des villageois.

— Il aura au moins un enterrement en grande pompe, car ce sont sûrement les funérailles les plus attendues et les mieux préparées dans tous les Highlands depuis des années.

Elle accrocha une jolie broche d'or délicatement gravée d'un ancien motif celtique plutôt complexe sur sa robe, puis s'examina dans le grand miroir d'un œil critique.

Quasiment sans exception, tous ceux qui connaissaient Lady Munro — une femme à la beauté confirmée — ne pouvaient s'empêcher de commenter l'étonnante ressemblance entre la mère et la fille, mais Ailsa trouvait cette comparaison lassante. Franchement, elle n'avait pas du tout envie de s'entendre dire qu'elle ressemblait à sa mère, mais rien n'y faisait.

Depuis quelques années, ses cheveux avaient perdu leur blondeur juvénile et pris en lieu et place de celle-ci la même teinte d'or bruni qui ornait le chef de sa mère et de ses frères. Tout comme elle, cependant, ils faisaient preuve d'une indépendance remarquable et ne restaient généralement coiffés que très peu de temps. Quant à ses yeux, oui, ils étaient effectivement de la même incroyable couleur que ceux de sa mère, quoique, à rebours de ce qu'un galant avait prétendu un jour, pas vraiment violets comme la pourpre antique, mais tirant plutôt sur le bleu.

Son visage était d'un ovale plaisant et tout le monde s'accordait à la trouver jolie, quoique personnellement, elle trouvât sa bouche trop grande. Tout cela faisait-il d'elle une beauté ? Elle n'en savait rien. Ce qu'elle savait en revanche, c'était qu'il n'y avait aucun moyen de se soustraire à l'évidence : elle était bien la fille de sa mère.

Ailsa fit la grimace. A son avis, sa mère avait plus de raisons que n'importe qui d'être soulagée par la mort de Lord Munro, car leur couple n'avait jamais été une réussite. Comment aurait-il pu l'être d'ailleurs, quand le *laird* exigeait qu'on lui obéisse aveuglément et que sa femme oublie la terre entière pour se consacrer exclusivement à lui ? En tout cas, si le trépas de son époux la délivrait d'un grand poids, elle ne semblait s'en réjouir que dans son for intérieur.

— Quoi qu'elle ressente, elle le garde pour elle, marmonna Ailsa en s'adressant à son reflet dans le miroir. On jurerait que c'est de la glace et non du sang qui coule dans les veines de ma mère.

Elle ajusta une dernière fois l'encolure de sa robe. Comme tous ses vêtements, c'était une pièce de prix. Sa mère avait tenu à la voir porter de belles robes dès après son seizième anniversaire.

— Il va falloir que je te prenne en main, Ailsa, avait-elle déclaré d'une voix ferme. Tu n'es plus une enfant désormais. Il est temps que tu commences à t'habiller et à te comporter comme il sied à ton rang de fille de *laird* des Highlands.

Lady Munro avait insisté pour qu'elle porte des corsets, des bas, de la dentelle, et tous les autres ornements qui marquaient sa fortune et son rang. Ce n'était pas qu'Ailsa avait quelque chose contre les beaux atours, non, mais elle s'y sentait engoncée. Parfois, elle rêvait de sentir le sable sous ses pieds nus, le soleil sur sa nuque, et de pouvoir jeter lacets et corsets aux orties sans s'attirer les récriminations dont on l'abreuvait systématiquement chaque fois qu'elle cédait à ses petits accès de folie pourtant si anodins.

Sa toilette du jour consistait en une robe de soie tissée

dans les couleurs du clan Munro portée par-dessus un jupon d'un bleu très sombre. Comme l'exigeait la mode, son corsage était lacé très serré, pour mettre en valeur l'ampleur de sa poitrine et le contraste de celle-ci avec la finesse de sa taille.

La plupart des hommes l'auraient dite voluptueuse mais, de ce point de vue, Ailsa aurait bien préféré ressembler à sa mère et offrir elle aussi aux regards une silhouette plus mince et moins opulente. Elle entretenait avec son corps des relations contrastées et détestait par exemple la façon qu'il avait d'attirer le regard des hommes. Mais son *arisaidh,* qu'elle portait aujourd'hui avec une ceinture et une broche pour le fermer, avait bien du mal à le cacher.

Son indifférence à l'égard des compliments dithyrambiques qu'elle s'attirait où qu'elle aille et son refus de laisser qui que ce soit essayer de lui faire la cour semblaient, étonnamment, inciter ses admirateurs à tenter leur chance avec d'autant plus d'insistance. Tout ceci la laissait parfaitement de marbre. Elle ne devait qu'à la perspective de sa jolie dot et à sa position de ne jamais manquer de prétendants, mais, malgré leur nombre impressionnant, aucun d'entre eux n'avait réussi à toucher son cœur.

Pas comme…

Instantanément, Ailsa s'interdit ce genre de pensée. A quoi pensait-elle ? Elle n'avait nul besoin d'une seconde leçon. De toute façon, l'amour n'entrait nullement en ligne de compte. Son existence n'avait qu'un seul but, une seule justification : trouver un bon mari. Son père avait été très clair là-dessus, six ans plus tôt.

La cloche dc la tour du château se mit à sonner lentement tirant Ailsa de sa rêverie. Dans l'air immobile du petit matin, son drone sourd résonnait par-dessus les terres fertiles des Munro, renvoyé en un écho lugubre par le flanc des montagnes qui bordaient Errin Mhor.

La cloche était censée chasser les esprits mauvais dont

tout le monde savait qu'ils rôdaient pendant une veille, prêts à profiter de la vulnérabilité momentanée des endeuillés. Elle marquait aussi le début des rites funéraires.

C'était l'heure. Ailsa tira son *arisaidh* sur sa tête pour couvrir ses cheveux, puis quitta la chambre et s'engagea rapidement dans l'escalier.

Dans la grande salle, son frère Calumn, en grand apparat dans son costume des Highlands, était occupé à répartir les membres de la famille pour les funérailles de son père.

Le bruit sourd des cornemuses que gonflaient les souffleurs fut comme un signal pour la petite foule, qui commença à s'assembler en ordre. Le nouveau *laird* d'Errin Mhor embrassa longuement sa femme Madeleine — qui attendait leur premier enfant — avant de s'éloigner. Selon la tradition, Madeleine devait rester en arrière pour consoler Lady Munro. Non point que celle-ci fût disposée à accepter le réconfort de quiconque, mais c'était la tradition.

Toujours selon la coutume, Ailsa devait elle aussi demeurer auprès de sa mère tandis que les autres membres de la famille se formaient en procession.

Mais, sur ce point, Ailsa avait été parfaitement claire : elle rendrait hommage à la dépouille de son géniteur en même temps et de la même façon que les hommes, et non point en restant bien sagement au château en compagnie de Lady Munro et des quelques femmes triées sur le volet par cette dernière.

Le sonneur de cornemuse du défunt *laird* commença à jouer les premières notes funèbres du *pibroch*, cette musique si particulière aux Highlands.

Ailsa prit des mains de Calumn le coussinet noir sur lequel reposaient les gantelets et le couvre-chef de son père et sortit la première. Le champion du trépassé, Hamish Sinclair, attendait au-dehors, juché sur un cheval drapé d'une couverture de velours noir, prêt à guider le cortège. L'étalon de Lord Munro, lui aussi caparaçonné de noir, frappait nerveusement la terre du pied. L'absence de selle sur sa croupe symbolisait parfaitement la disparition définitive du *laird*.

On glissa quatre longues traverses de bois sous le cercueil. Selon la tradition, les huit premiers hommes désignés pour porter celui-ci devaient être choisis parmi les parents les plus proches du défunt. Calumn et son demi-frère Rory Macleod s'avancèrent les premiers, ce qui n'avait pas manqué de susciter une certaine controverse au motif que Rory n'était pas apparenté au *laird* défunt par le sang, étant issu du premier lit de Lady Munro.

Lord Munro avait insisté pour que son épouse abandonne son premier-né avant leur mariage, et la mère et son fils avaient de ce fait été séparés depuis lors, mais Rory devait à l'insistance de Calumn d'assister aux funérailles malgré tout, et aux premières loges.

Quand on souleva le cercueil de son catafalque, les cornemuses lancèrent leur plainte lugubre. Les porteurs se mirent à descendre lentement les marches du grand perron, les yeux rivés droit devant eux, parfaitement concentrés sur la tâche qui leur incombait, car c'était une entreprise fort risquée de porter un lourd cercueil sur quatre traverses somme toute assez fines.

Ailsa se tenait au premier rang des proches du défunt. La longue file des parents et amis s'avançait derrière elle, par ordre hiérarchique, les *lairds* tout d'abord, suivis de leurs femmes, puis les domestiques de son père, ses fermiers, ses serfs, ses pousseurs de bétail, ses pêcheurs.

Ailsa les connaissait tous ou presque, par ouï-dire à tout le moins, sinon personnellement. A quelques rares exceptions près, les hommes portaient tous les deux *plaids* traditionnels, le *filleadh beg* et le *filleadh mòr*, en dépit de la loi qui interdisait le costume des Highlands aux gens du commun et n'en autorisait le port qu'aux aristocrates. La plupart des femmes arboraient leur plus belle robe noire du dimanche. Tous avaient le visage sombre. Les deux chevaux ouvraient la marche.

Le cortège descendit lentement l'imposante allée du château, franchissant les lourdes grilles de fer forgé portant le blason des Munro puis, poursuivant sa marche, atteignit le village d'Errin Mhor, où eut lieu le premier changement de porteurs. Il était de coutume que la chose eût lieu tandis que le cortège continuait sa progression, aussi le second groupe se tenait-il en place, aligné en deux files de quatre hommes qui prirent tour à tour le relais par paires, en ployant sous l'effort.

Comme la chute d'une traverse était considérée comme annonciatrice de la mort de celui qui la tenait, chacun exécutait les gestes requis avec d'extrêmes précautions pour assurer une transition parfaite. Les villageois, les gamins du village et même les chiens se tenaient cois, tête baissée, en signe de respect à l'égard de la procession qui passait devant eux.

Les frères Munro conservèrent leur place à l'avant du cortège. Avec leurs cheveux d'or et leur grande taille, ils formaient un trio impressionnant. Tous ceux devant qui ils passaient les regardaient avec une admiration mêlée de crainte.

Il était aussi de tradition que des rafraîchissements, sous la forme de *uisge beathe*, l'eau-de-vie plus connue généralement sous le nom de whisky, fussent servis en généreuses rasades pour humecter le palais des membres du cortège, car veiller un mort était une affaire qui donnait terriblement soif.

Aucun des frères Munro ne prit part aux libations, mais nombreux furent ceux qui s'en chargèrent à leur place. A tel point que lorsque, deux heures plus tard, ils atteignirent enfin, au beau milieu de nulle part, sur les confins du domaine, le cimetière solitaire dans lequel les *lairds* trouvaient leur dernière demeure, sous l'effet du *uisge beathe* combiné à l'inclinaison terrible du chemin, à l'étroitesse de ce dernier et à l'excitation de voir un événement longtemps attendu se réaliser enfin, une sorte d'extrême lassitude gagna le cortège. La longue file bien ordonnée s'étendait désormais en un cordon clairsemé et inégal. Beaucoup avaient la face rougeaude, le front couvert de sueur, et tous arboraient un air soulagé en lieu et place de l'expression grave et solennelle qu'ils avaient deux heures plus tôt à peine.

Ailsa détourna ses pas en arrivant aux portes du cimetière, car l'éloge funèbre et l'enterrement proprement dit étaient si strictement réservés aux hommes qu'elle-même n'avait pas le courage de braver l'interdit.

Les autres femmes se joignirent à elle. Epuisées, couvertes de poussière, mais heureuses que le but de leur longue marche ait été atteint sans incident, elles s'installèrent en petits groupes autour du cimetière, ignorant pour l'essentiel la cérémonie qui s'y déroulait et discutant, pour s'occuper, des derniers commérages et des dernières rumeurs, dans la langue gaélique de leurs ancêtres, si musicale, qu'elles continuaient à préférer à l'anglais dont les nouvelles lois voulaient leur imposer l'usage.

Ailsa passa d'un groupe à l'autre, acceptant sans broncher les platitudes polies et les condoléances convenues que lui adressèrent celles des dames dont elle savait que sa mère aurait exigé qu'elle les écoute en premier, avant d'aller se joindre à la masse compacte constituée des femmes et des filles de certains fermiers d'Errin Mhor.

Au milieu de celles-ci se tenait Shona MacBrayne, la rebouteuse avec laquelle elle passait souvent ses journées à cueillir des herbes, à concocter des potions, à veiller au chevet des malades ou à donner la main pour un accouchement.

— Je ne t'insulterai pas en disant que je suis désolée, Ailsa, murmura Shona si bas que les autres ne pouvaient l'entendre. Ton père a vécu fort longtemps, et même plus que ça. Je prie seulement pour que la route qu'il va prendre aujourd'hui le mène vers les cieux plutôt que l'enfer.

— Quelque direction qu'il prenne, tu peux être certaine qu'il l'aura choisie lui-même, répondit Ailsa avec irrévérence.

Comme tout le monde autour d'elle, elle commençait à ressentir cette sorte d'ivresse légère mêlée de soulagement que l'on éprouve si souvent après un enterrement.

Shona gloussa.

— En tout cas, à présent qu'il n'est plus là, ton frère va enfin pouvoir prendre en main les terres des Munro. Elles sont dans un triste état, et bien en peine de se remettre du peu d'attention qu'il leur a prêtée pendant toutes ces années.

— Pauvre Calumn, il ronge son frein depuis qu'il est rentré l'an passé, acquiesça Ailsa avec un sourire. Il se retient de toutes ses forces de ne pas changer les choses ici.

— Assurément, et nous pouvons être sûrs que les changements qu'il envisage ne manqueront pas d'irriter profondément ta mère. Il aura beau faire cela aussi délicatement qu'il voudra, il va y avoir du tapage, affirma Shona, perspicace. Il vaudra mieux pour toi que tu restes à l'écart de tout ça. De toute façon, il est temps que tu aies un foyer à toi. Ton père a mis longtemps à mourir et je ne serais pas surprise que McNair soit très impatient de te mettre enfin la bague au doigt.

Ailsa joua avec le fermoir de sa broche.

— Pourquoi le serait-il ? Mon père a réglé les choses entre nous depuis longtemps et les contrats sont signés. Pourquoi se presser ?

Shona fronça les sourcils.

— Ce mariage est une bonne chose pour le clan, Ailsa.

Donald McNair est riche, et votre union nous assurera un allié de poids. Ne me dis pas que tu songes à le repousser !

— Bien sûr que non. Je suis parfaitement consciente de l'intérêt d'une telle alliance. Mon père ne l'aurait pas choisi sans cela.

— Mais toi, ma petite, que penses-tu de tout ça ?

— Quelle importance ? répondit Ailsa, balayant la question.

En voyant l'air choqué de Shona, Ailsa prit instantanément conscience qu'elle venait de commettre un impair. C'était une chose d'entretenir ce genre de pensées, mais c'en était une autre de les partager avec le personnel de son père — ou plutôt de son frère à présent. Elle toucha le bras de la vieille femme.

— Je l'aime bien, affirma-t-elle. Autant qu'il m'aime, lui, en tout cas.

Puis elle se pencha pour étreindre Shona doucement.

— Nous nous entendons bien tous les deux. Ne te ronge pas les sangs à mon sujet, Shona. Je peux prendre soin de moi.

— Ah, c'est bien vrai, approuva la rebouteuse tristement. Votre mère…

Elles furent interrompues sur ces entrefaites par la femme du forgeron qui voulait demander à Shona son avis sur la meilleure façon de traiter les douleurs articulaires de son époux.

Ailsa s'éloigna, fixant d'un regard absent le groupe d'hommes au loin. Shona avait raison : il était grand temps qu'elle se marie. Elle avait accepté les fiançailles, finalement, et Donald, l'homme que son père avait choisi pour elle, était assez beau somme toute, sous ses dehors austères. Pourquoi pas ? se souvenait-elle d'avoir pensé à l'époque. Quel autre destin s'offrait à elle, de toute façon, hormis de finir vieille fille et de rester à jamais dépendante de son frère ? En se mariant, elle aurait au moins un foyer à elle.

Une fois les contrats signés, cependant, elle s'était sentie curieusement peu disposée à passer aux actes. Elle avait temporisé autant qu'elle pouvait, arguant de l'état de santé de son père pour repousser le mariage.

La mort de celui-ci signifiait qu'elle avait épuisé toutes les excuses possibles et devait désormais affronter le destin qui s'offrait à elle avec une insistance décourageante. Elle avait beau s'être persuadée que le trépas de son père lui serait une délivrance, elle se sentait au contraire encore plus enfermée et piégée que lorsqu'il vivait encore.

Elle avait aussi espéré que le décès de son géniteur contribuerait à réchauffer les relations qu'elle entretenait avec sa mère, mais au lieu de cela, Lady Munro semblait s'être réfugiée encore plus derrière la barrière invisible qui la séparait de sa fille.

Ailsa avait cru jusque-là qu'elle était suffisamment habituée à la froideur de sa mère pour qu'une telle attitude ne l'atteigne pas, mais elle découvrait aujourd'hui à son grand dam qu'il n'en était rien.

Ce dont elle avait besoin, c'était d'un changement, certes, mais différent, quoiqu'elle n'ait aucune idée de ce dont il pouvait bien s'agir.

Le mariage avec Donald McNair ne lui semblait pas être la solution, alors même qu'elle savait fort bien que tel était son destin. On n'échappait pas à son devoir, c'était là une leçon qu'elle avait apprise à ses dépens. La jeune fille insouciante qu'elle avait jadis été n'existait plus depuis longtemps et son avenir qui, six ans plus tôt, avait semblé si radieux, semblait désormais terriblement terne et même quelque peu effrayant.

Elle s'approcha de la porte du cimetière. Calumn était toujours occupé à s'adresser aux hommes, qui avaient les yeux fixés sur lui. Quand elle se retourna pour rejoindre Shona, une haute silhouette toute vêtue de noir apparut soudain dans son champ de vision.

Elle en fut surprise, car l'inconnu semblait avoir surgi de nulle part. Le chemin qui menait au cimetière était vide l'instant d'avant, elle l'aurait juré.

Elle s'écarta pour lui céder la place, mais il sembla à peine s'apercevoir de sa présence tant il paraissait impatient de se joindre à la cérémonie qui s'achevait. Elle remarqua fugacement un visage impressionnant de beauté et des cheveux d'un noir de jais avant qu'il ne franchisse la porte pour aller se placer derrière les hommes en deuil, son chapeau à la main.

Follement intriguée, Ailsa se pencha par-dessus le petit muret de pierre sèche rongé par la pluie et la glace qui marquait la limite du cimetière.

L'allure de l'inconnu lui semblait vaguement familière. Son port de tête, sa façon de se tenir, de serrer son chapeau et ses gants entre ses mains croisées dans son dos… Sa taille aussi — il était grand, plus grand que Calumn lui-même —, ses cheveux, noirs come l'aile d'un corbeau qui tombaient sur ses épaules excessivement larges…

Ailsa sentit son cœur s'affoler tout à coup. Non, ce n'était pas possible. C'était une vague ressemblance, rien de plus.

L'inconnu portait des bottes de cheval visiblement bien cirées malgré la poussière du voyage, et un haut-de-chausse noir qui moulait ses longues jambes. Sa veste noire à longues basques et manchettes épaisses accentuait encore l'impression de force qui se dégageait de sa silhouette. Des ruches de dentelle blanche dépassant de ses manches contrastaient avec la peau hâlée de ses mains.

Si on le comparait aux autres hommes de l'assistance, il se dégageait de lui une impression d'élégance et de sophistication qui l'aurait aisément fait passer pour un étranger. Et pourtant, il avait l'air parfaitement à sa place. La façon dont il avait franchi le raidillon qui le séparait du lieu de l'enterrement était impressionnante, elle aussi. Si sa tenue donnait à penser qu'il s'agissait d'un riche gentleman venu de la grande ville, son corps, lui, était clairement celui d'un Highlander.

Ce ne pouvait pas être lui et pourtant, une partie d'elle-même était absolument persuadée qu'il ne pouvait s'agir de personne d'autre.

Mais Alasdhair Ross était banni !

Six ans plus tôt, il avait disparu et depuis, plus un seul mot. Ce ne pouvait pas être lui, cela n'avait pas de sens. Pourquoi serait-il revenu, après tout ce temps ? Et puis, malgré la ressemblance frappante, cet homme était bien trop sûr de lui, et bien trop élégant pour qu'il puisse s'agir d'Alasdhair. Si c'était lui malgré tout, alors il n'avait pas simplement changé, mais subi une transformation complète.

Ce ne pouvait être lui, se répéta-t-elle. Impossible.

Elle s'en était finalement presque persuadée lorsqu'il se tourna légèrement sur le côté, de sorte qu'elle pouvait désormais le voir de profil.

Son cœur, pétrifié dans la glace depuis le jour du départ d'Alasdhair, fut secoué par une violente nausée.

Elle ne l'avait aperçu que l'espace d'une seconde avant qu'il ne se retourne, mais cela lui avait suffi. Il était rasé de près et son menton carré, sa bouche droite et austère ne laissaient pas de place au doute. Ses lèvres étaient bien les mêmes que celles dont un éternel demi-sourire plissait les commissures. De fines rides entouraient ses yeux sombres. Son visage superbe semblait à présent plus dur et plus ferme que celui du jeune homme dont elle gardait le souvenir et qui n'avait pas, lui, cette autorité que seule confère la maturité. Pour autant, c'était bien le même.

Ailsa avait beau ne jamais s'être évanouie au cours de sa vie, elle craignit de défaillir en cet instant. Déjà, sa vision se troublait, le sang battait douloureusement à ses tempes et elle avait la bouche sèche. Pour ne pas s'effondrer, elle agrippa la crête moussue du muret, ferma les yeux et se força à respirer profondément.

— Dis-moi que mes yeux usés me trompent.

Ailsa leva la tête, surprise.

— C'est bien lui, n'est-ce pas ? lança Shona en désignant l'inconnu du menton. Alasdhair Ross, un fantôme surgi du passé et qui vient en rejoindre tant d'autres dans ce cimetière.

Elle gloussa, puis poursuivit :

— Il a été banni pour avoir défié l'autorité du *laird*, mais ton père n'a jamais clairement dit pour quelle raison.

— Non, en effet, répondit Ailsa, laconique. Il n'était pas du genre à justifier ses actes.

— Tu l'aimais bien, autrefois, n'est-ce pas ? s'enquit Shona, fine mouche. Si je me souviens bien, tu le suivais partout où il allait.

— C'était il y a longtemps. J'étais très jeune, tempéra Ailsa en tentant désespérément de retenir les larmes qu'elle sentait monter à ses yeux.

Il y eut un silence, puis :

— Je l'aimais beaucoup, c'est vrai.

— Je ne peux pas t'en blâmer, répondit Shona. Il a toujours été très beau malgré son air sauvage, mais le voilà devenu diablement séduisant. Et il a fait fortune, à en juger par les vêtements qu'il porte. Qui aurait pensé que le fils de l'intendant Ross réussirait si bien ? Crois-tu qu'il soit rentré au pays pour nous narguer ?

— Comment le saurais-je ? Et en quoi cela me concerne-t-il ? répondit Ailsa sèchement.

Que faisait-il ici ?

— Quoi qu'il fasse ici aujourd'hui, cela risque de remuer quelques cendres.

Le rire sourd de la rebouteuse ressemblait plus au caquètement de la sorcière que les gamins du village l'accusaient d'être parfois.

— Regarde-le un peu, tout de noir vêtu, se pencher sur la dépouille de ton père. On dirait Belzébuth en personne. Je suis surprise que nous n'entendions pas le *laird* se retourner dans sa tombe.

— Chut ! murmura Ailsa avec empressement. On va finir par nous entendre.

Justement, quelques-uns des hommes s'étaient tournés dans leur direction pour s'enquérir de ce qui troublait leur cérémonie et, ce faisant, s'étaient avisés de la présence de l'étranger posté derrière eux.

Ailsa les regarda s'écarter, comme s'ils craignaient d'être contaminés, et reconnut le même étonnement sidéré qu'elle éprouvait elle-même sur le visage de son frère Calumn. Elle sentait comme une main énorme étreindre son cœur. Un maelstrom d'émotions contraires — colère, douleur, regret, amertume — bouillait en elle, si fort qu'elle dut s'agripper au muret de pierre pour se soutenir tandis qu'elle regardait l'homme qu'elle avait si follement et si stupidement aimé se pencher sur la tombe de son père.

En quittant Errin Mhor six ans plus tôt, Alasdhair Ross avait juré de ne jamais retourner dans les Highlands. Depuis son enfance, en fait, depuis la première fois qu'il avait vu le grand globe terrestre qui trônait dans la bibliothèque de Lord Munro, il avait rêvé de quitter cette terre trop exiguë pour lui et si ridiculement petite par comparaison avec le Nouveau Monde.

A tel point que son désir de traverser l'océan et d'aller faire fortune de l'autre côté n'avait fait que grandir au fil des ans. Il s'en était fait comme une armure, une carapace douillette qui l'avait protégé durant ses longues nuits d'hiver solitaires, après que sa mère l'eut abandonné et que son père eut quitté son enveloppe charnelle peu après. Et aussi contre la dérision et les sarcasmes que ses ambitions suscitaient chez lord Munro, qui l'avait accueilli chez lui et était devenu son tuteur.

— Ne sois pas stupide, mon garçon, tes idées n'ont pas de sens, entendait-il encore le *laird* lui lancer avec mépris. Ta place est ici, et ton devoir est de me servir. Si tu as de la chance et que tu obéis, je ferai peut-être de toi mon intendant. C'est tout ce à quoi un homme de ta condition devrait aspirer, et c'est déjà beaucoup.

Mais à mesure qu'Alasdhair grandissait, son désir de se faire une place au soleil en Amérique était devenu l'unique lumière au bout du long tunnel de sa servitude, et son unique espoir d'être un jour autre chose que le pupille de Lord Munro, le serf de Lord Munro, la propriété de Lord Munro.

L'Amérique avait été le seul et unique objet de ses rêves. Ensuite, avec un peu de chance, du bon sens et beaucoup de travail acharné, il avait obtenu des résultats spectaculaires.

Ayant trouvé du travail sur la plantation d'un Ecossais, il avait réussi, à force d'obstination et de détermination, à s'élever au rang de directeur et bras droit de ce dernier avant de monter sa propre affaire.

Sa vie n'avait pas été facile, certes, mais le jeu en valait la chandelle. Il était à présent un homme riche — très riche — un propriétaire terrien respecté, un marchand reconnu pour son honnêteté et sa droiture, qualités assez rares dans le commerce du tabac. Mais son intégrité lui importait encore plus que sa richesse. Il n'obéissait à personne hormis sa propre conscience et ne comptait jamais que sur lui-même.

Sa vie avait pris la tournure dont il rêvait depuis toujours. En réussissant seul, sans courber l'échine devant son *laird*, il avait offert un démenti cinglant à tous ceux qui moquaient ses ambitions. Il vivait en homme libre sur ses propres terres désormais, et personne ne se souciait de qui était son père ni même d'où il venait.

Sauf que, ces derniers temps, Alasdhair avait découvert que cela lui importait, à lui, profondément. A présent qu'il avait tout ce à quoi il aspirait, il trouvait que cela n'était pas assez.

Le passé, auquel, trop occupé ou trop las, il n'avait jamais trouvé le temps de penser, commençait doucement à se rappeler à son bon souvenir et à le hanter.

L'histoire de sa mère s'enfuyant soudainement avec un autre homme semblait de moins en moins crédible à mesure qu'il y réfléchissait. Pourquoi n'avait-elle jamais laissé la moindre explication ni même essayé d'entrer en contact avec lui ?

Quant à la mort de son père, il se refusait à croire qu'elle ait été autre chose qu'un simple accident, mais il ne pouvait s'empêcher de se demander si Alec Ross n'avait pas eu de bonnes raisons de faire de lui un orphelin et de l'abandonner à la vindicte éternelle de Lady Munro.

Malgré cela, et la détermination de son tuteur à l'obliger à se plier à sa volonté, il regrettait les termes détestables en lesquels ce dernier et lui-même s'étaient quittés. Bien que sa vie fût désormais en Virginie, il voulait avoir le droit de retrouver le pays de son cœur, même s'il n'entendait pas l'exercer très souvent, voire plus du tout, à l'avenir.

Et puis, il y avait Ailsa.

Pourquoi ?

La question le harcelait sans répit. Plus il essayait de la chasser, plus elle revenait à la charge.

Pourquoi ?

Finalement, il avait compris qu'il n'aurait de repos tant qu'il n'aurait pas découvert la réponse à cette question. Et pour obtenir une réponse, il devait rentrer en Ecosse. Tourner la page, solder tous ses comptes, une bonne fois pour toutes, voilà ce qu'il voulait faire avant de retourner en Virginie. Ensuite, et ensuite seulement, il pourrait écrire un nouveau chapitre de sa vie.

Les circonstances l'avaient aidé à réaliser la première partie de son projet. L'occasion de former un nouveau partenariat avec un marchand de Glasgow s'était en effet offerte à lui au moment précis où l'un de ses bateaux s'apprêtait à prendre la mer en direction, justement, de cette ville.

Il était arrivé à Glasgow deux semaines plus tôt. Prenant aussitôt la route du Nord, il avait entendu, en entrant dans Argyll, le glas lugubre annonçant la mort de quelqu'un et, en apprenant qu'il s'agissait de Lord Munro lui-même, qui venait de trépasser après une longue et douloureuse agonie, il avait été surpris par la violence des sentiments qui l'avaient assailli. Il y avait le regret d'être arrivé trop tard, bien sûr, et le chagrin, sans doute, mais aussi et surtout la colère, car le vieil homme avait dû se douter que la fin était proche et n'avait pourtant rien fait pour essayer de s'excuser ou même lever le bannissement d'Alasdhair.

Il arrivait juste à temps pour rendre un dernier hommage au *laird* défunt, n'ayant atteint Errin Mhor que le matin même.

Autour de lui, il n'y avait que des visages familiers qui cherchaient soigneusement à éviter son regard. En face de lui, Calumn, le nouveau *laird*. Il n'avait pas beaucoup changé. Il était plus large d'épaules, peut-être, le visage un peu buriné, mais pour l'essentiel, son ami d'enfance ressemblait exactement au jeune homme qu'il avait vu partir pour rejoindre l'armée du roi Henry. Cela faisait déjà plus de dix ans.

Les souvenirs passaient dans sa tête tandis qu'il écoutait Calumn faire l'éloge funèbre de son père. Des souvenirs très doux, terriblement douloureux, et d'autres, les plus sombres, surgissant des confins de sa mémoire comme des chiens furieux, ou plutôt comme des fantômes rassemblés autour d'un cadavre.

Ici, on disait qu'ouvrir la terre pour y enfouir un corps à peine froid libérait les esprits qui habitaient les dépouilles anciennes. Aujourd'hui, Alasdhair était bien près de le croire.

En s'ébrouant pour chasser ces pensées mélancoliques, il s'aperçut que Calumn venait d'achever sa dernière prière. Debout devant la tombe, le nouveau lord Munro recevait à présent les condoléances solennelles des autres hommes. Tous avançaient lentement vers lui à la suite l'un de l'autre et lui serraient la main, certains s'arrêtant un instant pour murmurer une prière devant le trou béant dans lequel reposait le défunt.

Alasdhair les suivit des yeux tandis qu'ils quittaient le cimetière en hochant la tête et en conversant entre eux, lui jetant des regards furtifs avec, sur le visage, des expressions qui allaient de la stupeur à l'hostilité la plus profonde en passant par toutes les nuances de la gêne et de la perplexité. Certains lui tournèrent carrément le dos.

La colère couvait en lui. Quelle différence cela leur faisait-il, à ces fermiers, à ces pêcheurs ? Que savaient-ils des circonstances de son départ ? Sûrement pas la vérité, il l'aurait parié. Cela le rendait fou furieux, de voir que le corps inanimé qui gisait dans la glaise humide puisse encore exercer une telle influence. Il ne méritait pas un tel traitement, et il le leur montrerait.

Pour l'heure, il fallait différer ce moment, vu les circonstances, mais il n'était pas question qu'il se laisse intimider. Les mains serrées derrière son dos, il resta immobile, très droit sur ses jambes, pendant qu'un à un les autres quittaient lentement le cimetière.

Dès qu'ils eurent passé la porte, cependant, et retrouvé leurs femmes, un vacarme de murmures agités s'éleva dans l'air matinal.

Fixant sur eux des yeux pleins de mépris, Alasdhair, le réprouvé, le mal-aimé d'antan vit s'approcher lentement vers lui son vieil ami.

— Alasdhair ! C'est bien toi !

— Calumn !

Les deux hommes tombèrent dans les bras l'un de l'autre et s'étreignirent.

— C'est bon de te voir, mon ami, lança chaleureusement le nouveau *laird*. J'ai souvent pensé à toi pendant toutes ces années.

— Moi aussi, répondit Alasdhair en hochant la tête. J'aurais préféré te revoir dans des circonstances moins pénibles.

— Allons, tu es ici, c'est le principal. Nous avons beaucoup de temps à rattraper, tous les deux, mais il faut d'abord que je retourne au château pour retrouver mes hôtes. Nous parlerons demain pour de bon.

— Cela me ferait plaisir, affirma Alasdhair.

— Parfait. Viendras-tu à la veillée mortuaire ? demanda Calumn, que le refus de son ami ne surprit pas outre mesure. A demain, donc.

Là-dessus, le nouveau lord Munro s'éloigna en direction de la porte du cimetière où l'attendait son cheval.

Dissimulée par la foule, Ailsa observait la silhouette solitaire restée dans le cimetière.

Alasdhair. Ce nom, auquel elle s'était interdit de penser pour ne pas souffrir, semblait à présent résonner en elle.

Alasdhair. C'était un nom amer, âcre de regrets et de trahison, et pourtant il avait été le plus doux, le plus suave. Son Alasdhair, ni plus ni moins, autrefois… Fugacement.

Autour d'elle, les villageois en deuil riaient et conversaient avec toute la gaieté qui suit souvent les adieux déchirants aux trépassés. La vie réaffirmait ses droits et sa préséance sur la mort, mais Ailsa les remarquait à peine.

Ils allaient bientôt rentrer à Errin Mhor pour prendre part à la veillée funèbre. Les viandes grillées, le vin qui coulerait à flots, les verres de whisky innombrables que l'on lèverait à la santé du défunt et les hommages à celui-ci qui se poursuivraient très tard dans la nuit et culmineraient avec la crémation sur le bûcher qu'allumerait sa veuve de ses draps et de ses vêtements… Ailsa y prendrait part elle aussi, mais plus tard.

Pas maintenant.

Sans savoir trop comment, elle trouva le courage de franchir la grille et de s'approcher de la silhouette immobile. Mieux valait en finir tout de suite, pendant qu'ils étaient seuls. Il le fallait. La douleur s'apaiserait après cela, comme elle le fait après qu'on a crevé un abcès.

— Alasdhair ?

Il eut l'impression qu'on lui plantait une aiguille d'acier en plein cœur.

Ailsa…

Sa voix avait changé. C'était celle d'unc femme plus mûre, sans doute, plus grave et rauque, mais il l'aurait reconnue entre mille. Comme il avait cru qu'elle serait au château avec sa mère, il ne s'était pas préparé à la revoir tout de suite. Il fit un effort pour contrôler le tourbillon d'émotions qui venaient de déferler en lui avant de lui faire face.

— Ailsa…

Le nom semblait rouillé à force d'avoir été retenu.

Ils se regardèrent fixement pendant un moment. Six ans. Six longues années. On les aurait crus pétrifiés dans l'ambre, leurs yeux seuls s'animant pour évaluer les changements apportés par le temps sur le visage de l'autre.

Chapitre 2

Alasdhair laissa son regard courir sur le corps d'Ailsa, puis sur son visage. Elle semblait plus grande que dans son souvenir. En tout cas, son corps avait changé pour devenir incroyablement sensuel. Les courbes discrètes de l'enfance avaient disparu. Sa beauté était mieux définie, débarrassée de l'imprécision et de la verdeur des années tendres. Ses cheveux, que les épingles n'arrivaient pas à retenir, avaient foncé, passant du blond à l'or. Seules les petites boucles qui entouraient son front demeuraient inchangées. Et ses yeux, avec leur étrange teinte d'un violet tirant sur le bleu, comme lorsqu'une tempête s'amoncelle dans le ciel… Ils étaient exactement comme autrefois.

Ailsa.

Elle n'avait pas l'air de sourire souvent désormais. L'exubérance, qui était autrefois le trait le plus marquant de son caractère, semblait l'avoir quittée.

— Je t'ai à peine reconnue. Tu as tellement changé, remarqua Alasdhair.

— Pas autant que toi.

— C'est vrai. Je ne suis plus un serf. Personne ne peut plus user ni abuser de moi à sa guise, comme lorsque j'appartenais aux Munro.

Ailsa tressaillit sous l'insulte.

— Jamais je n'ai pensé à toi en ces termes.

— En effet, c'est ce que j'ai cru moi aussi, jusqu'à ce que tu me prouves que j'avais tort.

— Que veux-tu dire ?

— Crois-tu vraiment que j'aie oublié ? Ou pardonné ?

Ailsa hésita, troublée par le ton accusateur d'Alasdhair. Il avait le visage terriblement dur. Tout en lui était sombre, intense. Si elle n'avait pas été à bout de nerfs, elle aurait sans doute eu peur de lui.

— Oublié quoi ? demanda-t-elle. Que tu as trahi ta promesse ? Un jour, et pour toujours, ce sont tes propres mots.

— Et je les ai prononcés d'un cœur sincère, contrairement à toi.

— Comment oses-tu ? Moi aussi j'étais sincère, absolument et sans réserve aucune. Tu sais très bien que je ne les aurais pas répétés si j'avais eu le moindre doute.

Sa voix tremblait tandis qu'elle s'efforçait de retenir ses larmes.

— Je sais surtout que tu t'es jouée de moi, répondit Alasdhair d'un ton glacial. Pas étonnant : avec une mère comme la tienne, tu as été à bonne école.

— Je ne ressemble en rien à ma mère !

— C'est ce que je croyais également, mais tu m'as prouvé le contraire là-dessus aussi.

Son regard était sombre et intense, son visage dur.

Ailsa fut incapable de contenir plus longtemps ses larmes. D'un geste plein d'impatience, elle les essuya du revers de sa main gantée.

— Je ne sais pas pourquoi tu es comme ça. Si quelqu'un a le droit d'être en colère ici, c'est moi.

— Toi ?

Elle rejeta la tête en arrière, arrachant une poignée d'épingles à ses cheveux dans le mouvement.

— Tu es parti sans un adieu, sans même essayer de te justifier !

Alasdhair jaugea le visage d'Ailsa. Elle semblait sincère.

Un brouillard épais commença soudain à s'étendre sur ses certitudes.

— Voilà qui est plaisant, venant de toi, répliqua-t-il. C'est toi qui m'as trahi, cette nuit-là.

— Je ne comprends pas…

Ailsa eut soudain du mal à soutenir le regard d'Alasdhair. C'était comme si la brume épaisse des Highlands s'était soudain abattue sur le cimetière. Elle avait les genoux qui tremblaient, et un bourdonnement sourd lui vrillait les oreilles.

— Je suis confuse… Je ne me sens pas… il faut que je m'asseye.

Elle tituba jusqu'à une pierre tombale rongée par le temps et s'effondra sur celle-ci sans se soucier une seule seconde des dégâts que risquaient de causer à sa robe la mousse et les lichens épais qui recouvraient par endroits la dalle ancienne.

— Ailsa !

Alasdhair s'agenouilla aussitôt auprès d'elle. Elle était aussi pâle qu'un linge, visiblement choquée, les yeux absents, presque vitreux. Elle ne jouait pas la comédie, tout de même ?

Il prit ses mains dans les siennes et remarqua, malgré l'épaisseur des gants qui les enserraient, qu'elles étaient glacées.

L'instant d'après, elle les dégagea d'un mouvement brusque.

— Ne me touche pas, par pitié.

Mortifié, Alasdhair se releva d'un bond, suivi par des yeux aux cils incroyablement longs. Des cils aux pointes d'argent. Des yeux brillants de larmes. Si émouvants qu'il dut s'exhorter à penser qu'il n'était nullement le coupable, mais plutôt la victime en cette affaire.

— Je suis désolée, renifla Ailsa en s'essuyant de nouveau les yeux avec ses gants.

Alasdhair prit son mouchoir dans la poche de sa veste et le lui tendit. Un lourd silence gêné enveloppa le cimetière pendant un long moment.

Au fond de celui-ci, le bedeau qui achevait de combler la tombe de Lord Munro leur lançait des regards curieux de temps en temps, intrigué par l'étonnante scène qui se déroulait sous ses yeux. Le claquement sourd et régulier des pelletées de terre humide heurtant le couvercle du cercueil évoquait le battement des tambours de guerre dans la tête d'Alasdhair.

Pendant une fraction de seconde, leurs regards se croisèrent. Ils peinaient à se reconnaître. Encore un fantôme, si réel qu'on pourrait le toucher, songea Alasdhair, le ventre noué par les souvenirs aigres-doux qui l'assaillaient avec une clarté aveuglante et le renvoyaient impitoyablement à ce fameux jour si lointain.

L'anniversaire d'Ailsa. *An Rionnag.* Leur baiser. La joie simple de leur étreinte. Leur bonheur.

Il ferma les yeux, mais la scène refusait de se dissiper. Jamais elle ne disparaîtrait de sa mémoire tant qu'il ne l'aurait pas exorcisée, même si ce faisant il s'arrachait les entrailles. C'était pour cela qu'il avait fait le voyage jusqu'ici, après tout. Et il accomplirait l'exorcisme, quoi qu'il lui en coûte.

— Il faut que je sache la vérité, mais je ne veux pas parler ici, affirma-t-il. Il y a déjà bien assez de fantômes en ces lieux.

— Nous pourrions marcher jusqu'à…

Instinctivement, il sut ce qu'elle allait dire.

— Jusqu'à notre arbre. Comme c'est bien trouvé, remarqua-t-il d'un ton plein de sarcasme qui peinait cependant à masquer la douleur atroce qui lui vrillait le cœur.

Le vieux chêne, dont tout le monde dans la région pensait qu'il avait plus de deux cents ans, avait été l'un de leurs lieux favoris autrefois. Ses branches offraient leur ombre généreuse aux beaux jours et leur couvert quand il pleuvait, son tronc était assez large pour qu'on puisse s'y appuyer confortablement et profiter ensemble de la vue superbe qu'on avait depuis là sur la baie.

Ils rejoignirent le grand arbre en silence, suivant une vieille habitude qui leur revenait spontanément, côte à côte, Ailsa sur la droite, Alasdhair sur la gauche, mais en prenant soin toutefois de conserver entre eux une distance qui n'avait jamais existé dans leur jeune temps.

Une fois sous le chêne, Alasdhair ôta ses gants et son chapeau, jetant les précieux ornements sur le sol comme il l'eût fait d'un trognon de pomme. En face d'eux, le petit archipel égrenait ses îlets sur les flots sombres. Le Collier constituait une barrière naturelle sur laquelle venaient se fracasser les terribles tempêtes hivernales, ménageant ainsi derrière lui une vaste étendue d'eau plus calme et plus chaude dans laquelle on pouvait pêcher tout au long de l'année et où l'on voyait parfois, à la belle saison, s'aventurer des marsouins. Aucun des îlots qui formaient l'archipel n'était habité, mais des phoques bruns venaient y donner le jour à leurs petits chaque année au printemps. Les pêcheurs d'Errin Mhor y trouvaient parfois refuge pour attendre la marée et les enfants en avaient fait leur terrain de jeu.

— Es-tu jamais retournée sur les îles ? s'enquit Alasdhair.

— Non, répondit Ailsa en secouant la tête avec véhémence. Je n'aurais pas pu.

Alasdhair poussa un profond soupir.

— Pourquoi n'es-tu pas venue me rejoindre, la dernière nuit, pour me dire adieu ?

— Moi ? Mais c'est toi qui n'es pas venu !

— Mais alors…

Il se tut soudain, l'air terriblement perplexe.

— Je ne comprends pas.

— Pas plus que moi, répondit Ailsa. Il semble que nous ne connaissions pas toute l'histoire, ni l'un ni l'autre.

Elle avait l'air si désemparé qu'il fit instinctivement mine de lui prendre la main, n'arrêtant son geste qu'à l'ultime seconde.

— Tes excuses ne m'intéressent pas, Ailsa, riposta Alasdhair d'une voix pleine d'amertume. Plus maintenant, après toutes ces années. Je veux juste connaître la vérité.

— Je ne mens pas, rétorqua-t-elle, indignée. J'ai vraiment cru que tu étais parti sans un mot.

— Comment as-tu pu penser une seconde que je pourrais te traiter de la sorte ?

— Je ne sais pas. Je ne l'ai pas pensé, je... j'étais... j'ai cru que...

Elle se tut brusquement, pour reprendre le souffle qui lui manquait.

— Si tu pouvais me dire ce qui s'est passé... ou plutôt ce que tu crois qu'il s'est passé, peut-être pourrais-je te dire ce que j'ai pensé et...

— Et avec nos deux moitiés d'histoire, nous pourrions en constituer une entière, c'est cela ?

Il n'était pas prêt. Tout cela avait beau dater de plusieurs années, certaines blessures étaient encore si douloureusement à vif qu'il s'interdisait d'y songer trop souvent. Mais n'était-il pas venu précisément pour souffler une fois pour toutes l'épaisse couche de poussière qui recouvrait ces événements de son voile opaque.

— Très bien. Je vais te dire ma vérité, mais tu dois me promettre de me dire la tienne à ton tour. Je ne veux pas de mensonges, Ailsa.

— C'est promis.

Il la regarda pendant un long moment, fixant ses grands yeux bleus qui ne lui avaient jamais menti jusque-là et son visage décidé, comme si elle se préparait à affronter l'épreuve de sa vie.

Elle lui sembla ressentir la même chose que lui. Il ne put alors s'empêcher de la croire.

— Très bien.

Alasdhair ferma les yeux, pour s'éviter de voir la vue magnifique et le visage superbe de la jeune femme, qui l'auraient inévitablement distrait tant ils étaient beaux tous les deux, et se reporta par l'esprit dans un temps qui n'existait plus, une époque où il n'était pas encore Alasdhair Ross, le riche marchand de tabac qui réussissait tout ce qu'il entreprenait, mais Alasdhair Ross le réprouvé.

En reculant encore, il atteignit enfin ce moment où tout avait commencé et fini en même temps, le jour du seizième anniversaire d'Ailsa, six ans plus tôt, et le passé prit la place du présent.

Eté 1742

Le monde avait changé irrévocablement avec ce simple baiser. L'avenir brillait devant eux, plein de promesses et d'espoir. Un nouveau monde s'offrait à eux, qu'ils habiteraient ensemble, pour toujours.

Comment ? Eh bien, il faudrait attendre encore pour le savoir. Pour l'heure, le désir d'Alasdhair d'investir cet avenir radieux qu'il entrevoyait avec Ailsa était si impérieux qu'aussitôt après avoir quitté sa bien-aimée, il se mit en quête de Lord Munro. Il fallait qu'il lui déclare l'amour qu'il éprouvait pour sa fille, et le plus tôt serait le mieux.

Il ne s'était même pas autorisé à envisager un échec. Aussi, quand celui-ci advint, fut-il terriblement surpris. Ce qui n'aurait pas dû être le cas, car il connaissait exactement la position du *laird* à ce sujet, mais l'amour pouvait venir à bout de tous les obstacles. C'était du moins ce qu'il avait cru dans sa naïveté adolescente. Cela lui avait donné confiance. Bien à tort, comme il n'allait pas tarder à l'apprendre à ses dépens.

— Comment oses-tu ? Va au diable ! cria Lord Munro en frappant les dalles de la grande salle avec sa canne.

La pointe métallique de celle-ci fit un tel bruit que le grand chien qui dormait au pied du *laird* se leva et fit entendre un grognement menaçant. Alasdhair serra les dents.

— N'as-tu donc aucun sens d'où est ta place en ce monde, mon garçon ? Ne sais-tu pas tout ce dont tu m'es redevable ? Je t'ai recueilli quand ta foutue mère t'a abandonné et quand ta couleuvre de père est morte dans la foulée. J'ai quasiment été un père pour toi, et c'est comme ça que tu me remercies ?

Lord Munro se mit péniblement sur ses jambes. Il avait été grand et fort, autrefois, mais la goutte et l'âge avaient exercé leurs ravages sur son corps, quoiqu'ils n'aient pu être tenus pour responsables de son caractère, qui avait toujours été exécrable.

Appuyé sur ses cannes, il fusillait du regard le garçon qui lui faisait face.

— A l'évidence, vivre dans ce château t'a donné des idées de grandeur, mon jeune ami.

Des idées de grandeur ! Entre lui et son épouse, ils avaient tout fait pour qu'il n'en soit rien. Comme le chien, Alasdhair avait le poil hérissé, mais il se força à desserrer les poings et à regarder le vieil homme droit dans les yeux.

— Si vous voulez dire que je suis ambitieux, mon *laird*, alors vous avez raison. Vous savez très bien que je n'ai aucune intention de demeurer ici pour devenir votre intendant. J'ai toujours rêvé de découvrir le Nouveau Monde et je le ferai un jour, mais je veux d'abord vous demander la permission de faire la cour à Ailsa. Nous partageons des sentiments très doux l'un envers l'autre. Je veux l'épouser et l'emmener en Amérique.

Lord Munro renifla, puis répondit, d'un air méprisant.

— Insolent parvenu ! Crois-tu vraiment que je vais laisser quelqu'un comme toi courtiser ma fille ? Tu es un serf, et mon serf par-dessus le marché. Il est grand temps qu'on te le rappelle. Tu as autant de chances d'épouser Ailsa un jour que de réaliser ton rêve de trouver gloire et fortune de l'autre côté de la mer. Ta place est ici et ton avenir est tout tracé. Tu seras mon intendant, et je suis sûr que tu seras excellent à ce poste.

Lord Munro jaugea Alasdhair du regard, puis :

— Je t'aime bien, mon gars, tu le sais. Tu as du caractère, mais tu dois avoir perdu la raison si tu crois raisonnable de t'obstiner dans cette voie ridicule. A présent, file avant que je ne perde patience.

Les poings d'Alasdhair se serrèrent furieusement. Il avait essayé de se comporter honorablement, avait demandé la permission presque à genoux de surcroît. Il méritait mieux que d'être éconduit aussi cavalièrement.

— Et Ailsa, qu'en faites-vous ?

— Plaît-il ? lâcha Munro sèchement. Je suis son père. Je suis libre de faire ce que je veux d'elle, tout comme de toi-même, Alasdhair Ross.

— Elle m'aime.

— Je ne doute pas un instant qu'elle se soit entichée de toi, renifla le *laird*. C'est de son âge. Mais j'ai des plans pour elle, figure-toi, et je n'ai pas l'intention de te laisser gâter la marchandise.

— Et si Ailsa a elle-même d'autres plans ?

— C'est une Munro et elle sait parfaitement où est son devoir. Elle le fera passer avant un godelureau comme toi, crois-moi.

— Je ne vous crois pas.

Le peu d'empire que Lord Munro avait sur lui-même céda à ce moment précis.

— Ne t'avise pas de mettre tes sales pattes sur ma fille,

tu m'entends ? gronda-t-il. Ailsa est la dernière personne sur laquelle tu devrais avoir de telles visées. Ne t'approche pas d'elle, compris ? Je ne veux pas que Donald McNair m'accuse de laisser un autre que lui labourer le sillon que je lui ai promis.

— McNair ?

— Le *laird* d'Ardkinglass, lui-même. C'est un bon parti pour ma fille, assena Lord Munro avec un sourire satisfait.

— Qu'il aille au diable, bon parti ou pas. Ailsa et moi nous aimons et personne, pas même vous, ne peut rien contre ça. Je suis désolé de devoir vous désobéir, mais vous ne me laissez pas le choix. Je ferai la cour à votre fille, et vous ne pourrez pas m'en empêcher.

La canne de Lord Munro résonna sur les dalles de pierre.

— Ai-je bien entendu ? Après tout ce que je t'ai dit, tu tiens encore à me désobéir ? Tu crois que je ne pourrai pas t'empêcher de voir ma fille ? Tu te trompes, mon petit gars, et drôlement, car j'en ai le pouvoir, pour sûr.

Alasdhair le défia du regard.

— Essayez toujours, vous n'y parviendrez pas.

Lord Munro le regarda, sidéré, puis rejeta la tête en arrière en éclatant de rire. C'était un son terriblement déplaisant et Alasdhair aurait dû se méfier, mais il était trop occupé à lutter pour faire triompher son amour pour y prendre garde.

— Tu veux me défier, c'est ça ? A ta place, j'y réfléchirais à deux fois, Alasdhair Ross. C'est ta dernière chance.

— Je ne changerai pas d'avis, répliqua l'adolescent d'un ton sans appel.

La bouche du *laird* d'Errin Mhor ne formait plus qu'un mince trait au milieu de son visage.

— Soit ! Je me rends compte à présent que je t'ai bien trop laissé la bride sur le cou. Je ne tolérerai plus que tu me défies, mon garçon, quelle que soit ta place ici. Tu ne t'approcheras plus de ma fille, ni aujourd'hui, ni jamais,

Alasdhair Ross. Et tu ne fouleras plus jamais du pied les terres des Munro, jusqu'à la fin de tes jours.

Lord Munro se leva péniblement en s'appuyant sur ses cannes, puis, se dressant de toute sa hauteur :

— Tu es banni, tu m'entends ? cria-t-il en pointant un doigt vengeur vers Alasdhair. A partir de cet instant, tu es mort pour moi et pour tous ceux de mon clan. Hamish Sinclair t'escortera hors de mes domaines. Je veux que tu sois parti avant minuit. Si d'ici là j'apprends que tu as essayé de voir ma fille, je te ferai battre comme plâtre. Maintenant, va au diable, ou plutôt, va en Amérique, et restes-y. D'après ce que j'ai entendu dire de ce pays de sauvages, tu ne verras même pas la différence.

Là-dessus, Lord Munro cracha sur les dalles glacées.

— Tu me déçois, ajouta-t-il. Je croyais que tu possédais ce qu'il fallait pour être un homme, Alasdhair Ross. Je t'ai recueilli, je t'ai installé chez moi, j'ai supporté tes attitudes rebelles quand bien même elles mettaient ma patience à rude épreuve, mais je vois à présent que tu es un rêveur, un naïf et un imbécile. Ta stupidité et ton obstination seules ont attiré sur toi le châtiment que je viens de prononcer, et rien ni personne d'autre. Maintenant, disparais, hors de ma vue !

Alasdhair traversa le couloir qui débouchait sur la grande salle, le visage déformé par la colère, en jurant contre sa folie. Il aurait dû réfléchir. Si seulement il avait songé aux conséquences de ses actes, ou simplement pris son temps au lieu de monter sur ses grands chevaux de la sorte ! Il venait de tout compromettre, et définitivement, en agissant comme un imbécile impulsif.

Il fallait qu'il voie Ailsa. Qu'il lui explique. Il ne pouvait pas l'emmener avec lui, pas encore, mais si elle voulait bien l'attendre… Elle allait l'attendre, bien sûr.

Il allait partir pour l'Amérique et y faire fortune, et quand il reviendrait, Lord Munro ravalerait ses paroles et ils se marieraient. Cela lui prendrait une année, ou deux, mais qu'était-ce que d'attendre deux ans quand il y avait tant de choses en jeu ? Elle comprendrait, sûrement.

Ignorant les menaces du *laird*, il se mit en quête d'Ailsa.

— Où vas-tu comme ça ? demanda une voix glaciale, le figeant sur place.

— Lady Munro !

— Alasdhair Ross, répondit-elle en le regardant avec son dédain coutumier. J'espère sincèrement que tu n'as pas l'intention d'infliger plus avant ta présence à ma fille.

— De quoi parlez-vous ?

Une lueur scintilla dans l'œil de la mère d'Ailsa, comme le reflet d'une flamme sur la surface d'un étang gelé.

— Ta cour insistante et gauche l'a passablement effrayée.

— Vous mentez ! Elle a dit que…

Lady Munro répondit avec un sourire glacial :

— Ma fille a le cœur trop tendre, Alasdhair Ross. Cela lui jouera des tours si je n'y mets pas bon ordre. Elle craint de te blesser en t'éconduisant.

— Ce n'est pas vrai.

— Ailsa n'a que seize ans. Elle est bien trop jeune pour savoir ce qu'elle veut, et bien trop innocente pour être l'objet de ta concupiscence.

— Je n'ai pas pris de libertés avec votre fille, gronda Alasdhair. Mes intentions étaient parfaitement honorables. Vous pourrez vérifier auprès du *laird* si vous ne me croyez pas.

— Qu'est-ce que mon époux a à voir dans cette affaire ? demanda sèchement Lady Munro.

— Je viens à l'instant de lui demander la permission de faire la cour à votre fille.

— Et qu'a-t-il répondu ?

— Exactement ce que vous auriez voulu qu'il réponde,

admit Alasdhair d'un ton plein d'amertume. Il a dit que mes ambitions outrepassaient ma condition. Mais avant que vous ne commenciez à pavoiser, sachez que je l'ai informé que son refus ne ferait aucune différence pour moi. Je n'abandonnerai pas mon projet d'épouser Ailsa, même si je suis forcé à l'exil.

— Le *laird* t'a banni ?

— Oui. Et ne faites pas semblant de ne pas vous en réjouir. Vous m'avez toujours haï.

Lady Munro plissa les lèvres en une moue méprisante.

— Ainsi, tu vas quitter Errin Mhor pour de bon ? Que comptes-tu faire ?

— Ce que j'ai toujours voulu faire. Je vais partir en Amérique pour faire fortune. Ensuite, je reviendrai chercher Ailsa. Elle m'attendra, je le sais.

Les yeux de Lady Munro s'étrécirent jusqu'à n'être plus que deux fentes très fines.

— Je ne le crois pas, Alasdhair. Lord Munro et moi avons d'autres plans pour ma fille.

— Je sais tout de vos plans, le *laird* me les a révélés. Mais Ailsa m'aime et elle ne vous laissera pas la donner en mariage à Donald McNair, aussi bon parti qu'il puisse être pour votre clan. Elle m'attendra, et je vous prouverai que vous avez eu tort. Je serai un aussi beau parti que lui.

— Non, répliqua Lady Munro d'une voix qui coupait comme le verre. Non, la place de ma fille est ici, et elle le sait.

— Je n'en crois rien. De toute façon, je n'ai pas le temps d'écouter vos fadaises. Laissez-moi passer, je dois voir Ailsa avant de partir. Je dois lui expliquer que…

— La croirais-tu si elle te le disait elle-même ? le coupa Lady Munro sans ménagement.

— Comment ?

— Tu ne peux pas lui parler ici, continua la mère d'Ailsa, l'air soudain songeur. Tu as été banni et ne devrais donc même pas être ici. Si Sa Seigneurie l'apprend… nous en pâtirons tous, y compris ma fille. Ce n'est pas ce que tu veux, n'est-ce pas ?

— Je n'y avais pas pensé.

— Hmm, grommela Lady Munro en le regardant fixement pendant un bon moment avant qu'un maigre sourire vienne finalement éclaircir un peu son visage. Cela va contre tout bon sens, mais je parlerai à Ailsa. Si elle te dit elle-même ce qu'elle ressent, lui feras-tu l'honneur de la croire et de la laisser en paix ?

— Oui, mais…

Lady Munro leva la main d'un geste péremptoire.

— Tu as largement surestimé les sentiments qu'elle éprouve à ton égard, Alasdhair Ross, mais tu n'es pas obligé de me croire. Je vais arranger une entrevue en un certain lieu et à une certaine heure, ce soir, loin du château, mais je te préviens, mon influence a des limites. Si elle ne peut trouver la force de se rendre à ce rendez-vous, cela équivaudra à te dire par les actes bien plus qu'elle ne pourrait le faire par les mots, et j'exigerai que tu tiennes ta promesse.

Alasdhair ouvrit les yeux.

— Je t'ai attendue, comme un imbécile, mais bien sûr tu n'es pas venue. J'ai réalisé alors que tes parents avaient raison tous les deux. C'était naïf de ma part de croire que tu m'aimais, et quand bien même tu m'aurais aimé, pourquoi aurais-tu pris le risque de t'acoquiner avec un jeune homme sans avenir assuré et qui voulait t'arracher à ta famille et à ton foyer pour t'emmener de l'autre côté de la terre ? Je suis parti cette nuit-là, et j'ai tenu la promesse faite à ta mère. Jamais je n'ai essayé de reprendre contact avec toi.

Le visage d'Ailsa était affreusement pâle et strié de larmes.

— Ne me dis pas que tu es désolée pour moi, gronda Alasdhair d'une voix dure. Tu as six ans de retard.

Elle secoua la tête.

— Ce n'est pas pour ça que je pleure.

La douleur qu'elle avait ressentie à l'époque s'abattait sur elle comme une vague monstrueuse se fracassant sur les rochers de la côte. Elle ôta ses gants, puis la broche qui retenait son *arisaidh* en place, en débloqua le fermoir avant d'essayer de le fermer de nouveau, mais ses mains tremblaient trop fort. L'épingle lui piqua le doigt et la broche tomba sur le sol.

— Laisse...

Alasdhair ramassa le bijou puis se pencha vers elle, retenant le *plaid* d'une main avant de planter l'épingle dans le tissu épais de l'autre. La manche de sa veste effleura le menton d'Ailsa. Elle sentait la chaleur de ses doigts malgré l'épaisseur du tartan. Il avait les ongles soignés, les mains impeccablement propres. Et hâlées. Des mains fortes, puissantes. Les mains d'Alasdhair.

Elle le revoyait encore, ce fameux jour, sur la barre du gouvernail. Et la façon dont il avait pressé l'une d'elles contre sa joue. Sa main sentait le sel et la sueur. A présent, elle exhalait des effluves de savon, de tissu précieux, de linge propre, et d'autre chose encore, d'indéfinissable, mais qui n'appartenait qu'à lui.

— Voilà.

Quand il baissa les yeux sur elle, elle sentit une fois encore cette étrange chose entre eux, comme une connivence, une complicité, comme s'ils reconnaissaient l'un en l'autre leur semblable. Et cette envie folle qu'elle avait d'être près de lui. Elle ne pouvait plus respirer.

Il s'humecta les lèvres du bout de la langue, comme s'il allait parler, s'approchant d'elle l'espace d'une fraction de seconde, mais recula presque immédiatement, de sorte qu'un espace béant s'ouvrait de nouveau entre eux.

— Tu saignes…

— Ce n'est rien, répondit-elle en mettant instinctivement son doigt dans sa bouche pour aspirer le sang qui perlait au bout de celui-ci.

Alasdhair la regarda, fasciné, avant de se forcer à détourner les yeux.

— Pourquoi pleures-tu, alors, si ce n'est pas par pitié pour moi ? demanda-t-il d'un ton bourru.

— Tu comprendras quand tu auras entendu ma version de l'histoire. Oh ! Alasdhair, tu ne comprendras que trop ce qui s'est passé, comme moi à présent.

Elle retint une nouvelle larme et prit une longue inspiration avant de poursuivre :

— Tu te souviens que ma mère nous a vus par la fenêtre de son salon, le jour où nous rentrions de l'île ? Quand je l'ai rejointe, elle était furieuse, et m'a dit qu'elle avait observé notre façon de nous comporter ensemble et qu'elle mourait d'inquiétude à ce sujet.

— Pour quoi donc s'inquiétait-elle ?

— Pour mon honneur, répondit Ailsa en croisant les doigts nerveusement et en jouant fébrilement avec ses gants, tirant sur les doigts de cuir souple si fort qu'ils s'en trouvaient déformés irrémédiablement. Il te fait les yeux doux, m'a-t-elle dit. Tu aurais dû entendre sur quel ton ! On aurait dit qu'elle parlait d'un séducteur, ou plutôt d'un fauve affamé. Je lui ai dit que jamais tu ne songerais à me faire du mal.

— Et qu'a-t-elle répondu ?

— Elle m'a ri au nez ! En disant que j'apprendrais bien assez tôt que les hommes étaient tous les mêmes. Elle m'a dit que je devais garder mes distances, pour mon propre bien. Je suis désolée, mais tu as dit que tu voulais la vérité.

— Aucune importance. Je n'ai jamais nourri d'illusions sur l'opinion qu'elle avait de moi.

— Je suis tout de même désolée. Je comprenais l'attitude de mon père, car tu n'as jamais été très obéissant et il s'attendait toujours à ce que l'on se soumette à sa volonté, surtout toi, mais ma mère… J'ignore encore aujourd'hui ce qui peut bien avoir fait qu'elle te haïsse à ce point.

— Mon existence, répondit Alasdhair avec une désinvolture qu'il était fort loin d'éprouver lui-même.

Une partie de lui ne voulait pas entendre un mot de plus, mais l'autre exigeait de connaître enfin la vérité sans fard, aussi peu ragoûtante qu'elle puisse être.

— Nous nous éloignons du sujet, reprit-il pour l'encourager à poursuivre.

— Quand ma mère m'a annoncé que tu étais banni, je n'ai pas pu le croire. Je ne savais pas que tu étais allé voir mon père pour lui demander de t'autoriser à me faire la cour. Comment l'aurais-je pu, d'ailleurs, puisque tu ne m'avais rien dit ? Elle m'a expliqué que vous aviez eu des mots parce que tu étais décidé à partir d'ici, qu'il t'avait banni parce que tu le défiais et que tu lui avais renvoyé son offre de faire de toi son intendant au visage. Moi-même, je ne connaissais nullement les véritables motifs de ton bannissement et n'avais aucune raison de les suspecter.

— Mais enfin, Ailsa, tu savais ce que j'éprouvais pour toi. Comment as-tu pu penser que je pourrais partir d'ici sans même t'en parler ?

Elle renifla tristement en baissant les yeux à terre.

— Tu ne m'as jamais vraiment dit ce que tu ressentais, pas de manière explicite, du moins.

Alasdhair bondit sur ses pieds.

— Parce que je pensais que nous n'avions pas besoin des mots pour exprimer ce que nous éprouvions l'un pour l'autre. Pour l'amour du ciel, Ailsa, je croyais que tu avais compris ça. Je pensais que tu me connaissais. Je croyais que tu saurais sans l'ombre d'un doute que jamais je ne te ferais de mal, sans parler de te déshonorer. Je pensais que tu avais confiance en moi.

Elle ne pouvait le regarder dans les yeux. Bien que les paroles de sa mère aient été la cause de leur séparation, elle s'en sentait coupable elle-même. Ce que disait Alasdhair était vrai : elle n'avait pas eu suffisamment foi en lui, et s'était par conséquent laissé convaincre trop aisément.

— Elle s'est moquée de moi quand je lui ai dit que je t'aimais, et tu sais comme elle est, Alasdhair. Elle m'a fait me sentir stupide. Ce n'est pas en toi que je n'ai pas cru, mais en moi-même.

Elle avait dit cela en murmurant. C'était trop tard, elle le savait. Elle ne pouvait plus rien faire, et pourtant, elle aurait tant voulu qu'il en fût autrement.

— Je suis désolée, Alasdhair, plus que je ne saurais dire. Je t'en supplie, ne me regarde pas comme ça. Je ne peux pas le supporter.

Il savait pour en avoir lui-même fait l'expérience à quel point Lady Munro était passée maître dans l'art du dénigrement d'autrui, comment elle déformait les choses et tournait tout en son contraire.

En butte aux assauts de ses deux parents à la fois, la pauvre Ailsa n'avait eu aucune chance. Si seulement elle avait cru en lui, en eux…

Au fond de lui, cependant, il savait que, lui non plus, il n'avait pas cru suffisamment en elle. Il n'avait pas pensé mériter un tel bonheur, ni avoir le droit d'espérer qu'il lui échoie.

— Tu n'as pas besoin d'être plus désolée que moi. Je ne te blâme pas de ne pas être venue. J'imagine sans peine ce que tu as pu penser.

— Mais je suis venue !

— Comment ?

— Ma mère m'a dit qu'elle avait arrangé une rencontre

pour que nous puissions nous dire adieu. Bien qu'à contrecœur, elle pensait qu'il valait mieux que je t'entende me le dire de vive voix. Ce n'était pas beaucoup, mais mieux que rien de toute façon. J'avais l'occasion de te revoir une dernière fois. A minuit, j'étais là, comme prévu. J'ai attendu pendant des heures, mais tu n'es jamais venu. J'ai pensé que tu n'avais pas le cœur de me dire les choses en face, que tu ne m'aimais pas, mais que tu avais néanmoins assez d'affection pour moi pour ne pas m'infliger cette douleur. J'ai cru que ma mère avait raison. J'avais tort, tellement tort !

Elle se tassa sur elle-même, le corps secoué par les sanglots.

Alasdhair lui passa sans réfléchir la main dans les cheveux.

— Je ne comprends pas. Je suis resté ici sous cet arbre, notre arbre, pendant des heures et des heures. Où étais-tu pendant ce temps ?

Ailsa enfouit son visage dans ses mains.

— *An Rionnag*, murmura-t-elle.

Alasdhair jura épouvantablement en gaélique, prononçant à sa propre surprise des mots qu'il croyait avoir oubliés depuis longtemps, puis se pencha sur Ailsa pour la remettre sur ses pieds, l'enserrant de ses bras, incapable de résister plus longtemps à l'habitude qu'il avait autrefois de la protéger.

— Seigneur ! Tes parents ont vraiment tout fait pour nous séparer ! Ton père a cru qu'il avait résolu le problème en me bannissant, mais ta mère savait qu'il n'en était rien, aussi s'est-elle arrangée pour nous faire croire à tous les deux que l'autre l'avait trahi. Et son stratagème a fonctionné à merveille. A tous les deux, ils sont parvenus à détruire toutes les chances que nous avions de trouver jamais le bonheur.

Il lui caressa les cheveux, comme il l'avait toujours fait

auparavant quand il voulait la calmer, mais malgré ce geste familier, il avait toujours l'impression d'être un étranger.

Elle sentait sa présence avec une force inouïe, non point celle de l'adolescent d'autrefois, mais celle de l'homme qu'il était devenu. Un inconnu, pour l'essentiel. Elle trouvait ça déconcertant, de ne pas le connaître alors qu'elle l'avait connu jadis. Et elle ne savait absolument pas comment se comporter avec lui.

Elle se dégagea de son étreinte et s'essuya les yeux en essayant vaguement de sourire.

— Je te demande pardon. Ce n'est pas mon habitude de pleurer ainsi.

Alasdhair secoua la tête et lui rendit son sourire tandis que ses yeux s'emplissaient de larmes.

— Dieu sait que nous avons tous les deux de très bonnes raisons pour ça.

Une saute de vent lui ébouriffa soudain les cheveux et, quand il secoua la tête pour les remettre en place, elle remarqua une ligne blanche au-dessus de son sourcil gauche. Une ligne que son teint hâlé faisait ressortir nettement. Elle tendit la main pour en suivre le contour.

— La rame… tu te souviens ?

— Bien sûr. Tu as bien failli me noyer.

Ils nageaient, un après-midi, et Alasdhair tentait de remonter à bord du bateau. Ailsa, qui bataillait pour remiser une rame dans son logement, avait glissé soudain et le bord de l'aviron avait frappé le garçon au visage, lui entaillant le dessus de l'arcade.

— J'essayais de te porter secours, répliqua-t-elle. J'ai cru que jamais nous ne pourrions arrêter le sang de couler. Tu as de la chance de n'avoir gardé qu'une cicatrice aussi minuscule.

— Je ne me suis pas senti très chanceux à l'époque. J'ai eu mal à la tête pendant des jours.

Leur proximité le déconcertait. Les souvenirs qu'il

gardait de la fille qu'il avait jadis aimée se rétractaient comme une ombre à midi, écrasée de lumière par la présence de la femme qui se tenait à ses côtés. Les différences qu'il trouvait en elle désormais prenaient le pas sur les similitudes avec l'Ailsa d'autrefois, et largement. Les années n'étaient pas passées sur elle sans la transformer.

Il sentait les courbes de son corps s'imprimer doucement dans le sien et les regrets et le désir l'assaillaient à la fois, le submergeant de sentiments contraires.

Il y avait là une combinaison qui surpassait tout le reste. Il l'attira vers lui et elle ne résista pas. Il passa son bras autour d'elle, lui relevant le visage du bout des doigts. Elle tremblait. Elle avait envie de lui, elle aussi. Sans penser un instant à résister à sa pulsion, Alasdhair se pencha sur elle et leurs lèvres s'unirent.

Ailsa hésitait. Elle se sentait comme parfois sur son bateau dans la tempête, ou à cheval, exhortant sa monture à franchir un obstacle très haut, à la fois très excitée et très effrayée. Sa peau frémissait comme si elle éprouvait des besoins particuliers, tout d'un coup, des envies qu'elle n'avait encore jamais exprimées.

Sauf une fois.

Alasdhair était si solide, si fort, contre elle. Et la chaleur qui se dégageait de lui s'insinuait en elle comme une gorgée de whisky.

Elle soupira en sentant la brûlure de ses lèvres se répandre dans son corps comme des langues de lumière sur un rocher éclaboussé de soleil. Les mains d'Alasdhair au creux de ses reins la pressaient contre lui, plus fort.

Ce baiser était une caresse incroyablement intime. Son cœur cognait follement dans sa poitrine. Elle se sentit submergée par une envie à la fois intense et effrayante de retrouver quelque chose de perdu. Sa bouche se fit plus tendre sous la caresse. Il passait le bout de la langue sur sa lèvre inférieure à présent.

C'était son premier baiser. Avec un doux soupir, elle se lova contre lui, répondit à ce geste par un autre tout semblable. Et quand les pointes de leurs langues se touchèrent, il y eut comme une étincelle entre eux, et Alasdhair mit brutalement fin à leur étreinte.

Il recula à la hâte, les joues en feu, soudain. A quoi diable pensait-il ?

— Pardonne-moi. Je n'aurais pas dû. Je ne sais pas ce qui m'a pris.

Le rouge gagna le visage d'Ailsa. Elle leva vers lui un regard surpris.

A quoi pensait-il ? se sermonna Alasdhair.

Il était venu pour dénouer les fils du passé, non pour s'empêtrer plus encore, et surtout pas avec la propriété d'un autre homme. C'était une réalité que la vue d'Ailsa lui avait fait oublier.

— Où est McNair, au fait ? demanda-t-il sèchement, furieux de l'absence de ce dernier.

S'il avait été là pour s'occuper de sa femme, cela ne serait pas arrivé.

— Je ne l'ai pas vu devant la tombe.

Surprise tout autant par la colère qu'elle devinait dans la voix d'Alasdhair que par l'incongruité de sa question, Ailsa lutta pour rassembler ses esprits.

— Il a été souffrant. Une fièvre du sang l'a pris et il a dû rester alité.

Une fièvre du sang ! Peut-être était-ce exactement ce dont il souffrait lui-même, songea Alasdhair en secouant la tête comme si ce faisant il avait pu chasser la brume qui brouillait son jugement.

La réaction d'Ailsa à son baiser, pour surprenante qu'elle fût, n'avait pas grande importance, même si elle le laissait perplexe. S'il n'avait pas été mieux informé, il aurait pu penser qu'elle n'avait pas plus d'expérience en matière de baiser que la dernière fois que leurs lèvres s'étaient effleurées.

— Je n'aurais pas dû t'embrasser. Ce n'est pas une excuse, je sais, mais j'ai complètement oublié que tu étais mariée, l'espace d'un instant.

Ailsa rougit de plus belle.

— Mais je ne le suis pas, Alasdhair. En dépit de ce que t'a dit mon père, je n'étais pas fiancée à Donald McNair il y a six ans. Et s'il avait fait à ma place des promesses à cet effet, je l'ignorais totalement. J'admets que je suis promise à Donald aujourd'hui, mais c'est quelque chose de très récent.

— Tu n'es pas mariée !

Il n'avait même pas imaginé qu'elle puisse être encore célibataire.

— Mariée, fiancée, depuis longtemps ou pas, c'est tout comme, commenta-t-il plus pour lui-même que pour Ailsa. Tu es promise, et je n'aurais pas dû prendre ces libertés.

— Ni moi te les accorder, acquiesça-t-elle d'un ton plein de tristesse.

Jamais elle n'avait éprouvé la moindre difficulté à refuser ce genre de privautés à d'autres hommes. Donald lui-même n'avait jamais eu droit à des caresses aussi intimes.

Pourtant, embrasser Alasdhair lui semblait la chose la plus naturelle du monde. Et la plus délicieuse. Elle avait oublié à quel point ce pouvait être agréable, un baiser. Cela ressemblait à une promesse.

Sauf que celle-ci, tout comme la dernière qu'il lui avait faite, ne serait jamais tenue.

— Et toi, Alasdhair ?

— Moi ?

— Es-tu marié ?

— Bien sûr que non, répondit-il sèchement. Me crois-tu du genre à embrasser une autre femme que mon épouse si je l'étais ? De toute façon, je n'ai pas besoin d'une femme. Ni de personne.

Ailsa resta un instant silencieuse, stupéfaite. Alasdhair n'était pas marié. Il ne voulait pas convoler, et c'était probablement sa faute s'il était à ce point prévenu contre le mariage. Elle ne pouvait l'en blâmer.

Les dernières paroles d'Alasdhair résonnaient dans sa tête. Il ne s'était jamais marié ! Soudain, elle fut prise d'une violente migraine. Elle ne voulait plus penser. A rien. Elle voulait seulement se lover au fond de son lit et tirer les couvertures sur elle. Bien au chaud. A l'abri. Elle se sentait très lasse, d'un seul coup.

Quand il remarqua sa pâleur, Alasdhair sentit son cœur se serrer. Lui aussi se sentait comme assommé, étourdi par toutes les émotions qui l'assaillaient depuis le début de cette journée.

— Viens, lança-t-il en ramassant les gants d'Ailsa par terre pour les lui tendre. Je devrais te raccompagner au château. Tu as l'air épuisée.

Elle essaya vaillamment de sourire.

— Tout ça est un peu… écrasant.

— C'est une façon de dire les choses, commenta Alasdhair en lui prenant la main. Nous appartenions l'un à l'autre, autrefois, avant que tu ne sois promise à Donald McNair. Et nous n'avons pas pu nous faire nos adieux, il y a six ans. Ce baiser nous était dû depuis très longtemps. Je n'ai pas l'intention de m'en sentir coupable, et tu devrais en faire autant.

Elle lui répondit avec le doux sourire de la jeune fille qu'elle avait été.

Il l'aurait volontiers embrassée derechef en voyant ce sourire qu'il connaissait si bien, et elle ne l'aurait pas repoussé. Ce fut donc avec difficulté qu'il sacrifia à l'honneur plutôt qu'au désir. Il regrettait déjà sa décision quand il glissa la main d'Ailsa sous son bras.

Sur le chemin parsemé de cailloux de plus en plus nombreux, elle trébucha plusieurs fois, l'incitant à resserrer son étreinte à mesure que la progression se faisait plus pénible. Il pouvait la raccompagner jusqu'au château. Cela, au moins, il pouvait le faire la conscience tranquille.

Chapitre 3

Errin Mhor était bâti sur un promontoire où jadis s'était dressé un bâtiment fortifié.

En fait, selon les rumeurs, les donjons, qui servaient à présent de chais pour le vieillissement du célèbre whisky d'Errin Mhor, remontaient à l'époque où les Vikings occupaient une grande partie des Highlands.

Le château proprement dit était constitué d'une tour carrée de trois étages, de remparts construits au milieu du XVIe siècle, d'une aile de style seigneurial qui s'étendait au sud de la tour principale, et enfin d'une petite tour ronde dans laquelle se trouvait la salle d'audience du *laird*, fruit d'une lubie du défunt lord Munro.

L'immense portique de chêne massif aux allures de pont-levis, qui encadrait l'entrée principale, était aussi l'œuvre du *laird*.

Les écuries, la laiterie et la ferme du château, ainsi que quelques maisons bâties les unes contre les autres complétaient le tableau, blotties dans l'angle nord-est du domaine. Tout près, il y avait la bâtisse, plus massive, traditionnellement allouée à l'intendant, et qui avait été la demeure d'Alasdhair jusqu'à la mort de son père.

Le granit gris utilisé pour la plupart des bâtiments donnait à l'ensemble un aspect impressionnant. Quand on regardait vers l'ouest, cependant, c'est-à-dire vers la mer, la vue était plus douce, car on avait permis à un lierre de grimper sur les murs de la tour carrée.

Les hautes fenêtres à la française du salon occupant le centre du bâtiment principal s'ouvraient sur les jardins en terrasses qui descendaient en pente douce jusqu'à la plage.

Comme ils franchissaient les portes pour s'engager sur la longue allée qui menait à l'entrée principale du château, le visage d'Alasdhair s'assombrit.

— Je ne veux pas entrer.

— Mais, tu n'as nulle part ailleurs où dormir.

— Ta mère...

— Calumn est notre *laird* à présent. Jamais il ne me pardonnerait de te laisser dormir ailleurs que sous son toit.

— Je lui ai déjà dit que je n'assisterais pas à la veillée funèbre. Je ne dormirai pas dans ce château tant que mon bannissement n'aura pas été officiellement levé.

Ailsa n'insista pas. A voir son visage déterminé, elle savait qu'Alasdhair ne changerait pas d'avis. Il ne servirait à rien d'essayer de le convaincre. Elle connaissait cette attitude pour la lui avoir vue bien souvent autrefois. Mais s'il s'en allait maintenant, elle craignait qu'il quitte le pays sans qu'elle le revoie jamais. Les blessures étaient encore trop à vif pour qu'elle puisse faire la paix avec lui complètement, mais elle aspirait néanmoins à cela.

— Si tu t'en vas maintenant, ma mère aura gagné une fois encore.

— Je ne vais nulle part, ne t'inquiète pas, répondit-il. J'ai d'autres choses à faire.

— Je vois, soupira-t-elle, attendant qu'il se confie, mais en vain.

— Est-ce que Calumn va proclamer le Grand Pardon demain ?

C'était un vieux rite traditionnel, une cérémonie au cours de laquelle le nouveau *laird* pardonnait publiquement les méfaits et les erreurs de ses féaux.

— Oui. Il en a parlé hier. Il a demandé à Madeleine, sa femme, de s'assurer qu'on prépare force nourriture et boissons, car la file risque d'être longue. Mon père n'avait pas besoin de grand-chose pour s'offenser, comme tu le sais, et il avait la rancœur facile. Il est vraisemblable que tous les gens d'Errin Mhor seront présents pour demander qu'on leur pardonne quelque chose.

— Parfait. Ce sera encore mieux. Ainsi, tout Errin Mhor pourra être témoin de la fin de mon exil.

— Alasdhair, tu n'as pas l'intention d'affronter ma mère, si ? Elle ne s'excusera pas pour ce qu'elle a fait, mais elle sera obligée de t'accueillir au château. N'est-ce pas assez ?

— Non. Pourquoi la défends-tu, Ailsa ? Ne veux-tu pas au moins admettre qu'elle a menti ? A moins que les choses n'aient changé depuis mon départ. Peut-être Lady Munro a-t-elle appris à jouer les mères affectueuses, peut-être as-tu peur de la blesser.

Ailsa le regarda avec mépris.

— Pas vraiment. J'en suis arrivée à la conclusion que ma mère est incapable d'éprouver de l'affection pour quiconque, sans même parler d'aimer quelqu'un. Elle a même renié Calumn pendant un temps. Elle ne s'est réconciliée avec lui que lorsque mon père a été trop malade pour qu'elle puisse s'en occuper elle-même et qu'elle a eu besoin de lui. J'ai pensé à ce moment-là qu'elle essaierait de faire la même chose avec moi, mais il n'en a rien été. Et après ce que j'ai appris aujourd'hui sur le rôle qu'elle a joué dans notre séparation, je crains que le mal qu'elle nous a fait ne soit irréparable.

— En ce cas, tu as autant de raisons que moi de vouloir la voir fulminer.

— Ne vois-tu pas, Alasdhair, qu'en lui montrant qu'elle compte dans ta vie, tu lui donnes du pouvoir sur toi ? Mieux vaut faire comme moi et feindre l'indifférence. Je t'en supplie.

Elle posa la main sur la manche de la veste d'Alasdhair pour ajouter du poids à sa prière, puis :

— Fais-moi confiance là-dessus. Tu espères sans doute jouir de sa réaction, mais elle ne te fera pas ce plaisir.

Alasdhair fronça les sourcils.

— J'y réfléchirai, c'est promis.

A travers la porte ouverte du château leur parvenait le bruit étouffé de la foule riant aux éclats au milieu des grincements des violons qu'on accordait.

— Tu ferais bien d'entrer.

— Je ne sais pas si je vais pouvoir supporter tout ça.

Alasdhair baissa les yeux sur Ailsa. Elle avait l'air épuisée, terriblement fragile. Malgré ses courbes généreuses, elle était très mince et Alasdhair se surprit à s'interroger sur la vie qu'elle avait menée pendant ces six dernières années.

Pour la première fois, le fait qu'elle n'ait pas de mari lui semblait étrange. Elle avait vingt-deux ans. Dans les Highlands, c'était bien au-delà de l'âge auquel une fille comme elle devait se marier. Pourquoi avait-elle retardé l'échéance ? Etait-elle heureuse ?

Elle ne le semblait pas.

Mais la vie d'Ailsa et les sentiments d'Ailsa ne le concernaient plus.

— Ils vont se demander où tu es passée, affirma-t-il brusquement.

Là-dessus, avec un bref hochement de tête, il tourna les talons et s'engagea sur le chemin. Il ne se retourna pas une seule fois tandis qu'il s'éloignait d'un pas ferme.

Depuis la fenêtre de la chambre à coucher du *laird*, Lady Munro regardait sa fille et Alasdhair Ross. Elle reconnaissait à peine ce dernier dans ses habits luxueux, mais la façon qu'il avait de tenir la tête penchée sur le côté d'un air impudent ne laissait aucun doute sur son identité.

Alasdhair Ross. Pendant des années, elle avait supporté que ce sale gamin, qui était le portrait craché de sa mère, prenne au château la place qui appartenait légitimement à un autre.

Pendant des années, elle avait supporté la façon dont son époux favorisait le gamin. Les étrangers pouvaient bien penser que Lord Munro traitait durement son pupille, elle savait qu'il n'en était rien. Le *laird* ne savait pas montrer son affection autrement qu'en frappant de la main ou du bâton. Elle le savait mieux que tout autre.

Quand Alec Ross était mort quelques semaines seulement après que sa femme, Morna, fut partie, Lady Munro s'était sentie un peu coupable. Mais ce sentiment avait vite fait place à la rancœur que lui inspirait la présence au château de ce gamin que Lord Munro osait appeler son fils.

Elle avait été infiniment soulagée de se débarrasser d'Alasdhair, d'autant plus qu'elle s'était vite rendu compte que sa fille s'était entichée de lui. Heureusement, cet imbécile d'Alasdhair avait mordu à l'hameçon que Lady Munro lui avait tendu.

Comment aurait-elle pu laisser sa fille partir au bout du monde avec un garçon de si basse extraction, pour ne pas dire carrément un bâtard ! Non, elle avait veillé à ce que rien de tout cela n'arrive.

Et aujourd'hui, Ross était là, de retour, au plus mauvais moment.

Pendant des années, Lady Munro avait sacrifié son propre bonheur et ses relations avec ses enfants pour obéir à la volonté de son époux. Cela lui avait beaucoup coûté, plus encore qu'elle n'aurait voulu l'admettre, mais à présent que le *laird* était parti, le temps était venu pour elle de réparer. Avec Ailsa, pour commencer.

Lady Munro regarda sa fille, le cœur serré par l'amour qu'elle n'avait jamais pu exprimer. Cela faisait très longtemps qu'elle attendait cette occasion. Trop longtemps. Elle n'avait pas l'intention de laisser qui que ce soit se mettre en travers de son chemin à présent.

Et surtout pas Alasdhair Ross.

En dessous d'elle, sur les marches du château, Ailsa regarda longuement Alasdhair s'éloigner à grands pas vers l'horizon, avant de redresser les épaules et d'ajuster son *arisaidh*. En levant les yeux, elle vit sa mère à la fenêtre. Pendant de longues secondes, leurs regards se croisèrent, puis Ailsa tourna les talons et s'avança vers la grande salle où devait avoir lieu la veillée funèbre en l'honneur de son père.

Après une nuit passée dans l'un des repaires de son enfance, un endroit secret dans lequel il avait maintes fois dormi à la belle étoile, Alasdhair conclut, à contrecœur, qu'Ailsa avait raison. Lady Munro ne s'excuserait pas, pas plus qu'elle n'accepterait d'admettre qu'elle avait commis une mauvaise action. Il était vain d'essayer d'obtenir des excuses de sa part, d'autant plus qu'il espérait obtenir bien plus qu'un pardon de sa part : il voulait des explications. Il voulait lever le voile du mystère qui entourait la mort de sa mère et connaître les raisons de la haine que Lady Munro éprouvait pour lui. Il affronterait Lady Munro en privé et il obtiendrait des réponses à ses questions.

Bientôt, ses pensées revinrent à Ailsa. Ressasser en permanence leur histoire était un exercice aussi humiliant qu'inutile, mais il ne parvenait pas à s'en empêcher. Quelle que soit la version qu'il imaginait, elle ne changeait rien à la situation présente. Ailsa l'avait aimé avec une intensité tout adolescente, et il l'avait aimée avec la passion propre à la jeunesse. Mais aujourd'hui, elle n'éprouvait plus rien pour lui, tout comme il ne ressentait plus rien pour elle d'ailleurs. Ailsa était fiancée à Donald McNair, et en âge de se marier. Si elle n'avait pas encore convolé, ce devait être son choix, qu'il ait ou non fait l'objet d'un arrangement avec son promis.

Et puis, Alasdhair avait sa propre vie à mener. Une vie attachée à la terre vierge du Nouveau Monde, une vie qu'il était déterminé à ne partager avec personne. Une vie harmonieuse et ordonnée qu'il ne voulait à aucun prix voir bouleversée par les errements capricieux de l'amour. Bien sûr, il aurait toujours des regrets concernant Ailsa, mais il semblait finalement que leur rupture n'avait pas été une mauvaise chose.

Ils n'étaient clairement pas faits pour être ensemble.

Sauf que...

Sauf que la passion avait rejailli entre eux hier, comme une flamme. Sans doute, mais c'était une flamme ancienne, rien de plus, alimentée par le souvenir et l'absence. Ailsa était une très belle femme. Pas étonnant qu'il la désire. N'importe quel homme aurait eu envie d'elle.

Cela ne voulait rien dire. Rien du tout. Voilà ce qu'Alasdhair se répétait en approchant d'Errin Mhor, en ce matin gris et triste au cours duquel devait avoir lieu la cérémonie du Grand Pardon.

Le rituel devait se dérouler dans la grande salle, une pièce immense au sol pavé de dalles énormes et au plafond soutenu par d'épaisses piles en marteau.

Un escalier massif s'ouvrait au fond, donnant sur une galerie. La grande table dressée devant la cheminée qui tenait l'essentiel d'un des murs croulait sous les victuailles et les pichets de bière et de vin.

Face à cette scène, Alasdhair sentit une vague nausée monter en lui. Ce n'était pas seulement le souvenir de sa dernière entrevue avec le *laird* qui lui soulevait le cœur, mais ceux de tous les autres moments de sa vie qu'il avait passés ici. Il revoyait les fantômes de son passé, le garçon perdu, le rebelle, le gamin sans expérience et le jeune homme en colère, tous effroyablement présents et réels. C'était pour les exorciser qu'il avait fait le voyage jusque-là. Sans réaliser qu'ils étaient aussi nombreux.

Calumn était assis dans le grand fauteuil sculpté que l'on n'utilisait que dans les grandes occasions. A sa droite, sur un siège autrement confortable et tout rembourré de coussins, se trouvait une femme blonde et menue, enceinte jusqu'aux yeux et qui ressemblait furieusement à une nymphe. Ce devait être Madeleine, la femme du nouveau *laird*, et à en juger par la façon dont elle regardait Calumn, il y avait fort à parier qu'elle était très amoureuse de lui.

Lady Munro occupait le siège placé à la gauche de son fils et Ailsa occupait le centre de la grande table. Elle se leva quand Alasdhair entra, fit mine de s'avancer vers lui pour l'accueillir, mais croisa le regard de son frère et se rassit aussitôt.

Divers plaideurs formaient une longue file devant Calumn. Alasdhair reconnut quelques visages parmi eux, dont Hamish Sinclair, le forgeron et ancien champion du *laird*. Celui qui avait été forcé de le chasser des terres des Munro. Pauvre Hamish, c'était un devoir dont il se serait volontiers passé, surtout quand Alasdhair avait insisté pour qu'ils attendent jusqu'à l'extrême limite dans l'espoir qu'Ailsa finisse enfin par arriver. En vain, évidemment.

Le Grand Pardon n'avait pas encore commencé. Quand les villageois remarquèrent la silhouette massive d'Alasdhair postée aux confins de la pièce comme un ange assoiffé de vengeance, le bourdonnement profond des conversations cessa, le silence s'abattit sur la pièce et tous les regards se tournèrent vers lui.

Il n'existait pas une âme dans la salle qui ne connût son identité, car sa présence, la veille, auprès de la tombe du *laird* défunt, de même que son absence remarquée au cours de la veillée funèbre avaient été commentées à l'envi.

Quand il s'avança au milieu de la pièce, les villageois s'effacèrent devant lui pour lui donner la préséance.

— Seigneur Munro, lança-t-il en ôtant son chapeau et en s'inclinant avec élégance devant le *laird*.

Pour lui marquer son respect, Calumn se leva pour lui rendre son salut :

— Monsieur Ross.

— Je suis venu demander que mon bannissement soit levé.

Un murmure atterré parcourut l'assistance. La tradition voulait que le demandeur demande au *laird* son pardon et que celui-ci lui accorde l'absolution, mais Alasdhair se tenait bien droit et soutenait le regard de Calumn sans montrer la moindre marque de contrition.

Ce dernier repoussa la mèche qui lui tombait sur le front et s'approcha de son ami, l'air légèrement déconfit.

— Alasdhair, cette cérémonie a ses rites, plaida-t-il à voix basse. Il faut y mettre les formes. Tu dois t'excuser d'abord pour que je puisse t'accorder mon absolution.

— C'est ton père qui a commis l'offense, répondit Alasdhair avant d'ajouter, en jetant un regard appuyé du côté de Lady Munro : ton père et quelqu'un d'autre.

Calumn poussa un long soupir.

— Si tu pouvais prononcer quelques mots d'excuse, pour la galerie… Je ne demande pas qu'ils soient sincères, mais comme cela, je pourrai…

Alasdhair secoua la tête avec obstination.

— Je ne veux pas ton pardon, Calumn. La seule chose que j'attends de toi, c'est que tu lèves officiellement mon bannissement et que tu reconnaisses que ton père a eu tort.

— Alasdhair, il faut que tu réalises que je dois maintenir la tradition.

— Nous avons été amis, autrefois, Calumn. De bons amis. Me fais-tu confiance ?

— Tu sais bien que oui.

— J'ai défié ton père, c'est vrai, je l'admets, mais le châtiment qu'il m'a infligé était sans commune mesure avec mon crime. Je te donne ma parole d'honneur que je ne le méritais pas.

— Tu ne me rends pas la tâche facile, tu sais. Tu es toujours aussi têtu.

Calumn se passa la main dans les cheveux en plissant le front, mais finit par hocher la tête.

— Très bien, nous allons faire les choses comme tu le désires. J'espère que tu as l'intention de rester avec nous quelques jours. Tu me dois bien ça. Je vais déroger à toutes les règles pour te faire plaisir, et je ne suis même pas encore *laird* depuis vingt-quatre heures !

— C'est le moins que je puisse faire, répondit Alasdhair avec un sourire.

Calumn prit Alasdhair par l'épaule, le retourna pour faire face à la foule, puis leva la main pour demander le silence. C'était un geste superflu, car à eux deux, ils formaient un duo impressionnant et la foule s'était tue depuis longtemps.

— Hier, nous avons pleuré le trépas de mon père. Il repose en terre à présent, et avec lui comme le veut la coutume, toutes ses querelles et ses griefs passés. Comme la plupart d'entre vous le savent, Alasdhair Ross, fils d'Alec Ross, a été injustement banni. Aussi, au nom de ma famille, lui en demandé-je pardon.

En entendant la proclamation de Calumn, les termes incroyablement généreux de celle-ci et la reconnaissance sincère du bien-fondé de sa requête qu'ils impliquaient, Alasdhair prit conscience de l'importance que revêtait pour lui cette réparation. Un poids qu'il ne soupçonnait même pas glissa de ses épaules d'un seul coup. Il s'inclina devant Calumn et, comme l'exigeait la coutume, baisa l'anneau gravé du sceau des Munro que celui-ci portait au doigt.

— Merci. De tout cœur, j'accepte tes excuses, mon *laird*.

— Alasdhair Ross, je proclame ici la fin de ton exil. Bienvenue à Errin Mhor.

L'assistance éclata en une salve d'applaudissements spontanés. Depuis son retour, quelques mois plus tôt,

Calumn avait fait très bonne impression à ses gens et à ses voisins. Et si le nouveau *laird* avait envie de bousculer un peu la tradition, ils n'étaient que trop heureux d'approuver ce changement.

Comme Calumn retournait s'asseoir dans le fauteuil du *laird* pour poursuivre la cérémonie, Alasdhair se retrouva entouré de toutes parts.

On lui souhaita la bienvenue, on lui posa des milliers de questions, pour la plupart au sujet du lieu de son exil et de son évident succès, tandis que d'autres — qu'il ignora — portaient plutôt sur les circonstances de son départ.

L'étonnement, l'admiration, l'envie, le respect, le disputaient au plaisir de le revoir et à un peu de scepticisme quant à son récit. Que le fils d'un intendant d'Errin Mhor puisse être devenu un riche marchand, posséder plus de terres que le *laird* lui-même, et être en plus de cela propriétaire de sa propre flottille, personne ne pouvait vraiment le croire.

Et bien que certains, dont Hamish Sinclair par exemple, proclamassent qu'ils avaient toujours cru qu'Alasdhair irait loin, ou qu'il n'avait jamais hésité à travailler dur, il semblait difficile de croire que cet homme du monde élégant en veste de velours, bottes cirées et chapeau à plumes puisse être vraiment Alasdhair Ross, le fils de l'intendant Ross et de son épouse volage. Non point que quiconque se serait risqué à le lui rappeler. En face du moins.

Au milieu de tout ce tumulte, Alasdhair se sentait étrangement détaché. C'était une sensation plaisante, certes, d'être reconnu innocent. Mais il avait beau sourire, acquiescer du chef et répondre en plaisantant à tout ce qu'on lui disait, il aurait donné cher pour pouvoir fuir sans se retourner.

Dès que la cérémonie du Grand Pardon eut pris fin, Calumn s'avança à travers la foule.

— Alasdhair, si tu as suffisamment renoué avec tes anciennes connaissances, j'aimerais te présenter ma femme, lança-t-il en guidant son ami vers la table à laquelle était à présent assise la jolie blonde. Voici Madeleine, mon épouse, qui a abandonné sa Bretagne natale pour aider à sceller l'ancienne amitié qui lie les Français aux Ecossais.

Il disait cela en souriant tendrement à la jeune femme.

Touché, à sa grande surprise, par l'amour évident que son ami portait à cette charmante Française, Alasdhair s'inclina devant celle-ci en balayant l'air de son chapeau.

— Enchanté, madame. Calumn est un heureux homme.

Deux petites fossettes se creusèrent sur le visage rayonnant de Madeleine.

— *Soyez le bienvenu*, monsieur Ross, dit-elle en français. C'est un plaisir de rencontrer un ami d'aussi longue date de mon époux. Il me dit que vous êtes l'un des rares hommes capables de rivaliser avec lui à l'épée.

— M'est avis qu'il vous a raconté des sornettes, répondit Alasdhair en fronçant les sourcils d'un air inquisiteur à l'adresse de Calumn. Je n'ai pas souvenir qu'il ait jamais pu me surpasser avec cette arme.

Madeleine lança un regard malicieux à son mari.

— Il vous faudra le pardonner, monsieur Ross. C'est dans la nature d'un époux de se vanter auprès de sa femme.

— Tout comme c'est celle d'une épouse d'accepter ce que lui dit son mari sans poser de questions, intervint Calumn avec un grand sourire.

— Oh ! mais c'est exactement ce que je fais, *mon cher*. Toutefois, il serait malséant de dire à notre hôte que je ne le crois pas, répliqua Madeleine d'un air contrit, ce qui eut le don de faire rire les deux hommes.

En les voyant ainsi tous les deux, Alasdhair n'avait aucun mal à comprendre pourquoi Calumn semblait si heureux. On ne pouvait imaginer contraste plus flagrant que celui qui existait entre l'austère beauté de Lady Munro et la sensualité tranquille et sans complexes de celle qui lui succédait.

Au bout de la table, elle venait de prendre la place d'Ailsa pour présider avec majesté au service des viandes, des fromages, du pain et du vin. La désormais douairière arborait sur son visage glacial un air désapprobateur qui ne laissait aucun doute sur son état d'esprit.

— Où est ton frère Rory ? s'enquit Alasdhair auprès de Calumn. Je l'ai vu au cimetière aujourd'hui, il me semble. Je suppose qu'il devait s'agir de lui car je l'ai presque pris pour toi, au début, tant la ressemblance était frappante. Je suis impatient de faire enfin sa connaissance.

— Il est reparti pour Heronsay immédiatement après l'enterrement.

— Il n'est donc pas réconcilié avec ta mère ?

— Elle arrive à peine à se forcer à le regarder quand il est là. Je me demande si elle agit de la sorte en raison de sa culpabilité.

— Pour qu'elle éprouve de la culpabilité, il faudrait d'abord qu'elle ait une conscience et un cœur, et je n'ai jamais rien vu qui puisse donner à penser qu'elle possède l'une ou l'autre.

— Et tu n'es pas près de le voir, j'en ai bien peur. Allons, viens, autant en finir tout de suite avec les formules de politesse.

Le visage de Lady Munro sembla se figer encore plus dans la glace quand elle vit son fils guider son hôte vers l'endroit où elle se trouvait.

— Mère, vous vous souvenez d'Alasdhair Ross, sans doute.

— En effet, quoi que je m'en passerais bien, répondit Lady Munro sans se lever.

— Mère, je vous prierai d'être aimable et de l'accueillir poliment dans notre château.

— Je n'en ferai rien, répliqua la douairière à voix basse. Ton père l'a banni d'Errin Mhor. Pour moi, Alasdhair Ross est mort.

— Non, mère, poursuivit Calumn, implacable, en la forçant du bras à se lever. C'est mon père qui est mort. Vous feriez bien de vous rappeler que je suis le *laird* à présent. C'est moi qui décide de qui est ou n'est pas le bienvenu dans ma maison ou sur mes terres.

La mère de Calumn lança à son fils un regard plein d'amertume, mais après un moment consentit enfin à saluer Alasdhair d'un petit hochement de tête.

— Monsieur Ross, grommela-t-elle sans même esquisser l'ombre d'une révérence, comme si son mépris n'était pas assez flagrant.

Alasdhair, de son côté, la gratifia d'un salut appuyé en s'inclinant devant elle.

— Lady Munro. Toujours aussi chaleureuse et accueillante, à ce que je vois.

Elle regardait droit devant elle comme s'il n'était pas là et cette indifférence obstinée le mettait en rage. Il était résolu à susciter une réaction en elle, mais au moment où il allait proférer quelque raillerie bien sentie, il croisa le regard préoccupé d'Ailsa et se rappela soudain la mise en garde de la jeune femme.

Elle avait raison. Il n'allait pas offrir à Lady Munro une nouvelle occasion de lui faire bouillir le sang, ni lui laisser voir sa colère.

— Trinquons, cela s'impose, il me semble, lança-t-il en se tournant vers Calumn.

— C'est l'une des meilleures années de notre production, annonça le nouveau *laird* en emplissant les verres d'un whisky ambré tiré d'une bouteille couverte de poussière, et qui devait avoir passé bien des années à vieillir dans l'un des donjons d'Errin Mhor.

— A mes amis, d'hier et d'aujourd'hui, lança Alasdhair à l'adresse de Calumn et Madeleine.

Sa phrase resta suspendue quelques instants, puis, en se tournant vers Lady Munro :

— Et à mes vieux ennemis, ajouta-t-il. Puissent-ils trouver enfin le repos.

— Au retour du fils prodigue, renchérit Calumn avec un large sourire.

— Au retour du fils prodigue, lancèrent-ils tous à l'unisson en levant leur verre.

Tous sauf Lady Munro, qui resta muette ostensiblement, ses mains jointes sur ses genoux. La douleur que lui causaient ses ongles plantés dans la chair de ses paumes lui était presque un soulagement très doux.

Plus tard dans la journée, alors qu'il cherchait la solitude après l'agitation de la matinée, Alasdhair se rendit au cimetière adjacent à l'église dans lequel se trouvait la tombe de son père. Agenouillé devant celle-ci, il suivit du bout du doigt le nom gravé qui s'effaçait lentement sur la grande dalle de pierre et se perdit dans les vagues souvenirs qui lui restaient de cet homme.

— Je pensais bien te trouver ici.

Il était là depuis si longtemps qu'il en avait les genoux roides, et si perdu dans ses pensées qu'il n'avait pas entendu Ailsa s'approcher. Il se remit sur ses pieds rapidement et se mit à secouer la poussière de ses chausses :

— Je rendais mes devoirs à mon père.

— Je te dérange ?

— Non, j'en avais terminé.

— Tu étais très jeune quand il est mort.

— Mais assez âgé pour savoir ce que signifiait sa disparition.

— Quelques semaines seulement après que ta mère est partie, ajouta Ailsa gauchement. Tu as dû avoir l'impression qu'ils t'avaient abandonné.

— En ce qui concerne ma mère, ce n'était pas qu'une impression.

— Et lui ? insista Ailsa après avoir hésité un moment, car elle avait entendu les rumeurs.

— Je ne crois pas qu'il ait attenté à sa vie, si c'est ce que tu veux dire, contra Alasdhair sèchement. Dire qu'il est mort de chagrin serait plus près de la vérité, car c'est exactement ce qui s'est passé. C'est ma mère qui porte l'entière responsabilité de sa mort et s'il faut blâmer quelqu'un, c'est elle. Elle et celui avec lequel elle s'est enfuie.

— Qui était-ce ?

Alasdhair secoua les épaules.

— Personne ne semble le savoir. Elle a gardé le secret sur sa sordide petite aventure.

— Te demandes-tu parfois ce qu'il est advenu d'elle ?

— Pourquoi cette question ? Tu ne me l'as jamais posée auparavant.

— Je ne sais pas. Je dois penser à ma propre mère après ce que tu m'as raconté hier, j'imagine. Pourquoi m'a-t-elle menti de la sorte ? Je n'arrive pas à trouver une bonne raison, hormis le fait qu'elle m'exècre.

— J'ai eu le sentiment que la mienne me haïssait aussi, à voir la façon dont elle a disparu du jour au lendemain. Elle n'a pas dit un mot à quiconque, pas même à Mhairi Sinclair, la femme de Hamish, et pourtant elles étaient très amies, et depuis longtemps. Je lui ai demandé plusieurs fois si elle savait quelque chose, mais elle a toujours affirmé n'en savoir pas plus que moi.

— Penses-tu essayer de la retrouver ? Est-ce pour cela que tu es rentré en Ecosse ?

— Non, je n'ai aucune envie de la voir. Elle a fait son choix et n'a jamais essayé de prendre contact avec moi. Elle ne fait plus partie de ma vie à présent…

— Mais… ?

Alasdhair eut un rire amer.

— Tout comme toi, je veux savoir pourquoi elle est partie.

Il secoua les pans de sa veste et se dirigea vers la porte du cimetière.

— Au fait, que fais-tu ici ?

— Je suis venue te chercher. Je n'ai pas pu t'approcher ce matin avec tous ces gens qui voulaient t'interroger sur ta vie de l'autre côté de l'océan.

— Le retour du fils prodigue, répondit Alasdhair avec un sourire ironique. J'espère que Calumn sait qu'il n'est pas nécessaire de tuer le veau gras. En tout cas, je suis content que tu sois ici. Veux-tu marcher avec moi un moment ? Cela nous permettra de parler, toi et moi. Nous avons beaucoup de choses à nous dire et nous pourrions bien ne pas en avoir l'occasion de sitôt.

— Oui, répondit Ailsa, reconnaissante. C'est exactement ce dont j'ai envie.

Le village d'Errin Mhor était constitué d'une trentaine de maisons au toit de chaume blanchies à la chaux, blotties les unes contre les autres. Elles donnaient directement sur les longues dunes de sable doré s'étirant le long de la côte, et comportaient chacune une bande de terre cultivée sur l'arrière ; face aux collines.

L'église se dressait sur un côté du hameau, l'auberge, la forge et le port sur l'autre.

Alasdhair et Ailsa traversèrent l'étendue d'herbe verte et drue qui marquait la limite entre le village et la plage et commencèrent à marcher sur le sable durci par les vagues qui venaient y mourir.

— Parle-moi de la Virginie, souffla la jeune femme.

— Tu as dû en apprendre plus qu'assez à ce sujet si tu as entendu l'interrogatoire auquel j'ai été soumis ce matin.

— Assez pour savoir que tu es aussi riche que le roi et que tu es propriétaire de trois fois, vingt fois, cent fois plus de terres que Calumn, selon l'interlocuteur à qui tu t'adresses. Je veux savoir à quoi ressemble la Virginie, et non pas le nombre de pieds carrés que tu en possèdes. Dis-moi ce qui est différent d'Errin Mhor, là-bas.

— Eh bien, en été, l'air est parfois assez brumeux. Il fait chaud, mais humide, comme si le soleil pleuvait, pour ainsi dire, et que la couleur s'échappait de toutes choses. La terre y sent bon, d'une odeur douce et sucrée comme celle d'un pudding aux raisins secs et qui s'alourdit à mesure que le tabac mûrit.

— Et les paysages, à quoi ressemblent-ils ?

Il lui brossa un tableau assez complet de la Virginie, répondant à ses questions chaque fois qu'elle l'en pressait.

Avec son enthousiasme et son sens de l'humour un peu caustique, elle parvint même à obtenir des informations sur lui-même qu'il ne dévoilait d'habitude à personne. De fil en aiguille, il aborda le sujet de la récente rébellion.

Ailsa se moquait un peu de qui avait raison ou tort, mais ayant eu un frère dans chaque camp, le sujet l'affectait énormément.

— Je pense que notre vie ici va beaucoup changer, et pour toujours, à cause de Charles-Edouard, affirma-t-elle tristement.

Qu'elle n'ait pas pris position sur le conflit forçait Alasdhair à acquiescer.

Ils poursuivirent leur marche tout en parlant et en riant, puis se firent plus sombres au bout d'un moment, avant de rire de nouveau aux éclats.

Ils partageaient toujours la même complicité et pouvaient parler de tout et de rien, comme avant. Mais parfois, le silence s'installait entre eux et c'était alors de longs moments de gêne durant lesquels ils se lançaient des regards furtifs sans rien dire.

Pendant qu'ils marchaient, la robe d'Ailsa frôlait parfois les jambes d'Alasdhair. Leurs mains s'effleuraient. Une intimité profonde s'établissait en eux, fugacement, comme une étoile dans le crépuscule apparaît pour disparaître l'instant d'après avant de scintiller de nouveau un peu plus tard.

Finalement, ils s'assirent sur le sable au milieu des dunes pour s'abriter du vent. En face d'eux, la mer chatoyante avait des reflets de turquoise et d'émeraude. Le soleil luisait par instants, jouant à cache-cache avec les nuages rebondis.

L'air était frais, refroidi par la neige qui s'accrochait aux sommets des montagnes, chargé de l'odeur de la fumée de tourbe, du sel et des pins. La brise fouettait les vagues qui roulaient sur la plage dans le vacarme apaisant du ressac. Un cormoran plongea, puis ressortit des flots d'interminables secondes plus tard, arborant fièrement dans son bec la preuve argentée de son succès.

Ailsa glissa ses mains dans le sable pour le faire couler entre ses doigts.

— Pourquoi as-tu parlé à mon père sans même me consulter ? demanda-t-elle abruptement.

— Je me suis posé cette question un millier de fois. J'imagine que c'était en partie par sens de l'honneur, parce que je ne voulais rien faire dans son dos, mais aussi parce que je ne voulais pas qu'il nous faille attendre une minute de plus avant de pouvoir enfin être ensemble. Je regrette amèrement de m'être montré si impulsif. C'était vraiment stupide de ma part.

— En effet, approuva-t-elle. Si tu ne t'étais pas comporté ainsi, peut-être que les choses auraient tourné autrement.

— Allons, Ailsa, tu ne crois pas vraiment ce que tu dis, n'est-ce pas ? Ni toi ni moi n'avions toute notre tête. Nous étions trop bouleversés par ce que nous ressentions l'un pour l'autre pour réfléchir posément à l'avenir et aux problèmes auxquels nous risquions de devoir faire face. Tu n'avais que seize ans, et je n'avais moi qu'un vague rêve à quoi m'accrocher.

— Je sais, répondit Ailsa d'un ton lourd de regrets. Quand j'y repense, je n'arrive pas à croire que nous ayons pu être aussi irréalistes. Il nous avait suffi d'un baiser pour croire que les choses se feraient d'elles-mêmes, tout simplement. De toute façon, je n'aurais pas pu partir tout de suite avec toi pour le Nouveau Monde. J'aurais été un fardeau pour toi avant que tu n'aies commencé à te faire une situation. Et cela aurait pu prendre des années.

— Aurais-tu accepté de me rejoindre plus tard, si je te l'avais demandé ?

— Et si j'avais dit non, serais-tu resté ?

La question demeura sans réponse, s'ouvrant entre eux comme un gouffre profond et noir.

— Tes parents avaient raison sur un point, reprit-il tristement. Nous étions désespérément naïfs. C'est notre innocence qui nous a perdus. Nous avons beau tous les deux trouver pratique d'accuser tes parents, c'est nous qui sommes responsables de ce qui est advenu, car nous avons cru que l'amour avait le pouvoir de changer les choses. En fait, dans la vraie vie, il ne change rien du tout.

Au loin, le cormoran émergea de l'eau avec une nouvelle proie et, tendant le cou, fit sauter celle-ci en l'air pour l'engloutir d'un seul coup.

— Tu as raison, bien sûr, mais si seulement…

Alasdhair se leva d'un bond et secoua le sable de ses vêtements.

— Tu sais ce qu'on dit : avec des si…

— Oui, je sais, coupa Ailsa. Inutile de ressasser le passé.

— Ce qui est fait est fait, confirma Alasdhair en lui tendant la main. Allons, viens, nous devrions rentrer. Il commence à faire froid.

Elle le laissa l'aider à se remettre sur pieds, mais trébucha quand sa botte resta accrochée dans le sable où elle l'avait enfouie. Projetée en avant dans sa chute, elle heurta la poitrine d'Alasdhair et, en essayant de reprendre son équilibre, lança les bras en avant. Le contact fut immédiat, tout autant que le désir qui jaillit en eux.

Ils se regardèrent un instant sans bouger, tétanisés, le souffle coupé.

Dans les yeux d'Alasdhair, elle lisait une promesse dont, quelques secondes plus tôt, elle ignorait encore qu'elle l'attendait depuis longtemps.

La rencontre de la veille avait suscité en elle un désir bouleversant qu'elle avait tenté de chasser de son esprit, pour s'éviter de penser à ce qui aurait pu arriver si leur baiser s'était prolongé, à ce qu'elle aurait ressenti en ce cas, et à ce qu'elle avait effectivement éprouvé.

Dieu savait qu'elle avait fait de son mieux, mais à présent, si près de lui, sa présence, l'odeur de son corps, son goût, presque, emplissaient ses sens si fort qu'il fallait bien se rendre à l'évidence. C'était un échec. Elle avait envie qu'il l'embrasse. Elle ne pourrait pas supporter qu'il ne le fasse pas.

Les doigts d'Alasdhair se perdirent dans les boucles blondes lorsqu'il sentit sur ses lèvres le goût de miel de la bouche d'Ailsa que le temps n'avait pas réussi à lui faire oublier. Le dessin parfait de ses lèvres. La douceur de sa langue. Il savait qu'il ne fallait pas, mais il savait aussi qu'il le regretterait toute sa vie s'il ne le faisait pas. Il en avait assez des suppositions et des interrogations. Leur baiser de la veille avait été un adieu trop timide, trop hésitant. Elle avait été sienne avant qu'on la promette à qui que ce soit d'autre et il leur fallait conclure leur histoire correctement.

Leurs lèvres se touchèrent. A peine. Tout juste. Elle était sienne, jusqu'à ce qu'ils en aient fini. Et c'était la seule façon de faire en sorte que cela se termine une bonne fois pour toutes.

Sa langue s'insinua lentement entre les lèvres d'Ailsa. Elle avait un goût affolant. Il l'attira plus près, enserrant son corps gracile entre ses bras, nouant la longue tresse qui tombait sur son dos autour de sa main. Elle poussa un soupir quand la langue d'Alasdhair toucha la sienne.

Le temps sembla s'arrêter un instant, puis les engloutir. Leur baiser désormais n'avait plus rien de l'incertitude du précédent, plus rien de mélancolique. C'était une étreinte sensuelle, lèvres contre lèvres, qui à mesure qu'elle devenait plus profonde, se faisait plus animale, plus brute. Le baiser d'un homme et d'une femme poussés l'un vers l'autre par un désir impitoyable. Leurs bouches avides buvaient l'une à l'autre avec la soif des naufragés. Leurs mains pressaient et pétrissaient, de plus en plus fort, et leurs corps s'imprimaient l'un dans l'autre, l'un dur et ferme, l'autre souple et tendre. Leurs lèvres se cherchaient comme pour rattraper tout ce qu'ils avaient manqué d'étreintes et de baisers, tout ce qu'ils savaient perdu à jamais, avec une passion si dévastatrice et si bouleversante qu'elle les prit tous deux par surprise.

Ailsa ne comprit pas ce qui lui arrivait. Rien, absolument rien de ce qu'elle connaissait ne l'avait préparée à la sensualité brute, à la passion brûlante qui la submergeait en cet instant. Les doigts d'Alasdhair glissaient sur ses bras, sa taille, son dos. Ses seins étaient pressés contre son torse, leurs pointes douloureuses — mais était-ce vraiment de la douleur ? — frémissant à son contact pendant qu'il l'embrassait avec une intensité qu'elle n'aurait jamais crue possible. Elle avait un sentiment d'urgence, come si elle cherchait quelque chose, comme si elle avait perdu quelque chose que lui seul pouvait l'aider à retrouver.

Elle se sentait étourdie, impatiente, la tête lourde, écrasée de sommeil. Elle tendit la main pour caresser ses cheveux semblables à l'aile d'un corbeau. Et doux comme la soie. Elle sentait le cœur d'Alasdhair cogner contre le sien, comme le sien, au point qu'elle se demanda si elle ne confondait pas les deux.

A contrecœur, il mit un terme à leur baiser. Quand Ailsa posa un doigt sur ses lèvres, elle les trouva gonflées.

— Voilà un vrai baiser d'adieu, cette fois-ci, lança-t-il pour elle comme pour lui-même. Avant que je prenne la route avec Calumn demain.

Il avait beau dire, la perspective de partir lui souriait si peu qu'il en avait le ventre noué.

Ailsa ne put rien répondre.

Il partait ? Il partait vraiment ? Mais cela n'avait pas le goût d'un adieu, loin de là. Les adieux signifiaient la fin de tout, alors que ce baiser sonnait comme un commencement.

Alasdhair plongea son regard dans le sien. Oui, il partirait le lendemain, mais avant, il devait voir Lady Munro.

Une fois qu'il aurait obtenu les réponses qu'il attendait d'elle, il quitterait Errin Mhor et se joindrait à Calumn et sa femme qui partaient eux aussi pour Edimbourg afin de régler une affaire urgente liée au testament du *laird* défunt.

Ce baiser avec Ailsa avait sérieusement entamé sa résolution. Il savait que personne n'avait jamais embrassé Ailsa de la sorte. Cela l'excitait et le dérangeait à la fois. Lui, en tout cas, n'aurait pas dû l'embrasser. Comment pouvait-il partir à présent ?

Comment pouvait-il tourner le dos à ce sentiment si intense qu'il ressentait de nouveau en lui, comme s'il venait à peine de quitter Ailsa. Il devait trouver un moyen de mettre un terme à cette histoire.

Il y avait forcément un moyen de mettre un terme à cette histoire…

Chapitre 4

— Table rase, murmura-t-il en contemplant le charmant visage sur lequel se peignait la surprise du dormeur à peine réveillé.

— Table rase ? répéta Ailsa en fronçant les sourcils. Tu veux dire recommencer depuis le début ?

Elle essayait de remettre un peu d'ordre dans ses cheveux, pour se donner une contenancc.

Etait-ce de la passion, ce bouleversement qu'elle venait d'éprouver, ou bien autre chose ?

Alasdhair en était-il aussi surpris qu'elle-même ? En le regardant furtivement, elle se convainquit que la réponse était oui. Elle aurait préféré qu'il ne l'embrasse pas. Elle aurait préféré qu'il ne s'arrête pas. Elle avait l'impression de partager désormais une moitié de secret qu'elle aurait préféré continuer d'ignorer.

— Je ne comprends pas, dit-elle, désespérée, prononçant à haute voix ces mots qu'elle aurait voulu taire.

Ces mots qui suscitèrent un rire contrit chez Alasdhair.

— Moi non plus.

— Qu'allons-nous faire ?

Il croisa son regard. Les yeux violets le suppliaient de calmer leur angoisse, mais il n'avait pas de réponse. Il n'était pas prévu que son retour prenne cette tournure. Il venait chercher des réponses, et non des questions. Et mettre à nu les âmes des autres, pas la sienne.

— Rien.

— Allons-nous faire semblant de rien, prétendre qu'il ne s'est rien passé ?

— Cela, nous ne le pourrons pas, mais nous pouvons faire en sorte que cela ne se reproduise plus. Pourquoi n'es-tu pas mariée, Ailsa ?

Elle battit des paupières devant cet abrupt changement de sujet.

— Je te demande pardon ?

— Depuis combien de temps es-tu fiancée à McNair ?

— Un an, environ. Peut-être deux, en fait.

— Et pourquoi n'as-tu pas convolé ?

— Mon père était malade.

— Raison de plus, il me semble, pour s'assurer que tu étais bel et bien mariée.

— Le mariage de Calumn a semblé plus urgent.

— A en juger par la rondeur du ventre de ta belle-sœur, celui-ci a dû avoir lieu il y a déjà un bon moment. Tu es une femme superbe, Ailsa, ta dot doit être confortable et tes relations font de toi un parti extrêmement avantageux pour McNair. J'aurais pensé qu'il serait très impatient de te mettre dans son lit.

Ailsa rougit violemment.

— Tais-toi, veux-tu ? Cela ne te regarde en rien, protesta-t-elle.

— Je t'ai crue mariée. Depuis six ans, je vis avec la certitude que tu es la femme d'un autre. Et voilà que j'apprends que tu es restée célibataire pendant tout ce temps.

Elle s'était efforcée de garder son sang-froid mais à présent, ses bonnes résolutions étaient sur le point de voler en éclats.

— Pourquoi me dis-tu tout cela à présent ? Tu viens tout juste de dire qu'il était inutile de spéculer. Tu es totalement injuste, Alasdhair. Ce n'est pas ma faute si les choses en sont là. En tout cas, je ne suis pas plus responsable que toi-même. Je suis désolée que les choses n'aient pas pris la tournure que tu espérais. Je suis désolée de te décevoir parce que je ne suis pas mariée, et je le suis encore plus que le fait de ne pas l'être t'ait entraîné à m'embrasser de nouveau. Je suis navrée que tu aies aimé ça, et aussi que ça m'ait plu également. Et crois-moi, j'aurais préféré qu'il n'en soit rien. En fait, je suis désolée que tu sois revenu, parce que je commençais à m'habituer à ma vie et maintenant, tu as tout bouleversé.

Sur ces mots, Ailsa se couvrit le visage avec ses mains. Elle tremblait de tout son corps. Jamais elle ne perdait son calme de la sorte, mais maintenant qu'elle avait laissé ses nerfs exploser, elle allait avoir du mal à se reprendre.

— Va-t'en, Alasdhair, retourne en Virginie et laisse-moi tranquille.

Au lieu d'obéir, il l'entoura de ses bras puissants et l'attira contre lui en murmurant des exhortations inarticulées pour la calmer tout en lui caressant doucement les cheveux. Elle se mit à pleurer, un torrent de larmes qui la laissa vidée. Elle devait faire peur à voir. Elle avait trempé la chemise d'Alasdhair avec ses larmes et elle n'avait aucune idée de ce qu'il pensait d'elle après ça. Mais pour l'heure, elle s'en moquait complètement. Quand ses sanglots se transformèrent en hoquets, elle se dégagea d'un geste ferme.

— Tu te sens mieux ?

Au moins, il n'avait pas l'air en colère. Il devait plutôt être écœuré. Elle hocha la tête en essayant d'essuyer ses larmes avec son *arisaidh*.

— Ce n'est pas ta faute, Ailsa, je me suis habitué à penser qu'il était facile de toujours rejeter la responsabilité sur toi. Je n'aurais pas dû t'embrasser. Peut-être est-ce parce que je désire encore ce que nous n'avons jamais eu. Peut-être est-ce simplement que tu es une très belle femme et que, pendant un moment, j'ai oublié que tu étais fiancée. Je ne sais pas. Je n'ai pas vraiment d'excuse, ni d'explication sérieuse, et je m'en veux de cela, sans doute. Agir de la sorte n'est pas dans mes habitudes. Pardonne-moi.

Ailsa risqua un sourire avant de répondre, des larmes plein les yeux :

— Si tu me pardonnes toi-même.

— Il n'y a rien à pardonner. Ce que tu as dit est vrai.

Ils repartirent lentement vers le château en passant par la plage.

— Es-tu vraiment décidée à épouser McNair ? s'enquit Alasdhair brusquement.

— C'est un bon parti, répondit Ailsa en haussant les épaules. On ne peut pas le nier.

— Exact. Pour ta famille et pour Errin Mhor, mais pour toi ?

— Ce qui est bon pour Errin Mhor et ma famille est bon pour moi.

— Pourquoi te marier si ce n'est pas vraiment ce que tu désires ?

— Parce que c'est mon devoir. Et puis, que puis-je faire d'autre ? Tu es riche et indépendant, mais ce n'est pas mon cas. Si je ne me marie pas, je serai un fardeau pour mon frère. A vingt-deux ans, je constitue toujours un atout pour mon clan, un morceau de choix qui peut se négocier dans de bonnes conditions, mais je perdrai beaucoup de ma valeur à vingt-cinq, et n'en aurai plus du tout à trente.

— C'est horrible de parler ainsi de toi-même.

— Horrible, sans doute, mais surtout réaliste. Les choses sont ainsi, Alasdhair.

— C'est ce que dit Lady Munro. A t'entendre, on croirait que tu as décidé de prendre sa suite.

Ailsa tressaillit.

— Au contraire. Je suis résolue à éviter cela. Les circonstances sont tout à fait différentes.

— En es-tu bien certaine ? demanda Alasdhair comme ils arrivaient devant l'entrée principale du château.

Puis, sans attendre qu'elle lui réponde, il s'éloigna d'un pas décidé.

Il voulait trouver Calumn et parler avec lui. Evoquer le bon vieux temps et la vie à Errin Mhor. Une conversation simple et franche avec un vieux camarade lui offrirait sans doute une diversion bienvenue.

Il en avait besoin.

Ailsa ne put pas différer bien longtemps la confrontation avec sa mère. Elle se devait à elle-même d'essayer de comprendre pourquoi Lady Munro avait jugé nécessaire de détruire son premier amour, même si, finalement, elle doutait fort d'y parvenir.

En frappant à la porte du salon de sa mère, elle remarqua que ses mains tremblaient. Même après toutes ces années, elle ne pouvait ignorer l'ascendant que sa mère conservait sur elle.

Ailsa avait beau feindre l'indifférence, elle savait très bien que ce qu'elle attendait depuis toujours, c'était un signe, n'importe lequel, que sa mère éprouvait quelque chose à son égard. Pas de l'amour, non, ç'aurait été trop demander. Et puis, de toute façon, Lady Munro était parfaitement incapable d'éprouver un tel sentiment. N'y avait-il pas d'innombrables preuves de la chose, depuis tant d'années ? Non, il fallait s'y résigner, ses relations avec sa mère ne seraient jamais affectueuses, mais elle aurait néanmoins aimé trouver auprès d'elle un peu d'approbation, de soutien.

Elle croyait que cette situation ne l'affectait plus, qu'elle était en quelque sorte immunisée contre elle, mais depuis la mort de son père, depuis, en fait, que son fugace espoir que les choses changent s'était évanoui, elle devait se rendre à l'évidence et admettre qu'il n'en était rien.

La rencontre avec sa mère allait sans doute remuer des souvenirs et mettre à nu des vérités déplaisantes. Mais comment pouvait-elle affronter le destin qu'on lui avait tracé sans avoir de réponses à toutes ses questions ? De ce point de vue, elle aspirait à la même chose qu'Alasdhair et pouvait par conséquent comprendre ce qui l'avait poussé à revenir sur les lieux de sa jeunesse. Ils avaient besoin de savoir, voilà tout.

Elle entendit la voix de sa mère qui l'invitait à entrer.

La ressemblance entre Lady Munro et sa fille était frappante. Les deux femmes avaient la même couleur de cheveux, les mêmes yeux bleu-violet, et des traits d'une symétrie parfaite, quoique la bouche d'Ailsa fût moins dure que celle de sa mère, et l'expression de son visage plus douce et plus chaleureuse.

Ailsa était d'une beauté rayonnante alors que sa mère possédait celle d'une statue de marbre. Elles se différenciaient aussi par leur façon de marcher. Ailsa se déplaçait rapidement, mais avec grâce tandis que Lady Munro marchait toujours à une allure plus lente et quelque peu empruntée.

Elles se regardèrent à travers le salon, une pièce qui avait été aménagée à l'époque où les meubles étaient fabriqués plus pour leur capacité à résister au temps que pour leur confort. Les lourdes chaises en chêne noir massif semblaient à peu près aussi engageantes qu'un cercueil et sûrement moins confortables. Lady Munro, assise à côté de la cheminée, fixait sa fille de ses yeux perçants.

Ailsa s'exhorta à trouver son regard.

— Mère, je suis venue vous demander…

— Je sais ce que tu es venue me demander, je t'attendais. Tu vas me faire le plaisir de refréner ton enthousiasme pour cet homme, Ailsa, déclara Lady Munro d'une voix ferme. Il ne m'a pas échappé que ton puéril entichement pour lui ne s'est pas encore entièrement évaporé, comme il l'aurait pourtant dû.

— Si vous voulez parler d'Alasdhair, alors vous devez savoir que j'avais toutes les raisons du monde de vouloir lui parler. Je dois dire que ç'a été une expérience très éclairante. Oh ! Mère, comment avez-vous pu ? Comment avez-vous pu nous mentir autant ?

Si Ailsa espérait voir sa mère regretter son crime, elle en fut pour ses frais. Lady Munro pinça les lèvres, puis :

— J'avais mes raisons.

— Lesquelles ?

— Je ne doute pas un instant que vous avez échangé vos histoires, toi et lui, et que vous en avez conclu que vous étiez des amants maudits, ou quelque chose comme ça. Je n'ai aucunement l'intention d'expliquer ou de justifier ce que j'ai fait. Il devrait te suffire de savoir que j'ai pensé, et que je pense encore, que mes raisons pour cela étaient pleinement légitimes.

— Vous m'avez menti !

Lady Munro pinça les lèvres de plus belle.

— Ailsa, tu comprendras un jour que tu t'es menti à toi-même. Penses-tu sincèrement que tu aurais été heureuse de vivre avec le fils d'une putain parmi des sauvages, à l'autre bout du monde ?

— Nous ne le saurons jamais ! Vous ne m'avez pas donné l'occasion de le savoir.

— Je t'ai empêchée de faire un choix funeste, voilà la vérité. J'ai fait ce que je pensais être le mieux et le temps a confirmé la sagesse de ma décision. Je regrette simplement qu'il soit revenu. Il aurait mieux fait de rester où il était.

— Il a extraordinairement bien réussi sa vie.

— Il a fait fortune, je te l'accorde, mais cela ne compensera jamais son manque d'éducation. Sous la mince couche dorée de sa richesse, Alasdhair Ross est resté un paysan aux ambitions démesurées.

Ailsa regarda sa mère, le cœur serré par le désespoir. Il semblait n'y avoir aucun moyen de briser le rempart de ses certitudes.

— Pourquoi le haïssez-vous tant ? Je ne comprends pas. Qu'a-t-il jamais fait pour mériter l'inimitié féroce que vous cultivez à son endroit et qui date de bien avant la première fois qu'il a osé me faire la cour ?

Avant même la naissance d'Ailsa, en vérité, songea Lady Munro.

Elle serra les dents pour chasser le violent pincement au cœur que lui causait ce souvenir.

— Ce que je n'arrive pas à comprendre, dit-elle lentement, c'est ce qu'il a bien pu faire pour s'attirer cette adoration puérile que tu lui voues.

— Vous ne pouvez pas comprendre, mère, répondit Ailsa. Vous n'avez jamais éprouvé ce genre de sentiments vous-même.

Lady Munro eut un moment d'hésitation. Si Ailsa ne l'avait pas connue aussi bien, elle aurait même pu croire que sa remarque l'avait blessée.

Mais elle la connaissait trop bien pour se montrer aussi naïve.

— A quoi bon ressasser le passé de la sorte, Ailsa ? Il vaut bien mieux que nous concentrions nos efforts sur l'avenir.

Ailsa s'approcha de la fenêtre. Dehors, il faisait nuit. Elle se retourna vers l'intérieur de la pièce, où sa mère s'occupait à allumer quelques bougies avec une longue allumette. Elle était intraitable, comme toujours. Insister pour qu'elle explique les raisons de ses actes n'aurait fait que la braquer un peu plus. Et puis, au fond, quelle importance cela pouvait-il avoir à présent ? On ne pouvait pas revenir sur le passé.

Lady Munro s'était rassise près de la cheminée et fixait de nouveau sa fille de son regard implacable.

— J'ai écrit à Donald, annonça-t-elle avec précaution. Je lui ai demandé de venir ici dès qu'il lui agréera de le faire.

— Pourquoi ?

La mère d'Ailsa haussa les sourcils.

— Votre mariage a été trop longtemps repoussé.

— Mais... le cadavre de mon père n'est même pas encore froid, dans sa tombe.

— Son trépas va permettre que de grands changements aient lieu à Errin Mhor. Et quoi de mieux que des noces pour ouvrir la nouvelle ère ?

— Ce ne serait pas convenable.

— Je ne peux croire que ces hésitations soient le fait du retour inopportun de ce sauvage, siffla Lady Munro en lançant à sa fille un regard inquisiteur.

Ailsa baissa la tête. Il y avait des moments où elle croyait sincèrement que sa mère avait la capacité de lire dans ses pensées comme dans un livre. Elle sentait littéralement le regard perçant de Lady Munro entrer dans son esprit comme un couteau dans une motte de beurre. Elle ne savait même pas ce qu'elle pensait au juste, mais quelles qu'elles fussent, elle ne voulait à aucun prix que sa mère puisse deviner ses pensées la première.

— L'arrivée d'Alasdhair n'a rien à voir là-dedans.

— Ainsi, tu hésites pour de bon ! s'exclama la veuve. Ailsa, tu ne peux pas sérieusement penser à laisser passer un aussi bon parti. Ce mariage était le vœu le plus cher du *laird*...

— Son vœu le plus cher était d'avoir eu un autre garçon au lieu d'une fille.

— Il était très favorable à cette union.

— *An làmb a bheir, 's i a gheibh*, comme on dit, mère, n'est-ce pas ? La main qui donne est la main qui reçoit. Même la mort n'a pas pu diminuer l'ascendant qu'il avait sur vous. Je m'attendais presque à vous voir vous jeter sur son bûcher funéraire. S'il vous l'avait demandé, je sais que vous l'auriez fait.

— Il était mon mari.

— Et vous l'aimiez, au détriment de tous les autres.

— Ce n'est pas vrai.

— Non ? s'exclama Ailsa en bondissant sur ses pieds. Non, vous avez raison, ce n'est pas vrai, car vous ne savez pas ce que c'est qu'aimer, mère, n'est-ce pas ?

Elle avait affreusement mal aux yeux, mais elle parvenait miraculeusement à retenir ses larmes. La violence de sa réaction l'étonnait.

— Ecoute-toi parler ! On dirait une enfant gâtée, asséna Lady Munro en se levant à son tour et en tendant à sa fille l'un de ses mouchoirs délicatement brodés. Ce n'était pas seulement le vœu du *laird*, Ailsa, mais également le mien. Réfléchis : si tu épousais Donald et t'installais chez lui, nous serions voisines. Nous pourrions nous voir souvent, et avec le temps, quand tu aurais des enfants, nous pourrions...

— Jouer les familles modèles ? répondit Ailsa d'une voix cinglante. C'est un peu tard pour ça, mère.

Les mouchoirs brodés de Lady Munro étaient de véritables œuvres d'art. Leur dentelle au petit point était d'une délicatesse exquise, quoique Ailsa doutât fort qu'elle ait jamais essuyé la moindre larme. Elle étala démonstrativement sur ses genoux celui qu'elle tenait à la main pour bien montrer qu'elle n'en ferait pas usage.

— Je veux que vous écriviez à Donald, moi aussi. Dites-lui que le moment est mal choisi et que je n'ai aucun désir de le voir tant que je n'aurai pas l'esprit clair.

— Sa présence t'éclaircira bien plus les idées que son absence. Je suis sûre que quand il arrivera, tu auras recouvré tes esprits et ton bon sens.

Ailsa regarda sa mère d'un air impuissant.

— Mon bonheur ne signifie-t-il donc rien pour vous ? demanda-t-elle.

A peine l'eut-elle prononcée qu'elle regretta sa question, sans toutefois pouvoir s'empêcher d'espérer que sa mère y réponde par l'affirmative.

— Je pense que c'est en faisant son devoir que l'on atteint le bonheur. Quand tu auras réfléchi à cela, je ne doute pas un instant que tu seras d'accord avec moi. Après tout, tu es ma fille.

Quand Ailsa se leva, le mouchoir de Lady Munro tomba sur le sol sans que ni l'une ni l'autre ne le remarquent.

— Je suis peut-être votre fille, mais je ne suis plus une enfant et je sais penser par moi-même. Si je décide de ne pas épouser Donald, je ne l'épouserai pas.

— Ailsa, insista sa mère, tiens-toi à l'écart d'Alasdhair, je t'en supplie.

Voyant sa fille se diriger vers la porte, elle cria :

— Je ne veux pas qu'il revienne se mettre entre nous deux de nouveau ! Il y a des choses que... il n'est pas l'homme que tu crois, Ailsa !

Ces mots se perdirent dans le silence quand la porte se ferma sans bruit.

Lady Munro ramassa le mouchoir tombé sur les dalles froides et en pressa la dentelle sur ses yeux. Ils piquaient, certes, mais restaient pourtant obstinément secs.

Seigneur, faites que McNair réponde vite à cette lettre. Que ma fille soit enfin délivrée de ce bâtard.

Lady Munro commençait sérieusement à se demander si le père d'Alasdhair Ross n'avait pas, depuis sa tombe, envoyé son fils la hanter.

Assis à la table du dîner — un repas que, Dieu merci, la veuve de Munro prenait dans sa chambre —, Alasdhair essayait de converser poliment avec ses voisins tout en regrettant amèrement de n'avoir pas respecté son vœu de ne jamais revenir à Errin Mhor.

La tranquillité de sa plantation lui manquait. Là-bas, en Virginie, il pouvait jouir de la solitude et du bonheur de vivre sur ses propres terres, dans sa propre maison.

Sauf que, s'il avait vraiment été parfaitement heureux, il ne serait pas venu. Rentrer au pays lui avait fait prendre conscience que sa vie n'était pas aussi sereine qu'il voulait bien le croire.

Comme si les choses n'étaient pas assez difficiles comme ça, Madeleine l'avait placé à côté d'Ailsa. Comme elle lui passait un plat pour qu'il se serve, la main de cette dernière avait frôlé la sienne et ils avaient sursauté tous les deux comme s'ils venaient de se brûler. Il l'avait surprise à le regarder fixement d'un air troublé, mais il en avait fait tout autant lui-même, il le savait. Dans sa robe de velours vert, elle était exquise, quand bien même elle repoussait doucement les compliments qu'on lui faisait. Elle ne s'aimait pas, physiquement, et pourtant, beaucoup de femmes auraient fait n'importe quoi pour avoir sa silhouette.

Et beaucoup d'hommes pour l'avoir à leurs côtés…

Il n'aurait pas dû l'embrasser. Dieu du ciel, comme il regrettait de l'avoir fait !

Depuis, il n'arrivait plus à penser à autre chose. Autrefois, quand il se sentait ainsi sur les nerfs, il aurait apaisé sa bile en se bagarrant avec Calumn ou en invitant Hamish à croiser le fer avec lui. Ou encore en partant tirer des bords sur le… Mais oui, bien sûr !

— Qu'est-il advenu d'*An Rionnag* ? lança-t-il à la cantonade.

Calumn leva la tête vers lui, surpris, car Alasdhair n'avait pas prononcé une seule parole depuis vingt bonnes minutes.

— L'Etoile ? demanda-t-il, avant de préciser pour

Madeleine en aparté : c'était son bateau, autrefois. Je n'en ai aucune idée.

— Il se trouve à Errin Beagh, intervint Ailsa. L'un des pêcheurs s'occupe de l'entretenir pour moi. Son fils sort avec de temps en temps.

— Je pensais que ton père l'aurait fait saborder, affirma Alasdhair.

Ailsa croisa son regard pour la première fois de la soirée avant de répondre :

— Il l'a cru.

— Tu as sauvé le bateau ! s'exclama Alasdhair avec un large sourire.

— Il m'a simplement semblé insensé de laisser détruire une chose aussi belle, expliqua Ailsa en rougissant.

— Je t'approuve entièrement.

— Je ne savais pas que vous sortiez en bateau, Ailsa, intervint Madeleine, intriguée par ce qu'elle sentait qu'il se passait entre sa belle-sœur et l'ami de son mari à qui elle trouvait l'air bien sévère.

— Je ne l'ai pas fait depuis bien longtemps, répondit Ailsa. Alasdhair et moi parcourions la baie sans cesse, autrefois, mais ma mère s'oppose désormais à ce que je sorte seule.

— *Ah oui, je comprends*, acquiesça Madeleine en français, du ton qu'elle réservait aux échanges avec sa belle-mère, qu'elle appelait secrètement le dragon.

— Qu'à cela ne tienne, lança Alasdhair. Pourquoi ne t'emmènerais-je pas sur *An Rionnag*, demain ?

Ailsa le regarda, surprise.

— Mais tu n'en auras pas le temps, objecta-t-elle. Je te rappelle que tu dois partir tôt avec Calumn et Maddie.

— Eh bien, j'ai changé d'avis, en fait. J'ai décidé de rester quelques jours de plus. Qu'en dis-tu ? En souvenir du bon vieux temps ?

Ailsa regarda son frère d'un air inquiet.

— Je trouve que c'est une excellente idée, affirma celui-ci. De toute façon, je ne comprends pas pourquoi tu es si impatient de quitter Errin Mhor, Alasdhair, après avoir fait un voyage aussi long et aussi exténuant pour arriver jusqu'ici. Reste aussi longtemps que tu voudras. Ma demeure est la tienne. Et puis, je suis sûr qu'Ailsa sera ravie d'avoir de la compagnie pendant que nous serons partis.

Madeleine battit des mains avec enthousiasme.

— *Parfait!* s'exclama-t-elle derechef dans sa langue maternelle, ce qu'elle semblait faire chaque fois que l'émotion la gagnait. Cela vous fera du bien, chère Ailsa, et vous aidera à vous remettre un peu de votre deuil. Amusez-vous bien.

Un coup d'œil furtif en direction d'Alasdhair indiqua à Ailsa qu'il pensait la même chose qu'elle. Elle avait furieusement envie de voguer avec lui une dernière fois, et de mettre une fois pour toutes un terme à leurs rêves d'antan. Peut-être ce faisant pourrait-elle trouver l'occasion d'un nouveau départ avec Donald, même si, très franchement, elle en doutait.

Plus vraisemblablement, cela mettrait un terme aux deux histoires. Ce dont elle ne doutait pas, en revanche, c'était que sa mère serait folle de rage qu'elle ait fait si peu de cas de ses recommandations. Mais après leur affrontement d'aujourd'hui, cette idée lui procurait une sorte de satisfaction un peu puérile, et diablement agréable.

— Je pourrais… j'aimerais cela, si tu en as envie…

Il la dévisagea, troublé. *Etait-ce le cas?* Avait-il vraiment envie de se confronter de nouveau à d'aussi poignants souvenirs ? Cela dit, ne serait-ce pas le parfait antidote contre l'attirance qu'il éprouvait pour Ailsa et qui menaçait de devenir une véritable folie ? Recréer cette fameuse journée à bord de l'Errin Mhor avec la vraie Ailsa l'aiderait sans doute à extirper de son esprit la jeune femme rêvée qui le hantait depuis six ans. Remplacer l'illusion par la réalité devait être la solution, forcément.

— Oui, j'aimerais ça, répondit-il en souriant.

Assise à côté de lui, Ailsa avait les doigts crispés sur le pied de son verre. La voir aussi nerveuse que lui réconfortait un peu Alasdhair.

Ailsa venait de se servir un bol de porridge sur lequel elle avait jeté une petite pincée de sel avant de se mettre à table lorsque Alasdhair entra dans la pièce. Il venait de souhaiter bon voyage à Calumn et Madeleine qui partaient pour Edimbourg.

Il s'installa à ses côtés. Il sentait l'air frais et le savon. Ses cheveux soigneusement coiffés en arrière luisaient de l'eau dont il venait de les asperger et il était rasé de frais. Il portait un haut-de-chausse et des bottes ainsi qu'une chemise et un gilet, mais sans veste et sans cravate. Ainsi, il avait l'air beaucoup plus jeune. Et moins sévère. Beaucoup plus séduisant, en fait. Ailsa sentit son cœur s'arrêter de battre un instant en le voyant et prit soudain conscience qu'elle le fixait sans vergogne.

— Sers-toi, lança-t-elle.

Alasdhair s'exécuta, remplissant généreusement son assiette.

— Es-tu certaine de vouloir sortir en bateau aujourd'hui ?

— Et toi ?

Il éclata de rire.

— Si je dis oui, en feras-tu autant ?

— Oui.

— Ta mère est-elle informée de la chose ?

— Pas encore, mais tu peux être sûr qu'elle l'apprendra vite.

Alasdhair se versa un bol de café tandis qu'Ailsa remuait son porridge avec une longue cuiller.

— Tes vêtements ne sont pas vraiment faits pour sortir en bateau. Si tu veux, je pourrais te trouver un *plaid*, offrit-elle.

— Je croyais qu'on n'avait plus le droit d'en porter, désormais.

— Exact. Ils ont aussi essayé d'interdire que l'on parle gaélique, mais tu remarqueras que ceux qui s'expriment en anglais sont peu nombreux par ici, expliqua Ailsa d'un ton plein de mépris. Les gens s'en fichent, sauf quand ils vont vers le sud, à Oban. Il y a même une cabane en pierre sur l'île de Seil que l'on appelle *Tigh an Truish* et où les hommes passent des braies avant de traverser pour rejoindre le Continent.

— La Maison des Braies, cela dit bien ce dont il s'agit, commenta Alasdhair avec un demi-sourire. Calumn m'a expliqué comment les choses se sont passées pour lui et son frère durant la rébellion.

— Et pour beaucoup d'autres. Nous avons traversé des moments très difficiles. C'est bien dommage que Rory n'ait pas pu rester. Il te plairait, j'en suis sûre. Alors, veux-tu un *plaid* ou non ?

— As-tu décidé de refaire de moi un Highlander, Ailsa ?

— C'est ce que tu es au fond. Ne me dis pas que tu es américain.

— Pas quand je suis ici en tout cas, non. Trouvez-moi un plaid, miss Munro, et j'essayerai de me transformer pour vous.

Ailsa chantonnait doucement tout en s'habillant. Elle se débarrassa de sa robe de chambre et passa un jupon rayé et une robe en laine bleu-roi qui lui descendait à mi-cheville. Seules les veuves étaient obligées de porter du noir à Errin Mhor.

Un gilet d'un bleu plus sombre était noué au-dessus de

ses culottes et un *arisaidh* de laine retenu par une ceinture complétait le tout, attaché sur sa poitrine par une jolie épingle d'étain. Elle brossa ses cheveux de sorte qu'ils cascadaient sur ses épaules en longues vagues dorées, seulement noués d'un peu de ruban. Il ne lui restait plus qu'à passer d'épaisses bottes pour être prête.

Alasdhair l'attendait dans la grande salle et lui tournait le dos quand elle arriva. Ailsa s'arrêta sur le seuil pour se donner l'occasion de l'observer sans être vue.

Dans ses vêtements noirs, elle l'avait trouvé superbe, mais en tenue de Highlander, il était franchement à couper le souffle.

Son *filleadh beg* drapé dans le *plaid* qu'elle lui avait trouvé était retenu à la taille par une large ceinture. Le tissu épais tombait en plis bien nets qui suivaient la courbe légère de ses fesses, s'arrêtant juste au-dessus du genou, laissant apparaître ses mollets musclés. Il ne portait pas le traditionnel *filleadh mòr*, pendant masculin de *l'arisaidh*, mais un long plastron de cuir par-dessus sa chemise dont il avait ôté les manchettes de dentelle. Le tout faisait ressortir sa haute taille et le côté sculptural de sa silhouette — larges épaules, torse puissant, ventre plat, longues jambes.

Cependant, quelque chose semblait avoir changé en lui. Le beau garçon au faîte de sa splendeur physique s'était en effet transformé en un Highlander plein de noblesse mâtinée d'accents sauvages. La mince couche d'élégance avait cédé la place à quelque chose de plus brut, plus primitif. Il avait bien plus l'air du pionnier qu'elle savait qu'il était. Cela lui remua le sang et l'âme.

Ailsa secoua la tête pour reprendre ses esprits.

Alasdhair devait avoir senti son regard sur sa nuque, car il se retourna brusquement, forçant Ailsa à reprendre sa marche précipitamment et à descendre les dernières marches comme si de rien n'était pour le rejoindre.

— Eh bien, suis-je présentable ? demanda-t-il en écartant les bras.

— Je t'ai déjà vu porter un plaid, Alasdhair Ross, répondit Ailsa, heureuse qu'il ne l'ait pas surprise en train de l'observer.

Résolue à chasser ses troubles pensées, elle s'obligea à se concentrer sur des choses pratiques. Inutile de se laisser distraire par l'encolure de la chemise d'Alasdhair qui lui permettait de voir la peau hâlée de son cou, ses bras musclés ou le balancement de son *plaid* quand il marchait.

Ouvrant la marche, elle passa une porte qui s'ouvrait dans le lambris tapissant le fond de la pièce.

— Calumn a fait amener *An Rionnag* ce matin. Il est amarré à notre ponton à présent. Nous allons passer par les jardins de devant pour le rejoindre.

La porte donnait sur un escalier en colimaçon qui menait aux cuisines et à la distillerie. En sortant, ils passèrent par les jardins, sur l'avant du château, puis descendirent une allée qui serpentait jusqu'à la mer sous la voûte impressionnante que formaient les branches de gigantesques pins sylvestres.

C'était l'une de ces journées de printemps au cours desquelles les quatre saisons semblent lutter pour prendre la préséance. Le matin avait commencé avec un ciel pur et un soleil ardent, mais à présent de lourds nuages gris roulaient dans le ciel, venant du nord. Deux mois plus tôt, ils auraient immanquablement apporté de gros flocons, mais en avril, ils annonçaient de la neige fondue ou de la grêle.

Derrière eux, cependant, et vers l'ouest également, le ciel était d'un bleu tranquille et la mer, bien qu'agitée, ne semblait pas remuée par la houle puissante annonciatrice de tempêtes.

— Qu'en dis-tu ? s'enquit Ailsa en scrutant le ciel d'un œil inquiet.

— Je pense que nous devrions prendre le risque.

— De sortir par ce temps, tu veux dire ?

Alasdhair lui lança un regard énigmatique.

— Quoi d'autre ?

Ils émergèrent du couvert des pins au sommet d'une petite colline. Quelques marches avaient été taillées sommairement dans la roche et une corde attachée à de solides anneaux de fer formait une rampe acceptable. La plage au-dessous d'eux descendait abruptement par paliers jusqu'au bord de l'eau où une sorte de jetée avait été aménagée en utilisant les rochers existants disséminés alentour.

Des trois bateaux attachés là, *An Rionnag* semblait le plus petit. Ce n'était en fait qu'un petit esquif muni d'une paire d'avirons et d'une voile unique.

A côté de lui tanguait une embarcation du même style, mais un peu plus grande et visiblement neuve, et sur la proue de laquelle on lisait, en lettres dorées, le mot *Madeleine*. Enfin, là où l'eau semblait la plus profonde, se trouvait le navire officiel de Lord Munro.

La marée était haute. Les bateaux dansaient sur les vagues qui se brisaient sur la plage, plus loin, rendant l'abordage particulièrement délicat. Il fallait de l'équilibre. Alasdhair sauta souplement depuis la jetée dans le bateau, son *plaid* se soulevant devant lui dans la manœuvre. La vision furtive qu'en eut Ailsa lui révéla une cuisse couverte de poils sombres sous le voile desquels les muscles saillaient joliment, mais à la peau très blanche. Elle se demanda où s'arrêtait le hâle.

— Ailsa ?

Il lui tendait la main en souriant d'une façon qui lui noua le ventre. Il avait attaché ses cheveux avec un lacet de cuir, mais de longues mèches noires comme l'aile d'un corbeau lui fouettaient néanmoins le visage. Elle se percha sur le bord de la jetée, tâchant de synchroniser le saut qu'elle s'apprêtait à tenter avec le mouvement imprimé au bateau par les vagues, tout en ignorant délibérément l'aide d'Alasdhair. Elle avait sauté dans le bateau des dizaines de fois sans y penser, mais cette fois, elle hésitait, aussi, quand elle se décida enfin à sauter, trébucha-t-elle en atterrissant sur le fond arrondi de *An Rionnag*. Alasdhair se tenait prêt à la rattraper, comme il le faisait toujours autrefois, mais quand elle se sentit vibrer d'être dans ses bras, elle sut que cela n'avait rien à voir avec le passé, mais plutôt avec le plaisir brut, la sensation primitive d'être une femme blottie contre le corps puissant d'un homme.

Elle était plutôt grande et pourtant, à côté d'Alasdhair, elle semblait aussi menue que sa belle-sœur. Il la tenait sans effort aucun. Une vague passa sous le bateau, mais il s'affermit simplement sur ses jambes en l'attirant contre lui pour l'assurer entre ses bras.

Le vent jouait dans ses cheveux noirs. Quand une autre longue mèche s'échappa du nœud de cuir qui les retenait et vint lui tomber sur les yeux, Ailsa leva instinctivement la main pour la repousser. Elle était douce comme la soie et se mêlait à ses cils également noirs et soyeux. De la paume, elle effleura la joue d'Alasdhair, qui tourna légèrement la tête à ce moment-là, de sorte que ses lèvres frôlèrent le bout du pouce de la jeune femme. C'était un baiser, sans aucun doute, chaud et tendre. Elle aurait pu s'échapper, se dégager, mais n'en fit rien. Elle entendit quelqu'un inspirer profondément, pas très sûre de respirer elle-même, puis un soupir — le sien, cette fois, assurément — quand elle se retourna entre les bras d'Alasdhair. D'une main, elle suivit la ligne de son menton tandis que de l'autre elle le prenait par le cou pour s'aider à garder l'équilibre.

Alasdhair écarta un peu plus les pieds sur le fond du bateau quand Ailsa se blottit entre ses bras. Son corps tout en courbes s'imprimait contre le sien de la plus excitante des façons. Elle sentait délicieusement bon et apparemment, son cœur battait tout aussi fort que le sien. Pourtant, il hésitait encore. Il avait des embruns sur le visage, le goût du sel sur les lèvres. Le bateau montait et descendait au même rythme que sa poitrine se soulevait. Son cœur battait, battait, hésitait, battait encore. Une vague plus grosse que les autres passa sous le bateau, soudain. *An Rionnag* tangua dangereusement et le charme fut rompu.

— Nous devrions mettre la voile sans quoi nous allons manquer la marée, affirma Alasdhair en relâchant son étreinte à contrecœur.

Le désir, brûlant, entêtant, le tenait entre ses serres. Honnêtement, il avait envie de bien plus que simplement embrasser Ailsa.

Peut-être cette sortie était-elle une erreur ?

Ce qu'il ressentait à cet instant précis n'avait rien d'un souvenir fantôme. C'était au contraire tout à fait présent, et absolument vital. Il avait envie d'elle comme jamais il n'avait désiré une femme auparavant.

Elle ne sentait que trop son regard sur elle, au point qu'elle lutta un moment avec le nœud qui retenait *An Rionnag* à la jetée pendant qu'Alasdhair mettait la voile et prenait la barre.

Etait-ce une erreur, une folie ?

Elle se servit d'un aviron pour repousser le bateau loin du ponton, puis alla s'installer à la proue, s'asseyant au milieu des casiers à homards et des lignes de pêche, tandis qu'Alasdhair guidait l'embarcation vers la mer écumante. Ils voguaient sur la même étendue d'eau que celle sur laquelle elle avait pour la première fois vu en lui un homme et non plus un adolescent, jadis.

Tout en le regardant à présent, aussi à l'aise à la barre du bateau que sur la terre ferme, elle essayait d'invoquer l'esprit de cette journée lointaine, en se rappelant que c'était précisément ce pourquoi elle était venue, afin d'exorciser une bonne fois pour toutes les fantômes du passé.

Mais l'Alasdhair qui lui faisait face à présent refusait obstinément de céder la place à son double de jeunesse. Malheureusement pour elle, et pour sa tranquillité, cet Alasdhair-ci, le véritable Alasdhair, risquait de s'obstiner à ne pas s'effacer. Elle avait refusé de le voir et de l'admettre jusqu'à la veille, mais elle reconnaissait désormais le désir qui lui nouait le ventre quand elle le regardait. Qui lui laissait la bouche sèche et lui donnait des frissons.

Elle avait envie de lui.

Honteuse et à la fois terriblement excitée de s'apercevoir qu'elle pouvait éprouver, contrairement à ce qu'elle pensait jusque-là, ce genre d'émotion, elle détourna les yeux, ce qui n'empêcha néanmoins en rien son esprit de battre la campagne.

Elle avait envie de lui.

De lui seulement ? Ce réveil des sens signifiait-il qu'elle pourrait éventuellement désirer Donald lui aussi ? Elle ne se fut pas plus tôt posé la question qu'instantanément, et avec la clarté cristalline d'un torrent de montagne, la réponse lui vint, péremptoire : non, jamais.

Il allait lui falloir méditer cette révélation, et agir en conséquence. Ce serait sans doute douloureux, mais pour l'heure, elle se sentait soulagée.

Ailsa renversa la tête en arrière pour offrir son visage aux rayons du soleil d'avril, un sourire sur les lèvres. Aujourd'hui, tout était possible. Tout. Demain serait un autre jour, comme Shona MacBrayne le disait toujours.

Alasdhair navigua autour du Collier, dirigeant *An Rionnag* entre les îlots comme s'il dessinait une chaîne dans l'eau. La résistance de la barre et la force qu'il devait déployer pour la contrôler l'enchantaient. Il prenait un réel plaisir à manœuvrer avec dextérité le gouvernail en même temps que la voile quand la direction du vent changeait. Le bois de la barre était lisse et poli sous ses doigts, la mer, dure sous la coque. Il fallait garder l'œil constamment sur le ciel et l'eau, car le temps pouvait changer d'une minute à l'autre. Il savourait tout cela avec la délectation du voyageur qui retrouve enfin son pays.

Assise à la proue, Ailsa évoquait ces statues ornant celle des bateaux de haut bord qui encombraient le port de Jamestown, en Virginie. Chaque fois que le bateau plongeait dans la vague, les embruns lui fouettaient le visage et le vent claquait dans ses cheveux, ce qui la faisait rire aux éclats. Elle avait l'air bien plus détendue que pendant les deux jours précédents, comme si elle avait réussi à jeter par-dessus bord tous ses soucis et ses peines. Elle rayonnait, comme le soleil sur les flots bleus.

Il se demandait ce à quoi elle pensait, si elle évoquait ses souvenirs. Ailsa était assise exactement au même endroit que ce fameux jour, et lui aussi occupait la même place dans le bateau. Mais le passé avait beau palpiter aux confins de ses pensées, cela restait éphémère. La réalité, c'était ici et maintenant. Aujourd'hui. Avec cette femme-là, ce désir-là, vibrant, intense. Cette envie d'elle.

Etait-il en train de commettre la plus grosse erreur de sa vie ?

Lorsqu'il prenait une décision, Alasdhair avait l'habitude de s'y tenir obstinément, et cette fois-ci ne dérogerait sûrement pas à la règle. Son plan fonctionnerait. Forcément. C'était pour ça qu'il avait fait tout ce voyage. Pour faire table rase du passé.

L'îlot qui se trouvait au milieu du petit archipel était également le plus grand, environ cinq cents mètres de long par moitié moins de large. On avait l'impression que *An Rionnag* se souvenait du chemin à le voir se jouer de la manœuvre compliquée qui le menait dans le petit port naturel formé par deux avancées rocheuses escarpées. Quand le bateau atteignit le haut fond, Alasdhair affala la voile, ôta ses chaussures et ses chausses et sauta dans l'eau glacée pour haler le petit esquif sur la plage.

Ailsa sauta sur la rive à son tour et ils se dirigèrent aussitôt vers l'autre côté de l'îlot, là où se trouvait l'endroit secret où ils aimaient se cacher, autrefois. Il y avait des trous d'eau creusés dans la roche par les assauts incessants de la mer où vivaient des crabes énormes et des anémones aux couleurs splendides. Ils s'assirent sur les rochers plats l'un à côté de l'autre pour partager le pique-nique apporté par Ailsa.

Ils passaient de la plus parfaite sérénité à des moments d'intense nervosité, hésitant entre leur identité présente et passée.

Quand ils se furent restaurés, ils se promenèrent autour de l'île et, tout du long, l'intimité ancienne qui ne les avait jamais vraiment quittés commença à lentement s'insinuer autour d'eux comme un lierre obstiné, diffusant en eux le charme insistant qui menaçait de les subjuguer tous les deux.

Chapitre 5

— Pourquoi as-tu décidé de venir ici avec moi ? s'enquit Alasdhair alors qu'ils se trouvaient à l'abri derrière une rangée de pins nains qui bordaient la côte.

— Parce que je voulais monter à bord d'*An Rionnag* une nouvelle fois.

— Et parce que tu savais que cela mettrait ta mère en rage, n'est-ce pas ?

— Un peu, répondit Ailsa en éclatant de rire.

Du bout du pied, elle remuait les morceaux d'ardoise qui parsemaient la plage, consciente du regard d'Alasdhair pesant sur ses épaules et du rouge qui lui montait aux joues.

— Tu vas penser que je suis idiote, ajouta-t-elle en levant les yeux sur lui, mais je voulais surtout exorciser les fantômes qui me… qui nous hantent.

— Je ne pense pas que tu es idiote, Ailsa. Je suis venu exactement pour les mêmes raisons.

— Et… cela fonctionne ?

— Pour l'heure, pas vraiment, répondit-il, à sa propre surprise comme à celle de la jeune femme.

Elle lui prit la main.

— Je n'ai pas voulu t'écouter quand tu as dit que ça n'aurait pas marché entre nous hier, mais tu avais raison. Nous étions trop jeunes et trop peu sûrs de nous. Tu avais un avenir à construire et je n'aurais fait que te distraire.

Elle posa sa joue dans le creux de la main d'Alasdhair avant de poursuivre :

— C'est dur à accepter, et très triste aussi, mais peut-être que si nous admettons que c'est la vérité, les fantômes retourneront d'où ils viennent une bonne fois pour toutes.

Son honnêteté, de même que les efforts que ces paroles semblaient lui avoir coûté touchèrent Alasdhair droit au cœur.

— Voilà encore une chose qui n'a pas changé chez toi, déclara-t-il d'une voix émue. Tu n'as jamais manqué de courage.

Ailsa secoua la tête tristement. C'était précisément le courage qui lui avait fait le plus défaut au cours des années passées. Son courage s'était érodé en même temps que sa confiance en elle, à mesure qu'elle avait accepté de mener la vie que son père voulait pour elle et à laquelle sa mère faisait tout pour la préparer, depuis toujours.

Elle pressait toujours la main d'Alasdhair contre sa joue, comme elle le faisait autrefois, il s'en souvenait fort bien. Du bout du pouce, il lui effleura la commissure des lèvres. Une larme tremblait au bout de ses cils argentés et il se pencha sur elle pour l'embrasser avant qu'elle ne tombe.

Une tendresse presque douloureuse l'envahissait, et des regrets aussi. Mais, pour la première fois, il ne ressentait aucune amertume ni colère. Il perdit ses doigts dans l'auréole de cheveux diaphane qui ceignait le front de sa bien-aimée, comme si par ce geste il avait pu la libérer des fantômes qui la pourchassaient, et, ce faisant, se libérer lui-même en renvoyant les siens flotter sur la brise qui balayait l'océan.

Devant le sourire hésitant d'Ailsa, il se sentit fondre à l'intérieur. Ce devait être le soulagement qu'il attendait, ou plutôt qu'ils attendaient tous les deux. L'embrasser semblait alors la chose la plus naturelle du monde, et ce baiser, le seul capable de les libérer, elle comme lui. Sans réfléchir, et sans penser à rien d'autre, il l'embrassa. Les lèvres d'Ailsa tremblaient sous les siennes Du bras, il l'attira un tout petit peu plus près de lui.

Elle soupira. La tension qui lui vrillait les épaules et le dos s'apaisait quand elle se blottissait entre les bras d'Alasdhair. Se laisser aller, voilà, c'était exactement ce qu'il leur fallait. Un au revoir, un vrai. Sans regrets ni récriminations. Ils avaient eu raison de venir sur cette île, finalement. Elle soupira de nouveau lorsque leurs lèvres se rencontrèrent et qu'il lui passa les bras autour de la taille pour l'embrasser doucement, presque à regret.

Sauf que le baiser ne cessa pas. Quand il passa le bout de sa langue sur la lèvre inférieure d'Ailsa, elle sentit nettement de petites bulles de désir se mettre à pétiller dans ses veines. Dans une minute, elle se dégagerait. Ou il le ferait, lui. Elle ne voulait pas que ce moment magique s'interrompe. Il lui léchait l'intérieur de la bouche, l'incitant doucement à s'ouvrir à lui, s'insinuant de plus en plus profondément en elle à mesure qu'elle se détendait. Une tension montait en elle, différente de tout ce qu'elle avait ressenti jusque-là. Elle se dressa sur la pointe des pieds pour lui passer les bras autour du cou et attirer sa tête vers la sienne.

Comment cela arriva-t-il ? L'instant d'avant, il n'avait aucune idée de ce qui allait se passer, une minute plus tard, il l'embrassait tendrement, et la suivante, le désir s'enflammait entre eux, infiniment plus dangereux encore, et quasiment impossible à contrôler.

Leur baiser devenait sans prévenir un prélude, vital, flamboyant, d'une intensité folle, porté au rouge par une passion qui semblait tomber du ciel avec une violence inouïe.

Il l'embrassait passionnément, la subjuguant comme les Vikings qui avaient arraché Errin Mhor aux Highlanders quelques siècles plus tôt. Elle rendit les armes volontiers, ses petits gémissements de plaisir incitant Alasdhair à forcer son avantage. Ils glissèrent à terre ensemble sans cesser de s'embrasser, de se toucher, de se caresser. La chair d'Ailsa était tendre, sa bouche sucrée. Ses baisers le rendaient fou. Ses caresses suivaient un chemin tortueux sur lui, si légères qu'il aurait presque souhaité qu'elle insiste, et pourtant si brûlantes qu'il les trouvait presque insoutenables. Il l'embrassa encore et encore, sur la bouche, les paupières, le nez, les joues, le menton, revenant sur sa bouche pour savourer ses lèvres roses si pleines et si tendres.

Ailsa se sentait emportée comme un fétu dans un tourbillon gigantesque, impuissante, ballottée, assommée. Il était sur elle à présent, si grand, si fort et si incroyablement mâle. Elle ne se sentait pas en sécurité, et pourtant elle n'avait pas peur. Elle perdait pied. Elle allait se noyer, mais ce serait une noyade si envoûtante qu'elle l'appelait de ses vœux. La bouche d'Alasdhair sur la sienne l'y incitait. Ses mains, elles aussi, promettaient de sombres plaisirs.

Sa chair. Sa peau. Brûlante dans l'air glacé. Son gilet ouvert, sa chemise dénouée qui laissait voir la naissance de ses seins au-dessus de son corset. Les yeux d'Alasdhair sombres des secrets qu'elle lui ferait conter, fixés sur elle d'une façon qui la faisait se sentir presque nue, et si vulnérable.

Ses baisers se faisaient plus lents à présent, si bien qu'elle crut qu'ils allaient cesser et qu'elle l'attira contre elle, mais au lieu de cela ils devinrent plus langoureux, s'attardant sur sa bouche, puis plus bas, sur son cou, sa gorge. Les pointes de ses seins durcies frottaient douloureusement contre l'étoffe de son corset. Quand elle réalisa qu'elle avait follement envie qu'il les touche, elle resta pantoise devant l'audace de son désir.

Elle ferma les yeux. Si elle ne pouvait pas voir ce qui se passait, c'était que cette créature mi-fée mi-femme livrée à ses sens et à ses nerfs qui se tortillait en haletant ne pouvait être Ailsa Munro. Derrière ses paupières palpitait un monde aux couleurs nouvelles. Des couleurs interdites.

Des roses aux reflets carmin frémissants comme des pétales de fleurs humides qui flamboyaient et scintillaient dangereusement. Un monde de glace brûlante qui la faisait trembler et frissonner, un pays plein de périls pour lequel elle n'avait nul guide et où un homme menaçant qu'elle n'avait pas le droit de rencontrer lui demandait des choses qu'elle n'aurait pas dû lui donner.

Alasdhair ouvrit les yeux. Son sexe pesait contre la cuisse d'Ailsa, insistant. Elle gisait sous lui, les yeux fermés, le visage en feu, ses cheveux défaits répandus autour de sa tête comme une rivière d'or sur la terre nue. Elle avait les lèvres enflées et les jupes relevées. L'une de ses jarretières s'était défaite et son bas avait glissé, découvrant au regard d'Alasdhair la courbe délicate de son mollet. Elle ne portait jamais de bas, autrefois. Il ne l'avait jamais vue sans eux depuis son retour.

Il réalisa alors, avec une force qui le fit tressaillir, que tout était fini pour de bon. Peu importait que les choses aient l'air de n'avoir pas changé ou presque, il n'en était rien. La Terre avait tourné, tourné, tourné, et le temps les avait irrémédiablement changés l'un et l'autre. C'était bel et bien fini.

— Ailsa…

Doucement, il effleura ses lèvres une dernière fois en la serrant entre ses bras longuement, très fort, et en caressant ses cheveux comme on calme un enfant qu'un cauchemar vient d'arracher au sommeil.

— Ailsa…

Elle ouvrit les yeux, ses grands yeux si beaux, l'air tout étourdie comme un oiseau aveuglé par les flammes.

— Je…

— Chut.

La tendresse était de retour, le désir évanoui, quoi qu'il sût sans l'ombre d'un doute qu'il reviendrait le hanter. Cela lui ferait un nouveau fantôme à rapporter en Virginie.

Avait-il des regrets ? Non. Il ne lui ferait aucun mal. Elle comptait pour lui. Il n'y aurait jamais rien d'autre entre eux, mais c'était quelque chose, quelque chose d'autre, quelque chose de nouveau.

Cela faisait-il partie de la guérison ? Le penser lui donnait du courage.

A contrecœur, il la relâcha et la reposa sur le sol près de lui, remit ses jupes en place, redressa ses bas, renoua sa jarretière, et chaque geste était comme une petite fin à lui tout seul.

— Ecoute-moi un instant, Ailsa, plaida-t-il en secouant les cheveux qui lui tombaient sur les yeux et en se passant la main sur le front. Je veux t'expliquer.

Il en avait vraiment envie, et cela le surprenait. Il voulait qu'elle sache, qu'elle comprenne. Ce serait agréable, pour une fois. Personne ne l'avait jamais compris.

— Tu m'as demandé pourquoi j'étais revenu, pas seulement sur cette île, mais à Errin Mhor. Eh bien, je suis revenu parce que je voulais des réponses. Du moins à ce que je croyais.

— Mais… ?

— Mais j'ai réalisé que ce que je voulais vraiment, c'était être en paix avec moi-même et avec qui je suis. J'ai été…

Il chercha le mot juste et celui-ci s'offrit à lui avec une clarté aveuglante. Il pouvait l'admettre à présent qu'il était sur le point de trouver la solution.

— J'ai été malheureux, souffla-t-il, surpris de trouver cet aveu si facile à faire. Ou du moins, pas vraiment malheureux, mais pas franchement heureux non plus.

— Je connais cela, répondit-elle d'une voix rassurante en lui serrant la main.

— Je sais. Cette journée m'a beaucoup aidé. De même que ce que tu m'as dit. Je crois que les fantômes ont enfin été renvoyés d'où ils venaient, et je t'en remercie.

Ces paroles auraient dû la rassurer, mais au contraire,

elles la remplirent d'une tristesse indicible. Elle comprit, à le voir jouer nerveusement avec les plis de son *plaid*, qu'il n'en avait pas terminé.

— Tu sais que tu comptes beaucoup pour moi, Ailsa.

Pendant une minuscule fraction de seconde, le temps qu'il fallait à une vague pour se briser sur les rochers rouges et plats de la côte à marée montante, elle pensa qu'il allait lui faire une déclaration d'amour. Elle ne s'y était pas attendue, ni ne s'était autorisée à y penser, mais à cet instant précis, ce fut le cas, et elle se laissa aller à espérer. Mais elle vit bientôt, à la façon dont il la regardait, qu'elle se trompait absolument. Une nouvelle fois.

Elle se força à sourire, puis :

— Mais ? répéta-t-elle.

— Mais c'est tout. Je ne suis pas capable d'autre chose, et je ne cherche pas à l'être non plus.

— Ne te sens-tu pas seul, parfois, à mener cette vie solitaire sans personne avec qui la partager ?

— Ce qu'on n'a pas ne peut manquer. Je suis habitué à la solitude. C'est plus prudent d'être seul. J'ai payé cher pour mon indépendance. Quand je vivais ici, étant jeune, j'ai donné mon amour à trois femmes, ma mère, la tienne et toi-même. Dans chaque cas, et pour des raisons différentes, cela ne m'a apporté que du chagrin. J'ai résolu alors de ne jamais me mettre de nouveau en position d'avoir le cœur brisé.

Ailsa parvint à sourire faiblement, craignant qu'il ne voie les traces de son fol espoir dans ses yeux.

— Rassure-toi, tu n'as rien à craindre de moi, si c'est ce qui te préoccupe.

— C'est pour toi que je m'inquiète, Ailsa. Tu mérites mieux qu'un mariage arrangé avec un homme qui t'est, au mieux, indifférent.

— Je suis d'accord avec toi. C'est pour cette raison que je vais refuser d'épouser Donald.

— Je te demande pardon ?

— Tu m'as bien entendue. J'ai décidé de ne pas épouser Donald. Et avant que tu ne commences à te verser des cendres sur la tête, sache que cela n'a rien à voir avec toi. Enfin, juste un petit peu. Tu avais raison de t'étonner que j'aie tant repoussé la date de notre mariage. Je me mentais à moi-même en pensant que je pourrais continuer à faire semblant. Je n'avais pas vraiment réalisé ce que cela voudrait dire, d'être sa femme. Je veux dire… jusqu'à aujourd'hui.

Elle sentait le rouge enflammer ses joues, mais tint à aller au bout de ce qu'elle avait à dire. En fait, ce n'était pas tant l'aveu qu'elle faisait à Alasdhair qui comptait, mais celui qu'elle se faisait à elle-même. Dire les choses à haute voix signifiait qu'elle ne pourrait plus les ignorer, et elle espérait qu'elle trouverait le courage d'annoncer sa décision à sa mère.

— Ce ne serait pas juste envers Donald de lui donner une femme pour laquelle partager son lit serait un calvaire.

— Ce ne serait pas juste, en effet, mais pas inhabituel, commenta Alasdhair.

— C'est vrai. Je n'ai pas besoin d'aller regarder chez les autres pour le savoir, renchérit Ailsa d'un ton plein d'ironie amère. Mais je refuse d'être comme ma mère. Je te l'ai dit hier. Contrairement à elle, je n'ai pas le goût du martyre.

— Ni son sang-froid.

— Non.

Ailsa rougit de plus belle, enfouissant ses mains dans le tapis d'aiguilles de pin sur lequel ils étaient assis.

Elle était si belle et avait l'air si perdue, si vulnérable qu'il eut envie de la prendre dans ses bras de nouveau, pour chasser la douleur féroce que son aveu lui causait. Cela avait beau ne le concerner en rien, il éprouvait un immense soulagement à l'idée qu'elle ait décidé de ne pas épouser McNair. Il se disait que ce devait être parce qu'il souhaitait son bonheur et qu'il savait que Donald serait incapable de la rendre heureuse.

— C'est un changement brutal si l'on songe à ce que tu m'as dit hier.

— C'est en me défendant devant toi hier que j'ai compris l'inanité de ma position. Tu avais raison : si j'avais vraiment voulu suivre le chemin que je m'étais tracé, je l'aurais fait plus tôt.

— Et maintenant, que vas-tu faire ?

— Je n'y ai pas encore pensé, répondit Ailsa en haussant les épaules. Je ne sais pas… Peut-être qu'être une tante n'est pas si mal, au fond.

— Ce serait dommage. Je suis sûr que tu ferais une excellente mère.

— En prenant exemple sur la mienne ?

— Pour savoir ce qu'il ne faut pas faire, oui.

— Ne veux-tu pas d'enfants toi-même, Alasdhair ?

— Les souvenirs que je garde de mon enfance ne m'incitent pas vraiment à en avoir, non. Je suis satisfait de mon sort.

— Comme moi.

Le ton de la voix d'Alasdhair lui disait que le sujet était clos, aussi Ailsa se leva-t-elle en époussetant ses jupes. Le soleil avait disparu pendant qu'ils parlaient et les nuages menaçants s'étaient désormais amoncelés au-dessus de leur tête.

— Nous devrions rentrer avant que le vent ne se lève.

Ils suivirent l'allée de grands arbres pour regagner rapidement la grève sur laquelle gisait le bateau.

Un fin crachin s'était mis à tomber et le vent soufflait sur les énormes vagues qui agitaient la mer.

— Monte ! Garde les pieds au sec, je vais le pousser dans l'eau, lança Alasdhair en jetant ses bottes et ses chausses dans le bateau.

Ailsa fit ce qu'il lui disait. Alasdhair poussa *An Rionnag* sur les flots et sauta à bord. Tout en faisant glisser le gouvernail dans l'eau, il déploya la voile, mais quand la jeune femme voulut aller s'installer à la proue, il la retint en posant la main sur son bras.

— Tu ne regrettes pas d'être venue aujourd'hui ?

Elle secoua la tête.

— Assieds-toi à côté de moi.

Pour la dernière fois.

Elle s'exécuta. Sa cuisse contre la sienne. Son pied contre le sien. Son bras sur la barre à côté du sien.

Le petit bateau filait sur les flots, droit sur Errin Mhor. Derrière eux, sur le morceau de rocher qui avait été leur île autrefois, les fantômes du passé regagnèrent leur dernière demeure avec un soupir plein de tristesse.

Il en restait un qui n'avait pas trouvé le repos. Alors qu'ils cheminaient entre la jetée où ils venaient d'aborder et le château, en passant par les jardins, ils remarquèrent l'ombre d'une haute silhouette qui se dessinait dans l'une des grandes fenêtres. Ailsa sentit son cœur se serrer.

— C'est ma mère. Elle monte la garde, comme il y a six ans.

Alasdhair s'arrêta et se plaça devant elle comme pour la protéger des regards de Lady Munro.

— Je suis content de savoir qu'elle est là. Ça m'évitera d'avoir à la chercher.

— Que veux-tu dire ?

— Il va falloir que nous ayons enfin la conversation que nous aurions dû avoir voici bien longtemps, elle et moi, affirma Alasdhair.

— J'espère que tu auras plus de chance que moi pour obtenir des réponses.

— Il ne s'agit pas de chance, mais de volonté.

Ailsa rit doucement.

— En ce cas, ma mère va bientôt trouver à qui parler, car je n'aimerais pas devoir m'opposer à toi, Alasdhair Ross. Crois-tu vraiment qu'elle pourra te dire quelque chose à propos de ta mère ?

— Je ne sais pas pourquoi au juste, mais j'en suis persuadé.

— Rentre, maintenant. Je dois souper avec Hamish et Mhairi Sinclair ce soir, mais je te verrai demain.

— Tu veux dire… avant de partir ?

Il ne se sentait pas encore prêt à quitter Errin Mhor.

— Cela dépendra des informations que j'aurai pu obtenir de ta mère, affirma-t-il, soulagé — même si jamais il ne l'aurait admis — de pouvoir se ménager une excuse pour rester. Rentre, il fait froid. Je vais prendre le chemin le plus long, ça me donnera du temps pour rassembler mes idées.

Elle s'en fut à travers les jardins en direction du château. Sa mère devait sans doute avoir houspillé le jardinier pour avoir fait preuve de faiblesse en taillant les rosiers, comme elle le faisait chaque année.

D'un pas las, elle se dirigea vers le havre de sa chambre à coucher. La peau lui piquait un peu, asséchée par le sel et le soleil. Cela faisait bien longtemps qu'elle n'avait pas passé toute une journée au grand air. On se sentait merveilleusement bien après cela, au point qu'elle résolut de ne pas laisser encore de nombreux mois passer avant de sortir de nouveau en bateau. Quand Alasdhair serait parti, elle ferait de *An Rionnag* son bateau.

Quand Alasdhair serait parti…

Si elle n'y prenait garde, ce serait facile de tomber amoureuse de lui de nouveau. Trop facile. Et trop douloureux. Elle comptait pour lui, cela aurait dû lui suffire. Et elle resterait la seule. Cela aurait dû la consoler. Mais non, ce n'était pas le cas. Et l'idée qu'il puisse un jour avoir une autre femme auprès de lui ne la consolait pas non plus.

Tu es trop contrariante, se houspillait-elle en se regardant dans le miroir pour dégrafer son *arisaidh. Tu ne peux pas tout avoir.*

Son reflet lui renvoyait son regard. Elle avait la peau rougie par le grand air, les cheveux en bataille et les lèvres si pincées que la ligne en était presque invisible. Ses lèvres encore brûlantes des baisers d'Alasdhair. Ses mains sur elle, sa bouche, son corps dur et ferme pressé contre le sien, tout cela était si net, si réel, qu'elle ferma les yeux. Une bouffée de désir la submergea, poignante et si violente qu'elle eut l'impression qu'elle revivait tout cela pour de bon. Si elle se posait encore des questions sur sa propre sensualité, elle venait de trouver les réponses. Elle pouvait bel et bien éprouver du désir, comme tout un chacun, et bien plus que ça encore.

Raison de plus pour être sur ses gardes. Ses sentiments ne seraient pas partagés, il valait donc mieux les taire. C'était plus sûr. Elle le savait. Mais alors pourquoi, en ce cas, la prudence, qui fondait tous ses actes depuis des années, semblait-elle soudain si peu séduisante ?

Quelques instants plus tard, Alasdhair entra dans le château par la porte de devant et, traversant la grande salle, se lança dans le grand escalier en sautant une marche sur deux. Il suivit sans difficultés le labyrinthe de couloirs qui s'enchevêtraient d'un bord à l'autre du bâtiment, retrouvant son chemin comme par miracle après tant d'années.

Depuis la grande pièce située au dernier étage de la partie la plus ancienne d'Errin Mhor, on avait une vue superbe sur les champs qui s'étendaient devant le château et, plus loin, jusqu'au village.

Lady Munro en avait fait son bureau. Elle aimait y surveiller son domaine et Alasdhair y avait bien souvent essuyé ses remontrances glaciales. Comme il ne doutait pas un instant qu'elle fût là, il frappa bruyamment à la porte et entra sans même attendre qu'on lui réponde.

La pièce n'avait pas changé d'un pouce. Les livres de comptes — certains remontant à des dizaines d'années en arrière — s'alignaient toujours sur les étagères, dans leur reliure de cuir épaisse.

Lady Munro trônait derrière l'imposant bureau de bois, une moue dédaigneuse sur les lèvres, tout comme sur celles de son *laird*, dont le portrait était accroché au mur, juste au-dessus d'elle. Que de souvenirs désagréables remontaient à la surface à cette vue.

Alasdhair redressa les épaules.

— Lady Munro, quel plaisir de revenir dans ce petit nid douillet. Cela me rappelle tant de merveilleux souvenirs.

Il refusa de s'asseoir, mais s'appuya au manteau de la cheminée dans une attitude de nonchalance soigneusement calculée pour la mettre en rage.

L'âge avait peu changé son allure. Au lieu de se rider, elle semblait s'être durcie. Elle le regardait exactement de la même façon qu'autrefois et seuls les cernes noirs qu'elle avait sous les yeux disaient son deuil récent.

— Monsieur Ross ! Je ne me souviens pas d'avoir sollicité votre compagnie.

Elle parlait d'un ton absolument glacial. Alasdhair parvint à sourire, quoique avec difficulté, surpris de se sentir nerveux tout à coup. La force de l'habitude, sans doute.

Cela dit, elle ne pouvait lui faire aucun mal. Elle n'était rien pour lui. Plus rien.

— Allons, milady, n'avez-vous pas envie de parler du bon vieux temps ?

— Que voulez-vous ? demanda Lady Munro d'un ton sans concession.

Abandonnant d'un coup tout faux-semblant, Alasdhair

s'assit sur le siège placé devant le bureau en l'enfourchant pour s'appuyer au dossier.

— Des réponses.

— Je vois que vos manières ne se sont guère améliorées. Vous devez sûrement vous trouver à votre aise au milieu des sauvages, là-bas en Amérique.

Elle prononçait ce mot comme s'il lui brûlait la bouche.

— C'est votre langue qui est celle d'un sauvage, milady. Je constate que vos manières non plus ne se sont guère améliorées.

— Vous n'êtes pas le bienvenu ici, monsieur Ross.

— Oh ! mais si, Lady Munro ! Je suis l'hôte de votre fils. C'est lui le *laird*, à présent, l'avez-vous déjà oublié ? Mon nom n'est plus souillé désormais.

Elle avait le regard en feu.

— La putain qui t'a donné le jour a souillé le nom des Ross bien avant que tu sois banni pour avoir osé poser les yeux sur ma fille, cracha Lady Munro, abandonnant à son tour le vernis de politesse qu'elle avait maintenu jusque-là à grand-peine.

Alasdhair repoussa sa chaise si violemment qu'elle claqua sur les dalles de la pièce. D'un air menaçant, il se pencha sur le bureau, forçant la mère d'Ailsa à se tasser sur son fauteuil, quoiqu'elle soutînt son regard sans ciller.

— Si ma mère était une putain, comme vous dites, c'est qu'elle avait pris exemple sur vous, milady. N'avez-vous pas vous-même abandonné votre fils pour un homme ?

Lady Munro se leva d'un bond.

— Comment oses-tu ? Comment oses-tu comparer ce que j'ai fait avec les actes de ta mère ? Tu n'as aucune idée de ce que doit supporter la femme d'un *laird* pour se conformer à ses devoirs, ni des sacrifices qu'elle doit consentir, ni de la douleur qu'elle doit endurer. Et tout ça pour son *laird*, et pour son clan. Mes motivations étaient honorables, quelque désagréables qu'aient pu être les actes auxquels j'ai été contrainte de recourir.

Pour la première fois de sa vie, le coup que venait de lui asséner Alasdhair avait percé l'armure de Lady Munro et il en était presque abasourdi.

— Est-ce que me torturer faisait partie de ces actes dont vous parlez ? J'étais un intrus à vos yeux, je le sais, mais je n'étais aussi qu'un gamin, et orphelin de surcroît. Vous avez fait de ma vie un enfer. Je veux savoir pourquoi.

— Un enfer, ta vie ? siffla Lady Munro. Tu n'as aucune idée de ce qu'est la souffrance !

— Oh ! mais si, je le sais, et pour l'essentiel c'est vous qui me l'avez appris. Il ne vous aurait rien coûté de vous montrer aimable avec moi, ou simplement de me laisser en paix, mais non, au contraire, vous preniez plaisir à me voir souffrir.

— J'en aurais pris plus encore si l'on ne t'avait pas imposé à moi.

— C'était la décision de votre époux.

— Oh ! je ne le sais que trop. Il n'a pas voulu de mon coucou dans son nid, mais il était parfaitement heureux de…

Lady Munro reprit son souffle.

— Il a fini par le regretter, note bien. Oui, je ne dois pas l'oublier. Il l'a regretté. Tu l'as trahi. Il ne t'a pas pardonné pour cela, même si… Non, il ne t'a jamais pardonné.

— Je ne l'ai pas trahi !

Conscient qu'il lui redonnerait l'avantage s'il se laissait aller à perdre son sang-froid, Alasdhair recula et se rassit devant le bureau.

— Etait-ce à cause de Rory ? demanda-t-il d'un ton plus calme.

— Rory ? Que vient-il faire là-dedans ?

— Votre premier-né, l'enfant de votre premier lit. Les choses sont-elles vraiment aussi simples ? M'en avez-vous voulu de ce que moi, le fils d'un simple intendant, je vienne vivre ici alors qu'il n'en avait pas le droit ? Cela a dû être dur, de me voir prendre sa place légitime.

— Non, les choses ne sont pas aussi simples, comme tu le dis. Tu ne peux pas prendre la place de Rory, tout simplement. Il est *laird*, lui, et son sang est noble alors que tu n'es qu'un bâtard.

— Mais pour vous, ce devait être tout comme, insista Alasdhair. Je le vois bien, à présent. Et ça a dû être d'autant plus difficile que, dans les deux cas, c'était la décision de Lord Munro. La culpabilité est une chose terrible, milady, n'est-il pas vrai ? Pas étonnant que vous soyez incapable de regarder Rory dans les yeux. Ni que vous ne vous sentiez pas le droit d'aller voir votre petite-fille.

Elle avait pâli, mais elle gardait toujours le silence. Visiblement, il venait de toucher un point sensible. La vérité, tout simplement. En partie, au moins.

— Est-ce la seule raison ?

Pendant un long moment, Lady Munro ne répondit rien, les yeux perdus en l'air, par-dessus l'épaule d'Alasdhair. En fait, elle semblait avoir carrément oublié sa présence, car elle avait le regard vide et les mains si serrées que ses doigts étaient comme de la craie.

La pendule, sur la cheminée, sonna l'heure. Lady Munro tourna les yeux vers le portrait de son mari accroché au mur derrière elle.

Pourquoi pas ? La honte qu'elle ressentirait en vaudrait la peine, si cela les débarrassait une fois pour toutes d'Alasdhair Ross. Oui, pourquoi pas ?

Elle se retourna vers le visiteur, puis, avec une moue pleine de mépris :

— Tu as raison, Alasdhair Ross, répondit-elle. Il y a autre chose. Mais je ne vois pas pourquoi je devrais prendre la peine de te le dire. Cet honneur devrait revenir à la personne qui est à la racine de toute cette histoire.

— Qui cela ?

— Ta mère.

— Ma mère ? répéta Alasdhair en fronçant les sourcils. Ainsi, elle est vivante ? Savez-vous où elle vit ?

— J'ai toujours veillé à le savoir, répondit Lady Munro en plissant les yeux. Quand tu l'auras vue, quand tu auras entendu ce qu'elle a à te dire, tu ne resteras pas une minute de plus ici et tu retourneras en Virginie aussi vite que tu pourras.

— C'est exactement ce que j'ai l'intention de faire.

— En ce cas, veille à t'y tenir, rétorqua la mère d'Ailsa avec une moue méprisante. Je le répète : quand tu l'auras entendue, je ne doute pas un instant que tu le feras.

— Que voulez-vous dire ? Qu'est-ce que ma mère a à voir avec vous ? Pourquoi... ?

— Demande-lui, Alasdhair Ross. Demande-lui pourquoi je te hais. Dis-lui que je l'autorise à te dire toute la vérité.

— De quoi parlez-vous ?

Lady Munro secoua la tête.

— Elle se trouve à Inveraray. Pose-lui toutes les questions que tu voudras. Ensuite, quitte l'Ecosse à jamais et laisse ma fille en paix.

Conscient qu'il n'en tirerait plus rien, et résolu à ne pas lui permettre de constater à quel point ses allusions avaient piqué sa curiosité, Alasdhair se leva. Il avait ce qu'il voulait et il lui tardait de partir.

— Inutile de chercher Ailsa pour lui faire tes adieux, lança Lady Munro d'une voix suave. Elle est occupée, ce soir. Son mari vient juste d'arriver.

— McNair est ici ?

— Elle t'a informé de ses fiançailles, j'imagine ?

— Bien sûr. Contrairement à vous, elle n'a aucun goût pour le mensonge et la tromperie.

— En ce cas, je te dis adieu, car je sais que tu projettes de passer la nuit à la forge. C'est une excellente idée.

Hamish Sinclair et sa femme sont le genre de compagnie qu'il te faut. L'ambiance est un peu trop distinguée pour toi, au château.

Il fut surpris de remarquer à quel point son dépit avait quelque chose de mesquin, au point qu'il se demanda même si cela avait toujours été le cas.

— Vous avez parfaitement raison. Hamish et Mhairi sont le genre de personnes que j'aime à fréquenter, et j'espère qu'il en sera toujours de même, riposta Alasdhair. Il n'est toutefois pas nécessaire que vous me fassiez vos adieux tout de suite. Je n'ai pas l'intention de partir une deuxième fois sans saluer Ailsa. Vous avez réussi la dernière fois, par la traîtrise et le mensonge, mais je ne vous laisserai pas recommencer, aussi vous dis-je seulement au revoir.

Il s'inclina devant Lady Munro, puis ajouta avant de tourner les talons :

— Je m'en vais. L'air ici est trop fétide pour moi.

Quand il eut tiré la porte derrière lui, il s'appuya au battant de bois comme un homme épuisé. Il remerciait le ciel de ne pas devoir dîner au château.

Ailsa aurait déjà bien assez d'épreuves à affronter sans que vienne s'y ajouter l'angoisse que ne manquerait pas de susciter sa présence.

Dans son office, Lady Munro saisit le coupe-papier qui gisait sur le grand buvard. Muni d'une lame en acier repoussé et d'un manche en ivoire, il avait appartenu à son mari, le père de Rory. C'était l'un des très rares souvenirs qu'elle conservait de lui, car Lord Munro avait préféré croire que Rory et son père, en fait tout l'épisode de ce premier mariage, n'avaient jamais existé. Elle prit une longue inspiration, très lentement, puis leva le petit couteau au-dessus de sa tête et hésita un moment avant d'abattre la lame sur le plateau en chêne du bureau.

*
* *

Ailsa s'habillait pour assister au dîner. Elle portait une demi-robe de soie vert sombre à longues manches serrées qui descendaient jusqu'au coude, où les manchettes de dentelle de son corsage se déployaient en volutes. Elle portait cela par-dessus un jupon grège sur lequel des tiges de fleurs jaunes formaient un entrelacs régulier. Elle venait d'enrouler un long collier de perles laiteuses autour de son cou et mettait la dernière main à sa coiffure, assurant l'échafaudage avec quelques épingles qui lui tiraient douloureusement les cheveux, lorsque Lady Munro entra sans frapper.

— Je suis fort aise de te voir aussi belle, déclara-t-elle en regardant la toilette d'Ailsa d'un œil approbateur. Donald est ici.

L'épingle que tenait la jeune femme entre ses doigts tomba sur le sol.

— Donald ? Je croyais… je pensais que vous aviez reporté sa visite, après notre dernière conversation.

— Après notre dernière conversation, j'ai pensé au contraire qu'il était tout à fait urgent qu'il vienne ici.

Vêtue d'une robe de soie noire très ajustée, Lady Munro avait l'air d'un serpent à la fois magnifique et terriblement dangereux. Une certaine fragilité émanait d'elle, qui ne laissait pas d'être effrayante.

Ailsa se demanda si ce n'était pas à cause de l'entrevue qu'elle venait d'avoir avec Alasdhair. Comme elle savait que sa mère ne lui dirait rien qu'elle ne veuille lui dire, elle évita de lui poser des questions.

— Ce que je pense n'a aucune valeur pour toi, je le sais, déclara Lady Munro en ramassant l'épingle tombée sur les dalles avant de la replacer soigneusement dans les cheveux de sa fille. Néanmoins, tu ferais bien d'y prêter attention quand même. Ce serait stupide de ta part de céder à un accès de romantisme imbécile et de mettre un terme à tes fiançailles.

— Et de quel accès parlez-vous ?

— Ne joue pas les innocentes avec moi, ma fille. Ce n'est pas un effet du hasard si tu changes d'avis précisément au moment où Alasdhair Ross revient. J'ai vu la façon dont tu le regardais. On dirait une idiote.

Vraiment ?

— Ce n'est pas vrai, répliqua Ailsa avec défi. Alasdhair et moi sommes amis. Nous avons toujours été très proches, jusqu'à ce que vous mettiez un terme à notre amitié.

— Eh bien, je n'aurai pas à le faire cette fois-ci, répliqua Lady Munro avec un sourire glacial. Il me semble tout à fait capable d'y mettre un terme lui-même.

— Que voulez-vous dire ?

— Il part demain. Pour se réconcilier avec sa mère en versant des larmes à profusion.

Ailsa eut du mal à déglutir. Elle avait soupçonné que, malgré ses dénégations, Alasdhair ne résisterait pas à la tentation de retrouver sa mère une fois qu'il saurait où elle se trouvait. N'empêche, elle n'avait pas pensé qu'il la retrouverait aussi vite.

— Ainsi, vous avez toujours su où elle était ?

— Bien sûr que je le savais ! Tout ce qui se passe à Errin Mhor me concerne.

Ailsa se mordit la joue. Cette fois-ci, elle ne perdrait pas la foi qu'elle avait en Alasdhair.

— Jamais il ne partirait sans me dire au revoir. Si vous me dites le contraire, je ne vous croirai pas. Vous avez menti, la dernière fois, vous êtes tout à fait capable de recommencer dans l'espoir de nous monter l'un contre l'autre.

— Non, tu as raison, il ne ferait pas une chose pareille. Il l'a dit, d'ailleurs, répondit Lady Munro en faisant tourner son bracelet de jais autour de son poignet. Il pourra te faire des adieux un peu sentimentaux si cela lui chante, cela ne prête pas vraiment à conséquence.

Il y eut un court silence puis :

— L'important, c'est qu'il s'en aille, ma fille, et pour toujours, asséna-t-elle avec un grand sourire.

Chapitre 6

Ailsa regarda sa mère avec des yeux pleins d'un désespoir profond.

— Pourquoi le détestez-vous tant ? Pourquoi êtes-vous si impatiente de le voir s'en aller à jamais ?

— Je te connais, et j'ai... enfin, il y a eu... bref, tu crois que je ne t'aime pas, mais...

Lady Munro hésita, prise de court par le regard incrédule de sa fille.

— A présent que ton père est mort, j'espérais que nous aurions l'occasion de repartir du bon pied, toi et moi.

— A présent que mon père est mort ! Il a été malade pendant des mois, et pourtant vous n'avez montré aucun signe de cette volonté. En fait, vous ne m'avez jamais donné la moindre preuve que vous éprouviez pour moi un quelconque sentiment. Nous n'avons rien à rebâtir, vous et moi, rien du tout.

— Ce n'est pas vrai. Je n'ai jamais fait étalage de marques d'affection, mais...

— Je vous en supplie, ne me dites pas qu'au fond de votre cœur, vous m'aimiez, car vous n'avez pas de cœur, tout simplement. Cela n'a rien à voir avec le trépas de mon père. Vous êtes comme un chien avec son os, mère. Il ne vous intéresse que si quelqu'un cherche à vous l'enlever. Vous voulez que j'épouse Donald pour pouvoir me garder près de vous, sous votre contrôle. Alasdhair est une menace pour vous de ce point de vue, voilà pourquoi vous êtes si impatiente de le voir partir. Ce n'est pas parce que vous m'aimez, mais pour protéger vos intérêts égoïstes.

Lady Munro avait semblé être sur le point de s'attendrir, mais elle pâlit subitement et se raidit si fort qu'on aurait dit une statue de marbre.

— Ecoute-moi, Ailsa, et écoute-moi bien. Quels que soient les sentiments que tu crois éprouver pour Ross, il faut les oublier. Rien n'est possible entre vous. Rien du tout. Je ne… je ne peux pas… ce serait mal, très mal.

Elle inspira profondément avant de reprendre :

— Ross n'éprouve rien pour toi. Ce serait une folie de mettre un terme à un mariage aussi avantageux pour une tocade d'adolescente. Tu ne peux pas faire ça.

— En effet.

Lady Munro se détendit l'espace d'une seconde.

— Je savais que le bon sens te reviendrait.

— Je ne vais pas annuler mes fiançailles parce que je suis toujours amoureuse d'Alasdhair Ross, Mère. Il faut que vous m'écoutiez, pour changer. Et que vous me preniez au sérieux, pour une fois.

Ailsa fit quelques pas autour de la pièce avant de reprendre :

— Je ne peux pas épouser Donald et je ne l'épouserai pas. Je suis navrée si cela bouleverse vos plans, mais je ne me sacrifierai pas par devoir, comme vous l'avez fait en votre temps. Croyez-le ou non, ma décision n'a rien à voir avec Alasdhair. En fait, j'ai simplement compris ce que je voulais. Nous ne ferions pas un beau couple, croyez-moi.

— Personne n'est mieux accordé à toi que lui, objecta Lady Munro. Si Alasdhair n'a rien à voir là-dedans, alors qui ? Qui t'a fait changer d'avis si subitement ? Ces fiançailles ne sont pas une chose nouvelle, tout de même, et je te rappelle qu'elles n'ont pas été scellées sans ton consentement.

— Je le sais, bien sûr, mais j'ai eu tort de le donner, voilà tout. Je ne peux pas, Mère. Je ne l'aime pas assez.

— Tu ne l'aimes pas ? Allons donc, tu apprendras à l'aimer une fois mariée.

— Non. Je ne l'aime pas !

— Je me demande où diable tu vas chercher ces idées fixes ! Pour faire un bon mariage, il faut que les époux partagent certains intérêts, qu'ils s'occupent de donner naissance à une nouvelle génération et qu'ils aient un commun désir de faire fonctionner leur union. Cela demande de l'engagement, une loyauté à toute épreuve et beaucoup de travail. L'amour, les sentiments, n'y ont pas leur part.

— Parlez pour vous. Il n'y avait pas d'amour dans le vôtre, en effet.

— Mon mariage a été un succès. Comme le tien le sera à son tour.

— Je ne veux pas de ce genre de… succès, comme vous dites. Le prix en est trop élevé, répliqua Ailsa en serrant les mains très fort pour les empêcher de trembler. Vous avez dit que vous m'aimiez. Voulez-vous vraiment mon bonheur ?

— Tu seras heureuse si tu épouses Donald, c'est ce que tout le monde veut que tu fasses. Remplir ses devoirs, ce n'est pas rien, bien au contraire. On y trouve des satisfactions. Je ne saurais trop te recommander de le faire.

— Même si cela me rend malheureuse.

— Tu fais exprès de ne pas comprendre ce que je dis. Faire ce que l'on doit ne peut pas vous rendre malheureux, c'est impossible. Si je ne peux pas te convaincre, peut-être Donald y parviendra-t-il, lui. Je vais faire en sorte que vous vous voyiez en privé, tous les deux, tout à l'heure.

— Mère ! Je vous en prie, n'en faites rien, plaida Ailsa, désespérément. Je ne veux pas être seule avec lui. Je ne l'épouserai pas. Il va falloir que vous l'acceptiez.

— Balivernes. Tu te dois de l'épouser, pour lui, pour moi, pour la mémoire de ton père, et pour Calumn aussi, d'ailleurs, asséna Lady Munro d'un air satisfait. Je me demande pourquoi je n'ai pas pensé plus tôt à ça. Parfois, ce sont les vieilles recettes qui sont les meilleures.

— De quoi parlez-vous, Mère ?, demanda Ailsa, soudain suspicieuse.

— Dans le temps, on résolvait les problèmes d'une façon plus… directe, si l'on peut dire. Finalement, prendre des mesures préventives n'est pas une mauvaise idée du tout.

— A quoi diable faites-vous allusion ? s'enquit Ailsa de plus en plus inquiète.

— Inutile de prendre un air tragique, Ailsa, répondit Lady Munro, impitoyable. Je parle de permettre à Donald de prendre certaines libertés en gage de ton obéissance, voilà tout. Je ne dis pas qu'il faut que tu lui abandonnes ta virginité.

— Je ne veux pas. Non ! Vous avez l'impression que j'ai pris ma décision à la légère, mais je vous assure que ce n'est pas le cas. Depuis un certain temps, déjà avant la mort de mon père, l'idée de ce mariage me tourmentait.

— Mon erreur a été de permettre que ces fiançailles s'éternisent beaucoup trop longtemps. Nous allons mettre bon ordre à cela dès que possible, et quand tu seras mariée, je te prouverai que je peux être la mère affectueuse que tu mérites, affirma Lady Munro, implacable. Tu finiras par me remercier pour tout ça, plus tard. Je te laisse finir de t'habiller. Le dîner sera servi dans quinze minutes. Ne sois pas en retard.

Dès qu'elle eut fermé la porte de la chambre derrière elle, la mère d'Ailsa s'appuya au battant pour se soutenir tant la force de caractère de sa fille venait de l'ébranler.

Elle se protégea les yeux de la main quelques instants, le temps d'évaluer ce qui pouvait se passer à présent. Elle ne pouvait tenir pour certain que Ross repartirait en Amérique, même après ce qu'il allait apprendre de la bouche de Morna. Elle ne pouvait pas non plus prendre le risque de voir les plans qu'elle avait élaborés depuis si longtemps pour retenir Ailsa près d'elle et quitter enfin l'ombre de son *laird*, échouer maintenant, à la dernière minute. Ni que l'ombre du *laird* défunt s'étende sur elle à jamais. Il fallait que Ross s'en aille. Et qu'Ailsa épouse McNair.

Absolument.

La solution, pour être évidente, n'en était pas moins répugnante. Mais Ailsa lui pardonnerait. Et si elle ne le faisait pas…

Elle prit une longue inspiration pour se calmer.

La vérité sur Ross. S'il le fallait, elle la lui dirait. Alors, elle comprendrait.

Lady Munro se leva et s'engagea dans le couloir d'un pas résolu. La vérité serait son dernier recours. Donald McNair était le premier.

Le *laird* d'Ardkinglass buvait du vin de Bordeaux quand Ailsa descendit l'escalier qui menait à la grande salle. Il posa le hanap dès qu'il la vit pour baiser la main de sa fiancée.

Ailsa l'avait toujours trouvé grand et en fait, il l'était par comparaison avec la plupart des Highlanders, mais ce soir-là, il lui parut nettement moins élancé. Pas seulement parce qu'il était plus petit et moins bien bâti qu'Alasdhair, mais aussi — et surtout — parce qu'il n'avait pas son charisme.

Elle l'avait toujours trouvé bel homme, et il faut dire qu'à trente-deux ans, avec ses cheveux brun foncé, son nez fort et son menton volontaire, il passait pour être fort beau auprès de la plupart des gens. Elle n'aurait su dire toutefois s'il avait les yeux marron, noisette ou gris-vert.

— Donald est ici, annonça Lady Munro. Il est venu te présenter ses condoléances.

Sa mère arborait le sourire d'une sorcière qui vient de concocter un sortilège particulièrement épuisant.

— J'espère que vous êtes entièrement remis, *laird* Donald, lança Ailsa en s'inclinant devant Ardkinglass.

— Oui, je vais passablement bien, répondit-il. Et d'autant mieux que j'ai le plaisir de vous voir.

Ils passèrent dans la petite salle à manger où les attendait le dîner. Lady Munro présidait, le visage semblable à celui d'une morte, Donald à sa droite et Ailsa à sa gauche. Ailsa se trouvait dans un état d'agitation et de nervosité qui confinait à la panique. Elle n'arrivait toujours pas à croire ce que sa mère lui avait dit. Elle sentait la nausée lui monter aux lèvres et regrettait amèrement que Calumn ait dû se rendre à Edimbourg.

La conversation porta pour l'essentiel sur la menace que faisaient peser sur l'Ecosse ceux qu'on appelait les Nouveaux Venus.

Lady Munro n'y prit qu'une part très minime, mais resta assise toute la soirée comme un sphinx menaçant à regarder Ailsa et Donald débattre de cet épineux sujet.

Après la défaite des Jacobites, nombre des terres de ceux-ci avaient été mises sous séquestre par la Couronne et étaient à présent vendues à vil prix à des fermiers venus du sud de l'Ecosse ou du nord de l'Angleterre. Préoccupés seulement par le profit, ceux-ci étaient occupés à chasser de leurs domaines nouvellement acquis les fermiers et métayers qui y vivaient depuis des générations, les abandonnant à la famine et à l'errance.

— Fraser de Straad a mis ceux de ses fermiers qui voulaient partir sur un bateau en partance pour l'Amérique avant que les nouveaux propriétaires n'arrivent, affirma Donald. C'est un spectacle désolant de voir des hommes aussi fiers en arriver là. Fraser n'a plus rien. Il ne lui reste que son nom.

— Si nous n'y prenons garde, nous subirons tous le même sort, répondit Ailsa.

Comme ses deux frères, elle voyait bien que le changement était nécessaire.

— Calumn dit que l'important est de rester à l'avant du troupeau.

— Qu'est-ce qu'une bande de Sassenach — c'était le nom que les Ecossais donnaient à tous les étrangers à leur terre natale — pourrait bien nous apprendre, à nous Highlanders, sur la meilleure façon de cultiver nos terres ? cracha Donald avec mépris. Cela fait des siècles que nous les labourons de la même façon.

— C'est précisément le cœur du débat, objecta Ailsa. Suivre la tradition pour suivre la tradition, ce n'est pas forcément le mieux.

— Votre frère risque de gaspiller son héritage, Ailsa. Votre père se retournerait dans sa tombe s'il pouvait vous entendre.

— Il y tournera comme un moulin d'ici à ce que Calumn en ait terminé, répliqua Ailsa, ignorant délibérément sa mère, qui fronçait les sourcils en la fusillant du regard. Il n'a aucune intention de permettre à ses fermiers de suivre ceux de Fraser de Straad à travers l'océan. S'il faut enclore nos champs, eh bien soit ! L'important est que le domaine reste entier et que le moral de nos gens soit préservé. A quoi sert votre fierté si vous avez le ventre vide ? Il n'y a pas de façon traditionnelle de crever de faim.

Donald la regarda d'un air scandalisé.

— J'espère que vous n'avez pas l'intention d'apporter ces idées scandaleuses à Ardkinglass.

Lady Munro repoussa sa chaise brusquement.

— Ailsa écoute trop les discours modernistes de son frère, expliqua-t-elle. Elle aime taquiner les gens, Donald, et je suis certaine qu'elle n'a aucune intention de faire ce que vous dites.

— Il n'y a pas que Calumn pour dire ces choses, se défendit Ailsa.

Lady Munro ferma les yeux.

— Je suis consciente, ma fille, de ce que ton autre frère est encore plus révolutionnaire, mais tu ferais bien de ne pas le suivre sur cette voie.

— Mon autre frère, comme vous dites, s'appelle Rory, Mère. Cela vous écorche-t-il la bouche de prononcer son nom ?

— Ne crois pas que tu aies le monopole du cœur, Ailsa, rétorqua sèchement Lady Munro.

Pendant une fraction de seconde, son masque amène tomba. Un chagrin immense embuait ses yeux, mais le temps qu'Ailsa ouvre la bouche pour s'excuser, il avait disparu et la veuve décochait déjà un sourire jovial à Donald.

— Vous m'excuserez si je me retire tôt ce soir, McNair. J'ai la migraine.

— Je gage que la compagnie d'Ailsa ne manquera pas d'être divertissante, répondit Donald.

Le regard entendu qu'ils échangèrent tous les deux persuada la jeune femme de ce que sa mère avait mis ses menaces à exécution. Incrédule, elle regarda celle-ci sortir tranquillement de la pièce sans même lui adresser un regard.

Le son du pêne tombant dans sa gâche la fit sursauter.

— Je dois vous dire bonne nuit moi aussi, s'exclama-t-elle en se levant brusquement et en reculant loin de la table. Je me sens fatiguée.

Donald vida le fond de sa coupe de vin d'un trait avant de répondre :

— Votre mère ne s'est-elle pas entretenue avec vous ?

— A quel sujet ?

— Lady Munro tient à ce que les traditions soient respectées.

— Il y a eu un malentendu, Donald. Vous devez savoir que j'ai…

— Allons, allons, vous voilà nerveuse, tout à coup, remarqua-t-il en souriant et en lui prenant la main avant d'ajouter : c'est normal, bien sûr.

Il avait des mains fortes, calleuses et couturées. Les mains d'un homme qui travaillait dur pour gagner sa vie, et celles d'un guerrier aussi. Il savait manier l'épée à deux mains comme personne et son talent était légendaire. Cela faisait partie des qualités qui l'avaient séduite, avant.

Elle essaya de s'arracher à son étreinte, mais cela ne fit que la renforcer, au contraire.

— Donald, vous ne comprenez pas…

— Il n'y a rien sur quoi se méprendre, Ailsa. Nous sommes fiancés. Il est grand temps que vous fassiez preuve de bonne volonté.

Ce tête-à-tête ne lui disait rien qui vaille. La table n'avait pas encore été débarrassée, certes, mais elle ne doutait pas un instant que sa mère ait laissé des instructions pour que les domestiques ne les dérangent pas. La pièce se trouvait dans la tour carrée, dans la partie la plus ancienne du château. Les murs devaient être épais d'au moins un pied, au plus étroit, et personne ne l'entendrait crier. Et comme Alasdhair était à la forge, il n'y aurait personne pour lui venir en aide.

— Je suis très fatiguée, Donald. Ces derniers jours ont été épuisants, plaida-t-elle désespérément.

— Vous voulez que je vous fasse la cour, c'est ça ? Je ne pensais pas que vous étiez fille à réclamer de beaux discours et toute cette sorte de choses, mais si c'est ce qu'il vous faut, eh bien, sachez que je vous trouve très belle.

— Donald, je ne peux pas…

Il poussa un soupir exaspéré avant de poursuivre :

— Et si vous ne l'étiez pas autant, et si votre dot n'était pas aussi coquette, je suis certain que je chercherais ailleurs pour me trouver une épouse.

— Je suis navrée, Donald, mais c'est précisément ce que vous allez devoir faire. Nous avons commis… enfin, j'ai commis une erreur. Tout est ma faute. Encore une fois, je suis désolée, vraiment, mais nous ne sommes pas faits l'un pour l'autre.

— Je ne dirais pas ça. J'ai maté des pouliches plus rétives que vous. Allons, ma belle, ne soyez pas timide.

Il disait cela avec un sourire censé la rassurer.

— Il faut une main ferme pour tenir les rênes et de l'équilibre sur la selle. Je possède les deux.

— Donald, il faut que vous m'écoutiez. Je ne veux pas vous épouser. Je ne peux pas.

— Ce n'est pas ce que m'a dit votre mère.

— Elle se trompe. Elle ne comprend pas.

— Je pense au contraire qu'elle vous comprend très bien. Ce qu'il vous faut, c'est quelqu'un qui vous prenne en main, affirma-t-il en la repoussant insidieusement vers le mur. Vous allez devenir ma femme, Ailsa. Il vaut mieux que vous appreniez tout de suite que je ne tolérerai pas que vous vous refusiez à moi.

— Donald, je vous en supplie, ne faites pas ça !

Mais le *laird* d'Ardkinglass restait sourd aux supplications.

— Assez de jérémiades, ce ne sont pas des mots que j'attends de votre bouche, éructa McNair en l'embrassant.

Il écrasait ses lèvres dures et brûlantes sur celles d'Ailsa. Sa langue, ses mains s'invitaient là où elles n'étaient pas bienvenues, c'était une invasion.

Elle essaya de le repousser, mais ses coups ne servaient à rien contre un adversaire physiquement bien supérieur. La main qu'il pressait contre son sein semblait comme un étau. Sa bouche pressée sur la sienne l'étouffait. Il lui tirait les cheveux violemment pour lui faire pencher la tête. Elle essaya de lui donner des coups de pied dans les jambes, mais elle était plaquée au mur et ne pouvait prendre d'élan. Elle parvint tout de même à dégager l'une de ses mains et lui griffa le visage.

Donald poussa un cri furieux et jura épouvantablement en portant ses doigts à sa joue, puis regarda d'un air stupéfait le sang qui les maculait.

Ailsa commença à battre en retraite lentement vers la porte. Donald s'avança sur elle, mais s'arrêta soudain.

— Un chat sauvage, hein ? Qui aurait cru ça de la fille d'une mère frigide comme la vôtre ?

Elle ouvrit la porte et se mit à courir, les yeux pleins de larmes, le souffle court, tremblant de peur et de soulagement mêlés, jusqu'à sa chambre. Dans la grande salle, Donald s'essuyait le visage avec une serviette abandonnée par un dîneur. Il faudrait du temps pour la mater, mais il la materait, et promptement. Ce serait un défi, mais il aimait ça. Il s'en pourléchait les babines à l'avance. Avec un sourire sombre, il avala d'un trait une nouvelle coupe de vin avant de tirer la sonnette.

— Dites à Lady Munro que je suis décidé à faire ce qu'elle m'a suggéré, ordonna-il au valet quelques secondes plus tard. Et pas plus tard que ce soir.

Sur ces mots, il se dirigea vers les écuries pour y chercher son palefrenier.

Ailsa regardait la flottille de bateaux de pêche sortir en direction de la haute mer tout en arpentant sa chambre entre la fenêtre et la cheminée à l'heure où la lumière montait sur l'océan. Elle avait l'impression que Hamish Sinclair lui frappait sur la tête avec son grand marteau de forgeron.

Jusqu'à ce jour, elle n'avait jamais détesté Donald.

Au contraire, elle pensait sincèrement qu'il avait tous les attributs d'un bon mari. En le revoyant, elle avait été frappée de constater à quel point ses sentiments pour lui avaient pu changer. Elle ne pouvait imaginer la moindre intimité physique avec lui sans avoir la nausée. Il la regardait sans vraiment la voir, écoutait sa conversation sans l'entendre, et hormis le fait qu'ils partageaient une même origine sociale et les mêmes traditions claniques, ils n'avaient absolument rien en commun.

Et pourtant, c'était précisément ces origines et ces traditions qui, selon sa mère, garantiraient le succès de leur mariage. Cela et le fait qu'elle finirait par reconnaître qu'accepter une telle union était son devoir. Jusqu'à ce qu'elle commence à la mettre en doute, elle n'avait pas réalisé à quel point elle adhérait elle-même à cette rhétorique. Ni non plus à quel point sa mère avait réussi à la façonner à son image, en s'aidant de ses peurs pour y parvenir. Et avec quel succès elle lui avait fait oublier ses propres désirs, sa propre inclination, en l'amenant insidieusement à s'en sentir coupable !

Cette soirée avait été comme une révélation, et à plus d'un titre. Elle n'était pas faite comme sa mère, pour commencer, quand bien même elle lui ressemblait de façon frappante. Cette prise de conscience était un tel soulagement qu'elle en oubliait presque les douloureuses conséquences de ce constat. Elle n'était pas comme elle et ne pouvait pas l'être. Les réserves qu'elle n'avait pas pu exprimer et qui s'étaient contentées de l'effleurer vaguement depuis le jour où elle avait accepté d'épouser Donald se condensaient à présent en objections palpables.

Elle ne l'aimait pas et il n'était pas question qu'elle mette au monde des enfants qui seraient le fruit d'une telle union sans amour. Elle ne s'immolerait pas non plus sur l'autel du devoir. Certes, elle devait à son clan respect et loyauté, mais ni l'un ni l'autre n'auraient plus aucun sens si c'était au prix de sa propre intégrité.

Elle n'aimait pas Donald, mais cela ne voulait pas dire qu'elle était incapable d'aimer. Voilà ce que sa mère ne pouvait pas comprendre. Si elle s'y autorisait, elle pourrait aimer, et le savoir lui permettait d'entrevoir le bonheur. Cela rendait la simple idée de renoncer à l'espoir inadmissible, scandaleuse. Elle refusait de se sacrifier. Sa mère ne pouvait pas le comprendre, mais elle, Ailsa Munro, le pouvait. C'était une certitude.

Mais alors, une question lui venait inévitablement à l'esprit : *pourquoi ?*

Elle se lova sur le banc de pierre taillé sous la fenêtre en serrant ses genoux enveloppés dans sa robe de chambre. Elle savait pourquoi. Et sa mère aussi — elle en tremblait rien que d'y penser.

Alasdhair.

Alasdhair dont elle ne pouvait s'empêcher de comparer les baisers à ceux de Donald McNair. Dont les caresses lui donnaient envie de supplier qu'il les prolonge, et non de crier pour qu'il cesse. Dont elle ne pouvait qu'admirer la noblesse et la retenue par comparaison avec l'ignoble contrainte qu'elle avait subie avec Donald.

Lady Munro l'avait remarqué. Et lui ? Etait-ce pour cela qu'il l'avait éconduite avec autant de tact ? Elle comptait pour lui, mais elle ne compterait jamais assez, avait-il dit. Il ne voulait pas d'elle pour femme. Ni de personne. Sur ce point, sa mère avait raison de la mettre en garde. Elle ferait bien de ne pas bâtir son bonheur autour d'un rêve qui n'avait aucune chance de jamais devenir réalité.

Néanmoins, elle devait à ses sentiments pour Alasdhair d'être désormais sur le chemin du bonheur, ou du moins loin de celui du malheur. Son retour l'avait forcée à considérer sa vie d'un œil neuf, plus intransigeant. C'était lui qui lui avait fait réaliser à quel point ses émotions se trouvaient sous le boisseau. Il l'avait extirpée de son cocon. Elle n'y retournerait plus jamais. C'était à cette certitude qu'il fallait qu'elle s'accroche, pour se donner le courage de s'en tenir à sa décision de ne pas épouser Donald.

L'ultime étoile solitaire s'évanouit dans le ciel nocturne au moment où le dernier des bateaux de pêche ne fut plus qu'un point sur l'horizon. Ailsa retourna sur son lit et se blottit sous les couvertures, toute tremblante de froid. Elle avait eu raison de penser que le retour d'Alasdhair annonçait du changement, finalement. Cela la faisait sourire. Elle n'avait aucune idée de ce que l'avenir lui réservait, mais à cette heure, il lui suffisait de savoir qu'un mariage sans amour n'en faisait pas partie.

Demain, Alasdhair lui dirait au revoir et il partirait à la recherche de sa mère. Elle n'avait pas envie de penser à cela pour l'instant. C'était trop douloureux. Elle trouvait étrange que Lady Munro ait fait allusion à une réconciliation entre elles. Si elle n'y prenait garde, Ailsa finirait bientôt par avoir pitié d'elle. Il n'y avait aucun doute : malgré toutes ses dénégations, Lady Munro était une personne terriblement malheureuse. Comment Ailsa pouvait-elle ne pas s'en être rendu compte plus tôt ? Peut-être s'était-elle montrée trop dure avec elle, ce soir… Peut-être que sa mère avait été sincère lorsqu'elle lui avait affirmé vouloir être une bonne mère…

Demain, ou plutôt aujourd'hui, songea-t-elle dans un demi-sommeil, elle demanderait à sa mère si elle pensait ce qu'elle disait. Et elle demanderait aussi à son frère de l'aider dans cette affaire de fiançailles. Calumn la soutiendrait, sûrement.

Demain, Alasdhair serait parti. *N'y pense pas, Ailsa*, s'exhorta-t-elle en glissant dans un sommeil agité.

*
* *

Quelques minutes plus tard, elle fut réveillée par un bruit qui venait du couloir. Alors qu'elle luttait encore pour émerger du sommeil, la porte s'ouvrit à la volée et Donald apparut sur le seuil de la chambre, visiblement habillé de pied en cap pour voyager. Par-dessus son haut-de-chausse, il portait une veste courte sur laquelle était accroché son *filleadh mòr*. Son *dirk*, ce long couteau sans lequel aucun Highlander digne de ce nom n'aurait envisagé de prendre la route, était logé sous sa ceinture et sa grande épée pendait à son côté.

Ailsa s'assit sur le lit, interloquée.

— Que diable voulez-vous ? Si vous osez poser le pied dans cette pièce, j'appelle au secours !

Donald l'ignora totalement et entra dans la chambre.

— Sortez, cria-t-elle en rassemblant les couvertures sur sa poitrine, sa voix montant subitement d'un ton sous l'effet de la panique. Sortez de ma chambre tout de suite !

— Silence ! Habillez-vous. Nous n'avons pas beaucoup de temps, lança Donald debout au pied de son lit.

Dans la lumière grisâtre, elle ne pouvait bien distinguer l'expression de son visage, mais elle n'avait pas besoin de cela pour avoir peur.

— Sortez, répéta-t-elle.

Quand elle réalisa à quel point elle était vulnérable, elle s'extirpa de son lit et tenta d'atteindre le cordon de la sonnette qui pendait près de la cheminée. Si seulement elle parvenait à appeler un domestique…

Donald lui barra le chemin.

— Que me voulez-vous ? demanda-t-elle en se tassant sur elle-même et en reculant vers la fenêtre.

Il souriait. Elle pouvait voir ses dents étonnamment blanches briller dans la pénombre.

— Habillez-vous, Ailsa.

Il ne tenta nullement de la toucher. Elle se tenait devant le banc installé sous la fenêtre. Sa chambre était au deuxième étage. Si elle s'avisait de sauter, elle n'y survivrait pas.

— Pourquoi ?

— Parce que nous partons faire un petit voyage, vous et moi.

— A cette heure ? Au milieu de la nuit ?

— L'aube point. Les chevaux nous attendent.

— Où... où m'emmenez-vous ?

— Des questions, encore des questions ? Je vous mets en garde, Ailsa : j'attends de ma femme qu'elle se montre plus docile.

— Votre... Je ne serai jamais votre femme, Donald.

Froid. Elle avait froid. Une peur mortelle étreignait son cœur de ses serres impitoyables, l'étouffant peu à peu.

— Quand j'en aurai terminé avec vous, vous remercierez le ciel d'avoir la chance de l'être. Croyez-vous que je sois homme à oublier la façon dont vous vous êtes comportée hier soir ? Je suis McNair d'Ardkinglass, et personne ne saurait me dire non. Vous serez mienne, Ailsa Munro, et si vous m'agréez, je vous passerai mon anneau au doigt. Mais si tel n'est pas le cas...

Il tira sa dague si promptement qu'elle ne s'en rendit compte que lorsque la pointe acérée de celle-ci toucha la peau nue de sa gorge, juste sous le menton.

— Aussi vous feriez bien de me contenter, ma chère. A présent, passez vos vêtements, sans quoi je vous emmène dans cette tenue.

Elle ne doutait pas un moment qu'il mettrait sa menace à exécution. Il semblait évident désormais que sa mère voulait un mariage à tout prix. Ailsa avait la certitude que Lady Munro était au moins informée des plans de Donald. Il l'aurait déjà bâillonnée et attachée depuis longtemps s'il n'avait pas été assuré que personne ne risquait de venir la délivrer.

D'une main tremblante, elle repoussa le *dirk* loin de sa

gorge, mais la lame était si tranchante qu'elle lui entailla le doigt. Voyant le sang jaillir et couler sur le parquet de bois, elle le porta à sa bouche. Quand le goût métallique du sang lui picota la langue elle remarqua que Donald la regardait d'un air étrange, sans doute émoustillé par son geste, aussi retira-t-elle son doigt à la hâte.

— Tournez-vous, plaida-t-elle.

Il partit d'un grand rire égrillard qui lui donna la chair de poule.

— Pour que vous me donniez un coup sur la tête avec Dieu sait quoi ? Pas question. De toute façon, je ne tarderai pas à vous voir toute nue, Ailsa. Ne perdez pas votre temps à jouer les saintes nitouches.

Comme toujours lorsque d'un sauvage on a fait un homme du monde, le vernis de civilité de McNair s'effritait facilement dans les situations difficiles. Son accent se faisait plus fort, tout d'un coup.

Consciente qu'il n'était pas homme à proférer des menaces en vain, Ailsa passa un jupon et un surplis de laine par-dessus sa chemise de nuit. Pour éviter de perdre du temps avec le laçage compliqué de son corset, elle préféra à celui-ci un gilet de laine épais autour duquel elle ceignit son *arisaidh*, qu'elle ferma sur sa poitrine avec sa broche. Comme elle fouillait un tiroir pour y prendre des bas, elle ferma la main sur le *sgian dubh* serti de pierreries qu'elle y avait caché. Il avait autrefois appartenu à sa grand-mère maternelle et elle le tenait de Rory, qui lui en avait fait cadeau après qu'elle l'eut découvert à Heronsay, mais ce à la condition expresse qu'elle ne le porte jamais. L'arme ne faisait que six pouces tout au plus depuis le manche jusqu'à la pointe de la lame, mais elle était terriblement acérée et tranchante.

Tout en faisant mine d'enfiler ses bas et ses bottes, Ailsa attacha le *sgian dubh* à sa cheville à l'aide de sa jarretière, puis, après avoir noué ses cheveux avec un ruban, tira son *arisaidh* sur sa tête et se tourna vers Donald.

Cela lui coûtait énormément, mais il fallait qu'elle se montre docile. S'il la croyait résignée à son sort, il serait moins sur ses gardes. Durant le voyage, quand elle le déciderait, et quand l'occasion s'offrirait à elle, elle passerait à l'action. Elle n'avait pas l'intention de le laisser arriver à ses fins avec elle. Plutôt mourir.

Ils descendirent l'escalier central, ce qui ne fit que confirmer à Ailsa que Lady Munro était informée de ce qui se tramait. S'il en fallait une preuve supplémentaire, Donald fit jouer la lourde serrure de la porte principale sans se soucier le moins du monde du bruit qu'elle pouvait faire. Au bas des marches du perron, son palefrenier les attendait, les rênes de trois chevaux à la main. Sans protester, Ailsa permit au jeune homme de la hisser sur sa selle. Dans la lumière blafarde de la nuit, ils traversèrent les portes du château et prirent le sentier qui partait vers le sud. Donald chevauchait en tête, Ailsa sur ses talons.

Le palefrenier formait l'arrière-garde et la serrait de près pour bloquer toute échappatoire. Une martre traversant la route brusquement sous son nez fit se cabrer le cheval de Donald, qui poussa un juron épouvantable.

La simple idée de devoir subir les caresses de McNair lui donnait la nausée. La volonté qu'elle avait de survivre à cette épreuve et d'en sortir indemne la surprenait elle-même. Elle lutterait jusqu'à son dernier souffle.

Elle se cala dans sa selle. Sa résolution s'affermissait à mesure que le soleil montait dans le ciel et le désespoir qui lui embrumait l'esprit comme un brouillard tenace semblait se dissiper peu à peu. Elle commença à élaborer un plan.

L'odeur de la fumée de tourbe, de l'air salé et de la marée qui émanait des filets séchant sur des cordes tendues emplissait l'air quand Alasdhair quitta la forge ce matin-là. Autrefois, au bon vieux temps, Hamish lui permettait de se libérer de ses frustrations en frappant sur son enclume avec son marteau. C'est Hamish qui lui avait appris à se servir de l'épée à deux mains, et aussi à tirer. Le feu de la forge était déjà rouge quand Alasdhair fit ses adieux. La barbe de son ami avait la couleur de celle-ci et son sourire accueillant en avait la chaleur et l'éclat. La nuit avait été bonne. De vieux amis, de bonnes histoires, de la nourriture simple et une atmosphère chaleureuse, il n'en fallait pas plus pour atteindre au bonheur. Mais à présent, il devait retourner au château pour prendre congé.

La nuit qu'il venait de passer sur un matelas de paille dans la petite chambre, à laquelle on accédait, depuis la chambre d'Hamish, par une méchante échelle branlante, lui avait apporté au moins une certitude : il fallait qu'il voie sa mère, qu'il lui parle face à face, qu'il l'entende raconter son histoire de sa bouche même. Il voulait d'abord et avant tout comprendre. C'était Ailsa qui lui avait fait prendre conscience de cela.

Ailsa.

En marchant dans la brume matinale qui donnait au village une apparence incertaine, comme si les maisons allaient disparaître subitement, Alasdhair luttait pour démêler l'écheveau de sentiments que suscitait l'évocation de ce seul mot.

Ailsa. Ce n'était qu'un nom, sans doute, mais il faisait naître immédiatement l'image de la jeune femme dans son esprit, avec une telle clarté qu'il semblait impossible qu'il puisse appartenir à une autre.

Il était content qu'elle ait décidé de ne pas épouser Donald. La simple idée qu'elle pût être malheureuse lui était absolument odieuse et il avait la certitude qu'un tel mariage ne pourrait mener qu'à ce résultat, inévitablement.

Elle méritait qu'on prenne soin d'elle, qu'on la chérisse. En un mot, elle méritait d'être aimée.

Quelques jours plus tôt à peine, il n'aurait pas pensé la même chose. Etait-il arrivé à Errin Mhor que depuis si peu de temps ? Quelques jours, vraiment ? Les choses avaient tellement changé qu'il lui semblait qu'il était là depuis des semaines.

Savoir qu'Ailsa ne l'avait pas repoussé l'amenait à s'interroger sur les raisons qui avaient conduit sa propre mère à l'abandonner. Sa mère constituait la dernière pièce du puzzle. Une fois qu'il l'aurait trouvée et mise à sa place, il pourrait rentrer chez lui, l'âme en paix, enfin.

Mais c'était compter sans Ailsa.

Il ne voulait pas la quitter. Il ne comprenait pas ce qu'il ressentait pour elle. De l'affection, oui, sans doute, mais c'était se mentir à lui-même que d'essayer de se persuader qu'il ne s'agissait que de cela.

Et il en avait terminé avec les mensonges.

Il avait envie d'elle. Envie d'imprimer l'empreinte de son corps dans la cire délectable de sa chair, de se laisser engloutir par sa délicieuse sensualité. De se noyer en elle, de s'abreuver à elle. Il voulait lui apprendre le plaisir, et prendre du plaisir avec elle. Il la désirait plus passionnément qu'il n'avait jamais désiré une femme, et d'autant plus qu'il savait qu'elle éprouvait la même chose elle aussi, et que c'était la première fois. Oui, la première.

Elle ne l'avait pas désiré six ans plus tôt. Pas ainsi. Autant comparer un vulgaire tord-boyaux sortant de l'alambic d'un contrebandier à un whisky hors d'âge. L'un n'était qu'un pâle reflet de l'autre, sans profondeur, qui vous enivrait rapidement mais ne laissait d'autre souvenir qu'un solide mal de tête.

Peut-être, mais il pouvait aussi choisir de ne pas boire le nectar, se rappela-t-il. Il n'avait pas besoin d'Ailsa Munro, quelque désir qu'il éprouvât pour elle. Aucun feu, si ardent qu'il soit, ne pouvait brûler sans combustible. Il ne la verrait plus après aujourd'hui. Ou peut-être attendrait-il d'avoir vu sa mère. Elle voudrait sûrement connaître le résultat de sa visite. Puisqu'elle avait contribué à le persuader de retrouver cette dernière, elle avait le droit de savoir. Après cela, il lui ferait ses adieux. Une fois qu'il aurait mis entre eux la distance de tout un océan, il serait plus facile de ne pas penser à elle.

La nostalgie de la Virginie le submergea soudain. Revenir à Errin Mhor n'avait pas été exactement le simple voyage qu'il s'était imaginé. Pas du tout. Il s'arrêta à la patte-d'oie qui menait au château et ferma les yeux pour revoir par la pensée les terres ondoyantes de sa plantation, humer l'odeur des champs accablés de soleil et celle, âcre, du tabac en train de sécher dans les entrepôts.

La Virginie était son pays désormais. Il n'en doutait plus à présent. Ne fût-ce que pour ça, il avait bien fait d'entreprendre ce voyage.

Quand il arriva au château et s'enquit d'où se trouvait Ailsa, il fut sèchement informé par Lady Munro que sa fille n'était pas là.

— Où est-elle ?

— Elle est allée prêter main-forte à la sage-femme pour un accouchement difficile — des jumeaux — et ne reviendra qu'en fin de journée.

Comme Alasdhair avait croisé Shona McBrayne en venant au château, il savait pertinemment que la mère d'Ailsa mentait. Une prémonition terrible lui étreignit le cœur comme une main glacée.

— Je ne vous crois pas. Où est-elle ?

— Eh bien, si tu tiens à le savoir, elle est partie.

— Où cela ?

— Loin de toi et de ton influence. Elle va épouser Donald McNair. Il est venu la chercher la nuit dernière.

— Elle n'a aucune envie de se marier avec lui.

— C'est peut-être ce qu'elle t'a dit.

Alasdhair secoua la tête, dégoûté.

— Vos manigances ne fonctionnent plus, milady. Si elle est avec McNair, ce ne peut être de son plein gré.

Lady Munro pâlit.

— Ce le sera, quand elle réalisera que c'est pour son bien.

— Quand elle réalisera… Seigneur ! L'avez-vous fait enlever ?

— Non, bien sûr que non. Donald est son fiancé, son futur mari, et…

— Et elle a fait ses bagages et est partie avec lui de son plein gré, c'est bien ce que vous dites ?

— Elle…

— Non, bien sûr, tonna Alasdhair. Elle n'est pas partie de son plein gré, voilà la vérité. C'est votre fille, milady. Votre seule et unique fille. Etes-vous décidée à parvenir à vos fins au point d'organiser l'enlèvement de votre propre fille ?

Confrontée à la masse solide et imposante d'un Highlander furieux dont la colère déformait le visage, Lady Munro se mit à trembler de tout son corps. Elle ne comprenait pas comment Alasdhair Ross avait fait pour devenir cet homme impressionnant de force et de caractère, qui la veille encore ne lui faisait guère d'effet mais la terrifiait aujourd'hui.

Car oui, elle avait peur de lui.

— J'ai pensé que quand elle verrait Donald en chair et en os, elle changerait d'avis, bredouilla-t-elle d'une voix chevrotante.

— Et ç'a été le cas ? Evidemment non, sans quoi il n'aurait pas eu besoin de l'enlever.

Alasdhair se laissa tomber lourdement sur une chaise et se prit la tête entre les mains.

— Quand ? Quand l'a-t-il enlevée ?

— Ce matin. Très tôt. Je ne sais pas… je…

— En ce cas, il n'est peut-être pas trop tard, s'exclama Alasdhair en bondissant sur ses pieds. Où l'a-t-il emmenée ? Ne me dites pas qu'ils sont partis pour Ardkinglass, je ne vous croirais pas. Il va falloir qu'il affronte la colère de Calumn et voudra sûrement la garder loin d'ici le plus longtemps possible pour s'assurer qu'elle soit définitivement déshonorée si d'aventure son frère exigeait qu'elle lui soit rendue. Où diable l'a-t-il emmenée, vous dis-je ? Que le diable vous emporte ! A moins que vous ne souhaitiez voir la vie de votre fille ruinée par un mariage honteux avec un homme qui n'est pas moins un tyran que son propre père, je vous jure bien que vous allez me le dire !

— Donald n'est pas… elle ne sera pas…

— C'est un *laird* de la vieille école, comme votre époux. Tous les hommes le savent. Pourquoi croyez-vous que Munro voyait d'un si bon œil cette alliance ? Voulez-vous vraiment que votre fille ait la même vie que la vôtre ? Vous pouvez encore l'éviter, si vous me répondez maintenant, sans tarder.

Lady Munro fit un pas en arrière et trébucha contre un fauteuil.

— Vers le sud, ils sont partis vers le sud ! Que vas-tu faire si tu les retrouves ?

— Je n'en sais rien, mais je suis bien certain que je ne la ramènerai pas ici tant que je ne serai pas assuré de sa sécurité.

— Malgré ce que tu penses, j'ai fait cela parce que j'aime ma fille.

— Vous avez une bien étrange manière de le montrer, rétorqua Alasdhair.

Quand il tourna les talons, Lady Munro agrippa la manche de sa veste.

— Ramenez-la ici, je vous en prie. Ne l'emmenez pas avec vous.

— Je n'ai nullement l'intention de l'emmener en Virginie, si c'est ce que vous craignez, répondit-il avec mépris, conscient du changement de ton qu'elle venait d'adopter. J'ai assez perdu de temps comme ça.

Là-dessus, il s'ébroua pour se dégager de l'étreinte de la vieille femme et quitta la pièce à grands pas.

Décomposée, pâle comme un linge, Lady Munro tituba jusqu'à l'armoire pour en tirer l'aiguière qui s'y trouvait cachée, se versa une interminable rasade de whisky qu'elle vida d'un trait en renversant la tête en arrière, puis s'effondra sur le sol en se prenant la tête entre les mains. Le désespoir lui transperçait le cœur comme un diamant cruel.

Alasdhair courut jusqu'à la forge, ignorant le forgeron occupé à activer son grand soufflet quand il parvint à celle-ci, et pénétra dans la maison. Il se débarrassa de ses vêtements noirs en une fraction de seconde, les remplaçant par son *filleadh beg*. Sous sa ceinture, il glissa la lame nue de sa dague, et dans son dos son *sgian dubh*, sur lequel il laissa retomber le cuir de son gilet. L'épée à deux mains soigneusement aiguisée et polie par Hamish fut soigneusement retirée de la boîte dans laquelle il la gardait.

Il la tenait de Lord Munro lui-même, qui lui en avait fait présent pour son seizième anniversaire. Le même jour où il avait offert à son propre fils une arme exactement semblable. Désormais, la *claymore*, l'épée à deux mains d'autrefois, se voyait de plus en plus supplantée par un équipement plus léger, plus court, dont la lame mesurait tout de même trois pieds de long, soit dix-huit pouces de moins que celle dont Robert de Bruce avait fait son arme fétiche.

La grande épée d'Alasdhair avait une poignée en cage qu'Hamish avait façonnée pour lui dans un acier superbe. Elle portait les armes des Munro, était sertie de pierres semi-précieuses et garnie de velours. Lord Munro avait fait spécialement importer d'Allemagne la lame à double tranchant qui portait, gravés sur une face, les mots *Andrea Ferrara*, du nom d'un Italien que les forgerons allemands utilisaient pour certifier la qualité de leurs aciers.

Alasdhair attacha le fourreau à sa ceinture et y plaça la *claymore* avec des précautions de prêtre tirant le ciboire du tabernacle. La veille même, lui et Hamish s'étaient entraînés l'épée à la main et il s'était étonné de voir avec quelle rapidité les gestes qu'il croyait avoir oubliés lui revenaient dans les bras, avec quelle facilité il se souvenait de la nécessité de garder son équilibre en sautillant sur la pointe des pieds, de la façon dont il fallait contrebalancer le mouvement de l'épée en tendant le bras gauche. Il n'avait pas pensé à utiliser son arme quand la colère l'avait saisi, mais il savait à présent que c'était exactement ce qu'il s'apprêtait à faire.

Hamish l'attendait dans l'écurie, visiblement inquiet, à côté de son cheval sellé et prêt à partir.

— As-tu besoin que je t'accompagne, mon garçon ? demanda-t-il.

Alasdhair fut touché. Hamish devait bien avoir cinquante ans, mais il ne doutait pas un instant que son offre fût sincère.

— Il faut que je fasse cela tout seul, Hamish, répondit-il en accompagnant ses paroles d'un bref signe de la tête.

Il sauta en selle et quitta Errin Mhor sans se retourner, disparaissant vers l'horizon dans un grand nuage de poussière.

Chapitre 7

Il n'était pas bien difficile de suivre trois chevaux, et ce d'autant plus que Donald, certain de l'appui de Lady Munro, ne faisait rien pour dissimuler leurs traces.

L'esprit traversé par des envies de meurtre, et pressé par la terreur d'arriver trop tard, Alasdhair avait chevauché sans interruption à toute allure, abandonnant son premier cheval dans une auberge et jetant à l'aubergiste éberlué une poignée de pièces d'or pour prix d'une monture fraîche.

Il les trouva en fin d'après midi, dans les environs de Stronmilchan, plus précisément sur la pointe du *loch* Awe, où ils s'étaient arrêtés pour faire boire les chevaux. L'air était sec, mais il avait plu légèrement toute la journée, par intermittence. Après avoir fait s'arrêter son cheval à l'abri des regards de McNair et de sa troupe, Alasdhair descendit de sa selle et attacha l'animal à un arbre. Ils étaient tout aussi couverts de boue l'un que l'autre, mais comme si cela ne suffisait pas, il remarqua que, sous les fougères et les ajoncs au milieu desquels il s'approchait subrepticement, le sol était marécageux. Il avait les pieds trempés.

Les chevaux buvaient l'eau fraîche du *loch* tandis que McNair et son homme de main discutaient, debout, presque en face d'Alasdhair. Si le *laird* portait sa grande épée au côté, son serviteur n'avait pour seule arme que sa dague.

Ailsa était assise derrière eux, sur le sol détrempé. Elle

avait les mains liées devant elle et une ecchymose violette barrait sa joue.

Comme il la regardait, le cœur plein de rage et d'envie de meurtre, Alasdhair aperçut soudain un éclair métallique quand Ailsa tira un *sgian dubh* de sous ses jupes et, en serrant le manche entre ses mains entravées, entreprit de couper les liens de cuir qui lui cisaillaient les poignets. Il se demandait ce que diable elle espérait pouvoir faire avec un couteau contre deux hommes, mais il fallait admettre qu'elle avait de l'audace. Pour un peu, il l'aurait applaudie.

Il se força à attendre tout en surveillant anxieusement les deux hommes, mais ceux-ci ne s'aperçurent de rien. Alasdhair s'accroupit et tira silencieusement sa longue épée de son fourreau avant de dégager sa dague de sa ceinture. Son cœur battait comme un tambour, la rage lui faisait bouillir le sang et lui donnait envie de saigner McNair comme un goret. Il méritait de mourir pour ce qu'il avait fait aujourd'hui. Jamais il ne laisserait un homme traiter Ailsa de la sorte, ni toucher un seul de ses cheveux. Quelque chose de primitif, d'impitoyable, lui fouaillait les entrailles. Il n'avait plus qu'une seule idée, un seul désir : voir Donald McNair étendu sur le sol les bras en croix. Mort.

Au cours de cette longue journée, en dépit de ses bonnes intentions, Ailsa n'avait pu s'empêcher de répondre avec animosité aux railleries de Donald, ce qui avait fini par rendre le dégoût qu'il lui inspirait trop évident pour qu'il l'ignore plus avant.

En conséquence, il lui avait donné une gifle en pleine figure, si fort qu'elle avait cru tout d'abord l'os de sa pommette brisée. La tête lui lançait encore terriblement.

Lors de leur dernière halte au bord d'un ruisseau, elle avait tenté de leur fausser compagnie, mais les deux hommes l'avaient rapidement rattrapée et, par précaution, attachée solidement, ce qui faisait du simple fait de rester en selle une épreuve difficile et douloureuse.

Consciente que c'était là sa dernière occasion de s'enfuir avant qu'ils ne s'arrêtent pour dormir, et encore plus de l'épreuve qu'elle risquait de subir au cours de la nuit, Ailsa était déterminée à tenter le tout pour le tout. Cela dit, seule, et seulement armée d'un petit couteau, elle n'était pas de taille à lutter contre deux hommes dans la force de l'âge, et ses chances de réussir paraissaient bien minces.

Donald avait pris soin de se tenir éloigné des villages où elle aurait pu donner l'alarme ; elle ne pouvait donc compter que sur elle-même. Si elle ne parvenait pas à s'enfuir, elle pourrait sûrement le blesser suffisamment pour le faire réfléchir.

Elle n'avait pas envie de penser à ce qui arriverait sans cela. Elle ne céderait pas, à moins d'y être absolument contrainte. Donald tenait à abuser d'elle, elle n'allait pas lui rendre la tâche facile.

Couper le lien de cuir qui lui serrait les poignets était une tâche bien plus ardue qu'elle ne l'aurait cru, mais elle finit toutefois par se libérer. Elle fit jouer ses doigts que les liens avaient engourdis et serra son *sgian dubh* dans sa main droite, après quoi elle se leva et, poussant un cri qui semblait venir du tréfonds de son âme, se rua sur Donald.

Elle avait beau avoir l'avantage de la surprise, elle n'était clairement pas de taille à affronter le *laird* d'Ardkinglass. Donald poussa un grognement qui devait plus à son déplaisir qu'à la peur et lui donna un coup de poing dans le ventre qui lui coupa le souffle.

Quand elle s'effondra devant lui, il se saisit de son bras qui tenait le couteau et le lui tordit dans le dos, impitoyablement. Ailsa sentit sa vision se brouiller. Elle essayait désespérément de lutter, mais son adversaire lui était infiniment supérieur par la force. Elle allait sombrer dans l'inconscience lorsqu'un guerrier — ou plutôt une vague silhouette vêtue de tartan, cheveux au vent, tout en muscles et arborant une expression de fureur indicible —, surgit du sous-bois comme un démon sortant de l'enfer.

La vision d'Ailsa s'éclaircit d'un coup quand elle rassembla le peu de forces qu'il lui restait. Alasdhair ! Elle n'avait aucune idée de comment il pouvait bien l'avoir retrouvée, mais c'était bien lui, assurément.

Il se jeta d'abord sur le domestique de Donald, qui eut à peine le temps de tirer sa dague avant qu'Alasdhair ne l'atteigne et ne lui plante la sienne proprement dans l'épaule droite, coupant net l'attache du muscle, ce qui le mit instantanément hors d'état de nuire. L'homme lâcha son arme en poussant un hurlement de douleur. Alasdhair le frappa sous le menton avec la cage d'acier qui protégeait la poignée de son épée, l'envoyant au sol, inconscient, en moins de temps qu'il ne fallait pour le dire.

Donald projeta Ailsa à terre en poussant un juron épouvantable et tira sa grande épée tandis qu'Alasdhair avançait déjà sur lui, l'arme à la main lui aussi.

Les deux hommes se faisaient face au milieu de la petite clairière, uniquement séparés par l'éclat étincelant de l'acier poli.

Ailsa rampa tant bien que mal jusqu'au bord de l'arène improvisée où gisait le palefrenier assommé, cherchant désespérément son souffle, le sang figé par la terreur dans ses veines.

Les deux combattants décrivaient des cercles en s'affrontant du regard. La colère déformait le visage de Donald et le goût du sang luisait dans ses yeux. Par comparaison, celui d'Alasdhair semblait un masque lugubre, pâle et froid, au milieu duquel ses yeux étincelaient comme les deux lames qu'il tenait dans ses mains.

Elle pouvait à peine regarder la scène. Si Alasdhair avait été une fine lame dans sa jeunesse, il n'avait pas l'expérience toute fraîche de Donald. Elle n'arrivait pas à croire qu'il était là. Comment diable avait-il su où la trouver ? Et comment avait-il su qu'elle avait été enlevée de force ? Bien sûr, elle avait été claire avec lui au sujet de son mariage avec Donald. Heureusement, il l'avait crue. Ensuite, son honneur l'avait emporté : il ne devait pas avoir balancé longtemps pour se porter à son secours en l'absence de Calumn. Merci, mon Dieu, merci !

Sans quitter des yeux les deux combattants, Ailsa chercha dans l'herbe le couteau que le serviteur de Donald venait d'y laisser choir. Un grand soulagement lui souleva l'âme quand elle sentit ses doigts se refermer sur la poignée entourée de cuir.

Elle tint l'arme fermement, dans ses deux mains, et se remit sur ses pieds au moment même où l'acier frappait l'acier pour la première fois dans un grand vacarme dont l'écho lugubre résonna sur le loch comme celui d'une cloche.

Ailsa savait pertinemment que la *claymore* requérait énormément d'équilibre de la part de celui qui la maniait. Bien que faisant partie de la famille des épées, il ne fallait pas la confondre avec le fleuret, qui obligeait à se fendre pour porter un coup.

Tout comme le sabre, la *claymore*, avec sa lame étroite à double tranchant, était conçue pour couper la chair et les membres.

Un guerrier expérimenté visait toujours les bras et la tête de son adversaire, et Donald était un combattant doté d'une solide expérience.

Il porta son premier coup très bas, balayant l'air à la hauteur des cuisses d'Alasdhair. Celui-ci fit un bond en arrière, répondant d'un revers porté de haut en bas qui bloqua l'arme de Donald suivi d'un coup d'estoc exactement inverse qui déchira la veste de ce dernier sur la largeur de deux mains.

Les deux hommes décrivaient de grands arcs dans l'air

électrique en frappant de toutes leurs forces. Sous l'étoffe trempée de pluie de sa chemise, Ailsa pouvait voir les biceps d'Alasdhair gonfler à chaque mouvement de ses bras. Son *filleadh beg* tressautait derrière lui quand il portait une attaque, le haut de son corps suivant gracieusement le mouvement violent de son bras droit que, bien campé sur ses jambes, il tâchait de maîtriser en faisant contrepoids avec le gauche. Le bruit de l'acier résonnait, renvoyé à travers l'eau paisible du lac par les collines qui s'élevaient en pente douce sur l'autre rive.

Donald porta un coup du tranchant de sa lame en plein milieu de la poitrine d'Alasdhair, mais le cuir épais de son plastron amortit le coup. Alasdhair fit un bond en arrière, mais son pied glissa sur l'herbe humide et il faillit perdre l'équilibre un instant, se rattrapant au dernier moment pour porter un coup d'estoc en se fendant sous la garde de Donald, droit au cœur.

Si la pointe avait atteint son but, le coup aurait été fatal, mais Donald esquiva en se penchant en arrière avec une rapidité fulgurante, évitant la lame de justesse, avant de trébucher et de tomber à terre. Désespérément, il essaya de frapper encore d'un mouvement circulaire, mais il n'en avait pas la force. Alasdhair se dressa au-dessus de lui, la pointe de son épée pointée vers son cœur. Donald ouvrit de grands yeux devant la mort qui l'attendait, mais l'arme se détourna lentement vers la gauche, lui laissant la vie sauve.

— Maudit chien, jura-t-il entre ses dents, conscient que, par ce geste, Alasdhair Ross ne lui accordait pas sa grâce.

Il voulait le voir blessé, sans doute, mais d'abord et avant tout vivant.

Et couvert de honte.

Donald reprit le combat avec une férocité décuplée. Les deux hommes dégouttaient de sueur, leur haleine formait de petits nuages blancs devant leur bouche dans l'air humide chargé d'humidité.

L'odeur du tartan trempé de pluie, celles du cuir et de l'herbe écrasée sous leurs pas se mêlaient au parfum immédiatement reconnaissable du combat. Un parfum brûlant, rude, viscéral.

Alasdhair était épuisé. Son épaule et son bras droit le faisaient souffrir horriblement. Ses cuisses aussi. La sueur lui coulait dans les yeux, brouillant sa vision, mais il serrait les dents et s'interdisait résolument de penser à quoi que ce soit d'autre que son combat contre McNair. Il avait voulu le tuer, mais dès le premier choc de leurs épées, il avait compris que mourir en combat singulier serait une mort trop honorable pour cet homme. Il serait bien plus difficile pour lui de supporter de vivre après avoir été défait les armes à la main.

Alasdhair secoua la tête pour chasser la sueur qui ruisselait sur ses yeux et se concentra de plus belle.

Le dénouement vint rapidement. Alasdhair frappa haut en visant le cou de Donald, mais la lame de celui-ci bloqua la sienne et le força à baisser la main. Rassemblant toutes ses forces, Alasdhair bondit en avant alors que son adversaire reculait et sa lame entailla la cuisse du *laird* jusqu'à l'os. Une fleur écarlate s'épanouit immédiatement sur le haut-de-chausse de ce dernier, qui s'effondra en poussant un hurlement, laissant tomber sur le sol sa dague et sa lourde épée.

Alasdhair jeta la sienne sur le côté et se précipita vers Ailsa, la poitrine soulevée par les violents efforts qu'il devait faire pour retrouver son souffle.

— Es-tu blessée ? T'a-t-il fait du mal ? s'enquit-il d'une voix pleine d'anxiété en l'aidant à se remettre sur ses pieds et en scrutant son regard d'un œil inquiet. Seigneur Dieu, Ailsa, je t'en supplie, dis-moi que je suis arrivé à temps.

Elle hocha la tête, incapable de prononcer un mot. A

présent que son épreuve était terminée, le choc la faisait trembler de tout son corps.

— Qu'est ceci ? demanda Alasdhair en caressant doucement l'ecchymose qui bleuissait la joue de la jeune femme.

— Rien du tout.

— Ce chien t'a frappée !

— C'est vrai, mais je n'ai rien subi d'autre, je te le promets.

— Dieu soit loué, s'exclama Alasdhair en l'écrasant contre sa poitrine. Dieu soit loué. J'ai cru... en chemin, je n'ai pas cessé un instant de penser que j'arriverais trop tard, et qu'il... Grâce au ciel, tu es sauve !

Il sentait le sang et la sueur. Elle sentait son cœur cogner dans sa poitrine comme un marteau sur une enclume.

— Grâce à toi, murmura Ailsa en fermant les yeux simplement pour savourer le bonheur d'être vivante, d'être saine et sauve, et d'avoir échappé à un sort épouvantable.

Il y eut un moment de silence, puis :

— J'ai cru que j'avais des visions quand tu as surgi de nulle part, juste comme ça, s'exclama-t-elle en partant d'un rire nerveux.

Elle chercha la main d'Alasdhair et la souleva pour la presser contre sa joue.

— Je ne sais pas comment tu as réussi à me retrouver, mais je t'en suis infiniment reconnaissante, et je le resterai éternellement. Merci, Alasdhair, du fond du cœur, merci.

— Ma récompense, c'est d'être arrivé à temps, répondit-il d'un ton bourru.

A présent qu'elle était sauve, l'horreur de ce qui aurait pu advenir s'il avait tardé à la retrouver commençait à s'installer dans son esprit.

Il s'était interdit d'envisager autre chose que le succès durant sa poursuite frénétique en direction du sud et il ne réalisait que maintenant à quel point tout cela comptait pour lui. Il ne pouvait pas supporter l'idée qu'il puisse arriver malheur à Ailsa. L'imaginer lui soulevait le cœur. Il serra les bras autour d'elle.

Un long cri de douleur s'échappa de la gorge de Donald McNair quand il essaya de s'asseoir.

— Je devrais l'aider, affirma Ailsa à contrecœur en se dégageant de l'étreinte rassurante d'Alasdhair. Je ne voudrais pas que tu aies son sang sur les mains.

— Laisse-moi d'abord l'examiner.

Le *laird* d'Ardkinglass gisait dans l'herbe maculée de boue. Quand Alasdhair mit un genou à terre à côté de lui, il fit un geste désespéré pour essayer de le repousser, mais son vainqueur lui serra les poignets dans l'étau impitoyable de ses mains puissantes et les souleva au-dessus de sa tête.

— Je suis désolé, McNair, mais je n'ai pas l'intention de te permettre de te venger de moi en saignant à mort, annonça Alasdhair d'un ton lugubre. Ailsa, viens ici, prends ton petit couteau et coupe le tissu de ses braies aussi haut que possible, afin que nous puissions examiner cette blessure.

Ailsa s'exécuta d'une main tremblante. La *claymore* avait nettement taillé une plaie profonde en diagonale sur la face antérieure de la cuisse. L'os n'était pas brisé, et elle prit conscience qu'Alasdhair devait avoir fait preuve d'une maîtrise incroyable pour ne pas causer plus de dommage à son adversaire. Du sang coulait doucement de la blessure.

— Le sang ne gicle pas, donc tu n'as pas sectionné l'artère, affirma-t-elle à l'adresse d'Alasdhair, en remerciant le ciel d'avoir assisté Shona McBrayne auprès des malades et des parturientes.

Ce qu'elle avait appris avec elle lui permettrait de rendre à son sauveur un peu de ce qu'elle lui devait en sauvant la vie de Donald. Malgré l'envie qu'elle avait de le voir mort à cette heure, elle savait que sa mort pèserait sur sa conscience plus tard. Elle ne l'avait jamais aimé, mais elle ne pouvait nier avoir prévu de passer le reste de son existence avec lui, et même avoir prononcé un serment à cet effet. Ce n'était pas entièrement la faute de Donald s'il gisait là dans son sang qui rougissait l'herbe. Elle se força à inspecter la blessure de plus près.

— Nous allons avoir besoin de bandages, et de quelque chose pour recoudre la plaie.

Alasdhair était déjà en train d'ôter en hâte son gilet et de passer sa chemise par-dessus sa tête pour y tailler de longues bandelettes à l'aide de sa dague.

— Je vais fouiller les poches de sa selle pour voir s'il y a caché du whisky. Il va en avoir besoin, même s'il ne le mérite pas.

— S'il y a de l'alcool dans ces sacoches, je trouverai sûrement à mieux l'employer qu'en le lui donnant à boire, déclara Ailsa en prenant l'épingle qui retenait son *arisaidh* sur sa poitrine pour la tordre afin d'en faire une aiguille, puis se leva et alla arracher quelques crins de la queue du cheval de Donald.

Quand elle revint, elle avait l'air décidée.

— Tiens-le bien, lança-t-elle à l'adresse d'Alasdhair d'un ton sec en prenant la bouteille qu'il lui tendait pour en verser le contenu sur la plaie.

Donald poussa un hurlement de douleur, mais elle ne broncha pas. Les dents serrées, elle entreprit de recoudre les deux bords de la blessure.

Alasdhair la regarda faire, inquiet de l'effet que pourrait avoir une tâche aussi éprouvante — il en avait lui-même le cœur soulevé — sur les nerfs déjà bien mal en point de la jeune femme. Dès qu'elle en eut terminé, il la repoussa doucement et s'occupa lui-même de panser la plaie de McNair, ce qu'il fit avec un certain talent, en utilisant les bandelettes qui à peine quelques minutes plus tôt formaient encore le tissu de sa chemise.

A un certain point de l'opération, le *laird* d'Ardkinglass avait perdu connaissance.

— Tu as déjà fait cela auparavant ?, s'étonna Ailsa en regardant Alasdhair éprouver la solidité du bandage qu'il venait de terminer.

Il s'essuya le front d'un revers de la main, laissant une tache sanglante sur sa peau hâlée.

— Tu n'es pas la seule à avoir profité de l'expérience d'une rebouteuse. Mon premier emploi en Amérique, je l'ai trouvé dans une plantation qui employait des esclaves. Une vieille femme, qui était arrivée d'Afrique bien des années plus tôt, m'a enseigné les rudiments de son art. Bien évidemment, elle s'occupait surtout de panser les plaies causées par les coups de fouet sur le dos de ses congénères.

Il disait cela d'une voix pleine d'amertume.

— Voilà. Je crois que ça fera l'affaire.

Quand il reporta son attention sur le domestique de Donald, qui commençait à peine à essayer de se mettre debout en titubant, Ailsa s'assit sur ses talons pour l'observer. Une fine couche de sueur luisait sur son dos et ses cheveux trempés collaient à sa nuque. Il était magnifiquement bien bâti, avec de larges épaules et une taille fine, et malgré la fatigue, il marchait avec la grâce d'un félin. Son *plaid* se balançait lentement dans son dos. Quand il s'arrêta de marcher pour étirer ses bras au-dessus de sa tête et faire jouer ses épaules douloureuses des efforts du combat, Ailsa regarda fascinée les muscles se tendre et se détendre souplement sous sa peau légèrement brunie par le soleil. Quoique… pas entièrement. Elle remarqua de longues lignes de chair plus claire qui se dessinaient sur le fond sombre de son dos. Sur l'ensemble, il n'y en avait que trois dont la surface saillait un peu. C'étaient sûrement des plaies anciennes, ou qu'on avait très bien soignées.

Elle s'approcha de l'endroit où, agenouillé dans l'herbe, il découpait lentement la manche de la veste du palefrenier blessé pour découvrir la plaie.

— Je vais avoir besoin de quelque chose d'autre pour

faire un bandage, annonça-t-il en se levant, le front plissé par l'inquiétude.

Sans un mot, Ailsa coupa des bandes de tissu dans sa chemise, ce qui permit à Alasdhair de s'occuper efficacement de son second patient.

— Peux-tu aller chercher mon cheval ? demanda Alasdhair. Il est attaché à un arbre, dans ce bosquet. Je surveille McNair. Pas d'objection ?

Elle hocha la tête, soulagée de ne plus avoir à rester près de Donald, sans parler de le toucher, et se fraya un chemin à travers les fougères tandis qu'Alasdhair se retournait vers son adversaire.

McNair gisait sur le sol, incapable de bouger, et transpirait abondamment. Avec un peu de chance, songea Alasdhair, il lui faudrait des mois pour récupérer, et cela risquait d'être douloureux.

— Tu vas regretter ce que tu as fait aujourd'hui, lui lança-t-il en se dressant au-dessus de lui et en prenant la pose d'un gladiateur comme pour se moquer. Si jamais tu marches de nouveau, ta claudication te rappellera les méfaits que tu as commis.

— Sale chien, gronda Donald. Tu n'as pas eu le courage de me tuer quand tu le pouvais.

Alasdhair se pencha pour le saisir au collet et le soulever sans ménagement vers lui, de sorte que Donald poussa un hurlement de douleur.

— La mort est trop bonne pour les scélérats comme toi, cracha-t-il avec mépris. Je ne veux pas avoir la tienne sur la conscience.

Il relâcha son étreinte brusquement et McNair retomba lourdement sur l'herbe en poussant un nouveau cri de douleur. Alasdhair tourna les talons et s'éloigna sans se retourner.

*
* *

— Il va falloir que nous nous arrêtions à Stronmilchan pour envoyer une voiture chercher ces deux-là, annonça Alasdhair quand Ailsa revint avec le cheval. Es-tu en état de voyager ? Tu as l'air épuisée.

La jeune femme esquissa un pâle sourire.

— Je suis seulement un peu secouée, mais ce n'est rien en comparaison de l'état où je me trouverais si tu ne m'avais secourue.

— N'y pense plus.

— C'est ce que j'essaye de faire.

Elle était pâle, ses yeux assombris par la peur semblaient prêts à quitter leur orbite. En fait, elle n'avait pas vraiment l'air de pouvoir monter à cheval, mais une fois qu'elle fut en selle, elle fit un effort plein de vaillance pour s'y tenir droite et arborer un sourire, si bien qu'Alasdhair en eut le cœur serré.

Il resta près d'elle tout le long du chemin jusqu'à Stronmilchan, où l'auberge n'était qu'un établissement extrêmement sommaire et consistait pour l'essentiel en une salle de distillation dans laquelle on produisait le whisky qu'on y buvait, et une cour qui servait d'écurie comportant en son centre une grange dans laquelle les voyageurs et les pousseurs de bestiaux de passage pouvaient dormir. Alasdhair fit signe à la jeune femme de l'attendre et entra pour demander qu'on dépêche une charrette pour aller chercher les deux blessés. Quand il revint, il leva les yeux au ciel et remarqua que la nuit commençait à tomber.

— La prochaine auberge convenable se trouve à environ dix miles d'ici. J'imagine que tu ne tiens pas à dormir dans ce bouge.

Ailsa secoua la tête en frissonnant.

— Je tiendrai, affirma-t-elle en faisant avancer résolument son cheval sur la route.

Trop épuisée pour faire autre chose que simplement tenir en selle, elle suivit Alasdhair hors du village sans s'apercevoir qu'ils se dirigeaient vers le sud plutôt que vers le nord.

L'auberge du bac du *loch* Awe était un peu mieux équipée que celle qu'ils venaient de quitter. On conduisit Ailsa dans une petite chambre meublée d'une simple paillasse posée sur un sommier de cordes.

Comme souvent dans ce genre d'établissement, l'aubergiste possédait son propre alambic. Elle se tenait debout au milieu de la pièce presque par miracle quand Alasdhair entra, un verre plein de whisky à la main.

— Je ne bois pas d'alcool, murmura-t-elle en levant la main pour refuser.

— Prends-en un peu. Cela t'aidera à surmonter le choc, répondit-il en la guidant vers le bord du lit pour qu'elle s'y assoie.

— Inutile, je me sens bien, affirma-t-elle alors que tout en elle disait le contraire.

Elle était glacée et ne cessait pas une seconde de trembler des pieds à la tête. D'épouvantables frissons l'agitaient par instants, comme si une main gigantesque la secouait tout entière. La petite gorgée qu'elle but la fit tousser, mais lui réchauffa quelque peu le ventre. Après la seconde, elle sentit les tremblements s'apaiser un peu.

Elle posa le verre.

— Tu te sens mieux ? demanda Alasdhair en la regardant d'un œil inquiet.

— Un peu, merci.

— La femme de l'aubergiste va te faire monter de l'eau chaude.

— Merci, répéta-t-elle. C'est vraiment très gentil, Alasdhair.

— Ce n'est rien.

— Non, ce n'est pas rien. Ce que tu as fait aujourd'hui… c'est tout le contraire.

Elle avala à grand-peine la boule d'angoisse qui obstruait sa gorge et, en se passant la main sur les yeux :

— Si tu n'étais pas arrivé…, souffla-t-elle.

— Mais ça n'a pas été le cas.

— Comment as-tu fait ? Comment as-tu découvert où j'étais et ce qu'il était advenu de moi ?

— Plus tard, répondit-il en fronçant les sourcils. Nous parlerons de tout cela plus tard. Tu es encore trop bouleversée par ton aventure. Il faut que tu te reposes et que tu te calmes.

— Parce que ce que tu as à me dire risque de me bouleverser encore plus ?

— Plus tard, Ailsa, asséna-t-il d'une voix ferme en se levant pour quitter la pièce afin d'éviter qu'elle ne revienne à la charge.

Il allait falloir lui dire quelle part sa mère avait jouée dans son enlèvement. Elle était assez intelligente, de toute façon, pour le comprendre d'elle-même, mais il n'aimait pas l'idée d'avoir à le lui confirmer. Elle en avait assez enduré pour aujourd'hui.

Plus qu'assez, oui ! S'il n'avait pas…

Il se passa la main dans les cheveux et fit jouer les muscles engourdis de ses épaules avant de descendre l'escalier en quête de la salle à manger. Ailsa n'était pas la seule à qui une bonne gorgée de l'eau-de-vie du propriétaire ferait le plus grand bien.

Ce ne fut pas seulement une cruche d'eau chaude, mais un baquet presque assez grand pour servir de baignoire qui arriva dans sa chambre, porté par deux robustes servantes dépêchées par la femme de l'aubergiste.

En remerciant le ciel de ce bonheur inattendu, Ailsa ôta ses vêtements et monta dans le baquet, se savonna des pieds à la tête, se rinça en s'aidant d'un broc d'étain puis se savonna derechef en savourant la caresse de l'eau qu'elle laissait glisser sur sa peau pour la nettoyer de l'horreur des dernières vingt-quatre heures.

Si elle avait jamais eu des doutes à son sujet, la conduite de Donald McNair les avait définitivement dissipés. La simple idée de devoir partager sa couche lui donnait la nausée. Comment avait-elle pu penser une seconde qu'elle serait capable de le supporter ?

En glissant dans l'eau délicieusement chaude, l'idée lui vint à l'esprit, simple, pure et claire comme l'eau d'un torrent de montagne : Alasdhair. C'était l'arrivée d'Alasdhair qui avait tout changé.

Elle l'aimait. Cela semblait si évident, et si naturel.

Elle l'aimait.

— J'aime Alasdhair Ross, murmura-t-elle avec précaution, comme si elle voulait voir comment ces mots résonnaient dans sa bouche.

Ils lui allaient comme un gant. Une lueur qui n'avait rien à voir avec l'eau du bain enveloppa son corps, l'illuminant de l'intérieur.

— Je suis amoureuse d'Alasdhair Ross.

Cela sonnait tellement bien.

Depuis combien de temps ? Comment était-ce arrivé ? Et où ? Cet amour avait-il toujours été là, enfoui en elle depuis six ans ? Mais non, ce qu'elle ressentait aujourd'hui était différent. Très différent, même. Elle l'éprouvait du plus profond de son être, comme s'il s'agissait d'une partie d'elle-même qu'on ne pouvait lui arracher. Une chose élémentaire, et qui ne s'enfuirait pas. Jamais.

Elle l'aimait. Elle était née pour l'aimer. Elle l'aimerait encore sur son lit de mort. Il y avait une certaine ironie à ce que sa mère ait reconnu cet amour avant elle, et que ce soient précisément ses efforts pour la séparer d'Alasdhair qui aient fait remonter ses sentiments pour celui-ci à la surface.

Elle l'aimait. Elle avait envie de lui, passionnément. Elle n'avait jamais rien désiré plus violemment que de faire l'amour avec lui. Elle voulait prendre soin de lui, le protéger, comme il l'avait fait aujourd'hui pour elle. Il avait fait tout ce long chemin pour la sauver. Parce qu'elle comptait pour lui. Son cœur s'accrochait à cette idée. Mais à peine les premières pousses d'espoir émergeaient-elles qu'elle les voyait se faner inexorablement. Elle comptait pour lui, mais il ne pouvait pas, ne pourrait pas l'aimer. Il le lui avait dit dans des termes sans ambiguïté. Il ne manquerait pas de se sentir coupable s'il apprenait les sentiments qu'elle éprouvait pour lui.

Et cela, elle ne pouvait pas le supporter.

Sa lumière intérieure s'évanouissait à mesure qu'elle appréhendait la réalité de la situation, mais la nouveauté de ses sentiments, de même que leur ampleur, interdisait que ces pensées mélancoliques ne prennent le dessus. Pas encore. Elle l'aimait tant. Elle ferma les yeux et s'autorisa à rêver.

Elle dormait presque quand elle entendit quelques petits coups frappés à sa porte. Pensant qu'il devait s'agir de la femme de l'aubergiste qui venait pour faire enlever le baquet, elle se leva, saisit le linge posé sur la table de nuit et cria à la matrone d'entrer. Elle se figea, une jambe au-dessus du bord du baquet. Ce n'était pas la maîtresse des lieux qui se tenait sur le seuil, mais Alasdhair.

— Oh ! s'écria-t-elle en levant l'autre pied hors de l'eau tiède.

Sans trop savoir comment, Alasdhair parvint à se jeter sur elle juste à temps pour l'empêcher de s'effondrer sur le sol quand son pied heurta le bord du baquet. Le linge tomba aux pieds d'Ailsa et il se retrouva avec entre les bras une naïade aussi nue qu'au premier jour, et toute ruisselante d'eau scintillante. Sa réaction fut immédiate. Et très embarrassante.

Précipitamment, il se pencha pour ramasser le linge tombé sur le sol et essaya de le draper autour d'elle sans regarder. Le tissu collait à sa peau. Les mèches diaphanes de ses cheveux mouillés collaient à sa nuque et à ses seins et sa chair à peine sortie de l'eau avait un éclat émouvant. Il la lâcha immédiatement et se tourna vers l'autre côté de la pièce.

— Il y a du ragoût de mouton pour le dîner. L'aubergiste m'assure qu'il est mangeable, annonça-t-il d'une voix étranglée, prenant le temps de s'éclaircir la gorge avant de poursuivre : si tu ne veux pas manger dans la salle commune, je peux t'en faire porter ici.

Serrant le linge autour d'elle, les joues en feu, Ailsa agrippa sa chemise et la passa en hâte par-dessus sa tête.

— Tu peux te retourner à présent, souffla-t-elle. Je suis décente.

Elle n'était pas décente, mais adorable, délicieuse, et ce d'autant plus qu'elle n'en avait strictement aucune idée.

— Veux-tu dîner ? demanda Alasdhair en gardant les yeux rivés sur son visage.

— Je n'ai pas très faim, pour être honnête.

Il avait une tache de sang sur la poitrine. Le sang de Donald. Et d'autres encore, plus petites, sur les mains. Ces mains qui avaient combattu pour elle. Elle avait envie de prendre soin de lui. De l'apaiser, de l'aider à trouver le repos. Elle se sentait rougir, mais elle espérait qu'il mettrait cela sur le compte de l'eau chaude du bain qu'elle venait de prendre.

— Je n'aime pas voir le sang de Donald sur toi,

murmura-t-elle. Il y a une bouilloire sur le feu, là-bas. Tu pourrais utiliser l'eau de mon bain.

Alasdhair n'avait pas remarqué les taches. Lui non plus n'aimait pas savoir qu'il portait le sang de McNair sur lui, mais à cette heure, c'était bien le dernier de ses soucis. Il trouvait quasiment impossible de ne pas regarder la chemise d'Ailsa épouser les courbes délicates et voluptueuses de son corps. Et l'idée de partager l'eau de son bain lui semblait terriblement excitante.

Derrière ses paupières closes, il ne cessait de voir des images d'elle toute nue, debout dans le baquet, sa chair laiteuse parcourue de petites rigoles qui glissaient entre ses seins et sur ses fesses rebondies, quelques gouttelettes scintillantes accrochées aux boucles humides qui foisonnaient entre ses jambes. Sous son *plaid*, il se sentait durcir horriblement.

— Alasdhair ?

Il ouvrit les yeux pour la découvrir tout près de lui. Pas assez près. Trop près.

— Je devrais…

Elle avait envie de lui dire. Les mots luttaient en elle, encombrant sa gorge, agaçant ses lèvres. Elle voulait lui dire. L'urgence de ce désir la surprenait elle-même. Elle avait envie de l'embrasser. Envie qu'il la prenne dans ses bras et l'y serre de toutes ses forces. Il la regardait d'un air si étrange. Il devait être si fatigué. Elle n'allait pas lui dire, mais elle pouvait quand même prendre soin de lui.

Sans se donner le temps de réfléchir à l'audace dont elle allait faire montre, elle le poussa doucement vers le baquet de bois.

— Laisse-moi faire, murmura-t-elle en commençant à dénouer les lacets de son plastron de cuir.

— Que fais-tu ? s'inquiéta-t-il. Je peux très bien me débrouiller tout seul.

— Il y a des nœuds. J'ai les doigts plus fins que les tiens, répliqua-t-elle en s'attelant à la tâche.

Quand elle en eut terminé, elle fit glisser le lourd plastron de cuir sur les bras d'Alasdhair et le laissa tomber sur le sol.

Il posa les mains sur ses hanches et les tint bien plaquées comme pour se défendre de lui-même. Si seulement elle voulait bien s'écarter un peu, il parviendrait sans doute à reprendre le contrôle de lui-même.

Mais au lieu de cela, elle tomba à genoux devant lui.

— Ailsa, que diable…

— Je veux simplement faire quelque chose pour toi.

Elle dénoua aussi les lacets de ses bottes, la langue pincée entre ses lèvres tant elle se concentrait, et tira la première, puis la seconde, après quoi elle délaça les bas d'Alasdhair et les fit glisser soigneusement sur ses mollets puissants.

Quand elle se releva, elle vacilla un peu, s'agrippant à Alasdhair pour garder l'équilibre. Il ferma les yeux en exhalant un soupir. Il sentait nettement ses cheveux lui chatouiller la poitrine.

Elle prit l'énorme bouilloire dans l'âtre et ajouta de l'eau chaude à celle de son bain.

— Entre, ordonna-t-elle à Alasdhair en le poussant vers le bord du baquet et en ramassant le linge.

— Que fais-tu ?

Il avait l'air abasourdi. La fatigue, sans doute, songea Ailsa.

— Entre dans l'eau, insista-t-elle d'un ton résolu. Laisse-moi te laver. C'est ma faute si tu es dans cet état.

Elle voulait le laver ? Et lui, Seigneur ! Il avait tellement envie de la laisser faire.

Il parvint à rassembler ce qui lui restait de volonté.

— Je peux me débrouiller.

— Je t'en prie, souffla-t-elle en levant vers lui ses yeux violets, ses lèvres roses et ses boucles dorées. S'il te plaît.

Il est si peu de choses que je peux faire pour toi alors que tu en as tant fait pour moi. Permets-moi au moins ça.

Alasdhair prit une longue inspiration. Il suffisait qu'il lui reprenne le linge et lui dise de se retourner. Il ouvrit la bouche pour le lui ordonner mais au lieu de cela se retrouva les pieds dans l'eau du baquet. C'était ce qu'elle voulait. Pour Dieu savait quelle raison, elle semblait y tenir vraiment. Qui était-il pour le lui refuser ? Il suffirait de résister. Il pouvait le faire. Qui croyait-il tromper ?

Dieu qu'il était beau, songea Ailsa en se penchant pour remplir une tasse et lui mouiller les cheveux. Elle n'aurait jamais cru trouver un homme beau un jour, et pourtant, c'était le cas. Le haut de son corps avait la couleur du bronze et, entièrement nu hormis le *plaid* qu'il gardait autour des reins, il semblait encore plus massif et plus grand. Une ecchymose bleuissait sur son épaule, une autre sur ses côtes. Ailsa fit couler de l'eau sur sa nuque et regarda, fascinée, les gouttelettes qui s'accrochaient aux poils de sa poitrine pour glisser ensuite sur son ventre plat, dans son nombril et poursuivre leur course provocante jusqu'en dessous de sa ceinture. Elle lui mouilla le dos ensuite, et les cicatrices blanches qu'elle avait remarquées plus tôt.

— D'où te viennent ces marques ? s'enquit-elle en en suivant le dessin du bout des doigts.

— Je t'ai dit que j'ai travaillé sur une plantation qui employait des esclaves, au début. Disons qu'on a mis fin à mes fonctions d'une manière un peu… violente.

Ailsa considéra les cicatrices avec horreur.

— Veux-tu dire qu'on t'a fouetté ? s'exclama-t-elle, les larmes aux yeux. Qu'avais-tu donc fait pour mériter un châtiment aussi barbare ?

— Le contremaître était extrêmement cruel avec le personnel, et particulièrement les esclaves. Je lui ai tenu tête, aussi a-t-on décidé de faire de mon cas un exemple. Ma punition a fait grande impression, à plus d'un titre.

Depuis ce jour, j'ai toujours fait en sorte que ceux qui travaillent pour moi soient bien traités et travaillent dans les meilleures conditions possibles. Allons, donne-moi ce morceau de savon. Laisse-moi faire.

Elle dégagea sa main rapidement.

— Non.

— Ailsa, je ne pense vraiment pas que…

— Alors ne pense pas, et tais-toi, ordonna-t-elle en posant un doigt sur ses lèvres pour lui intimer le silence.

Il devait penser, au contraire. Et se remettre les idées en place, maintenant, avant qu'il ne soit trop tard, mais son esprit refusait de se laisser gendarmer.

Encore sous le choc de l'enlèvement d'Ailsa, et bouleversé par le désir de la protéger qui le submergeait comme une vague énorme dès que l'idée qu'elle puisse être en danger lui venait à l'esprit, il s'effrayait de la force des sentiments qui l'agitaient. Il ne savait trop qu'en faire, ni ce qu'ils signifiaient, car tout en comparaison semblait insignifiant désormais et il ne pouvait plus se leurrer en se répétant qu'ils n'étaient finalement que l'écho lointain d'une toquade adolescente.

Ce tiraillement douloureux, ce déchirement intérieur, cette voix qui lui criait qu'elle était sienne avec une conviction sans cesse grandissante chaque fois qu'il la regardait ou pensait à elle, tout cela n'avait rien à voir avec quelque chose d'aussi insipide qu'un premier amour. Il n'avait tout bonnement jamais rien éprouvé de tel de toute son existence, et il n'était pas certain d'en avoir le désir. La seule chose qu'il savait avec certitude, c'était qu'il fallait l'éradiquer de sa vie, parce que c'était trop douloureux et qu'il ne voulait plus l'endurer.

Oui, il fallait qu'il réfléchisse. Vraiment. Sérieusement. Mais comment faire quand Ailsa était si près, qu'elle sentait si bon, et qu'elle était si adorable, si vulnérable, si douloureusement désirable ?

Il n'avait pas souvenir d'avoir jamais éprouvé quelque chose d'aussi sensuel que la lente caresse du linge sur sa peau, que celle, plus délicate encore, des doigts d'Ailsa repoussant les cheveux humides de son front ou s'appuyant sur ses épaules, son torse ou son dos quand elle cherchait à garder son équilibre en le frottant.

Ses seins le frôlaient à travers le coton humide de sa chemise, conférant à ses mouvements réguliers une charge érotique inouïe.

La douce intimité de la scène, l'odeur de la peau d'Ailsa se mêlant à la sienne, le fait qu'elle utilisait pour lui l'eau dont elle venait de sortir, et le même linge, ne ressemblait à rien de ce qu'il avait pu connaître avec quiconque auparavant.

Elle lui lava les mains, les bras, debout sur la pointe des pieds, lentement, puis passa au torse, aux épaules. Le long de ses bras, de nouveau. Et lui restait parfaitement immobile. Quand elle atteignit son ventre, il sut immédiatement qu'il ne pourrait pas résister beaucoup plus longtemps. La malheureuse venait d'échapper de justesse à un homme qui voulait la séduire, si l'on pouvait appeler ainsi le sort que McNair lui réservait et l'on pouvait parier qu'elle n'avait certainement pas envie de se retrouver en butte aux avances d'un homme à cette heure.

Elle faisait cela par gentillesse, et par obligation, pour payer la dette qu'elle croyait lui devoir, mais elle n'avait aucune idée de l'effet que ce rituel étrange avait sur lui. Strictement aucune. Et il n'était pas question qu'il le lui laisse voir.

— Cela suffit.

Doucement, à contrecœur, mais d'un geste déterminé, il lui prit le linge et le savon des mains.

— Je te remercie, mais je vais me débrouiller tout seul à présent. Tu as l'air épuisée. Tu devrais aller te coucher. Je vais te laisser tranquille dans une minute.

Ailsa hocha la tête et fit ce qu'il lui ordonnait. Elle s'assit sur le bord du lit, une rougeur soudaine colorant ses joues en même temps que son désir luttait contre la gêne que lui causait a posteriori l'audace dont elle venait de faire preuve. Elle ne regrettait rien, pas une seconde, cela dit. Chaque pouce du corps d'Alasdhair qu'elle avait senti sous ses doigts resterait à jamais gravé dans sa mémoire. Comme aurait-elle pu avoir des regrets, puisqu'elle l'aimait ?

Oui, elle l'aimait, elle l'aimait, elle l'aimait. Prononcer ces mots la remplissait de joie. Elle ferma les yeux pour protéger son précieux secret.

Chapitre 8

Quand elle rouvrit les yeux, Alasdhair se tenait au-dessus d'elle, le corps encore luisant de son bain, les cheveux bien lissés en arrière, seulement vêtu de son *plaid* imprégné d'eau.

— Alasdhair, souffla-t-elle, juste pour le plaisir de murmurer son nom.

Quand il s'assit près d'elle, Ailsa remarqua qu'il sentait le savon et la laine mouillée.

— Crois-tu que tu vas t'endormir à présent ?

— Pas encore, je veux savoir comment tu m'as retrouvée.

Il hésita longuement.

— Je te le dirai demain matin, peut-être, quand...

— Non. Je veux savoir, maintenant. Ne t'inquiète pas. J'imagine que ma mère a pris sa part dans cette affaire.

— Elle semble tenir beaucoup à ce que tu épouses Donald McNair.

La bouche d'Ailsa trembla.

— Assez pour ourdir avec lui mon enlèvement, soupira-t-elle en se frottant le front avec le dos de sa main. Quel soin elle prend de moi, vraiment ! Tu sais, l'ironie de la chose, c'est que juste avant que Donald n'entre dans ma chambre comme un soudard, j'étais en train de me reprocher d'avoir été trop dure avec elle. Elle m'a dit hier soir que, malgré les apparences, elle m'aimait. J'ai pensé que, puisqu'elle était ma mère, elle méritait que je lui donne une dernière chance. J'aurais dû me méfier. Quand

Donald a fait irruption dans ma chambre, je me suis dit immédiatement que jamais il n'aurait osé faire une chose pareille sans qu'elle le sache.

— Sa logique est tordue, sans doute, mais je crois vraiment qu'elle a cru agir pour ton bien en hâtant ton mariage avec McNair.

— Comment peux-tu dire une chose pareille ? Elle sait, je le lui ai dit sans ambiguïté, que je ne veux pas épouser Donald. Comment peut-elle penser une seule seconde que me rendre malheureuse pourrait être dans mon intérêt ?

— Je suis désolé, Ailsa, mais j'ignore la réponse à cette question. Je sais, en revanche, qu'elle t'aime. Elle me l'a dit.

— En ces termes-là ?

Elle le regardait de ses grands yeux violets, suspendue à ses lèvres. Cela semblait une chose si naturelle de dire cela, pour une mère. Et pourtant elle ne l'avait jamais fait.

— Oui.

— Crois-tu qu'elle était sincère ?

Alasdhair avait l'impression qu'une main géante lui serrait le cœur. Il ne pouvait supporter de la voir déçue, mais il ne pouvait pas plus accepter de lui mentir.

Selon lui, Lady Munro avait eu un comportement impardonnable vis-à-vis de sa fille. Quelles que fussent ses motivations, elle avait conspiré pour que Donald enlève Ailsa et aurait toléré que celle-ci soit mariée de force tout en sachant fort bien quels sentiments elle nourrissait pour ce dernier. Ce n'était pas seulement un geste d'un égoïsme forcené et d'une indélicatesse extrême, mais une démonstration de cruauté inouïe, et il la méprisait pour cela.

Le dire, cependant, et proclamer au grand jour les sentiments que lui inspirait la mère d'Ailsa n'aurait pu que blesser celle-ci, et elle avait assez souffert. Lady Munro avait manifesté certains remords, certes, mais trop peu et surtout trop tard.

Sans compter qu'il avait quasiment dû les lui arracher.

— A sa façon, répondit-il prudemment.

Ailsa se passa la main dans les cheveux pour repousser. les mèches qui lui tombaient sur le visage.

— Peut-être. Mais je doute qu'elle reste dans cet état d'esprit très longtemps, surtout quand elle apprendra que ses efforts ont été vains, grâce à toi.

Alasdhair poussa un profond soupir.

— Je pense qu'elle sera simplement soulagée d'apprendre que tu es saine et sauve. Sincèrement, Ailsa, je ne pense pas qu'elle veuille te rendre malheureuse. C'est plutôt qu'elle tient tellement à ce que les choses se fassent comme elle le souhaite qu'elle ne parvient pas à voir au-delà.

— C'est gentil de ta part de dire ça, et je sais que tu le fais pour que je me sente mieux, mais franchement, Alasdhair, c'est inutile.

— As-tu pensé à ce que tu vas faire maintenant? s'enquit-il.

Ailsa secoua la tête.

— Je ne sais pas. Je préférerais ne pas y penser maintenant, si cela ne te gêne pas. Reste avec moi une minute, et parle-moi de tes plans.

Elle n'avait pas vraiment envie de les connaître, car ce qu'ils impliquaient risquait fort d'être douloureux, mais si elle restait dans l'incertitude à leur propos, alors elle s'autoriserait à espérer, et ce serait encore plus insupportable.

— Ma mère a glissé dans la conversation qu'elle savait depuis toujours où se trouvait la tienne. Elle m'a dit que tu étais parti à sa recherche.

— C'est exact. Je pensais me rendre à Inveraray — c'est là qu'elle se trouve — après t'avoir fait mes adieux, mais quand je suis arrivé au château et que j'ai appris que tu n'y étais plus, j'ai changé d'avis.

— Inveraray n'est pas si loin d'ici, murmura-t-elle avec un air songeur. Tu dois avoir tant de choses à lui demander.

Alasdhair fronça les sourcils.

— Peut-être. Je veux dire, oui, bien sûr, j'en ai beaucoup. Je me demande seulement si les réponses m'importent encore.

— Pourquoi ne serait-ce plus le cas ?

— Elle a quitté mon père pour un autre homme et m'a abandonné par la même occasion. Elle n'a jamais essayé d'entrer en contact avec moi. Elle devait avoir ses raisons. J'en suis même sûr, mais quelle différence cela fait-il maintenant ?

Ailsa ne put résister à l'envie soudaine qu'elle avait de lui prendre la main.

— Alasdhair, tu ne peux pas renoncer à cette visite à cause de moi, si c'est ce qui te préoccupe. Tu es épuisé, à cause de moi. Demain, tu verras sans doute les choses d'un autre œil. Je peux rentrer facilement à Errin Mhor, tu sais. Je ne voudrais pas que…

— Non. Il n'en est pas question.

— Je suis tout à fait capable…

— Non. Tu ne vas nulle part toute seule.

— Ne me dis pas que tu penses ma mère capable d'ourdir un second enlèvement, s'exclama-t-elle. Même si c'était le cas, Donald n'est vraiment pas en état de songer à se marier.

Alasdhair sourit avant de répondre :

— En effet, McNair ne sera pas capable de mettre un genou à terre avant longtemps. Cela sera un soulagement pour les femmes du comté d'Argyll.

— Ne t'inquiète pas pour moi. Il ne faut pas.

— Je ne peux m'en empêcher.

Soudain, le feu se mit à crépiter dans la cheminée et Alasdhair se retourna pour poser deux blocs de tourbe séchée sur les braises. Dieu que le *plaid* lui allait bien, songea Ailsa en le regardant.

Certains hommes avaient des jambes grêles et chétives, mais les siennes étaient bien formées et solides. Elle n'avait jamais vraiment remarqué auparavant à quel point ce vêtement mettait en valeur le corps d'un homme, pourvu que celui-ci soit bien bâti.

Peu d'hommes pouvaient se vanter d'être aussi beaux qu'Alasdhair lorsqu'il portait la tenue des Highlanders. Aucun, en fait, si elle y songeait un instant. Elle aurait volontiers parié qu'il ne s'en trouvait pas un seul dans toute l'Ecosse pour rivaliser avec lui.

Il abandonna le feu pour revenir vers elle.

— Je devrais te laisser dormir. Tu n'auras pas peur, toute seule ici ?

— Non, tout ira bien, répondit-elle, d'une voix néanmoins incertaine.

Elle n'avait pas envie d'être seule. Ni de penser à ce qui avait failli lui arriver avec Donald. Et puis, surtout, elle n'avait pas envie qu'Alasdhair la quitte.

— Viens ici, Ailsa, lança-t-il en se penchant pour la prendre dans ses bras et la serrer fort contre sa poitrine. Tu es sauve à présent, je te le promets. Personne ne te fera de mal tant que tu seras avec moi. Ne pleure pas, je t'en supplie. Je ne supporte pas de te voir pleurer.

— Je ne pleure pas.

Elle disait cela d'une voix étouffée, car son visage était pressé contre le torse d'Alasdhair.

Il lui caressa les cheveux. Elle sentait le savon et le soleil. Elle était douce, merveilleusement souple. Et elle se sentait à sa place ainsi lovée entre ses bras.

— Je suis navrée de t'avoir causé autant de soucis, murmura-t-elle, les lèvres pressées contre sa peau.

— Je suis prêt à endurer n'importe quoi pour toi, répondit-il.

En le disant, il sut que c'était vrai, qu'il le pensait pour de bon, de tout son cœur. Elle avait les cheveux secs, à présent. Ils tombaient en une cascade dorée sur sa nuque et son dos. Alasdhair perdit ses doigts dans les boucles légères, suivant leurs volutes jusqu'au bas des reins. L'atmosphère dans la pièce changea d'un coup, si subitement qu'ils se sentirent nerveux l'un et l'autre.

Il la lâcha et recula d'un pas.

— Je devrais partir.

— Non. Reste.

— Il faut que tu dormes, insista-t-il, mais sans bouger.

Alasdhair se rappela soudain l'étrange sensation qu'il avait éprouvée, sur le bateau, quand elle avait posé ses pieds nus sur les siens. C'était la chose la plus érotique qu'il ait jamais ressentie. Sans pouvoir s'en empêcher, il tomba à genoux pour saisir l'un de ses pieds. Il était bien arqué, avec une cheville émouvante. Ses orteils minuscules semblaient insupportablement fragiles dans sa paume. Une tristesse à la fois douce et déchirante, mais aussi une nostalgie affreusement douloureuse le submergeaient si violemment tout à coup qu'il pouvait à peine respirer. C'était comme de voir devant ses yeux, avec une absolue clarté, les images d'un rêve dont il n'aurait gardé aucun souvenir jusque-là.

Il embrassa doucement l'endroit où, sous la peau diaphane de sa cheville, palpitait une veine avant de relâcher son pied, puis tendit les bras vers elle, dans l'unique intention de poser un baiser sur son front. Pour la consoler, la réconforter, lui souhaiter bonne nuit, rien de plus.

Mais elle lui sourit si doucement, ses grands yeux violets luisant d'appréhension, sa peau chatoyant sous la caresse de la lumière vacillante, qu'il fut convaincu soudain que s'il l'embrassait pour de bon, tout s'arrangerait d'un coup et qu'il comprendrait pourquoi son esprit était dans un tel émoi. Et elle serait guérie, elle aussi, de toute la souffrance qu'elle avait subie au cours de cette terrible journée. Oui, son baiser chasserait la douleur et la protégerait. A condition qu'il le lui donne.

Il lui prit la tête entre ses mains et resta ainsi un moment, les yeux plongés dans son regard mauve. A voir la façon dont elle le fixait, il avait l'impression étrange qu'elle voyait tout au fond de son âme, qu'elle aurait pu lui révéler à lui-même son être intime qu'elle seule connaissait. Jamais il n'avait éprouvé une telle tendresse, ni un tel désir forcené de plaire, d'apaiser, de faire plaisir.

— Tu es belle, Ailsa…, murmura-t-il avant de l'embrasser.

Sa bouche était encore plus suave que dans son souvenir. Comme une fleur délicate couverte de rosée et gorgée de nectar. Il lui donna le plus doux des baisers, les doigts perdus dans les boucles blondes qui la couronnaient, puis laissa ses lèvres glisser plus bas, sur son cou gracile, puis vers le lobe de son oreille. Il la sentit frémir sous la caresse tandis que son propre corps réagissait en écho, frissonnant de plaisir. Avec un grognement de fauve il l'entoura de ses bras.

Ailsa ne protesta pas. Elle n'aurait pas pu, d'ailleurs, et si l'idée lui en était venue, elle ne l'aurait pas fait. Ce qu'ils faisaient était parfaitement naturel, parfaitement normal. Elle le pensait avec une conviction qui aurait étonné celle qu'elle était à peine quelques heures plus tôt. A cet instant précis, il n'y avait plus ni passé ni avenir. Il n'y avait plus qu'elle et Alasdhair, celui qu'elle n'avait jamais cessé d'aimer. Elle n'avait plus ni la volonté ni l'énergie de résister, et de toute façon, elle n'en avait aucune envie. Il avait besoin d'elle. Elle le sentait à la façon dont il la touchait, dont il la regardait. Il avait besoin d'elle, et elle lui donnerait tout ce qu'il voudrait, parce qu'elle l'aimait sans réserves.

Ses baisers, ses caresses étaient doux, apaisants, rassurants. Ils demandaient, mais ne prenaient pas. Elle avait l'impression de fondre lentement, telle la neige au printemps sur le flanc des montagnes. Le contact de sa peau incendiait sa chair.

Elle s'agrippait à lui, les doigts perdus dans ses mèches

noires, caressant ses épaules puissantes, s'exaltant de sentir sous ses paumes les muscles tendus et fermes jouer comme autant de vagues sur la mer.

Il continuait à l'embrasser doucement. Elle se sentait légère, comme flottant sur un zéphyr et elle aurait voulu que cela dure toujours. Des baisers, des baisers, des baisers, encore et encore. Sur le front, les paupières, le cou, les lèvres de nouveau.

Elle avait l'impression de perdre pied, parce que l'émerveillement la bouleversait, au début, puis parce que son corps réclamait convulsivement qu'il continue, qu'il s'enhardisse.

Elle remarqua à peine le changement qui venait de faire basculer leur étreinte dans quelque chose de plus fort, de plus intense, de plus sombre et de plus voluptueux encore.

Alasdhair l'étendit précautionneusement sur le lit. Elle resta immobile, les yeux grands ouverts, comme une déesse envoyée sur la Terre par quelque généreuse divinité. Il voulait l'adorer, lui rendre un culte. Elle méritait qu'on la vénère, qu'on lui montre à quel point elle était belle, des pieds à la tête.

— Tu es belle, Ailsa, murmura-t-il. Belle et adorable.

Elle se sentait comme dans un rêve, un rêve délicieux.

— Adorable..., répéta-t-elle en l'attirant contre sa poitrine.

Les lacets de sa chemise semblèrent se dénouer d'eux-mêmes. Et quand il prit la pointe durcie de son sein entre ses lèvres, elle se mit à gémir, en une plainte si douce qu'Alasdhair sentit son sang se ruer dans ses veines, incendiant son ventre.

Ses caresses la faisaient ondoyer de plaisir et frissonner. Sa bouche était sur un sein, flattant, mordillant, suscitant des fulgurances voluptueuses qu'elle n'aurait jamais pu imaginer dans ses rêves les plus fous. Elle se sentait à la fois légère comme une plume et tendue comme un arc, brûlante et glacée. Elle ne craignait plus pour elle, et en même temps elle avait l'impression d'être conduite, de force, vers le bord d'un précipice.

La main d'Alasdhair était sur sa cuisse à présent, et caressait sa chair tendre. Il l'embrassa de nouveau tout en laissant courir ses doigts sur ses jambes. Le plaisir d'Ailsa était si intense qu'elle avait l'impression de fondre.

Les lèvres d'Alasdhair quittèrent les siennes pour descendre entre ses seins. Il caressa la courbe de ses hanches, la rondeur soyeuse de son ventre à travers l'étoffe fine de sa chemise. Il changea de position, glissant plus bas pour embrasser sa cheville, son genou, l'intérieur de ses cuisses. Bientôt, il fut entre ses jambes et se mit à la caresser de sa langue, léchant l'endroit le plus intime de son être jusqu'à ce que l'incendie se répande en elle comme une traînée de poudre.

Ailsa était comme une graine palpitante et rose enfouie dans les entrailles de la terre. Les doigts caressants d'Alasdhair l'attiraient vers la surface avec une urgence fébrile. Des aiguilles de plaisir chauffées au rouge explosaient en elle chaque fois qu'ils caressaient l'intérieur de son ventre, la faisant s'épanouir comme un buisson de fougères luxuriantes dans la chaleur humide. La bouche d'Alasdhair insufflait son souffle de vie en elle, et des pétales écarlates se déployaient à chaque mouvement de ses doigts.

Elle se sentait comme suspendue en l'air, et Alasdhair continuait inlassablement à nourrir les flammes qui la consumaient.

Elle entendit un halètement étrange et réalisa vaguement qu'il venait d'elle-même. Un picotement douloureux montait dans les pointes de ses seins. La fleur qui croissait en elle cherchait la lumière, fiévreusement. Des traînées roses et rouges chatoyaient sous ses paupières. La langue d'Alasdhair entra en elle tandis qu'il la retenait de ses mains, à la fois fermement et avec une infinie douceur, et tout d'un seul coup se concentra avec la même intensité qu'un rayon de soleil traversant le verre épais d'une loupe. Son sang lui-même sembla se ruer vers son ventre, comme une marée indomptable, drainant avec lui toute la chaleur du reste de son corps. A la caresse suivante, elle s'arqua sur son lit sans pouvoir se contrôler. Son esprit enregistra surprise et plaisir, si intenses tous les deux que c'en était presque douloureux, et la délivrance survint comme un raz-de-marée de bonheur qui submergeait tout sous ses vagues furieuses.

Alasdhair n'avait jamais rien goûté d'aussi suave. Ni éprouvé un tel plaisir, une telle satisfaction à simplement donner. Sentir les tremblements et les frissons de son orgasme sur ses lèvres lui procurait une joie indicible. Et son désir d'être en elle, profondément enfoui dans l'antre accueillant et soyeux lui fouaillait les reins avec une violence qu'il ne connaissait pas.

Alasdhair posa un baiser langoureux sur le mont de Vénus encore palpitant d'Ailsa. Le souffle court et rauque, le cœur cognant dans sa poitrine avec la même frénésie que les tam-tams des esclaves sur la plantation, il embrassa tendrement le pli délicieux qui s'ouvrait au sommet de chacune des cuisses de la jeune femme, en suivant de sa langue la courbe de chacun. Enfin, il se força à s'asseoir devant elle, le sexe si bandé qu'il en était douloureux.

Ailsa ouvrit les yeux sur un monde embrumé et inondé de plaisir et remarqua aussitôt le rouge sombre qui colorait les joues d'Alasdhair. Ses yeux avaient la teinte de la fumée de tourbe, sa poitrine se soulevait et retombait rapidement, comme s'il venait de courir. Il se pencha sur elle pour l'embrasser sur le front et lui caresser les cheveux.

— Tu es belle...

— Adorable, murmura-t-elle en écho.

Le désir en lui se faisait plus fort, plus violent, plus

troublant. Son intensité, sa persistance l'effrayaient, car il ne lui connaissait aucun remède.

— Dors, maintenant, Ailsa.

— Alasdhair.

— Quoi ?

Une léthargie délicieuse l'envahissait doucement. Elle avait l'impression de flotter en l'air, sans pour autant que son corps cesse de peser, d'être ancrée au sol, et pourtant libre comme le vent. Elle se blottit contre lui, savourant son odeur rassurante, comme elle l'avait fait à l'auberge.

— Bonne nuit…

… *mon amour*, ajouta-t-elle en elle-même en glissant ses bras autour de lui.

Alasdhair essaya de s'arracher à elle avec précaution, mais elle protesta en murmurant et comme il n'avait pas besoin qu'elle le persuade beaucoup, il se laissa faire. De cette façon, il pourrait s'assurer de sa sécurité. Et si elle se réveillait au milieu de la nuit, il serait là pour elle.

Il tira les couvertures de laine brute autour d'eux et, quand Ailsa se lova contre lui, il l'attira contre son flanc en la prenant aux épaules, les yeux rivés sur elle, admirant l'auréole de ses cheveux d'or, la moue sur ses lèvres gonflées des baisers dont il venait de l'étouffer. Bien qu'il n'ait pas lui-même atteint le plaisir, il se sentait comme rassasié, d'une certaine façon.

Il la tint serrée contre lui pendant un long moment, à regarder la lune décrire sa courbe dans le ciel.

De sa vie, jamais il n'avait passé une nuit avec une femme sans dormir à un moment ou un autre. Jamais il n'avait serré sa conquête contre lui pour la soustraire au danger. Ni ressenti ce mélange de tendresse et d'envie de la protéger qu'il éprouvait à cet instant. Ni laissé passer les heures sans exiger d'être satisfait.

Alasdhair finit par s'assoupir pour se réveiller quelques heures plus tard, agité par un désir encore plus incontrôlable que celui qui l'avait submergé la veille.

Il repensa à leurs ébats de la nuit.

Oh, Seigneur!

Après s'être dégagé précautionneusement du délicieux petit paquet qui gisait à côté de lui, Alasdhair passa rapidement ses vêtements et sortit. La brume du matin planait au-dessus du *loch* Awe, projetant ses reflets sinistres sur l'eau noire immobile.

Les collines qui ondoyaient doucement jusqu'à la rive, de l'autre côté du lac, étaient encore brunies du long hiver, bien que la neige eût fondu et qu'on pût apercevoir par endroits des touffes d'ajoncs dorés ondulant dans la brise près de l'eau.

A chaque goulée d'air qu'il prenait, Alasdhair en sentait la piqûre glacée dans ses poumons. Ceux qui connaissaient les Highlands savaient que c'était un signe qu'ils n'en avaient pas encore fini avec l'hiver. Il avait oublié à quel point l'air ici était pur et vif en comparaison de celui de la Virginie.

En descendant vers le *loch*, il ramassa une pierre plate et la fit ricocher sur les eaux. Elle rebondit cinq, six, sept fois avant de disparaître. Il n'avait pas perdu la main. Avec Calumn, ils passaient des heures à s'amuser ainsi, étant jeunes.

Distrait un instant par ce souvenir, il lança une autre pierre. Ailsa n'avait jamais su comment faire, elle. Les cailloux qu'elle lançait plongeaient chaque fois après le premier ricochet.

Ailsa. Les choses se mettaient en place dans sa tête à mesure qu'il avançait sur la rive du *loch*. Il était revenu ici, dans sa patrie, démêler l'écheveau du passé pour vivre en paix son avenir. Et se débarrasser du fantôme de son premier amour. Et demander des comptes à lord et Lady Munro. A sa mère aussi. Pour mettre un terme à son bannissement afin de pouvoir être heureux dans son exil. Et trouver des réponses.

Il en avait trouvé, mais aucune, pas une seule, n'était celle qu'il attendait. Il s'assit sur un tronc d'arbre abattu qui, à en juger par l'état de sa surface, devait être un endroit très prisé par les habitants du cru.

Une partie du problème venait du fait que l'image qu'il avait espéré rendre plus claire s'était révélée être totalement différente de ce à quoi il s'attendait, et que son passé — la source de son être même — n'était pas du tout ce qu'il croyait. Il avait espéré rentrer en Virginie l'âme en paix, et voilà qu'à l'heure où il s'apprêtait à repartir, il ne se reconnaissait plus du tout, comme s'il était devenu un autre homme.

Il laissa son regard errer sur le *loch*. C'était une chose de reconnaître à quel point il avait changé, mais c'en était une autre bien différente d'affronter les conséquences de cette transformation.

Il était tellement habitué à nier la réalité, à se réfugier derrière le rempart de son propre isolement qu'il pensait qu'une fois une brèche ouverte dans celui-ci, tout retour en arrière deviendrait impossible. Il se retrouverait nu, comme à découvert, vulnérable, c'est-à-dire affaibli. Et pourtant, la nuit dernière… n'avait-ce pas été exactement le contraire ? Il avait aperçu quelque chose de si aveuglant qu'il ne s'en était toujours pas remis. Comme une qualité de lumière différente, une plénitude d'une autre nature, d'une autre intensité.

Le bonheur, peut-être ?

L'amour.

— L'amour, dit-il à haute voix, et le mot dans sa bouche lui sembla étrange.

Il était nouveau, inconnu.

L'amour. Il avait grandi en lui depuis ses retrouvailles

avec Ailsa. Comme une petite amande qui aurait poussé si vigoureusement au soleil de la présence d'Ailsa qu'il avait voulu l'arracher de peur qu'elle prenne racine. Mais en vain. Elle avait pris racine. Il l'aimait.

Oui, il l'aimait. C'était si simple, et pourtant si loin de ce qu'il avait imaginé. Et le plus étonnant, le plus ahurissant de tout, c'était le soulagement qu'il retirait de ce constat, comme si, venant de se débarrasser de son armure, il s'était aperçu que la guerre était depuis longtemps gagnée. Il ne se sentait pas vulnérable, mais libéré. Le futur exaltant décrit par Ailsa autrefois s'ouvrait devant lui, aussi réel et lumineux que le soleil lui-même.

Oui, il l'aimait. Et elle l'aimait aussi. Forcément. Parce que c'était la seule explication au fait qu'elle se soit donnée à lui la veille. Elle ne l'aurait pas embrassé de nouveau après la première fois, ni n'aurait trouvé le courage de se débarrasser de McNair ou de faire tout ce qu'il avait été trop aveugle ou trop stupide pour voir qu'elle faisait. Il ne pouvait pas y avoir d'autre explication.

Alasdhair se remit sur ses pieds d'un bond. Il avait beaucoup trop attendu pour lui demander d'être sienne, et il ne pouvait plus supporter de différer encore. Elle était sienne, il ne pouvait en être autrement. Il fallait qu'elle le soit. Voilà à quoi avaient servi les six années qui venaient de passer. Et les derniers jours. A remodeler les choses, à les faire mûrir. Elles ne s'étaient pas déroulées comme il fallait, trop tôt ou trop tard chaque fois, mais maintenant, tout se mettait en place à la perfection. Il le fallait, car sans Ailsa, rien n'aurait de sens, jamais, quoi qu'il fasse.

Lady Munro arpentait d'un pas nerveux l'espace confiné de son petit bureau d'Errin Mhor. Elle n'avait quasiment pas dormi, hormis quelques minutes d'un sommeil agité, depuis que Donald avait emmené Ailsa. Ou, pour être plus précis, depuis qu'elle avait permis que McNair enlève sa fille. Et depuis qu'Alasdhair Ross lui avait fait voir en face l'abject échec qu'était sa vie de femme et de mère.

Donald McNair était rentré à Ardkinglass, quoique le voyage lui eût tant coûté qu'on avait craint au début qu'il ne meure en route de ses blessures.

On savait à présent que même s'il survivait, il serait infirme le restant de ses jours. Certains pensaient que la mort eût été préférable pour un homme fier et viril comme McNair, mais Lady Munro n'en faisait pas partie. En fait, elle se moquait qu'il meure ou qu'il survive puisqu'elle n'avait plus aucun espoir de faire de lui son gendre.

Elle avait été folle de rage, au début. Cela lui avait beaucoup coûté, connaissant l'état d'esprit de sa fille quant à son mariage avec Donald, de continuer à en soutenir l'idée, mais l'illusion de sauver sa fille d'elle-même l'avait convaincue de la nécessité d'une telle union. Jusqu'à ce qu'Alasdhair Ross lui fasse comprendre et admettre que loin de la sauver d'elle-même, elle ne faisait que la rendre malheureuse en s'obstinant dans cette croyance.

Alasdhair Ross. Dieu, qu'elle regrettait qu'il soit revenu à Errin Mhor ! Sans ce retour inopportun, Ailsa aurait été en sécurité. Mariée ou non, elle aurait été ici, au château, chez elle, au milieu des siens, et elles auraient pu reprendre les choses du début et repartir du bon pied. Voilà ce qui se serait passé.

Christina Munro pleurait rarement. Trois fois seulement durant son second mariage. La première quand on lui avait arraché Rory le jour de ses noces. Elle entendait encore Munro lui dire que c'était une leçon salutaire pour elle, car elle ne devait aimer que lui, et lui seul. Et elle l'avait fait, ou elle avait essayé de l'aimer aussi fidèlement qu'elle l'avait promis, en dépit de sa cruauté et de tous ses manquements innombrables, quoique bien sûr il ne les ait jamais considérés comme tels puisque tout ce qui se trouvait ou respirait sur ses terres lui appartenait. Y compris les femmes. Surtout les femmes.

Elle l'avait aimé, oui, mais en faisant semblant de n'aimer que lui, comme il l'exigeait, cachant si bien l'amour qu'elle vouait à ses enfants que personne n'aurait pu le soupçonner, surtout pas eux-mêmes, bien qu'il fût réel. Ils étaient comme trois pierres dans son cœur. Trois pierres cachées et prises dans la glace pour que nul n'en devine l'existence. C'était le seul moyen de les protéger.

Même à présent qu'elle était veuve, l'habitude — durement prise au fils des ans — qu'elle avait de ne jamais montrer la moindre émotion semblait presque inébranlable. Mais elle s'en serait départie si Alasdhair n'avait pas réapparu, elle en était certaine.

La deuxième fois, ç'avait été pour la naissance d'Ailsa, et la troisième, pas très longtemps après : le jour, en fait, où Lord Munro avait définitivement mis un terme à son espoir d'être un jour réunie avec son fils aîné une fois pour toutes. Jamais plus elle ne s'était permis cette faiblesse depuis. Jusqu'à aujourd'hui.

A présent qu'elle contemplait le désert passé de ses années de mariage et l'avenir aride et sec qui s'ouvrait devant elle avec une certitude aveuglante, les larmes coulaient sur ses joues sans qu'elle puisse les retenir.

Malgré tous ses efforts pour l'en empêcher, Ailsa était partie.

Avec Alasdhair Ross.

Ils allaient partir pour la Virginie, sûrement, et ne jamais revenir à Errin Mhor.

A moins que…

Christina se figea. Avant de partir pour la Virginie, ils devaient aller à Inveraray. Et rencontrer Morna. Elle leur dirait la vérité. Doux Seigneur ! Ailsa penserait que… Oh, mon Dieu ! Elle penserait exactement ce qu'elle-même avait voulu que Ross pense. Tout était sa faute. C'était elle qui l'avait envoyé là-bas. Qui les avait envoyés, tous les deux ! Oh, mon Dieu, non !

— Qu'ai-je fait ? s'écria-t-elle en regardant le portrait de Lord Munro, le visage tordu par l'angoisse. Toi ! C'est à cause de toi !

Elle criait d'une voix chargée de haine à présent.

— C'est toi le coupable !

Pendant près de trente ans, elle avait supporté son mari. Trente années de devoir et de loyauté, et voilà comment il la remerciait. Elle avait perdu l'amour de Rory, son premier-né. Calumn, son second enfant, tolérait sa présence, mais ils étaient comme deux étrangers. Quant à Ailsa, la fille pour laquelle elle avait sacrifié tant de choses, faisant tout son possible pour qu'elles restent proches l'une de l'autre, elle allait la perdre bientôt, et pour toujours ! Tout ce qu'elle avait fait, en particulier avec Donald McNair, elle l'avait accompli pour retenir Ailsa, pour nouer avec elle des liens indestructibles, et il avait fallu que ce soit précisément Alasdhair Ross — grands dieux ! — qui lui montre que tout cela, justement, n'avait eu pour effet que de l'éloigner définitivement.

Alasdhair Ross. Qu'il aille au diable ! Il avait eu raison depuis le début. Elle se reprochait de n'avoir pas pris en considération les aspirations de sa fille, ni compris ce qui pouvait la rendre heureuse, aveuglée qu'elle était par son désir de voir enfin ses espoirs exaucés après toutes ces années.

Et Ailsa aussi était dans le vrai, pourquoi le nier encore ? Elle aurait dû avoir assez de force de caractère pour lancer des ponts, bien des années plus tôt, quand le *laird* était devenu, du fait de sa maladie, si entièrement dépendant qu'il avait perdu en même temps toute son emprise sur elle. Elle regrettait amèrement de s'en être abstenue alors. Le mariage de Rory, celui de Calumn, la naissance de sa petite fille, Kirsty, tous ces événements familiaux qui auraient pu être l'occasion de retrouvailles heureuses, elle les avait laissés passer sans rien faire, par couardise, oui, par couardise, et rien d'autre.

C'était une chose, elle le voyait à présent, de rêver d'un jour où elle pourrait enfin jouer son rôle de mère, mais c'en était une autre bien différente de faire face aux conséquences d'une vie d'adulte passée à échouer dans ce rôle en refusant de l'assumer, paralysée par la peur d'être rejetée.

Sa conscience, ou l'embryon de celle-ci, plutôt, avait la dent dure malgré sa jeunesse. De toute façon, les atermoiements n'étaient plus à l'ordre du jour. Si elle n'essayait pas de faire la paix avec Ailsa maintenant, elle ne le ferait jamais. Si elle ne prenait pas des mesures pour lui dire toute la vérité, pour faire pendant à la version mensongère de Morna, Ailsa vivrait le reste de ses jours dans la certitude d'avoir commis un horrible péché.

Lady Munro tourna la tête vers le portrait du *laird* défunt qui la regardait d'un œil torve.

— Je vais lui parler, lui lança-t-elle d'une voix pleine de défi. Je lui dirai tout, et tu ne pourras pas m'en empêcher !

Elle prit sur son bureau le petit couteau Macleod typique des Highlands, puis :

— Tu ne t'en doutais pas, hein ? siffla-t-elle avec un sourire mauvais. Personne ne s'en doutait !

D'un geste assuré, Christina Munro lacéra la toile en diagonale, séparant la tête du *laird* de son corps.

— Adieu, Iain, cracha-t-elle en jetant le couteau sur le bureau avant de tourner le dos au tableau déchiré et de partir à la recherche de son palefrenier.

Ailsa avait dormi tard et se trouvait encore dans son lit quand Alasdhair fit irruption dans la chambre après avoir frappé à la porte. Surprise, elle se redressa précipitamment en serrant les draps sur sa poitrine, les cheveux tout ébouriffés.

— Alasdhair ! Qu'y a-t-il ? s'exclama-t-elle, le rouge lui montant aux joues à l'instant où elle se souvint de la nuit précédente.

Lui aussi avait rougi. Il y avait un air sur son visage qu'elle ne lui connaissait pas encore. Ses yeux brillaient, ses vêtements étaient en désordre, comme s'il venait de les passer en une fraction de seconde.

— Est-il arrivé quelque chose ?

— Non, je veux dire... oui... enfin...

A présent qu'il était devant elle, il comprenait qu'il n'avait pas réfléchi autant qu'il aurait fallu. Comme c'était la première fois, il n'avait strictement aucune idée de la manière dont il fallait s'y prendre. Pis encore : dans le peu de temps qu'il lui avait fallu pour arriver jusqu'ici, un peu de ses certitudes quant aux sentiments qu'Ailsa nourrissait à son égard semblaient s'être dissipées. Et si, finalement, elle ne l'aimait pas ? Ou, plus grave encore, et si, alors qu'elle s'apprêtait à l'aimer de nouveau, il en avait fait suffisamment pour l'en dissuader ? Pourquoi diable s'était-il montré si opposé au mariage ? Et à l'amour ? Il n'arrivait plus à s'en souvenir.

— Ailsa.

Etant jeune, il se souvenait d'avoir été impulsif, mais il devait son succès dans les affaires à sa capacité à réfléchir et à planifier soigneusement les choses. Et voilà qu'il se trouvait devant elle, au moment de faire la plus importante déclaration de sa vie, totalement muet et incapable de prononcer les paroles qui, à peine une minute plus tôt, lui semblaient encore parfaitement simples et évidentes. C'était comme d'essayer d'attraper des plumes dans une tornade.

— Ailsa.

Elle répondit avec un sourire incertain.

— Oui. Qu'y a-t-il ?

Alasdhair prit une longue inspiration.

— Ailsa… Je t'aime !

Elle le regarda, abasourdie, refusant de croire ce qu'elle venait d'entendre. Alasdhair, lui, semblait comme frappé par la foudre. Après un moment, il fit un bruit étrange, quelque chose entre le rire et le coassement, et, prenant conscience qu'il se trouvait encore sur le seuil de la pièce, ferma la porte et s'avança vers le lit.

— Pardonne-moi.

— Tu l'as dit sans le penser ?

— Non. Si ! Bien sûr que je le pense. Je suis simplement désolé que ce soit sorti comme ça.

Il lui prit la main et la frotta doucement contre sa joue avant de la relâcher.

— Je n'ai encore jamais été dans cette situation. Je ne sais pas comment faire.

— Comment faire quoi ?

— Comment demander à une femme si elle veut vous épouser.

— Oh…

Les yeux d'Ailsa s'écarquillèrent de surprise. Elle porta la main à son cœur comme si elle voulait empêcher son cœur de sauter hors de sa poitrine.

Alasdhair prit une nouvelle inspiration et vint s'asseoir à côté d'elle sur le lit, puis lui prit la main et la serra très fort entre les siennes.

— Je t'aime, Ailsa. Tu dois penser que je suis fou, car c'est ce que je pense de moi-même pour n'avoir pas compris plus tôt que je t'aimais. J'ai continué de penser que cela passerait, même si je ne savais pas trop de quoi il s'agissait. Je crois que je ne voulais pas que ce soit ça. Pour moi, vois-tu, tomber amoureux a toujours été un signe de faiblesse, et je n'ai jamais eu de difficulté à m'en garder. Je croyais que je n'avais besoin de personne, que je ne voulais partager ma vie avec personne. Je croyais être plus fort en restant seul. Plus en sécurité. J'ai cru toutes sortes de choses qui ne rimaient à rien simplement parce que la vérité me faisait peur. Mais c'est fini. Je t'aime, Ailsa. Purement et simplement, je t'aime.

— Oh ! Alasdhair !

Elle ne pouvait parler tant l'émotion lui serrait la gorge. C'était le plus beau, le plus parfait moment de sa vie et elle ne trouvait pas les mots pour exprimer ce qu'elle avait à dire. Bientôt, cependant, ils lui vinrent tout naturellement, sans qu'elle ait à faire le moindre effort :

— Oh, Alasdhair, je t'aime tant !

Le sourire qu'il lui adressa s'enroula autour de son cœur comme un lierre.

— Ailsa. Oh, mon Dieu, Ailsa, si tu savais combien…

— Oh ! mais je le sais, je le sais ! répondit-elle en se jetant dans ses bras.

Les mots étaient inutiles désormais, car ils parlaient avec leurs lèvres, leurs mains, leur corps. Ils échangèrent des baisers fiévreux, brûlants, totalement différents de ceux qu'ils s'étaient donnés jusque-là. La passion s'embrasait entre eux comme un éclair traversant le ciel, dardant ses bras innombrables jusque dans leurs veines, de sorte qu'ils avaient réellement l'impression d'être en feu l'un et l'autre. Ils déchirèrent fébrilement boutons, boutonnières, rubans et lacets pour se toucher enfin, chacun cherchant la peau douce, ardente et fébrile de l'autre sans que leurs lèvres jamais ne se séparent, si furieusement pressées en une interminable étreinte qu'ils n'auraient su dire qui embrassait qui.

Alasdhair jeta son gilet sur le sol et la chemise qu'il venait de négocier longuement avec l'aubergiste rejoignit bientôt le premier vêtement. Ailsa soupira de plaisir, ravie que son désir longtemps différé de le toucher soit enfin exaucé. Elle déploya ses mains sur le faisceau de cicatrices qui parcouraient le dos de son amant, palpant de ses paumes ouvertes les muscles fermes de ses épaules, ses pectoraux ombrés d'un voile sombre, la courbe qui de ses côtes plongeait vers le ventre plat magnifiquement dessiné.

La nuit précédente, elle avait flotté sur un nuage de délices jusqu'à l'extase. Ce matin, elle se sentait près de s'embraser de désir tant elle brûlait intensément, férocement, à l'intérieur.

Sa passion était brute, animale. Elle n'aurait jamais cru qu'un sentiment aussi élémentaire soit possible, sans parler de l'éprouver elle-même ! Elle avait envie de rester prostrée, immobile, et qu'il la prenne, la possède, la fasse sienne, envie que leurs corps se joignent et s'unissent. Elle voulait lui appartenir. Le lécher, le mordre, le mordiller, l'embrasser. Elle maugréait sourdement contre l'étroitesse de sa chemise — le seul vêtement qu'elle portât. Elle aurait voulu être totalement nue, n'être plus qu'un être de chair sur lequel il aurait imprimé sa marque pour annoncer qu'elle était sienne à jamais.

Alasdhair lui aussi semblait pris dans un maelstrom d'émotions incontrôlables. Il jeta ses bottes et ses hauts-de-chausses sans même arracher ses lèvres à celles d'Ailsa, les doigts affairés sur les lacets qui retenaient encore la chemise de celle-ci, pesta abominablement quand il s'aperçut qu'ils s'étaient emmêlés avant de recourir à la force brute pour déchirer le tissu de coton blanc, juste assez pour découvrir ses seins. Il les prit dans ses mains et en pressa la pointe entre le pouce et l'index, arrachant à Ailsa des gémissements qui redoublèrent quand il mit fin à sa caresse.

Il se pencha sur elle pour embrasser le premier, puis le second, laissant sa langue errer sur le globe d'abord, la pointe ensuite. La tête renversée en arrière, elle poussait de petits hoquets de plaisir extatiques.

Doucement, il la repoussa sur le lit et lui écarta les

jambes, puis glissa les mains le long de ses cuisses, pétrissant la chair tendre, tout en haut. Ses cheveux couvraient son visage délicieux et elle avait les joues rouges, les lèvres gonflées de leurs baisers. Ses yeux violets perçaient à peine derrière ses paupières lourdes. Une légère rougeur ombrait ses seins lourds, se mêlant au lait de sa peau. Ses cuisses avaient la pâleur lisse de la crème et son sexe le rose d'une fleur naissante.

Alasdhair sentait le sien se tendre, le sang s'y ruer avec fureur. Une tension soudaine au creux de son ventre lui donnait envie de la pénétrer sans attendre, mais au lieu de cela, ce fut sa langue qu'il plongea en elle, enveloppant de sa bouche la délicieuse moiteur qui s'offrait à lui. Ailsa serra les jambes autour de lui, l'enivrant des parfums capiteux de sa féminité. Il chercha un instant le petit bouton de chair gonflée qui attendait sa caresse. Un coup de langue arracha des gémissements chavirés à la jeune femme, puis un autre.

Il n'y eut ni tressaillements avant-coureurs, ni flottement, rien de la langueur de la nuit passée, rien qu'un mur de flammes se dressant soudain, si brûlant qu'il en semblait presque glacé, en même temps que quelque chose au fond d'elle, quelque chose d'élémentaire et d'infiniment puissant se contractait. Elle cria le nom d'Alasdhair. Les doigts crispés dans ses cheveux, elle le suppliait, l'implorait.

Mais de quoi, elle n'aurait su le dire.

Il dénoua la ceinture de son *plaid*, et le dernier vêtement qu'il portait encore glissa sur le sol. Entièrement nu, il s'installa entre les jambes ouvertes d'Ailsa, le sexe dressé. Il avait envie qu'elle le touche à son tour. Satisfait, il remarqua qu'elle le regardait en ouvrant de grands yeux et ressentit une bouffée de mâle fierté à l'idée qu'elle le trouvait à son goût. Il voulait qu'elle le touche, en effet, mais pas maintenant. Ils auraient tout le temps pour ça, plus tard. Pour l'heure, il avait envie d'être en elle. Cela faisait trop longtemps qu'il prenait son mal en patience. Il ne pouvait pas attendre plus longtemps.

Tendrement, bien que faire les choses avec lenteur lui coûtât beaucoup, il posa un baiser sur les lèvres d'Ailsa, en lui écartant les jambes encore un peu.

— Ailsa, murmura-t-il en la faisant basculer, répétant ce mot d'une voix altérée par le manque de souffle quand la pointe de son membre rencontra la moiteur brûlante du sexe de la jeune femme. Oh, Ailsa !

Alors, lentement, infiniment lentement, commença le voyage vers l'extase.

Elle s'agrippa à ses épaules, les yeux rivés sur son visage quand il entra en elle, éberluée de vivre ces instants uniques, bouleversée que cela semble si parfaitement naturel et secouée par l'incroyable plaisir qu'elle y trouvait.

Insensiblement, avec d'infinies précautions, il poussa sur ses reins. Elle s'ouvrait à lui à mesure qu'il s'enfonçait plus profond dans son ventre, mais une douleur aussi vive que brève la fit tressaillir avant de disparaître aussitôt.

— Pardon, souffla Alasdhair en s'obligeant à attendre bien qu'il eût l'impression d'être suspendu au-dessus du vide.

Il l'embrassa, plongeant sa langue en elle et décrivant de petits cercles avec le bout de celle-ci, ce qui sembla avoir pour effet de la détendre et de l'ouvrir à lui encore plus. Il entra alors dans un nouveau monde, une nouvelle réalité.

C'était un endroit trop chaud, trop sombre, trop étroit, trop humide, trop tout pour lui permettre de faire autre chose qu'y plonger avec toute la vigueur de ses reins et en sortir pour y plonger de nouveau.

La douleur semblait un écho. A chaque coup de reins d'Alasdhair, elle ressentait un grand frisson passer sur elle, suivi d'une vague inégale. Ses yeux se fermèrent d'eux-mêmes, comme pour lui permettre de mieux sentir encore ce qui lui arrivait. La douleur s'apaisait à chaque seconde qui passait. Elle discernait quelque chose sur l'horizon qu'elle devait à tout prix atteindre. Quelque chose qui rendrait la douleur acceptable.

Alasdhair se contenait avec difficulté tant la puissance du plaisir qu'il ressentait était intense. Il voulait qu'Ailsa plonge avec lui dans l'extase, qu'ils jouissent ensemble afin de ne plus faire qu'un. Et tout à coup, les muscles d'Ailsa se tendirent tandis qu'il laissait échapper un cri rauque et s'abandonnait aux vagues interminables de l'orgasme.

Ailsa murmura quelque chose à son oreille. Son nom. D'autres l'avaient fait avant elle, mais aucune de cette façon, au point qu'il redoubla ses coups de boutoir en la dévorant de baisers avides.

Lorsqu'il posa les yeux sur son visage, il vit que des larmes de joie coulaient sur les joues d'Ailsa qui était toujours agrippée à ses bras. Le monde entier semblait avoir trouvé sa place, tout était rentré dans l'ordre.

— Ailsa, souffla-t-il avec la tendresse de celui qui vient de faire sienne celle qu'il aime depuis longtemps, en repoussant doucement les cheveux qui encombraient son front radieux. Je t'aime, Ailsa Munro.

Elle se blottit contre lui. Ses cils luisaient de larmes de joie et de soulagement, mais elle ne fit aucun geste pour essayer de les retenir. C'était pour cela qu'elle était venue au monde. Pour cet homme, cette union, cette chose qui existait entre eux, bien au-delà du plaisir et à laquelle elle ne pouvait donner un nom.

— Moi aussi, je t'aime, murmura-t-elle en posant un baiser langoureux et repu sur les lèvres de son amant.

Chapitre 9

— Je donnerais cher pour pouvoir rester ici toute la journée, mais je crains qu'il nous faille partir, murmura Alasdhair un peu plus tard.

Son souffle lui chatouillait l'oreille et sa chaleur contre sa cuisse lui mettait le sang en ébullition, comme si un flot de miel brûlant avait couru dans ses veines, soudain. Elle soupira.

— Le faut-il vraiment ? demanda-t-elle en soulevant la tête du creux de son épaule où elle était blottie.

Il arborait un chaud sourire, mais ses yeux qui évoquaient la fumée de la tourbe semblaient quelque peu inquiets, ce qui lui parut presque rassurant.

— Oui, il le faut.

C'était dit avec une expression pleine de tendresse sur laquelle elle ne se trompait pas.

— Tu ne regrettes pas ce que nous avons fait, au moins ?

— A ton avis ? répondit-elle.

— Je pense qu'il n'y a qu'une seule chose qui pourrait me rendre plus heureux que je ne le suis à présent.

— Et quoi donc ?

— Que tu acceptes de devenir ma femme. Accepte, Ailsa, et je jure que je serai le plus heureux des hommes. Et je promets de faire de toi la plus heureuse des femmes.

Quelques larmes roulèrent de ses cils sur ses joues avant qu'Ailsa ne réponde :

— Oui, j'accepte.

— Dis-le encore.

— Oui, oui, oui, j'accepte ! s'exclama-t-elle en se pendant à son cou.

Alasdhair l'embrassa en prenant son temps. Sans s'arracher à ses lèvres, il roula sur le lit en l'entraînant avec lui et l'installa à cheval sur lui. Elle sentait son sexe gonflé palpiter contre elle et les frémissements intenses de son propre corps répondant en écho du plus profond de son être. Il la souleva en la prenant par la taille et la posa délicatement sur son sexe dressé.

— Je suis choquée, monsieur Ross. Si je ne vous connaissais pas, je dirais que vous êtes insatiable.

— Eh bien, miss Munro, répondit-il, le souffle un peu court, le visage rougi par le désir, tandis qu'il l'installait sur lui en la caressant doucement. Vous apprendrez vite que, quand il s'agit de vous, je le suis.

Il faisait déjà grand jour quand ils commencèrent à s'habiller. La brume s'était levée, laissant la place à une journée de printemps radieuse. De petits nuages cotonneux constellaient le ciel bleu pâle comme autant de moutons fraîchement lavés sautillant joyeusement par-dessus le disque crémeux du soleil.

— J'ai décidé qu'il valait mieux que tu viennes avec moi à Inveraray, annonça Alasdhair. Même si cela ne revêt plus la même importance que je le pensais il y a peu, j'ai besoin de voir ma mère pour clore ce chapitre de ma vie avant que nous commencions à écrire les suivants tous les deux.

— Je suis si heureuse de t'entendre dire ça, s'enthousiasma Ailsa. Si tu n'y allais pas, tu le regretterais.

— Ensuite, il va falloir que nous retournions à Errin Mhor.

Le sourire s'effaça sur le visage de la jeune femme.

— Vraiment ?

— Tu le sais bien. Nous ne pouvons pas simplement embarquer pour la Virginie sans voir ta mère au moins une fois.

— Pourquoi pas, Alasdhair ? Elle n'a pas fait mystère de ce qu'elle pensait. Pourquoi lui donnerions-nous l'occasion de s'exprimer de nouveau ?

— Nous ferions une bonne action.

— Une bonne action ? s'exclama Ailsa, sidérée. En était-ce une, il y a six ans, quand elle nous a si honteusement menti ? En était-ce une quand elle a incité Donald McNair à m'enlever alors qu'elle savait que je ne voulais pas l'épouser ?

— N'as-tu pas envie de te marier dans le château d'Errin Mhor ?

Elle leva les yeux vers lui, les lèvres tremblantes.

— Bien sûr que si, mais pas si cela signifie qu'il faut encore que je me batte avec ma mère. Je t'en supplie, Alasdhair, je n'ai pas envie de parler de cela maintenant. Je préfère même ne pas y penser.

Il pinça les lèvres.

— Errin Mhor est ton foyer, Ailsa, et c'est encore la terre de mes ancêtres. Je viens à peine de voir enfin mon bannissement levé et je n'ai pas l'intention de laisser la présence de ta mère nous empêcher d'y retourner si nous en avons le désir.

— Nous serons chez nous en Virginie.

— Sans doute, mais ce ne sera jamais notre terre. Fais-moi confiance là-dessus, Ailsa. Je sais de quoi je parle.

— Je n'ai vraiment pas envie de parler de ça maintenant.

— A ta guise, mais tu sais que j'ai raison. Tu regretteras ta décision, Ailsa, et je ne veux pas que tu aies des regrets quand tu seras si loin de ton pays que tu ne pourras plus rien y faire.

— Je n'aurai pas de regrets.

— Je veux que tu y réfléchisses très sérieusement avant de prendre une décision. Nous en reparlerons plus tard.

Ils traversèrent le *loch* Awe à bord du petit bac derrière lequel ils avaient attaché leurs montures, puis empruntèrent la route sur la route creusée par le pas des troupeaux innombrables qui traçait son sillon en direction d'Inveraray, en prenant leur temps pour le plaisir de musarder ensemble, partageant leurs rires et leurs souvenirs entrecoupés de moments de silences durant lesquels ils se contentaient de se regarder l'un l'autre avant de s'embrasser en se murmurant des je t'aime à n'en plus finir.

En fin d'après-midi, ils rencontrèrent un batelier qui offrit de les emmener, pour une somme modique, voir un endroit magnifique situé sur l'un des îlots du loch.

— Qu'en dis-tu ? s'enquit Alasdhair.

Ailsa acquiesça du chef avec enthousiasme.

Avec un grand rire, Alasdhair lança quelques pièces au batelier.

— Inutile de nous accompagner. Nous nous débrouillerons très bien tout seuls. Nous te ramènerons ton bateau sans encombres, ne t'inquiète pas, l'ami.

Ailsa était assise à la proue, ses longs cheveux brillant dans le soleil. En la regardant, Alasdhair sentit un petit pincement au cœur. L'amour qu'il éprouvait pour elle était si violent, si fort, qu'il n'arrivait pas à comprendre qu'il lui ait fallu tant de temps pour s'en rendre compte.

Bien qu'il détestât gâcher ces moments précieux, il se força à aborder de nouveau le sujet de la mère d'Ailsa.

— Tu sais que je ne veux que ton bonheur, Ailsa, n'est-ce pas ?

Alertée par le ton sérieux qu'il prenait pour dire cela, elle se redressa.

— Où veux-tu en venir ?

— Que nous le voulions ou non, nos parents sont la chair et le sang dont nous sommes issus. Quoi qu'elle ait fait, Lady Munro n'en reste pas moins ta mère. Et quelque véhémence que tu mettes à t'en défendre, son avis ne t'est nullement indifférent, je le sais. Si tu le désires, nous trouverons un moyen de réparer les choses entre vous.

— Je ne vois pas comment ce serait possible.

— Aucune importance. Si tu en as le désir, nous trouverons un moyen. Seul ton bonheur compte pour moi.

— Je ne pourrais pas être plus heureuse, Alasdhair, répondit la jeune femme avant de le rejoindre — en prenant grand soin de ne pas faire tanguer le bateau — sur la planche qui servait de siège et en se blottissant contre lui.

— Ne parlons pas de ça maintenant, veux-tu ?

Alasdhair lui posa un baiser sur le front.

— Tu ne peux pas différer sans cesse. La Virginie est très loin d'ici et tu pourrais ne pas revoir ta mère avant des années. Serais-tu heureuse si tu l'abandonnais sans même lui dire au revoir ? Allons, Ailsa, tu oublies que j'ai vécu ça moi-même. Je sais à quel point ces choses-là peuvent vous ronger de l'intérieur.

Ailsa blottit son visage contre le torse d'Alasdhair que sa chemise laissait voir juste au-dessus de l'encolure. Sa peau hâlée avait le goût du sel.

— Ailsa !, insista-t-il en lui relevant le menton avec un doigt. Cesse d'éviter la question. Tu crains qu'elle ne parvienne à gâcher ce qu'il y a entre nous, mais tu as tort. Notre amour est parfait. Nous sommes intouchables et elle ne peut rien faire contre nous. Je t'aime. Tu m'aimes aussi. Elle ne va pas changer ça, si ?

— Non, bien sûr que non.

— Alors, quel risque y a-t-il à tenter de faire la paix avec elle ? Pourquoi faudrait-il que tu regrettes éternellement de ne pas avoir essayé ? Nous allons commencer une nouvelle vie, prendre un nouveau départ, cela ne vaut-il pas la peine de faire table rase du passé avant de partir ?

— Tu as fait beaucoup de chemin, Alasdhair Ross.

— C'est justement pour cela que je sais que j'ai raison.

— Je le sais, admit Ailsa en soupirant, mais cela ne signifie pas pour autant que je doive sauter de joie à l'idée de revoir ma mère.

— En ce cas fais-le en pensant à ce qui viendra ensuite. Pense à nos noces.

— Nos noces, répéta-t-elle avec un pâle sourire.

— Donc, c'est décidé. Nous retournerons à Errin Mhor pour voir Lady Munro après que j'aurai retrouvé ma mère. Nous pourrons alors discuter des préparatifs avec Calumn. Crois-tu qu'il sera surpris ?

— Absolument, et même plus que cela. Je doute que ce soit le cas de Maddie, en revanche.

— Que veux-tu dire ?

— Tu ne peux pas comprendre. Disons que c'est l'intuition féminine.

— Il faudra peut-être que je t'abandonne pendant une semaine avant les noces. J'ai d'importantes affaires à traiter à Glasgow. Elles sont vitales pour mon commerce et je ne puis les négliger plus longtemps. Il y a un marchand du nom de Cunningham avec qui je suis très impatient de m'associer.

— Cunningham ? répéta Ailsa. C'est le nom de Jessica, la femme de mon frère Rory. Elle vient d'une famille de marchands. Ils l'ont déshéritée quand elle a épousé Rory, ce qui explique que je n'en aie jamais rencontré aucun, mais je crois bien que son père s'appelle George. Crois-tu qu'il puisse s'agir de la même famille ?

— On le dirait bien. George Cunningham est l'un des plus gros négociants en tabac de Glasgow. Ils ont des entrepôts tout le long de la baie de Chesapeake. C'est là que se trouvent les ports de la Virginie et du Maryland.

— Je n'en avais aucune idée. Jessica ne parle pas d'eux très souvent. Ainsi, tu comptes t'associer avec son père ?

— Peut-être, si les termes du contrat m'agréent. C'est aussi l'un des très rares marchands qui n'emploie pas d'esclaves sur les plantations qui fournissent ses entrepôts en Amérique.

— Je suis très impatiente de tout apprendre sur le sujet.

— J'en suis ravi, s'esclaffa Alasdhair. Mais tu risques de trouver cela un peu moins intéressant que tu ne l'imagines.

— Je parle sérieusement. Je n'ai pas l'intention d'être comme ces femmes qui ignorent tout des affaires de leur mari.

— Et je ne veux pas, moi, être comme ces époux qui passent tout leur temps à gérer leurs affaires et n'en ont jamais à consacrer à leur femme. En fait, j'ai bien l'impression que je risque de devenir un de ces maris qui sont si fous de leur épouse qu'ils n'ont plus de temps pour leur négoce !

Ayant dit cela, il lui donna un baiser. Ses lèvres avaient le goût du sel. Il l'embrassa langoureusement, lentement, savourant la façon dont elle se lovait contre lui, dont sa bouche plaquée contre la sienne épousait les contours de celle-ci, dont sa langue se mêlait à la sienne en un ballet follement excitant. En s'émerveillant aussi de la violence de la passion qui les consumait tous les deux, au point qu'ils s'agrippaient l'un à l'autre comme s'ils craignaient qu'elle ne les expédie ensemble dans une autre dimension.

Le bateau tanguait au rythme de leurs mouvements, à mesure qu'ils cherchaient à se rapprocher toujours plus, leurs corps impatients réclamant de nouvelles étreintes, peau contre peau, chair contre chair, caresse pour caresse, baiser pour baiser, comme s'il en avait toujours été ainsi entre eux.

Ailsa poussait des soupirs de plaisir tandis qu'Alasdhair lui caressait les seins à travers l'étoffe fine de son corsage.

Les pointes gonflées de ceux-ci frottant sur le tissu lui donnaient des frissons à la fois délicieux et douloureusement frustrants. Elle tira la chemise de son amant hors de ses braies pour pouvoir savourer de sa main la fermeté de ses flancs, de son torse, plongeant plus bas sur son ventre plat pour s'extasier des contractions de ses muscles, des petits grondements qu'il poussait, de son souffle de plus en plus court, des battements affolés de son cœur cognant dans sa poitrine, et jouir de sa propre excitation à l'idée qu'elle était la cause de tout cet émoi.

— Nous allons finir par couler si nous n'y prenons garde, observa-t-elle en partant d'un petit rire clair quand le bateau se mit à tanguer dangereusement. Le batelier ne serait sans doute pas content. Je ne crois pas que nous pouvons…

— Oh ! Mais si, tu vas voir, coupa-t-il en glissant la main sous les jupons de la jeune femme.

Elle poussa un petit cri de surprise quand elle sentit les doigts d'Alasdhair caresser son sexe au moment même où il dardait sa langue en elle en un baiser si fougueux qu'elle en eut la tête chavirée.

— Oh ! je t'en supplie, ne t'arrête pas ! s'exclama-t-elle frénétiquement quand il s'arracha à elle et que ses doigts se figèrent.

— Je n'en ai pas l'intention, murmura-t-il d'une voix rauque, la poitrine agitée de mouvements rapides.

Il tomba à genoux au milieu du bateau, l'entraînant avec lui, la fit pivoter sur elle-même pour l'appuyer à la petite planche transversale qu'ils venaient de quitter, puis entra en elle par-derrière d'une seule poussée infiniment lente, infiniment longue et infiniment exquise. Ils se balancèrent d'avant en arrière dans une harmonie de mouvements parfaite entre eux-mêmes et avec le bateau.

Ce va-et-vient merveilleux exaltait Ailsa, elle se sentait plus serrée à chaque coup de reins. Quand finalement il entendit le petit cri qu'elle poussa, il s'enfonça en elle avec une vigueur décuplée et s'abandonna à l'orgasme en prononçant son nom encore et encore tandis que le petit bateau tanguait sur les eaux silencieuses du *loch*.

Aucun son ne troublait l'air tranquille hormis le clapotis des vagues sur la coque et le cri d'un busard planant au-dessus d'eux en longs cercles concentriques.

Sur le reste du trajet vers Inveraray, le lendemain, Alasdhair se fit de plus en plus silencieux et sombre. Dès que le village fut en vue, il fit s'arrêter son cheval. Il semblait nerveux. Cela n'avait sans doute pas autant d'importance qu'elle aurait pu le croire auparavant, mais ce n'était sûrement pas anodin. Elle avait eu raison. En fait, quand il s'agissait de lui, elle avait toujours raison.

Cela faisait presque vingt ans depuis la dernière fois qu'il avait vu sa mère. Vingt années pendant lesquelles il était devenu un homme, abandonné par sa mère et privé de son père par les circonstances. Sans amour. Il pensait s'être habitué à tout cela, y être devenu indifférent à mesure que son installation en Amérique prenait la forme d'une réussite spectaculaire.

En revenant sur la terre de sa jeunesse, il avait été contraint de reconnaître qu'en fait, il n'était habitué à rien. Il n'aimait pas l'admettre, pas plus qu'Ailsa aimait admettre le fait que sa mère, Lady Munro, avait encore le pouvoir de lui faire beaucoup de mal.

Ils s'étaient beaucoup menti à eux-mêmes, tous les deux.

Se débarrasser de ses fantômes se révélait être une expérience très difficile et douloureuse émotionnellement.

En vérité, Alasdhair n'avait pas prévu qu'Ailsa pourrait le bouleverser à ce point. Les barrières qu'il pensait avoir érigées autour de lui et qu'il croyait aussi indestructibles que les fortifications du premier château du duc d'Argyll étaient sérieusement érodées à présent.

Cette rencontre avec sa mère lui tenait à cœur. Il avait envie d'entendre ce qu'elle avait à dire, et quant à ce qu'il éprouvait vis-à-vis d'elle, c'était tout sauf de l'indifférence. Les énigmes du passé demeuraient inexpliquées et jamais il n'aurait cru qu'en dévider l'écheveau puisse être aussi gratifiant, pas plus qu'il n'aurait pu rêver rentrer en Virginie avec Ailsa à son bras. L'amour qu'il lui vouait le convainquait de sa capacité à affronter les révélations de sa mère concernant son passé, quelles qu'elles puissent être.

Mais cet amour même le rendait vulnérable aux émotions que la vérité risquait de susciter en lui.

Pendant quelques instants, il fut tenté de rebrousser chemin et de quitter cet endroit à jamais. Il était heureux désormais. Merveilleusement heureux, et pour la première fois de sa vie. Rien ne pouvait salir ou détruire un tel bonheur, il en était persuadé. Mais peut-être ne fallait-il pas tenter le diable ?

A côté de lui, Ailsa repoussait une mèche de cheveux dorés qui, comme bien souvent, venait de s'échapper de sous l'épingle censée la retenir. Cette journée au grand air avait coloré d'un rose discret son visage et fait ressortir les taches de rousseur qui constellaient le haut de son nez. La vitalité qui avait toujours été sa qualité principale et qu'il avait crue disparue à jamais semblait lui être revenue au cours des deux jours précédents, quand bien même elle fronçait les sourcils à cet instant même.

— Es-tu sûr d'être prêt pour affronter cette épreuve ? s'enquit-elle.

— Autant que je le serai jamais, répondit-il.

— Il est naturel que tu hésites, Alasdhair. Malgré le temps qui a passé, elle est toujours ta mère et ce qu'elle te dira ne peut pas être anodin, quelques efforts que tu puisses faire pour t'en convaincre.

— Tu parles avec ton cœur, commenta-t-il en tendant la main à la jeune femme. Tu as raison, j'attache beaucoup d'importance à ce qu'elle pourra me dire. Plus peut-être que cela n'en mérite, en fait.

Le petit village de pêcheurs d'Inveraray était perché sur les rives du *loch* Fyne dont la longue surface resplendissait sous les rayons du soleil. On y distinguait des maisons de grande taille, traditionnelles du pays, dans lesquelles le bétail partageait l'espace avec les occupants, et d'autres plus petites comportant une étable séparée. Toutes avaient des toits de chaume. Chacune possédait son propre jardin où l'on cultivait presque exclusivement des choux. Quelques bateaux de pêche gisaient sur l'étroite grève de sable. La petite église se dressait sur un promontoire à la sortie du village, exactement à l'opposé de la taverne, dont on devinait l'activité au fait que ses murs ne comptaient aucune fenêtre.

Derrière le village, sur une petite éminence, les fondations du nouveau château du duc d'Argyll étaient en construction. L'histoire du bâtiment, bien que récente, présentait déjà des époques distinctes car les travaux avaient commencé trente ans plus tôt pendant le règne du précédent duc et sous les ordres de M. Vanbrugh, l'architecte à qui l'on devait les magnifiques châteaux de Howard et de Blenheim.

C'était désormais M. Adam qui dirigeait la construction, quoique l'on ne vît des travaux actuels que les quatre immenses excavations destinées à abriter les fondations des tours et le chemin tracé entre le chantier et la rive du *loch* pour le transport des matériaux.

Un grand nombre de charpentiers et de maçons s'activaient sur le site, la plupart étrangers à la région et amenés sur les lieux par l'architecte.

Deux femmes se tenaient l'une à côté de l'autre sur la berge du *loch*, occupées à tricoter tranquillement la laine qu'elles cachaient dans une poche formée par les plis de leur *arisaidh*. Leurs doigts travaillaient avec une célérité admirable, mais leurs yeux restaient, eux, fixés sur le *loch*, attendant sans doute qu'apparaisse au loin sur l'horizon la silhouette d'un bateau de pêche.

Une vache meugla dans l'une des étables adossées aux maisons tandis que dans un des jardinets, quelques poulets efflanqués grattaient la terre nue.

Sur le perron d'une grande maison était assise une femme tenant son ouvrage sur ses genoux tandis qu'un chien prenait le soleil à ses pieds. Elle leva la tête en entendant le pas des chevaux et la broderie tomba à ses pieds sans qu'apparemment elle s'en aperçoive ou s'en préoccupe.

Quand Ailsa tourna la tête vers Alasdhair, l'expression qu'elle lut sur son visage lui suffit pour comprendre.

— C'est ma mère, souffla-t-il d'une voix d'où toute émotion semblait s'être retirée.

Morna Ross avait des cheveux noirs aux reflets bleutés, comme l'aile d'un corbeau, et pas la moindre trace de cheveux gris ou presque, bien qu'elle fût plus âgée que Lady Munro de cinq ans. Elle avait des yeux sombres dont la teinte évoquait le chocolat, des traits forts et marqués. La ressemblance avec son fils était remarquable, songea Ailsa en guidant d'une main tremblante son cheval vers un poteau où l'attacher. Elle se sentait nerveuse, non pas pour elle-même, mais pour Alasdhair.

Elle sentait bien, à la façon dont il se tenait, à quel point il était nerveux lui aussi. Elle avait envie de lui prendre la main, de courir vers Morna Ross et de la supplier de le ménager. Si elle avait pu endurer cette épreuve à sa place, elle l'aurait fait volontiers. Mais c'était impossible et elle connaissait la fierté d'Alasdhair. Il lui en aurait terriblement voulu d'attirer l'attention sur sa nervosité.

Elle se sentait de plus en plus tendue elle-même. A en avoir la nausée.

Morna Ross restait immobile, telle une statue. C'était une femme remarquable et elle devait avoir été fort belle dans sa jeunesse. Pendant un long moment, la mère et le fils se firent face en silence.

— Alasdhair ?

Sa voix était si faible que le vent l'aurait emportée s'il avait soufflé.

— Alasdhair... Est-il possible que ce soit vraiment toi ? murmura-t-elle en faisant un pas hésitant vers son fils, les mains tendues comme pour supplier le ciel. Alasdhair !

Sa voix s'était brisée, soudain.

— Mère !

— C'est toi ! s'exclama Morna Ross en secouant la tête comme si elle ne pouvait en croire ses yeux. Cela fait vingt ans, mais je t'aurais reconnu n'importe où.

— Moi aussi, répondit Alasdhair d'un ton sans aménité.

A présent qu'il se trouvait enfin en face d'elle, il ne trouvait rien à lui dire. Il ne ressentait rien non plus, sinon une indifférence glaciale.

— On m'a dit que tu étais parti loin d'ici, lança-t-elle en le regardant fixement comme s'il s'agissait d'une apparition. Que tu t'étais enfui, en Amérique, d'après ce que j'ai entendu.

— En Virginie.

— En Virginie ?

Ce mot sonnait étrangement dans sa bouche. Elle secoua la tête.

— Et t'a-t-elle bien traité, cette Virginie ?

— Assez bien, oui.

— Tu as l'air d'aller bien, en effet. Je...

Elle secoua la tête de nouveau et se passa la main sur les yeux.

— Je suis désolée. Je ne m'attendais pas à... C'est la

surprise… Je ne m'attendais pas à te revoir, jamais. Je n'arrive pas à croire… après tout ce temps…

Sa voix se perdit dans le silence tandis qu'elle retournait sur son perron.

— Ne vous évanouissez pas au moment de me revoir, gronda Alasdhair en la retenant par le bras.

— Non, donne-moi quelques secondes, plaida Morna en reprenant son souffle. Cela va passer. Viens ici. Laisse-moi te regarder.

Luttant désespérément pour se donner une contenance, elle s'essuya les yeux avec le bord de son tablier et fit un pas en arrière pour mieux admirer son fils.

— Que tu es grand, et comme tu as le cheveu noir ! C'est de moi que tu tiens ça.

Elle fit mine de lui toucher les cheveux, mais il recula et elle arrêta son geste.

— Pourquoi es-tu venu jusqu'ici, Alasdhair ? Et pourquoi maintenant ?

— J'ai besoin de connaître la vérité.

— La vérité ? s'exclama Morna. Je doute qu'une telle chose existe encore vraiment. A quoi bon remuer les cendres depuis longtemps éteintes ? Je l'ai fait moi-même bien souvent et, crois-moi, il n'en sort jamais rien de bon. Regarde-toi. Tu es devenu un homme et tu t'es bâti une vie très loin d'ici. Te voir m'a fait plus de bien au cœur que je n'en mérite, Alasdhair. Je n'ai jamais voulu qu'une chose, mon fils : que tu sois heureux. Il n'y a rien à gagner à remuer le passé. Je t'en supplie, laissons-le où il est.

— C'est pour en parler que je suis venu ici, précisément, répliqua Alasdhair d'un ton plein d'impatience.

— Ce que tu ne vois pas, c'est qu'il y a plusieurs versions de la vérité, et qu'elles sont toutes honteuses. Je t'en supplie…

— Je veux savoir.

Morna poussa un profond soupir.

— Très bien, concéda-t-elle. Si tu n'en démords pas, je me dois de te satisfaire. Mais tu ferais bien d'entrer.

Elle s'effaça devant son fils pour le laisser passer et celui-ci fit un signe de tête à l'adresse d'Ailsa, qui se tenait un peu à l'écart depuis le début de leur échange, à moitié cachée par les chevaux.

— Mère, voici…

Le visage de Morna, qui était déjà très pâle, prit soudain une teinte grisâtre. Elle porta la main à son cœur.

— Miséricorde !

— Qu'y a-t-il donc, au nom du ciel ?, s'enquit Alasdhair, surpris.

— Que fait-elle ici ?

— C'est Ailsa Munro, mère.

L'intéressée fit un pas en avant et s'inclina légèrement devant la mère de son amant. Morna la regardait, le visage figé par l'horreur.

— Miséricorde, souffla-t-elle de nouveau. Ce doit être vous qu'elle attendait.

— Qui cela ?

— Votre mère. Enfin, je suppose qu'elle est votre mère. Je veux dire… Lady Munro, balbutia Morna, visiblement troublée. Vous lui ressemblez d'une façon proprement étonnante. Que faites-vous ici ?

Ailsa jeta un regard désespéré en direction d'Alasdhair.

— Je pense qu'il vaudrait mieux que vous parliez seule à seul tous les deux. Je vais mener les chevaux à l'écurie de la taverne.

— Non, répondit Alasdhair en secouant la tête. Tu vas rester ici avec moi. Je veux que tu entendes ce qu'elle a à dire.

Il laissa passer un instant de silence, puis reprit, en se tournant vers sa mère cette fois :

— Cette conversation intéresse aussi Ailsa. Je t'expliquerai plus tard.

Tant qu'il n'avait pas entendu le reste de l'histoire et jugé par lui-même quel impact elle pourrait avoir, il n'avait pas l'intention de dévoiler son amour à sa mère. C'était une chose bien trop précieuse pour lui.

— C'est toi qui décides, mon fils, acquiesça Morna d'un ton résigné. De toute façon, je suppose que je ferais aussi bien de lever le voile des mensonges que la mère de cette jeune femme a pu répandre.

— Que voulez-vous dire ? s'exclama Ailsa, surprise par cette assertion inattendue. Qu'est-ce que ma mère a à voir dans cette affaire ?

Alasdhair se rappela soudain les paroles de Lady Munro désignant Morna comme la cause de tout. Une prémonition inquiétante le poussa à attirer la jeune femme à côté de lui.

— Peut-être vaudrait-il mieux que tu…

— Non, refusa-t-elle. Si je suis impliquée de près ou de loin dans l'histoire que va nous raconter ta mère, je veux l'entendre. Allons, Alasdhair, tu peux voir par toi-même à quel point elle est bouleversée par tout ça. Finissons-en.

A contrecœur, il la laissa passer devant lui pour entrer dans la maison. Décidément, les choses ne se passaient pas du tout comme il l'avait prévu.

Lui qui croyait que cette rencontre l'émouvrait au plus haut point ! Depuis quelques secondes, un sentiment étrange de danger qu'il ne parvenait pas à déchiffrer s'était emparé de lui. Sa mère semblait étrangement peu disposée à parler alors qu'il avait pensé qu'elle serait impatiente de s'expliquer, et cette réticence lui semblait incompréhensible.

A l'intérieur, la grande maison était divisée en deux parties, celle où vivaient les animaux se trouvant au fond du grand espace, surmontée d'un second niveau qui formait un grenier. Un feu de tourbe brûlait au milieu de la partie réservée aux hommes, et les volutes de fumée qui en montaient paresseusement sortaient du toit par un trou pratiqué dans le chaume et servant de cheminée. Un lit couvert d'un matelas de paille occupait l'un des coins de la pièce. Sur la table se trouvaient les ingrédients d'un ragoût et au-dessus du feu, posée sur un trépied noirci de fumée, bouillottait doucement une marmite dont s'exhalaient d'appétissantes vapeurs.

Quatre chaises de bois étaient disposées autour de la table. Un *aumrie*, coffre de bois traditionnel dans lequel on serrait le linge, se trouvait sous l'unique fenêtre sans vitre dont les volets étaient encore ouverts. Un tapis de chiffons, un couvre-lit fait de chutes de tissu cousues ensemble disposé sur le lit, une couverture en tricot soigneusement pliée sur le dessus de l'*aumrie* ainsi que le châle de laine de Morna jeté sur le dossier d'une chaise étaient les seuls éléments de confort visibles dans cette maison propre mais spartiate.

Alasdhair pensa immédiatement aux meubles élégants quoique simples de sa propre maison, dans sa plantation de Virginie, et même au confort de celle de son enfance, choqué de constater dans quelle misère vivait sa mère par comparaison.

— Ma demeure est simple, je sais, commenta Morna, visiblement gênée, en tirant des chaises et en invitant ses hôtes à s'approcher.

Les deux jeunes gens prirent place l'un à côté de l'autre et Morna s'assit en face de son fils, les mains serrées très fort sous le couvert de son tablier.

— Je ne sais par où commencer, affirma-t-elle en en tirant une main hors de sa cachette pour s'essuyer les yeux avant de la remettre à sa place. Peut-être, si vous pouviez me dire ce que vous savez, pourrais-je comprendre ce que vous attendez de moi.

— On m'a dit que vous vous étiez enfuie avec un autre homme. Je n'ai jamais compris comment vous aviez pu abandonner mon père aussi cruellement, en sachant ce que cela allait lui faire. Vous n'avez jamais essayé de reprendre contact avec nous, pas même quand il est mort. Et vous m'avez abandonné moi aussi. Je pensais que le pourquoi de tout ça n'avait plus d'importance : j'ai eu vingt ans pour m'habituer, mais aujourd'hui, j'ai besoin de savoir.

— Tu es revenu d'Amérique uniquement pour me voir ?

— Non. Pas au début, du moins. Depuis que je suis ici, cependant, toutes mes certitudes ont volé en éclats. Je pense que je vous dois d'écouter vos explications.

Morna fit la moue en hochant la tête en silence. Elle semblait avoir recouvré sa contenance, quoique la façon dont elle se tenait sur son siège, raide comme la justice, montrât sans détours les efforts que cela lui coûtait. Elle semblait incapable de regarder Alasdhair en face, mais lui jetait de fréquents regards en coin, comme si elle craignait de le faire disparaître en gardant les yeux sur lui plus longtemps qu'une seconde.

Ailsa regardait la scène, perplexe. Elle aussi se sentait tendue. Elle avait terriblement peur de ce qui allait se passer. Pas pour elle-même, non, car elle ne pensait pas que Morna puisse lui apprendre quelque chose qu'elle ignorât, mais pour Alasdhair. Elle priait le ciel que quels que soient les secrets que la mère de celui-ci détenait, ils ne soient pas plus honteux que ceux qu'elle avait déjà imaginés.

Morna regardait dans le vide par-delà l'épaule de son fils.

— Je suis arrivée à Errin Mhor en qualité de femme de chambre, en partie pour payer une dette ancienne contractée par mon père. Peu de temps après, Munro épousa Christina Macleod et moi ton père, qui se trouvait être l'intendant du *laird*. C'était d'ailleurs ce dernier qui avait décidé de cette union, comme le voulait la coutume, mais nous étions raisonnablement heureux.

Elle s'interrompit pour dénouer sa pelote de laine tombée de sa poche et qui s'était enroulée autour du pied de la chaise. Quand elle se rassit, elle avait les joues un peu plus roses.

— C'était l'anniversaire du *laird*. Lady Munro était grosse et ils n'avaient pas assez de domestiques pour le *ceilidh* qu'ils organisaient en l'honneur du maître des lieux, aussi Alec m'envoya-t-il au château pour prêter la main. J'étais allée chercher une bouteille du whisky préféré de Munro. Il voulait que je la lui apporte dans la bibliothèque. Quand j'ai frappé à la porte, il m'a crié d'entrer. Il était seul. Jamais je n'avais pensé… je ne voulais pas… je ne serais pas entrée si j'avais su…

Les yeux de Morna étaient gonflés de larmes retenues. Les yeux rivés sur elle, Ailsa craignait soudain d'entendre ce que la vieille femme avait à dire. En regardant Alasdhair, elle remarqua sur son visage la même angoisse. Sa première impulsion fut de fuir la pièce, la maison, le village, en plaquant ses mains sur ses oreilles pour ne pas entendre la suite du récit, mais elle savait que si elle le faisait, Alasdhair s'accuserait d'avoir été à l'origine de son chagrin. Il fallait qu'elle tienne bon, pour lui.

Les mains de Morna tremblaient convulsivement malgré tous les efforts qu'elle faisait pour se contrôler. Elle parlait plus vite à présent, pour en finir.

— Il a abusé de moi. Je n'ai pas eu le temps de l'en empêcher, car il s'est jeté sur moi avant que je puisse m'échapper.

— L'ignoble pourceau, il vous a violée !

Morna devint écarlate.

— Il était le *laird*. Tu ne peux pas comprendre comment les choses se passaient à l'époque, Alasdhair. La plupart des gens diraient qu'il avait le droit de faire ce qu'il a fait. Je n'aurais pas dû l'approcher. J'aurais dû être plus prudente.

— Pour l'amour du ciel, vous parlez comme si c'était votre faute !

— Ça l'était, d'une certaine façon. J'aurais dû me méfier.

— Il vous a prise contre votre volonté, vous, une femme mariée.

— C'est vrai, mais il ne voyait pas les choses de cette façon, et la plupart des gens pensaient comme lui. J'avais le choix : soit je criais, soit je fermais les yeux et le laissais faire. J'ai pensé que si je causais un scandale, cela rendrait les choses très difficiles pour Alec, c'est pourquoi je l'ai laissé en finir. Je n'aurais pas dû, Seigneur, non, je n'aurais pas dû, car elle est entrée et nous a trouvés.

Ailsa pouvait à peine parler, mais il le fallait.

— Ma mère ?

— Lady Munro. Elle est devenue pâle comme un linge. J'ai bien cru qu'elle allait s'évanouir, et pourtant Dieu sait que ç'aurait été incongru. Elle s'en est prise à moi. Elle devait savoir comment les choses s'étaient passées, mais j'imagine qu'elle ne pouvait vider sa colère sur le *laird*, aussi est-ce sur moi qu'elle l'a déversée. Elle m'a accusée, et lui l'a soutenue — Dieu fasse qu'il pourrisse en enfer ! Jusqu'à ce qu'elle exige que je sois punie, s'entend. De cela, il n'a pas voulu et lui a ri au nez quand elle lui a demandé de me chasser d'Errin Mhor. Mais plus il refusait de céder, plus sa rage augmentait. Elle faisait des crises de nerfs épouvantables et disait que cela ne pouvait que faire du mal à l'enfant qu'elle portait. Evidemment, comme vous pouvez vous en douter, cette fable a emporté la décision du *laird*. Elle voulait me voir bannie, et il a fini par accepter, à condition que je sois seule à partir. Alec était un trop bon intendant pour qu'il doive s'en passer pour une histoire de jupons. Et bien sûr, il n'était pas question une seconde qu'il me laisse partir avec toi, Alasdhair. C'était un porc pervers, mais plus je le suppliais de me laisser t'emmener, plus il freinait des quatre fers.

— Et donc vous êtes partie.

— J'ai été bannie.

— Apparemment, le *laird* avait un faible pour ce

châtiment, commenta Alasdhair avec une ironie pleine d'amertume.

— C'était son droit, et quoi que tu en penses, Alasdhair, c'était en partie ma faute. Si je n'avais pas essayé de lui faire porter l'entière responsabilité, si je n'avais pas cherché à me trouver des excuses, si je m'étais tenue tranquille, peut-être Lady Munro aurait-elle permis que la chose soit oubliée et rien de tout cela ne serait arrivé. Ton père serait peut-être encore vivant, je ne t'aurais pas perdu. Pendant des années, j'ai remué mes souvenirs en cherchant un moyen de défaire ce qui était fait et que je ne pouvais pas changer. Mais j'ai vite compris que la seule façon de supporter mon passé était de ne plus y penser. Jamais.

— Et mon père ? Qu'a-t-il eu à dire dans tout ça ? insista Alasdhair d'une voix dans laquelle on ne décelait aucune émotion, quand bien même il serrait furieusement les poings sur les accoudoirs de son fauteuil.

— Alec n'a pas eu plus de choix que moi. Les choses se sont faites sans qu'il le sache. Je n'ai pas eu le droit de lui dire au revoir. C'est la règle pour ceux qui sont bannis, et je n'ai pas osé l'enfreindre, par peur des représailles qui n'auraient pas manqué de s'abattre sur vous deux.

— Je suis on ne peut mieux informé des règles des Munro en matière de bannissement, observa Alasdhair avec amertume. Ainsi, il n'y a jamais eu d'autre homme ?

Morna eut un rire méprisant.

— Non. Il n'y en a jamais eu qu'un seul.

— Pourquoi n'avez-vous pas essayé de me voir ? Pourquoi ne pas avoir tenté de me dire la vérité ?

— La vérité, tu n'as que ce mot à la bouche. Je te l'ai dit, Alasdhair, la vérité n'existe pas. Je n'ai pas essayé de te voir parce que je ne pensais pas en avoir le droit, surtout après la mort de ton père. J'étais clairement désignée comme l'unique responsable de tout ce gâchis. La honte et la culpabilité sont deux choses affreuses. Te voir aujourd'hui me rend si heureuse ! Tu ne peux l'imaginer. Cela me suffit. Si tu peux trouver au fond de ton cœur la force de me pardonner, je pourrai mourir en paix.

— Il n'y a rien à pardonner, déclara Alasdhair.

Mais il n'y avait pas beaucoup de clémence dans ses paroles, et quand bien même il ne parlait pas à la légère en les prononçant, il ne parvenait pas à en éprouver la promesse. Il aurait aimé en être capable, mais ne pouvait pas s'empêcher de penser que Morna ne lui livrait qu'une partie de la vérité.

— Rien de ce qui est arrivé ne peut vous être imputé, asséna-t-il, cherchant manifestement à se rassurer lui-même.

Morna secoua la tête.

— C'est gentil à toi de le dire, mais ce n'est pas vrai. Je t'ai toujours aimé, néanmoins, Alasdhair. Je t'ai porté dans mon cœur pendant ces vingt années et j'ai pensé à toi chaque jour que Dieu faisait.

Il avait ce qu'il était venu chercher, songeait Ailsa en l'observant du coin de l'œil. A présent qu'il savait avoir toujours été aimé, il pouvait sûrement trouver au fond de son cœur la force de faire le premier pas. Mais il restait dans son fauteuil, obstinément, une ride soucieuse au milieu du front.

— Quand mon père est mort, pourquoi n'êtes-vous pas revenue me chercher ? Si vous m'aimiez autant que vous le dites, vous vous êtes sûrement inquiétée de ce qu'il allait advenir de moi, non ? Je n'avais pas d'autre famille à Errin Mhor.

Morna changea de position sur sa chaise d'un air gêné.

— Je savais que le *laird* prendrait soin de toi.

— Comment auriez-vous pu le savoir ? J'étais le fils de son intendant, et rien de plus. Vous avez dit vous-même que Lady Munro avait juré de vous voir chassée de chez elle. Pourquoi auriez-vous pu croire qu'elle serait disposée à m'accueillir sous son toit dans de pareilles circonstances ?

— Je savais que le *laird* ferait son devoir envers toi.

— Son devoir ? Quel devoir ?

L'appréhension qui le tenaillait depuis des heures se faisait de plus en plus oppressante, comme si les eaux noires et glacées du *loch* le submergeaient lentement. Morna refusait toujours de le regarder dans les yeux.

— Mère ? Quel devoir imposait à Lord Munro de faire de moi son pupille, alors que la solution la plus évidente aurait été de me renvoyer auprès de vous ? Il savait où vous trouver.

— Crois-moi, Alasdhair, il est des choses qu'il vaut mieux laisser où elles sont.

Il hésitait. Peut-être avait-elle raison, mais bien qu'une partie de lui l'exhortât à la prudence, l'autre, plus forte, prenait le dessus inexorablement.

— Vous me cachez quelque chose, mère. Je veux savoir quoi.

Les yeux de Morna passèrent rapidement de son fils à la jeune femme, puis à son fils de nouveau.

— Peut-être, si tu demandais à cette demoiselle de sortir..., répondit-elle d'une voix hésitante.

Alasdhair secoua la tête et prit la main de la jeune femme dans la sienne.

— Quoi que vous ayez à dire, elle a le droit de l'entendre, car nous allons nous marier.

L'effet qu'eurent ces mots sur sa mère fut tout à fait surprenant : Morna se leva de sa chaise, les mains plaquées sur sa poitrine. Son visage déjà pâle prit une teinte grise effrayante.

— Non ! Oh Seigneur, Dieu, non ! s'exclama-t-elle en s'agrippant au bord de la table pour garder l'équilibre. Tu ne dois pas épouser la fille de Munro !

Alasdhair repoussa son fauteuil si violemment que celui-ci tomba sur le sol.

— Assez ! Si vous répétez cela, nous ne nous reverrons

jamais ! J'aime Ailsa de toute mon âme. Quelque prévention que vous puissiez avoir contre sa famille, et Dieu sait qu'ils vous ont donné cent fois de quoi en avoir beaucoup, je vous demande de les garder pour vous.

— Alasdhair, je t'en supplie, intervint Ailsa, totalement abasourdie par le tour que la conversation venait de prendre. Il est parfaitement compréhensible que…

— Non ! coupa-t-il en l'attirant fermement vers lui et en passant le bras autour de ses épaules. Tu vas être ma femme. Si ma propre mère ne peut pas te traiter avec le respect qui t'est dû, alors elle ne mérite pas d'être ma mère.

Les genoux de Morna refusèrent de la soutenir plus longtemps. Elle tituba jusqu'à sa chaise en repoussant l'aide que lui offrait Ailsa d'un large geste de la main.

— Il ne s'agit pas de vous, petite, expliqua-t-elle d'une voix que le manque de souffle rendait rude à l'oreille. Je te le jure, Alasdhair, ce n'est pas en elle que réside le problème.

Elle prit une longue et déchirante inspiration avant de conclure :

— C'est en toi-même.

— Que voulez-vous dire ?

— Ton père…

— Eh bien ?

— Alec n'est pas ton vrai père. Il ne pouvait pas avoir d'enfants. C'est l'une des raisons pour lesquelles il a consenti à notre mariage : pour avoir un fils dont il pourrait prétendre être le père.

Morna passa sa langue sur ses lèvres sèches et se força à affronter le regard accusateur de son fils. Cela lui brisait le cœur de voir l'ombre de la douleur en voiler l'éclat.

— Ainsi, il y avait bien un autre homme, et depuis le début, de surcroît. Vous vous êtes enfuie avec lui, n'est-ce pas ? Est-il mon père ?

— Il n'y a pas, et il n'y a jamais eu d'autre homme, Alasdhair.

Il avait l'air abasourdi par ces mots.

— Mais alors, qui… qui est mon père ?

La réponse, quand elle vint enfin, fut prononcée d'une voix si faible qu'on pouvait à peine l'entendre.

— Lord Munro.

Quoi ?

— Lord Munro est ton père.

Chapitre 10

— Non !

— Si. J'en suis navrée, mais c'est la vérité, asséna Morna en baissant la tête. Cette fameuse nuit, lors du *ceilidh*, ce n'était pas la première fois que le *laird* parvenait à ses fins avec moi. Quand je suis arrivée au château pour la première fois, il… il… c'était sa façon d'imprimer sa marque, vois-tu.

— Non !

Le hurlement d'Alasdhair semblait celui d'un lion blessé.

— Non ! Ce n'est pas possible.

— Je suis désolée, mais tu voulais connaître la vérité.

— Vous dites que je suis le bâtard de Lord Munro ? Mais cela signifie que…

Du coin de l'œil, Alasdhair vit le visage d'Ailsa perdre ses couleurs d'un coup, si vite qu'on aurait cru que le sang s'en était retiré en l'espace d'une seconde. Une impulsion soudaine le poussa vers elle. Il voulait lui prendre la main et fuir, fuir très vite et très loin.

Elle bondit sur ses pieds et se précipita sur lui.

— Alasdhair ? souffla-t-elle d'une voix ténue, l'air abasourdi, les yeux fous, implorants.

Il avait le cœur brisé de la voir ainsi.

— Ailsa…

Il l'attira contre lui, sentit ses formes douloureusement familières se lover contre lui, épousant si parfaitement son corps qu'on les aurait jurées dessinées pour s'y accorder.

— Vous mentez ! affirma-t-il avec conviction.

— Pardonnez-moi, répondit Morna d'un ton lamentable. Elle voyait bien à présent, à la façon dont la jeune femme s'agrippait à son fils, ce qui lui avait échappé jusque-là : ils avaient commis le péché le plus abominable. Et par sa faute, parce qu'elle avait caché la vérité.

— Pardonnez-moi, souffla-t-elle, assommée, car il n'y avait rien d'autre à dire. Tu ne peux imaginer à quel point j'aimerais pouvoir changer les choses, Alasdhair, mais je n'en ai pas le pouvoir. Pour quelle autre raison crois-tu que le *laird* t'aurait si volontiers accueilli sous son toit ?

Ailsa tremblait contre lui sans pouvoir se contrôler à présent.

— Alasdhair ?

Ailsa essaya d'accrocher son regard, mais il tourna la tête et ce fut ce geste, cette fuite, cet évitement de ses yeux couleur de fumée, ces yeux qui l'avaient regardée avec tant de sincérité, de loyauté et d'amour à peine quelques heures plus tôt, ce fut ce geste qui lui fit réaliser toute l'horreur de ce qu'impliquait pour eux le cataclysme que Morna venait de déclencher.

Quelques heures plus tôt, le monde semblait avoir été fait pour eux. Et c'était elle qui avait insisté pour qu'ils viennent ici. Si elle s'était tue, ils seraient rentrés à Errin Mhor au lieu de venir à Inveraray. Si seulement elle avait pu revenir en arrière, et dévider le temps comme on fait d'une tapisserie pour revenir au point manqué. Si seulement elle avait pu remettre les fils en place et leur imposer à partir de là un dessin différent. Si seulement…

Alasdhair lui aussi commençait à trembler, car le monde sous ses pieds semblait se dérober.

— Pourquoi ne l'as-tu pas dit ? Pourquoi personne ne m'en a-t-il informé ? Pourquoi… ?

— J'ai pensé qu'il valait mieux garder le silence, répondit Morna. Personne d'autre ne savait, hormis Alec, pas même

Lady Munro. Pourquoi t'aurais-je imposé d'être un bâtard quand Alec était disposé à t'appeler son fils ? Quand il est mort, j'ai eu tellement honte, je me suis sentie si coupable d'avoir hâté sa mort que je n'ai jamais pensé à te prévenir. Je te croyais en Amérique.

Alasdhair repoussa doucement Ailsa. Assommée, celle-ci resta immobile, tanguant un peu sur ses jambes, l'esprit figé sur une seule pensée : si seulement elle avait pu faire que le monde revienne en arrière, juste quelques heures.

Mais elle ne savait que trop bien que les « si seulement » ne servaient à rien. Jamais. Il lui semblait que désormais ils ne pourraient plus vivre leur vie que sur le mode du « si seulement ». L'horreur de ce qu'elle avait fait avec Alasdhair ne lui apparaissait pas encore pleinement et les mots de crime et de péché ne lui venaient pas encore à l'esprit. Si seulement, si seulement… Voilà tout ce qu'elle pensait. Elle répétait son nom comme un agonisant appelant l'être cher depuis son lit de mort.

Elle se tourna vers lui, tendit la main vers lui, mais il se refusa, et ce fut la fin. La fin de tout. La fin d'eux deux. Et elle souhaita de tout son cœur et de toute son âme, en ces minutes atroces, que ce soit aussi la sienne. Pour toujours et à jamais.

— Je suis désolée, répéta Morna comme une antienne. Jamais il ne m'est venu à l'idée que tu… toi et la fille du *laird*… jamais je n'ai imaginé que vous pourriez un jour… Munro ne l'aurait pas permis.

— Il ne l'a pas permis, en effet. « Ailsa est la dernière personne sur laquelle tu devrais avoir de telles visées », voilà ce qu'il m'a dit il y a six ans.

— Il y a six ans ?

— Quand Ailsa et moi avons… cela faisait longtemps que nous avions des sentiments l'un pour l'autre, expliqua Alasdhair d'une voix brisée.

Il avait l'impression de se dissoudre, littéralement. Un

silence de mort emplissait la bâtisse. Au-dehors, le soleil brillait encore, les oiseaux chantaient encore, les pêcheurs pêchaient et les ouvriers poursuivaient leur labeur sur le chantier du nouveau château du duc d'Argyll. Au-dehors, le monde continuait sa course impassible. Au-dedans, l'ombre s'étendait.

Morna, à court d'excuses et de contrition, enfouit son visage dans son tablier et pleura des larmes amères en silence.

Alasdhair resta immobile, les yeux vitreux, luttant pour redonner un peu de logique et de sens à tous ces faits qui n'en avaient aucun. Un sens qui n'aurait pas détruit tout ce à quoi il tenait. Qui n'aurait pas anéanti ce qu'il avait de plus cher.

Le cœur d'Ailsa battait de plus en plus vite. Son souffle était court, rauque. Son esprit battait la campagne. Elle ne pensait plus, ou simplement par couleurs. L'argent éclatant de l'avenir qu'elle s'était imaginé avec Alasdhair. Le carmin sombre et profond de leurs nuits d'amour. L'or ardent de l'amour qu'elle lui vouait. Elle essayait de les retenir dans son cœur, de les protéger de l'ombre qui rôdait autour d'eux et menaçait de les envelopper tous dans sa noirceur atroce. Les péchés de son père.

Le père d'Alasdhair.

— Non !

Désespérément, elle essaya de le toucher. Seuls quelques pouces de plancher les séparaient, mais un précipice aurait pu tout aussi bien ouvrir entre eux son abîme insondable. Le sol se dérobait sous ses pas, tremblant et tressautant comme si une tempête bouillait dans les entrailles de la terre. Si elle parvenait à le toucher, tout irait bien. S'il levait les yeux sur elle, si elle pouvait seulement voir l'amour qu'il éprouvait pour elle, tout irait bien. Rien de tout cela n'était vrai. C'était impossible.

— Non !

Elle tendit la main vers lui, mais il recula hors de portée. Un grondement sourd résonna dans ses oreilles et la fit tanguer sur ses jambes.

— Alasdhair, dis-moi que ce n'est pas vrai.

La pièce se mit à tourner, Ailsa sentit ses jambes la trahir, mais juste avant qu'elle ne tombe, Alasdhair la rattrapa et la tint serrée contre sa poitrine, si fort que c'en était douloureux, mais d'une douleur qu'elle accueillit avec bonheur, car au moins elle était dans ses bras.

— Alasdhair, souffla-t-elle en se blottissant contre lui.

Elle savoura un instant son odeur douloureusement familière, l'esprit tout empli de couleurs turgescentes, puis sombra dans une inconscience miséricordieuse en s'évanouissant dans ses bras d'un seul coup.

Alasdhair la posa avec précaution sur le lit. Penché sur elle, il repoussa les cheveux qui encombraient son visage et posa un baiser sur sa joue glacée.

— Veillez sur elle, ordonna-t-il d'un ton sec à l'adresse de Morna, qui se tenait auprès de lui comme un fantôme.

— Où vas-tu ?

— En enfer, aboya-t-il en sortant de la maison.

Il marcha pendant des heures. Sans savoir où il allait. D'ailleurs, il s'en moquait. Il marcha le long des rives du *loch* Fyne, jusqu'à la lisière des arbres, puis dans la forêt dont les ténèbres s'accordaient totalement à son état d'esprit.

Il trébucha sur les racines des pins qui se déployaient comme les membres fossilisés d'une armée de vieilles femmes sur la terre rare.

Il traversa de grandes gerbes d'eau, sans se soucier de l'humidité et du froid, et des torrents bouillonnants gonflés par la fonte des neiges.

Il piétina des tapis de fougères dévidant leurs crosses argentées, des jonchées de jacinthes, des bois aux tiges d'un vert éclatant, et les feuilles mordorées des primevères agonisantes. Il manqua de tomber quand son pied s'enfonça dans le terrier d'un lapin, effrayant une biche qui surgit affolée d'un bosquet et s'enfuit avec la grâce d'une danseuse. Les branches basses des arbres se prenaient dans ses cheveux volant au vent, les ajoncs dans les plis de son *plaid*.

Il courut sans cesse, à perdre haleine, tombant dans une sorte de transe à mi-chemin entre le conscient et l'inconscient, insensible à tout, dans un monde gris et crépusculaire où son péché rôdait comme une hydre maléfique tapie dans les profondeurs de son âme.

Finalement, il s'arrêta quand il comprit, d'un coup, la futilité de sa fuite. Il fallait qu'il affronte la dure réalité du destin qui les attendait : ils ne vivraient jamais ensemble. Il ne pourrait pas arracher Ailsa de son cœur et de sa mémoire, et l'aurait-il pu qu'il ne l'aurait pas voulu, mais il devait la tenir à jamais à l'écart de sa vie.

Rassemblant toute la résolution dont il était capable, le cœur lourd, il fit demi-tour. Lentement, comme un homme avançant vers le gibet, il refit en sens inverse le trajet qui l'avait amené jusque-là, en suivant instinctivement le même chemin qu'il avait choisi sans même s'en rendre compte. On aurait dit un homme poussant lui-même sa propre charrette de condamné à mort, et avançant inexorablement vers sa propre destruction.

Dans la maison de Morna, la pâle créature qui avait été Ailsa, jadis, reprenait lentement conscience. Elle avait l'air d'un spectre et avait l'impression d'être une *will-o'-the-wisp*, une de ces légendaires créatures des marais faites de fumée dont le destin était de jeter des sorts aux hommes.

Elle n'avait pas de mots pour exprimer ce qu'elle ressentait, pas même pour elle-même. Elle aurait voulu se terrer dans un endroit sombre comme une biche blessée, et passer ainsi le reste de la veillée funèbre solitaire que serait sa vie désormais.

Si elle ne pouvait avoir Alasdhair, et elle ne le pouvait pas, alors elle n'aurait rien, ni personne.

Quand bien même elle voyait que Morna souffrait affreusement elle aussi, elle n'avait rien à lui offrir pour la réconforter.

Elle avait pitié d'elle d'une façon qui n'avait rien à voir avec ce qu'elle éprouvait pour elle-même. Sa douleur était trop grande pour que la simple pitié puisse suffire, et son crime, qu'elle avait commis dans la plus totale innocence, trop énorme pour ne pas totalement envahir son esprit de sa présence délétère.

Elle finirait par en réaliser toute l'horreur à un moment ou à un autre, et peut-être avec cette révélation viendraient la repentance et le remords. Mais pour l'heure, la seule façon qu'elle avait de faire face à la vérité consistait à simplement refuser de la voir.

Tout en elle était figé, sauf son amour pour Alasdhair. Il continuait de brûler fiévreusement, fièrement, comme si son cœur se mettait à l'épreuve. Elle savait que c'était mal, mais elle n'y pouvait rien.

Pas maintenant.

Pas encore.

En luttant pour se remettre sur ses pieds, elle frôla le bras tendu de Morna et secoua la tête pour refuser l'aide que celle-ci lui offrait, car elle avait la gorge si serrée qu'elle ne pouvait prononcer une parole. Elle rassembla son *arisaidh* autour d'elle, ouvrit la porte de la maison et respira une longue goulée d'air frais. Il fallait qu'elle le trouve. Quand elle le saurait sain et sauf, elle partirait. Mais d'abord, elle devait le trouver.

Elle descendait le chemin qui menait à la berge lorsqu'une main la saisit, l'arrêtant net. Une main familière.

— Alasdhair.

— Ailsa.

Ils se regardèrent l'un l'autre fixement pendant de longues secondes. Le monde avait changé du tout au tout et pourtant, tout semblait comme avant.

— J'ai cru que tu étais parti, murmura-t-elle d'une voix faible et sans relief.

— Je le serai bientôt, répondit-il.

La sienne sonnait comme celle d'un homme à la torture.

— Alasdhair, je…

— Non, tais-toi.

— Si j'avais su, je n'aurais pas…

— Ailsa, coupa-t-il, d'une voix plus douce cette fois. Cela n'aurait rien changé à la vérité.

— Ta mère a raison, répondit-elle d'un ton plein d'amertume. La vérité n'existe pas.

— Non, tu te trompes. La vérité, c'est ce qu'on ressent au fond de soi, dans son cœur. Je t'aime, Ailsa. Tu fais partie de moi. Tu es faite pour moi, et sans toi, je ne serai jamais complètement moi-même. Cet amour-là n'est pas un péché, jamais je ne croirai une chose pareille. Je t'aime, et quand bien même c'est une profanation, une abomination dont je ne peux même pas prononcer le nom, je continuerai à t'aimer toujours. Si c'est un péché, alors je le commettrai jusqu'à mon dernier souffle, en pensée sinon en actes. Cette séparation que nous devons nous imposer n'est pas la fin de notre amour. Je te garde en mon cœur. Et même si de savoir que je ne sentirai plus jamais tes lèvres sur ma bouche ni ta main dans la mienne m'est une douleur pire que la mort, mon amour est assez fort pour la transcender.

— Oh, Alasdhair ! répondit Ailsa d'une voix brisée. Moi aussi je t'ai rivé au cœur. Et pour toujours, je te le jure.

— Je le sais, Ailsa, et cela me suffit, affirma-t-il d'un

ton farouche en luttant de toutes ses forces pour ne pas la prendre dans ses bras. Cela me suffit. Cela me suffira.

Il répétait cette phrase pour s'en convaincre, mais il n'en croyait pas un mot.

Ils étaient trop noyés dans leur propre malheur, trop occupés à s'imaginer la souffrance abominable qui les attendait pour remarquer sa présence avant qu'elle n'arrive tout près d'eux.

L'affreux voyage qu'ils savaient devoir entreprendre et qui les mènerait du bonheur d'être ensemble au malheur d'être séparés à jamais s'étendait devant eux.

Ayant laissé le cheval à la taverne, elle arriva à pied, entièrement vêtue de noir, ses cheveux blonds que les années n'avaient pas réussi à faner cachés sous sa coiffe de veuve.

Ce fut Ailsa qui la vit la première. Elle sursauta devant la silhouette immobile qui la regardait fixement d'une façon qui lui rappela l'expression des femmes d'Errin Mhor scrutant la mer quand la flottille des bateaux portant leurs maris tardait à rentrer au port.

Elles restaient plantées sur la jetée exactement comme elle à présent, immobiles telles des statues, pétrifiées entre la joie et le chagrin jusqu'à ce que chaque bateau soit rentré et que chaque homme ait été vu sain et sauf.

— Mère, s'exclama Ailsa d'une voix blanche. Je ne comprends pas. Que faites-vous ici, pour l'amour du ciel ?

— Ailsa…

Confrontée à sa fille et déconcertée par l'abominable chagrin qu'elle lisait sur son visage adoré, l'ampleur de la tâche qui l'attendait donnait le vertige à Christina Munro. Paralysée par la peur de l'échec ou, pire, la perspective d'être rejetée tout de go par sa fille, elle fit quelques pas hésitants en direction de celle-ci avant de s'arrêter. Une mère normale aurait pris son enfant dans ses bras, mais

Lady Munro savait qu'elle était aussi peu une mère ordinaire qu'il était possible de l'être.

— Ailsa, je... j'espérais te trouver ici. Il faut que je te parle. Que je t'explique. C'est très important.

— Quoi que vous ayez à me dire, il est trop tard, à présent, répondit sèchement la jeune femme.

En regardant sa fille, et en s'émerveillant une fois encore de la teinte violette de ses yeux, Lady Munro sentit le désespoir la submerger.

— Tu ne comprends pas. Je voulais te voir, te dire... je veux réparer...

Elle souriait tant bien que mal, en s'efforçant d'avoir l'air engageant.

— Réparer ? Personne ne peut réparer. Rien ne sera plus jamais comme avant. C'est fini.

Lady Munro remarqua pour la première fois les traits tirés de sa fille, et ses yeux exorbités saillant de son visage d'un blanc de craie.

— On jurerait que tu viens de voir un fantôme.

— C'est bien le cas, répondit Ailsa. Un fantôme qui me hantera jusqu'à la fin de mes jours.

Christina avait l'impression que le peu de sang qui courait encore dans ses veines s'y figeait peu à peu.

— C'est Morna. Tu lui as parlé. Elle t'a dit...

Elle saisit sa fille par le bras avant de poursuivre, d'une voix qui montait à chaque seconde un peu plus :

— Ce n'est pas ce que tu crois. Ce que ton père a fait... ce n'est qu'une partie de l'histoire. Je t'en prie, Ailsa, laisse-moi t'expliquer...

— Expliquer quoi ? Comment pourriez-vous changer le fait que mon père est aussi celui d'Alasdhair ? s'écria Ailsa, hystérique. Je suppose que vous le saviez, mère, n'est-ce pas ? Et je suppose aussi que c'est la raison pour laquelle vous haïssiez tant Alasdhair. Parce qu'il était le fruit du droit de cuissage de mon père.

— Ailsa, ce n'est pas…

— Au diable le *laird* et ses péchés ! intervint Alasdhair d'une voix forte. J'en ai assez d'entendre parler de lui. Et que faites-vous du péché par omission, milady ? Pourquoi ne m'avez-vous rien dit ? Je ne comprends pas pourquoi vous n'en avez rien fait avant que nous… Oh ! Seigneur ! Avez-vous la moindre idée du malheur que cette nouvelle nous a causé, à moi et à votre propre fille ?

Lady Munro serra les mains fébrilement pour les empêcher de trembler, puis s'éclaircit la voix et se força à regarder sa fille. Son Ailsa. Son Ailsa adorée.

— Ce n'est pas ce que tu crois.

— Comment ? Et que diable croyez-vous que c'est, alors ? rétorqua Alasdhair d'un air dégoûté. Voulez-vous dire que ma mère s'est trompée sur l'identité de celui qui a mis cette graine dans son ventre ?

— Non, ce n'est pas ce que je veux dire.

— Mais alors, mère, que voulez-vous dire au juste ?

Lady Munro releva la tête pour affronter le regard de sa fille.

— Lord Munro est le père d'Alasdhair, c'est vrai, mais il n'est pas le tien.

Le monde sembla arrêter un instant sa course. La tension faisait vibrer l'air. Alasdhair et Ailsa ne pouvaient prononcer une parole, trop effrayés pour en croire leurs oreilles, trop terrifiés à l'idée de découvrir que ces paroles étaient encore un mensonge.

Ce fut Lady Munro qui brisa le silence la première.

— C'est vrai, je le jure, affirma-t-elle d'une voix tremblante.

— Mais pourquoi ? Comment ? Qui ? demanda Ailsa. Je ne comprends pas. Pourquoi ne m'avoir rien dit ? Pourquoi, pendant toutes ces années, m'avoir laissée croire que… pourquoi ?

— Oh, Ailsa ! Pourquoi ? J'avais toutes les raisons du monde pour ne pas te le dire.

— Mais…, insista la jeune femme en se prenant la tête à deux mains pour combattre le vertige qui la saisissait.

Alasdhair dut lutter contre lui-même désespérément pour intervenir à son tour :

— Pas ici. Il faut que… non, pas ici. Rentrons dans la maison de ma mère.

— Jamais Morna Ross n'acceptera que je franchisse le seuil de sa maison.

— Si ce que vous dites est vrai, elle vous accueillera à bras ouverts.

— Je vous le jure, affirma Lady Munro avec ferveur. Je vous promets que c'est la vérité. Tu n'es pas du même sang que ma fille, Alasdhair.

Dans le regard qu'échangèrent les deux jeunes gens luisait une vague lueur d'espoir, vacillant comme la flamme d'une bougie essayant vaillamment de brûler dans le vent.

Ils se regardèrent, le cœur rempli d'espérance, et détournèrent les yeux presque aussitôt, de peur de tenter le destin. Quand ils se dirigèrent tous trois vers la maison, le ciel parsemé de nuages blancs du petit matin avait cédé la place à un azur pâle dans lequel le soleil luisait faiblement.

Morna Ross les attendait sur le seuil de sa maison, les bras croisés bien serrés sur sa poitrine.

— Eh bien ! Si je m'attendais à ça ! A quoi dois-je ce plaisir douteux ?

— Mère, lui lança Alasdhair en la faisant entrer dans la maison, Lady Munro a des nouvelles extraordinaires à nous annoncer qui pourraient bien remettre tout en place. Installons-nous à l'intérieur, s'il vous plaît.

Morna obtempéra et alla s'asseoir de l'autre côté de la table, exactement en face de Lady Munro. Les deux femmes s'observèrent longuement, comme de vieux adversaires se préparant pour une bataille qu'aucune n'appelait de ses vœux.

Ailsa et Alasdhair étaient assis l'un à côté de l'autre, de telle sorte qu'ils ressentaient plutôt qu'ils ne voyaient les nuances des émotions qui s'exprimaient sur leurs visages. Ils ne se touchaient pas, mais malgré cela, leurs corps cherchaient à se rapprocher l'un de l'autre, attirés par quelque force invisible comme celle qui pousse les aiguilles d'une boussole à toujours pointer vers le nord.

Ils attendirent en retenant leur souffle que les explications de Lady Munro les libèrent, craignant encore d'avoir, par quelque rouerie du destin, mal interprété ses paroles, et que cette erreur funeste les condamne à jamais.

Les longs doigts fins de Lady Munro jouaient nerveusement avec la dentelle délicate de son mouchoir.

— Je n'ai jamais voulu que ton bonheur, déclara-t-elle abruptement en se tournant vers sa fille. Je sais que tu ne le crois pas, mais c'est la vérité. C'est tout ce que j'ai jamais désiré.

— En ce cas, aidez-moi, Mère, je vous en supplie, car la seule chose qui puisse me rendre heureuse, c'est d'être avec Alasdhair.

Christina Munro hocha la tête. Un petit morceau de dentelle s'arracha du mouchoir de coton fin avec un bruit sec.

— Oui. Oui, je le vois à présent. Je regrette seulement qu'il m'ait fallu tant de temps pour m'en apercevoir.

Elle hocha la tête de nouveau. Un silence tendu comme une voile dans la brise envahit la pièce. Elle ferma les yeux au moment où le passé, continent sur lequel, pour se protéger, elle n'avait jamais posé le pied, s'offrait à ses yeux comme une terre oubliée dont les contours lui auraient été familiers, mais que le temps aurait trop changée pour qu'elle la reconnaisse. Cela dura un moment, puis, prenant une longue inspiration, elle rouvrit les yeux avant de prendre enfin la parole :

— J'ai beaucoup aimé mon premier mari, affirma-t-elle en regardant uniquement sa fille, poursuivant d'une voix dure : sa mort m'a anéantie. Nous n'étions pas mariés depuis longtemps et j'étais très jeune. J'avais à peine dix-huit ans et mon premier-né, Rory, n'était âgé que de quelques mois.

Elle commença à se balancer d'avant en arrière sur son fauteuil, puis reprit :

— Vois-tu, Ailsa, je peux prononcer son nom, mais je trouve… enfin, l'expérience m'a appris qu'il ne vaut mieux pas. Quand on ne peut guérir une blessure, il vaut mieux ne pas la gratter.

Elle hésita un peu avant de reprendre son récit.

— J'ai été veuve quelques mois, jusqu'à ce que le clan ne me marie à Munro. Mon garçon n'avait pas un an quand ils me l'ont arraché des bras. Je ne le savais pas, vois-tu. Personne ne m'avait dit que cela faisait partie du contrat de mariage. Rory étant l'héritier de Heronsay, les Macleod voulaient le prendre sous leur aile et mon nouvel époux ne voulait pas d'un coucou Macleod dans son nid. J'ignorais absolument tout de ces choses.

Ailsa la regardait comme si elle la voyait pour la première fois de sa vie. Elle semblait avoir pris de l'âge ces derniers jours, non point sur le visage, mais dans son allure. Son dos roide et droit s'arquait à présent et on voyait bien, à sa façon de se tenir tassée sur elle-même, qu'elle luttait pour ne pas s'effondrer. En fait, elle faisait pitié. Et c'était assurément la toute première fois qu'Ailsa ressentait cette émotion pour sa mère.

Ses doigts déchiraient la dentelle par à-coups.

— Cela m'a brisé le cœur de laisser Rory à Heronsay. Le soir de nos noces, le *laird* m'a promis que le jour où je lui donnerais un fils, il permettrait que mon premier-né vienne vivre avec nous. J'ai cru qu'il était sincère.

Elle pinça les lèvres avant de poursuivre :

— Mais quand j'ai mis Calumn au monde, il m'a simplement ri au nez. J'aurais mon fils, m'a-t-il dit, quand j'aurais un deuxième enfant. Un de plus que je n'en avais donné à Macleod. Aussi l'ai-je admis de nouveau dans mon lit et ai-je enduré ses privautés, quand bien même je savais que c'était un menteur. Que pouvais-je faire d'autre ?

Lady Munro se tourna brièvement vers Morna.

— Quand il s'agit du bien-être de nos enfants, nous sommes prêtes à supporter beaucoup de choses.

Morna haussa légèrement les épaules en signe d'acquiescement, mais garda le silence.

— J'ai essayé, mais en pure perte, reprit la mère d'Ailsa. Et après quatre ans, j'étais prête à abandonner tout espoir. Je ne croyais plus vraiment qu'il me laisserait avoir Rory près de moi un jour. Tu ne vas pas me croire — d'ailleurs, pourquoi le ferais-tu après la façon dont je t'ai traitée ? — mais ce que je désirais vraiment, c'était d'avoir une fille.

Elle se tut de nouveau, le temps pour Ailsa de s'étonner qu'une légère rougeur vienne colorer ses joues.

— Continuez, l'exhorta-t-elle, inquiète de savoir ce qu'elle allait dire ensuite.

— Je n'y aurais pas pensé si les circonstances ne s'étaient pas mises de la partie, affirma Lady Munro.

Les mots lui venaient tous en même temps à présent, tellement elle avait envie d'en finir avec la partie la plus honteuse de son récit.

— Le *laird* était absent d'Errin Mhor, pour des affaires concernant le clan. Cela faisait deux mois qu'il était parti et il rendait visite à des cousins dans les Iles Hébrides. Neil Murray était un de mes amours de jeunesse. A la mort du père de Rory, il avait demandé ma main, mais malgré sa naissance et le fait qu'il ne me déplaisait pas, loin de là, il n'avait pas la fortune ni les terres du *laird* d'Errin Mhor, aussi son offre fut-elle rejetée.

Ces révélations ressemblaient si peu à ce à quoi Ailsa s'attendait qu'elle en resta bouche bée de surprise. Elle fit mine de parler, mais le bras d'Alasdhair la retint.

— Attends, prononça-t-il sans émettre aucun son, craignant que Lady Munro ne parle plus si elle était interrompue.

— Il est arrivé à Errin Mhor avec un message de la part de mon époux, déclara cette dernière en rougissant franchement cette fois-ci. Il est resté sept jours et sept nuits et nous… il est venu dans mon lit chaque soir. J'étais seule, désespérée, et il s'est montré tendre avec moi, ce que Munro n'avait jamais fait. Cela a fait remonter en moi le souvenir de jours meilleurs. Je sais que ce n'est pas une excuse. Quand finalement il a quitté Errin Mhor, je me suis doutée que je portais peut-être son enfant. Quand mon époux est rentré, trois semaines plus tard, mes soupçons s'étaient confirmés. Je sais que j'ai mal agi en lui mentant, même s'il m'avait trompée de son côté, mais c'est pourtant ce que j'ai fait. J'ai fait en sorte qu'il n'ait aucune raison de douter de moi et j'ai eu de la chance, car personne ne s'est avisé de se demander pourquoi tu étais née quelques semaines en avance. Calumn lui aussi était arrivé un peu vite. J'ai eu de la chance et j'ai pris mes précautions. Personne n'a jamais su, pas même Neil. Jusqu'à aujourd'hui, j'ai été la seule à porter ce secret.

— Etes-vous certaine de ce que vous dites, mère ? demanda Ailsa d'une voix pleine d'espoir et d'impatience, en s'avançant sur son siège. Etes-vous totalement sûre, sans l'ombre d'un doute, de l'identité de mon père ?

— Oui, j'en suis absolument certaine, je te le promets. J'ai compté les jours sans me tromper, crois-moi, mais de toute façon, il y a autre chose, si tu as besoin d'une preuve supplémentaire. Regarde tes mains.

Ailsa s'exécuta, étalant ses mains sur le dessus de la table.

— Que dois-je regarder ?

— Regarde, souffla Lady Munro en faisant de même. Le majeur et l'annulaire. Chez la plupart des gens, ils sont de tailles différentes, mais les tiens sont rigoureusement de la même longueur. C'est une bizarrerie que Neil m'a fait remarquer. Tous les gens de sa famille ont la même.

Ailsa examina ses mains en fronçant les sourcils, surprise de constater que sa mère disait la vérité, et encore plus de réaliser qu'elle ne s'était jamais aperçue de la chose.

— Est-ce vraiment si inhabituel ?

Lady Munro acquiesça en hochant la tête. Alasdhair et Morna regardèrent leurs mains et firent de même.

— C'est vrai, observa la seconde en regardant celles de la jeune femme avec intérêt. Je n'ai jamais vu ça auparavant, sur personne.

— Donc je ne peux pas être une Munro, commenta Ailsa lentement.

— Non, répondit Lady Munro d'une voix tendue.

Morna prit la parole pour la première fois depuis qu'ils étaient revenus dans la maison, avec quelque chose qui ressemblait à de l'admiration dans le ton de sa voix :

— Vous avez fait entrer le coucou dans le nid du *laird*.

— En effet, admit la mère d'Ailsa en soutenant le regard de Morna, plus impassible qu'une statue, ses doigts enfin apaisés ne triturant plus la dentelle de son mouchoir.

Chaque mot qu'elle prononçait semblait une pierre pointue qu'on lui arrachait, si douloureusement qu'il n'était pas permis de douter de leur véracité.

— Quand je vous ai trouvée avec lui, cette fameuse nuit, j'étais furieuse qu'il puisse faire si facilement et avec tant de nonchalance ce qui m'avait coûté si cher. Ce n'était pas votre faute, je le sais, mais je ne voyais pas les choses de cette façon à l'époque. Si cela peut vous consoler, sachez qu'il m'a punie moi aussi, pour me faire payer la honte qu'il avait ressentie d'être découvert. Ce que je vous ai fait m'a été fait à mon tour et votre fils a pris la place du mien au château.

— Ce n'est pas du tout la même chose, protesta Morna d'une voix forte.

— Je ne prétends pas que c'est le cas, tempéra Christina. Ni que je n'ai commis aucun péché. Je veux simplement expliquer ce qui s'est passé. Et puis de toute façon, ce n'est pas votre pardon que je suis venue chercher en venant ici, mais celui de ma fille.

Elle se tourna vers Ailsa de nouveau, les yeux humides des larmes qu'elle retenait à grand-peine.

— Je ne t'en ai que plus aimée pour celle que tu étais, ma fille, et pour celle que tu n'étais pas, mais le *laird* passait avant tout, vois-tu, aussi ai-je pris grand soin de ne jamais lui laisser voir les sentiments que j'avais pour toi. Mais tu as raison. J'ai eu du temps, plus qu'assez, pour changer les choses entre nous, et je ne l'ai pas fait. J'ai eu peur de le faire, parce que le mal que je t'ai infligé, je ne pouvais pas le regarder en face. C'était trop dur. Je t'ai toujours aimée, Ailsa, quand bien même je ne te l'ai jamais montré. Je suis venue te dire que quelle que soit la vie que tu choisirais, tu aurais ma bénédiction. Pourras-tu jamais trouver dans ton cœur la force de me pardonner ?

— *Màthair !*

Sans se soucier des larmes qui coulaient sur ses joues, Ailsa se leva, se jeta à genoux devant sa mère et, lui serrant les genoux entre ses bras, y posa la tête, éperdue de bonheur.

— Je n'ai jamais été aussi heureuse de toute ma vie d'apprendre que l'homme que je croyais être mon père ne l'était pas. Car cela signifie que je peux obtenir ce qui est le plus cher à mon cœur, c'est-à-dire vivre avec Alasdhair. Rien que pour cela, je peux vous pardonner tout ce que vous avez fait.

D'un geste hésitant, Christina toucha les boucles soyeuses de sa fille du bout des doigts.

— Je n'ai jamais cherché qu'à te protéger. J'étais persuadée que personne ne pouvait le faire à ma place. Je me trompais et j'en suis désolée. Si tu veux épouser Alasdhair Ross, alors c'est ce que je veux moi aussi.

Alasdhair aida Ailsa à se lever d'une main ferme et la serra si fort entre ses bras qu'elle ne pouvait plus respirer, quand bien même ils trouvaient tous les deux qu'ils n'étaient pas encore assez proches l'un de l'autre.

— Jurez-vous que ce que vous venez de nous raconter est la vérité vraie ? demanda-t-il en regardant Lady Munro d'un œil sévère.

— Je le jure.

Il y avait une certaine ironie à ce que ce soit justement la femme qui avait fait le plus pour les éloigner l'un de l'autre qui vienne aujourd'hui briser ce qui semblait un obstacle insurmontable à leur bonheur. Mais comme Ailsa désormais, Alasdhair ne se souciait plus guère d'autre chose que du fait que plus rien ne s'opposait à ce qu'ils soient ensemble.

— Merci, lança-t-il à Lady Munro. Je considère donc que votre fille a votre bénédiction, c'est bien ça ?

— Je la lui donne de tout mon cœur, répondit celle-ci.

Morna se leva elle aussi.

— Eh bien, dit-elle en fixant l'autre femme d'un œil peu amène. Je n'irai pas jusqu'à dire que je vous ai pardonnée, mais j'ai pitié de vous, Christina Munro, et puisqu'il semble que nous allons être parentes par alliance, je ferai de mon mieux pour oublier vos pires péchés.

Lady Munro se mit debout à son tour.

— Il est tard, vous avez sûrement besoin d'être seuls, et je suis épuisée. Aussi, si vous le voulez bien, vais-je rentrer à l'auberge prendre un peu de repos.

Ailsa se dégagea du bras d'Alasdhair pour donner à

sa mère un baiser hésitant sur la joue et fut récompensée d'une étreinte violente avant que Christina ne s'enfuie de la pièce en se cachant les yeux de sa main levée.

— Je ferais bien de la suivre et de m'assurer que tout va bien, déclara Morna. Ç'a été une rude journée pour nous tous, pour sûr.

Quand ils furent enfin seuls, Alasdhair prit Ailsa par les épaules et la guida hors de la maison en direction des rives du *loch*.

Il faisait déjà presque nuit et la pleine lune brillait haut dans le ciel, un peu voilée par ce qu'il restait de bruine. Il la fit se tourner vers lui et lui prit le visage entre les mains, savourant autant qu'il pouvait sa beauté admirable.

Pendant de longues minutes, ils se regardèrent en silence, les yeux violets de l'une répondant au brun profond des yeux de l'autre, l'horreur des dernières heures s'évanouissant graduellement dans leur mémoire tandis que la lueur rougeoyante de leur amour irradiait leurs corps.

— Je t'aime, affirma Alasdhair d'une voix rauque en approchant ses lèvres si près qu'elles frôlèrent la bouche de la jeune femme. Je t'aime, je t'aime, je t'aime. Jamais je ne me lasserai de le dire, jamais je ne cesserai de remercier le ciel de me permettre de le faire.

— Moi aussi je t'aime, Alasdhair, murmura-t-elle. Et plus encore à chaque minute qui passe.

Il l'attira plus près. Ses courbes ravissantes pressées contre lui épousaient merveilleusement son corps ferme et solide. Elle sentait le soleil et la mer. Ailsa.

Il ferma les yeux et s'abreuva d'elle, de sa présence, et le soulagement céda lentement la place au désir à mesure que les horreurs de la journée qui s'achevait commençaient à se dissiper.

Enfin, il l'embrassa, vidant son cœur en elle en un baiser inouï, l'enveloppant dans le baume de son amour, les liant tous les deux d'une façon qui les persuadait sans aucun doute possible qu'ils étaient bien les deux moitiés d'un seul être. Un baiser dont on aurait dit qu'ils l'avaient attendu toute leur vie. Une proclamation. Un serment.

— Je t'aime, Alasdhair. Je t'aime tant, répéta Ailsa en lui prenant la main pour la frotter contre sa joue. La voilà notre table rase, n'est-ce pas ? Cela ne te gêne pas que je ne sois pas celle que tu croyais ?

Il éclata de rire.

— Non. Tu es exactement celle que je croyais. La seule chose qui m'inquiète, c'est que tu sois gênée, toi, pour la même raison.

— Tu es toi, Alasdhair, c'est-à-dire exactement celui que je croyais que tu étais. N'est-ce pas amusant de penser que tu es venu de Virginie pour trouver des réponses et que tu ne posais même pas les bonnes questions ?

— Je n'en ai qu'une seule à l'esprit, et c'est de savoir quand nous nous marierons.

— Bientôt. Dès que nous pourrons publier les bans.

Ailsa soupira de contentement et se blottit encore plus entre les bras rassurants d'Alasdhair.

— Je n'arrive pas à croire que tout cela est vrai, ajouta-t-elle.

— Et tu me promets que tu n'as aucun regret, Ailsa ? Tu penses vraiment ce que tu dis quand tu affirmes que tu veux vraiment quitter l'Angleterre pour aller vivre avec moi en Virginie ?

— C'est toi que je veux vraiment. Si je peux t'avoir, toi, rien d'autre n'a d'importance.

Elle se mit sur la pointe des pieds pour l'embrasser, puis :

— Je veux un monde nouveau, celui-ci est trop vieux.

— Alors tu auras le Nouveau Monde. Et ton nom ?

— Je ne sais pas, répondit-elle en plissant le front. Il faut dire la vérité à Calumn, ce ne serait pas juste de la lui cacher, mais je doute fort qu'il ait envie de la rendre publique. Pour ce qui me concerne, je serai Ailsa Ross, et c'est tout ce qui compte.

Alasdhair l'embrassa encore, langoureusement cette fois, et doucement, savourant ses lèvres pleines, et de la main ses formes voluptueuses.

— En ce cas, si ma mère est heureuse de garder un secret et que c'est aussi le cas de la tienne, je ne vois pas ce qui nous oblige à proclamer la vérité au monde entier. Sommes-nous d'accord ?

— Oui, répondit Ailsa, en l'attirant plus près de ses lèvres. Et maintenant, pouvons-vous parler d'autre chose que de nos mères, s'il te plaît ?

Il ne résista pas.

— Ne parlons plus du tout, murmura-t-il.

Il l'embrassa encore, et encore, ne s'arrêtant enfin que lorsque, rassasiée, elle s'endormit contre lui, le corps et l'âme chavirés de bonheur.

Chapitre 11

Alasdhair et Ailsa devaient se marier sous leur nom de baptême. Après de longues réflexions, Morna et Christina s'étaient accordées à penser qu'il vaudrait mieux garder la vérité sous le boisseau, à condition, cela allait sans dire, que Calumn soit du même avis lui aussi.

Alasdhair avait insisté pour expliquer toute l'affaire à son ami lui-même, jugeant, à juste titre, que ce dernier préférerait entendre de sa bouche les faits bruts plutôt que d'avoir à écouter les réactions de deux femmes qui rivaliseraient de zèle dans l'émotion.

Calumn l'écouta en effet, de plus en plus étonné à mesure qu'Alasdhair avançait dans son récit, mais dès que ce dernier en eut terminé, il secoua la tête d'un air résigné.

— Mon père a pris la précaution de se délivrer du fardeau de ses péchés avant de mourir, affirma-t-il avec une grimace de déplaisir. Sa religion ne requiert pas de confession, mais il a choisi de me charger, moi, son fils aîné, du poids de ses fautes les plus viles, pour le cas où certains de ceux qui ont eu à en pâtir s'aviseraient de demander réparation. Il a été habile jusqu'au bout, le vieux bouc ! Tu n'as pas idée de la noirceur de son âme, Alasdhair, mais je ne le crois pourtant pas capable d'avoir sciemment commis un tel forfait. J'imagine qu'abuser de ta mère et lui faire un enfant a dû lui sembler être plus un devoir qu'un péché. J'en suis navré, sincèrement, Alasdhair.

— Tu n'y es pour rien.

— Non, mais c'est un déshonneur dont j'ai hérité, que je le veuille ou non.

— Pas à mes yeux en tout cas. Réalises-tu que tout cela signifie que nous sommes frères, toi et moi ?

Le visage de Calumn s'éclaira tout d'un coup.

— Par tout ce qui m'est sacré, c'est vrai ! s'exclama-t-il en prenant la main de son ami. Je sais que c'est un peu tard, mais sois le bienvenu dans notre famille, mon frère.

— Mieux vaut tard que jamais, commenta Alasdhair en éclatant de rire.

Le matin de leurs noces, Ailsa découvrit à son réveil que le destin leur avait réservé une belle journée. Bien sûr, elle l'aurait trouvée merveilleuse quand bien même le ciel aurait déversé sur eux des trombes d'eau glacée, car le soleil semblait briller directement dans son cœur depuis quelques jours.

Bien qu'elle eût reçu l'ordre de se cantonner strictement à sa chambre durant toute la matinée, elle était bien trop excitée pour rester au lit, aussi s'était-elle enveloppée d'une couverture avant d'aller se percher sur le banc installé sous la fenêtre.

Au-dehors, elle pouvait voir la flottille de pêche déployée sur la mer, au-delà du Collier, comme un gigantesque filet. Les bancs de harengs venaient d'arriver dans les eaux d'Errin Mhor. Ces petites créatures argentées n'approchaient les côtes que quelques semaines par an, mais elles arrivaient par myriades. Avant une heure, toutes les femmes des villages alentour se retrouveraient sur le port d'Errin Mhor, les doigts entourés de bandelettes de coton, prêtes à vider et à saler les poissons à mesure qu'ils seraient déchargés sur le quai. La précieuse récolte serait ensuite rangée soigneusement en couches régulières dans des tonneaux de bois, afin de pourvoir chaque foyer de provisions vitales en vue du long hiver.

Sur la lande, la pénible tâche consistant à couper les mottes de tourbe avait déjà commencé. Dans le grand jardin enclos attenant aux cuisines du château, on s'apprêtait à repiquer les légumes d'été.

Madeleine avait commencé à faire des expériences avec d'étranges spécimens qu'elle se faisait envoyer depuis la ferme de son père, en France, malgré l'absence totale d'encouragements à ce sujet de la part de Lady Munro, comme de bien entendu.

La nouvelle orangerie, que Calumn avait fait construire pour elle, était remplie de caisses contenant d'étranges semis et toutes sortes de plants.

Agneaux et chevreaux étaient nés pour la plupart et les vaches commenceraient bientôt à mettre bas à leur tour, sans oublier que la vague des naissances du début de l'été allait elle aussi débuter incessamment. Cela ferait une autre récolte bienvenue, semée, elle, au cours des longues nuits d'automne. C'était un cycle si familier qu'Ailsa le voyait comme une immense tapisserie ronde, comme une roue impassible et insensible aux aléas du temps.

La vie à Errin Mhor se répétait d'année en année, avec la lenteur inexorable de la marche des saisons.

— Et très bientôt, je vais partir pour un monde nouveau dont j'ignore totalement le rythme des saisons, se dit-elle à elle-même en regardant dans le vide par-delà la fenêtre. De l'autre côté de l'océan, pour un nouveau départ. Avec mon mari, Alasdhair.

Une chaleur désormais familière envahissait son ventre chaque fois qu'elle pensait à lui.

— Mon mari, murmura-t-elle de nouveau comme pour goûter ce mot sur sa langue.

Son visage s'adoucit, transformé par la tendresse. Les six semaines précédentes avaient beau avoir passé à une vitesse fulgurante — elle en gardait un souvenir vague, comme embrumé par l'activité constante et débridée qu'elle y avait déployée — entre la préparation de son trousseau et de l'impressionnante collection d'objets qu'une jeune mariée devait apporter en dot, l'organisation des noces proprement dites et les adieux qu'il fallait faire aux séjours familiers de son enfance.

Alasdhair, lui, avait passé le plus clair de son temps à traiter ses affaires à Glasgow, sans pour autant être absent une seule fois au temple — comme l'exigeaient la coutume et les prescriptions de l'Eglise — lors des trois dimanches suivant la publication des bans.

— Cela m'aide à ne pas me jeter sur toi avant nos noces, avait-il murmuré à son oreille avant de partir vers le sud, ce qui, pour Ailsa, faisait un piètre motif de consolation.

Elle avait terriblement envie de ses caresses et, malgré son impatience d'être enfin au jour dit et de savourer les célébrations de leur mariage, elle avait bien du mal à penser à autre chose qu'à leur première nuit d'amour en tant que mari et femme.

Un coup frappé à sa porte annonça l'arrivée de sa collation du matin. Madeleine et Lady Munro, qui formaient désormais la plus inattendue des alliances, conspiraient pour faire en sorte qu'elle reste soigneusement cachée jusqu'au moment de partir à l'église.

Les invités arrivaient de partout depuis plusieurs jours déjà. Morna Ross avait de bonne grâce accepté l'invitation à assister aux épousailles de son fils, mais avait refusé en revanche d'être hébergée au château, préférant s'installer chez les Sinclair, où elle passait de longues heures avec son amie Mhairi à se souvenir du bon vieux temps et à s'informer des derniers commérages.

Le château était rempli jusqu'au moindre recoin de visiteurs, parmi lesquels nombre d'amis et de relations que

Lady Munro connaissait depuis son enfance, et dont ni Ailsa ni Calumn n'avaient jamais soupçonné l'existence.

Le mariage de sa fille, une visite trop longtemps différée à son fils Rory, qui n'avait pas laissé d'être très surpris de la chose, et à sa famille à Heronsay, de même que l'arrivée imminente d'un second premier-né dans la famille, avaient redonné à la veuve comme une nouvelle jeunesse.

Il eût été très exagéré de dire qu'elle était devenue une femme enjouée, mais on avait pu observer sur son visage l'ombre d'un sourire en de multiples occasions — au moins cinq en tout cas — et une fois, elle avait ri franchement, ce qui n'avait pas manqué d'étonner passablement les témoins de la scène.

Elle devenait graduellement plus douce, plus aimable, songea Ailsa en s'en émerveillant lorsqu'elle s'aperçut que sa mère, loin de tripoter ses cheveux comme à son habitude, voulait au lieu de cela lui donner simplement un baiser sur la joue. Elle fondait, finalement, comme un glaçon au faîte d'un toit sous les premiers rayons du soleil, au printemps.

Dans la matinée, Ailsa prit un bain et se lava les cheveux en essayant de se calmer un peu. Toutefois, le vacarme produit par le flot constant des invités et des domestiques montant et descendant les escaliers, les portes qui claquaient, le grincement des meubles qu'on déplaçait d'une pièce à l'autre et, par-dessus tout ça, comme un bruit de fond permanent, le murmure étouffé des conversations et des rires, la rendaient impatiente de voir la cérémonie commencer aussi tôt que possible.

La pendule semblait égrener les secondes de plus en plus lentement, les minutes semblaient devenir des heures.

Quand elle commença finalement à s'habiller, elle avait l'impression d'avoir attendu pendant une éternité, seule dans sa chambre, ce moment inoubliable qu'allait être son mariage avec l'homme qu'elle aimait.

Madeleine et sa mère l'aidèrent à mettre la dernière main aux préparatifs. Elle était vêtue de bleu et argent, couleurs de la constance et de la fidélité, réparties en rayures symétriques sur sa robe, qu'elle portait par-dessus un jupon de soie bleu ciel. Des rubans argentés retenaient ses bas, des épingles d'argent ses cheveux et elle plaça une pièce du même métal dans sa chaussure gauche après avoir pris soin d'enfiler la droite la première.

Bien qu'elle ne fût pas spécialement superstitieuse d'ordinaire, ni encline à respecter servilement les traditions, elle ne voulait pas prendre le risque que quelque chose se passe mal, ni laisser quelque place que ce soit au hasard, au point qu'elle avait autorisé sa mère à placer un drap sur le miroir de sa chambre de peur d'y voir, par malheur comme par hasard, son reflet. Les perles, parce qu'elles ressemblaient à des larmes, étaient considérées comme des porte-malheur et par conséquent bannies, mais au moment où elles s'apprêtaient à partir, sa mère lui présenta un pendentif d'or absolument exquis de délicatesse et le lui accrocha autour du cou.

— Il appartenait à ma propre mère, expliqua-t-elle. Je l'ai porté moi-même le jour de mon premier mariage, quand j'ai épousé le père de Rory, mais pas lors du second.

Elle donna à Ailsa un autre baiser sur la joue — un deuxième en si peu de temps, c'était plus que du jamais vu — et alla même jusqu'à serrer celle-ci dans ses bras.

— Mon premier mariage a été heureux, et je suis sûre que le tien va l'être aussi.

— Merci, mère, répondit Ailsa en tâtant le bijou du bout des doigts, touchée jusqu'au tréfonds de l'âme.

— Et ceci est pour vous, de la part de Calumn et de

moi-même, intervint Madeleine en passant un bracelet autour du poignet d'Ailsa. Les saphirs représentent la mer et les petits diamants le sable. Ainsi, vous n'oublierez pas Errin Mhor et votre famille.

— Vous allez me manquer.

— Tu seras bien trop occupée avec ta nouvelle vie pour t'inquiéter de nous, répondit Lady Munro. De toute façon, j'ai largement de quoi m'occuper ici. D'abord, il y a Rory et sa famille dont je n'ai pas encore vraiment fait la connaissance, et puis Maddie, ici présente, qui va me donner un nouveau petit-fils, à moins que ce ne soit une nouvelle petite-fille.

Elle regarda sa belle-fille en souriant d'un air affable.

— Allons, allons, pas de larmes le jour de tes noces, s'exclama-t-elle en essuyant doucement les yeux d'Ailsa avec son mouchoir. Montre-toi un peu, et laisse-nous te regarder. Tu es parfaite.

Elle hocha la tête d'un air nonchalant, mais Ailsa ne put s'empêcher de remarquer qu'elle pressait discrètement le petit morceau d'étoffe sur ses paupières elle aussi.

Les deux femmes sortirent pour la laisser descendre l'escalier toute seule. Elle s'arrêta en haut de celui-ci pour contempler la grande salle, décorée pour l'occasion à l'aide d'innombrables morceaux de tulle et de bouquets de fleurs des champs accrochés un peu partout.

Calumn l'attendait au pied de l'escalier, portant la tenue de cérémonie traditionnelle des Highlanders, prêt à faire avec elle le chemin jusqu'à l'église dans laquelle tout le monde les attendait.

Elle prit son bras, en remerciant le ciel de sa présence rassurante, car elle commençait sérieusement à sentir ses jambes flageoler et son cœur battait la chamade. Elle n'arrivait plus à penser à autre chose qu'au fait que dans quelques minutes, elle se retrouverait au pied de l'autel. Alasdhair y serait, lui aussi, et le prêtre les unirait comme mari et femme, pour toujours. Faisant d'eux du même coup une nouvelle entité à partir de deux êtres différents.

Plus tard, elle ne se souviendrait plus d'avoir marché sur ce chemin qu'elle avait emprunté des milliers de fois. Les portes de l'église étaient grandes ouvertes. Ceux qui étaient arrivés trop tard pour trouver un siège s'agglutinaient près de l'entrée, sur les bords du chemin, dans le passage, souriant et criant leurs vœux de bonheur aux mariés, mais Ailsa ne voyait qu'une masse confuse.

— Es-tu certaine que tu veux aller jusqu'au bout ? s'enquit Calumn d'une voix douce.

Elle répondit d'un sourire si franc et si sûr qu'il éclata de rire et l'embrassa sur la joue.

— Le devoir m'oblige à te poser la question, mais je reconnais cet air sur ton visage, répondit-il en lui donnant le bras. Tu en es sûre, et pas qu'un peu, ça se voit.

— Comment me trouves-tu ? demanda-t-elle d'une voix nerveuse.

— Radieuse, petite sœur, et je suis diablement fier d'avoir l'honneur de te mener à l'autel. Quant à Alasdhair, c'est le plus heureux des hommes.

Il lui serra la main pour la rassurer.

— Allons viens, il est temps de te marier.

Et là-dessus, ils entrèrent lentement dans l'église.

Ailsa n'avait d'yeux que pour une seule personne. De toute façon, les choses se passaient toujours de la même façon : si Alasdhair était présent, il n'y avait que lui. Et pour le coup, il était là à l'attendre, comme il le lui avait promis.

Son visage arborait une expression touchante d'inquiétude mêlée d'impatience. Elle prit une longue inspiration et s'avança d'un pas confiant et gracieux jusqu'à lui, les yeux rivés sur les siens, les lèvres figées sur un demi-sourire —

car il n'eût pas été convenable de sourire à pleines dents dans des circonstances aussi solennelles.

Comme Calumn, Alasdhair portait la grande tenue des Highlanders, composée entre autres d'un *plaid* tissé spécialement pour lui par Mhairi Sinclair. La boucle de sa ceinture, forgée par Hamish, portait les armes des Ross. Son manteau taillé dans un tissu d'un bleu sombre, était plutôt court et bien ajusté sur son torse puissant et ses larges épaules. Son *filleadh mòr* était tenu par une épingle ouvragée en argent surmontée d'un gros saphir, dont une réplique plus petite scintillait au milieu de sa cravate. Il avait les cheveux lisses et soigneusement noués sur la nuque.

Son visage, son visage adoré, prit l'expression la plus douce et la plus tendre quand il regarda Ailsa faire ses derniers pas sous le nom de Munro. Quand elle arriva à sa hauteur, Alasdhair lui prit la main, posa un petit baiser sur sa paume et l'attira aussi près de lui que la décence et les traditions le permettaient.

Ils prononcèrent leurs vœux, non pas en regardant le prêtre, mais en se faisant face l'un à l'autre. Pour dire la vérité, l'homme d'église se sentit presque de trop tout du long et il fut grandement choqué pas le baiser qui suivit la conclusion de la cérémonie.

La coutume voulait que les mariés se donnent un petit baiser sur la joue. Quant à s'embrasser sur les lèvres, on tolérait un frôlement, mais rien de plus. Ce dont il fut le témoin, en revanche, dépassait les bornes. Disons, par discrétion, qu'il fut soulagé quand les vivats et les applaudissements de la foule rappelèrent opportunément aux mariés qu'ils se trouvaient dans un lieu saint.

Plus tard, on rapporta que jamais mariés n'avaient prononcé leur serment avec autant de sincérité, quoique certains affirmèrent qu'Ailsa aurait dû faire montre d'un peu plus de retenue, comme il sied à une femme. On dit aussi qu'il ne s'était jamais trouvé couple plus gracieux pour honorer de sa présence l'église d'Errin Mhor, ce qui fut âprement discuté par ceux qui avaient eu la chance d'assister au mariage de Calumn et Madeleine.

Certaines rumeurs firent état du fait que Lady Munro aurait versé une larme à cette occasion, mais aucune preuve formelle de la chose ne fut jamais apportée par ceux qui s'en faisaient les tenants.

Personne, en revanche, ne discuta le charme touchant de la cérémonie et tous s'accordèrent pour proclamer qu'on ne pouvait douter un instant de l'amour radieux que les deux jeunes gens éprouvaient l'un pour l'autre.

Une fois la cérémonie officielle terminée, tout le monde, hormis les deux mariés eux-mêmes, attendit avec impatience que les festivités commencent au château d'Errin Mhor, aussi tôt du moins que l'étiquette le permettrait.

Calumn lança la chaussure, symbole de la responsabilité qu'il transmettait au marié de veiller sur sa sœur. Tout un chacun applaudit en criant à tue-tête et Ailsa et Alasdhair menèrent la longue et extrêmement bruyante procession jusqu'au château.

Là, ils présidèrent le banquet, forcés d'écouter moult discours dans lesquels on leur souhaitait bonheur et prospérité, en se tenant la main tout du long et en se sentant coupables d'avoir envie d'être enfin seuls.

— Je reconnais cet air sur le visage d'Ailsa, souffla Jessica Macleod, la femme de Rory, à l'oreille de Madeleine, en tournant les yeux vers sa nouvelle belle-sœur.

— Moi aussi, pouffa Madeleine. C'est la honte d'avoir envie de fuir son propre banquet de noces. Je me souviens très bien du mien… Combien de temps croyez-vous qu'ils attendront avant de tenter une sortie discrète ?

— Autant que vous-même en votre temps, répondit Jessica, taquine.

— Oh ! Je croyais que personne n'avait remarqué, affirma Madeleine en rougissant.

— Ne vous inquiétez pas, Rory et moi avons fait la même chose, répondit Jessica.

Elle hocha la tête en direction de Lady Munro, qui surveillait toujours sa fille de son œil d'aigle.

— Si nous pouvions distraire notre belle-mère ne serait-ce qu'un instant, nous rendrions un fier service à Ailsa.

— Tina !

Une voix râpeuse venait de leur parvenir par-dessus la mêlée.

— Oh, mon Dieu, c'est Angus McAngus ! s'exclama Madeleine dès qu'elle eut repéré la masse de cheveux en bataille d'un roux délavé de l'intéressé, de l'autre côté de la pièce. Je ne l'ai pas vu depuis avant mon mariage, mais je me souviens très bien qu'il m'avait dit avoir eu le béguin pour Lady Munro avant qu'elle n'épouse le père de Calumn.

Les deux femmes s'avancèrent discrètement, impatientes de voir comment leur belle-mère si collet monté réagirait devant l'homme qu'elles comptaient lui présenter.

Angus McAngus était un Celte typique, courtaud et mince. Il devait même faire quelques pouces de moins que Lady Munro. Ses cheveux striés de blanc avaient la couleur de la rouille, mais il sembla à Madeleine qu'il avait fait un effort particulier en songeant à Lady Munro, car bien qu'ils ressemblassent encore à un nid d'oiseaux, ils étaient coiffés, et sa barbe d'ordinaire broussailleuse avait été taillée. Avec une épée à deux mains sans doute, mais taillée tout de même.

— Christina ! éructa-t-il avec un sourire coquin. Tu n'as pas changé d'un pouce. Toujours aussi jolie. Tu es un vrai régal pour les yeux.

— Milord, répondit Lady Munro en s'inclinant avec raideur devant McAngus.

— Allons donc. Tu m'as toujours appelé Gussie, comme moi je t'appelais Tina.

Madeleine et Jessica se regardèrent estomaquées.

— Cela fait bien longtemps qu'on ne m'a pas appelée Tina, répliqua Christina d'un ton glacial.

N'importe quel autre homme aurait lâché sa main et se serait confondu en excuses, mais McAngus était, semble-t-il, taillé dans un autre bois.

— C'est parce que tu n'as encore trouvé personne pour me remplacer dans ton cœur, gloussa-t-il. Ah, Tina, nous avons fait un sacré bout de chemin séparément, toi et moi, mais le destin t'a ramenée à moi, veuve, et enfin libre. Je ne mâcherai pas mes mots. Je suis bien seul et mon lit est froid. J'ai besoin de toi pour le réchauffer. Qu'en dis-tu ?

— Serait-ce une demande en mariage, Angus McAngus ? s'enquit Lady Munro d'une voix aussi glacée que les bourrasques de janvier. Si c'est le cas, la réponse est non.

— Allons, allons, Tina, tu n'as pas assez réfléchi à la chose. Ta fille va bientôt te remplir la maison de marmots et avant qu'il soit longtemps, tu te retrouveras grand-mère et ta vie sera un désert. Je sais que ton homme était une fripouille à sang-froid. Que Dieu ait pitié de son âme. Ce qu'il te faut à présent, c'est vivre ta vie.

— Fadaises ! Je suis bien trop vieille pour penser à me marier. Et toi aussi, Angus.

L'autre gloussa de plus belle.

— Tu es dans la fleur de l'âge, au contraire, Tina, et quant à moi, tu sais ce que dit le proverbe.

Le vieux *laird* tapota son *sporran*, un sourire lubrique sur les lèvres.

— Plus le cerf est vieux, plus la corne est dure.

Jessica parvint à étouffer le rire ébahi qui montait dans sa gorge, mais Madeleine n'y parvint pas, même si elle essaya sans grand succès de maquiller ses gloussements en une quinte de toux.

Son époux plaqua la main sur sa bouche et la chaleur familière qu'elle sentit sur ses lèvres eut pour effet immédiat de la détourner de la scène qui se jouait devant eux. En fait, elle aurait volontiers profité de l'embarras de Lady Munro pour entraîner son mari avec elle à l'étage, car elle le trouvait parfaitement irrésistible quand il portait le *plaid,* sans compter qu'ils n'avaient pas été seuls depuis ce qui semblait des jours, à cause des préparatifs du mariage et…

Mais Calumn refusa de se laisser tirer par la manche.

— Plus tard, mon amour. Nous ne pouvons pas tous nous esquiver de la sorte, et puis, malgré le désir que j'en ai, je pense qu'il serait juste de laisser Alasdhair et Ailsa partir les premiers. C'est leur mariage après tout.

Pendant qu'il parlait, Madeleine remarqua du coin de l'œil le couple des mariés quittant sans se faire remarquer la grande salle par une porte dérobée.

— Notre propre nuit de noces, vous vous souvenez ? murmura-t-elle à l'oreille de Calumn en se dressant sur la pointe des pieds.

Il passa un bras autour de la taille de sa femme et posa la main sur son ventre rebondi.

— Je vous aime, Madeleine Munro.

— Moi aussi, mon *laird*, moi aussi je vous aime.

— Peut-être pourrions-nous juste…

Juste à cet instant, le claquement sonore de la main de Lady Munro frappant la joue d'Angus McAngus les fit tous se retourner comme un seul homme. Il y eut un silence stupéfait, puis McAngus éclata de rire.

— J'ai dans l'idée de te débarrasser de ta mère, Munro, lança-t-il à l'adresse de Calumn, ajoutant avec un clin d'œil égrillard : c'est dans les vieux cuirs qu'on fait les meilleures selles.

Ils avaient choisi de passer leur nuit de noces dans l'intimité toute relative d'une maison attenante aux écuries, que Calumn faisait rénover pour y loger l'intendante des jardins de Madeleine, une Française qui n'était pas encore arrivée de sa Bretagne natale.

C'était une demeure très simple, avec deux chambres séparées par une cloison de bois, mais Calumn y avait fait installer une cheminée et vitrer les deux petites fenêtres. Le feu était allumé quand ils arrivèrent et une petite lampe à huile donnait un peu de lumière. Ailsa pensa que ce devait être une délicate attention de Madeleine. Elle avait remarqué le clin d'œil complice de sa belle-sœur au moment où elle s'esquivait avec Alasdhair.

Ailsa était nerveuse. Alors qu'elle se tournait vers son mari pour se rassurer un peu, il la souleva et la porta par-dessus le seuil de la maison en riant. Il ferma du pied la porte et se dirigea directement vers la chambre à coucher. La lampe et le feu projetaient dans la pièce une lumière orangée et chaude.

Il y avait des fleurs partout. Madeleine devait avoir écumé tous les environs d'Errin Mhor pour en trouver de telles quantités. Même les couvertures du lit sur lequel Alasdhair la déposa étaient couvertes de pétales. Ailsa ne doutait pas un instant de trouver en dessous une petite branche de saule, que l'on cachait classiquement dans le lit pour assurer la fertilité au jeune couple. Les femmes du village, Shona MacBrayne en tête, lui avaient déjà offert la poupée de chiffons et le pot de sel traditionnels, qui étaient réputés avoir le même effet.

Allongée sur le lit, elle regarda Alasdhair dégrafer l'épingle qui retenait son *filleadh mòr* et se défaire rapidement de ses bottes et de ses hauts-de-chausses. C'étaient là des gestes tout à fait anodins, mais à la fois terriblement intimes. Ils étaient mari et femme. Elle n'arrivait pas à le croire. Quand il se tourna vers elle et lui sourit, de ce sourire qui donnait à ses yeux la couleur de la fumée de tourbe, elle se sentit fondre à l'intérieur.

— Je t'aime, Ailsa Ross, souffla-t-il en la rejoignant sur le lit.

— Et moi aussi je t'aime, de tout mon cœur, répondit-elle en écho.

— Ces dernières années sans toi m'ont semblé des siècles, affirma-t-il en ôtant une par une les innombrables épingles qui avaient miraculeusement retenu les cheveux d'Ailsa toute la journée. Tu n'as pas idée de combien j'ai attendu ce moment.

— Oh, mais si, répondit-elle avec un sourire timide. Si, je m'en doute.

Il passa les doigts dans ses cheveux pour les faire retomber sur son dos, puis prit son visage entre ses mains. Quand elle souleva la tête vers lui, il l'embrassa. Une douce chaleur se répandit alors dans ses veines comme un flot de soleil liquide. En soupirant, elle lui rendit son baiser et se laissa aller entre ses bras. Si forts. Si familiers. Ses bras qui la tiendraient serrée et la protégeraient pour le restant de ses jours.

— Fais-moi l'amour, Alasdhair, souffla-t-elle en passant les bras autour de son cou et en l'attirant contre elle.

— J'en ai bien l'intention, répondit-il.

Ce qu'il fit, en commençant par lui ôter ses vêtements un à un et en posant des baisers sur chaque pouce de peau qu'il découvrait, jusqu'à ce qu'elle finisse par se sentir totalement embrasée. Ses bas furent les derniers à glisser sur sa chair et quand ils eurent rejoint le reste de ses atours sur le sol, elle gisait, totalement nue, follement excitée, exaltée par la façon dont les yeux d'Alasdhair la dévoraient.

— Tu es si belle, murmura-t-il. Je ne peux pas croire que tu es mienne.

Il gisait sur le côté et lui caressait doucement les seins,

le ventre. Sa main glissa sur les cuisses fuselées d'Ailsa, puis s'aventura plus haut, là où elle se consumait, avant de remonter en une esquive insoutenable et de la caresser et la caresser encore jusqu'à ce qu'elle ne soit plus qu'une pelote de nerfs à vif réclamant d'être soulagés, une boule de feu exigeant d'être éteinte. Elle n'arrivait pas à comprendre comment elle avait pu prier le ciel de lui ôter ses formes, pas quand il la regardait de cette façon. Pas quand il la touchait de cette façon. Elles étaient faites pour lui. Pour son plaisir.

Elle gémit de plaisir quand il glissa de nouveau ses doigts entre ses cuisses et, lui saisissant le poignet :

— Déshabille-toi, Alasdhair, je veux te voir nu moi aussi, souffla-t-elle.

Il sourit et se débarrassa de ses vêtements bien plus vite qu'elle n'aurait pu le faire elle-même. Quand il fut entièrement nu devant elle, elle s'assit sur le lit, le souffle coupé par sa mâle beauté. Elle avait la tête à hauteur de son ventre et elle voulait le caresser comme il l'avait fait. Découvrir son corps comme il découvrait le sien. Partager.

Elle se dressa sur le lit et tendit la main vers lui, frôlant avec audace ses fesses et ses flancs du bout des doigts, puis la peau plus fine de ses cuisses et, enfin, son sexe dressé. Alasdhair gémit sourdement.

— Montre-moi, murmura-t-elle.

— Tu me tortures, Ailsa, répondit-il en tordant la bouche, mais il ne pouvait plus résister tant sa main brûlante sur lui le rendait fou.

Au point qu'il ne pouvait plus penser à rien d'autre qu'à faire ce qu'elle lui demandait.

Sans qu'elle s'y attende, il la prit par la taille et l'entraîna avec lui sur le lit, de sorte qu'elle était sur lui à présent, ses seins gonflés palpitant de plaisir chaque fois que leurs pointes dressées labouraient la peau de son amant.

Il gémit de nouveau, à moitié assis pour pouvoir l'embrasser et perdre ses doigts dans la cascade de cheveux d'or qui se déployait autour d'elle avant de l'attirer plus près encore et de s'emparer de sa bouche en prenant son temps, les menant tous deux vers une incandescence de plus en plus insupportable. Ils avaient le reste de leur vie pour se savourer mutuellement, mais à présent, il avait envie d'être en elle. Il essaya de la faire rouler sur le dos, mais elle avait d'autres idées en tête.

Elle se déroba à son étreinte et glissa le long de son corps, peau contre peau, pour s'agenouiller entre ses jambes et repaître ses yeux du spectacle de son membre. De sa forme, de sa longueur, de son poids. Emerveillée, elle le toucha, laissant courir ses doigts sur lui, le caressant doucement avant de le prendre dans sa main, chaque geste attirant plus de sang en lui à tel point qu'il se demandait s'il pourrait supporter cela bien longtemps avant d'exploser.

Elle enroula ses doigts fermement autour de lui et commença à le caresser. Alasdhair se mit à soupirer plus fort en donnant des coups de reins. Elle se souvenait d'avoir eu cette réaction quand il la touchait et accentua sa caresse, terriblement excitée de constater le plaisir qu'elle pouvait lui procurer et savourant de le sentir palpiter dans le creux de sa main. Elle le caressa encore, puis se pencha sur lui pour le toucher du bout de la langue. Il avait un goût brûlant et enivrant à la fois. Elle avait envie de le sentir en elle. Mais elle voulait aussi continuer à le toucher. Elle voulait les deux à la fois.

Emu par le plaisir et la concentration qu'il lisait sur le visage d'Ailsa, émerveillé de constater à quel point cela l'émouvait de le toucher, malgré la totale inexpérience qu'elle avait de la chose, Alasdhair se sentait plus excité qu'il ne l'avait jamais été de sa vie. Mais il avait besoin d'être en elle, de toute urgence. Il l'attira contre lui de sorte que son sexe vînt se nicher naturellement entre les jambes de sa femme.

Ailsa se tordit de plaisir. Quand elle se pencha pour l'embrasser, il agrippa ses fesses et la fit basculer légèrement de telle sorte que son membre vint la caresser furtivement avant de glisser en elle. Elle l'embrassa avec fougue en même temps qu'il la remplissait et, presque aussitôt, elle sentit la tension monter en elle comme se tend un ressort.

Il l'embrassait avec fougue, avec passion. Fort. Puis il la fit se redresser au-dessus de lui, de sorte que son sexe pénétra d'un coup plus profondément en elle. Désormais, quand elle bougeait, le ventre d'Alasdhair frottait contre le bouton frémissant niché à l'orée de son sexe. Encouragée par lui, elle se souleva puis se laissa retomber sur lui en fermant les yeux, se projetant ensuite vers l'avant en gémissant de plaisir.

Alasdhair glissa la main entre eux pour la caresser et il suffit d'un seul frôlement de ses doigts pour qu'elle lâche prise et soit emportée dans un tourbillon insensé, la tête rejetée en arrière, balbutiant son nom d'une voix chavirée. D'un coup, il s'agrippa à elle comme un noyé et elle le sentit se cabrer follement, pour finalement exploser incroyablement fort en elle en poussant des soupirs qui faisaient écho aux siens. Elle l'entendit répéter son nom, puis s'effondra sur sa poitrine trempée de sueur, s'agrippant à lui à son tour, émerveillée par le fait de savoir enfin ce que c'était que de ne faire plus qu'un avec un homme.

C'était faire montre d'une impolitesse et d'une ingratitude insignes envers leurs invités, sans doute, mais ils n'avaient vraiment aucune envie de retourner prendre part à la fête. Blottis dans les bras l'un de l'autre, ils n'avaient qu'une envie : rester ainsi pour l'éternité. Ce fut Alasdhair qui bougea le premier, embrassant Ailsa sur la tête avant de la forcer doucement à se redresser sur le lit.

— Nous avons le reste de notre vie pour être ensemble,

affirma-t-il quand elle protesta. Nous devrions vraiment retourner là-bas.

Ils se rhabillèrent lentement, en s'embrassant et en se caressant encore et en se murmurant des choses tendres. Tandis qu'elle bataillait avec les lacets de sa robe, Alasdhair se pencha sur elle pour épingler une broche juste au-dessus de son sein droit. C'était une Luckenbooth d'or figurant deux cœurs entrelacés, surmontés d'un chardon et d'une couronne.

— C'est un cadeau, pour marquer le jour de notre mariage, annonça-t-il en l'embrassant dans le cou. Je vous adore, madame Ross. Je t'ai dit que nous étions naïfs, il y a six ans, et que l'amour ne changeait rien dans le monde réel, mais je me trompais, parce que l'amour change tout. En tout cas, il m'a changé, moi, entièrement.

— Et moi aussi, approuva Ailsa avec un beau sourire. J'aime que tu m'appelles madame Ross. C'est tellement agréable à l'oreille.

— Ça me plaît à moi aussi, renchérit Alasdhair en l'enveloppant de ses bras et en l'embrassant avec fougue. Vous avez fait de moi le plus heureux des hommes, Ailsa Ross.

— Alors, nous sommes un couple parfaitement assorti, répondit-elle en frottant sa joue contre la poitrine de son homme et en s'enivrant de son odeur, qui semblait flotter sur lui à cet endroit précis. Parce que, moi, je suis la plus heureuse des femmes.

— En ce cas, nous devrions retourner au banquet et nous attacher à répandre ce bonheur autour de nous.

Ce qu'ils firent. Finalement.

Un jour, et pour toujours. C'était un serment solennel. L'éternité commençait ce jour-là.

Composé et édité par HarperCollins France.

Achevé d'imprimer en septembre 2019.

BLACK PRINT

Barcelone

Dépôt légal : octobre 2019.

MIXTE
Papier issu de
sources responsables
FSC® C108412

Pour limiter l'empreinte environnementale de ses livres, HarperCollins France s'engage à n'utiliser que du papier fabriqué à partir de bois provenant de forêts gérées durablement et de manière responsable.

Imprimé en Espagne.